国家民委人文社科重点研究基地西北民族非物质文化遗产保护研究中心**成果**

西部民间文化与口头传统精选系列

民间文艺学的诗学传统

郝苏民◎主编　刘锡诚◎著

上海文化出版社

目录

目 录

目 录

刘锡诚(1935.2—)，男，山东昌乐人。文学评论家、民间文艺学家、文化学者。中共党员。1957年毕业于北京大学。历任中国民间文艺研究会编辑研究人员，新华社翻译、编辑、记者，《人民文学》编辑部评论组长，《文艺报》编辑部副主任、主任，中国民间文艺家协会驻会副主席兼党的领导小组组长、中国文学艺术界联合会研究员；《民间文学》《民间文学论坛》《评论选刊》《中国热点文学》主编。1997年退休。1958年加入中国民间文艺研究会，1979年加入中国作协。主要社会职务：历任中国俗文学学会副会长、会长，中国当代文学研究会副会长兼秘书长，中国旅游文化学会副会长；现兼任文化部国家非物质文化遗产保护专家委员会委员、中国民间文艺家协会民间文化抢救工程专家委员会委员、中国艺术研究院艺术人类学研究所客座研究员、国家民委人文社科重点研究基地西北民族大学西北民族非遗保护研究基地特聘研究员和学术委员会委员、中国民间文艺家协会民间文化研究所客座研究员、《民间文化论坛》特邀主编等。著有：文学评论集《小说创作漫评》《小说与现实》《作家的爱与知》《河边文谭》，文学回忆录《在文坛边缘上——编辑手记》《文坛旧事》，散文随笔集《走出四合院》《黄昏的眷恋》《追寻生命遗韵》《芳草萋萋》，文化人类学与民间文学著作《原始艺术与民间文化》《象征——对一种民间文化模式的考察》《民间文学：理论与方法》《民间文学的整体研究》《非物质文化遗产：理论与实践》《非物质文化遗产保护的中国道路》《双重的文学：作家文学+民间文学》《民俗与艺术》，国家社科基金课题成果《中国原始艺术》《20世纪中国民间文学学术史》等。

作者简介

自 序

　　我曾在2001年11月26日投书中国作家协会主办的《文艺报》编辑部,为民间文学学科的生存问题,向国家学位委员会进言,指出把民间文学学科降为三级学科是没有道理的,且影响殊大,希望保持民间文学学科原有的文学学科下二级学科地位。拙文《向国家学位委员会进一言》在《文艺报》同年12月8日发表后,受到了一些高校老师和学界朋友的关注,报刊上发表了好几篇相关文章予以响应。但遗憾的是,却始终没有听到来自学位委员会的只言片语,民间文学在国家教委系统的学术地位,仍然被冷冻在法学之下的三级学科的框子里。于是,3年后,不得不再次在报刊上发声,上海《社会科学报》于2004年8月12日发表了拙稿《保持"一国两制"好——再为民间文学学科一呼》。

　　本来任何一门学科自有其存在的价值和发展的规律,是用不着向什么机构讨要何种地位的。在我们却是无奈,由于体制方面的原因,由什么样的机构和由什么样的专家组成这个机构,往往在一定程度上决定着学科的地位和前途,这又是不争的事实,于是就使来自民间的"讨要"行为变得既可笑又可以理解了。

　　民间文学是文学的一部分,是民族的传统文化和文化传统的重要组成部分。关于这一点,在21世纪的今天,大概是没有什么争议的了,总不至于会有什么类似乾嘉学派的遗老遗少们或蒋梦麟们从阴沟里跳出来讥笑谈论歌谣是淫秽之徒。至于民间文学的作者和传承者是什么样的群体,尽可以存在着某些分歧的看法,是下层社会成员还是全体社会成员,这并不能改变它的性质。同样不争的是,民间文学在中国漫长的封建社会里和农耕文明下,不被主流文化及其士大夫所重视,甚至长期被压抑、被笑骂、被打杀而最终归于自生自灭。"五四"运动以后兴起的民间文学研究，在过去的100年中，经过几代进步的作家和学者们的披荆斩棘、苦心建构，到1987年5月的统计，全国已有43所高等学校开设了民间文学课程，各省、市、自治区的社科院、文联、艺术馆和高等院校，相继建立了民间文学研究组（室）；20世纪80—90年代进行的以"民间文学三套集成"为中心的全国普查，到世纪末，已经堪称人文科学研究领域里颇具中国特色、最有成就的支学之一，极大地丰富了我国人文科学的宝库。

从1918年北大歌谣征集处成立、刘半农编订歌谣选、歌谣研究会成立、郑振铎等人创立的文学研究会和鲁迅等人创立的"语丝社"起，郭沫若、茅盾、郑振铎等作家学者参加进来，民间文学运动就渐而在中国的最高学府里和名声显赫的报章杂志（如孙伏园主编的《晨报副刊》《妇女杂志》）上登堂入室，形成了一股强劲的文学潮流和学术潮流。1926年军阀张作霖解散北京大学、查封《语丝》，北大的许多提倡歌谣的知名教授纷纷南下广州、厦门，把薪火传递到南方，即使在革命形势处于低潮的时期，都没有割断初创未久的民间文学学科的根脉。侥幸保留下来的北大研究所还由周作人继续开设"歌谣"课程，"语丝社"成员们创办的北新书局，也由李小峰带到了上海并以林兰的笔名出版了那么多的民间文学的读物，斑斓多彩的民间故事滋润了多少代中国少年儿童的心灵呀！1920年成立的文学研究会的作家们，如郑振铎、茅盾、朱希祖、王统照、许地山、郭绍虞、徐蔚南、老舍、刘大白、赵景深等，都大力提倡民间文学，《文学月报》和《文学周报》等曾经是发表民间文学文章和作品的园地。抗日战争年代，多少爱国的高校老师（如闻一多、朱自清、顾颉刚、楚图南、吴泽霖、陶云逵、钟敬文等）、中央研究院的学者（如马学良、袁家骅等）、作家（国统区的苏雪林、戴望舒、光未然、薛汕、丁景唐、马凡陀，延安的柯仲平、何其芳、吕骥、张松如、周文、林山、柯蓝等，华中解放区的阿英、钱毅等）以强烈的爱国心投身于大西南和解放区的民间文学搜集和研究中去，民间文学成了战时民族凝聚力的重要因素，也提升了学科的质量和地位。中华人民共和国成立的第二年,即1950年3月29日,继中国文联成立之后,成立了第一个全国性的分支文艺社团——中国民间文艺研究会。郭沫若在《我们研究民间文艺的目的》的大会讲话中宣称:

我们今天成立民间文艺研究会,就是要对中国古代和现代的民间文艺进行深入的研究。我们研究的目的,我想到的有五点:

(一)保存珍贵的文学遗产并加以传播。中国幅员广大,各地有各地方的色彩,收集散在各地的民间文艺再加以保存和传播,是十分必要的。我很喜欢《国风》这个"风"字,这"风"用得真是不能再恰当了。民歌就是一阵风,不知道它的作者是谁,忽然就像一阵风地刮了起来,又忽然像一阵风地静止了,消失了。我们现在就要组织一批捕风的人,把正在刮着的风捕来保存,加以研究和传播。在中国五千年的历史上,捕风的工作是做得很不够的,像《诗经》这样的搜集就不多。因此有许多风自生自灭,没有留下一点踪迹。今天我们不能重蹈覆辙,不能再让它自生自灭了。

(二)学习民间文艺的优点。我们搜集了民间文艺,并不是纯粹为了当作艺术品来欣赏,甚至奉为偶像,而是要去寻找它的优点来学习。在诗歌,要学习它表现人民情感的手法语法,学习它的韵律、音节。同时,还可以借民间的东西来改造自己。民间艺术的立场是人民,对象是人民,态度是为人民服务。凡是爱人民的即爱护之,反对人民的即反对之。我们的作家应当从民间文艺中学习改正自己创作的立场和态度。

(三)从民间文艺里接受民间的批评与自我批评。文艺不仅是现实生活的反映,而且是现实生活的评价与批判。民间文艺中,或明显的、或隐晦的包含着对当时社会,尤其是政治的批评。所以今天我们研究民间文艺不单着眼在它的文学价值,还要注意其中所包含的群众的政治意见。今天我们大家都要有自我批评,更要收集群众意见。在民间文艺中就提供了不少材料。民间文艺是一面镜子,照出政治的面貌来。这个道理,并不是今天才发现的,古人也早已有此见解。据说古代统治者派遣采诗官,采集诗歌在朝廷演奏,借以明了民间疾苦。这种事是否的确有，不能确定，但至少有人有过这种想法。在音乐方面，古人也知道"审乐而知政"，从民间音乐的愉悦或抑愤中考察政治的清明或暴虐。我们不好单把民间文艺当作一种艺术来欣赏，一种文学形式来学习，还必须借民间的镜子来照照自己。

（四）民间文艺给历史家提供了最正确的社会史料。过去的读书人只读一部二十四史，只读一些官家或准官家的史料。但我们知道民间文艺才是研究历史的最真实、最可贵的第一手的材料。因此要站在研究社会发展史、研究历史的立场来加以好好利用。

（五）发展民间文艺。我们不仅要收集、保存、研究和学习民间文艺，而且要给以改造和加工，使之发展成新民主主义的新文艺。在中国历史上长久流传的文学艺术，如《离骚》、元曲、小说等，都是利用民间文艺加工的。这对我们是个很好的启示。今天研究民间文艺最终目的是要将民间文艺加工、提高、发展，以创造新民族形式的新民主主义的文艺。

郭沫若宣称的五个研究目的及研究方法，是从我国古代的民间文艺传统的总结中概括而来的，构成了中国民间文艺学诗学体系的雏形。中华人民共和国成立后，在一些重要的大学（如北京大学、北京师范大学、复旦大学、中山大学、武汉大学、华中师大、山东大学、兰州大学、吉林大学、辽宁大学、东北师大、哈尔滨师大、云南大学、新疆大学等）的中文系都开设了民间文学课程，在中国社会科学院文学研究所先后设立了民间文学室和民族文学研究所，尽管受到了来自"左"的思想的干扰，作为一门人文学科所取得的成就是有目共睹的。

如今在我国，就学科设置而言，呈现出"一国（科）两制"的格局。一方面，一部分高校根据国家学位委员会的决定，民俗学作为法学学科下面的二级学科，民俗学再把作为其研究材料的民间文学纳入自己的领地为三级学科；而在全国哲学社会科学规划领导小组每年制定的《课题指南》和《国家社会科学基金项目申报数据代码表》的"学科分类"里，则一直把"民间文学"（代码ZWH）列在"中国文学"学科下面为二级学科。这种"一国（科）两制"的格局，倒也给研究者和从业者提供了自由的、多元的发展空间。近来常听到一些高校里以民俗学为方向的老师在申请社科基金项目时遇到的尴尬，深感因制度的原因而造成的这种困境，已渐成学科前进的无形障碍。于是就想到，既然国家在学术体制上允许"一国（科）两制"百花齐放，何不干脆让高校中文系开设的"民间文学"课程和民间文学博士点、硕士点，仍然延续中国文化传统的旧制，隶属于"文学"，培养出来的学生叫文学博士、文学硕士，而不必称他们为法学博士和法学硕士，不仅让我们这些长期在文艺领域里做事的人听起来觉得顺耳，他们自己工作起来也顺理成章些。再说远些，从富国强民计，从弘扬文化传统计，应该从小学起给学生开设民间文学或乡土文化的课程，让中国的孩子们，特别是生长在城市里的孩子们，从懂事起就置身于中华传统文化的熏陶和土壤之中。

我一生中从事过文学翻译、文学编辑、新闻工作、党政工作等多种行当，多次"转身"，而从事民间文学的编辑、采录、翻译、研究的时间最长。从在北京大学上学时在曹靖华老师的指导下选定民间文学研究作为毕业论文题目起，毕业后分配到中国民间文艺研究会，成为专业的民间文学编辑和研究人员，到"文化大革命"爆发，整整10年。"文革"后，从新闻工作岗位转到《人民文学》编辑部、继而又转到《文艺报》编辑部，在文学岗位上工作了7年。没有想到的是，1983年9月，周扬同志把我调到年轻时工作过的中国民间文艺研究会，担任领导职务，这一去又是7年。最终无法摆脱与民间文学的关系，大概因为我是农民的儿子，从小就受到民间文学的熏陶，故而对民间文学有一种强烈的、难以割舍的情结，60年来，在编辑和研究中断断续续写了一些民间文学的文章和著作。到了古稀之年，宁愿暂时放下文学评论和减少散文随笔的写作，着手将过去写的有关民间文学方面的文章选编成这本集子，算是自选集吧。拙著定名为《民间文艺学的诗学传统》，是遵照郭沫若、周扬、老舍等前辈成立中国民间文艺研究会时宣布的研究宗旨，不忘初心，并就教于为这门学科献身的学者们。

2015年4月9日

马克思恩格斯与民间文学

科学共产主义的创始者马克思和恩格斯不仅给我们留下了极为丰富的哲学、经济学和科学社会主义的论著,而且也在文学研究的领域里给我们留下了宝贵的遗产。马克思和恩格斯有关民间文学的言论和观点,成为我们的社会主义的民间文艺学的重要理论根据;而为了更有系统、更有成效地接受这宗珍贵的理论遗产,就必须对他们的有关言论和观点进行系统的整理、研究与阐发。

一

马克思、恩格斯在民间文学领域中的兴趣是极为广泛的。在他们的青年时代,已经表现出不仅是民间文学、民间艺术的高超的鉴赏家,而且是有深刻见地的评论家。马克思还在20岁左右在波恩大学法律系读书的时候(1835—1836),除了研究法律、哲学和历史外,还研究过希腊和罗马的神话及艺术史,探讨过荷马的史诗,而且把对这些研究对象的深湛的见解写在他的论文《关于伊壁鸠鲁、斯多葛派和怀疑派哲学的笔记》中。他在繁忙的科学研究工作之余,热爱着各国的民歌,而且曾经把一些精心挑选过的抒情民歌抄录在一本纪念册上赠送给他的未婚妻燕妮·冯·威斯特华伦。[①]马克思所挑选的这些民歌,大部分都是歌颂忠贞、歌颂能克服任何障碍的深厚的爱情的民歌,而删除了其中的一切庸俗的和市侩的东西。从中可以看出,青年时代的马克思已经用新的观点对待民间创作了。从马克思的传记中,我们知道马克思能编述许多精巧的故事,常常同亲朋们一起唱民歌。据李卜克内

---

① 这本纪念册中的民歌,一部分已译成中文,收录于人民文学出版社编:《马克思、恩格斯收集的民歌》,北京:人民文学出版社,1958年。

西的回忆，他们流亡在伦敦时便常常唱一支叫作《啊，斯特拉斯堡！》的民歌。用李卜克内西的话说，这支歌是属于"感情洋溢的歌和关于'祖国'的'爱国'歌"①之列的。恰巧，我们在上述的马克思的纪念册中也发现了这支歌；在这支歌里描写了战乱的时局给普通人民带来的灾祸——"啊，斯特拉斯堡，你是多么美丽、富足。你给士兵们准备了已经掘好的坟墓"②。据马克思和恩格斯的另一位友人路·库格曼医生的女儿弗·库格曼的回忆："马克思特别喜爱这些（指爱尔兰——引者）动人的歌曲，因为他们一家都深切同情不幸的被压迫的爱尔兰。"③

恩格斯在青年时代曾改编过浮士德、阿加斯菲尔和《野蛮人》等民间传说，对吉格甫里德这个德国传说中的英雄人物及大批民间故事书进行过深入的研究，并且在他19岁（1839）时便发表了他的著名论文《德国民间故事书》。④在这篇论文中，恩格斯已经明确地提出了对待过去的民间文学遗产应当采取批判的态度。他的这种文艺观已经远远超出了同时代的资产阶级民间文艺的研究家及文艺学家戈奥列斯之流，而为后世的民间文艺学提供了科学的方法论的根据。

恩格斯曾经特别着力于斯拉夫语言的研究，并且在跟比较语言学的研究的紧密联系中研究民间创作。他对古典神话、中世纪的民间创作，甚至资本主义时代里的无产阶级的创作，无不广泛地涉猎。他在自己的文章中、信札中大量地引证民间创作。

马克思、恩格斯在民间文学方面的兴趣还不仅于此，他们不仅熟知他们的祖国——德意志的民间创作，而且还接触了和论述了闪族的古传说、古典史诗、芬兰的古歌、古丹麦的英雄歌谣、阿拉伯的《一千零一夜》、犹太人的圣书、法国的历史史诗、英国的英雄史诗《裴欧沃夫》、俄罗斯

---

① 威廉·李卜克内西：《忆马克思》，苏共中央马克思列宁主义研究院编：《回忆马克思恩格斯》，胡尧之、杨启兰、兰德义等译，北京：人民出版社，1957年，第129页。

② 《啊，斯特拉斯堡！》，人民文学出版社编：《马克思、恩格斯收集的民歌》，北京：人民文学出版社，1958年，第13—14页。

③ 弗·库格曼：《伟大的马克思的二三事》，苏共中央马克思列宁主义研究院编：《回忆马克思恩格斯》，胡尧之、杨启兰、兰德义等译，人民出版社，1957年，第327页。

④ 恩格斯：《德国民间故事书》，马克思、恩格斯著，米海伊尔·里卡希茨编，《马克思恩格斯论艺术》（四），曹葆华等译，北京：人民文学出版社，1966年，第401—413页。关于恩格斯青年时代研究《西格夫里德》故事的情况，可参阅江绍原先生《恩格斯论德国民间传说中的英雄龙鳞胜和》，发表于《民间文学》1961年第9期。

的勇士歌和历史歌、塞尔维亚的婚歌、英国和意大利的政治歌谣、冰岛的萨迦和《埃达》等等。

马克思、恩格斯终生对民间文学保持着浓厚的兴趣,在青年时代如此,在晚年也从未减弱。恩格斯在成为一个坚定不移的共产主义者之后,在他50岁的那一年(1870)还写作了一篇《爱尔兰歌曲集代序》专论,对爱尔兰民族的歌谣和歌手表现了极大的兴趣和深切的同情。

当然,对于我们的社会主义民间文学理论建设来说,更为重要的不是他们对民间文学的一般兴趣,而是他们在不同时期所发表的有关言论与思想观点。

二

在探讨马克思、恩格斯的民间文学观时,他们对原始社会及其意识形态和人类文化史的研究,是应当特别引起注意的。他们对于这些问题的深刻的见解,不仅写在恩格斯所著的《家庭、私有制和国家的起源》一书中,而且在这本书以前的其他著作中已有过论述,如《政治经济学批判》《资本论》《反杜林论》《自然辩证法》等书。这些著作中对原始文化的发展的论述,对于我们理解艺术起源及其早期的发展形式,其中包括民间文学,有极重要的意义。

恩格斯在《自然辩证法》一书中正确地阐明了劳动在人的形成过程以及人的意识和语言的形成过程中的巨大作用,用唯物主义的观点解决了艺术的起源问题——在人类集体的自觉的生产活动中产生了艺术。马克思和恩格斯在他们合写的《德意志思想体系》中也作了原则性的论断:"思想、观念、意识的生产,最初是直接同人们的物质活动和物质交往交织在一起的,同现实生活的语言交织在一起的。"[1]马克思在早期的一部著作《一八四四年的经济学—哲学手稿》中写道:"社会人的感觉是和非社会人的感觉不同的。只有凭着从对象上展开的人的本质的丰富性,才能发展着而且部分地第一次产生着人的主观的感受的丰富性:欣赏音乐的耳朵,感到形式美的眼睛,——简单地说,能够从事人的享受和把自己作为人的本质力量来肯定的各种感觉。"接着,马克思得出结论说:"人的感觉,感觉的

---

① 转引自马克思、恩格斯著,米海伊尔·里夫希茨编:《马克思恩格斯论艺术》(一),曹葆华译,北京:人民文学出版社,1960年,第133页。

人性，——都只凭着相应的对象的存在，凭着人化了的自然，才能产生。"①后来，马克思又在《〈政治经济学批判〉导言》中说："当消费从其最初的自然的粗糙性和直接性中摆脱出来"时，艺术才能产生；而"一件艺术品——任何其他的产品也是如此——创造一个了解艺术而且能够欣赏美的公众"。②马克思和恩格斯的这一系列论断，旨在说明人类的意识、思想，也包括艺术，起源于人的劳动活动之中，从而否定了形形色色的错误的艺术起源学说。

民间创作是与人类的历史发展相联系的，因此从其中可以找到历史生活的回响和遗迹。民间文学诗意地反映了历史现实，奇特地伴随着历史的发展，但它本身又不是绝对符合历史真实的历史文献。马克思和恩格斯在研究、征引和评价前阶级社会的口头创作时的最大历史功绩，是他们创造了将任何民间文学现象同产生这些现象的历史现实联系起来，把社会—民族学的方法同民间文学的美学评价结合起来研究的范例。从此，民间文学的研究领域中出现了一种新的唯物主义世界观和历史观指导下的新观点、新方法论体系；从此，资产阶级的世界主义的形式主义方法论再也不能成为国际民间文学研究中的主导的力量了。

马克思、恩格斯对阶级社会以前的社会形态下的口头文学的发展，给了科学的、历史的论述，他们认为这个时期，特别是它的后期，口头文学的发展达到了一个高峰。恩格斯在《家庭、私有制和国家的起源》中指出，"荷马的史诗以及全部神话"是"希腊人由野蛮时代带入文明时代的主要遗产"之一，而在荷马的史诗中，特别是在《伊里亚特》中，反映了"野蛮时代高级阶段的全盛时期"。③同时，恩格斯根据马克思的论断，把前阶级社会的口头文学分为两个时期：神话时代和英雄时代。这两个互有联系又互有区别的时代中的口头文学，总括起来反映了父权制同母权制的斗争，而最终母权制让位给新起的父权制，用恩格斯的话说，即"女性的具有世界历史意义的失败"。④即使这样，恩格斯仍然将这两个时

---

① 转引自马克思、恩格斯著，米海伊尔·里夫希茨编：《马克思恩格斯论艺术》（一），曹葆华译，北京：人民文学出版社，1960年，第204—205页。
② 转引自马克思、恩格斯著，米海伊尔·里夫希茨编：《马克思恩格斯论艺术》（一），曹葆华译，北京：人民文学出版社，1960年，第207页。
③ 恩格斯：《家庭、私有制和国家的起源》，中共中央马克思恩格斯列宁斯大林著作编译局译，北京：人民出版社，1972年，第24页。
④ 恩格斯：《家庭、私有制和国家的起源》，中共中央马克思恩格斯列宁斯大林著作编译局译，北京：人民出版社，1972年，第54页。

期加以区别，他说："正如马克思所指出的，神话中的女神的地位表明，在更早的时期妇女还享有比较自由和比较受尊敬的地位，但是到了英雄时代，我们就看到妇女已经由于男子的统治和女奴隶的竞争而降低了。"①恩格斯为了论证这一命题，还运用了古代斯堪的纳维亚的《Völuspâ》（《女预言者的预言》，是神的薄暮与世界灭亡之歌）的材料，从其中"兄弟们将互相仇视，互相杀戮，姊妹们的儿子们就要毁坏亲属关系"的歌词，得出了"甚至在产生《女预言者的预言》的海盗时代，在斯堪的纳维亚关于母权制的回忆还没有消失"的结论。②此外，他还引用过《尼伯龙根之歌》《希尔德布兰特之歌》《谷德隆歌》等材料。恩格斯在《家庭、私有制和国家的起源》一文中，更是大量地然而是有选择地援引了民间文学的材料，把它们作为人类历史发展的旁证之一。我们从这些例子中不仅可以看到民间文学材料是怎样反映了历史现实，成为真正的历史的伴随者，而且可以看出马克思、恩格斯对待这些材料的态度和看法。

马克思、恩格斯论述前阶级社会的民间文学的第二个贡献，我以为，是指出了史诗等艺术的某些形式，是在艺术生产一旦出现就已经产生并且达到其全盛期的，而在"艺术生产一旦作为艺术生产出现，它们就再不能以那种在世界史上划时代的、古典的形式创造出来"；给神话的创造下了准确的科学的定义，即"任何神话都是用想象和借助想象以征服自然力，支配自然力，把自然力加以形象化"，神话是"通过人民的幻想用一种不自觉的艺术方式加工过的自然和社会形式本身"，③从而在对艺术发展的具体分析中，得出了艺术"一定的繁盛时期决不是同社会的一般发展成比例的"的发展规律。这个规律对于评价一般的民间文学的发展，当然也是极为重要而且完全适用的。他写道："在艺术本身的领域内，某些有重大意义的艺术形式，只有在艺术发展的不发达阶段上才是可能

---

① 恩格斯：《家庭、私有制和国家的起源》，中共中央马克思恩格斯列宁斯大林著作编译局译，北京：人民出版社，1972年，第59页。

② 恩格斯：《家庭、私有制和国家的起源》，中共中央马克思恩格斯列宁斯大林著作编译局译，北京：人民出版社，1972年，第136页。

③ 马克思：《〈政治经济学批判〉导言》，中共中央马克思恩格斯列宁斯大林著作编译局编：《马克思恩格斯选集》第2卷，北京：人民出版社，1972年，第113页。有些同志片面地理解了马克思给神话所下的定义，只把神话了解为对自然（狭隘的）的"不自觉的"艺术加工，而忽略了这里所说的"自然"也包括"社会形态"在内。

的。"①在这里，马克思不仅看到了艺术发展同社会发展之间的这一矛盾，而且分析了这一矛盾所以产生的原因。他说：另外的一种社会发展——"这种发展排斥一切神话地对待自然的态度和一切把自然神话化的态度"——便不能为古典神话提供土壤。同样，根据马克思的论断，与一定的历史时代相关联的民间文学形式，在这个历史时代过去之后，在一定程度上是不能复现的。

因此，马克思在这同一篇文章中提出了一个重要的论点——艺术的美学价值与对后世的艺术影响问题，他说希腊艺术和史诗"仍然能够供给我们以艺术享受，而且就某些方面说还是一种规范和高不可及的范本"②。

三

马克思、恩格斯对阶级社会（封建社会、资本主义社会）中被压迫人民的民间文学有更深刻的了解。

他们在研究这些历史时代的民间文学作品时，从马克思主义的历史唯物主义观点出发，根据时代的要求和是否反映了作品所由产生的时代真实的原则，对作品进行了审查，从而提出了批判地研究并接受民间文学遗产的口号。这条原则和口号仍是我们今天的民间文学研究工作中应当加以继承和发展的。

前面提到的恩格斯在早年写作的《德国民间故事书》一文，驳斥了当时德国的所谓浪漫派的代表人物之一的约瑟夫·葛列斯的观点：在浪漫派宣传泛日耳曼主义、沙文主义的反动活动猖獗的时候，提出历史的、批判的原则是适时的、迫切的。

恩格斯从两方面肯定了中世纪的德意志民间故事书，即娱乐劳动者的使命和认识教育的使命。"民间故事书的使命是使一个农民做完艰苦的日间劳动，在晚上拖着疲乏的身子回来的时候，得到快乐、振奋和慰藉，使他忘却自己的劳累，把他的硗瘠的田地变成馥郁的

---

① 马克思：《〈政治经济学批判〉导言》，中共中央马克思恩格斯列宁斯大林著作编译局编：《马克思恩格斯选集》第2卷，北京：人民出版社，1972年，第112—113页。
② 以上引文均见马克思：《〈政治经济学批判〉导言》，中共中央马克思恩格斯列宁斯大林著作编译局编：《马克思恩格斯选集》第2卷，北京：人民出版社，1972年，第113—114页。

花园。民间故事书的使命是使一个手工业者的作坊和一个疲惫不堪的学徒的寒伦的楼顶小屋变成一个诗的世界和黄金的宫殿，而把他的矫健的情人形容成美丽的公主。但是民间故事书还有这样的使命：同圣经一样培养他的道德感，使他认清自己的力量、自己的权利、自己的自由，激起他的勇气，唤起他对祖国的爱。"①

恩格斯所以开宗明义地对德国民间故事书作出这样的评价，是因为他从中看到了"时而带有极大的纯朴性，时而带有绝妙的幽默感"，"很能令人满意的故事"，看到了那"有大胆的年轻而又崭新的感情，可以作任何一个四处漂泊的学徒的榜样，虽然他现在还不必去同蛟龙和巨人作斗争"的英雄人物（《天下无敌的西格夫里德的故事》）；看到了"以朝气蓬勃的力量反抗查理大帝专制横暴的权力和在国王面前不怕用自己的手来为受到的侮辱报仇的敢作敢为的倔强气概和不可制服的反抗精神"（《海蒙的儿子们》《佛图纳特》）。

在这篇文章中，恩格斯在评价民间故事书的同时，提出了一项极为重要的标准：凡是优秀的民间故事，必须"具有丰富的诗的内容、饶有风趣的机智、十分纯洁的心地"，"具有健康的、正直的德国精神"，此外，还"应该符合自己的时代"的要求——争取自由的斗争、对贵族压迫的反抗，同虔信主义、禁欲主义残余的斗争。恩格斯愤慨地反对把往昔理想化，反对德国浪漫派和神话学派对古代残留物的迷醉，明确地提出在整理和改写民间故事书的时候，首先要遵循其思想倾向，而又不损害其艺术价值，要用严格的历史批判的精神——进行检验，把杂有迷信的污秽和不合时代要求的东西加以摒弃。

在另一篇《西格夫里德的故乡》的文章中，恩格斯对英雄人物的魅力作了心理的分析："西格夫里德的传说中具有如此巨大的魅力的是什么？不是故事本身，不是卑鄙无耻的叛变行为……而是其中所包含的深刻的意义。西格夫里德是德国青年的代表……我们都感觉到那种对功勋的渴求，那种对传统的背叛，这些传统被西格夫里德攒出了他父亲的城堡；我们必须彻底反对在新事物面前的无休止的动摇、庸俗的胆怯，我们要跃进到自由世界的疆域，我们要忘掉无穷的忧虑，力争生活的桂冠——功勋。"②

① 恩格斯：《德国民间故事书》，马克思、恩格斯著，米海伊尔·里夫希茨编：《马克思恩格斯论艺术》（四），曹葆华等译，北京：人民文学出版社，1966年，第401页。
②《马克思恩格斯全集》（俄文版）第2卷，莫斯科，1931年，第65页。

他们不仅注意到民间故事的思想意义，从而向它们提出了思想方面的要求，他们还看到了民间故事的民族性、地域性及其不可复现的美。正如他们在评论格林兄弟的儿童和家庭故事时所指出的："自从我熟悉德国北部草原之后，我才真正地懂得了格林童话。几乎在所有的这些童话里都可以见出它们产生在这种地方的痕迹，这地方一到夜晚就看不见人的生活，而人民幻想所创造的那些令人畏惧的无定形的作品就在这地方孕育出来，这地方之荒凉就是在白天里也会叫人害怕的。这些作品体现了草原上孤独的居民在这样风号雨啸的夜里在祖国的土地上散步或是从高楼上眺望一片荒凉的景象时心中所起的情绪。那时候从幼小就留下来的关于草原风雨夜的印象就复现在他的面前，就采取了这些童话的形式。"恩格斯在这里特别强调地指出了这些童话的"地方的痕迹"，倘若"在莱茵或是西瓦比亚地带"，就不会出现这样的作品。[①]任何民族的民间故事之所以创造出那么多为本民族人民群众喜闻乐见的艺术形象，以及具有那样独有的民族特点和引人的艺术感染力，是与该民族、该地区所孕育的人民的幻想紧密联系着的。人民的创造力就在这样的丰饶的土地上酝酿和培育起来。恩格斯的这一论点，与民间文艺学中的外来学派的观点恰是针锋相对，后者否定民间故事的创作的个性和民族特点，从而否定了劳动人民的艺术创造力，把民间故事的发展归结为"外借"、流传和"国际渗透性"的结果。

马克思、恩格斯在文章和信札中运用了大量的民间文学中的形象和引文，借以发挥自己的论点。可以看出，他们除了把民间文学作为认识历史的重要资料而外，还把它作为组织群众和唤醒群众的工具，即作为阶级斗争的武器。

恩格斯对一支小小的丹麦民歌《提德曼老爷》颇感兴趣，并于1862年6月4日在写给卡尔·济贝耳的信中说道："好像我在巴门同你谈过一支短小的丹麦民歌，它是我在一本《英雄诗歌集》中看到的，现在专门为你译成德文诗。"[②]1865年1月27日在给马克思的信中，他又谈到这支民歌："我给这些家伙（指《社会民主党人报》——引者）寄去了一首短短的关

① 转引自伊瓦肖娃、古谢夫：《十九世纪外国文学史》第1卷，杨周翰译，北京：人民文学出版社，1958年，第383页。

② 恩格斯：《恩格斯致卡尔·济贝耳》，马克思、恩格斯：《马克思恩格斯全集》第30卷，中共中央马克思恩格斯列宁斯大林著作编译局译，北京：人民出版社，1972年，第621页。

于提德曼的丹麦民歌,提德曼由于向农民征收新税,被一位老人在司法会议上打死。"①
恩格斯在阐述报刊应当登载这支民歌的理由时说:"这种行动是革命的,根本不应该受惩
罚,而且它首先反对的是封建贵族,这也是报纸应无条件反对的。"②从后来1885年5月15
日给格·史略特的信里我们知道:"在外国歌中我只知道那支绝妙的古丹麦民歌《基德曼
老爷》,1865年我曾翻译出来,刊登在《社会民主党人》报上面。"③恩格斯喜爱这支民歌
当然并非完全因为它是"反对封建贵族的",而且还因为它有"自然地、引人欢乐的调子",
是一支"最生动的民歌"。恩格斯在自己的文章与信札中还借用了许多政治讽刺民歌,用以
说明他所处的社会环境,讽刺统治者和他的论敌。在1886年4月12日给倍倍尔的信和《暴
力在历史中的作用》中,曾两次提到在1848年革命时期还流行着的16世纪以来的两支"最
好的政治民歌",一支是关于市长切布的歌子,一支是关于德罗斯特·菲舍林男爵夫人的歌
子。他指出,这两首歌子的"叛乱精神"在当时的普鲁士自由主义者,特别是莱茵省的自由
主义者中间"简直使一些老年人震惊"。④

恩格斯在1856年2月7日致马克思的信中,满意地谈到一支反对路易·波拿巴的歌子,
他很巧妙地说,巴黎的学生们当路易·波拿巴同他的妻子到奥狄翁(Odéon)剧院看戏的时
候,当着他的面唱这支《弗兰·布瓦西先生》的歌子,把他喻为一个"小小的芥子商"。巴黎
的工人们也唱,但遭到了警察们的禁止。⑤在给泰奥多尔·库诺的信里谈到伏柏塔尔的空
虚和沉闷笼罩着杜塞尔多夫,德国显得死气沉沉的时候,说"总有一天,我们将驱散空虚和
烦闷",并引用了一支意大利40年代流行的歌子:"如今,如今,永远是如今,如果我们如今
开怀畅饮,那我们当即就把钱付清!"恩格斯在歌子的后面紧接着补充了一句:"但是,为

---

① 恩格斯:《恩格斯致马克思》,马克思、恩格斯:《马克思恩格斯全集》第31卷,中共中央马克思恩
格斯列宁斯大林著作编译局译,北京:人民出版社,1972年,第48页。
② 恩格斯:《恩格斯致马克思》,马克思、恩格斯:《马克思恩格斯全集》第31卷,中共中央马克思恩
格斯列宁斯大林著作编译局译,北京:人民出版社,1972年,第48页。
③ 转引自《马克思、恩格斯论革命民歌和政治诗》,曹葆华译,《译文》1958年第12期。
④ 恩格斯:《暴力在历史中的作用》,马克思、恩格斯:《马克思恩格斯全集》第21卷,中共中央马克
思恩格斯列宁斯大林著作编译局译,北京:人民出版社,1965年,第482页。
⑤ 恩格斯:《恩格斯致马克思》,马克思、恩格斯:《马克思恩格斯全集》第29卷,中共中央马克思恩
格斯列宁斯大林著作编译局译,北京:人民出版社,1972年,第8—9页。

畅饮付钱的应当是资产者。"①

1888年7月9日，恩格斯在《社会民主党人报》上发表了一篇文章，其中引了一支关于牧师的英国古代歌谣。歌谣中描写的布雷牧师是一个在政治上善于以蜥蜴式的变色行为适应时政的教权分子：

> 有桩事情倒是真，
>
> 至死不会有变更：
>
> 不管谁来当皇上，
>
> 布雷的牧师要当成。

这支歌谣是160多年来在英国流行的、一直受欢迎的"唯一的一首政治民歌"。恩格斯认为它之所以受到如此广泛的欢迎，得到流传，"在很大程度上也得归功于它那出色的调子"。恩格斯引用这支民歌并不是无的放矢，而是为了影射当时的现实，讽刺执政的统治者。因此他说："对今天我们德国的情况来说，这首民歌也丝毫没有过时。不过，我们在这段时间内照例前进了。这位威风凛凛的独特的牧师，只是在每次更换帝王的时候才改换自己的假面具。可是在我们德国人这里，有一位真正的布雷的教皇……他毕竟是以那种帮助他经过一切政治风浪保住了自己阵地的勇敢精神而大大自豪的呵！"②

1845年马克思、恩格斯的战友威·沃尔弗在一本旧书里发现了一支《一个忏悔者的歌》，并且利用它进行反宗教的宣传。这支歌发表后，立刻引起了恩格斯的注意。30年之后，1876年他写的《威廉·沃尔弗》一文中不仅提到了这支极有说服力的歌子，并且全文引用了它。③从马克思、恩格斯在他们的著作中引述的民间文学作品，我们间接地看到了他们对民间文学的这种革命的马克思主义态度和观点。

恩格斯不仅仅在论著和书信中运用并论述民间文学，而且写过专门论述爱尔兰歌谣和

---

① 恩格斯：《恩格斯致泰奥多尔·库诺》，马克思、恩格斯：《马克思恩格斯全集》第33卷，中共中央马克思恩格斯列宁斯大林著作编译局译，北京：人民出版社，1973年，第486页。
② 恩格斯：《布雷的牧师》，马克思、恩格斯：《马克思恩格斯全集》第19卷，中共中央马克思恩格斯列宁斯大林著作编译局译，北京：人民出版社，1963年，第340—344页。
③ 恩格斯：《威廉·沃尔弗》，马克思、恩格斯：《马克思恩格斯全集》第19卷，中共中央马克思恩格斯列宁斯大林著作编译局译，北京：人民出版社，1963年，第66—67页。

歌手的珍贵论文。①恩格斯终生对被压迫、被奴役的爱尔兰人民的命运保持着深挚的同情，若干次论述过他们的历史，并写成了《爱尔兰史稿》。在《爱尔兰歌曲集代序》一文中，恩格斯给予爱尔兰民间歌手的历史功绩很高的评价，认为统治者"英国人把他们看作是民族的、反英格兰的传统的主要代表者，并不是毫无根据的"。他特别提出了歌颂爱尔兰传说中英雄巨人芬·马克·夸尔的古老的歌谣，歌颂爱尔兰首领与Sassenach（英格兰人）鏖战的歌谣，因为这些歌谣"颂扬了他们同时代的为独立而战的爱尔兰首领们的功勋"。恩格斯以沉重的心情看到悠久的爱尔兰民族传统被英格兰殖民主义者毁灭了，连保存这种民族传统的弹唱诗人和行吟歌手也被杀绝。"他们的名字被遗忘"，但是"他们给自己被奴役的但是没有被征服的爱尔兰人民留下的最宝贵的遗产，就是他们的歌曲"。

这篇文章除了谈到爱尔兰人民所遭受到的悲剧的命运以及他们的歌谣的可贵的思想内容之外，还谈到它们的艺术上的特色——"这些歌曲大部分充满着深沉的忧郁"。他认为这种艺术上的"忧郁"就是政治上"民族情绪的表现"。

《爱尔兰歌曲集代序》是一篇难能可贵的论文。恩格斯在这篇论文中对爱尔兰歌谣的论断，为我们研究和评价被压迫民族的歌谣乃至一般的民间文学提供了理论武器：把被压迫民族的民间文学同他们被压迫的民族命运联系起来，去研究这些作品中所反映的人民的愿望、憧憬——民族情绪。

总括起来，马克思、恩格斯在论述阶级社会的民间文学中看到了人类社会的历史发展的真实反映，从而丰富了自己的政治观点；看到了并广泛地运用了民间文学的深刻的人民性和革命性，将其作为政治斗争的有力武器，驳斥论敌、抨击当时的社会。马克思、恩格斯不仅重视民间文学的健康的思想内容和所反映的政治情绪乃至群众的偏见，而且重视它们的完美的艺术形式（这是民间文学广为流传的条件之一）。他们不但没有将过去社会的民间文学理想化而加以全部肯定、全盘接受，而且还看到了它的历史局限性和落后的、封建的因素，如迷信、宗教的影响等，从而坚决地提出了批判地接受的观点。

---

① 恩格斯：《爱尔兰歌曲集代序》，马克思、恩格斯：《马克思恩格斯全集》第16卷，中共中央马克思恩格斯列宁斯大林著作编译局译，北京：人民出版社，1964年，第574—575页。此前，笔者和马昌仪合译的《爱尔兰歌谣集序言札记》，发表于《民间文学》1962年第1期。

四

19世纪40年代之后的德国，阶级斗争异常尖锐。随着"那些即使是在君主专制制度下也因教育和生活状况而能够得到一些政治知识并形成某种独立政治信念的阶级中的大多数，渐渐地联合成一个反对现存制度的强大集团"①，工人阶级同资产阶级的矛盾就加剧了。而作为这两个阶级之间的斗争尖锐化的标志的，就是"开始于1844年西里西亚和波希米亚的工人起义"。西里西亚织工村彼特斯瓦尔道和朗根比劳的织工起义的爆发，给当时寄寓巴黎的马克思留下了极为深刻的印象，因此他曾以极大的惊喜和敬佩的心情谈到这次起义及在这次起义中产生的工人歌谣。

马克思在《评"普鲁士人"的〈普鲁士国王和社会改革〉一文》中写道："首先请回忆一下织工的那支歌吧！②这是一个勇敢的战斗的呼声。在这支歌中根本没有提到家庭、工厂、地区，相反地，无产阶级在这支歌中一下子就毫不含糊地、尖锐地、直截了当地、威风凛凛地厉声宣布，它反对私有制社会。"③为了研究马克思、恩格斯对工人歌谣的评价，我们在此不妨将其和对农民的（包括农民起义的）歌谣，甚至对资产阶级革命初期人民大众的歌谣的评价加以对比。

他们对农民政治歌谣的评价，以前面提到的恩格斯于1885年写给格·史略特的信为最重要。德国社会民主党的出版社曾打算出版一本从农民战争开始，在历次革命运动中发挥作用的革命诗歌和歌谣集。格·史略特以出版社名义要求恩格斯就下列问题作答复：英国宪章运动中是否有杰出的普遍意义的诗作，恩格斯是否知道有16—18世纪历次农民运动时期的诗，1848年德国是否有普遍意义的诗作。

---

① 恩格斯：《德国的革命和反革命》，马克思、恩格斯：《马克思恩格斯全集》第8卷，中共中央马克思恩格斯列宁斯大林著作编译局译，北京：人民出版社，1961年，第17页。

② 指在这次起义中产生的《血腥的审判》一歌。据露依丝·多尔纳曼著《燕妮·马克思》中《1848年以前的德国状况》里说：有一次，一个织工在某厂主的住宅前唱起这支歌，遭到警察的逮捕和拷打，于是就爆发了起义。这支歌的译文收录于人民文学出版社编：《马克思、恩格斯收集的民歌》，北京：人民文学出版社，1958年。

③ 马克思：《评"普鲁士人"的〈普鲁士国王和社会改革〉一文》，马克思、恩格斯：《马克思恩格斯全集》第1卷，中共中央马克思恩格斯列宁斯大林著作编译局译，北京：人民出版社，1956年，第483页。

恩格斯的答复要点如下:

> 至于说到诗作,那么《上帝是我们的堡垒》这一颂歌是农民战争的《马赛曲》。虽然这支歌子的歌词和曲调充满了胜利的信心,可是在今天却不应该这样地去理解它。……但是,早在那个时候,雇佣兵就在我们的民歌中占有重大的地位了。

恩格斯这段话说明,类似《上帝是我们的堡垒》这样的作品,本质上虽不是革命的歌谣,然而在一定的历史时期、一定的社会条件下,却带有革命的意义,成为农民战争中的《马赛曲》。从另一方面看,这种歌谣在某个历史时期曾经起过一定的革命作用,而后来便失去了原先的革命意义,即使是这样,我们也不能不承认它是革命歌谣。恩格斯在这封信里同时举出的那支丹麦小民歌《提德曼老爷》,他在别的地方曾说:"这种古老但有力的歌谣,是百分之百地有它的地位的。"

他的复信的另一个重要论点是:"一般说来,过去的革命诗歌,除了《马赛曲》而外,近来很少能够引起革命的印象,因为要影响群众,就应当把当时群众的偏见也反映出来。"过去的革命诗歌,既然应当反映当时群众的偏见(当然这偏见也包括他们的政治见解和主张),因此就不能不像恩格斯所说的,甚至连宪章派的诗歌里也有着宗教的胡说。《马赛曲》之所以例外,因为它不仅是法国资产阶级革命的号召,而且也在某种程度上是为国际无产阶级所接受了的。

恩格斯在《德国维护帝国宪法的运动》一书的开头,援引了1848年革命时期在南德广泛流行的一段歌词,而这支歌子又恰是他在给史略特的信中所举的"流行最广的"两支歌曲之一:

> 黑克尔、司徒卢威、布伦克尔、
>
> 勃鲁姆和齐茨,
>
> 把所有德意志君主都打倒杀死!

接着恩格斯指出,这段歌词在"从普法尔茨到瑞士边界的所有的道路上和旅店里"广泛传唱着,它"总括了'维护帝国宪法大起义'的全部性质","描绘出了这次起义中伟大人物的最终目的、值得赞美的坚定信念和令人肃然起敬的对'暴君'的憎恨,同时也描述了他们对于社会关系和政治关系的全部观点"。[①]

---

① 恩格斯:《德国维护帝国宪法的运动》,马克思、恩格斯:《马克思恩格斯全集》第7卷,中共中央马克思恩格斯列宁斯大林著作编译局译,北京:人民出版社,1961年,第129页。

从上述几段文字中可以看出，马克思对工人阶级的歌谣的评价和恩格斯对农民政治歌谣乃至资产阶级革命初期阶段人民大众的歌谣的评价是有所不同的。马克思（恩格斯也一样）从农民歌谣中看到的是它们反映了农民群众"对于社会关系和政治关系的全部观点"，甚至"偏见"，而在工人歌谣中则看到了先进的无产阶级的彻底的革命性和为自身及全人类解放而斗争的自觉性："它反对私有制社会。"而这种阶级意识就是在无产阶级尚未由自在的阶级变为自为的阶级、尚未成为一种自觉的政治力量之前也是不可能有的。当然，这是与无产阶级的成熟程度有关的，因此马克思说："西里西亚起义一开始就恰好做到了法国和英国工人在起义结束时才做到的事，那就是意识到无产阶级的本质。"①恩格斯对西里西亚织工的这次起义也不曾保持沉默。德国大诗人海涅的《西里西亚织工之歌》的写作不可能不受到工人的诗歌的影响，恩格斯在巴黎读到他的诗，就在给《新道德世界》写的英文通讯里给予了很高的评价，他写道："……我担心它（指海涅的这首政治诗——引者）在英国会被认为是侮辱宗教的。不管怎样……我只指出一点，那就是这首歌暗中针对着1813年普鲁士人的战斗叫嚣：'国王和祖国与上帝同在！'……这首歌的德文原文是我所知道的最有力的诗歌之一。"②

马克思、恩格斯虽不是专门研究民间文艺学或民族学研究者，但他们在民间文学领域中的学识的渊博和见解的卓越，实为任何专门从事研究的学者所钦羡。他们用马克思主义的观点和方法甄别、选择、分析、研究他们所拥有的民间文学材料，使一堆杂乱无序的材料为阐述自己的论点服务。他们就其所接触到的材料提出了马克思主义的看法，他们的论述奠定了马克思主义民间文艺学的基础。

1962年5月29日

本文原载于《草原》1963年第2期；收录于作者《原始艺术与民间文化》，中国民间文艺出版社，1988年8月。

---

① 马克思：《评"普鲁士人"的〈普鲁士国王和社会改革〉一文》，马克思、恩格斯：《马克思恩格斯全集》第1卷，中共中央马克思恩格斯列宁斯大林著作编译局译，北京：人民出版社，1956年，第483页。
② 恩格斯：《共产主义在德国的迅速进展》，马克思、恩格斯：《马克思恩格斯全集》第2卷，中共中央马克思恩格斯列宁斯大林著作编译局译，北京：人民出版社，1956年，第591—592页。

列宁论劳动者的口头创作

在批判"四人帮"反党阴谋集团篡党夺权的伟大斗争中,我们重温革命导师列宁对劳动人民创作的论述,对于批判"四人帮"在文艺路线、文艺理论方面的种种谬论邪说,把被他们弄颠倒、搞混乱了的问题重新颠倒过来,坚持和捍卫马列主义的文艺理论,是非常重要的。

安·瓦·卢那察尔斯基说过:"列宁一生中很少有时间能稍稍集中地研究艺术问题,由于他一直厌恶而憎恨凡事不求甚解的态度,所以他不爱表示自己对艺术的见解。尽管如此,他的爱好还是非常明显的。他喜爱俄罗斯的古典作家,喜爱文学、戏剧以及绘画等方面的现实主义作品。"①对于劳动人民中间世代流传下来的民间文学作品,当然也不例外。由于当时俄国革命的形势和任务的需要,列宁当然没有可能专门研究民间文学的问题,但他对俄罗斯民族的以及世界其他民族的民间口头创作的一些零散的,然而是深刻的见解和论述,丰富了马克思主义的文艺理论宝库。列宁明确阐发了劳动人民创作是劳动人民的世界观和他们所处时代的反映这一马克思主义观点,指出劳动人民创作是研究人民的心理和愿望、研究人民的哲学思想的重要材料;列宁强调对历史上遗留下来的一切民间口头艺术作品,必须用无产阶级的社会政治的观点加以审查;列宁非常重视革命的民间作品作为阶级斗争武器的战斗作用;列宁号召作家、诗人在旧歌谣的基础上推陈出新,创作出适应时代要求的新作品来;列宁恰如其分地指出民间创作中存在着精华与糟粕,无产阶级在继承人民文学艺术遗产时必须坚持一分为二的批判态度,全盘否定和全盘继承都是错误的。

---

① 卢那察尔斯基:《列宁和艺术》,尼·伊·克鲁奇科娃编:《列宁论文学与艺术》第2卷,北京:人民文学出版社,1960年,第919页。

一

十月革命以后不久，苏维埃政府从彼得格勒迁到莫斯科。有一次，列宁在邦契－布鲁耶维奇（当时的人民委员会办公厅主任）那里看到了一本19世纪初叶的无名作者的手抄作品，他读过这本作品后，精辟地指出了它们的意义：

> 这是令人惊讶的事情，我们的学者。所有讲师和教授们，就会研究那些哲学小册子，研究那些突然想过哲学瘾的冒牌知识分子写的毫无意义的文章，其实这才是真正的人民的创作，可是他们忽视它，没有人知道它，谁对它也不发生兴趣，也不写文章评述它。不久前我翻阅了一下考鲁包夫斯基的俄国哲学史目录以及他的俄国哲学图书目录。那里应有尽有！俄国哲学家的著作的书单子有一指厚！洋洋大观！可是富有人民哲学思想的作品书目却一点也没有。要知道，这比起我们许许多多的资产阶级知识分子出身的哲学家的所谓"哲学的"胡说八道，要有趣得多。难道在马克思主义的哲学家之中竟找不到一个愿意研究这一切和对这一切写出有系统的论文的人吗？这件事必须要做。因为许多世纪以来人民的创作反映了各个时代他们的世界观。[①]

列宁的这一段话，极为肯定地指出了劳动人民的文艺创作的性质及其在人类文化史上的意义：（一）劳动人民的文艺作品是他们世界观的反映；（二）不同时代的劳动人民创作反映了不同时代的劳动人民的世界观和不同时代的社会生活；（三）无产阶级的理论工作者有责任收集并用马克思主义的立场、观点、方法研究各个时代的劳动人民的文艺创作，写出有系统的论文来，廓清资产阶级的理论家们在这个领域里散布的"哲学的"胡说八道和氤氲迷雾。

人类社会有史以来，被压迫的劳动群众在同自然作斗争中和阶级斗争中，都用口头文学作为他们表达思想和反映自己生活的工具。以口头形式为主体的劳动人民的创作，几乎是他们在意识形态方面同统治阶级进行斗争的唯一武器。多少世纪以来，他们都无法在实际上战胜统治阶级，而只有在自己的艺术作品的幻想中才成为胜利者。他们在自己的创作

---

① 邦契－布鲁耶维奇：《列宁论民间口头文学》，中国民间文艺研究会编：《苏联民间文学论文集》，北京：作家出版社，1958年，第6页。

里，揭露社会的不平等，鞭挞骑在人民大众头上作威作福的寄生虫和一切不合理的社会制度、礼教、习俗，抒发自己的感情，歌颂诚挚、忠贞的友谊和爱情。他们通过艺术创造，歌颂和赞美自己阶级的英雄人物形象，表达自己的伦理、道德观点乃至社会理想，反映了不同时代不同的阶级关系。

列宁在读了19世纪后半叶俄国民间文学搜集家巴尔索夫的《北方的哀歌》一书中的出征士兵的"哭述"之后，认为这些民歌极好地描写了过去该死的穷兵黩武的尼古拉军警时代。他说：

> 为什么不写一篇研究论文，研究军警统治时代的黩武主义对于农民发生了什么后果，可以用这些对服兵役的"哭述"来和那些农民的歌曲——即那些逃避开地主的庄园，逃避兵役，从兵营逃走，组织所谓"下游自由逃民"，在伏尔加、顿河、诺沃露西亚、乌拉尔以及在草原上结成特殊的伙伴、义勇军、队伍，结成自由民的自由团体的农民的歌曲作比较。同样的人民然而却有不同的、充满骁勇和豪迈精神的不同的民歌，有大胆的行为，有大胆的想法；他们经常准备起义来反对贵族僧侣、显贵、沙皇、官吏、商人。是什么使他们变成这样的？他们努力追求的是什么？他们怎样和为了什么而斗争？难道知道这些不是很有趣的吗？而这一切在民歌中都能找到解答。①

劳动人民的文艺创作从各方面、从不同角度反映着社会生活的变化与发展，可以毫不夸张地说，举凡社会上发生的一切大事件，都能在民歌、民间故事、民间谚语等劳动人民创作中找到人民群众的反应。列宁引用的俄罗斯军警统治时代的征募士兵的民歌，就深刻地反映了农民群众对尼古拉反动统治的憎恶和反抗，反映了农民群众觉悟的不断提高，他们由消极地逃离地主的庄园，逃避兵役，从兵营逃走，组织帮伙，结成自由民团体，发展到"经常准备起义来反对贵族僧侣、显贵、沙皇、官吏、商人"。这就是沙皇的黩武主义对于农民发生的后果："农民不自觉地发动了起来，只是因为他们已经忍不住了，只是因为他们不愿意不声不响也不反抗就死掉。"②在列宁看来，对尼古拉军警统治那样一个黑暗时代

---

① 邦契-布鲁耶维奇：《列宁论民间口头文学》，中国民间文艺研究会编：《苏联民间文学论文集》，北京：作家出版社，1958年，第7页。
② 列宁：《给农村贫民》，中共中央马克思恩格斯列宁斯大林著作编译局编：《列宁选集》第1卷，北京：人民出版社，1972年，第445页。

中所发生的一切, 俄国农民的和士兵的哀歌反映得多么深刻! 多么生动! 完全符合历史的真实! 而在当时的俄国作家中, 有谁如此深刻地描写了这幅阶级斗争的图景呢? 当时还不是文坛上的知名之士而只是边区的一个教师的巴尔索夫把人民群众中流传的这些作品收集起来之后, 才触动了诗人涅克拉索夫, 并给了他的创作以有力的影响。

列宁指示我们, 劳动人民的文艺创作由于迅速而真实地反映了现实生活和人民群众的世界观, 因而向我们提供了研究社会的发展以及人民对历史事件所持的态度的可贵资料。他尖锐地批评了文学史家、文化史家对流传在人民大众口头上、记忆在人民大众脑子里的民间创作采取轻蔑贬斥的态度。他在阅读了19世纪出版的杜勃洛沃尔斯基的《斯摩棱斯克乡土志》和昂楚科夫的《俄罗斯民间故事》之后, 感叹地说: "多么有趣的材料! ""我粗略地翻了翻这些书, 我觉得, 显然, 现在还没有人愿意总结这些材料, 从社会政治的角度来整理这些材料, 用这些材料是很可以写出非常出色的关于人民的理想和愿望的著作的。瞧这里! 昂楚科夫的这些故事我翻过一遍, 就有很精彩的地方。这就是我们应该提醒我们文学史家注意的东西。这是真正的民间创作, 对于研究我们今天人民的心理是太需要、太重要了。"[1] 正如列宁正确地指出的, 资产阶级的文人学者之流且不去说, 就是当时无产阶级文化队伍里也还没有人去总结这些材料, 尤其不能 "从社会政治的角度" 对这些材料加以收集、整理、审查、研究和阐发, 做到古为今用。即使有人做了一点, 也是或出于猎奇, 或只从民俗的角度、或只从艺术形式的角度, 而没有从社会政治的角度来着眼。资产阶级的文化史家和思想家为了替资产阶级统治和资本主义制度辩护, 曾经收集了一些人民创作材料, 但他们大都进行了别有用心的篡改和删节, 明目张胆地对人类文化史作了罪恶的歪曲。他们把人类的一切文化说成仅仅是少数统治阶级的杰出人物的创造, 而不是世代劳动人民的创造; 他们不承认 "政治、法律、哲学、宗教、文学、艺术等的发展是以经济发展为基础的"[2], 不承认 "由于分工, 艺术天才完全集中在个别人身上, 因而广大群众的艺术天

---

① 邦契-布鲁耶维奇:《列宁谈诗歌》, 尼·伊·克鲁奇科娃编:《列宁论文学与艺术》第2卷, 北京: 人民文学出版社, 1960年, 第956—957页。
② 马克思、恩格斯:《书信》, 中共中央马克思恩格斯列宁斯大林著作编译局编:《马克思恩格斯选集》第4卷, 北京: 人民出版社, 1972年, 第506页。

才受到压抑"①的历史唯物主义原理和观点。

十月革命后不久,列宁就指出人民创作是"各个时代人民世界观的反映",是研究"人民的心理""人民的理想和愿望"的重要材料,这些材料对于刚刚在政治上夺得胜利的俄国无产阶级同资产阶级在上层建筑领域(其中包括文化领域)进行斗争,对于批判唯心史观,是有着重要而深远的意义的。十月革命前夕,俄国的文学界就曾流行过一种以B.A.凯尔图雅拉为代表的民间创作"贵族起源论",这种谬论认为人民创作不是广大劳动群众创造出来的,而是产生于上层统治阶级中间,然后下降到人民群众中间的。1906年、1911年凯尔图雅拉在彼得堡分别出版了《俄国文学史教程》(自修读本)的第1、2卷,他在第2卷的序言里断言民间英雄史诗的创作者不是人民,而是"上等统治阶级"。当时还有一些人附和这种资产阶级贵族老爷的谬论。这种谬论从根本上否定了劳动人民的艺术创造力,是彻头彻尾的资产阶级文艺理论。文学研究领域中的这种错误思潮的出现,是有其政治背景的。当时恰恰是出现在第一次俄国革命之后通常被称为"最肮脏、最无耻的十年",是为斯托雷平的黑暗政治与血腥镇压效劳的,因而及时揭露它的虚伪性和欺骗性是绝对必要的。列宁的重要论述就是在那样的历史背景上提出来,并给予无产阶级的理论战士以思想武装的。

二

列宁同马克思、恩格斯一样,深刻地指出革命歌谣反映了先进的革命阶级的思想和情绪,是无产阶级进行解放斗争的有力武器。

革命导师马克思、恩格斯对于他们所处的时代里随着工人运动的蓬勃发展而产生的工人阶级革命歌谣,曾经给予高度的评价,并且在他们的论著中广泛加以引用、阐发,为马克思主义的民间文艺理论开辟了一个崭新的领域。革命歌谣比任何其他形式的人民创作都更受到列宁的喜爱和重视。列宁喜爱革命歌曲,不是仅凭个人的好恶兴趣,而首先是用无产阶级的政治标准来评断优劣的。例如,他侨居巴黎的时候,就对法国的政治

---

① 马克思、恩格斯:《德意志意识形态》,《马克思恩格斯全集》第3卷,中共中央马克思恩格斯列宁斯大林著作编译局译,北京:人民出版社,1960年,第460页。

讽刺民歌发生了兴趣。当时巴黎公社社员的儿子蒙台居斯，一个著名的工人歌手，经常在巴黎郊区——工人区演唱革命歌曲。列宁为了去听蒙台居斯的演唱，竟然在各种报纸里寻找他的演出广告，并借助巴黎地图去郊区剧院或酒店。有一次，他在一封信里就表露了渴望听革命民歌的心情："今天（指1910年1月2日——引者）我还打算到一家唱goguette révolutionnaire（革命小调、讽刺歌曲——引者）的酒馆去，听听'唱歌人'（译得不好，原词是chansonniers）唱歌。"① 据克鲁普斯卡娅回忆，在巴黎时期，列宁一面关心着俄国的革命，同时也仔细地研究了法国的工人运动，尤其注意观察法国的选举运动。列宁认为，"对法国大选中各种会议的观察就给'民主共和国'的所谓选举勾绘出一幅鲜明的图画。这简直令局外的人感到惊讶。因此，伊里奇特别喜欢革命歌手们演唱的一些讽刺选举运动的小调。我记得有一支小调描写一个候选人到乡下去搜集选票，他跟农民一道饮酒，对他们胡说一通，醉醺醺的农民们最后投了他的票，并且唱道：《T'as ben dit, mon ga!》（'小伙子，他说得对呵！'）于是，在获得农民的选票之后，这位议员就去领取为数一万五千法郎的议员薪俸，并且开始在众议院里出卖农民的利益"②。列宁就是这样通过倾听工人歌手演唱的讽刺民歌了解群众的情绪，研究社会问题的。民歌毫不掩饰地揭露了资产阶级选举的虚伪性和资产阶级政客玩弄的欺骗把戏，反映了人民群众的革命情绪的高涨，因而得到了列宁的赞赏。

列宁非常重视和高度评价革命民歌中反映了人民群众对阶级压迫和民族压迫的抗议和反抗。他在《萨比林》一文中曾引用并评论过一首亚尔萨斯民歌。他写道："四十多年来，普鲁士人强迫亚尔萨斯的法国居民'德国化'，并以百般重压'迫使'他们服从普鲁士王国的、军曹的、官僚的所谓'德国文明'的纪律。然而，亚尔萨斯人的回答是唱起抗议的歌曲：'你们夺取了我们的亚尔萨斯、我们的洛林，你们尽可以使我们的土地德国化，但是你们永远不能征服我们的心——永远不能。'"③ 这支亚尔萨斯人民的民歌，是在他们的民族备受普鲁士人侵略和压迫的情势下诞生的，它不是诞生在一个心灰意冷、甘愿俯首听命于

---

① 列宁：《给玛·伊·乌里杨诺娃》，《列宁全集》第37卷，中共中央马克思恩格斯列宁斯大林著作编译局译，北京：人民出版社，1959年，第421页。

② 娜·康·克鲁普斯卡娅：《回忆列宁》，尼·伊·克鲁奇科娃编：《列宁论文学与艺术》第2卷，北京：人民文学出版社，1960年，第849—850页。

③ 列宁：《萨比林》，《列宁全集》第19卷，中共中央马克思恩格斯列宁斯大林著作编译局译，北京：人民出版社，1959年，第514—515页。

异族强权的民族中间，而是诞生在一个充满了反抗的、英勇不屈的民族中间。列宁初次听到这支歌是在1909年，那正是俄国反动分子猖獗一时的时期。当时党虽然遭到打击破坏，但党的革命精神却没有被摧毁，革命分子并未因此而消沉。这首民歌所表现的思想内容和革命精神，显然是同当时流亡在国外的列宁的心境很相似的，起码引起了列宁在情感上的共鸣，列宁唱它的时候，同样也是怀着胜利信心的。克鲁普斯卡娅在写《伊里奇喜爱什么文学作品》一文时，也特别提到这件事，说列宁"口里唱出来的歌词'但是你们永远不能征服我们的心——永远不能'，表现出了多么强烈的必胜信念"①。列宁很珍重和赞扬这支民歌中歌颂的法国人民的不屈的革命精神，正是这种革命精神曾鼓舞着法国人民同普鲁士侵略者进行了长期的、艰苦卓绝的斗争。

列宁还曾撰写专文评论过无产阶级的革命战歌《国际歌》，纪念它的作者、工人歌手欧仁·鲍狄埃。列宁写道："一个有觉悟的工人，不管他来到哪个国家，不管命运把他抛到哪里，不管他怎样感到自己是异邦人，言语不通，举目无亲，远离祖国，——他都可以凭'国际歌'的熟悉的曲调，给自己找到同志和朋友。"当这首歌子诞生的时候，"工人中社会主义者的人数最多不过是以十来计算的。而现在知道欧仁·鲍狄埃这首具有历史意义的歌的，却是千百万无产者……"②《国际歌》如今已经成为全世界无产阶级的革命宣言和战斗号角，鲍狄埃用自己战斗的歌曲唤醒了一代代国际无产阶级，把伟大的共产主义理想传遍全球。此后不久，列宁又写了一篇题为《德国工人合唱团的发展》的文章，以同样炽热的革命热情评价了《国际歌》以及用歌曲宣传社会主义的巨大功绩。列宁说，在德国，用工人歌曲宣传社会主义的历史很短，而且德国的"容克"（地主的、黑帮的）政府采取了很多卑鄙的警察手段来阻碍这种宣传。但是无产阶级的歌声是镇压不住的，"任何警察的无端寻衅，都不能阻止在世界各大城市、在所有的工厂区，而且越来越多地在雇农们的茅舍里，传出歌唱人类不久即将从雇佣奴役下解放出来的友谊的无产阶级的歌声"③。

---

① 苏共中央马克思列宁主义研究院编：《亲属忆列宁》，何立译，北京：人民出版社，1956年，第198—205页。

② 列宁：《欧仁·鲍狄埃》，《列宁全集》第36卷，中共中央马克思恩格斯列宁斯大林著作编译局译，北京：人民出版社，1959年，第209—211页。

③ 列宁：《德国工人合唱团的发展》，《列宁全集》第36卷，中共中央马克思恩格斯列宁斯大林著作编译局译，北京：人民出版社，1957年，第213页。

《国际歌》所以有强大的生命力，所以有巨大的号召力，就在于它用艺术的语言说出了无产阶级革命的伟大真理，这一真理是马克思和恩格斯用科学的语言加以概括的，是工人阶级经过多少次前赴后继、不屈不挠的浴血斗争和失败才认识到的。列宁在总结1905年俄国革命的教训时，曾说俄国革命用血的教训证实了这首歌曲中的深邃思想。他写道："无论知识人士怎样'同情'工人，无论单个恐怖分子怎样英勇斗争，都不能摧毁沙皇专制制度和资本家专横势力。只有工人自己起来斗争，只有千百万群众共同斗争才能做到这一点，而当这种斗争减弱下去的时候，工人所争得的成果立刻就开始被政府夺回。俄国革命证实了工人国际歌中的一段歌词：

> 从来就没有什么救世主，
>
> 也不是神仙和皇帝！
>
> 既不是那些英雄豪杰，
>
> 全靠自己救自己！"[①]

列宁向来很喜爱革命民歌。无论是流放西伯利亚，还是侨居国外时，他不仅爱听同伴们唱，而且还亲自参加唱。波兰革命民歌《劳动人民，要认清自己的力量》《五一节》，俄罗斯革命民歌《同志们，勇敢地前进！》《在茫茫草原的古墓上》，法国革命民歌《向十七团致敬》《炮声万岁！》等，都是列宁所喜爱的作品。这些无产阶级革命歌曲产生在19世纪末、20世纪初不是偶然的，它们的出现是同无产阶级的革命斗争蓬勃发展分不开的。革命歌曲的勃兴与发展，适应了无产阶级革命斗争的需要，作为阶级斗争的武器，发挥着鼓舞革命斗志、传播共产主义理想、教育人民、打击敌人的作用。

三

列宁对作家、诗人向劳动人民的创作学习，在人民创作的基础上推陈出新，发展社会主义的文艺创作给予了特别的关怀。

---

① 列宁：《谈谈某些社会民主党人如何向国际介绍俄国社会民主工党的情况》，《列宁全集》第16卷，中共中央马克思恩格斯列宁斯大林著作编译局译，北京：人民出版社，1959年，第293页。

十月革命成功后的次年, 反苏维埃政权的共同目的使国内外两股反动势力联合了起来, 俄国内部的反革命叛乱和外国武装干涉互相配合, 妄图瓦解年轻的苏维埃国家。苏维埃政权宣布"社会主义祖国在危机中"。这时, 建立一支能抵御外敌的红军, 发动和组织劳动人民起来进行卫国战争, 抗击外国武装干涉军的进犯, 平息被革命推翻了的剥削阶级叛乱, 成为当时列宁领导的政府的当务之急。在这一场斗争中, 列宁多么重视歌谣这一宣传鼓动武器的作用啊! 列宁同长时期成功地从事政治鼓动宣传工作的革命诗人杰·别德内依谈了一次话。列宁问别德内依, 前线将士们的士气怎么样, 能不能经受得住, 并指出俄国人是不愿意打仗的。别德内依在回答列宁的提问时, 援引了巴尔索夫收集的《北方的哀歌》民歌集里一首被募士兵的民歌, 说明他们是不想打仗的。列宁听了后, 对巴尔索夫的集子很感兴趣, 向别德内依借去看了很久。据别德内依回忆, 后来列宁对他说: "这种反战的、悲伤哭泣的和厌战的情绪, 我以为应当、而且也可以克服。要用新歌谣代替旧歌谣。要用喜闻乐见的形式来表达新的内容。你应当在你的鼓动口号中经常地、顽强地、系统地、不怕重复地指出, 过去是'该千诅咒万诅咒的沙皇兵役', 而现在服兵役, 则是为工农的苏维埃国家服务, 尽革命人民的天职……"①

列宁是从为当时的政治斗争服务这一点来考虑创作新歌谣这个问题的。他把"要用新歌谣代替旧歌谣"纳入当时的宣传鼓动工作之中。他指出, 宣传鼓动工作应当系统地、经常地、不厌其烦地向人民和士兵们讲清这样的道理: 过去是为万恶的沙皇效命, 而今则是为工农苏维埃共和国服役; 过去是在棍棒和皮鞭下生活, 而今却是自觉地尽革命的职责。

在这里, 列宁提出了文艺理论中的一个非常重要的问题: 即使是劳动人民的创作, 时代变化了, 也存在一个推陈出新的问题。由于劳动人民所处的历史地位和经历的悲惨遭遇, 悲伤、忧郁的思想情调就成为旧时代民间文艺创作的一个特点。随着社会政治制度的变革, 劳动人民当了国家的主人之后, 这种悲伤、忧郁的思想情调也就变成不再适应时代要求的东西了。因此, 列宁深刻地指示"要用新歌谣代替旧歌谣"。同时, 获得解放的广大劳动群众虽然喜爱思想深刻、语言犀利的旧歌谣, 但他们并不满足于此, 他们向往和要求创作出适应新的经济基础的, 反映社会主义制度下的新生活和人的精神面貌的新歌谣, 即

---

① 别德内依:《沃托夫斯基的〈战争的踪迹〉一书序》。

内容是社会主义的，形式是群众喜闻乐见的。

列宁在1920年同蔡特金的谈话中也表示过同样的意见。他说："我们的工人和农民理应享受比马戏更好的东西。他们有权利享受真正伟大的艺术。""在这种基础上，一定会成长出真正新的伟大的共产主义艺术，这种艺术将创造出一种适合其内容的形式。"①

四

在如何对待劳动人民文艺创作的问题上，向来存在着两种思想的斗争。列宁既批判了全盘否定历史上劳动人民创作的谬论，充分阐明了劳动人民创作在阶级斗争和认识历史两方面的价值，又批判了全盘肯定历史上劳动人民创作的错误倾向。他一贯主张批判地对待人类的全部文化遗产，包括历代劳动者创造的民间文学遗产。

1920年他在苏联共青团大会上发表的演说中说："无产阶级文化应当是人类在资本主义社会、地主社会和官僚社会压迫下创造出来的全部知识合乎规律的发展。"但是，无产阶级文化不是把过去的这些文化原封不动地搬来，而是"只有确切地了解人类全部发展过程所创造的文化，只有对这种文化加以改造，才能建设无产阶级的文化"。②列宁在此既强调了无产阶级文化不是从天上掉下来的，不是无源之水、无本之木，同时又强调了对人类社会发展过程中所创造的文化，即"现有文化"必须加以改造。这个改造，就是去粗取精地进行批判的功夫，只有对"现有文化"进行由此及彼、由表及里的审查、批判，分清民主性的精华和封建性的糟粕，才能达到古为今用。

正如有史以来人类社会就分裂为对立的两个营垒一样，人类文化史也不是统一的文化。列宁在批判崩得分子时全面而深刻地阐述了两种文化的理论。他写道："每个民族的文化里面，都有一些哪怕是还不大发达的民主主义和社会主义的文化成分，因为每个民族里面都有劳动群众和被剥削群众，他们的生活条件必然会产生民主主义的和社会主义的

---

① 蔡特金：《回忆列宁》，尼·伊·克鲁奇科娃编：《列宁论文学与艺术》第2卷，北京：人民文学出版社，1960年，第916页。
② 列宁：《青年团的任务》，中共中央马克思恩格斯列宁斯大林著作编译局编：《列宁选集》第4卷，北京：人民出版社，1972年，第348页。

思想体系。但是每个民族里面也都有资产阶级的文化（大多数的民族里还有黑帮和教权派的文化），而且这不仅是一些'成分'，而是占统治地位的文化。"①显然，列宁所说的"哪怕是还不大发达的民主主义和社会主义的文化成分"里面，就包括了劳动群众和被压迫群众的全部文化，其中也有劳动人民的民间创作。列宁深刻地指出了民主主义的和社会主义的文化成分（其中包括人民创作）同社会生活的关系：在阶级对抗的社会里，劳动群众和被剥削群众的生活条件，是产生社会主义和民主主义思想体系（其中包括文化）的源泉。劳动群众和被剥削群众在政治上、经济上受着压迫和剥削，在文化上也被剥夺了掌握知识的权利。若干世代以来，他们不得不被迫处于愚昧的状态之中。他们的智慧和才能，只能通过自己的创作来表现。因此，劳动人民的创作就成为民主主义和社会主义的文化成分的组成部分。其次，列宁还阐述了民主主义的和社会主义的文化成分（包括人民创作）在人类社会的全部文化中的地位以及同统治阶级的文化的关系。他指出，在过去的时代，每个民族文化里面，这种民主主义和社会主义的文化成分只不过是"成分"而已，而占统治地位的文化从来就是统治阶级的文化。

尽管总的说来劳动群众和被剥削群众的民间创作是民主性的，是反映了人民的世界观和人民的立场的，在历史上是进步的，但是不能因此就认为劳动群众和被剥削群众的一切艺术创作都是进步的，都是健康的，都是符合历史发展的要求的。他们的文学创作中也有精华和糟粕两个部分。

劳动群众和被剥削群众的创作中何以有糟粕呢？根据列宁的思想，这里有两个方面的原因：第一，在任何阶级社会中，占统治地位的统治阶级的思想和文化，无时无刻不给劳动群众和被剥削群众的思想和文化以影响和腐蚀；第二，劳动者本身所处的时代带来的局限性，如小生产方式、科学的不发达等，使他们产生迷信、宿命论的思想。这两个方面，无论哪一方面都是不能忽视的。

我们知道，宗教对俄国人的精神生活是一大禁锢，宗教和教会的意识形态就对被压迫的劳动群众的思想和创作发生过重大的影响。列宁一方面肯定了劳动群众和被剥削群

---

① 列宁：《关于民族问题的批评意见》，《列宁全集》第20卷，中共中央马克思恩格斯列宁斯大林著作编译局译，北京：人民出版社，1959年，第6页。

众艺术创作中幻想的积极意义,另一方面又指出它的消极因素。列宁写道:"人和自然界只存在于时间和空间以内,僧侣们所创造的、为无知而又受压制的群众的臆想所支持的时间和空间以外的存在物,是一种病态的幻想,是哲学唯心主义的谬论,是不良的社会制度的不良产物。"①他指出僧侣们杜撰的那些脱离现实的海市蜃楼式的宗教教义,有时也得到被压迫的、缺少文化知识的劳动群众的臆想的支持。因为它们是没有现实做根据的,所以是病态的幻想,而不是积极的幻想。当高尔基在哲学上一度误入迷途的时候,列宁写信给他,严厉地批评了他。列宁指出了什么是人民文化中必须加以批判和剔除的糟粕。他在信中写道:"'人民'关于神和替神行道的概念,完全同'人民'关于沙皇、妖怪、揪妻子头发的'概念'一样,都是'人民的'愚蠢、闭塞、无知。我根本不能理解,您怎能把'人民'关于神的'概念'说成'民主的概念'。"他还说:"神首先是(在历史上和生活里)由人的受压抑状态、外部自然界和阶级压迫所产生的那些观念的复合,是巩固这种受压抑状态和麻痹阶级斗争的那些观念的复合。历史上曾有过这样一个时期,当时尽管神的观念的起源和真实作用是这样的,但是民主派以及无产阶级的斗争采取了以一种宗教观念反对另一种宗教观念的斗争形式。""但是这样的时期早已过去了。"②列宁历史地分析了神的观念的起源和真实作用,指出了神的观念是由人的受压抑状态、外部自然界和阶级压迫所产生的那些观念的复合。这些观念在民间创作里也是大量可见的。列宁在另一个场合还阐明了这些观念之所以产生的必然根源,他说:"被剥削阶级由于没有力量同剥削者进行斗争,必然会产生对死后的幸福生活的憧憬,正如野蛮人由于没有力量同大自然搏斗而产生对上帝、魔鬼、奇迹等的信仰一样。"③列宁指出人类历史上曾经有一个时期神的观念是这样的,不过这样的时期早已过去了;后来它被用来当作阶级斗争的工具,即用一种宗教观念反对另一种宗教观念了。根据列宁的这些意见,我们在研究人民创作遗产时,要用历史唯物主义的观点加以分析,仔细地判断它是哪个历史时代的作品,体现了什么样的思想,有无进步意

---

① 列宁:《唯物主义和经验批判主义》,中共中央马克思恩格斯列宁斯大林著作编译局编:《列宁选集》第2卷,北京:人民出版社,1972年,第187页。

② 列宁:《给阿·马·高尔基》,《列宁全集》第35卷,中共中央马克思恩格斯列宁斯大林著作编译局译,北京:人民出版社,1959年,第110—111页。

③ 列宁:《社会主义和宗教》,《列宁全集》第10卷,中共中央马克思恩格斯列宁斯大林著作编译局译,北京:人民出版社,1958年,第62页。

义,特别要注意区别哪些是代表了历史上进步阶级的思想,哪些是统治阶级附会上去的反动思想。

在社会发展历史上,个体小生产培育出了一代又一代作为小生产者的农民。由于被压迫农民群众的口头创作在人民创作中占据突出的地位,农民的生产方式以及这种方式所决定的思想状况,无疑对人民创作有着最为明显的影响。因此,我们在分析主要是农民文学的民间创作时,也要看到农民的思想局限性的一面。列宁充分估计农民的革命性,即使在分析农民的宗教活动时,他都不抹杀这种革命性。他写道:"农民中的宗教派别和理教派别在滋长(在宗教外衣下表示政治抗议,这并不是俄国一国特有的现象,而是各国人民在一定的发展阶段上共有的现象)……由此可见,农民中有革命分子是丝毫用不着怀疑的。"接着他又指出农民在政治上的落后性和闭塞性:"我们决不夸大这些分子的力量,我们没有忘记农民在政治上是闭塞的,是不开展的,我们决不抹杀'俄国盲目的无情的骚动'同革命斗争之间的区别。"①农民的世界观既然是复杂的,那么,他们的艺术创作当然也不会都是精华,都是富有革命精神的,他们的闭塞、愚钝、无知,当然也不可避免地在艺术创作中有所反映。这就决定了无产阶级在对待过去时代的劳动人民创作时,必须采取批判的态度,绝对的肯定或绝对的否定,都不是马克思主义的态度。

本文原载于《文艺论丛》第3辑,上海文艺出版社,1978年5月;收录于作者《原始艺术与民间文化》,中国民间文艺出版社,1988年8月。

---

① 列宁:《我们党的纲领草案》,《列宁全集》第4卷,中共中央马克思恩格斯列宁斯大林著作编译局译,北京:人民出版社,1958年,第213页。

拉法格的民歌与神话理论

保尔·拉法格（1841—1911）是卓越的法国马克思主义者，法国工人党（1920年改为法国社会党）的奠基人之一。他在政治、经济、哲学、宗教等历史科学方面进行过深刻的研究工作，并为马克思主义的理论武库做出了自己的贡献。正像列宁所说的，拉法格是值得深深尊敬的，"因为他是马克思主义思想的最有天才、最渊博的传播者之一"[①]。在马克思和恩格斯的学生中，拉法格可说是少数力图运用他们的方法去研究文学史、语言、民间歌谣和神话的人之一。因此，他在这方面的理论遗产值得我们特别加以重视；我们应当对他的论著的重要意义及他所犯的错误，做出充分的估价，丰富和推动我们的研究工作。

《拉法格文学批评集》法文版的编者弗雷维尔告诉我们："拉法格关于民间文学、语言和文学的研究工作，是在约莫十年之久的一个时期内进行的，从1885年到1896年。这些年月恰好是盖得运动的最重要的时期。"[②]他从事学术研究的这个时期，是法国无产阶级的革命斗争日趋深化的时期。法国工人阶级已经经历了1871年巴黎公社的洗礼，尝过了法国资产阶级对起义工人的血腥屠杀，而在革命运动中居于领导地位的那些政治力量（如布朗基主义和普鲁东主义者们）的幻想，都在严酷的阶级斗争面前烟消云散了，如恩格斯在巴黎公社失败20年时写的、被列宁称为"马克思主义在国家问题上的最高成就"的文章——马克思所著《法兰西内战》一书德文版序言中所说，作为小农和手工业者的社会主义者普鲁东的社会主义学派"在法国工人中间已经绝迹了"，"布朗基主义者的遭遇也并不

[①] 列宁：《代表俄国社会民主工党在保尔·拉法格和劳拉·拉法格的葬礼上发表的演说》，《列宁全集》第17卷，中共中央马克思恩格斯列宁斯大林著作编译局译，北京：人民出版社，1959年，第286页。
[②] 转引自拉法格：《拉法格文学论文选》，罗大冈译，北京：人民文学出版社，1962年，第239页。文中其他未注明出处的，均引自此书。

好些",而马克思的理论已经占了"统治地位"。①

拉法格在青年时代,曾经是普鲁东主义的信徒,也曾信仰过布朗基主义。我们知道,不论是小资产阶级空想主义的普鲁东主义,还是以"阴谋学派的精神培养起来的"布朗基主义,都由于巴黎公社的英勇斗争把它们推进了自己的坟墓。而拉法格于1865年会见马克思,并在马克思的教导和影响下,逐渐转变为一个马克思主义者。他在马克思和恩格斯的直接指导下同盖得(后堕落为机会主义者)一起缔造了法国工人党,参加了法国的和国际的工人运动。从此,不论在国内或流亡国外,他都没有离开过革命斗争。即使在1885年由于为工人罢工辩护而被反动统治者投入监狱,他仍然坚持在狱中写作了著名的文学论文《雨果传说》,把对资产阶级的仇恨倾吐在文章里。对于拉法格一生的活动,列宁在他的葬礼上发表的演说中作了这样的概括:"在拉法格的身上结合着两个时代:一个是法国革命青年同法国工人为了共和制的理想进攻帝国的时代;一个是法国无产阶级在马克思主义者领导下进行反对整个资产阶级制度的坚定的阶级斗争、迎接反对资产阶级而争取社会主义的最后斗争的时代。"②

拉法格研究民歌,目的在于揭示出妇女在社会中的地位的变化;研究神话,目的在于戳穿现代资产阶级的宗教的虚伪性和欺骗性。拉法格把马克思早在《〈政治经济学批判〉序言》中提出的"物质生活的生产方式制约着整个社会生活、政治生活和精神生活的过程"的原理,运用于民间文学的研究中,具体地分析了民间文学乃至人类文化史的种种现象。他在阐述自己的观点时,用锐利的批判的锋芒批驳了形形色色的资产阶级民间文学理论。

一

拉法格在《关于婚姻的民间歌谣和礼俗》(1886年第一次用法文发表在《新杂志》上)中写道:"在各族人民中,婚姻曾经产生了为数甚多的民歌,同时也形成了稀奇的礼俗;

---

① 马克思:《法兰西内战》,中共中央马克思恩格斯列宁斯大林著作编译局编:《马克思恩格斯选集》第2卷,北京:人民出版社,1972年,第344页。
② 列宁:《代表俄国社会民主工党在保尔·拉法格和劳拉·拉法格的葬礼上发表的演说》,《列宁全集》第17卷,中共中央马克思恩格斯列宁斯大林著作编译局译,北京:人民出版社,1959年,第286页。

博古的学者搜集了这些材料,而历史学家却很少利用这些材料来追叙往昔人民的社会风俗。"而"在这篇论文中,我将用这些材料(指关于婚姻的民间歌谣和礼俗——引者)来回溯父权家庭的起源。"作为一个用阶级分析的方法批判地研究了19世纪末法国资产阶级文学的文学批评家,他在这篇文章里用这样的方式提出了民间歌谣的历史价值问题。

关于民间文学的历史价值,资产阶级民间文学的研究家们作了种种歪曲的解释,把民间文学说成是毫无艺术价值可言的古代野蛮民族的化石,从而证明劳动人民和落后民族是野蛮不化的劣等民族,应当永远受本国统治者和帝国主义的奴役。

拉法格既重视民间歌谣的历史价值,指出人民的口头歌谣即使没有别的价值,也有很高的历史价值,"通过民歌,我们可以重新发现史传上很少提到的无名群众的风俗、思想和情感";同时又重视民间歌谣的艺术功能,他说"这种出处不明,全凭口传的诗歌,乃是人民灵魂的忠实、率真和自发的表现形式;是人民的知己朋友,人民向它倾吐悲欢苦乐的情怀;也是人民的科学、宗教和天文知识的备忘录"。他所以做出这样的论断,也许是受了特·拉·维勒马该和甫里埃尔的影响,因为他在这段文字后面接着引用了维勒马该的话:"这是人民的各种信仰、家庭与民族历史的储存处。"但这的确是他本人的看法,他的这个看法是从对大量的材料的分析中得出来的,而不是凭空的臆造。

民间歌谣是人民群众集体创作而成的。人民群众只是在受到现实生活的激发时才歌唱,因此,他们不用而且用不着任何的巧饰,他们的歌声是自发的、逼真的。拉法格这样比拟民歌的真实性:民歌"由于这种真实性和确切性……获得了任何个人作品所不可能具有的历史的价值"。

拉法格正是持着这样的观点和意图对有关婚姻的歌谣和礼俗进行了考察和研究,通过对这些歌谣的内容上和艺术上的特色的分析,从其中反映的父权制的残余进而追溯到父权制的风俗,分析了父权制家庭的经济关系,妇女在家庭中的地位的变化。像其他有见地的研究者一样,拉法格一接触到关于婚姻的歌谣及礼俗的实际材料,便发现这些歌谣充满了忧郁的、凄惨的情调。虽然各种宗教、各国政府都以敬意和隆重的仪式来尊重婚姻,哲学家、教士和政治家都把婚姻看作家庭的基础,看作保证妇女的地位和对妇女保护与重视的制度,然而在这种绵延若干世纪的庄严隆重的仪式上,"民歌却发出不谐和的噪音","民歌给妇女们描写家庭生活时用那样阴暗的腔调",民歌中的"怨声是连绵不断的"。这种凄凉、阴暗、不和谐的情调由何而来？拉法格不是到艺术本身的特性中，而是到社会生活中去寻找这些艺术的因素的根源。他首先从伴随着人类童年而产生的原始宗教仪式得到启示，他说："由于任何宗教仪式都必须有牺牲，在婚礼中，扮演牺牲角色的恰好是新娘。大家唱的传统的歌也好，给她当场现编的歌也好，都和众人的欢乐形成奇怪的对比。"但是，拉法格也指出，民歌和仪式作为意识形态的表现之一，它们的最基本的根源，还是在社会生活之中。所以，当他引述并分析了许多反映妇女对于婚姻的畏惧情绪的民歌之后，得出了这样的结论："民歌中所表达的对于婚姻的畏惧，并不是由于害怕经济困难所产生的情绪，因为出身于不愁衣食的社会阶级的姑娘们，同样地有这种畏惧；产生这种情绪的原因，在于男权中心的家庭生活使妇女们战战兢兢。等到父亲的专制威权趋于缓和，家庭集体主义消灭之后，这种畏惧也就消失了。"

民间文学既然是社会生活的反映，凝结着劳动群众对眼前的或历史上的事件的看法，有关婚姻的歌谣当然就反映了家庭关系的发展过程，尤其描绘了妇女的社会地位、家庭地位的变化过程。拉法格根据此前人们对原始社会的研究成果，将民歌的材料拿来对照研究，认为民歌中生动地描绘了从母权家庭到父权家庭的这一变革。他说，在父权制家庭之先，曾经有过母权制的家庭形式，在那时，家长是母亲而不是父亲，妇女不离开家，不是跟丈夫走，相反地，男子是女方的客人。如果男人不再使她欢心，或不能完成家庭的供应人的职务，女子就可以打发他离开。而在父权制家庭中，男女的地位正巧翻了一个个儿，妻子从一家之主的地位，降低到了丈夫和公婆的奴婢的地位。拉法格指出："要了解关于婚姻的民歌和民间礼俗的真实意义，必须认识父权家庭的风俗。"

民间文学具有历史价值。拉法格在《关于亚当和夏娃的神话》一文中说过："像凹面镜子一样，因受弯曲的直径的限制，照出来的形象多少是歪曲的，人的脑子也因受自己发展程度的限制而以多种多样的结合和形态反映事物和现象。"[1]这段话告诉我们，民间文学既然是人脑对生活现象的反映的结果，它所照出来的形象也不免是多少有点走样的；但由于它是形象地反映生活，仍不失为真实的艺术。尤其由于"人民只是在受激情的直接的和

---

[1] 拉法格：《关于亚当和夏娃的神话》，《宗教和资本》，王子野译，北京：生活·读书·新知三联书店，1963年，第1页。

立时的打动之下才歌唱",所以它的真实性就更强了。民间文学的历史价值是寓于它的艺术价值之中的,离开了艺术的内容、特点及功能,民间文学是谈不到历史价值的。

二

研究民间文学作品,如同研究人类文化的其他材料一样,往往出现这样的现象:地理上相互隔绝的地域或国家,处于不同历史发展阶段上的民族或部落,却有着相似的作品、相似的情节、相似的人物或相似的讲述方式。这种现象的秘密在哪里? 许多民间文艺学家和民俗学家都曾试图回答这个问题。但是答案是各式各样的,都未能揭开这个秘密。心理学派说,相似之所以产生,是居住在不同地域的人们具有相似的心理状态之故。地理学派则把相似归因于地理环境的作用。移植学派则说传说故事本发源于一个共同的中心,由于互相移植的结果,使不同地区出现了相似的作品。诸如此类,都是不懂得地理环境、心理因素等等,归根到底是在一定地区、一定条件下受着生产力发展水平的制约这个道理。

拉法格既然在自己的研究工作中碰到了这样的问题,就不能回避它。他彻底否定了当时民间文学理论中的一种占统治地位的理论——神话传说起源于一个中心的学说。他在《思想起源论(卡尔·马克思的经济决定论)》一书中写道:"民俗学家在野蛮民族和文明民族中发现了同样的民间故事,而维科已经确认了他们中的同样的谚语。许多民俗学家都认为这些相同的民间故事不是由每一个民族各别地创作出来,只是靠口头相传保留到现在,而是由一个共同的中心创造出来,由这中心向全球传播。这个意见是站不住脚的,因为它是同对社会制度和对其它的人类创造的精神产品和物质产品的观察相矛盾的。"①

但是,马克思主义的理论应当怎样去解释民间文学的相似现象呢? 他在另一篇文章里,在肯定地提出"民歌主要是地方性的"这个论点时,也回答了这个问题。他写道:

题材可以从国外输入,但是只有在题材和采用者的气质和习惯相适合时,它才会被接受、被利用。一首歌谣,并不像我们衣服的时行式样一般,使人非接受不可。在相隔最远、区

---

① 拉法格:《思想起源论(卡尔·马克思的经济决定论)》,王子野译,北京:生活·读书·新知三联书店,1963年,第24页。

别最大的民族之间，发现有类似的歌谣、传说和礼俗。为了解释这种类似性，有些学者认为那些歌谣、传说和礼俗是从近处逐渐传到远处，或者因为它属于几个民族在分离以前所共同携带的精神行囊。我想可以提出另外一个解释。欧洲石器时代的野蛮人，正和澳洲或别处的石器时代野蛮人一样，用同样的方式，凿成他们的石刀石斧，以及别的工具。我们不能认为他们上过同一个训练班，学会了同一套凿石手法；也不能认为他们互通声气；而是工作的原料——打火石，迫使他们采取那样的处理方式。北方或南方的人，亚里安人种或黑种人，当他们被同样的现象所激动时，他们曾经用类似的歌唱、传说和礼俗，来表达所见的现象。我们将要在世界各民族有关婚姻的歌谣和礼俗中看到的雷同情况，并不证明它们是从近处传到远处的，但是却说明了一个也很重要的事实：世界各民族都经历过大同小异的进化阶段。①

拉法格把相似现象区别为几种情况。他认为题材是可以移植的，但这里的所谓移植却是有条件的，即只有在"采用者的气质和习惯相适合时"，才有可能被接受、被利用，否则，就没有适宜于这题材生长的土壤。他认为造成民间文学作品的相似的根源是相同的生产方式。他的这种看法，是以前面说过的马克思关于物质生活的生产方式决定着整个社会生活、政治生活和精神生活的过程的原理为依据的。拉法格在他的著作中反复地阐明了相似的生产方式可能产生相似的物质生活和精神生活的现象的道理。他写道："假如历史发展经过相似的家庭的、财产的、法律的和政治的组织，经过相似的哲学的、宗教的、艺术的和文学的思想形式，那么这只是因为各个民族不管他们的种源和地理环境如何，在自己的发展中总会碰到极端相似的物质的和精神的需要，总得为满足这些物质的和精神的需要而采取同一的生产方式。"②

既然同一的生产方式可能出现极端相似的历史发展，那么，这是否意味着会出现绝对相似的事件呢？拉法格回答说：不，这是不可能的。他认为，同样的生产方式只是一般地决定了，而不会以数学般的精确性在一切靠它生活的民族中产生出同样形式的人为环境或社会环境；因此，同样的生产方式在不同的民族和在一切历史时期也就不会引起绝对相似的

---

① 拉法格：《关于婚姻的民间歌谣和礼俗》，《拉法格文学论文选》，罗大冈译，北京：人民文学出版社，1962年，第11—12页。

② 拉法格：《思想起源论（卡尔·马克思的经济决定论）》，王子野译，北京：生活·读书·新知三联书店，1963年，第37—38页。

事件。这样,拉法格就给了我们一把钥匙。民间文学的相似和雷同现象,主要取决于不同民族的物质生活的生产方式的相似,但也不能排除流传和移动而造成的相似的可能性。然而可以肯定地说,把民间文学的相似与雷同现象仅仅归结为一个起源的中心,却是完完全全错误的,因为这是以资产阶级的世界主义的哲学为基础的。

拉法格并不是一下子就达到自己的结论的,他对前人的假设与结论一一加以检验,作了一番辨伪的工作。

例如,他在自己的著作中谈到了维科。维科是相信人的精神的类似的。他说:"在人的本质里放进了一种精神的、对一切民族是共同的语言,它同样地表示着在人的社会生活中起积极作用的事物的本质,并且表达着与这些事物不同的存在形态相适应的事物的不同名称的本质。我们可以在谚语里,在这些测定人民智慧的活的直尺里查出这语言的存在,虽然谚语表达形式非常不同,但就内容说则在一切古代的和现代的民族都是一样的。"[1]

拉法格还谈到了摩尔根。摩尔根也得出了和维科相近的结论。他说:"人类的心灵,在人类所有的部落及民族中的个人间都是一一相同的,它的能力的范围是限制了的,只能在同样一致的途径中,及在变异性极其狭小的限制内去活动,而且必须如此去活动。其结果,可以在空间上隔绝的地方,在时间上相距甚远的时代中,将人类的共通经验衔接起来成为一条在逻辑上互相关联的连锁。"[2]

不论是维科还是摩尔根,他们对人类精神生活的观察所得的印象都是正确的。人类社会的确如他们所描述的,不论他们的种属和地理环境如何,他们都要通过同样的家庭、财产和生产的形态,而且还采取过相同的社会制度和政治制度。如马克思所说的:"工业较发达的国家向工业较不发达的国家所显示的,只是后者未来的景象。"[3]但是,维科根据他所观察的现象而概括出来的人类精神活动的规律,却带有唯心主义的宿命论的色彩。他认为存在着一个一切民族的历史总要通过它的"理想的永久的历史",认为某一民族的历史,是另

---

[1] 维科:《新科学》第22章。转引自拉法格:《思想起源论(卡尔·马克思的经济决定论)》,王子野译,北京:生活·读书·新知三联书店,1963年,第22页。
[2] 摩尔根:《古代社会》,杨东莼、张栗原、冯汉骥译,北京:生活·读书·新知三联书店,1957年,第286页。
[3] 马克思:《资本论》第1卷,中共中央马克思恩格斯列宁斯大林著作编译局译,北京:人民出版社,1975年,"第一版序言",第8页。

一个达到更高发展阶段的民族的历史的简单的重复。拉法格对这种见解进行了批评，指出它是带有宿命性的。他指出："假如事情是这样的话，那么由此就应得出结论，所有民族——往往不论在什么情况之下——都应当以同样的发展速度和特定的历史道路前进。这样理解的人类社会发展的同一样式的规律在任何民族的历史发展的事实中都找不到证实。"①

拉法格批判了民间文学的同源说，探索了民间文学相似现象的社会根由，提出了新的唯物主义的解释，尽管他的论述也许还是并不十分完善的。

三

拉法格论神话的文章，是他的民间文艺学遗产中极其宝贵的部分，也是对马克思主义民间文艺学的宝贵贡献。他所接触到的并用马克思主义的观点给予科学的解释的，有犹太人的圣经神话和古希腊神话。他的几篇论述神话的文章，由于运用了比较研究的方法，组成了他的"比较神话学纲要"。在这里，我们先来谈谈拉法格对圣经神话的论述。

无论是基督教中不同教派的教徒，还是犹太教教徒，都把圣经当作各自教义的基础，甚至伊斯兰教可兰经的教义也多取自圣经。世界上几乎有半数的人，从小就受着圣经的教育，而牧师们根据圣经来解释世界的"创造"，甚至人类历史的一切事件。圣经是怎样的一部书呢？经过许多人的研究，现在已经可以断定圣经是不同时代的许多作家编写的各种不同作品的汇集，其中收集了许多民间流传的神话、传说。鉴于圣经的广泛流播和当时牧师们在人类精神方面所起的某些毒害作用，拉法格写了《关于亚当和夏娃的神话》和《关于贞洁的受孕的神话》等文，力图用新的、唯物主义的观点加以解释。

在《关于亚当和夏娃的神话》这篇论文的前面，拉法格引用了古代哲学家巴门尼德的格言"只有存在的才能被思维"作为题词，或许可以认为，这就是拉法格评论圣经神话的立意。圣经是作为基督教的神圣经典而存在的，信徒们把其中的故事信以为真；而神学家们说它是神圣的书，说它是上帝亲自写的或上帝口授由摩西写的。可是非信徒的具有自由思

---

① 拉法格：《思想起源论（卡尔·马克思的经济决定论）》，王子野译，北京：生活·读书·新知三联书店，1963年，第36—37页。

想的人士则把圣经看作是"骗子的谎话",认为它是荒诞不经的。拉法格吸收了巴门尼德的唯物主义思想,并把它生发开去,深刻地指出:"既然人的思想只能从真实的事物和现象出发才能发展,以为人可以想象某种完全非真实的东西,这未必是正确的。"①在现代人看来荒诞不经的事物,在原始人看来未必没有意义;圣经神话就是这样的。因此,拉法格声称,他要探讨的就是圣经《创世记》中所反映的这种可以被理解的现实的根据。

这是困难的。其所以困难并不在于基督教牧师们对它所作的各种荒唐的解释,把它的面貌弄得模糊不清了,困难在于若干世纪以来圣经中的神话对原始人的那种意义早已失掉了。甚至连恩格斯都在他的这篇论文发表时指出:"他(拉法格)的确有些固执,并且依然迷醉于他自己绝非一直都是有根据的史前理论。所以,他最珍爱他的《亚当和夏娃》,认为这些理论比左拉更重要得多。其实他是最适合于评论左拉的一个人。"②恩格斯指出了评论圣经神话的艰巨性,同时也指出了拉法格对自己的命题的信心。的确,拉法格对他选的这个困难的题目是充满信心的,他写道:"民俗学家只限于对各民族的传说、神话和迷信作比较。作为英国'上流社会'的成员,他们小心回避把圣经故事扯进自己的研究范围。因此需要比他们走得更远些,需要研究作为神话的基础的事实,需要对《伊利亚特》的传说,赫雪得的《神谱》和《创世记》的故事作同样的批评。"③

拉法格运用客观存在决定主观意识这一马克思主义的原理,从圣经中的神话入手,利用一个世纪以来对史前社会形态的研究成果,详细地分析了圣经所反映的原始社会的风俗习惯。而"详细研究野蛮民族的风俗和习惯就很有可能恢复原始宗教所生长于其中的史前环境和了解引起它们发生的现象"④。他把《创世记》分成两个关于人的创造的故事,

---

① 拉法格:《关于亚当和夏娃的神话》,《宗教和资本》,王子野译,北京:生活·读书·新知三联书店,1963年,第1页。
② 恩格斯:《党的社会评论的迫切任务》,马克思、恩格斯著,米海伊尔·里夫希茨编:《马克思恩格斯论艺术》(三),曹葆华等译,北京:人民文学出版社,1963年,第367页。拉法格此文发表在德国杂志《新时代》(1890—1891)第2卷第34期上。恩格斯在信里所说的"左拉",是指拉法格写的《左拉的〈金钱〉》一文。
③ 拉法格:《关于亚当和夏娃的神话》,《宗教和资本》,王子野译,北京:生活·读书·新知三联书店1963年,第2—3页。
④ 拉法格:《关于亚当和夏娃的神话》,《宗教和资本》,王子野译,北京:生活·读书·新知三联书店1963年,第2页。

并进一步指出这两个故事完全不是互相补充的,而是彼此矛盾的。他指出,《创世记》的第二、三、四章和第五章所讲的不是同一个时期的事件;前者所讲的时代,是一个比较高的发展阶段,因为其中说到地球上除了亚当和他的儿子之外,还有其他人,河流和各种地形还在亚当创造之前就已经获得了名称,人们已经知道有金子,知道使用金属,能铸剑、驯养家畜和耕耘土地。

拉法格探讨和解释了亚当这一男女合体的神话人物的意义。他根据对许多民族的神话的比较研究,认为像亚当这样的雌雄同体的神话人物形象,并非犹太人所独有,而是在大多数民族中都可以找到的。这种最初的两性人是非现实的东西,但在它的后面隐藏着的,却是真实的现实,那就是处于低级发展阶段的野蛮人的性交是发生在部落内部这样一个事实。拉法格说,由于"野蛮的民族常常使用单数的名字来表示许多人的整个总和",所以"不要把亚当的名字看成是一个人的专有名字,而应当看作是一个甚至几个野蛮的闪族部落的名字"。①亚当的名字所代表的野蛮人的部落所实行的是"内婚",这一部落的成员无须到别的部落中去寻找丈夫或妻子。这种状况是由他们的生活条件决定的。但是为了防止内婚群内部母与子、父与女之间的性交,他们被分为4代,即祖父代、父母代、儿子代和孙子代。同一代的一切成员被认为是兄弟或姊妹,是比他们年长的一代的儿女和比他们年轻的一代的父母。同代成员,即兄弟和姊妹之间允许性交,不同代成员之间则严禁性交。这就是恩格斯在《家庭、私有制和国家的起源》中肯定的、由摩尔根最先提出的家庭的第一阶段——血缘家庭。因此,在拉法格看来,原始的野蛮人部落内部的性交关系的存在,就造成了亚当作为雌雄同体的神话人物的出现;原始的野蛮人部落的生活状况及其与别的部落的关系,就是亚当神话的真实意义。

同样,拉法格运用历史唯物主义的观点,揭开了蒙在亚当和夏娃的神话上的一层迷茫的薄纱,指出识别善恶之树的果子是专供上帝耶和华享用的,亚当和夏娃吃了禁果是破坏了上帝的特权,把自己提到了和上帝同等的地位。圣经神话中的耶和华上帝已经达到了相

---

① 拉法格:《关于亚当和夏娃的神话》,《宗教和资本》,王子野译,北京:生活·读书·新知三联书店,1963年,第8页。拉法格作出这样的结论,是根据《圣经》里的这样一句话:上帝"就照着自己的形象造人,乃是照着他的形象造男造女"(创1:27)。由上帝一代开始,亚当一代又生了塞特一代,塞特一代又生了以挪士,他们都视上帝一代为始祖。

当高的物质和精神发展阶段,他拥有伊甸园,拥有为他看管和经营园子的奴隶——亚当一代人。亚当和夏娃偷吃禁果,代表了被奴役者向伊甸园的所有者的挑战。

拉法格的功绩是剥去了圣徒们加在这些神话上面的唯心主义外壳,恢复了它们的真实意义。他认为,夏娃的神话反映了母权制的衰败以及让位给父权制的过程。在夏娃犯原罪之前,他们所处的时代是母权制时代,因为蛇先去诱惑夏娃,亚当听她的话,她吩咐他并因此为犯下的罪受到双倍的报复,最后她失掉了对男人的统治权,而且被加以生儿育女的苦楚。在拉法格看来,亚当的下一代该隐和亚伯的神话则反映了人类社会前进途中的又一次革命——农业取代了游牧业。

拉法格根据宗教是现实的人间关系的歪曲的、幻想的反映这一马克思主义论点,探讨了关于亚当和夏娃、亚伯和该隐、处女玛利亚等神话的物质基础和现实根源,从而同宗教观念进行了斗争,粉碎了犹太教和基督教神学家们若干世纪以来心劳日拙地制造出来的谎言。他以圣经神话为主,大量旁及世界其他民族的历史资料和民族学资料,运用比较研究的方法,探本穷源,在一定程度上解决了神话起源、神话与现实的关系等一系列问题,对马克思主义的神话理论做出了贡献。作者对这一组神话的分析研究,证实了他在《关于亚当和夏娃的神话》一文开头提出的一个非常正确的论断:"神话既不是骗子的谎话,也不是无谓的想象的产物,它们不如说是人类思想的朴素的和自发的形式之一。只有当我们猜中了这些神话对于原始人和他们在许多世纪以来丧失掉了的那种意义的时候,我们才能理解人类的童年。"[1]

四

拉法格运用同样的方法,解开了关于普洛米修士的希腊神话之谜,是马克思主义的辩证唯物主义与历史唯物主义在神话学领域具体运用并获得成功的又一范例。

普洛米修士,这个不屈的泰坦,从来是作为从天上盗火并把它交给人类的伟大形象而

---

[1] 拉法格:《关于亚当和夏娃的神话》,《宗教和资本》,王子野译,北京:生活·读书·新知三联书店,1963年,第2页。

出现的。多少古代的和现代的神话学家都这样理解和解释它的含义。一直到了19世纪末叶，拉法格才凭他的博学多识和马克思主义的世界观，对这种解答提出了异议。拉法格用无可置疑的语言写道："无论如何，希腊人远在宙斯和普洛米修士出生之前就已用火来加工金属，因为克洛诺斯的儿子投掷反对泰坦的闪电是基克洛普（独眼巨人）们制造的，据赫雪得说，基克洛普是乌拉诺斯的儿子，就是说他们是属于男性神的第一代。何况普洛米修士自己也承认人们已经知道使用火而他只是教会他们从火焰中引出预言，并且也承认'野蛮民族沙里伯人（Chalybes）已经知道打铁'。由此可知，普洛米修士无须乎给史前期的希腊人传火或教会他们用火，因此需要寻找这神话的另外的解释。"[1]这个新的解释又是什么呢？拉法格认为，普洛米修士的神话包括了属于两个不同时期的两个事件，即：第一，普洛米修士的谋叛；第二，普洛米修士的盗火。前者发生于父权制的开始期，后者发生于父权制的崩溃期。

关于普洛米修士的谋叛。宙斯用暴力夺取了奥林普的政权，成了奥林普的主人，这是埃拉多斯（希腊）部落进入父权制的象征。一当宙斯成了奥林普的统治者之后，"普洛米修士就开始组织反对他的叛乱和重新获得母权制事业拥护者的友谊"。宙斯为了保持自己的政权，吩咐暴力和力量把谋叛的普洛米修士锁在高加索的山岩上作为惩罚。拉法格认为，普洛米修士是不死的，其所以不死，是因为他知道他这个战败者和受刑者终将看到宙斯的暴君统治的末日和父权制的毁灭。这一事件发生在宙斯刚刚夺得了奥林普的统治地位之时，这时父权制还不很巩固。

关于普洛米修士盗火。普洛米修士盗来的火并不是一般的火，拉法格说，这是"火的泉源"，"这是神圣的火，这火使那占有它的凡人有权点燃家庭的炉灶，有权组织从父亲的专制权力解放出来的独立家庭"[2]。因此，普洛米修士不是火的发明者，他给予凡世间的人的礼物，是象征着独立家庭的火，这火本来是宙斯所独占的。

我们从拉法格的理论中得到的印象是：普洛米修士联合泰坦们及母权制的代表人物

---

[1] 拉法格：《关于普洛米修士的神话》，《宗教和资本》，王子野译，北京：生活·读书·新知三联书店，1963年，第47页。

[2] 拉法格：《关于普洛米修士的神话》，《宗教和资本》，王子野译，北京：生活·读书·新知三联书店，1963年，第62页。

的力量,反抗父权制的家长宙斯。但不能把这件事看成对母权制的支持。不,这不是历史的复归。他是站在新的更加进步的立场上与宙斯——父权制对抗的。他的确把"火的泉源"交给了凡人,但交给的是男人而不是女人;女人自父权制出现以来便成为"没有灵魂的人"(当然不是现代意义上的说法)。正如拉法格本人所概括的:"代替父权制家庭的家庭是个人主义的,它的组成只有一对婚姻的配偶。"①

这就是拉法格阐发的普洛米修士神话后面隐藏着的历史的现实。神话像其他形态的文学艺术作品一样,也是现实生活的反映,在这一点上并没有什么两样。拉法格说:"天上反映地上的事件,正如月亮反映日光一样,因为人只有以自己的想象、自己的风俗、自己的情欲和自己的思想赋予神灵才创造出和才能创造出自己的宗教。②他把自己生活中的一切卓越的事件带进神的王国。在天上人重演地上发生过的悲剧和喜剧。"③任何神话都是一定现实世界的反映。如果认为神话纯属无稽之谈,或者在分析评价神话时离开对原始人的生活的具体、历史的分析,都必然导致错误的结论。神话担负着保存远古的回忆的职责,如果没有神话,也就失去了关于远古的材料,历史也将是难于辨认的。

五

作为马克思的学生,拉法格把民间文学的研究同政治斗争联系起来,对马克思主义的民间文艺学(包括神话学)理论是有重要贡献的。他引证大量的材料,雄辩地论述了民歌的历史价值和艺术价值;他力排众议,在民间文学的相似和雷同问题上提出了唯物主义的

---

① 拉法格:《关于潘多拉的神话》,《宗教和资本》,王子野译,北京:生活·读书·新知三联书店,1963年,第73页。
② 在这里必须注意,恩格斯在谈到原始民族时,是把他们的共同的宗教观念与神话视为一回事的。恩格斯写道:"'印第安人,是一个按照野蛮人方式信教的民族。'他们的神话迄今还远远没有批判地加以研究;他们已经给自己的宗教观念——各种精灵——赋予人的形象,但是他们还处在野蛮时代低级阶段,所以还不知道具体的造像,即所谓偶像。"(恩格斯:《家庭、私有制和国家的起源》,中共中央马克思恩格斯列宁斯大林著作编译局编:《马克思恩格斯选集》第4卷,北京:人民出版社,1972年,第88页。)拉法格此处所说的"宗教"就是这个意思。
③ 拉法格:《关于普洛米修士的神话》,《宗教和资本》,王子野译,北京:生活·读书·新知三联书店,1963年,第53页。

见解；他用马克思主义的方法论阐明了圣经——犹太人圣书中的神话和希腊神话的真实意义；他成功地把辩证唯物主义和历史唯物主义的原理，具体地应用到民间文学研究领域（特别是神话领域）中；他批判了当时流行的形形色色的资产阶级民间文学理论，同宗教学说进行了斗争。他是马克思主义理论家和著作家中少数系统地研究和论述民间文学问题的学者之一。他在这方面的遗产值得我们很好地继承研究。

拉法格的理论中也存在着一些缺点和错误。他对民间文学，特别是关于婚姻的歌谣的历史价值分析得淋漓尽致，指出它是认识原始时代的风俗和习惯的重要材料，但是，在他的论著中也可以看出资产阶级人类学派给他投下的某些阴影。拉法格比较多地注意到民歌作为历史见证人的作用，而对它影响人的意识形态的积极作用则重视不够。这是同他当时的哲学观点的片面性不无关系的。在哲学思想上，他充分估计到了生产方式、经济基础对意识的反作用，却忽视了思想一经产生之后对社会产生的积极的反作用。在这种思想指导之下，他甚至把马克思丰富的哲学思想机械地理解为经济决定论。因而他的唯物辩证法是不彻底的。

其次，拉法格的某些神话理论中有明显的反历史主义的论断。例如，他在论述关于普洛米修士的神话和潘多拉的神话的论文中，说这个神话是"关于打碎父权制家庭和准备资产阶级家庭，亦即由单一的经济构成的、至今还存在的家庭的事件的回忆"，"当他盗取圣火和把它传给人们时是为了让他们好建立起资产阶级的个人主义的家庭"。在这里，现代资产阶级的家庭形态同古希腊的父权制的比较完善的独立家庭形态，显然被拉法格混为一谈了。

1963年初稿
1977年12月定稿

本文原载于《文艺论丛》第7辑，上海文艺出版社，1979年9月；收录于作者《原始艺术与民间文化》，中国民间文艺出版社，1988年8月。

普列汉诺夫的神话观初探

整个19世纪的100年间,神话学形成了一门学问,并且有了很大的发展。如果说,古典的神话学主要是以多少被系统化了的古希腊、古罗马神话为依据而建立起来的话,那么,随着殖民主义的扩展,欧洲的政治家、商人、宗教职业者、民族学家在一些当时尚处在原始社会阶段的部落居民(如美洲的印第安人、非洲的霍屯督人和布须曼人、澳洲和大洋洲的土著居民)中收集和记录了大量的、此前不为外界所知的、未成系统的神话材料,使神话学大大向前推进了。到19世纪末叶,马克思主义的奠基者及理论家们,利用资产阶级神话学家、民族学家们所搜集的极其丰富的神话和民族学材料,批判地接受他们的理论和结论中的合理部分,用历史唯物主义观点解释和阐发神话的本质、发生和发展的规律,使神话学发生了意义深刻的变革。普列汉诺夫就是对马克思主义神话学做出了重要贡献的理论家之一。

作为俄国马克思主义理论家,普列汉诺夫对美学理论的建树是人所共知的。他在1899—1900年间撰写了《没有地址的信》这部至今还在马克思主义美学史上放射着光辉的美学著作,根据他那个时代出版的几乎全部俄文的和其他外文的民族学材料,阐述了原始艺术对物质生活条件的依存关系,并指出了有关原始民族艺术起源和发展的种种唯心主义理论的错误。[①]在这部著作里,他广泛地探讨了原始艺术的各种形式的起源与发展,但涉及神话的篇幅并不多。1909年,他又以《论俄国的所谓宗教探寻》为题,撰写了3篇文章,特别是在第一篇文章里,以马克思主义的历史唯物主义为武器,从宗教的角度,对原始先民的神话及其世界观进行了精辟的、至今仍然有着重要理论意义的分析与研究。如同前面提到的那部《没有地址的信》一样,在这部著作里,普列汉诺夫对在他之前以及他同时代

---

① 近年来,我国学术界有人对这部著作提出了一些质疑,1982年《复旦学报》上就此开展了一个小小的讨论,1984年第6期《文学评论》上发表了余福智的《读〈没有地址的信〉所引起的思考》,对功利说提出了不同的看法。

的各个流派的学者所提供的神话材料，进行了有说服力的批判和唯物史观的解释，对前人提出的假说和结论进行了辨伪、扬弃、吸收和改造，从而形成了他自己的唯物主义的神话理论。诚然，构成他的神话理论的不止是这一部著作，比如《〈科学社会主义和宗教〉讲演提纲》（1905）、《马克思主义的基本问题》（1907）等著作中，对于神话问题都不乏精到的见解，不过就其系统性而言，仍然以《论俄国的所谓宗教探寻》最值得重视。

普列汉诺夫晚年在政治上转到孟什维克的立场上去，做了不利于俄国无产阶级革命的事情，但他在社会主义理论上，特别是美学理论、原始艺术理论上的杰出贡献，是不应该抹杀，也抹杀不了的。他对神话学的理论变革以及他对资产阶级神话理论的批判和吸收，对我们仍然有着积极的现实意义。

神话——原始世界观的表现

关于神话的本质及特点，向来是一个聚讼纷纭、莫衷一是的问题。人类学派也好，历史学派也好，各有各的说法。普列汉诺夫充分研究了各家的理论之后，提纲挈领地指出：“（原始的）人们对某种现象——不论真实的或虚幻的现象——感到惊异，就力求弄清楚这种现象是如何发生的。这样就产生神话。”①关于神话的特点，他说：“神话是回答为什么和怎样这样两个问题的故事。神话是人对现象之间的因果联系的意识的最初的表现。”他引用德国民族学家保·爱伦莱希（P. Ehrenreich）在《南美蒙昧人的神话和传说同北美和旧大陆的神话和传说的比较》中阐述的观点，即“神话是原始世界观的表现”，并表示同意和肯定这个观点的正确性。他还进一步指出：“这种世界观必然是很原始的。这种世界观的……主要特点就是具有这种世界观的人把自然现象人格化。”

普列汉诺夫关于神话思维的论述，采用了自18世纪意大利哲学家维科（Giambattista Vico, 1668—1744）以来通行的观点。这种观点归结起来，就是认为神话是原始先民对于某种现象感到惊异，力图弄清楚这些现象发生的原因这样一种愿望和好奇心而产生的。维

---

① 普列汉诺夫：《论俄国的所谓宗教探寻》，《普列汉诺夫哲学著作选集》第3卷，北京：生活·读书·新知三联书店，1962年，第363页。以下凡出自该文者，一律不注。

科说："……那时有少数巨人，身体一定顶强壮，散居在高山森林里猛兽穴居的地方，碰见雷电交作，不知道原因，就大惊大骇起来，抬头一看，就看到天。由于在这种情况，按照人心的本性，人就会把自己的性质附会到雷电这种效果上去；因为在像打电扯闪那种情况之下，大半是一些体力极强壮的人在发火，用咆哮来发泄他们的暴躁情绪；他们于是就把天想象为一个巨大的有生命的物体，把打雷扯闪的天叫做'天神'或'雷神'……他是在用电驰雷吼来设法向他们说些什么。这样，他们都开始运用与生俱来的好奇心，这是无知的女儿和知识的母亲。这种好奇心打开了人的心窍，就产生了惊奇。……就是用这种方式，最早的神话诗人创造了第一个神话故事，一个最伟大的神话故事，即天神或雷神的故事。"[1]原始人的好奇心对于神话的产生，只能是一个推动因素，而"把自己的性质附会到雷电这种效果上去"的"人心的本性"，却是神话思维的特点。这个思想在马克思所著《〈政治经济学批判〉导言》中也得到肯定和采纳。

普列汉诺夫把神话看成是对现象之间的因果关系的意识的最初表现。他举出了澳大利亚的厄伦特部族关于月亮是从哪里来的神话，来论证他的观点。厄伦特人说，"在古代，天上还没有月亮的时候，一个名叫奥波苏姆的人去世后被埋葬了。不久，这个人复活了，变成一个小孩走出了坟墓。他的亲属惊慌万状，四散逃跑，他就一面追赶他们，一面大喊：'不要害怕，不要逃跑，否则你们都会死掉。我虽然会死，但我会在天上复活。'果然，他长大了，衰老了，然后死了。但是死后他化为月亮出现，从那时起他就周而复始地死亡和复活。"普列汉诺夫指出，这个神话"不仅说明了神话的起源，而且说明了月亮周而复始地隐现的原因"。在这个神话中，原始先民的思维，还不是我们今天的人类的逻辑思维（法国社会学家路先·列维-布留尔把这种原始思维称为原逻辑思维）。在他们的意识中，人自身与周围现实的一切事物还没有区别开来，必然性和偶然性还没有区别开来。[2]人们想解释外部世界的起源（月亮及其周而复始的隐现），也想解释人本身究竟是怎么回事。他们只能用直接的经验去解释外部世界的种种现象，于是便出现了把客观世界种种现象人格化的意

---

[1] 维科：《新科学》，伍蠡甫主编：《西方文论选》（上），上海：人民文学出版社上海分社，1964年，第540—541页。

[2] 关于原始人的这种思维的特点，列维-布留尔在《原始思维》一书中称为"互渗律"（一译"混沌律"）。

识。奥波苏姆死后化为月亮，而月亮也是具有人性的、有灵气的生物。[①]

希腊人关于雅典娜出生于宙斯脑袋里，而不是女人受孕而出生的神话，在普列汉诺夫看来，是能体现出原始先民的思维观念的一篇相当典型的神话。这个神话的大意说：奥林普的大神宙斯的第一个妻子墨提斯对宙斯说，她将生一个女儿，她的女儿的儿子将比宙斯强大（一说她将生一个儿子，这个儿子将比宙斯强大）。宙斯听说后非常害怕，于是把妻子吞进肚里。到墨提斯临近分娩时，宙斯头痛异常，于是请充当外科医生的赫淮斯托斯给他劈开脑袋。雅典娜便从里面生出来。生出来时，她全身披戴铠甲。这个神话说明什么呢？它告诉人们，雅典娜不是墨提斯生的，而是宙斯生的，即不是女人生的，而是男人生的。男神宙斯可以不必受孕，即不必依赖女人，而生出雅典娜。普列汉诺夫说："瓦·罗扎诺夫先生在1909年10月14日的《新时代》上就我对女神雅典娜的来源的神话的说法责备我，说我忘了指出，希腊人用帕拉斯·雅典娜女神和她的产生的特殊方式说明什么现象。但是，我这位奇怪的批评家简直没有弄懂我说些什么……我举出女神雅典娜从丘必特的头中产生出来这个故事，是说明雅典娜女神如何产生……而她为什么这样产生而不那样产生，则是另一个问题，对于这个问题不是由神话来回答，而要由宗教史和社会学这两门科学来回答。……瓦·罗扎诺夫先生是否知道现代科学如何解释关于帕拉斯·雅典娜女神来源的神话的特点？这很可怀疑。"[②]普列汉诺夫在这段答辩式的注释中，至少阐明了两个思想：其一，雅典娜出生神话"说明雅典娜女神如何产生"，即说明他在正文中所说的"神话是回答为什么和怎样这样两个问题的故事"。其二，这个神话说明原始时代人们对繁殖观念是极不明确的，特别是在历史上某一个时期，两性为了在生儿育女中所起的重要作用而有过激烈

---

① A.W.里德记录的《澳大利亚土著故事》（Aboriginal Stories of Australia）中有一则《月亮的盈亏》的神话，不是讲月亮的来历，而是讲月亮和人一样有感情，有欲望，他渴望从迷人的姑娘中找个伴侣，陪他度过天上寂寞的岁月，但姑娘们都不喜欢他。他常到篝火旁追求姑娘们，可是只要他一露面，她们便纷纷躲到屋子里去。后来，两个被他逗弄的姑娘把他掀翻到了河里，于是月亮便从此黯淡下来。但他还会升上中天，放出光辉。见安徽大学大洋洲文学研究室编："大洋洲文学丛书"第2辑《街上的面容》，1981年12月。

② 《由防御到进攻》文集的注释。转引自普列汉诺夫：《论俄国的所谓宗教探寻》，《普列汉诺夫哲学著作选集》第3卷，北京：生活·读书·新知三联书店，1962年，第364页脚注。

的争执。①

　　总括起来, 神话作为原始世界观的表现, 既反映了原始先民要求了解周围世界——自然界的愿望, 又反映了他们处在自然的控制之下对自然感到茫然不解, 因此, 神话本身存在的这种两重性, 充分地体现在原始先民对事物之间因果关系的意识之中。

神话世界观的特点

　　1915年俄国革命失败后, 在俄国, 造神思潮在一部分知识分子中间一度活跃起来, 因而使对宗教观念中的神话因素问题进行马克思主义的阐释, 增加了迫切性和现实性。普列汉诺夫为了回答俄国造神派代表人物的理论, 特别注意抓住神话中体现的原始世界观以及原始人的思维方式加以历史的探讨。

　　普列汉诺夫认为, 爱德华·贝·泰勒在他的《原始文化》一书中关于万物有灵论是原始人的世界观这一著名理论是正确的。他在《〈科学社会主义和宗教〉讲演提纲》中就曾明确指出: "万物有灵论。在发展的第一阶段, 人(把整个自然界想象成是有灵居住的)。人把自然界的个别现象和力量加以人格化。为什么? 因为人用同自身类比的方法来判断这些现象和力量: 在他们看来世界似乎是有灵性的; 现象似乎是那些与他们本身一样的生物, 即具有意识、意志、需要、愿望和情欲的生物的活动结果。这些生物就是灵。灵是什么? 从哪里获得关于灵的观念? 梦境; 昏迷; 死亡。按照原始人的理解, 世界是灵的王国。唯灵论是原始的哲学, 野蛮人的世界观。"②在《论俄国的所谓宗教探寻》中, 他又一次重申了这个思想。他写道: "原始人以为这一切现象都是同他们一样具有意识、需要、爱好、希望和意志的特殊存在物的行动。在很早的发展阶段上, 在原始人的观念中, 这些似乎以自己的行动引起一定的自然现象的存在物, 都具有精灵的性质, 于是, 就形成了泰勒称之为万物有灵

---

① 关于古代神话中的贞洁受孕和父亲生育问题, 参阅保尔·拉法格在其《母权制》(《民间文艺集刊》第6集, 上海文艺出版社, 1984年)和《关于贞洁受孕的神话》(《宗教和资本》, 生活·读书·新知三联书店, 1963年); 关于雅典娜女神在社会发展上的意义, 恩格斯在《家庭、私有制和国家的起源》一书中也作过精辟的论述, 可与普列汉诺夫的论述相得益彰。

② 普列汉诺夫:《〈科学社会主义和宗教〉讲演提纲》,《普列汉诺夫哲学著作选集》第3卷, 北京: 生活·读书·新知三联书店, 1962年, 第61页。

论的东西。"他认为,万物有灵论的思维形式,是"一定发展阶段上的基本的普遍的思维形式",归根结蒂是同生产力发展水平的低下相联系的。原始人的生产力很不发达,他们控制自然的能力是很低的。而在人类思想发展中,实践在任何时候都先于理论:人作用于自然的范围愈广阔,他对自然的了解也就愈广阔,愈正确。反过来说,这一范围愈狭小,人的理论也就愈贫乏。他的理论愈贫乏,他就愈想用幻想来解释那些不知道为什么引起他注意的现象。类比判断是对自然生活的一切虚幻解释的基础。人观察自己的行为时,就会看出,在行动之先,存在着与其相适应的希望。因此,"他以为,那些使他惊异的自然现象也是由谁的意志引起的。这些用自己的意志引起使他惊异的自然现象的存在物,始终是他的外部感官所不能感触的"。而这些存在物,就是类似人的灵魂的东西。当然,普列汉诺夫也指出,万物有灵论并不能说明原始人的物理学和生物学中的一切现象。

关于人类发展史上最早的思想形式,或者用普列汉诺夫所说的"发展的第一阶段"上的思想形式是什么的问题,一个世纪以来,争论此起彼伏,从来没有停止过,至今也难于取得一致。泰勒提出万物有灵论学说以后,他的学术继承人马雷特(Robot Marrett)就认为泰勒所说的万物有灵论不是人类最早的思想形式,而认为在万物有灵论之前,有一个非人格化的超自然力为主的阶段,他称这种非人格化超自然力的信仰为"泛生信仰"(animatism)。①普列汉诺夫在文章里也触及到了这个问题。他批驳了波格丹诺夫关于万物有灵论是社会二元论(上等人和下等人之间、组织者和被组织者之间的二元论)和权威社会形态之间存在特殊关系的反映的论点,指出万物有灵论可能不是人类宇宙观的发展中的第一步。他根据玛丽·居友关于"起初灵魂和肉体是被看成统一的整体"的见解,推论原始人在信仰万物有灵论之前,曾经有过别的思维形式,并说:"如果真是这样,就应该认为万物有灵论是人类宇宙观的发展中的第二步。"他为了否定波格丹诺夫的论点,即"在社会发展的最初阶段,在最低级的部落中还没有万物有灵论,根本没有关于精神本原的观念",就断然地写道:"人种学不知道有这种部落。相反地,人种学能够进行观察的所有部落中最低等的部落——所谓低等狩猎部落,都抱着万物有灵论的观点。"普列汉诺夫在写

---

① 参阅台湾商务印书馆1974年9月出版的《云五社会科学大辞典·人类学》中的"泛灵信仰与泛生信仰"条。杨堃在《论神话的起源与发展》(《民间文学论坛》1985年第1期)中,把马雷特所提出的学说称为"先万物有灵论"(Preanimism)。

作《论俄国的所谓宗教探寻》时，马雷特的《宗教入门》（1914）尚未出版，显然他未能了解马雷特的观点。关于神话的起源问题，神话的世界观问题，原始人最早的信仰问题，晚近以来争论已有很大发展。否定万物有灵论而主张图腾主义者，越来越在学术上占上风。[①]

神话根源于狩猎生活

普列汉诺夫遵循马克思主义的思维对存在的依赖关系的原理，把早期的原始神话与稍后出现的神话加以区别，指出神话的发生受到经济发展的影响和制约，原始神话植根于原始人的狩猎生活之中。

神话产生于低级狩猎部落，处于低级狩猎阶段的原始先民，不仅靠猎获动物的肉作为食品，而且也吃植物的根和茎块以及鱼和软体动物。但根据大量的民族学材料，人们有足够的理由认为，狩猎是他们的基本生活方式。狩猎强有力地影响和制约着原始人的思想、世界观，甚至审美观。他在《论俄国的所谓宗教探寻》中说："认为自然现象是由人的外部感官所不能感触的或只能在最小程度上感触的存在物的意志所引起的，——这种假想在人的狩猎生活方式的影响下逐渐地发展并巩固起来。这听起来像是奇谈怪论，但事实确是这样：作为生活来源的狩猎，能引起人们的唯灵论思想。"在另一部著作《没有地址的信》中，在谈及这个问题时，他曾引用了德国民族学家冯·登·施泰因的一段话。施泰因以在原始人中间的直接的观察而得出的结论，认为原始人的全部经验中最主要的部分都是同动物界有关的，他们的世界观就在这一经验的基础上形成。施泰因还认为，原始人的艺术的题材，也一概地取材于动物界。或者说，原始人的全部艺术都根源于狩猎生活之中。普列汉诺夫受到施泰因这些论断的启发，加上了这样的话："他们的神话也根源于这种生活。"指出神话同狩猎生活的这种关系，使对神话的认识大大深入了一步。在原始人的观念之中，既然人和动物还没有区别，既然人有灵魂，那么也就赋予动物以灵魂。这样，在他们的神话中，不仅出现了许多人类与动物交往的故事，更重要的是常常按动物的形象塑造神，于是

[①] 我国学术界在二三十年代较多接受泰勒的万物有灵论，近几年也多转向图腾主义。杨堃的《论神话的起源与发展》（《民间文学论坛》1985年第1期）就是一例，主张图腾主义乃是最早的原始宗教。

就出现了动物形象的神或半人半兽的神。由于原始人只能用类比法判断自然现象,他们不仅把自然现象同自己相比,而且同整个动物界相比,于是在他们的神话中,往往根据动物的习性塑造神。

普列汉诺夫论述万物有灵论作为神话思维的形式时的特色在于,坚持万物有灵论是同原始生产力的不发达状态相适应,受到原始生产力、原始技术的性质的制约这一唯物主义思想。他的这一思想,值得注意的至少有两点:

第一,他认为:"万物有灵论同原始人的生产力有着这样一种关系,即它的影响范围是直接随着人对自然的控制的增强而变得窄狭起来。但是,这当然还不是说,万物有灵论是由于原始社会的经济而产生的。不,万物有灵论的各种概念的产生都是由于人的天性,不过这些概念的发展和它们对人的社会行为所发生的影响,归根到底都是由经济关系决定的。"①在这里,普列汉诺夫肯定地说,万物有灵论的各种观念的产生,都是由于人的天性(前文曾引,原始人对自然的惊惧、好奇)。②同时他又指出这些概念的发展和它们对人的社会行为的影响,归根到底又都是由经济关系(而不是经济)决定的。而这是他同时代的资产阶级人类学家所没有达到的。

第二,他指出:"我们所知道的一切真正原始的神话,所谈的都不是创造人和动物,而是人和动物的发展。""在原始神话中很少谈到创造世界和创造人——这一点对于阐明思维对存在的因果依存性是极其重要的。"他提出这一论点的论据是,在原始人的生活中,"创造"是比较少的,他们的生产活动,主要限于采集和获取那些不经过他们的创造性努力而由自然界提供的东西:男人捕鱼和猎取动物,女人挖掘野生植物的根和茎块。由于原始人尚未进入驯养动物的阶段,而主要靠捕捉动物维持生存,因此对动物习性和栖居地点等的了解和熟悉程度,在很大程度上决定了他们的生存。这种现实状况,自然而然地决定了他们的神话所要探索和回答的问题是人和动物是从哪里来的,而不是谁创造了人和动物。原始先民一旦找到了对这个根本性问题的答案,也就感到心满意足了。他们的求知欲

---

① 普列汉诺夫:《没有地址的信》,《普列汉诺夫美学论文集》第1册,曹葆华译,北京:人民出版社,1983年,第406页。
② 参阅普列汉诺夫:《普列汉诺夫哲学著作选集》第3卷,北京:生活·读书·新知三联书店,1959年,第401页。作者指出,这种天性是"由于人们不了解自然现象而产生的"。

不可能向他们提出新的问题。普列汉诺夫说："要达到求知欲提出新问题的程度，他们在技术发展方面必须先有新的进展。"（重点为引者所加。）他非常重视技术的新进展对神话发展的影响。他认为，造人神话的出现是比较后期的事情，它是以一些从我们现在的观点看来是平凡的、但实际上是极其重要的技术成就为前提的。从"旧的神话"到"新的神话"的过渡，"反映出技术的成就以及与其相适应的、在获取生存资料过程中人的创造性活动的增加"。技术愈改进，生产力愈提高，人控制自然的能力愈扩大，关于上帝造人的神话也就愈加巩固。

从兽形神到人形神

审视全部神话中的神祇的形象及其发展，普列汉诺夫发现从兽形神到人形神，是神话发展的一个规律。从兽形神到人形神的过渡又是一个漫长的历史过程，这一过程是同原始人的图腾制①的兴衰联系在一起的。不研究作为原始人的信仰的图腾制的兴衰与特点，就无法解开从兽形神到人形神之谜。

普列汉诺夫关于图腾制的研究，主要根据弗雷泽在他的《图腾制》（1887）中的述论点加以发挥。弗雷泽关于图腾制的理论，始于《图腾制》一书，而完善于1910年问世的另一部著作《图腾制与外婚制》。在后一部书里，他对图腾与外婚作了如下的界定："图腾是土著视为具有迷信而受尊敬的物体，相信此物体与个人或社会中任何一成员间具有一种密切的特殊关系，人与其图腾间具有互相受惠的关联，图腾能保护人，而人对图腾表现各种方式的尊敬，如图腾为一动物则不杀它，若是植物则不砍它或搜集它。与拜物教不同的是，图腾绝不是孤独的个体，而往往是一类物体，一般是一种的动物或植物，但甚少以一种人造物。一般说来，有一共同的规则，同一图腾的民族的分子是不能互相结婚的，而必须向别

---

① 图腾制（Totemism）一词，在汉语中有不同译法。杨堃主张用"图腾主义"对译，岑家梧在他的《图腾艺术史》（商务印书馆，1937年）中采用"图腾制"，解放后多译"图腾崇拜"。阎云翔在《图腾理论及其在神话学中的应用》（《山茶》1984年第6期）一文中认为，译为"图腾主义"和"图腾崇拜"均不确切，以译"图腾制"最为贴切。

的民族找寻其妻子或丈夫, 这一规则称为'外婚制'。"[1]

普列汉诺夫依据弗雷泽在《图腾制》中提出的材料和论述, 研究其兴衰的内部和外部原因, 颇有新意, 给我们的教益良多。

他认为, 动物图腾的特点是相信人们的某一血缘联合体和动物的某一种类之间存在着血缘关系; 植物图腾的特点则是相信人们的某一血缘联合体和植物的某一种类之间存在着相互关系。例如某一氏族认为龟是自己的图腾, 这个氏族就相信龟同他们有血缘关系, 龟不仅不会危害这个氏族, 而且会给予这个氏族的成员一切保护, 这个氏族的成员也是不能损害龟的。当一个氏族一分为二时, 它的图腾也就具有局部的性质 (易洛魁人那里, 就出现了灰狼氏族和黄狼氏族、大龟氏族和小龟氏族等), 而当两个氏族合二而一时, 他们的共同的图腾就会是像希腊的契玛拉 (指希腊神话中的狮头羊身蛇尾的喷火怪兽——引者) 之类的东西, 他们把它想象成由两种不同动物构成的动物。

图腾理论可以帮助我们认识神话中的神的形象及其含义。由于蒙昧人在自己的世界观中还不能在人和动物之间划开一条界限, 当人们把自己的神想象成野兽的时候, 他们认为神不是体现在任何一种非动物身上, 而正是体现在一定种类的动物身上。被当作图腾的动物, 应该被认为是最初的神, 人类所崇拜的只是它们。希腊哲学家色诺芬尼曾提出关于人总是按照自己的样子创造自己的神的论断, 这个论断显然是违背事实的, 普列汉诺夫根据图腾制的材料, 指出 "最初人是按照动物的样子创造神的"。

神话中的兽形神是比较原始的形象, 后来, 逐渐向人形神过渡。由兽形神向人形神的过渡, 有一个漫长的历史过程, 这个过程是与图腾制的瓦解相一致的。

普列汉诺夫指出: "物质生活条件的变化, 首先在于原始人的生产力的增长, 换句话说, 在于人对自然的控制能力的加强。而这种能力的加强, 改变着人对自然的态度。马克思说, 人在作用于外部自然的时候, 也就改变着自己的自然。还应该补充一句: 人在改变自己的自然的时候, 也顺便改变着自己对周围世界的看法。" 当原始人不能认识自己的本质, 不能把自己同动物加以区别的时候, 人就不仅不能把自己与动物对立起来, 甚至还认为动物

---

[1] 此为阮昌锐所作的归纳。阮昌锐:《神秘世界的导游——傅雷哲》, 台北: 允晨文化实业股份有限公司, 1982年, 第124页。

高人一等。宗教意识的原始形式——图腾制,是在一定的经济基础——原始狩猎生活的基础上产生的。这种宗教意识促进并加强了原始人与几种动物之间的某些关系,使狩猎社会的生产力得到很大的增长。生产力的增长改变了人对自然界的态度,而主要的是改变了人对动物界的看法。人开始把自己与动物对立起来了。而人一旦意识到自己的本质,认识到自己比动物优越,从而把自己与动物对立起来的时候,对动物的崇拜也就自然而然地消失了。这时,兽形神也就逐渐被人形神所代替了。在神变成人,兽形神变成人形神之后,人们仍然还没有失去对自己旧时同族动物的记忆,这时,作为图腾的动物还作为一种象征而存在于人们的观念之中。

普列汉诺夫的从兽形神到人形神的过渡的论点,得到了许多民族的原始神话材料的证实。差不多每一个发展中的民族,都有自己的图腾部族起源神话,或者以某种动植物化身而为部族的祖先,或者以人与某种动植物相交配而生其部族。[①]尔后,便又出现了以人物为中心的祖先神话传说,例如在世界各国得到广泛流传的同胞配偶型洪水神话和古史型神话传说。

普列汉诺夫研究的重点,在分析图腾制的兴衰及其原因,而对图腾制本身的特点的论述,则略欠全面,比如图腾制对禁止族内结婚的戒律,几乎就没有涉及,而这种社会现象,在神话传说中则有不少反映。

小　结

上面简述了普列汉诺夫关于神话的观点,如果把他的神话观的特点用概括的、简洁的语言加以表述,我以为,他的特色在于运用马克思主义的历史唯物主义和辩证唯物主义观点,即存在决定意识、意识又影响存在的观点,指出了神话是原始世界观的表现,它的产生与发展,是与原始的生产力相适应的,随着生产力的增长,技术的进步,作为神话世界观的普遍形式的万物有灵论就失去了存在的条件,因而神话也就不复再现,而仅仅是原始人留下的一宗遗产了。

---

① 岑家梧:《图腾艺术史》,上海:商务印书馆,1937年,第26页。

普列汉诺夫阅读了当时所能得到的材料, 在神话理论中引进了唯物史观, 他的贡献是不可轻估的。此后的70年中, 神话学出现了许多新的著作, 新的观点、新的学派层出不穷, 自然已经不是70年前所可比拟的了。不过, 普列汉诺夫的基本论点, 大概至今仍然没有过时。

本文只论普列汉诺夫有关神话问题的理论和观点, 他的原始艺术观将另文探讨。

1985年6月

本文原载于《民间文学论坛》1985年第5期; 收录于作者《原始艺术与民间文化》, 中国民间文艺出版社, 1988年8月。

论高尔基的民间文学观

马克西姆·高尔基是社会主义革命文学的奠基者和旗手, 他对俄国以及世界无产阶级文学的形成起了极为重要的作用。列宁对高尔基的贡献, 曾给予很高的评价。在1909年11月16日致高尔基的信里说:"过去您用自己的艺术天才给俄国(而且不仅仅是俄国)的工人运动带来了如此巨大的益处……"[1]接着, 在1910年发表的《政论家的短评》一文中写道:"高尔基毫无疑问是无产阶级艺术的最杰出的代表, 他对无产阶级艺术做出了许多贡献, 并且还会做出更多的贡献。"[2]到了1917年, 他又在《远方来信》的第四封信里说:"毫无疑问, 高尔基是一个伟大的艺术天才, 他给全世界无产阶级运动做出了而且还将做出很多贡献。"[3]列宁对高尔基的这些评论, 恰如其分地概括了高尔基一生艺术活动的全部意义。

高尔基毕生对民间创作怀着浓厚的兴趣和感情。他在自传小说《在人间》里曾说, 童年时期他的"脑袋里装满了外祖母的诗歌, 正如蜂房里装满了蜜"。民间创作对高尔基的文学创作产生过非常良好和有益的影响, 这种影响的意义只有用他自己评论在他之先的伟大天才弥尔顿、但丁、密茨凯维支、歌德、席勒等人时所用的评语才恰如其分: 他们的创作达到登峰造极之日, 正是当民间集体创作鼓舞着他们, 他们从无比深刻、无限多彩、有力而聪明的民间歌谣吸取灵感之时。高尔基本人就是这个论断的一个极有说服力的例子。

但是, 我们在这里不打算具体地探讨高尔基艺术作品所受的民间文学的巨大影响, 而是企图研究一下高尔基在建立苏联民间文学理论方面的贡献。高尔基是无产阶级民间

---

① 列宁:《给玛·伊·乌里杨诺娃》, 尼·伊·克鲁奇科娃编:《列宁论文学与艺术》第1卷, 北京: 人民文学出版社, 1960年, 第364页。
② 列宁:《政论家的短评》, 尼·伊·克鲁奇科娃编:《列宁论文学与艺术》第1卷, 北京: 人民文学出版社, 1960年, 第374页。
③ 列宁:《远方来信》, 尼·伊·克鲁奇科娃编:《列宁论文学与艺术》第1卷, 北京: 人民文学出版社, 1960年, 第444页。

文学理论的当之无愧的创始者,他曾就民间文学问题发表过许多篇重要的论文,同时也是苏联许多重大民间文学工作的倡导者和组织者,如根据他的倡议,在苏联作家协会设立了民间文学组,主编巨型的《苏联各民族的创作》(1937年他逝世之后由《真理报》出版社出版)等等。高尔基的民间文学理论在民间文学科学史上具有划时代的意义。

一

如果有必要把高尔基关于民间文学起源及其社会功能的观点和论述归纳为一种学说的话,那就可以把它称为"劳动说"。

艺术起源问题是民间文学理论的重要问题之一,任何一个阶级的民间文艺学家都必须对这个问题作出自己的回答。马克思在《〈政治经济学批判〉导言》中,恩格斯在《家庭、私有制和国家的起源》和《劳动在猿变成人的过程中的作用》等文章中,都从唯物史观的立场上阐述了他们的论点,他们把艺术的起源与原始公社制度、原始经济形态联系起来,指出艺术的起源与发展、繁荣与衰萎都依赖于人类社会的发展,依赖于劳动、社会经济的发展。[1]继马克思、恩格斯之后,普列汉诺夫也曾在艺术起源问题上发表过唯物主义的观点。他在同德国资产阶级经济学家毕歇尔论战时,批判了用生物主义的观点解释艺术起源的企图,驳斥了游戏先于劳动、艺术先于有用物品的生产的论点,发展了马克思主义的艺术与劳动的相互关系的思想,提出了劳动先于艺术的论断。

高尔基在艺术起源问题上的观点,同马克思、恩格斯以及普列汉诺夫的观点是一脉相承的,他从唯物文化史观的立场上发展了他们的论点。高尔基在1934年写的一篇《关于妇女》的文章中指出,劳动是人的审美感情的激发者。他说,当他考察了旧石器时代和新石器时代的"史前考古学"的证据之后,确信"这两个时代都没有给考古学提供任何物证,足以暗示有过宗教崇拜的存在。由此可见,艺术技巧,亦即审美感情的发生,要比'宗教感情'早得多,而劳动则是这种审美感情的激发者"[2]。在这里,高尔基反对艺术导源于宗教

---

① 关于他们的这一观点,笔者已在《马克思恩格斯与民间文学》一文中作过简要的论述,这里不再重复。

② 《高尔基全集》(俄文版)第27卷,第182页。

的艺术发生论,指出了艺术对原始社会的发展、对劳动的依赖性。

同年,高尔基在第一次全苏作家代表大会上的报告里开宗明义就说:"劳动过程把直立的动物变成了人,并且创造了文化的始基";"唯物主义的思想是劳动过程和古代人全部社会生活现象所必然激发起来的",而唯物主义思想的"这些标记以故事和神话的方式传给我们"。①高尔基在这个报告中,有力地批判了英国资产阶级文化史和民俗学的理论先师斯宾塞和弗雷泽,指出他们完全抹杀了唯物主义思想的明显的"标记"。

在高尔基故世后发表的档案材料中发现的一篇《论民间文学》(1934—1935)的论文草稿里,用极为鲜明的语言进一步阐发了这个思想:"诗歌,口头的艺术创作,是劳动过程所激发起来,随着劳动过程的发展而发展,而且又会更多地激发着劳动的能力。"②

高尔基不是把劳动对于艺术起源及其社会功能的意义的问题看作是一个无关紧要的小问题,而是艺术理论中最重要、最迫切的问题之一,因此他才一次比一次更深刻地揭示这个问题的实质。1936年发表的致《文学学习》杂志编者阿·阿·苏尔科夫的信里说:"'生产财富的劳动',我们必须恢复它的作为艺术创作的激发者、作为艺术的主要源泉的作用。劳动正是这样——在我们这里也是这样的,它为全世界服务,它是劳动人民的才能的标志,也是劳动人民的'精神的'、文化的成长的激发者。"

把原始艺术、民间文学看作是劳动激发起来、随着劳动产生,而又作为劳动经验的组织者这一思想,是高尔基民间文学理论的核心。但他不仅把原始艺术看作是劳动所激发起来的,而且还用大量的篇幅论述了原始艺术、民间文学作为劳动经验的组织者的职能。这一点对我们特别重要。他告诉我们,民间文学的社会功能不仅限于记录人类的劳动与社会生活的发展,还具有反转来"激发"劳动能力的作用。他在《论艺术》一文中强调说:"语言艺术产生在太古时代人的劳动过程中,这是大家所公认和确定的。这种艺术之所以产生,是因为人类渴望用最容易记牢的言语形式,即用二言诗、'俗话'、'俚谚'和古代的劳动口号等等的形式来组织劳动经验。"

---

① 高尔基:《苏联的文学》,《高尔基选集·文学论文选》,孟昌、曹葆华译,北京:人民文学出版社,1958年,第319—320页。

② 高尔基:《论民间文学》,刘锡诚编:《俄国作家论民间文学》,北京:中国民间文艺出版社,1986年,第344页。

二

　　什么是民间文学? 高尔基对这个问题作了马克思主义的回答: 民间文学是"劳动人民的口头创作"[1]; "民间文学是劳动人民从其劳动和社会经验中抽取出来的知识的总汇, ——这是牧人、猎人、农人、铁匠、养蜂人、陶匠、木匠、渔人及其他古代全人类文化奠基者们的知识"[2]。高尔基给民间文学所下的这些定义, 综括起来有两条: 第一, 民间文学的作者是从事物质财富生产的劳动人民, 即牧人、猎人、农人等等, 而不是全民; 第二, 民间文学是用口头的形式传承下来的劳动人民——古代文化的奠基者的知识的总汇。有些研究者误解了或者故意引申了高尔基这个定义, 甚至混淆了"人民"一词在当代条件下的概念和劳动者的概念, 在人民和劳动人民(指物质财富生产者)之间划了等号, 从而把民间文学说成是全民的创作, 其实这是违背高尔基的原意的。高尔基的这一定义是他在研究了民间文学在不同社会形态里的不同表现形式之后, 缜密地提出来的。在他看来, 在太古时代即原始时代, 民间文学"不仅是文学, 而且同时, 不可分割的也是科学"[3]; 但是, 一旦进入了阶级社会, 民间文学就不再是统一的、全民的文学了, 它仅仅是劳动人民的艺术创作, 它有着鲜明的阶级倾向性, 用高尔基的话说, 那就是: "虽然民谣(фольклор, 似应译为'民间文学'更切合原意些。——引者)的作者们生活得很艰苦, 他们的苦痛的奴隶劳动曾经被剥削者夺去了意义, 以及他们个人的生活是无权利和无保障的。但是不管这一切, 这个集体可以说是特别意识到自己的不朽并且深信他们能战胜一切和他们敌对的力量。"[4]而到了社会主义时代, 高尔基认为, 民间文学仍然是劳动群众的艺术创作。他说: "我们应该坚决地承认并且记着: 劳动群众的艺术创作并没有泯灭, 并没有被千百年来为权贵们生财谋利的苦役般的强制劳

① 高尔基:《苏联的文学》,《高尔基选集·文学论文选》, 孟昌、曹葆华译, 北京: 人民文学出版社, 1958年, 第327页。
② 高尔基:《谈〈文学小组纲要草案〉》, 刘锡诚编:《俄国作家论民间文学》, 北京: 中国民间文艺出版社, 1986年, 第348页。
③ 高尔基:《谈〈文学小组纲要草案〉》, 刘锡诚编:《俄国作家论民间文学》, 北京: 中国民间文艺出版社, 1986年, 第348页。
④ 高尔基:《苏联的文学》,《高尔基选集·文学论文选》, 孟昌、曹葆华译, 北京: 人民文学出版社, 1958年, 第327页。

动所扼杀,权贵们曾经捏造出一个神秘的上帝来证明自己的合法存在;我们必须认识到,劳动群众对形象的文学创作的才能正在产生而且一定会产生的,因为革命不仅使人在社会地位上、体力上得到解放,也在感情上、理智上获得解放。"①高尔基并没有因为革命使人在社会地位上、体力上、感情上、理智上得到了解放,就把民间文学看成是所有社会成员的文学创作,他仍然坚决地主张民间文学是"劳动群众"创作的这一概念。

既然把民间文学看作是劳动人民的口头文艺创作,他就深刻地分析了民间文学的艺术特点和它与现实的关系。高尔基之前的资产阶级学者大都不把民间文学看作是艺术作品,而只作为民俗的一部分去研究,因而他们总是对民间文学的思想内容和艺术特点视而不见。高尔基充分地估计了民间文学作为艺术作品的价值和特点,从而树立了从文学的角度研究民间文学的旗帜。

高尔基坚定不移地认定民间文学是现实生活的反映,而不是人类宗教情感的流露。他在谈到神话的实质时曾说:"一般讲来,神话乃是自然现象、与自然的斗争以及社会生活在广大的艺术概括中的反映。""神话是一种虚构。虚构就是从既定的现实的总体中抽出它的基本意义而且用形象体现出来。"②高尔基认为劳动人民创造了最深刻、最鲜明、艺术上最完美的艺术形象,如赫尔古列士、普洛米修士、米古拉·塞拉尼诺维奇、司华道戈尔、浮士德博士、智者华西里沙、伊凡傻子、彼得鲁希卡等等,"这一切形象都是理性和直觉、思想和感情和谐地结合在一起而创造出来的"③。他对劳动人民的艺术才能,对民间文学的艺术表现力的钦佩与神往,可以从字里行间看得出来。著名的论文《个人的毁灭》中就有一句意味深长的话:"俄国的艺术之宫是我们在人民默默无声的帮助下建成的,人民鼓舞了我们,热爱人民吧!"④

---

① 高尔基:《论文学及其他》,《高尔基选集·文学论文选》,孟昌、曹葆华译,北京:人民文学出版社,1958年,第114页。
② 高尔基:《苏联的文学》,《高尔基选集·文学论文选》,孟昌、曹葆华译,北京:人民文学出版社,1958年,第320、337页。
③ 高尔基:《苏联的文学》,《高尔基选集·文学论文选》,孟昌、曹葆华译,北京:人民文学出版社,1958年,第320、327页。
④ 高尔基:《个人的毁灭》,刘锡诚编:《俄国作家论民间文学》,北京:中国民间文艺出版社,1986年,第286页。

高尔基在给玛·格·亚尔采娃的信里谈到民间创作的艺术魅力和语言的表现力时说过一段精彩的话："要深切地注意民间语言的美妙之处，注意歌谣、童话、圣诗、所罗门雅歌的句子构造。你会在这些作品中看到惊人丰富的形象、准确的比喻、朴素得迷人和优美得惊人的形容语。要深切地注意民间创作，因为这是令人神志清爽的，正如山上的、地下的、甘美的清泉一样。更要密切地接近民间语言，要寻求朴素、简洁、用三言两语就创造出形象来的健壮力量。"①

他所以如此估价民间文学的艺术性，其根本出发点是他信仰人民群众是历史发展的动力，人民群众是一切财富包括精神财富的创造者的这一马克思主义观点。他在《个人的毁灭》的开头就写下了他的那句名言："人民不仅是创造一切物质价值的力量，人民也是精神价值的唯一的永不枯竭的源泉，无论就时间、就美，还是就创作天才来说，人民总是第一个哲学家和诗人：他们创作了一切伟大的诗歌、大地上一切悲剧和悲剧中最宏伟的悲剧——世界文化的历史。"②

三

高尔基在不同年代里所写的许多文章，都阐述了民间文学与书面文学的相互关系；在他看来，这个问题的主导方面是书面文学对民间文学的依从性。他曾一再阐述这样一些论点："语言艺术的开始是民间创作"③；"劳动人民的口头诗歌……——这种不朽的诗歌——文字文学的祖先"④。

《个人的毁灭》一文的许多地方，主要援引西欧文学的例子，论述了书面文学的发展如

---

① 高尔基：《给玛·格·亚尔采娃》，《高尔基文学书简》（上），曹葆华、梁建明译，北京：人民文学出版社，1962年，第132页。
② 高尔基：《个人的毁灭》，刘锡诚编：《俄国作家论民间文学》，北京：中国民间文艺出版社，1986年，第241页。
③ 高尔基：《第一次全苏作家代表大会闭幕词》，《高尔基选集·文学论文选》，孟昌、曹葆华译，北京：人民文学出版社，1958年，第373页。
④ 高尔基：《谈谈民间故事》，《高尔基选集·文学论文选》，孟昌、曹葆华译，北京：人民文学出版社，1958年，第399页。

何依从于民间文学。这一思想虽不是高尔基第一个提出的,但确为他所继承、发扬和深化了。在俄国文学史上,普希金是第一个提出这样的论点的,他在《论古典主义的诗和浪漫主义诗歌》这篇论文里提出的论点,与高尔基在《个人的毁灭》等文中提出的论点颇为相似。高尔基写道:"各国伟大诗人的优秀作品都是从民间集体创作的宝藏中吸取营养,自古以来这宝藏曾提供了一切诗的概括、一切有名的形象和典型。嫉妒成性的奥赛罗、意志薄弱的哈姆雷特、淫逸放荡的唐·璜——所有这些典型,人民已经先于莎士比亚和拜伦创造出来。"

在给阿拉伯故事《一千零一夜》俄译本所写的序言里,高尔基也谈到了民间文学对书面文学的这种无可辩驳的影响,指出自古以来各个国家和各个时代的文学家都曾利用过民间故事和民间故事的主题。他列举了亚普利厄取材于民间故事写作的《金驴》,薄伽丘的《十日谈》,乔叟的《坎特伯雷故事集》,歌德、襄里斯、巴尔扎克、乔治·桑、都德、高贝、拉伯雷、阿那托尔·法朗士、西里华、安徒生、托贝柳司、狄更斯等许多世界名作家。此外,他还举出了俄国的许多作家如赫姆尼采尔、茹可夫斯基、普希金、列夫·托尔斯泰。他从而得出结论:"艺术文学在形式、情节和教训意义方面对于民间口头创作的依存关系是天经地义的,也是颇有教益的。"①

但高尔基并没有停留在指出和分析文学史上的这种现象上,他以文学史上出现过的这种现象为依据,论证了作家向民间文学学习的必要性。他在同阿布哈兹作曲家的谈话里意味深长地说:"您向人民记录歌曲是为了人民。……这些记录充实了作家、诗人、音乐家的认识,鼓舞了他们,给他们提供了良好的创作素材。"②

当文人文学走到萎缩枯竭的边缘时,每每要向民间文学取得清新的滋养,以使自己清新、繁荣起来,这是为许多民族的文学史所证实了的规律。他在第一次全苏作家代表大会上就是遵循着这条规律,提出了他的民间文学观点,并号召作家们向民间文学学习的。③

那么,民间文学有哪些值得作家学习的地方呢?高尔基认为:

---

① 高尔基:《论民间故事——〈一千零一夜〉俄译本序》,刘锡诚、马昌仪译,《光明日报》1962年2月20日。

② 《苏维埃阿布哈兹》,1926年12月26日。转引自Ф.玛特维楚克:《高尔基的创作与民间文学》,第60页。

③ 高尔基在《第一次全苏作家代表大会闭幕词》中号召:"把你们的民间创作搜集起来,从它们中间学习,在它们上面加工。"(《高尔基选集·文学论文选》,北京:人民文学出版社,1958年,第373页。)

第一，"……民间故事……能够有助于大大地发展作家的幻想，使他充分地认识到虚构对于艺术的意义"[1]；

第二，"更重要的，还是丰富他的贫乏的语言、贫乏的词汇"[2]；

第三，"民谣（民间文学——引者）是与悲观主义完全绝缘的"[3]；

第四，民间文学有认识历史和认识事物的多重价值，"从远古时代起，民谣（民间文学——引者）就是不断地和独特地伴随着历史的"[4]。

作为艺术作品，民间文学和文人文学一样是社会生活的反映；但也有不同，其中之一便在于它反映生活采取了更为曲折、更为间接的方式。最为突出地表现出民间文学这种特点的是民间故事、神话等体裁。高尔基曾经不下数十次论及民间故事，指出民间故事是靠幻想而存在的，没有幻想就不可能有民间故事。那么，什么是民间故事的幻想呢？高尔基说："……这种把自己的劳动诗化的难得的才能，使得古代的'原始人'身上发展了一种预见可能发生的事物的更高的才能。通常把这种才能称之为'幻想'。"[5]

同时，高尔基特别指出了民间文学中的幻想是以现实为基础的。正如上面所说，人们预知未来事物总是以已知的事物为依据的，如果根本就没有任何已知事物，也就无法去预见未来的事物，因而也就谈不到什么幻想了。所以他说："如果把幻想理解为完全脱离现实生活的，那就错了，因为思维是有严格的物质基础的，没有也不可能有不以现实的因素为基础，不在其中隐藏着人们劳动活动的这种或那种成果，人的这种或那种具体而合理的要求与愿望的幻想。"[6]但是这段话的意思，还只谈了幻想与现实的关系的一面，即幻想

① 高尔基：《论民间故事——〈一千零一夜〉俄译本序》，刘锡诚、马昌仪译，《光明日报》1962年2月20日。

② 高尔基：《论民间故事——〈一千零一夜〉俄译本序》，刘锡诚、马昌仪译，《光明日报》1962年2月20日。

③ 高尔基：《苏联的文学》，《高尔基选集·文学论文选》，孟昌、曹葆华译，北京：人民文学出版社，1958年，第327页。

④ 高尔基：《苏联的文学》，《高尔基选集·文学论文选》，孟昌、曹葆华译，北京：人民文学出版社，1958年，第336页。

⑤ 高尔基：《论民间文学》，刘锡诚编：《俄国作家论民间文学》，北京：中国民间文艺出版社，1986年，第344页。

⑥ 高尔基：《论民间文学》，刘锡诚编：《俄国作家论民间文学》，北京：中国民间文艺出版社，1986年，第344页。

必须以现实生活作为自己的基础，而没有论述到幻想与现实的关系的另一面——幻想的实现。这个思想，高尔基在《论民间文学》和《谈〈文学小组纲要草案〉》这两篇文章中有所论述。高尔基在前一篇文章中写道："我们生活在古代的'荒诞的幻想'已经实现的时代"，曾经是民间故事的幻想的那些事物，如人们在空间里童话般神速地通行，在天空中飞行诸如此类，都已在人民的劳动活动中逐渐地变为现实，或一部分变为现实，另一部分正在变为现实。这一思想还可以用高尔基本人在《一个读者的札记》中的一段话来概括："正是由于人具有这种最妄诞的大胆言行，由于他具有想象和直观的能力，所以地球上不曾有过的一切——科学的奇迹，艺术的魅力，世界伟人可以引为自豪的一切——都实现了。"①

高尔基确信，熟悉民间故事，一般地熟悉民间口头创作的取之不尽、用之不竭的宝藏，对于作家来说是极为有益的。这是因为它所给予人的东西都是用幻想的形式覆盖着的、与人生命攸关的东西，这对于作家运用艺术虚构去构思作品是直接有帮助的。高尔基本人就是一个绝好的例子，他承认民间文学的幻想在他的精神成长中所起的巨大的作用。

语言是文学的第一要素。作品的成败得失，在很大程度上取决于构成这件作品的语言。民间作品的语言是最纯朴、最生动、最富于表现力的。高尔基经常教导青年作家要从民歌、史诗、勇士歌和故事里去研究俄罗斯语言。他在描绘民间女诗人费多索娃的演唱时，曾经惊叹于她的"哭述"的表现力与感染力："从女诗人的枯焦的嘴里迸发出来的这种'哭述'，激起人们心里那样沉重的忧虑，那样的痛苦，这些旋律的每一个音调是这样亲切动人，这是真正的俄罗斯的旋律，没有浮躁虚饰，也不是矫揉造作——是的！——但是这些旋律充满了感情、真诚、力量，以及现在已经看不到的、在艺术的匠人和他们的理论家的诗中所遇不到的一切。"②民间文学的语言可以丰富专业作家们的语言的库存。

四

民间文学具有多种的价值和作用。民间文学有认识历史的作用，高尔基说："如果不

---

① 高尔基：《一个读者的札记》，《高尔基选集·文学论文选》，孟昌、曹葆华译，北京：人民文学出版社，1958年，第21—22页。
② 高尔基长篇小说《克里姆·萨姆金的一生》里的一段。

知道人民的口头创作，那就不可能懂得劳动人民的真正历史。"民间文学是"不断地"伴随着历史的发展而产生、发展的，它对"路易十一和可怕的伊凡的活动有它自己的意见"，但这些意见却是与史学家所写的历史断然不同的。每一个历史时期或事件，都会伴随着产生相应的民间文学作品。同时，高尔基也注意到民间文学与历史的发展并不相同，而是"独特地"伴随着它。所谓"独特地"伴随，就是说，第一，并不是每一个朝代或每一个事件必定有相应的民间文学作品去记录和反映；第二，反映某一朝代或某一事件的作品未必产生在事件发生的当时，而往往是在事件过去之后若干时间甚至若干朝代之后，才有关于这一时代或事件的作品产生。因此，民间文学的历史价值一方面表现在人民对历史发展的看法有别于统治阶级的史学家和他们的史书，可以作为史学界审查以往的史学发展的佐证；另一方面，民间文学是历史现实生活的艺术反映，既不一定完全符合史实的真相，又不一定产生于事件发生的当时，甚至还有可能加入后人的附会，因此只能作为史学家的参考。

高尔基充分地肯定了民间文学的认识价值。在《苏联的文学》中，他运用了大量的材料，说明神话、民间故事对于文化史的认识价值。他说，从神话和故事中间我们可以听到关于驯养动物、发现药草、发明劳动工具等种种工作的反映，说明了古代人想减轻自己的劳动，防御四脚和两脚的敌人，以及用语言的力量（即用"咒语"和"诅咒"的手段）来影响自发的、害人的自然现象。

高尔基关于民间文学是与悲观主义完全无缘的这一著名论断，对于我们了解民间文学的实质是一把钥匙。他说，民间文学的作者们——人民，生活得虽然很艰苦，他们的奴隶般的劳动被剥削者剥夺了意义，但他们深信自己能战胜剥削者而置于不败之地。他把民间文学中可能遇到的"对于人间生活的意义的绝望和怀疑的调子"，理解为是由基督教会2000年来的悲观主义宣传和寄生的小资产阶级的愚昧无知的怀疑主义所引起的。诚然，在俄罗斯民间文学中，尤其是在民歌中，充满着深沉的忧郁的调子，有时简直像嚎哭一样凄惨。这种忧郁的调子是不是悲观主义的表现呢？对于这个问题，19世纪中叶的俄国革命民主主义者们已经作过一些透彻的论述[①]，因此，在高尔基看来似乎没有必要再作解释。这种情调

---

① 别林斯基和赫尔岑都论及这种现象，并且给出了肯定的答案，指出这种忧郁的情调是阶级压迫的结果，而不是屈服于这种压迫的感伤。

是深沉的、忧郁的，然而却是雄壮的、深信自己的力量的，丝毫没有悲观主义的表现。我们常常在民间故事里看到：一些孱弱的形象往往借助于外界力量（或为异物的启示，或为动物的指点，或为仙人的帮助）而以智取胜于具有非凡体力的恶魔或生物。这一具有普遍意义的主题，最有力地说明了：作者虽然生活在对他们极为不利甚至他们无法克服的困难境地，他们在故事的幻想里却克服了一切不利的条件，从困难的境地中解脱出来，终于征服了强者，战胜了恶势力。这一点恰恰就是民间文学的乐观主义特点，这个特点对于我们认识历史上不同时代里劳动人民的世界观、伦理道德观是很重要的材料。

五

高尔基曾经说过，1907—1917年这10年间，够得上称为俄国历史上最可耻和最无才能的10年。这就是俄国历史上的斯托雷平反动时期。1905年以后，知识界大部分都背弃了革命，滚到反动的神秘主义和淫秽的泥坑里去了。文学界涌现出了象征派、意象派、各式各样的颓废派。他们离弃了人民，高唱"为艺术而艺术"，鼓吹文学的无思想性，企图用美丽形式来掩盖自己腐朽的思想。《个人的毁灭》就写在这个时期。高尔基在这篇文章里一方面谴责了颓废的反动文学，谴责了脱离开集体的个人主义，指出了资产阶级文学正走着"从普洛米修士到流氓"的堕落的道路；另一方面，对人民唱出了颂歌，歌颂他们的才能和力量，指出人民不仅是创造一切物质价值的力量，而且也是精神价值的唯一源泉。他说："只有集体的巨大力量才能使神话和史诗具有至今仍然不可超越的、思想和形式完全调和的美。""数十世纪以来，个人的创作就没有产生过足以与《伊利亚特》或《卡列瓦拉》媲美的史诗，个人的天才就没有提供过一种不是早已生根在民间创作里的概括，或者一个不是早已见于民间故事和传说中的世界性典型——这点极其鲜明地证实了集体创作的力量。"

高尔基对集体、对人民的创造力的看法，同当时流行的民间文学"贵族起源说"和"下降文化说"是针锋相对的。"贵族起源说"和"下降文化说"认为劳动人民是没有什么创作才能的，他们的文化、民间文学都是从上层贵族社会"下降"下去的。高尔基为了彻底地批判这些资产阶级的反动观点，特别强调了人民集体的创作才能，指出"个人，如果单靠自己，如果置身于集体的关系之外，就会变成怠惰的、保守的、与生活发展相敌对的人"。有的人认为高尔基指出集体的巨大创造力量是正确的,然而把集体同个人的对立绝对化起来却是错误的;认为高尔基指出民间文学创作了一系列不朽的典型以及它们对个人的创作产生了深远的影响是正确的,然而把一切个人的创作都归结为民间创作里早已创作出来的固定形式的重复,就是否定或低估了个人的创作。这样理解高尔基的理论显然是片面的。高尔基丝毫没有贬抑个人天才的意思,就在这篇文章里他就写了这样的话:"我不是以此来贬抑这些诗人的世界名誉之权利,我并不想贬抑他们;我肯定个人创作的优秀形象也给了我们以精磨细琢的珍品,可是这些珍品到底是人民大众的集体力量所创造出来的。技巧是个人可能支配的,但是只有集体才能够创造。人民创造的宙斯,斐狄亚斯把他体现在大理石上。"高尔基充分地肯定了集体的巨大作用,而丝毫也没有贬低个人创作的成就。他认为天才的个人是和集体相联系着的,他从集体中分离出来,受着集体的支持。当高尔基论述那些受到民间创作的鼓舞,从民间创作吸取灵感的伟大作家时,并没有否定作家的独立的创作活动,一个作家可能脱离开已有的民间创作的形象而创造出有血有肉的世界性典型人物,但这仍然是在集体即人类社会为他准备好的条件之上创作的。

以上是高尔基有关民间文学的观点的简述。高尔基以他深刻独到的见解和自己的创作活动,给无产阶级民间文艺学奠定了基础。几十年来,民间文艺学这门学科的发展,已经大大地丰富了高尔基的论点,但尽管如此,高尔基所确立的一些基本原则却仍然是我们所要继承和发扬的。

1963年3月5日;收入本书时作了修订

本文原载于《草原》1963年第6期;收录于中国民间文艺研究会上海分会、上海文艺出版社编《中国民间文学论文选(1949—1979)》(上),上海文艺出版社,1980年5月;作者《原始艺术与民间文化》,中国民间文艺出版社,1988年8月。

19世纪俄国古典作家的民间文学观概述

19世纪俄国文学的发展,是同俄国的解放运动紧密地联系着的。由于它批判地描写现实,所以被称为批判现实主义的文学。

19世纪的俄国文学界充满了不同流派的矛盾和斗争。19世纪初叶,与文学界的进步浪漫主义与反动浪漫主义这两种针锋相对的流派相适应,民间文学界也存在着两种截然相反的民间文学观。十二月党人作家们的关心民间文学,与茹可夫斯基等反动浪漫派的关心民间文学,是有本质的不同的。丘赫尔柏凯说过:"祖先的信仰、祖国的风习、编年史、民间歌谣和诗篇——这都是我国文学的最优秀、最纯洁、最正确的源泉。"显然,十二月党人诗人们看重民间文学,是受到了民间文学中的爱自由精神和英雄格调的激发;而茹可夫斯基等反动浪漫主义诗人在自己的诗篇里运用民间作品的主题和情节,是为了把俄罗斯古代的落后的、消极的因素理想化和神圣化。

十二月党人的运动被镇压之后,"文学的民族性"的争论愈益尖锐化了,几乎成为二三十年代俄罗斯文学的中心问题。民族性的问题是同民间口头创作不可分割的。这个时期的作家,如普希金、莱蒙托夫、果戈理等人,都被卷入了这场激烈的、延续一时的论争中去,并且在这场论战中表现出他们对民间创作的浓厚兴趣。

普希金是30年代进步的俄罗斯民间文艺学的代表者。普希金不但在自己的诗歌作品中广泛地接受了民间文学的影响,再现了民间文学中的若干主题与形象,而且亲自记录和搜集过大批的民间作品,对民间创作问题也发表过一些可贵的见解。

普希金很早就对民间创作产生了兴趣,在童年时代他就听了乳母阿琳娜·罗迭奥诺夫娜讲的故事,在米哈依洛夫斯克皇村时,接触到了18世纪的木版书、吉尔沙·达尼洛夫编的《俄罗斯古代诗歌集》、秋尔科夫的民歌集等。十二月党人的起义及其失败,使普希金对民间创作的本质有了深刻的理解。普希金认识到他们之所以失败,乃是因为他们脱离了人民群众,而人民群众则是历史发展的动力。普希金认为民间文学是人民的民族自觉、人民的生活的反映,他曾经记录过人民反抗沙皇、反抗农奴制、渴望自由的民歌与故事,尤其是关于斯杰潘·拉辛的歌谣。普希金指出过俄罗斯民间的婚礼歌谣里充满了悲伤的情调,这是俄罗斯妇女的悲苦命运的反映。[①]普希金对民族性问题持有同"官方民族性"理论不同的见解,他认为俄罗斯民族性格不是尊崇正统和专制政体,低声下气地归顺和屈从,而是创造的意志、求生活的斗争和求自由的斗争。[②]普希金认为民间文学是一切文学的基础。他在《论古典主义的诗和浪漫主义的诗》(1825)中说:"在意大利和西班牙,当它们的天才们出现之前便有民间诗歌。他们沿着已经铺平了的道路发展:阿里奥斯托的《奥尔兰托》之前便有了诗篇,戴·维加和卡尔德伦之前便有了悲剧。"1834年,他又重复和发展了这个论断:"用伟大作品表现了人类的那些不朽天才们出现之前,诗歌就存在,这时候就已经产生了伟大的文学。那些天才们是追随了已经明显的足迹的。"[③]他认为文学只有同民间文学紧密地联系着,才有不竭的生命力,因此,他不止一次呼吁青年作家学习民间诗歌。

据符·达里在一篇回忆文章中说,普希金在同他交谈时,十分赞赏俄罗斯民间文学的诗意的表现力。普希金说:"民间故事总归是民间故事,而我们所使用的语言本身(指当时的作家们所使用的语言——引者)是无论如何也提供不出如同民间故事里所描绘的那个广袤的俄罗斯的。这可怎么办?——应当这样做:学会说俄语,即或不如民间故事中的也好……不,困难呀,这简直是不可能的!在我们的每一句俗语中隐藏着多少美丽的东西,多少思想,多少智慧呀!简直是黄金!这是捞不到手的,捞不到的!"[④]这里把普希金对民间故事的艺术性的惊异表现得淋漓尽致了。对于当时把法语视为高雅语言的贵族出身的作家们来说,俄罗斯人民的民歌、民间故事,乃至卖圣饼的妇女的叫卖声("异常纯洁而又准确的语

---

① 在普希金的文稿中,保存下来一份论述俄罗斯民间创作的提纲,其中有一章论到婚礼歌谣。
② 普希金的《论文学中的民族性》一文,并不仅仅是从文学的意义来谈民族性的,他是对"官方民族性"、假的民族性的批判。他在1830年同达里的谈话中也说:"民族性"并不只是"从祖国的历史上选择题材",也不在于"字汇、辞句、语言"。
③ H.布洛茨基:《普希金与民间文艺》,中国民间文艺研究会研究部编:《苏联民间文学论文集》,北京:作家出版社,1958年,第117—126页。
④ 《同时代人回忆普希金》(俄文版),莫斯科国家文学出版社,1950年,第455页。

言"①），都是不可企及的艺术作品，而"批评家们轻视它们是毫无道理的"。

普希金的同时代人果戈理对民间创作有着深湛的见解。果戈理一生对民歌尤其是小俄罗斯民歌保持如醉如狂的热爱，他曾抄录了500多首各地民歌，并且写了《论小俄罗斯歌谣》的专论。他同民歌搜集者玛克西莫维奇保持着密切的关系。他同浪漫派的看法根本不同，认为民歌是"人民的历史，生动的、鲜明的、充满色彩和真实、表现出人民全部生活的历史"。他指出："民歌好比是往事的墓碑，岂止是墓碑而已，因为一块浮雕精细、刻有历史题铭的石头，是不能跟这些生动的、历数以往事迹的编年史相比的。就这方面来说，歌谣对于小俄罗斯包括尽了一切：是诗歌，是历史，又是祖先的墓冢。"但是"史学家不应该在它们里面寻找有关战争日期的记述，或是关于地点的说明，正确的战争报告；在这方面，很少歌谣能够对他有所帮助"。他认为歌谣只是反映了人民的生活方式、性格、感情等。

果戈理的创作从民间创作中得到了丰富的滋养，因此也特别具有地方特色、民族特色和感人的艺术力量。无论是《狄康卡近乡夜话》还是《塔拉斯·布尔巴》，都呈现着由于吸收了民间创作而产生的生活气息和神话色彩。

19世纪三四十年代，在俄罗斯民间文学界涌现出了一大批有成就的搜集者，如基列耶夫斯基、斯涅吉辽夫、萨哈洛夫、杰列申柯、达里等。基列耶夫斯基是斯拉夫派的主要理论家之一，他特别热心搜集宗教诗，把搜集工作当作他们立论的根据。他的《俄罗斯民歌》所采取的编辑方法与当时西欧占统治地位的德国浪漫派的方法（以威廉·格林为代表）是不同的，他力求恢复民歌的真面目。但是，他为自己提出了一条衡量民歌的美学意义及其历史价值的标准：民间文学具有相对的古代性，凡民间文学中出现的新现象，都证明民间文学遭到了破坏。一句话，他们迷醉于复古。这正是斯拉夫派对待民间创作的态度。斯涅吉辽夫、萨哈洛夫都是"官方民族性"的坚决捍卫者。他们在民间文艺学中又是移植论的代表人物，斯涅吉辽夫把在他看来一切与俄罗斯性格及其在仪式与诗歌中的表现不符的现象，萨哈洛夫把一切与俄罗斯人民的"基督教本质"相抵触的现象，都说成是移植来的、搬来的。尽管他们的观点是同进步的观点相对立的，但他们所搜集的材料却是极为宝贵的。1841年，别林斯基曾就萨哈洛夫的集子写了一篇关于民间诗歌的论文。车尔尼雪

---

① 普希金：《对批评的反驳》，《普希金全集》（俄文版）第7卷，苏联科学院出版社，1951年，第175页。

夫斯基对萨哈洛夫和斯涅吉辽夫的评价都很高,而且指出了他们的观点在理论上的幼稚和政治上的缺陷,指出了他们的理论观点和社会观点与他们所搜集的材料比较起来是多么微不足道。

40—60年代的俄国拥有一大批有才华的文学家与思想家,尤其是革命民主主义者别林斯基、车尔尼雪夫斯基、杜勃罗留波夫、涅克拉索夫、赫尔岑、萨尔蒂柯夫-谢德林等,他们在自己的文学乃至社会活动中反映了和代表了被奴役的农民的利益。这个时期,俄国农民由于生活状况的进一步恶化而产生的不满情绪使俄罗斯农奴制动荡不定了。时代的中心问题是农民问题。正如列宁所说的:"不应该忘记:……在我们的40—60年代的启蒙者写作的时候,一切社会问题都归结到与农奴制度及其残余作斗争"[1],而"生活在农奴制度下的维·格·别林斯基是在我国解放运动中完全代替贵族的平民知识分子的前驱"[2]。

面对着农奴制的现实,面对着斯拉夫派和西欧派在民间文艺领域中的反动主张,革命民主主义者在所有重要问题上都作了阐明。如上所述,斯拉夫派力图从民间诗歌中找出人民信奉古代的宗法式生活的证明,找出宗法道德的表现和信教、归顺等特性来的民间文学主张,归根到底是为保存现存的国家经济体系及社会制度,把"宗法式的生活"和农奴制理想化。

别林斯基首先驳斥了斯拉夫派的这些观点。他在《文学的幻想》一文中把斯拉夫派对宗法的旧习理想化及认为"归顺"是"俄罗斯民族性的表现"的主张称为"虚伪的民族性"。他说,这些作家的所谓民族性,"不过是贴上假胡须,穿上长褂,却并没有变成民族性诗人"的民族性。[3]后来,他又在著名的《给果戈理的一封信》中有力地批判了俄罗斯民族性格的错误见解,并且还援引了民间诗歌作为证据:"俄国人民讲的是哪些人的淫秽故事?所讲的就是那些牧师、牧师太太、牧师女儿和牧师的长工。俄国人民把哪些人称为贱种、大肚子的种马?牧师们……牧师在俄国,对于一切俄国人不就是饕餮、贪婪、下贱和无

---

① 列宁:《我们究竟拒绝什么遗产?》,《列宁全集》第2卷,中共中央马克思恩格斯列宁斯大林著作编译局译,北京:人民出版社,1959年,第444—445页。
② 列宁:《俄国工人报刊的历史》,《列宁全集》第20卷,中共中央马克思恩格斯列宁斯大林著作编译局译,北京:人民出版社,1958年,第240页。
③ 别林斯基:《论民间创作及其仿作》,《别林斯基全集》(俄文版)。以下有关别林斯基的言论,未注出者,均见全集。

耻的化身吗?"①

别林斯基对俄罗民间诗歌的价值估价很高,他认为"我们民间的或者直接的诗歌,在内容的丰富方面,不逊于世界上任何一个民族……"②他说:"民间诗歌是反映出民族生活及其全部鲜明的浓淡色度和类属特征的一面镜子。"③

别林斯基特别着重地指出了民间文学与人民生活的联系,把民间文学看作是文学创作的源泉。④他在《文学的幻想》中就曾广泛地追溯了一代代俄国作家与民间文学的联系以及所受的影响。他号召说:"收集俄罗斯民间故事吧,像你从人民嘴里听到的那样把它们转述出来。"⑤别林斯基同反动的以及自由主义的作家们不同,他不仅不把俄罗斯民歌中的忧郁的特点理解为俄罗斯人民性格中的天赋的特点,从而否认人民群众的力量,而且相反,他认为"俄罗斯人民并不沉浸在忧郁里面,并不在忧郁的重轭下倒下去;他总是抖擞起全副精力,而不因它的折磨而一蹶不振。忧郁既不曾妨碍他讥笑、讽刺,也不曾妨碍他狂喜和他的胆识,这是一种坚强的、有力的、不可摧折的忧郁"⑥。人民大众"保持着往昔的、粗陋的、半野蛮的生活,以及把悲苦的和欢乐的灵魂倾吐在内的沉郁的歌"⑦。

被列宁称为平民知识分子的前驱、被普列汉诺夫誉为在俄国没有一个能与之匹敌的批评家别林斯基,在俄罗斯民间文艺学史上有着划时代的意义,在基列耶夫斯基、普希金、雅兹科夫、达里、玛克西莫维奇、阿法那西耶夫、雷布尼可夫、亚库什金等人广泛地展开搜集活动的时候,他写出了一系列的有关民间创作的学术论著,特别是1841年在《祖国纪事》第9—12期上发表的《民间诗歌概观及其意义》《诗歌的分类》《"文学"一词的概括的意义》等4篇论文。此外,他在1834年写的《文学的幻想》,1835年写的《论外多瑙河斯

① 别林斯基:《给果戈里的一封信》,《别林斯基选集》第2卷,满涛译,上海:时代出版社,1953年,第322页。
② 别林斯基:《马尔林斯基全集》。
③ 别林斯基:《论民间创作及其仿作》。
④ 在19世纪古典作家,特别是40—60年代的俄国作家中经常运用"民间诗歌"一词。从语源学上看,在古代的文献中,诗歌(Поэзия来自希腊文),广义指语言艺术创作,因此"民间诗歌"实际上连散文也包括在内。
⑤ 别林斯基:《论民间创作及其仿作》。
⑥ 别林斯基:《别林斯基全集》(俄文版)第6卷,第177页。
⑦ 别林斯基:《文学的幻想》。

拉夫民歌的特色》，1833年写的《瓦年科讲述的俄罗斯民间故事》，1840年写的评论波利契夫斯基的《斯拉夫民族的故事和传说》一书的文章，1841年写的论斯杜季斯基的歌谣集的文章，1844年写的论柯斯托玛洛夫的学位论文《论俄罗斯民间诗歌的历史意义》的文章，1846年写的论波列沃依的小册子《关于傻子伊凡的古代故事》的文章里都论述了民间文学的问题。

车尔尼雪夫斯基与杜勃罗留波夫生活在政治上的农奴制问题和文学上的民族性问题更加尖锐的时期，他们为自己确定了无条件地为人民服务的课题。这两位批评家在许多文章里论述了民间文学和民间文学的科学的种种问题。车尔尼雪夫斯基的文章有：1854年写的对别尔格《各民族的歌谣》一书的评论和对卡拉乔夫《有关俄国的历史法律资料档案》一书的评论，1855年写的对弗罗洛夫《地理学与旅行杂志》第3卷的评论，1861年写的《论争的美》等；杜勃罗留波夫的文章有：1854年写的《布斯拉耶夫君〈俄罗斯谚语集〉》札记和补遗》，1858年写的《俄国文学发展中人民性渗透的程度》《论〈俄罗斯民间故事〉》和《柯尔卓夫》，1860年写的对舍甫琴柯《柯布查歌手》的评论等。

车尔尼雪夫斯基和杜勃罗留波夫一方面继续开展同斯拉夫派的反动民间文学观点的斗争，另一方面又同以华·亚·查伊采夫及其同道者们主办的《俄罗斯言辞》杂志对民间创作的虚无主义态度作斗争。车尔尼雪夫斯基和杜勃罗留波夫对民间创作都持有满腔的热情，认为民间创作是人民生活的最好表现。车尔尼雪夫斯基说：民间诗歌"至今还是居民群众的唯一的创作；因此，它对于所有热爱自己民族的人都是有趣的和亲切的。不爱自己的民族是不可能的。它的其他的优点是纯科学的；民间诗歌里保存着许多古老的传说。因此，它是极其重要的，而把自己的一生献给民歌的搜集工作是一件壮丽的功绩"[1]。杜勃罗留波夫说："凡是热爱自己的人民，并不局限在他们中间那些受过欧洲式教育的人这个狭隘的圈子里的人，他就能够理解我们这种欢乐：我们就以这种欢乐来欢迎文学中任何对人民生活有直接关系的正当现象。"[2]"假如世界上还有诗，那只有在民间才能找到。"[3]

---

① 车尔尼雪夫斯基：《各民族的歌谣》，《车尔尼雪夫斯基全集》（俄文版）第1卷。
② 杜勃罗留波夫：《论〈俄罗斯民间故事〉》，《杜勃罗留波夫全集》（俄文版）第1卷。
③ 杜勃罗留波夫评论法国诗人贝朗瑞的歌谣时说的话，见北京大学文学研究所编：《文学研究集刊》第5册，北京：人民文学出版社，1957年，第359页。

车尔尼雪夫斯基和杜勃罗留波夫严厉地批评了以布斯拉耶夫为代表的神话学派的观点。神话学派19世纪上半叶在欧洲民间文学理论中占统治地位，这个学派的始祖是德国学者格林兄弟。车尔尼雪夫斯基给格林在民间文学研究中的哲学方法以充分的评价，但他同时也指出这种方法已经属于过去的阶段了。他认为民族学方法较之哲学方法更为优越，现在民族学方法应当将哲学方法取而代之。格林的神话学派在俄国的最著名的代表人物就是布斯拉耶夫。1854年车尔尼雪夫斯基就在评卡拉乔夫《有关俄国的历史法律资料档案》一文中指责了格林学派的追随者布斯拉耶夫在研究民间创作时脱离当时的现实，缺乏与生活的联系。他说："他（指布斯拉耶夫——引者）所发现的，总是跟格林所发现的材料和结论相似，除此以外……总是企图把人民的生活习俗、传说、语言词汇归结到一个梵文的原型。"[1]在《论争的美》一文中，车尔尼雪夫斯基把布斯拉耶夫的研究方法批评得更是活灵活现："比如说，'柳条篮子'。他马上就会想到印度有一个城市叫做鲁克那乌……在鲁克那乌人们向一种菩萨，——假定说，就算是向因陀罗神膜拜吧。根据这一点立刻可以得到结论说，古代斯拉夫人的柳条篮子就是相当于印度的因陀罗神的那个雷神的象征。"[2]格林正是这样做的。[3]1884年1月21日致丕平的信中，他写道："'我坐着，你走路，他躺着'。这句话被布斯拉耶夫遇见，他马上就会到《吠陀》《艾达》（系古代冰岛韵文集——引者）和《德意志动物史诗》中去寻找解释……"

杜勃罗留波夫也对布斯拉耶夫和神话学派的另一代表人物阿法那西耶夫进行了原则性的批评，指出了他们对古代文献的偏爱与脱离生活基础。[4]

杜勃罗留波夫提出了民间创作是认识人民生活和人民世界观的材料。他写道："有生动的科学观点的代表人物中没有一个人想到把每一则民间故事或者歌曲抬高为美和思想深刻的理想，正像没有一个人会去赞美没有烟囱的木屋和老百姓的褴褛一样。……如果我

---

① 车尔尼雪夫斯基：《车尔尼雪夫斯基全集》（俄文版）第2卷，第378页。
② 车尔尼雪夫斯基：《论争的美》。
③ 参阅1868年12月13日恩格斯致马克思的信。这封信里说："在迈耶的来信中，关于波希米亚人和中国人的对比，使我觉得有趣。否则他的虚伪的雅各—格林的体裁有些太讨厌了，妙处就在用神秘的累赘的话尽可能地少说些，而这少数话又说得不明不白。"（马克思、恩格斯：《马克思恩格斯通信集》第4卷，李季译，北京：生活·读书·新知三联书店，1958年，第160页。）
④ 杜勃罗留波夫：《布斯拉耶夫君〈俄罗斯谚语集〉札记和补遗》。

们要对某一民族的教育和改善有所作为,我们必须知道这个民族的内在生活。"①他从这个观点出发,提出了搜集与出版民间创作的要求:既要提供出外在的环境,又要提供出内在的、精神的环境,即听讲某一首诗歌或某一则故事时的环境。

他们两人不仅强调了民间文学在人民生活中的意义,而且论述了民间文学与文学的相互关系。他在论述柯尔卓夫的诗作时叙述了当时俄国文学界的情况:"我们的作家由于比以往更认清了真正的民歌,于是在自己的模仿中,就比较稍稍能够接近它了。在这些作家中,比较优秀的有梅尔兹略柯夫、杰尔维格男爵以及茨冈诺夫。在他们所写的歌谣中,可以碰到一些在它的精神方面很接近于我们的民歌的地方;甚至还有整首都优美地表现了悲哀、忧郁之类感情的歌谣。"而在柯尔卓夫的歌谣里,"我们第一次看到了怀着俄罗斯灵魂、怀着俄罗斯感情、跟人民的生活风习有亲切认识的纯粹的俄罗斯人,看到了亲身体验着人民的生活,对生活怀着充分同情的人"。他认为柯尔卓夫的歌谣比民间歌谣更集中、更精炼、更富于诗意、更有深刻的思想,因为人民心里的还是粗糙的、不自觉的、不确定的东西,在柯尔卓夫身上,都变成精炼的、明智的、肯定的东西了。杜勃罗留波夫似乎更喜爱诗人舍甫琴柯,把他评价为"道地的人民诗人";在他看来,舍甫琴柯所以成为一个"道地的人民诗人",乃是因为他比别人更接近人民,"接近民歌",了解人民的"真正需要",吸收了民间诗歌的精华。

在30年代已经开始活动的赫尔岑十分重视民间文学对俄罗斯人民的意义。他在《论革命思想在俄国的发展》这部卓越的论著中详尽地评论了民间诗歌的种种问题。他在论及歌谣在俄罗斯人民生活中的意义时说:"萦绕在俄罗斯人民心灵中的一切诗的因素,在不寻常的歌曲小调里得到了表现。斯拉夫人是真正名实相符的歌手。……俄罗斯人民只有用歌曲来减轻自己的痛苦。他们无时不在吟唱:干活的时候唱,赶车的时候唱,在门槛上坐着休息的时候也唱。"这个思想虽不是赫尔岑一人提出来的,但他所注意到的是"俄罗斯人民只有用歌曲来减轻自己的痛苦"。他指出俄罗斯民歌的特点:"俄罗斯人民的歌曲以其深沉的忧郁见长,并以此区别于其他斯拉夫民族,甚至小俄罗斯人的歌曲。歌曲的词里只是一片抱怨声,而这抱怨声又消失在如同他们的痛苦一般无垠的大平原上、阴郁的云杉林中、

---

① 杜勃罗留波夫:《论〈俄罗斯民间故事〉》。

无尽的草原上，它们消散了，得不到些微同情的回响。"赫尔岑在分析俄罗斯民歌的忧郁的特点时比别林斯基要明确得多，他认为："这忧郁不是对于某种理想事物的热烈的激情，在其中没有任何浪漫主义的东西，没有任何像德国歌曲里那样的类似病态的、僧侣式的幻想，——这是被命运所摧残了的个人的悲哀，这是对命运（'后娘的命运、凄惨的命运'）的谴责，这是被压抑着而又不善于用其他方式表露出来的愿望，这是被丈夫欺侮的妇女的歌，被父亲、长辈压迫下的男人的歌，一切被地主或沙皇压迫下的人的歌；这深沉的爱是热烈的，不幸的，然而却是人间的、现实的。"赫尔岑为了反对斯拉夫派所提出的文化崩裂的理论，提出了俄罗斯文学由民间源泉开始，有机地向创作的高峰发展的一套完整的体系，同时也阐明了他关于文学与民间文学关系的思想。他说："民间歌谣从吉尔沙·达尼洛夫的歌谣发展成普希金的诗。"①

赫尔岑反对斯拉夫派的泛斯拉夫主义观点。他说："泛斯拉夫主义者简直不知道真正的人民。"他从民间歌谣里看到了俄罗斯人民的民族性格——俄罗斯的骁勇和爱自由的特点。他认为最真切、最鲜明地反映了这种特点的是所谓"强盗歌"。"这些歌不是忧郁的歌；这是自信为自由人的人们所发出的一种勇敢的呼声，这是威胁、愤怒和召唤之声。""在歌曲里，强盗是道德高尚的角色，一切同情都是在他们而不是在他们的牺牲者方面；人们以隐秘的喜悦颂赞他们的功勋与骁勇。显然，民间歌手们懂得他们最大的仇人并不是强盗。"②所谓强盗歌在俄国盛极全国，并非偶然的现象，因为自古以来，不论在伊凡四世，还是帝位空虚的年代，或17、18世纪，不堪压榨的俄罗斯农民不得不被迫逃亡，结伴成帮，打家劫舍，以求得生活的权利。俄罗斯历史上成百成千次的农民起义恰恰就是这种强盗事件的必然发展结果。革命民主主义者们不止一人看到了并分析了这种现象及反映这种现象的歌谣。

在俄罗斯民间文艺学史上，革命民主主义者的理论占了重要的地位。他们进步的、科学的、战斗的民间文学理论是在同形形色色的反动的、虚伪的、经院式的理论与学派的斗争中形成的。除了上述别林斯基、车尔尼雪夫斯基、杜勃罗留波夫和赫尔岑而外，萨尔蒂柯

---

① 赫尔岑：《法意书简》。
② 赫尔岑：《论革命思想在俄国的发展》。

夫–谢德林和涅克拉索夫也利用《祖国纪事》捍卫了革命民主主义的理论，批判了外来情节论（以科塔索夫为代表）。

60—80年代间，还有两批人参加到民间文学的运动中来。一批是卓有成效地进行了搜集工作的职业搜集家，如阿法那西耶夫、亚库什金、雷布尼可夫、巴尔索夫、吉利费丁格、谢仁等，他们以自己的成绩和搜集与研究方法推进了俄罗斯民间文学学科的进步，从而在西欧的民间文艺学派之外，形成了俄罗斯民间文艺学派。另一批是所谓民族学小说家，如尼·乌斯宾斯基、列舍特尼科夫、斯列普卓夫以及格·乌斯宾斯基等。他们目睹了农村里和矿山里的民间文学的变化，在创作中大量地运用了民俗及民间文学。革命民主主义者所提出的主张，有些在这一时期实现了。亚库什金感到讲故事人与搜集者之间的社会不平等是妨碍搜集到有价值的东西的原因，便脱下了老爷的服装，装扮成一个货郎到农民中去，并且因此引起了地方政权的怀疑而被捕、被流放。雷布尼可夫把杜勃罗留波夫的原则付诸实现，他在读者面前揭示了民间创作赖以存在和发展的"外在"环境与"内在"环境。他在《一个搜集者的札记》中描绘了地方特色、演唱条件、居民状况，并且阐明了一系列的古代作品演唱者的特点。格·乌斯宾斯基也发展了革命民主主义的倾向，指出了工人民间文学的出现。而巴尔索夫，虽然他所搜集的北方哭调为列宁所称赞，但他的观点与立场却是属于保守与反动阵线的。吉利费丁格是站在斯拉夫派的立场上，为农奴制辩护的，他认为远离文化中心和同新生活隔绝，是民间文学得以保存并获得进一步发展的条件。

伟大的俄国作家列夫·托尔斯泰虽然写出了一系列卓越的艺术作品，反映了俄国农民的历史活动的种种矛盾，但他却始终不是一个革命者。他是独立于上述的学派、团体斗争之外的。托尔斯泰虽然是一个出身于名门的贵族作家，但由于他处于广大农民群众之中，并且同他们过往甚密，因而听了很多民间的故事和歌谣。他对民间作品知道得很多，修养很高，他说："老百姓有自己的文学——出色的、不可摹拟的；它不是赝造品，而是从老百姓之中倾唱出来的。"（1851年3—5月日记）他为了给儿童们写文学读物，看过不少民间故事和勇士歌。据他的夫人托尔斯泰雅的回忆，他受到民间故事及其人物的激发，甚至想以俄罗斯勇士的形象写一部长篇小说。

到19世纪末20世纪初，俄国社会矛盾进一步发展，资产阶级更加趋向反动。列宁说：

"自由资产阶级已经不去保护人民的权利,坚决掉过头来反对人民的制度。"[①]知识分子处在大分化中。民间文学理论中出现了恢复旧的、斯拉夫派关于民间文学的主张的倾向,这与政治上、哲学上全盘恢复宗教世界观的倾向是相呼应的。这时期民间文学运动的中心有两个:(1)俄罗斯地理学会(彼得堡);(2)自然、人类学和民族学爱好者协会(莫斯科)。出版一种《活着的古代》(《Живая сарина》)杂志。这两个机构团结了许多民间文学的搜集者,出版了大批民间文学集子和著作,但是这些集子缺乏60年代的搜集者们的那种政治敏锐感,他们只是经院式地关心他们所了解的一般理论问题,而对人民的生活与心理状态则熟视无睹,因此,从他们的研究与阐释中看不到人民同压迫者之间的阶级斗争。这时期,昂楚科夫的集子、波·索柯洛夫和尤·索柯洛夫两兄弟的故事集是符合时代精神的要求的。列宁在昂楚科夫的集子里看到了了解人民的心理和从社会政治的角度研究民间文学的最可贵的资料。

普列汉诺夫和高尔基继承并发展了革命民主主义者的民间文学观点,提出了马克思主义的民间文学理论。1899—1900年间普列汉诺夫发表的《没有地址的信》对民间文学问题作了详细而深刻的论述,反对用唯心主义的观点解释艺术的起源问题。归纳起来,他所涉及并解决的问题有:(1)艺术与经济的关系;(2)阐明原始社会遗留物和装饰产生的目的;(3)证明实用原则先于审美原则;(4)游戏与劳动、艺术与劳动的关系。

本文原载于《文史哲》1964年第3期;收录于作者《原始艺术与民间文化》,中国民间文艺出版社,1988年8月。

---

① 列宁:《论"路标"》,《列宁全集》第16卷,中共中央马克思恩格斯列宁斯大林著作编译局译,北京:人民出版社,1959年,第123页。

20世纪中国神话学概观

中国神话学是晚清末年现代思潮即民族主义、平民意识以及西学东渐的产物。没有民族主义和平民意识这些思潮的崛起，就不会有西学东渐的出现，即使西学在部分知识分子中发酵，也难以引发天翻地覆的社会变革与思想革命。中国神话学就是在这样的社会和文化背景下滥觞的。

在中国的原始时代，先民原本有着丰富的神话，包括西方神话学家们所指称的自然神话、人类起源神话、宇宙起源和创世神话以及神祇的神话等，并以口头的以及其他的种种方式和载体进行传播。尽管这是一种假说，但这个假说已由近代以来的考古发掘（如多处新石器遗址，包括在许多地方发现的岩画、殷商甲骨卜辞、长沙子弹库帛书、马王堆帛画、三星堆、汉画像石等）和现存原始民族的文化调查得到了印证。[1]但由于没有文字可为记载和流传的媒介，而物化了的考古文物又无法复原原来的丰富的表现形态和思想，虽然春秋时代及后来的一些文学家、哲学家、历史学家、谶纬学家根据当代或前代口头流传和记忆中的形态，保存下来了其中的一部分，但这些并非完整的神话，到了汉代以降在儒家思想霸权的挤压下，有的或历史化或仙话化或世俗化了，有的在传承过程中被遗忘了，有的虽然借助于文人的记载得以保留下来，却也变得支离破碎、语焉不详，失去了昔日的形态的丰富性和完整性，有的连所遮蔽着的象征含义也变得莫解了。

芬兰民间文艺学家劳里·杭柯于20世纪70年代在《神话界定问题》一文中在界定神话

① 吕微在《夏商周族群神话与华夏文化圈的形成》里说："在今山东大汶口文化、山西和陕西仰韶文化，以及江苏和浙江河姆渡文化、良渚文化的遗存中，都发现了'三足乌载日'的美术图像。"（郎樱、扎拉嘎主编：《中国各民族文学关系研究》先秦至唐宋卷，贵阳：贵州人民出版社，2005年，第4页。）陈梦家在《商代的神话与巫术》（《燕京学报》1936年第20期）一文里，以甲骨卜辞为对象、以考据学为手段研究神话，挖掘出和论证了一些有关动物的神话：由"商人服象"而衍生的种种关于"象"的神话。

的4条标准——形式、内容、功能、语境——时说，除了语言的表达形式外，神话还"通过其他类型的媒介而不是用叙述来传递"，如祈祷文或神圣图片、祭祀仪式等形式。[①]他的这个观点，即神话（特别是没有文字作为媒介的史前时代）是多种载体的，在我们审视华夏神话时，是可以接受的。在这方面，中国神话学史上的一些学者，如顾颉刚、杨宽、郑振铎、钟敬文、闻一多、陈梦家、孙作云等，都曾有所涉及，或做过一些研究，不过中国学者没有上升为系统的理论而已。在中国人文学术界，虽然前有王国维1925年就提出的"二重证据法"[②]，并为一些大家所接受和倡导，但在神话研究中，多数人却还是大抵认为只有"文献"（"文本"）才是神话研究的正宗和根据，到40年代闻一多的系列神话论文问世，"二重证据法"的成功运用于伏羲女娲神话、洪水神话的论证，才在实际上得到认可，成为从单纯的文本研究通向田野研究的桥梁。

历代文献典籍里保留下来的中国神话，之所以在晚清末年、民国初年被从新的视角重新认识、重新估量，完全是因为一部分从旧营垒里冲杀出来的先进的知识分子的民族主义和平民意识使然。如以"驱逐鞑虏"为社会理想的民族主义、以破除儒学和乾嘉之学的霸权而显示的反传统精神、"疑古"思潮的勃兴把神话从历史中分离出来。蒋观云说："一国之神话与一国之历史，皆于人心上有莫大之影响。""神话、历史者，能造成一国之人才。""盖人心者……鼓荡之有力者，恃乎文学，而历史与神话，其重要之首端矣。"[③]如此，"增长人之兴味、鼓动人之志气"的神话价值观的出现和形成，把一向视神话为荒古之民的"怪力乱神""鬼神怪异之术"的旧案给推翻了，显示了中国神话学从其诞生之日起就以"现代性"学术品格与传统决裂为本色。

反观百年中国神话学发展史，始终存在着两股并行的学术思潮：一股思潮是西方传来

---

① 劳里·杭柯：《神话界定问题》，阿兰·邓迪斯编：《西方神话学读本》，朝戈金译，桂林：广西师范大学出版社，2006年，第52—65页。

② 王国维："吾辈生于今日，幸于纸上材料之外更得地下之新材料。由此种材料，我辈固得据以补正纸上之材料，亦得证明古书之某部分全为实录，即百家不雅驯之言，亦不无表示一面之事实。此二重证据法，惟在今日始得为之。虽古书之未得证明者，不能加以否定，而其已得证明者，不能不加以肯定可断言也。"（王国维：《古史新证》，北京：来薰阁书店，1934年。）又，《最近二三十年中国新发现之学问》，《王国维学术经典集》（上），南昌：江西人民出版社，1997年，第175—180页。

③ 蒋观云：《神话历史养成之人物》，《新民丛报·谈丛》1903年第36号。

的人类学派神话学的理论和方法,一股思潮是以搜神述异传统为主导的中国传统神话理论和方法。一方面,西方神话学从20世纪初起就开始得到介绍、翻译和研究,100年来,可以说从未间断过。世纪初至20年代引进的英国人类学派神话学,30年代引进的德国的和法国的社会学派神话学,40年代引进的德国语言学派与英国功能学派神话学,80年代引进的苏联的神话诗学和美国的文化人类学神话学,90年代以至当下引进的美国口头诗学和表演理论,等等,都曾对中国神话学的研究发生过或多或少的影响,而特别深远者,则莫过于主要建基于非西方原始民族的材料上的西方人类学派的神话学。另一方面,中国传统文化理念下成长起来的理论和方法,在神话研究和神话学构建中不断得到拓展、提升、深化、发展。后者在其发展中又分了两个方向或支流:一是把神话作为文学之源和文学形态的文学研究,主要依附于古典文学研究中,如对《楚辞》神话、《山海经》神话、《淮南子》神话等的研究,一个世纪来可谓筚路蓝缕、洋洋大观,自成一体;二是把神话作为历史或史料的史学研究,或围绕着"神话"与"古史"关系的研究(如"疑古"神话学的形成和影响),后浪推前浪,形成神话研究的一股巨流。神话的文学研究和历史学研究,其贡献最著之点,表现于对中国载籍神话,特别是创世神话、洪水神话、古史传说等的"还原"和"释读"上。

　　中国神话学构成的这两股来源不同、体系有别的神话学理论和方法,应该说,在一定程度上都体现了"现代性"的学术自觉,并不像有的学者说的那样,只有西方传来的学说才体现和确立了学术的现代性,而承袭和发展了中国传统文化理念及某些治学方法(如考订、训诂、"二重证据法"等)的神话研究,就没有或不能体现学术的现代性。在中国神话学的建设过程中,二者互为依存、互相交融、互相会通,如西方的进化论的影响、比较研究方法,以及以现存原始民族的文化观照的方法等,都给传统的神话研究带来了持续的、有益的变革和强大的驱动,但又始终是两个独立的体系。近年来有学者指出,中国神话学的研究要走出西方神话的阴影。①这个论断固不无道理,西方神话学(主要是人类学派的神话学及进化论)理论和方法的确给中国神话学的建立和发展带来了深刻的影响,但还要看到,中华文化毕竟有自己坚固的系统,西方神话学并没有全部占领中国神话学的疆土,在移

---

① 陈连山:《走出西方神话的阴影——论中国神话学界使用西方现代神话概念的成就与局限》,《长江大学学报》(社会科学版)2006年第6期。

植或借用西方的理论与方法上，除了少数修养不足而生吞活剥者外，多数人只是将外国的理论与方法作为参照，以适用于并从而推动了中国神话的研究和中国神话学的建构，并逐渐本土化为自己的血肉。相反，中国神话学者在神话学研究上所做出的有价值的探索、经验和贡献，却长期以来为西方神话学界视而不见。[①]甚至可以说，西方神话学家们与中国神话学的状况之间是颇有隔膜的。即使到了20世纪八九十年代，除了一些西方汉学家和日本的一些神话学者与民俗学者的中国神话研究著述[②]，包括美国的邓迪斯、芬兰的劳里·杭柯这样一些知名的当代西方神话学家，至少在他们于20世纪80年代中期亲身来中国考察访问之前，对中国神话学家们的神话研究及其对世界神话学的贡献，也几乎一无所知。

如果说，蒋观云于1903年在日本横滨发表神话学专文《神话历史养成之人物》，夏曾佑于1905年在《中国历史教科书》里开辟"传疑世代"专章讲授中国古神话，鲁迅于1908年在《破恶声论》里作"夫神话之作，本于古民，睹天物之奇觚，则逞神思而施以人化，想出古异，诚诡可观，虽信之失当，而嘲之则大惑也"之论，在第一代学人手里宣告了中国神话学的诞生，那么，20世纪二三十年代，周作人、茅盾、钟敬文、郑德坤、谢六逸、黄石、冯承钧等学人于中国神话学的初创期把西方神话学介绍到国内，继而以顾颉刚、童书业、杨宽、吕思勉等为代表的"古史辨"派就古史与神话的纠缠与剥离进行的大论战，卫聚贤、白寿彝、吴晗、江绍原、刘盼遂、程憬等的帝系神话研究，以及凌纯声、芮逸夫、林惠祥等前"中央

---

① 1962—1963年，笔者曾组织翻译了美国民俗学会的机关刊物《美国民俗学杂志》1961年第4期（即第74卷第294期）发表的一组由不同国家民俗学家撰写的介绍世界各国民俗学历史和现状的文章，其中包括刚果、南美洲、斯堪的纳维亚、英国、德国、芬兰、挪威、西班牙、意大利、土耳其、俄罗斯、加拿大法语地区、墨西哥、日本、印度、波利尼西亚、澳大利亚、非洲等，共15篇。（中国民间文艺研究会研究部编印：《民间文学参考资料》第4辑，1962年；第8辑，1963年。）在这组文章中，却没有把包括神话研究在内的中国民间文学研究的历史与现状、成就与经验纳入他们视野。美国神话学家阿兰·邓迪斯（Alan Dundes）于1984年出版 Sacred Narrative Readings in The Theory of Myth（第一个译本译为"西方神话学论文选"，显然是视其内容而取的译名，后广西师范大学出版社的再版本，改用了"西方神话学读本"的译名，显然比较恰切）中，也没有一篇中国人写的或关于中国神话学的文章或介绍。

② 据俄罗斯汉学家李福清在《外国研究中国各族神话概况》一文所提供的材料：最早研究中国神话的是法国汉学家，于1836年发表了文章并翻译了《山海经》。19世纪70年代英国汉学家F. Mayers 发表了第一篇关于女娲的短文。1892年俄国汉学家S. M. Georgievskij在圣彼得堡出版世界上第一本研究中国神话的专著《中国人的神话观与神话》。参阅所编《中国各民族神话研究外文论著目录》（1839—1990）（北京图书馆出版社，2007年）。

研究院"系统的学者在神话学的田野调查方面所取得的成就和在学理上取得的经验, 苏雪林、闻一多、游国恩、陆侃如等对《楚辞》《九歌》神话的文学研究, 曾经在中国学坛上掀起了第一次神话研究的高潮, 而在这个研究高潮中, 中国神话学一下子提升成了一个众所瞩目、羽毛丰满、为相邻学科争相介入和征引的人文学科。

到了40年代, 特别是在抗日的大后方——大西南, 一方面抵御外侮的民族情绪的空前高涨, 一方面学人们走出书斋来到了少数民族聚居或杂居的地区, 一时间, 涌现出了闻一多、郑德坤、卫聚贤、常任侠、陈梦家、吴泽霖、马长寿、郑师许、徐旭生、朱芳圃、孙作云、程憬、丁山等一大批倾心于神话研究的学人, 神话学界群星灿烂。他们一方面承继了前贤们的研究传统, 运用考证、训诂等传统的治学手段, 进行古神话的"还原"研究, 另一方面对南方诸少数民族的活态神话进行实地调查、搜集和研究, 拓展了神话的疆域和神话的构成(如: 尚未人文化或帝系化的"自然神话", 洪水神话与伏羲女娲神话, 太阳神话与射日神话, 武陵一带的盘瓠神话, 廪君、九隆、竹王神话等, 多种口头神话遗存的发现和材料的采录), [①]开启了从神话的纯文本研究进入到神话与民间信仰综合研究的阶段, 从而催生了中国神话和中国神话学的多元构成以及多学科研究格局的形成。中国神话学进入了一个新的阶段。

50—60年代, 由于社会政治的、学术的等多种原因, 以及上文所说的意识形态与学术现代性的矛盾, 中国神话学的研究一度从20—40年代形成的多学科参与的综合研究, 萎缩到了几近单一的社会政治研究。许多原来在神话研究上造诣颇深的学者, 除孙作云、丁山等几位外, 大多只专注于自己的本业, 而不再流连于神话学的研究了。孙作云的神话研究始于40年代, 最突出的成就在运用图腾学说希图建构一个图腾式的神话体系; 到了50—70年代, 开辟了新的研究领域, 以楚帛画和汉画像石的神话母题为研究方向。丁山的神话研究, 以宏阔的视野和缜密的考证为特点, 从古代祭祀起, 后稷与神农、日神与月神、四方神、方

---

① 参阅拙著《20世纪中国民间文学学术史》第三章"学术转型时期"之"民族学调查中的民间文学", 第四章"战火烽烟中的学科建设"之"社会—民族学派""大西南的民间文学采录""神话的考古和史学研究""闻一多的民间文学研究"等节(河南大学出版社, 2006年); 刘亚虎《少数民族口头神话与汉文文献神话的比较》(郎樱、扎拉嘎主编:《中国各民族文学关系研究》先秦至唐宋卷, 贵阳: 贵州人民出版社, 2005年, 第71—121页)。

帝与方望、洪水传说、尧与舜、颛顼与祝融、帝喾、炎帝与蚩尤和黄帝、三皇五帝……从史前神话人物，到秦建国前的先王世系，一一论列。他以神话研究而活跃于40年代学坛，可惜于1952年英年早逝。其神话学代表作《中国古代宗教与神话考》，于1961年由龙门联合书局出版；另一遗著《古代神话与民族》于2005年由商务印书馆出版。袁珂是这一时段有代表性的神话学者，他的研究方向和学术贡献，主要在对典籍神话的考释和对神话进行连缀，使其系统化。《中国古代神话》（初版由商务印书馆于1950年出版，后经多次印刷。1957年7月增订本出版时，累计印数达6.7万册；1960年1月改由中华书局出版，累计印数达2.2万册；1981年6月第2次印刷，累计印数达12.7万册。改革开放后进入新时期，1984年9月，易名为《中国神话传说》改由中国民间文艺出版社出版，一次印数达17万册）是他本人以及中国神话学界这一时期的代表性成果。此外，游国恩、高亨、杨公骥、胡念贻等在古典神话的文学研究上所取得的成绩，也值得称道。

经历过十年"文革"之后，从1978年起，中国进入了改革开放的历史新时期。中国神话学研究重新起跑，到世纪末的20年间，逐步把间断了10多年的中国神话学学术传统衔接起来，并提升为百年来最活跃、最有成绩的一个时期。以学者队伍而论，这一时期，除了茅盾、顾颉刚、杨宽、钟敬文、杨堃、袁珂等老一辈神话学家们的学术贡献以外，陆续成长起来了一大批中青年的神话学者，如萧兵、李子贤、张振犁、陶阳、潜明兹、叶舒宪、吕微、陈建宪、常金仓等，他们借鉴和吸收各种外来的当代学说和理念，采用包括比较文化研究、多学科和跨学科研究在内的多种研究方法，对中国神话和神话学进行了多学科全方位的探讨研究。新时期以来，持有不同学术理念的神话研究者们，一在古神话的研究、校勘、考订、阐释、构拟和复原方面（袁珂的《山海经校注》和钟敬文的《洪水后兄妹再殖人类神话》，可以看作是这种研究的代表性成果），对长沙子弹库战国楚帛书、睡虎地秦简日书等所载创世神话文图的解读与阐释（杨宽的《楚帛书的四季神像及其创世神话》、李零的《长沙子弹库战国楚帛书研究》、刘信芳的《中国最早的物候历月名——楚帛书月名及神祇研究》以及许多学者的多种考释性著作）方面；二在汉民族居住的广大地区和各少数民族居住的地区的"活态"口传神话的搜集、整理、翻译、研究领域，包括神话思维、结构、类型、象征等神话理论研究方面，都做出了跨越式的开拓。不同地区、不同语系的少数民族神话的被发现、采集、研究，不仅填补了中国古神话系统构成中的某些缺失，而且全面推动了中国神话学从文本研究到田野研究的过渡或兼容,亦即神话研究的学术理念的更新和研究方法的转换。

当然,也还要看到,中国神话研究中的一些难题和悬案,如神话的历史化问题,还远未取得令人满意的结论,甚至较大的进展。在运用考据、训诂、校释等传统的研究方法和西方人类学与民族学的方法(如社会进化论、原型理论、图腾理论、象征理论等),来"还原"中国远古神话并建立中国神话系统,以及阐释"活态"神话传说(包括汉族和各少数民族)方面,脱离严谨的科学论证而以随意性的玄想为特点的、被批评为"歧路"的倾向(如遭到学术界批评的用产翁制、图腾制等理论来阐释鲧禹神话的递嬗就是一例),在近些年的神话研究中并非孤例。

在百年中国神话学的历史途程中和学理构成上,居住在台湾、香港的神话学者们的学术贡献,是不能忽略的。一般说来,近50年来台湾和香港的神话学研究表现出两个重要的特点:一是学理的连贯性的延续,他们以自己的研究成果填补了大陆学者"文革"10年被迫停止工作的那段空白;二是他们以开放的心态和理念面对世界,更多地吸收了国际神话学的一些新的理论和方法。无论是老一辈的学者如凌纯声、芮逸夫、苏雪林,还是继之而起的李亦园、张光直、王孝廉、文崇一、李卉、胡万川以及更年轻一代的学者,他们在典籍神话和原住民神话的研究方面,以现代的学术理念、扎实的考据、微观的阐发,对中国神话学的建构和提升贡献良多。

20世纪已经成为历史了。回顾100年来的神话学历史,从20世纪初茅盾所撰《中国神话研究ABC》起,到20世纪末袁珂所撰《山海经校注》止,许多学者都在为"创造一个中国神话的系统"这一学术理想而不停息地贡献着自己的智慧和力量。茅盾说:"用了极缜密的考证和推论,也许我们可以创造一个不至于十分荒谬武断的中国神话的系统。"[①]当然,前辈学者所说的这一理想,是就典籍神话和汉文世界的神话而言,包括通过"缜密的考证和研究"对"零碎"的神话断片的阐释与连缀,和对被"多次修改"而"历史化"了的神话的"还原",而并未包括居住在中国各地的55个少数民族的神话。应该说,典籍神话的"还原""梳理""阐释"只是问题的一个方面,典籍神话在现代社会不同地区和群体中的流

---

① 茅盾:《中国神话研究ABC》,《茅盾说神话》,上海:上海古籍出版社,1999年,第109页。

变，也理应在中国神话的构成之列。但典籍所载之日，就是其生命的结束之时，而在民间，神话却似滔滔逝水永无停息，20世纪80年代以河南王屋山一带为中心对"中原神话"的搜集与研究，弥补了中国典籍神话的某些缺环，丰富了典籍神话的链条，延长了典籍神话的生命。①而少数民族的神话，如茅盾所说："中国民族在发展的过程中，不断有新分子参加进来。这些新分子也有它自己的神话和传说，例如蜀，在扬雄的《蜀王本纪》、常璩的《华阳国志》内还存留着一些，如吴越，则在赵晔的《吴越春秋》内也有若干传说。此种地方的传说，当然也可以算为中国神话的一部分。这也需要特别的搜辑和研究。至于西南的苗、瑶、壮各族，还有神话活在他们口头的，也在搜采之列。"②袁珂于80年代发表的"广义神话论"③，实与茅盾20世纪的所论是一脉相承的。20世纪以来，至少自三四十年代起，尤其是八九十年代，"中国民间故事集成"的搜集编辑过程中，对各兄弟民族的神话（无论是抄本的还是口头的）的调查搜集和采录编定，不仅发现了许多新的神话类别和文本，有些汉文文献中已有的著名神话，如盘古神话、洪水神话，新的材料也有了大量的增益，大大地丰富了中国神话的武库。几代学人的这一学术理想，到世纪末已接近实现。我国不仅有一个庞大的帝系神话系统，而且也有一个丰富多样的自然神话系统，不仅有一个宇宙和人类起源神话系统，也有一个创造文化的文化英雄神话系统。中国神话的系统和中国神话的武库，在多样的世界神话系统中，以其悠久的传播历史和独具的文化特色，为世界文化的多样性和可持续发展，提供了一个样本，同时，要求有中国独具的神话理论来阐释。

对于中国神话学来说，20世纪是其学科建设从草创到初步建成的重要时期。在这百年中，我们基本上摆脱了跟在外国人后面蹒跚学步的阶段，初步建成了自己的神话学学科体系，并在一些包括古神话"复原"、创世神话阐释、少数民族口传神话发掘与研究在内的重要神话学问题上，取得了值得骄傲的成就。尽管可以这样说，但并不意味着中国神话学的学科建设已经很完善了。20世纪末，我国的神话学界，虽然先后痛失了几位巨擘，但更多的

---

① 张振犁《中原古典神话流变论考》（上海文艺出版社，1991年）一书，记录和描绘了中原典籍神话在现代社会条件下在王屋山一带的流传变异情况。
② 茅盾：《中国神话研究ABC》，《茅盾说神话》，上海：上海古籍出版社，1999年，第109页。
③ 袁珂：《从狭义的神话到广义的神话》，《社会科学战线》1982年第4期，《民间文学论坛》1983年第2期；《再论广义神话》，《民间文学论坛》1984年第3期。

年轻学子在神话学的学坛上挺立了起来,以优秀的神话学专著和论文,叩开了21世纪的大门。我相信,21世纪,随着中国传统文化的复兴和预言中的"东学西渐"文化移动潮流,中国的神话和中国的神话学,必将取得更加骄人的成绩和更大的影响。

2010年1月9日于北京

本文系为马昌仪编《中国神话学百年文论选》(上下)(陕西师范大学出版社,2013年10月)写的序言;发表于《西北民族研究》2010年第1期。

论原始的诗歌与神话

以口传的方式创作的诗歌和神话是初民最早的艺术之一。当原始初民的"自我意识"业已萌生，清晰的语言业已成熟并在心理要求的激发下成为人们之间交往的必要手段时，简单的诗歌便随之产生了；当原始初民凭借他所投射于世界而形成的种种原始意象去经验世界时，神话便随之产生了。在书写文字诞生之前，原始诗歌和神话是靠原始先民的记忆并以口传的方式"创作"和流传的，也正因此，不可能有原始诗歌和神话传说的写本传到现在。现在我们所能看到的被认为是原始诗歌和神话传说的作品，部分是后世的文人根据先民部族群体的口头传承而写定的，部分是旅行家、传教士或研究者们在现存原始民族中间搜集记录下来的，即使如此，其总数量也并不是很多。这就给我们研究诗歌和神话传说的起源带来了很大的困难。

诗歌的起源与原始诗歌的特点

一般认为，诗歌起源于民族学上所说的"野蛮初期阶段"。原始诗歌在它产生的初期，是非常简单、粗糙的，但它却是原始先民的愿望、心灵和情感的外化。《虞书》曰："诗言志，歌永言。"《诗大序》曰："情动于中而形于言，言之不足，故嗟叹之；嗟叹之不足，故永歌之；永歌之不足，不知手之舞之，足之蹈之也。"古人所说的"诗言志""情动于中而形于言"，无非是社会生活在人脑中所激发起来的那些快感或情感用诗的形式表现出来。而在野蛮初期阶段上产生的诗歌，其所反映的社会生活或人类感情，无疑是很简单、很浅薄甚至是很粗野的。

中国古代文论中关于诗歌起源或原始诗歌的见解，与西方学术界一样，是多元的。

　　一种观点侧重于强调诗歌是劳动的产物。如汉代刘安《淮南子·道应训》曰:"今夫举大木者,前呼邪许,后亦应之,此举重劝力之歌也。"①劳动在原始诗歌的发生上起着重大作用,其情景正像刘安在《淮南子·道应训》中所描绘的那样:一群原始先民抬着沉重的大木头,将它搬运到另外的地方去,他们前呼邪许、后亦应之,这号子(原始歌)声协调着他们的动作。俄国早期马克思主义者普列汉诺夫(1856—1918)关于劳动在诗歌起源中的作用的论述,在我国学术界产生过很大的影响。他说:"人的觉察节奏和欣赏节奏的能力,使原始社会的生产者在自己的劳动过程中乐意按照一定的拍子,并且在生产动作上伴以均匀的唱的声音和挂在身上的各种东西发出的有节奏的响声。……在原始部落那里,每种劳动有自己的歌,歌的拍子总是十分精确地适应于这种劳动所特有的生产动作的节奏。……研究劳动、音乐和诗歌的相互关系,使毕歇尔得出这个结论:'在其发展的最初阶段上,劳动、音乐和诗歌是极其紧密地互相联系着,然而这三位一体的基本的组成部分是劳动,其余的组成部分只具有从属的意义。'"②这个论断在一定的范围内无疑是正确的,它的得出,并非出于想象和推论,而是从事实出发的,我们即使从现存原始民族所流传的一些劳动歌也可以看得出来;但当原始诗歌一旦超出了与劳动有关的范围,这个结论就未免显得片面了。

　　另一种观点则侧重强调诗歌是原始巫术和祭祀的产物。如《周礼·春官·大司乐》曰:"以六律、六同、五声、八音、六舞大合乐,以致鬼神祇,以和邦国,以谐万民,以安宾客,以说远人,以作动物。乃分乐而序之,以祭,以享,以祀。"《礼记·檀弓》曰:"邻有丧,舂不相。"注:"相,谓以音声相劝。"在这些论述里,原始诗歌不仅是为原始巫术和祭祀服务的,而且成为原始巫术和祭祀的重要组成部分。

　　近人王国维在《宋元戏曲史》开篇说:"歌舞之兴,其始于古之巫乎? 巫之兴也,盖在上古之世。《楚语》:'古者民神不杂,民之精爽不携二者,而又能齐肃衷正。(中略)如此,则明神降之。在男曰觋,在女曰巫。(中略)及少暤之衰,九黎乱德,民神杂糅,不可方物。

----

① 刘文典撰,冯逸、乔华点校:《淮南鸿烈集解·道应训》(上),北京:中华书局,1989年,第380—381页。
② 普列汉诺夫:《没有地址的信·艺术与社会生活》,曹葆华译,北京:人民文学出版社,1962年,第39—40页。

夫人作享,家为巫史。'然则巫觋之兴,在少暤之前,盖此事与文化俱古矣。巫之事神,必用歌舞。《说文解字》(五):'巫祝也。女能事无形以舞降神者也。象人两褒舞形,与工同意。'故《商书》言:'恒舞于宫,酣歌于室,时谓巫风。'"他是主张歌舞都起源于巫的。①著名文学史家郭绍虞也持这种观点。他说:"历史学者考察任何国之先民莫不有其宗教,后来一切学术即从先民的宗教分离独立以产生者。这是学术进化由浑至画的必然的现象,文学亦当然不能外于此例,所以于其最初,亦包括于宗教之中而为之服务。《周礼·春官》所谓'大司乐分乐而序之以祭以享以祀',都是一些宗教的作用。"②他是主张上古之时,"政治学术宗教合于一途"(刘师培语)的,文学最初"包括于宗教之中而为之服务",后来从宗教中分离出来的。

在人们的眼里鲁迅是"杭育杭育派",是主张劳动起源说的,其实并非如此。他在《中国小说的历史的变迁》中说:"诗歌起于劳动和宗教。其一,因劳动时,一面工作,一面唱歌,可以忘却劳苦,所以从单纯的呼叫发展开去,直到发挥自己的心意和感情,并偕有自然的韵调;其二,是因为原始民族对于神明,渐因畏惧而生敬仰,于是歌颂其威灵,赞叹其功烈,也就成了诗歌的起源。"③鲁迅在这里没有说诗歌只是起源于劳动或只是起源于宗教,而是说起源于劳动和宗教。他认为对于原始先民来讲原始宗教是普遍的信仰,是诗歌的另一个起源。1930年鲁迅接触和翻译了普列汉诺夫的《没有地址的信》(译本《艺术论》)后,在该书的序言中放弃了他以前的观点,表示赞成普列汉诺夫的"劳动,先于艺术生产"的观点:"生产技术和生活方法,最密接地反映于艺术现象上者,是在原始民族的时候。蒲力汗诺夫……用丰富的实证和严正的论理,以究明有用对象的生产(劳动),先于艺术生产这一个唯物史观的根本的命题。详言之,即蒲力汗诺夫之所究明,是社会人之看事物和现象,最初是从功利的观点的,到后来才移到审美的观点去。"④

近年来,有的原始艺术理论研究者对劳动起源论提出了质疑,指出把原始艺术(包括诗歌)的起源仅仅归结为劳动的说法,是一种简单化的观点,是与事实不符的。我国民族学

---

① 王国维:《宋元戏曲史》,上海:商务印书馆,1915年,第1页。
② 郭绍虞:《中国文学史纲》。转引自朱自清:《中国歌谣》,北京:作家出版社,1957年,第15页。
③ 鲁迅:《中国小说史略》,北京:人民文学出版社,1973年,第270页。
④ 鲁迅:《序言》,普列汉诺夫(蒲力汗诺夫):《艺术论》,鲁迅译,人民文学出版社,1957年,第11页。

家近年从一些近代还处于原始社会末期的民族中搜集的大量新鲜的田野调查资料说明,艺术(包括诗歌)起源与原始巫术和原始宗教观念有关。

原始诗歌与原始乐舞是共生的,常常是密切交织在一起的。这是原始诗歌第一个最重要的特点。《诗大序》里所说的"情动于中而形于言,言之不足,故嗟叹之;嗟叹之不足,故永歌之;永歌之不足,不知手之舞之,足之蹈之也",说出了诗歌、音乐、舞蹈三者的密切关系,也说出了诗歌是主体,音乐、舞蹈为其附庸,诗歌为最先发生的艺术,其他是后起的艺术。任何一首原始的诗歌,既是诗的作品,又是音乐的作品。现在,我们还能在一些少数民族地区听到一些内容极为简单的原始诗歌,它们大多也是与音乐、舞蹈结合在一起的。诗歌与音乐、舞蹈的这种密切关系,使原始诗歌的韵律和节奏,即音乐性,成为一个显著的特点。对于这些诗歌的作者来说,他所作的诗歌原本是有意义的,但对于其他的人们(比如对于其他的部落或地区的人们)来说,这诗歌则不过是音乐的附庸而已。在有些民族(如埃斯基摩人)中搜集的材料证明,为了迁就韵律,有时诗句不得不加以雕琢,从而使他人无法听懂。这种情况,使德国艺术史家格罗塞(Ernst Grosse, 1862—1927)不得不得出这样的结论:"最低级文明的抒情诗,其主要的性质是音乐,诗的意义只不过占次要地位而已。"[1]远古时代,语言的通行范围是狭小的,一个不大的群体,往往都有自己的语言,这个群体与其他群体是很难沟通的。由于这种语言通行范围的狭小,诗歌也常常借助于音乐和舞蹈而得以存在和传播。随着人类的演进,诗歌始与舞蹈脱离了关系,进而又与音乐脱离了关系,成为独立的艺术形式。即使诗歌与音乐脱离了那样紧密的关系,音乐对诗歌的影响也还是长久存在的,这就是诗歌的体裁与格律。

原始诗歌大多取材于原始人狭小的生活范围,狩猎或采集生活给予他们心灵的快感,往往成为他们的诗歌的主要题材。格罗塞说:"大多数的原始诗歌,它的内容都是非常浅薄而粗野的。但是,这种诗歌还是值得我们深刻注意,因为它可以帮助我们对原始民族的情绪生活有一种直接的洞察。狩猎部落的抒情诗很少表现高超的思想;它宁愿在低级感觉的快乐范围里选择材料。在原始的诗歌里,粗野的物质上的快感占据了极大的领域;我们如果批评他们说胃肠所给予他们的抒情诗的灵感,决没有比心灵所给的寡少一点,实在一点

---

① 格罗塞:《艺术的起源》,蔡慕晖译,北京:商务印书馆,1984年,第189页。

也不算污蔑那些诗人。"①这种在"低级感觉的快乐范围里选择材料",很少表现高层次的
情感领域,就构成原始诗歌的另一个重要的特点。例如传疑为远古诗歌的《弹歌》就是这
样的一首单纯表现原始狩猎过程的诗歌:

　　　　断竹,续竹,

　　　　飞土,逐肉。

　　　　　　　　　　(《吴越春秋》卷9"陈音"引)

　　这首传疑的古诗,刘勰在《文心雕龙·通变》里说"黄歌断竹",断定此诗是黄帝时代
的作品。许多学人都指出其"未知何据"(范文澜),仅根据黄帝时才有弓箭发明的传说来
判定此诗是当时的作品是不可靠的。多数人认为这首诗是黄帝以前流传,后人根据口传写
定的"太古的作品"(郭绍虞)。事实恐怕也确是这样,在野蛮低级阶段,人类就能用抛掷
石块、用砍断的竹竿弹出石块或飞石索等方法猎取野兽,在旧石器时代晚期甚至就出现了
弓箭。"弓箭作为一种强有力的复合工具是狩猎经济发展的产物,具有悠久的历史至少在
旧石器时代晚期就已有实物证据……弓箭的使用,在我国也有悠久的历史,旧石器考古资
料中,在峙峪和下川遗址中均出土有镞,至中石器时代所发现的镞更为定型,至新石器时
代遗址几乎每处必有镞的发现,少则1件,多则数百件,积累了相当丰富的资料。"②"弓、
弦、箭已经是很复杂的工具,发明这些工具需要有长期积累的经验和较发达的智力,因而
也要同时熟悉其他许多发明。"③《吴越春秋》作者、汉代的赵晔论曰:"弩生于弓,弓生于
弹,弹起于古之孝子。……孝子不忍见父母为禽兽所食,故作弹以守之,绝鸟兽之害。故歌
曰……"弃尸于野原本是原始时代普遍的风俗,弃死去的父母于野,并希望禽兽将其肉啖而
食之,并无所谓孝与不孝的观念,把"弹歌"说成是后人对先祖守孝时之作,实际上是用后
来阶级社会里的孝道观念来解释原始时代的丧葬,显然是牛头不对马嘴。至于弩生于弓、
弓生于弹之论,也并不科学,这里姑且不论。

　　这首诗中所写的,仅仅是狩猎时的4件前后相联的事:竹子做的弓弩在射猎时被折断

---

① 格罗塞:《艺术的起源》,蔡慕晖译,北京:商务印书馆,1984年,第184页。
② 安家瑗:《试论我国史前的弓箭》,《中国历史博物馆馆刊》1994年第1期。
③ 恩格斯:《家庭、私有制和国家的起源》,中共中央马克思恩格斯列宁斯大林著作编译局编:《马
克思恩格斯选集》第4卷,北京:人民出版社,1972年,第18页。

了，用竹子把弓弩修好，把用泥土做的弹丸射出去，向着那飞跑的野兽禽鸟。（断竹，也可解为用一根砍断的竹竿做弓。）每两个字一个停顿，造成鲜明强烈的节奏和韵律，表现出一个完整的射猎过程。狩猎是原始狩猎民族最熟悉最关注的事情，没有比这再重要的了。作者的这首诗就取材自他们非常熟悉的、与他们生命攸关的狩猎生活，而且根本没有涉及他们的任何情感领域。甚至连他们因猎获野兽时可能出现的低级快感也没有描写。这是一首简单的叙事诗，只写了一个过程。在原始诗中，纯粹抒情的诗，是很少的，以叙事诗为多，即使抒情诗也含有很多叙事的成分，正像这首《弹歌》所显示的那样。

我国西南边疆的彝族的先民流传下来一首与《弹歌》十分相似的《撵山歌》：

追麂子，

扑麂子。

敲石子（敲石取火），

烧麂子。

围拢来，

作作作（吃）。

还有一首《作弩歌》：

砍棵麻栗树，

要做一张弩。

树筒断多长？

不短也不长；

块子破多宽？

不窄也不宽；

弓弦结多紧？

不松莫太紧。

背弩打野兽，

只听弩声响。[1]

---

[1] 云南民间文学集成编辑办公室编：《云南彝族歌谣集成》，昆明：云南民族出版社，1986年，第42—45页。

彝族先民的古歌《擀山歌》和《作弩歌》，与《弹歌》十分相似，所写的仅仅是原始先民生活的一个场景或过程。但从这两首诗歌所描写的场景中，我们却可以得到原始先民使用火（熟食）和制造弓弩的信息。《擀山歌》的节奏也像《弹歌》那样鲜明：追麂子——扑麂子；敲石子——烧麂子；围拢来——吃吃吃，一共6个动作构成捕猎野兽并烧食的过程，没有任何这一过程之外的东西，自然也没有属于情感领域的描写。《作弩歌》的内容古朴而单纯，而且告诉我们他们的弓弩是树干制作的，而不像《弹歌》里说的是竹子制作的；诗的结构采用的是答问的叙述方式，是后来民间十分流行的"盘歌"的原始形态，还是本身就是晚近的作品，还难以确认。类似《弹歌》《擀山歌》和《作弩歌》这样的以叙事为特点的原始诗歌，近年来在中国西南边疆地区的其他民族中也有发现。

原始诗歌的第三个特点是与原始巫术和原始宗教不可分割的密切关系。

原始巫术是从原始先民求食和增殖的愿望中产生的。他们希望通过自己的意念或力量直接实现愿望，达到控制外界和自然的目的，于是，就在这种虚幻的信念和错误的类比基础上创造出了原始巫术。而原始咒语就成为原始巫术的一个重要手段。《山海经·大荒北经》中保留下来一首咒语式的原始诗歌：

　　所欲逐之（魃）者，

　　令曰：

　　"神北行！"

　　先除水道，

　　决通沟渎。

有研究者认为，这是一首"消除旱灾及命令自然服从人的意志的咒语"[1]，亦即出现最早的原始诗歌。原文如下："蚩尤作兵伐黄帝，黄帝乃令应龙攻冀州之野。应龙畜水，蚩尤请风伯雨师，纵大风雨。黄帝乃下天女曰魃，雨止，遂杀蚩尤。魃不得复上，所居不雨。叔均言之帝，后置之赤水之北。叔均乃为田祖。魃时亡之。所欲逐之者，令曰：'神北行！'先除水道，决通沟渎。"原始先民就是希望依靠这类咒语所具有的语言力量来实现自己支配自然、驱逐旱魃（消除旱灾）的愿望。

---

① 杨知勇：《宗教·神话·民俗》，昆明：云南民族出版社，1991年，第12页。

原始宗教是通过祈求神灵（超自然力）、讨好神灵的办法来达到支配自然的愿望。祈求的形式就是举行各种不同形式和不同等级的祭祀仪式。与这种原始的祭祀仪式相适应，人们创作了大量的原始歌舞，不过能够流传下来的却极少。《吕氏春秋·古乐》里所载的"昔葛天氏之乐，三人操牛尾，投足以歌八阕"就是这种为了敬神灵而举行的原始歌舞。可以想见，人们在神灵的面前载歌载舞，是一种怎样热烈的狂欢的场面。所咏唱的歌词有8段，后人附会出来8个篇名："一曰载民，二曰玄鸟，三曰遂草木，四曰奋五谷，五曰敬天常，六曰达帝功，七曰依地德，八曰总万物之极。""载民"的"载"当"始"字讲，这一阕可能是述说祖先的来历，就像当代一些少数民族所搜集到的那些《祖先的来历》的叙事诗。"玄鸟"是原始神话，可能也与族源有关。后面接着是歌咏草木五谷生长的诗篇。葛天氏已不可考，据推测可能是远古时代某一个原始部落的名称。这8首诗歌的篇名是否有根据，是否到春秋时代还有某种形式的流传，也已经不得而知。可以肯定的是，无疑已经留下了春秋时代的印迹。

前面说过，中国很早就进入了原始农耕时代。同时，也就有许多与农耕有关的宗教祭祀仪式。古代有一种被称为"蜡辞"的诗歌，就是用于冬月里举行蜡祭的祝辞。这种"蜡辞"的渊源，可以上溯到原始的巫歌。《礼记·郊特牲》谓"伊耆氏始为蜡"，其中记载了一首据传为伊耆氏时代的"蜡辞"：

土反其宅，

水归其壑，

昆虫勿（毋）作，

草木归其泽。

这首与农事有关的原始"蜡辞"可以看作是原始农耕民族祈求风调雨顺、农业丰收的一种宗教心理的写照。全诗4句都是向神灵祈求的口气：土埂啊，要结实些；水啊，不要漫流，都归到低洼之处吧；虫害不要危害庄稼；杂草树丛都要到那些薮泽上生长。伊耆氏相传是远古的"天子"。《诗正义》有"伊耆、神农，并与大庭为一"的说法；《帝王世纪》又说帝尧姓伊祈，指明帝尧就是伊耆氏。总之，伊耆氏应是一个传说中的部落领袖，而蜡祭是在周以前早就流行的巫风。鉴于"蜡辞"所反映的都是农耕社会的生活样相，是否可以推断，"蜡辞"是原始社会晚期的作品？我想，答案应当是肯定的。

原始诗歌的第四个特点是没有爱情的描写。格罗塞在他的《艺术的起源》中说:"在原始的抒情诗上,除了极其粗野情况之外,却难得看见他们叙述两性的关系。在澳洲人,明科彼人或菩托库多人中我们决然找不出一首恋歌;就是最通晓埃斯基摩人的诗歌的林克也说:'爱情在埃斯基摩人的诗歌中只占据着极小的领域。'……在澳洲和格林兰的所谓爱,并不是精神的爱,只是一种很容易在享乐中冷却的肉体的爱。我们不能否认在最低级的民族间,也会发生所谓浪漫的爱的事件,不过这只是偶然的例外。"[①]我们从硕果仅存的中国各民族的原始诗歌中,读到的都是些与原始劳作(狩猎或采集、种植)和原始宗教或巫术有联系的诗歌,而没有发现有所谓原始情歌的作品。有些研究者根据夏商以后,特别是收在《诗经·国风》里的周代的民间诗歌,得出原始诗歌中有爱情诗的结论,显然是靠不住的。格罗塞在阐发他的这个结论时,最初也是"很惶惑"、显得战战兢兢的,他除了引用澳洲人和埃斯基摩人的材料外,还运用了芬兰人类学家卫斯特玛克(Westermarck, E. A., 1862—1939)的研究成果:"当人类的发展还在低级阶段的时候,两性恋爱的力,要比双亲抚抱幼儿的慈爱的力微得多。"[②]这种对原始诗歌的实证的研究结论,我们没有理由不予接受。

原始神话的特征

神话也是史前艺术的重要组成部分。如前所说,由于初民是凭借他投射于世界而形成的原始意象去经验世界,所以他们"创作"的神话,其特点不能不是以不自觉的和非理性的艺术方式反映人类童年时代对人类自身和自然界的感知和认识,因而这些神话对"创作"它们的初民来说,就具有神圣性、真实性和真理性,并且与原始信仰紧密地粘连在一起。神话是一种以语言传述为主,以巫术、绘画、岩刻、纹饰和古文字符号等多种原始艺术符号表现为辅的综合性艺术。原始神话常伴随着仪式,成为原始文化中观念与行为这个统一体中的重要组成部分。

神话大体可分为原始神话和文明神话两大类。原始神话包括产生于史前时代的神话和

---

① 格罗塞:《艺术的起源》,蔡慕晖译,北京:商务印书馆,1984年,第185页。
② 转引自格罗塞:《艺术的起源》,蔡慕晖译,北京:商务印书馆,1984年,第186页。

一些晚近还处于氏族社会解体阶段的民族中所流传的内容和观念都有较多原始因素的神话。其主要特点是每个神话大都是各自独立的，所以有人又将其称为独立神话。文明神话主要指进入文明门槛以后产生的以帝王世系为主要内容的所谓帝系神话。其特点是神话中众多的人神分别隶属某一个帝王（主神），从而组成了若干个帝王家族世系，所以有人又将其称为体系神话。由于中国神话很早便跨入了历史化、人化的进程，历史意识比较浓厚，神话与历史交错，神话人物与部落首领、帝王混同，天神与祖神一体，因此，中国的体系神话又称古史神话或古史神话传说。我们把产生原始神话的时代称为神话时代，把产生体系神话的时代称为古史传说时代。中国的体系神话以天人合一为主要精神，与以神人为特征的印欧体系神话有着比较明显的不同。这里我们要探讨的限于产生于人类早期阶段上的原始神话。

我们所能见到的神话文本，是用文字记录下来的，那是在文字出现以后的事。由于神话主要靠口耳传承，变异性很大，在漫长的岁月中往往会丢失或发生变异，因而我们很难看到它的原貌，而一些出现于新石器时代的岩画上的图像、彩陶和玉器上的纹饰，却将某个特定时代的原始神话意象，凝固在冰冷的线条和形象中，使一些神话的意象得以以较为原始的形态保存下来，成为我们认识原始神话的重要途径。我们力图从神话的形象层面入手，与后来记载的文字资料相比较，探讨若干神话的原始意象和内涵。

由于劳动实践和社会交往的需要，可能在旧石器中期或晚期就已经逐渐产生了清晰的语言，思维发达起来，使思想和交往成为可能。如果说语言是思维的外在形式，那么神话无疑与语言相联系，是语言发展到一定阶段时的必然产物。人类只有能够用流畅的语言交流思想之后，神话才有可能被创作出来，并通过口传的方式传播（在传承中不断发生着变异）。

万物有灵观是人类早期的世界观。万物有灵观是原始宗教也是神话产生的基础。在这一点上，二者有共同性。所谓万物有灵观，是指初民认为在躯体以外，还有一种精神的东西存在，这精神的东西便是灵魂，灵魂主宰肉体。世间万物，包括人、动植物、自然界、无生物等，都具有这种属性。他们认为，形形色色的灵魂和神灵，对人的生活或生命产生着这样或那样的影响，因而形成了自然崇拜。从普遍的自然崇拜，进而又发展到人格化的神灵的观念的出现。人类创造了神，进而出现了祭祀神灵的仪式。人类对自然的崇拜，特别是对人格化的神（如月亮神和太阳神等自然神，以及后起的祖先神）的崇拜，以及对进而产生的不同层次和等级的神灵的崇拜，促使人类围绕着这些神灵编织出一个个口头故事。这些口头故事，就自然而然地与原始宗教的仪式粘连在一起。

神话产生的最主要的动因，在于原始先民对自然现象的神秘莫测进行解释的心理需要。处于低级生存阶段的原始先民，对一些最常见的自然现象，如寒来暑往、季节交替、日月运行、风雨雷电、火山爆发、地震、洪水泛滥、人类和动物的来源、生老病死等现象，感到好奇却又无法理解。而他们又时时处在自然的包围之中，他们必须就这些问题对部落或氏族的成员做出回答，进行解释。于是，他们便根据极为有限的知识和想象，创造出神话来加以解释。在某种意义上来说，神话就是他们对自然和社会问题所作的第一个答案。

原始神话有哪些基本特征呢？

第一，原始神话是原始先民关于宇宙起源、人类来历（从哪里来、又回到哪里去）、动植物、自然现象、神灵和部落历史等的故事。在没有文字之前，口头记忆和传承几乎是唯一的方式。随着生产力的进步和思维的发展，也出现了一些其他的记述方式，如把一些神话的意象镌刻在岩石上，或刻或画在陶器和玉器上。但这些方式，都不能代替口头的方式。这就是说，原始神话的表述方式是多元的。

第二，原始神话中的角色——神，是作为异己的自然力量出现的，常采取兽形、人兽同体的形态，尚未完成"人化"的转化。

第三，原始神话是原始人以神话思维和幻想形式观照和反映客观世界的产物。因而神话是非理性的产物，而不是逻辑的产物。例如，现代人对于植物、动物和人在种属之间的区别，是确定不移的，而在原始人那里则完全不同。在他们看来，由于某种突然的变故，一切事物都可以转化为另一些事物。变形法成为原始人的一个基本认识。从而，图腾崇拜便是原始人认识和观照现实世界的最典型、最有特点的方法之一。恩斯特·卡西尔（Ernst Cassirer, 1874—1945）说："神话的最基本特征不在于思维的某种特殊倾向或人类想象的某种特殊倾向。神话是情感的产物，它的情感背景使它的所有产品都染上了它自己所特有的色彩。原始人绝不缺乏把握事物的经验区别的能力，但是在他关于自然与生命的概念中，所有这些区别都被一种更强烈的情感湮没了：他深深地相信，有一种基本的不可磨灭的生命一体化（solidarity of life）沟通了多种多样形形色色的个别生命形式。原始人并不认为自己处在自然等级中一个独一无二的特权地位上。所有生命形式都有亲族关系似乎是神话思维的一个普遍预设。图腾崇拜的信念是原始文化最典型的特征。"①图腾崇拜在我国原始神话中也留下了时显时隐的印迹,在一些部落或氏族起源的神话中,甚至还表现得极为突出。

第四,原始神话和原始宗教构成原始意识形态的统一体。神话产生的时代,人类的精神领域受着思维能力的限制,远没有现代这样的细密,也没有现代这样的分工。因此,各种意识形态都紧密地综合在一起,形成一种综合性的体系,这就是神话和原始宗教组成的统一体。由于原始神话与原始宗教的基础都是万物有灵观,所以二者有着密不可分的关系。原始神话常常伴随着原始宗教仪式。可以说,无神话就无从谈论宗教仪式,然而却有许多无宗教仪式的神话。在这个原始意识形态统一体中,保存了原始先民关于宇宙起源和人类起源的哲学观念,包括了人类关于采集、渔猎和原始农耕的各种知识,原始发明创造的科学思想的萌芽,包括了人类早期历史和原始宗教仪式以及风俗习惯等方面的内容,成为多种学科的总汇。

第五,原始神话所反映的内容,在我们看来是荒诞无稽的,然而对于原始先民来说,则是真实的和神圣的。唯其真实和神圣,原始神话成为原始先民崇信和遵守的信条。

第六,原始神话多半是些各自独立的神话。神们之间的关系,主要是生殖关系(即"神圣的血族"),而尚未出现神们之间的横向统属关系,也未形成以一个至上神为中心的纵横交错的神谱或神系,即尚未发展到体系神话的阶段。原始神话即独立神话向文明神话即体系神话的过渡,其制约因素,是人类早期文明的发展。

创世神话及其原始意象

开天辟地神话是原始神话(或原生神话)的重要类别之一。由于对天地山川、日月星辰的由来和种种奇妙的自然现象的发生,原始先民希望解释而又无力加以解释,于是便生发出许多问题、幻想出种种故事来。在先秦典籍屈原的《天问》中还记载着那些原初的问

---

① 恩斯特·卡西尔:《人论》,甘阳译,上海:上海译文出版社,1985年,第105页。

题和想象："遂古之初，谁传道之？上下未形，何由考之？冥昭瞢暗，谁能极之？冯翼惟像，何以识之？明明暗暗，惟时何为？阴阳三合，何本何化？圜则九重，孰营度之？惟兹何功，孰初作之？斡维焉系，天极焉加？八柱何当？东南何亏？九天之际，安放安属？隅隈多有，谁知其数？天何所沓？十二焉分？日月安属？列星安陈？……"综观这许多有关宇宙来历和日月星辰的问题，从天地分离，四维八柱，地有九圜，天有九重，日月安属，到列星安陈，无所不包，却没有一个是关于天地创造的。也许在这每一个问题的背后都有一个幼稚而美丽的神话，只是身处现代的我们无从了解罢了。新石器时代遗留至今的若干纹饰，向我们提供了一些古神话意象，能帮助我们了解神话的原始。

第一类型的创世神话，是盘古开天辟地。这个神话始见于三国时徐整的《五运历年纪》：

> 元气濛鸿，萌芽兹始，遂分天地，肇立乾坤，启阴感阳，分布元气，乃孕中和，是为人也。首生盘古，垂死化身，气成风云，声为雷霆，左眼为日，右眼为月，四肢五体为四极五岳，血液为江河，筋脉为地里，肌肉为田土，发髭为星辰，皮毛为草木，齿骨为金石，精髓为珠玉，汗流为雨泽，身之诸虫，因风所感，化为黎甿。（《绎史》卷1引）

又据《太平御览》卷2所引徐整的《三五历纪》：

> 天地混沌如鸡子，盘古生其中。万八千岁，天地开辟，阳清为天，阴浊为地。盘古在其中，一日九变，神于天，圣于地。天日高一丈，地日厚一丈，盘古日长一丈。如此万八千岁，天数极高，地数极深，盘古极长。

这两段话叙述了一个完整的开天辟地的神话。这个神话的基本情节是：(1)最早宇宙尚未形成的时候，是一团星云——元气濛鸿，混沌未开。这团元气开始滋生万物，于是分出了天地，确立了乾坤，并孕育了中和之物——人类。(2)在这团像鸡蛋一样的濛鸿未开的元气之中，孕育了盘古。经过一万八千年，天地分开了，阳清之物上升成为天；阴浊之物下降而为地。(3)盘古是一位巨人，他出生在天地之间，一天变化多次。其神奇胜过天，其异能胜过地。天每天增高一丈，地每天加厚一丈，盘古也每天长高一丈，如此下来，经过一万八千年，天的高度达到了极点，地的厚度达到了极点，盘古的身材也长得极高，成为巨人了。(4)盘古死后，他的身体各个部分化生成了世间的万物：气息化成风云，声音化成雷霆，左眼化成太阳，右眼化成月亮，四肢五体化成大地的四极和五岳，血液化成江河，筋络和血脉化成山川道路，肌肉化成田土，发须化成星辰，皮毛化成草木，齿骨化成金石，精液和骨髓化成珠玉，汗流化成雨水，身上的种种虫子经风的吹抚，化成黎民百姓。

这个神话见诸文字很晚，是三国时吴人徐整的著作，在此之前，未见著录。既然是人类早期产生的原始性神话，又为什么在此之前没有记录而到三国时才有徐整的记录呢？这是因为：第一，在后来出现的梁代任昉撰《述异记》中有这样的字句："昔盘古氏之死也，头为四岳，目为日月，脂膏为江海，毛发为草木。秦汉间俗说：盘古氏头为东岳，腹为中岳，左臂为南岳，右臂为西岳。先儒说……古说……" 这段话里的 "先儒说" 和 "古说" 一类的词语，至少说明盘古的神话在秦汉间即已有流传，并不是在三国时才出现的。第二，在现在一些少数民族（如苗、瑶、彝、白、毛南族等）中所搜集到的神话材料中，也有关于盘古开辟天地的神话。这些有关盘古开天辟地的少数民族口传神话是渊源有自的，古代民族间征战频仍，民族大迁徙时有发生，后来这些少数民族大都居住在边疆一带，他们靠口传和书面（唱本和经书）两种方式把盘古的神话传承下来，可以从另一面印证盘古神话的古老性质。

盘古神话的古老性，还可以追溯到新石器时代的陶纺轮上的太极图饰。盘古开天辟地神话的思维，是一种与现代人完全不同的原始思维。开天辟地这一思想本身就是十分古老而幼稚的。但在这幼稚中却透露出朴素的唯物思想，如原始先民所想象的天地未开之时，是一团 "浑沌"、一团元气，即后来科学上所说的星云。《山海经·西次三经》："天山……有神焉（毕沅本作神鸟——引者），其状如黄囊，赤如丹火，六足四翼，浑敦无面目，是识歌舞，实惟帝江也。" 在这段把 "浑沌" 人格化了记述里，虽显然有着历史化的痕迹，但 "浑敦无面目" 的神话意象内核毕竟还是完整地保留着的。在初民经验世界的原始意象中，是这个了无边际、"无面目" 的 "浑沌"——原始星云孕育了盘古，而不是盘古创造了天地。盘古的基本母题有二：其一，盘古是卵生的。原始先民把 "浑沌" 想象成是一个大的宇宙卵，宇宙卵孕育了盘古。宇宙卵是一个原始意象，原始先民从自然现象中很容易捕捉到这样的意象，然后联想到盘古也是从卵里孕育出生的。其二，盘古化生万物。身体的各个部分化生为万物是原始人思维的一个典型。很多民族处在原始状态时，都有过这种思维。盘古神话的宇宙卵母题，特别是 "阳清为天，阴浊为地" 的神话意象，在新石器时代的陶纺轮的纹饰上就显示出来了。

湖北天门邓家湾和孝感应城门板湾屈家岭文化晚期遗址，湖北钟祥六合遗址，湖北石门石家河遗址，都出土了绘制着阴阳鱼图的陶纺轮。[①]上述遗址的发掘者们称这类纹饰为太极图饰。这些陶纺轮上的太极图饰的发现，对于我们认识盘古神话的意象极为重要。从周易图像学的发展史看，太极图本指北宋周敦颐《太极图说》所传的"无极而太极"之图。实际上，阴阳鱼图形太极图最早见于明代人的著作，即明初赵㧑谦的《六书本义图考》一书，赵称之为"天地自然河图"。[②]关于该图的来源颇有争议，是学术史上的一桩疑案。朱熹《答袁机仲》说："据邵氏（宋代哲学家邵雍——引者）说，先天者，伏羲所画之易也；后天者，文王所演之易也。伏羲之易初无文字，只有一图以寓其象数，而天地万物之理、阴阳始终之变具焉。"伏羲画易，文王演易，都不过是传说而已，现在，新石器时代考古发掘的出土文物，却向我们提供了距今4000年前陶纺轮上的太极图像，使我们有可能把以"阳清为天，阴浊为地"的盘古神话—宇宙卵意象追溯到4000年之前的屈家岭文化时期。新石器时代纺轮上的阴阳鱼形太极图，可能是从更早些的涡纹演变而来的。原始先民从水流或气流变化所形成的涡流现象中，想象着宇宙万物和开天辟地、创造世界的巨人盘古就生于这宇宙卵之中，于是赋予它神秘的意义。这样，阴阳鱼形太极图也就成为"盘古生其中"的宇宙卵神话意象的载体。

　　盘古神话在一些少数民族中也有流行。布依族的开天辟地神话《力戛撑天》说，很古很古的时候，天和地相隔得很近，腰杆都直不起来。巨人力戛在大家的帮助下，把天撑起来。天被撑得九万九千九百九十九丈高，地被蹬下去九万九千九百九十九丈深。他又用自己的牙齿当钉子，把天钉住；挖下右眼变成了太阳，左眼变成了月亮；牙齿变成了星星。力戛累死了，大肠变成了红水河，小肠变成了花江河，心变成了鱼塘，嘴巴变成了水井，膝盖和手腕变成了山坡，骨骼变成了石头，头发变成了树林，眉毛变成了茅草，耳朵变成了花朵，肉变成了田坝，筋变成了大路，脚趾变成了各种野兽，手指变成了各种飞鸟，身上的虱子变成了牛，跳蚤变成了马。壮族神话《布洛陀》中的巨人布洛陀、布朗族神话《顾米亚》中的巨人

[①] 参阅石龙过江水库指挥部文物工作队：《湖北京山、天门考古发掘简报》，《考古通讯》1956年第3期；蒲显钧、蔡先启：《孝感地区两处新石器遗址调查》，《江汉考古》1980年第2期；荆州地区博物馆、钟祥县博物馆：《钟祥六合遗址》，《江汉考古》1987年第2期；石河考古队：《湖北省石河遗址群1987年发掘简报》，《文物》1990年第6期。

[②] 刘昭瑞：《论新石器时代的纺轮及其纹饰的文化涵义》，《中国文化》1995年第1期。

顾米亚、哈萨克族神话《迦萨甘创世》中的巨人迦萨甘，也是盘古一类开天辟地的神性巨人。他们的共同特点是，他们是在混沌状态（宇宙卵）中诞生的开天辟地的巨人，他们用一定的物质创造了大地、山川、河流、万物生灵。[①]

第二类型创世神话，是阴阳二神开天辟地造万物的神话。《淮南子·精神训》：

> 古未有天地之时，惟像无形，窈窈冥冥，芒芠漠闵，澒濛鸿洞，莫知其门，有二神混生，经天营地，孔乎莫知其所终极，滔乎莫知其所止息。于是乃别为阴阳，离为八极，刚柔相成，万物乃形。烦气为虫，精气为人。

这个神话说的是，在混沌未开之时，有两个神自然生成了。他们经营（创造）天地。这天地广大得谁也不知其终点在哪里，这天地辽阔得谁也不知其边缘在哪里。于是他们区别阴阳，分开八极，刚柔相成，万物就产生了。烦杂之气成了动物，精粹之气成了人。"别为阴阳"的观念，如前所说，在新石器纺轮中就已存在了。而"离为八极"的观念，与"别为阴阳"的观念同样古老。上述屈家岭文化和石家河文化陶纺轮上刻画的是阴阳太极图，而在许多文化类型出土的陶纺轮上，则刻画有八角形图饰。如：江苏武进潘家塘的陶纺轮，两面刻纹，时代相当于崧泽文化中层，距今5800—5100年[②]；江苏海安青墩出土的陶纺轮，属良渚文化早期，距今约5000—4500年[③]；江西靖安郑家坳出土的陶纺轮，距今约4200年[④]。此外，安徽含山凌家滩出土的玉板上，也绘制有一个形状相同的八角形。这些八角形图形与太阳崇拜有关，可能是八方（八极）观念的象征。[⑤]纺轮上的阴阳鱼图形和八角形所包含的古老观念，也许与阴阳二神创世的神话意象有某些关联。

在少数民族神话中，阴阳二神经营（创造）天地的，有阿昌族的创世神话《遮帕麻与遮米麻》。[⑥]

---

① 《力戛撑天》《布洛陀》《顾米亚》《迦萨甘创世》，分别见马昌仪编：《中国神话故事》，北京：中国广播电视出版社，1996年，第145—147、123—141、472—477、263—265页。
② 武进县文化馆、常州市博物馆：《江苏武进潘家塘新石器时代遗址调查与试掘》，《考古》1979年第5期。
③ 南京博物院：《江苏海安青墩遗址》，《考古学报》1983年第2期。
④ 李家河等：《樊城堆文化初论——谈江西新石器时代晚期文化》，《考古与文物》1989年第2期。
⑤ 安徽省文物考古研究所：《安徽含山凌家滩新石器时代墓地发掘简报》，《文物》1989年第4期；陈久金、张敬国：《含山出土玉片图形试考》，《文物》1989年第4期。
⑥ 《遮帕麻与遮米麻》，马昌仪编：《中国神话故事》，北京：中国广播电视出版社，1996年，第521—533页。

第三类型的创世神话，是动物创世神话。

陕西姜寨遗址出土的T16W63:1彩陶盆，在其内壁绘有两只青蛙和四尾小鱼。姜寨遗址属于仰韶文化半坡类型，青蛙图案最早在这里发现有着重要意义。在这之后的马家窑类型、半山类型、马厂类型，到齐家文化和四坝文化中，蛙形纹饰虽有所变形，但这个传统一直延续了二三千年。姜寨彩陶盆内壁绘制的青蛙和小鱼，以及此后形成的这一文化传统，可能隐含着一个古老的创世神话的意象。青蛙和鱼可能是某个历史悠久的氏族或部落先民们神话中创世的大神，它们在浑沌未开中创建了宇宙。

鱼和青蛙创世的神话，在一些现代民族中还能见到。现在居住在云南的哈尼族，是古氏羌人的一支，远古时就居住在甘青一带高原地区，后来南迁，经四川至云南定居下来。该族的创世神话《天、地、人》说，汪洋大海中的一条大鱼，把右鳍往上一甩，变成了天；把左鳍向下一甩，变成了地；把身子一摆，从脊背里送出来7对神和1对人。世间有了天和地，有了神和人。天地高低不平，神们拖着金犁、银耙，把天犁平了。犁地、耙地却不平，耙着的地方成了平坝，耙落了的地方成了大大小小的山峰，犁沟成了深浅不同的山谷，浸水的山谷成了湖泊和河流。从大鱼脊背里出来的那对人，男的叫直塔，女的叫塔婆。塔婆怀了孕，生下21个娃娃。有虎、鹰、龙，剩下的9对是人。龙当了龙王，给塔婆3竹筒东西：第一个竹筒是金银铜铁和珠宝；第二个竹筒是稻谷、草木；第三个竹筒是牛马猪鸡和飞禽走兽。神们用牛的眼睛变成闪电，牛的皮变成响雷，牛的眼泪变成露珠，牛的鼻涕变成雨水，牛的气息变成云，牛的两颗尖牙变成启明星和北斗星，其他牙齿变成满天星斗，牛的四腿变成东西南北的顶天柱。从此，天地间有了万物，分出了昼夜。[1]流传于云南墨江县的哈尼族中的一则神话《青蛙造天造地》则说，天地是青蛙造的。青蛙吐出的沫子和吐出的剩骨头变成了陆地，青蛙的手臂上屙一泡屎变成了天。黑眼珠变成了太阳，白眼珠变成了月亮。血洒在天上变成了星星。血肉变成了云雾风雨。[2]青蛙在这里被奉为创世神。哈尼族现在还流传着的鱼和蛙创世神话，与从姜寨到四坝文化彩陶盆上的蛙神话意象是吻合的，也许这就是他们从远古时代继承下来的文化遗产。

---

[1] 《天、地、人的传说》（哈尼族），《华夏地理》1983年第4期。

[2] 《青蛙造天造地》，云南省民间文学集成编辑办公室编：《哈尼族民间文学集成》，北京：中国民间文艺出版社，1990年，第25—29页。

人类起源：葫芦生人神话

围绕着人类是从何而来的这一疑问，原始先民给出了种种奇妙的答案。人类起源神话，是产生最早的推原神话之一。它既是人类对自然现象的追索，又是人类对社会现象的探求，因为有了人就有了社会。关于人是怎么来的，不同民族不同部落有着各不相同的解释。根据典籍神话和已经搜集起来的神话文本，大致有以下几种模式：肢体化生型、造人型、卵生或葫芦生人型、感生型和石头生人型等。下面我们根据新石器时代陶器和岩画上的纹饰所提供的神话意象，来谈葫芦生人神话，兼及卵生人神话。

属于仰韶文化半坡类型的西安半坡、陕西姜寨、北首岭、渭南史家、眉县杨家村等新石器时代遗址，属于庙底沟类型的甘肃甘谷西坪和石岭下类型的武山县傅家门等遗址，属于马家窑类型的甘肃永登、临洮等遗址，都出土了葫芦形彩陶瓶（壶），而且有的葫芦形彩陶瓶（壶）的腹部还绘制着纹图。甘肃甘谷西坪出土的人面鲵鱼彩陶瓶，其腹部绘有身体弯曲、尾交首上、充满着生命力的人面鲵鱼纹饰。甘肃武山出土的马家窑文化石岭下类型的人面鲵鱼纹彩陶瓶，其腹部也绘有一个人面鲵鱼纹图像。这两件彩陶瓶及其腹部所绘制的鲵鱼人面纹图，所表现的可能是"葫芦生人"神话的意象。

这个图像上的"鱼"纹，可能是鲵鱼，也可能是蜥蜴。鲵鱼，俗称娃娃鱼，状若蜥蜴。无论是鲵鱼还是蜥蜴，其共同的特点是水陆两栖动物，在古代都是受到崇拜的动物。鲵鱼或蜥蜴是被先民所崇拜的"龙"的原型。有记载以来，"所谓'龙'，就是古人眼中鳄类、蝾螈类及蜥蜴类动物的共名"。[①]在新石器时代，蜥蜴在世界许多民族中都是先民崇拜之物。澳大利亚人的图腾中，在陆上的动物中，通常以袋鼠为图腾；而在两栖类中，就有蛇类和鬣蜥蜴。原始先民之所以把蜥蜴当作图腾来崇拜，首先与当地当时的自然条件和物种有关。据报道，中国科学家近年在新疆发现了鲵鱼这个曾经在新石器时代存活过的物种，数量相当稀少，是谓稀有珍奇物种。新疆距甘肃相对较近，生态气候有相似之点，似可推论甘肃的甘谷和武山一带，在新石器时代曾是鲵鱼的家园，鲵鱼受到先民的崇拜和神化是不奇怪的。

甘谷和武山毗邻而居，不论是庙底沟类型时期，还是石岭下类型时期，先后在这里居

---

① 参阅何新：《龙：神话与真相》，上海：上海人民出版社，1989年，第97—116页。

住的先民,可能都是以鲵鱼或蜥蜴为图腾祖先的氏族部落。人面鲵鱼纹或人面蜥蜴纹可能是他们氏族的图腾祖先图徽。这里的先民,把他们所崇敬的图腾祖先的形象绘制在葫芦形的陶瓶的腹部,绝非随意之作,而是一件很严肃神圣的事情。想必他们在制作这件彩陶瓶时,可能还要举行某种仪式。根据原始先民的思维特点来推论,器表所绘制的动物图像,往往也就是装在陶瓶里面的动物的透视图像。这个蜥蜴图像可能意味着他们的图腾祖先是孕育在葫芦里、从葫芦里生出来的,葫芦是孕育人类祖先的原始母体。这个绘制着人面鲵鱼或人面蜥蜴图像的陶瓶,因而可能变成了一件渗透着人类起源神话意象的圣物,这些图像也许蕴含着一个早已消失在历史深处的人类起源的原始神话。

我国许多民族至今还保留着这种十分古老的“葫芦生人”母题的神话。从今人记录的这些人类起源神话来看,以“葫芦生人”为母题的神话,分布是相当广泛的,包括汉族在内的许多民族中都有,特别是南方民族。我们不妨把新石器时代葫芦形陶瓶(壶)上的人面鲵鱼或人面蜥蜴图像所蕴含的“葫芦生人”神话意象,与今人记录的“葫芦生人”神话作一简单的比较。

今人记录的“葫芦生人”神话,仍然保留着“葫芦生人”的原始母题:人最初是从葫芦中走(生)出来的。傣族神话说,在荒远的古代,地上什么也没有。天神见了,就让一头母牛和一只鹞子到地上来。这头母牛已经在天上活了十几万年,到地上只活了3年,生下3个蛋就死去了。此后,鹞子孵蛋,其中一个蛋孵出了一个葫芦,人即从这个葫芦里生了出来。拉祜族的天神厄莎创造人类时,是用自己种的葫芦。葫芦长大,发出人的声音和歌唱,厄莎叫老鼠给葫芦咬开两个洞,人便从葫芦里爬了出来。佤族神话说,主宰世上一切最大的鬼神“达摆卡木”与一条母牛交配后生出一颗葫芦籽,栽种后结了一个大葫芦。洪水滔天,淹没了大地,黑母牛把葫芦放进船里守着,后来,当水退落,黑母牛用舌头舔开葫芦,人类便从葫芦里出来,一代一代繁衍到今天。除了人类外,从葫芦里走(生)出来的还有各种有生命的动植物。佤族神话说,古时像开水一样沸腾的洪水淹没了大地,世上的人都死光了,只剩下达梅吉和一条母牛。达梅吉和母牛交配,母牛受孕,产下一个葫芦。人和万物就从这个葫芦中诞生出来。[1]原始

---

① 此处所引神话,分别见李子贤:《傣族葫芦神话探源》,《探寻一个尚未崩溃的神话王国》,昆明:云南人民出版社,1991年,第135—136页;马昌仪编:《中国神话故事》,北京:中国广播电视出版社,1996年,第353—356页;邓启耀:《宗教美术意象》,昆明:云南人民出版社,1991年,第22页。

思维认为,万物有灵,人与动物有血缘关系,是兄弟,所以人与动物同出于一个母体。

在这些后代记录的人类起源神话中,最基本的神话素是葫芦和人祖。二者之间的关系是:葫芦是孕育人祖的母体。这就是说,这些神话素是从仰韶文化彩陶瓶(壶)上人面鲵鱼或人面蜥蜴图像所凝聚着的"葫芦生人"神话意象中传袭下来的。后世记录的神话文本与陶瓶图像的神话意象之间的不同,或陶瓶图像上的神话意象中所没有的东西是:葫芦是从哪儿来的。记录的神话文本提供了3种答案:第一,葫芦是从母牛生下的蛋中孵出来的;第二,葫芦是母牛与鬼神达摆卡木交配生的葫芦籽长的,或母牛与达梅吉交配生的;第三,葫芦是天神厄莎种出来的。记录这几则神话时,这几个民族虽然已经不同程度地受到汉民族文化的影响,但还大都处在氏族社会解体阶段。显然,在从新石器时代中期到记录神话的漫长的传承过程中,人们时时在寻找一个合理的答案,而这3个答案在不同程度上都存在着合理化的倾向,其中葫芦是天神厄莎种出来的这个答案,带有相当发达的农业社会(出现了"种植"的观念)和相当进步的原始宗教(天神信仰)的色彩。这是我们在彩陶瓶的图像中所看不到的。

关于"葫芦生人"神话,以及它在我国人类起源神话中所占的地位,闻一多先生早在40年代就论述过。他对所搜集到的49个洪水神话进行比较分析后说:"最早的传说只是人种从葫芦中来,或由葫芦变成。"葫芦生人在人类起源神话中是原始的、基本的情节。现在收集到的洪水神话本无葫芦,是在造人故事兼并洪水故事的过程中,葫芦才以其渡船的角色,巧妙地做了缀合两个故事的连锁。[①]

史籍中有很多关于人首蛇身的人类始祖伏羲的记载。如《帝王世纪》:"庖牺氏……蛇身人首。"《拾遗记》:"蛇身之神,即羲皇也。"甘肃甘谷和武山彩陶瓶上的人面鲵鱼或人面蜥蜴纹图,很可能就是人类始祖伏羲的原始形象。这当然还是一个推断,还要更多的考古资料来证实。

"葫芦生人"的神话意象,在时代为新石器晚期的沧源岩画中也有体现。沧源岩画第6地点5区绘有一幅"出人洞"的画面。"出人洞"画面所显示的"葫芦生人"神话意象,也许

---

① 闻一多:《伏羲考》,马昌仪编:《中国神话学文论选萃》(上),北京:中国广播电视出版社,1994年,第738页。

与佤族现在还流传着的"司岗里"神话有关。在佤语里，"司岗里"有"葫芦""成熟的葫芦"或"人从葫芦中出"的意思。岩画所在地沧源旧称"葫芦国"。岩画所描绘的是一个略呈葫芦形的山洞，在山洞四周是众多刚从洞中出来的人和动物，大多呈现出急匆匆的样子，也有互相争斗的场面。佤族的"司岗里"神话说，利吉神和路安神造了天和地，又造了人、太阳和月亮，把人放在洞里。人在司岗里岩洞里闷得很。很多动物来凿岩洞，有扫哈神、马大头鸟神用喙来啄，有老虎神、熊神来凿，但谁都凿不开。小米雀把长刀（喙）磨快，终于把岩洞啄开了。人和动物都从洞中出来。岩画上的"出人洞"画面所显示的神话意象，与这则记录神话的内容大体上是吻合的。在沧源岩画第3地点（曼坎）画面的下面，画有一个葫芦形图形和一组人物图像——栏框内画有两个人形，一为男性，另一个下身绘有倒三角形者疑为女性。对于这个葫芦图形及相关人物图像，有学者认为是许多民族中都有流传的洪水后兄妹血缘婚神话的具象形态。[①]

从仰韶文化庙底沟类型时期出土的彩陶葫芦瓶上的人面鲵鱼或人面蜥蜴纹图，到新石器时代晚期的沧源岩画中的"出人洞"和葫芦图形岩画，我们都读到了"葫芦生人"神话的意象。我们是否可以作这样的推想："葫芦生人"神话最早出现于黄河上游地区，随着文化的变迁与传播，黄河上游地区的"葫芦生人"神话兼并了南方的"洪水神话"，从而铸造了沧源岩画第3地点曼坎的葫芦图形所代表的兄妹血缘婚神话意象？"葫芦生人"神话是农业民族的精神产品，从神话意象到神话文本，始终都是在以农耕为主要生产方式的地区和民族中存在，而从未涉足地处北方的猎牧或游牧民族？

"葫芦生人"的"葫芦"，是作为初民的孕育生命的"原始母体"这一神话意象而存在于人们头脑中的。到制陶术出现（大约在新石器时代）之后，制陶工便根据葫芦的"原始母体"意象和形体特点而制作出葫芦形的陶瓶和陶壶。于是，根据原始象征的变形规律，葫芦形陶瓶或陶壶便将葫芦所固有的孕育生命的"原始母体"的意象吸纳入自身之中，与自然的葫芦具有了同一的文化象征，也成了原始意象中的"原始母体"。加上制陶艺术本来就是妇女的事，她们在制陶过程中无意识中把孕育生命的意象赋予了陶瓶或陶壶。正如史前文化史家布里富尔特（Robert Briffault）在《母神》中所说："制陶艺术是女性的发明；最

---

① 徐康宁：《推原神话与沧源崖画中的解释性图形》，《云南美术通讯》1987年第2期。

早的陶工是一位女人。在一切原始民族中，制陶术均出自女人之手，只是在文化发展的影响之下，它才变为男人从事的活动。"不过，与中国考古学家和原始艺术学家们认为陶瓶或陶壶、陶罐是以葫芦为原型的意见不同，他认为，依据希腊传统，第一只酒杯（patera）是以海伦的乳房为模型而仿制的。①持他这种观点的，在西方学者中还大有人在。19世纪末，库欣（Cushing, F.H.）对普韦布洛人的研究，也证明了"组尼族妇女自古以来便按照女人乳房的形状制造她们的水罐"。②由于女性制陶者的无意识赋予，陶瓶或陶壶，也是一个原始意象中的大容器、大子宫。据学者研究，台湾的排湾族就有"陶壶生人"或"陶壶出人"的神话。排湾族Muradup社的陶壶生人神话说，一女性陶壶经阳光照射，孵出一女性蛋。蛋与pocoan家的男性灵魂结婚（当时世上尚无人类，只有灵魂），生一女。女与百步蛇结婚，生二男，其中一人成为人类的祖先。③这个神话中的陶壶，与葫芦生人神话中的葫芦，处在同一个原始意象层次中，即陶壶乃人类孕育与出生的母体。

鸟生神话

新石器时代，黄淮下游地区的大汶口文化、龙山文化和长江下游地区的河姆渡文化、崧泽文化、良渚文化的陶器、骨器和玉器，有丰富的鸟形纹饰和鸟形造型。这些鸟形纹饰和鸟形器物，凝聚着当地氏族部落和部落联盟的鸟生神话意象，反映了他们的鸟图腾信仰。

台湾故宫博物院藏有1件玉璧，美国弗利尔美术馆藏有3件玉璧，其上刻有构思基本相同、细部也大体相似的"小鸟立于祭坛上"纹图。对于这些传世的玉璧的文化属性，学术界多倾向于定为良渚文化的器物。至于玉璧上所刻纹图中的小鸟赖以站立的物体是什么，一种意见认为是"五峰山"（李学勤），山作五峰，和大汶口文化陶尊上的山形相一致（石兴

① 布里富尔特：《母神》（The Mothers）。译文转引自埃里希·诺伊曼：《大母神——原型分析》，李以洪译，北京：东方出版社，1998年，第133、122页。
② 库欣：《普韦布洛陶器研究》（A Study of Pueblo Pottery）。译文转引自埃里希·诺伊曼：《大母神——原型分析》，李以洪译，北京：东方出版社，1998年，第122页。
③ 马昌仪：《中国灵魂信仰》，上海：上海文艺出版社，1998年，第365页。

邦）；另一种意见则认为是祭坛（邓淑萍）或"祭场的坎坛"（饶宗颐）。①

关于这些纹图的含义，李学勤认为，鸟在山上可读为岛字。3件玉璧的符号都是两字的复合，其中都有岛字，这使我们联想到《尚书·禹贡》冀州、扬州条提到的鸟夷（岛夷），即古代海滨的部族，正好是大汶口文化分布的地区。这3件玉璧，大概是山东地区大汶口文化和龙山文化的遗物。玉璧上的符号之一，就是大汶口文化陶尊上的"炅"字，另一玉璧符号的下部，也是"炅"字，不过其中饰以涡纹。②邓淑萍认为，"祭坛"内的符号为"有翼的太阳"，站在祭坛上的立鸟就是《尚书·禹贡》中所说的"阳鸟"，亦即古代神话中的"金乌"。总之，它们与古代华东地区对鸟和太阳的崇拜有关。③

相似或同一的纹图在不同的玉璧上重复出现说明，这种纹图很可能是大体与龙山文化或良渚文化晚期相当的东夷族群中以鸟为图腾祖先的"鸟夷"的神徽或鸟生神话的意象。

古代东夷族群，生活在黄淮下游地区及沿海一带。由于这个族群信仰鸟祖，故在后世文献中被称为"鸟夷"。《尚书·禹贡》"冀州"："鸟夷皮服，夹右碣石，入于河。"历代注家对"鸟夷"有不同的解释，主要有3种。一是国名。如马融注曰："鸟夷，北夷国。"王肃注曰："鸟夷，东北夷国名也。"二是指东方之民。如郑玄注曰："鸟夷，东方之民，搏食鸟兽者也。"④顾颉刚说："当时的所谓'鸟夷'是泛指东方边远的一种民族，以狩猎为主，衣皮食肉，还不知道耕种。"⑤三是将"鸟夷"释为"岛夷"，认为"岛夷"乃"居岛之夷"。关于"岛夷"，顾颉刚在《禹贡注释》中说："在汉朝时，禹贡本作'鸟夷'，后来因为伪孔安国传说'海曲谓之岛，居岛之夷'，此后遂改作'岛夷'，胡渭并以今日本、朝鲜等地指说之，姚明辉禹贡注又指今千岛群岛即禹贡的岛夷，皆远远超出了禹贡作者的地理知识以外，不可信。"

---

① 李学勤：《走出疑古时代》，沈阳：辽宁大学出版社，1994年，第102页；石兴邦：《我国东方沿海和东南地区古代文化中鸟类图像与鸟祖崇拜的有关问题》，田昌五、石兴邦主编：《中国原始文化论集——纪念尹达八十诞辰》，北京：文物出版社，1989年，第237页；邓淑苹：《新石器时代玉器图录》，台北：台北故宫博物院，1992年，第199—201页；饶宗颐：《大汶口"明神"记号与后代礼制——论远古之日月崇拜》，《中国文化》1990年第2期。
② 李学勤：《重新估价中国古代文明》，《人文杂志》（先秦史论集）1982年第5期。
③ 邓淑苹：《新石器时代玉器图录》，台北：台北故宫博物院，1992年，第199—201页。
④ 牟庭：《同文尚书》，济南：齐鲁书社，1981年，第260页。
⑤ 顾颉刚：《禹贡注释》，侯仁之主编，顾颉刚、谭其骧、侯仁之、黄盛璋、任美锷编著：《中国古代地理名著选读》第1辑，北京：科学出版社，1959年，第10页。

史籍中记载的少昊氏族部落就是东夷族群中以鸟为图腾和有鸟生神话的。

《左传》昭公十七年：

> 我高祖少昊挚之立也，凤鸟适至，故纪于鸟，为鸟师而鸟名：凤鸟氏，历正也；玄鸟氏，司分者也；伯赵氏，司至者也；青鸟氏，司启者也；丹鸟氏，司闭者也。祝鸠氏，司徒也；睢鸠氏，司马也；鸤鸠氏，司空也；爽鸠氏，司寇也；鹘鸠氏，司事也。五鸠，鸠民者也。五雉为五工正，利器用，正度量，夷民者也。九扈为九农正，扈民无淫者也。

少昊即位时，恰逢凤鸟飞来，并遗书给他，故以凤鸟为其氏族部落的图腾。在这段文字中，列举了这么一大批以鸟为名的官职，成为一个远古实行图腾制的完备的记录。这些以鸟命名的小官职，自然也应该是些小的以鸟为图腾的胞族或氏族。

在晋代王嘉撰《拾遗记》里还有一段关于少昊鸟生的神话记述：

> 少昊以金德王。母曰皇娥，处璇宫而夜织，或乘桴木而昼游，经历穷桑苍茫之浦。时有神童，容貌绝俗，称为白帝之子，即太白之精，降乎水际，与皇娥宴戏……帝子与皇娥泛于海上，以桂枝为表，结薰茅为旌，刻玉为鸠，置于表端，言鸠知四时之候……及皇娥生少昊，号曰穷桑氏，亦曰桑丘氏。……时有五凤，随方之色，集于帝庭，因曰凤鸟氏。

这段记载虽然晚出，可能当时还有关于少昊鸟生神话遗留，因而给予我们的信息十分重要。其一，少昊的母亲皇娥与帝子刻玉为鸠，装在桂枝的顶端，下面再挂上薰茅制作的飘带，做成一个以鸠鸟为图腾的氏族族徽。其二，皇娥所生活的母族时代，盛行着以玉制作图腾族徽的习俗，而这种习俗恰恰在龙山文化和良渚文化地区普遍存在，皇娥及少昊的时代可能与龙山文化和良渚文化时代相合。山东临朐朱封大墓M202:1出土的龙山文化玉头饰，浙江余杭反山M15:7、M16:4和瑶山M2:1出土的良渚文化倒梯形玉冠饰，都是这类雕刻着某种图腾形象而又插在木杆上的族徽。其三，少昊生于鸠鸟图腾的母族，因而他也就是"鸟生"，不过他的氏族不再继承母族的鸠鸟图腾，而是以凤鸟为图腾的凤鸟氏族了。

少昊起于燕山一带，后南迁到山东，在位百年，死于山东临朐，或陕西云阳，或湖南茶陵。《帝王世纪》说："邑于穷桑，以登帝位，都曲阜。""帝少昊崩，其神降于长流之山。"《路史·后记》注说在今山东临朐县。临朐距曲阜不远，曲阜又有"少昊之虚"的古称。在良渚文化或龙山文化时期，玉璧作为礼器，其上所刻画的"小鸟立于祭坛上"纹图，不大可能是当时的文字符号，而很可能是少昊氏族的凤鸟的族徽，或记录着少昊登帝位时凤鸟飞临的神话意象。

发祥于渤海湾一带的东夷族群主要以鸟为图腾, 同时也崇拜从他们身边升起的太阳。太阳给人类带来光明、温暖和生命, 因而在先民眼中是神圣的。先民崇拜太阳, 并赋予太阳种种幻想的神话。古代先民对太阳的崇拜, 在考古学上已经发现了很多有价值的资料。西北地区的彩陶上的纹饰中, 内蒙古阴山岩画的画面上, 都有以圆圈外沿画若干短线作为光芒的太阳纹。云南沧源岩画和江苏连云港岩画中, 有人格化的太阳神图像。大汶口文化陶器上的太阳纹饰, 河姆渡文化出土的象牙雕刻双凤朝阳图, 以及上面谈到的龙山文化或良渚文化玉璧上的 "小鸟立在祭坛上" 纹图中祭坛外部的太阳纹, 更为典型。

从陶器和玉器上的太阳纹饰来看, 大汶口和良渚时期东夷先民就有祀日的习俗。饶宗颐说: "广雅释天: '圜丘大坛, 祭天也。……坎坛, 祭寒暑也, 王宫, 祭日也, 夜明, 祭月也。' 王念孙疏证: '寒于坎, 暑于坛, 王宫, 日坛, 王, 君也, 日称君; 坛, 营域也, 夜明亦谓月坛也。' 则 ⛰ 及 ⛰ 亦可说是祭日月之坛。后人分别称之为王宫或夜明, 此为远古明神之祭处; 故有明堂之称。古礼朝日于东郊, 为坛则如其郊, 其坛与坎, 隋书礼仪志所载, 各代不同, 其高皆数尺, 方广不止一丈。以此可推测良渚玉璧镂绘乃三成之坛, 可无疑问。……良渚鸟形玉璧其一中刻 '⊂⊃' 形, 知古人有时借 '目' 为 '日', 意者以日在天中, 如人之眼睛, (太平御览三引任子云 '日月为天下眼目, 人不知德', 古有此说。)故明字又可以从 ⿰, 其例正同。"[1] 殷虚卜辞有出日、入日之祭。《尚书·尧典》有 "寅宾出日" 之礼的记载。春分时祭祀出日, 秋分时祭祀入日。关于祭日的地点旸谷的地望在哪儿, 是在山东的成山嘴, 还是在连云港海滨, 虽然争论不休, 但大体上在沿海东夷人居住的某个地点, 是没有疑义的。

陶器和玉器上的这些太阳纹饰, 作为古代先民太阳崇拜的证据, 有可能是古代某些氏族部落的徽记。同时, 这些太阳纹也凝聚着太阳神话的丰富意象。上古神话说, 太阳、月亮, 和人一样, 是父母生的。《山海经·大荒南经》: "东南海之外, 甘水之间, 有羲和之国。有女子名曰羲和, 方日浴于甘渊。羲和者, 帝俊之妻, 生十日。" 又《大荒西经》: "有女子方浴月, 帝俊妻常羲, 生月十有二, 此始浴之。" "羲和之国" 既然以女性命名, 这神话自然是母系氏族社会的神话。神话中的帝后, 即数见于殷虚卜辞的高祖夋 (俊), 后来被历史化了, 成为人世的帝王。《山海经·海内经》《帝王世纪》等书都说, 帝俊 (或作帝喾) 赐羿以彤弓素矰, 以扶

---

① 饶宗颐:《大汶口 "明神" 记号与后代礼制——论远古之日月崇拜》,《中国文化》1990年第2期。

下国。后羿应是帝俊的子息或下属,也是太阳神。有学者认为,与羲和生日、常羲生月神话不同,后羿射日神话所反映的是以太阳为图腾的氏族部落之间的兼并和冲突。所谓十日并出正反映着十个氏族或部落的首领同时称王,后羿所射的那些毒蛇猛兽也都是氏族的名称。

有学者认为,连云港将军崖岩画在一定程度上印证了羿射十日的神话。"因为那一组祖先神祇与子民们共处的岩画中,完整的人面岩画正好是十个(包括全身裹入大袍中的巫师),是否就是十个崇拜太阳的部落领袖(或祖先)在举行仪式? 人面像大都有一条飘逸的线与下部作子民的相联系,也许表明着所属。"[1]对连云港将军崖岩画人面像的含义,其说不一,这种解释也可聊备一格。

古代的东夷族群生活在东方,生活在沿海一带,他们每天早晨最早看见太阳从东方升起,不免对太阳的神秘感到不解和敬畏,于是产生了太阳崇拜和太阳神话。考古资料说明,信仰鸟祖的东夷族群,同时又是太阳崇拜的民族,他们的鸟生神话又往往同太阳神话交织在一起。

世界树神话

旧石器时代晚期原始人就有了两个世界——生与死——的观念。人会死亡,人死了之后,生者希望死者的生命在另一个世界得以延续。人类产生了沟通两个世界的欲望,于是,便出现了以世界轴、宇宙树、日月山等为母题的神话。同时,也出现了沟通两个世界的专门角色——巫觋。

最早的巫是负责沟通生死两个世界的人物。卜辞和金文中,都有巫字,作田。《说文》解释说:"巫,祝也,女,能事無形以舞降神者也。"从字形来分析,田字是由两个"工"字构成的,而"工"是巫"降神"以"事无形"、沟通两个世界时手中所持的道具,即后来所说的法器。出现了天和地的观念后,巫的职能便从知生死,扩大为知天地即沟通天地。从考古发掘的资料来看,最早出现天地或天圆地方的观念,是由安徽含山出土的玉版上的图案得以证实的。

巫是什么时候出现的? 新石器时代的考古发掘已经作出了回答。仰韶文化出土的各种

---

[1] 宋耀良:《中国史前神格人面岩画》,上海:生活·读书·新知三联书店上海分店,1992年,第269页。

文物，都证明作为社会专门角色的巫，在那时就已经出现，并在社会上发挥着重要作用了。属于仰韶文化晚期的陕西秦安大地湾出土的地画人物形象，有学者认为是巫师。如果这个看法可靠的话，那么，这就是最早出现的巫师形象了。据张光直研究，河南濮阳西水坡新石器时代墓葬的主人就是一个大巫，在他身旁发现的3组用蚌壳堆塑的龙虎鹿等动物图形，乃是他通神时所用的助手，即"濮阳三蹻"，"是仰韶文化中最早的有关巫觋的资料"。[1]在大地湾、西水坡之后，其他地区的新石器时代彩陶上，先民们以彩绘或浮雕的手段，还塑造了一些形态各异的巫觋形象。

巫师沟通天地的含义是：作为人与神的中介，能够上天见神，也能够把天上的神请到地上来。巫师通神必须借助于一定的法器和助手，如神山、神树、神鸟、动物等。离开了这些法器和助手，他是无法与神界沟通的。于是，各民族差不多都创造了一些巫师利用法器和助手通神和请神的神话。

在初民的神话中，山是巫师借以登天的梯子之一。中国神话中相传可以登天的山很多。如："昆仑之丘，或上倍之，是谓凉风之山，登之而不死；或上倍之，是谓悬圃，登之乃灵，能使风雨；或上倍之，乃维上天，登之乃神，是谓太帝之居。"（《淮南子·地形训》）"昆仑之丘，是实惟帝之下都，神陆吾司之。"（《山海经·西山经》）"有山名曰肇山。有人名曰柏高，柏高上下于此，至于天。"（《山海经·海内经》）"巫咸国在女丑北……登葆山，群巫所从上下也。"（《山海经·海外西经》）"有灵山，巫咸、巫即、巫盼、巫彭、巫姑、巫真、巫礼、巫抵、巫谢、巫罗十巫，从此升降，百药爰在。"（《山海经·大荒西经》）山东沂南汉墓之墓门两侧支柱下端，刻有西王母（左）和东王公（右）的石刻像，二位神仙的座下是两座三根柱状的山峦，[2]显然这山也是连接天地的神山。

树也是巫师借以登天的梯子之一。中国神话中的神树，最著名的有：中央的建木、东方

<hr>

[1] 张光直：《仰韶文化的巫觋资料》，"中央研究院"历史语言研究所出版品编辑委员会编：《"中央研究院"历史语言研究所集刊》第64本第3分，台北："中央研究院"历史语言研究所，1993年。

[2] 曾昭燏、蒋宝庚、黎忠义称："此幅下部刻着东王公和两个捣药的羽人。东王公首戴胜杖，肩有两翼，坐于山字形高座上。座有三个瓶状的高几，东王公坐在中间的几上，两个羽人分别跪在两边的几上，手操杵臼捣药。三个瓶状几均有卷草纹和山纹，有一双角、有翼、如兕的怪兽在三个瓶几的中间。""下刻西王母和两个兔子头的羽人。西王母首戴胜杖，肩有两翼，坐在山字形座中间的瓶几上。兔首羽人跪在两旁的瓶几上，正操杵臼捣药。瓶上也有卷草纹和山纹，但瓶口的花纹与第2幅不同。"（南京博物院、山东省文物管理局编：《沂南古画像石墓发掘报告》，北京：文化部文物管理局，1956年，第12、13页。）

的扶桑和西方的若木。关于建木的神话说："建木在都广，众帝所自上下。日中无景，呼而无响，盖天地之中也。"（《淮南子·地形训》）关于扶桑（扶木）的神话："大荒之中，有山名曰孽摇、頵羝，上有扶木，柱三百里，其叶如芥。有谷曰温源谷，汤谷上有扶木，一日方至，一日方出，皆载于乌。"（《山海经·大荒东经》）扶木在郭璞的注中又可称作扶桑。关于若木的神话："大荒之中，有……灰野之山，上有赤树，青叶、赤华，名曰若木。"郭璞注："生昆仑西，附西极，其华光赤下照地。"《淮南子·地形训》："若木在建木西，末有十日，其华照下地。"高诱注："若木端有十日，状如莲华，光照其下。"

四川广汉三星堆遗址2号祭祀坑出土了青铜质"神树花果"3株。有学者认为，此树就是如同神话中的建木一样的可以登天的神树。①三星堆铜树可能不仅是一种具体特殊的传说中的某一种树木，而是包括很多树木综合神力的更为重要的"神树"。在三星堆祭祀活动里，它处于中心和关键的地位。首先它可能是处于天地中心的"建木"天梯，是沟通天与地、人与神的中介物。据扬雄《蜀王本纪》注云："都广，今成都也。"蒙文通教授认为《山海经》讲到建木的这一部分成书于成都平原一带。都广出有建木，这里的居民可能认为自己是居于天地之中心，借助于"建木"树可以上天下地。三星堆铜树高大而辉煌，一条巨龙沿树干从天而下。龙在古人眼里正是神人变化时的中介灵物，正是表现了借助龙体通过神树沟通天地神人的意义。铜树上的华鸟，代表居于树上的太阳。东方扶桑，"皆有十日所居，九日居下枝，一日居上枝"。古人将太阳看作是有生命的神鸟，所谓"日中有骏鸟"，即指于此。②疑为巴人文化的三星堆遗址"神树花果"——"世界树"或简称"神树"的发现，作为一个实物，对于重构中国原始意象中的沟通天地人神的神话有重要意义。

在我国东北、俄罗斯的西伯利亚、朝鲜和日本的部分地区、南北美洲，一些信仰萨满教的民族中，也多有世界树的观念和神话。如东西伯利亚的那乃人（我国境内为赫哲族）的萨满神话中就有世界之树，而且树上还有神偶；神偶是另一个世界中萨满的祖先。③

---

① 陈显丹：《三星堆一、二号坑几个问题的研究》，《四川文物》1989年"广汉三星堆遗址研究专辑"；林巳奈夫：《中国古代的日晕与神话图像》，李绍明等主编：《三星堆与巴蜀文化》，成都：巴蜀书社，1993年，第116—135页。
② 赵殿增：《三星堆祭祀坑文物研究》，李绍明等主编：《三星堆与巴蜀文化》，成都：巴蜀书社，1993年，第86—87页。
③ 马昌仪：《中国灵魂信仰》，上海：上海文艺出版社，1998年，第167—171页。

鸟和动物是巫师通神的助手。龙山文化、良渚文化和红山文化中多有鸟的纹饰和造型，这与古代神话和传说中鸟的神圣性以及巫师作法时把鸟当作通神的使者不无关系。凤凰在古代是天帝的使者（卜辞："帝史凤"）。鹰是萨满作法时的使者。根据张光直的研究，河南濮阳西水坡遗址中的死者尸体两边用蚌壳摆塑的龙虎和鹿，就是巫师（死者）通天的坐骑。"人兽母题"的纹饰，在后来商周青铜器上多所出现。①

原始信仰是初民的世界观，任何人都是可以与神灵交往的。及至作为专门司巫事的巫觋阶层出现，与神灵交往的事，就成了巫觋的专利，一般的人就不能染指了。这就是典籍所记载的"绝地天通"神话。正如《国语·楚语》（下）所说的：

> 古者民神不杂。……及少昊之衰也，九黎乱德，民神杂糅，不可方物。……祸灾荐臻，莫尽其气。颛顼受之，乃命南正重司天以属神，命火正黎司地以属民，使复旧常，无相侵渎，是谓绝地天通。

在古代蒙昧时期，"绝地天通"便是要使民与神分清楚他们的业务，所谓"神民异业"，便是划分神属天而民属地的两个不同的层次，并设官以统治之，使各就其序。巫觋的出现，特别是社会分工的发展，当巫觋成为社会上举足轻重的社会力量之时，他们便掌握了通神（通天）的权力，凡是上天通神或请神下地的事情，统由被称为巫师的人来承担。这才是绝地天通神话的真谛。

人类在漫长的岁月中创作的原始神话，初期仅以生殖的系统而显示出其相互之间的联系，还没有出现横向间的统属关系。因而，原始神话还可被称为独立神话。在新石器时代，神话借助于陶器、玉器和岩画等留下了某些意象或母题。在此，我们仅作了一点力所能及的钩沉的工作，更深入的研究还有待来者。

原始神话的种种属性处于不断的嬗变过程中，这种嬗变受着中国史前文明的多元构成和区系类型文化的地区特征的制约，浑沌的意识日渐减弱，历史的意识日益增强，不合理的、非理性的因素逐步被改造，兽形的、人兽同体的神向着人形过渡。随着人类进入文明时代以后，神话在流传中不断地被历史化、合理化，相互间的统属关系也明显加强了，于是，出现了以不同的帝（神）系为核心的体系神话。这是神话发展的一个必然趋势。

---

① 张光直：《濮阳三蹻与中国古代美术上的人兽母题》，《中国青铜时代》（二集），北京：生活·读书·新知三联书店，1990年，第96页。

伏羲神话的现代流变

淮阳,古称宛丘、陈。传说是太昊伏羲建都和薨葬之地。《竹书纪年》载:太昊伏羲"都宛丘"。据神话传说,上古时代,伏羲从西北高原的成纪(今天水)沿黄河而下,来到宛丘这块土地上建都,并在以宛丘为中心的黄淮大平原上创网罟、画八卦、制嫁娶、正姓氏,以龙纪官,从而结束了远古狩猎时代,开辟了远古的畜牧时代;结束了茹毛饮血的时代,人类开始熟食;结束了群婚、乱婚,创始了一夫一妻的对偶婚;结束了原始母系社会,肇始了父系社会;结束了部落万邦的天下,开辟了龙天下,完成了中国历史上第一次氏族部落大统一,构建了中华民族的雏形。于是太昊伏羲被传为中华民族的人文始祖。

世界上任何一个民族及其始祖都有自己的神话,传为中华民族人文始祖的伏羲同样也有种种瑰丽的神话。如"华胥履巨人迹"而生伏羲,"伏羲氏人首蛇身"(《艺文类聚》卷11引《帝王世纪》),伏羲"始作八卦"(《易·系辞下传》),等等。尽管学界一向认为,伏羲出现于中国古文献中的时代甚晚,最早见于战国以后的《易》《庄子》《荀子》等诸子之文,而一旦出现,其地位便在三皇之首(顾颉刚"层累说";[日]白川静"加上说"),但是,伏羲的神话传说见诸文献虽然较晚,在民间却应该一直是大量流传而不绝的少数古神话之一。这一点,在古称中原地区、在古宛丘今淮阳及其周边地区所搜集到的"活"在民众口头上的神话传说就是一个明证。

记得1986年,在郑州召开的中国神话学会成立大会暨第一届神话学术研讨会上,我第一次听到来自淮阳的文化工作者杨复竣同志的发言,向与会者介绍他于20世纪60年代在淮阳一带搜集到的伏羲女娲神话。这些在现代条件下还流传于民众口头上的古神话,其中《玄武星》《抟土造人和黄帝的传说》《女娲补天》和《伏羲画八卦》4篇被选刊于贾芝主编的《中国新文艺大系·民间文学集》（1949—1966）中。[①]

活跃于20世纪20—40年代的神话学者们，如芮逸夫、常任侠、闻一多等诸位对中国神话研究做出过重要贡献的学者，由于当时看到的材料有限（那时北方的材料还没有得到收集和发表），认为伏羲女娲神话是起源于南方或是南方民族的神话。[②]如果他们看到杨复竣及稍后其他河南民间文学工作者们收集到的神话材料，相信他们会修改他们的结论的。倒是日本学者白川静在他著的《中国神话》一书里说得好："在神话上，却是与前述的洪水之神一样，都是很古就已经成立了的；只不过因为拥有这个神话的苗人，以后被驱赶而南下，逐渐与中原失去了接触，因此这些神话没有被记录在古文献之中罢了。"[③]现在杨复竣在这本《淮阳神话·传说·故事》里收录了他历年来收集的163篇民间作品，属于神话的47篇，属于历史人物传说的50篇，地方风物传说36篇，故事30篇。《白龟救姐》《滚磨成亲》《女娲抟土造人》《伏羲女娲创世》《女娲造六畜》《伏羲画卦台》《女娲补天》等神话文本，构成了一个现代流传的伏羲女娲神话群，把这些作品与古文献记载的作品相比较，就可以看出在历史的长河中神话发生了怎样的流变！

从1984年起，围绕着编纂"中国民间文学三套集成"（民间故事、歌谣、谚语）在全国开展了一次长达近10年的普查工作。从1986年起，杨复竣主持并参加了淮阳的普查，组织队伍，走街串巷，深入民间，共收集记录了100多万字的资料。他们以淮阳、西华、太康、郸城、项城、商水等县市为重点调查地区，并特别重视太昊伏羲朝祖庙会和农历每月初一、十五祭祖日的调查采录，收集到不少伏羲女娲神话和庙堂经歌，材料弥足珍贵。

杨复竣同志在基层文化工作岗位上孜孜矻矻20多年，深入民间采录收集神话传说，

---

① 贾芝主编：《中国新文艺大系·民间文学集》（1949—1966）（下），北京：中国文联出版公司，1991年，第3—6页。

② 芮逸夫在《苗族的洪水故事与伏羲女娲的传说》中说："可见在汉以前，早有以南方蛮闽等族为蛇种的传说。正因为伏羲女娲乃是南方蛮族，所以才产生人首蛇身的传说。好事者更因神话的传说，绘成图画；这便是武梁祠石室伏羲画像绘成鳞尾相交的所由来。这一点也许可作伏羲女娲为南方民族的一个佐证。""徐中舒先生曾提及伏羲女娲皆'风姓'，及伏羲'德于木'，'出于震'的传说，并以为均含有伏羲女娲为南方或东方民族之义。"［原载于"中央研究院"历史语言研究所编：《人类学集刊》第1卷第1册，台北：南天书局有限公司，1978年；此引自马昌仪编：《中国神话学文论选萃》（上），北京：中国广播电视出版社，1994年，第410—411页。］

③ 白川静：《中国神话》，王孝廉译，台北：长安出版社，1983年，第48页。

从未中断, 为构建淮阳乃至中原地区的民间文化做出了自己的贡献。这本《淮阳神话·传说·故事》不仅包括伏羲女娲人祖神话, 还收录了流传于淮阳一带的人物传说、风物传说和民间故事, 堪称是淮阳地区的一部民间文学之大全! 他为抢救和传播民族民间文化所付出的辛劳, 所收获的成果, 令我敬佩!

全球化、现代化的浪潮席卷了全世界。城镇化和新农村建设正在改变着传统的农业结构和社会结构, 民间文学以及所有民间文化所依存的传统农耕文明, 正在转型甚至消失。民间文学以及所有民间文化逐渐衰微的趋势, 随处可见。着眼于保持文化的多样化和可持续发展, 着眼于保护我们民族的文化之根——民间文化、非物质文化遗产, 我国正在开展非物质文化遗产的保护工作。在 "政府主导, 社会参与" 的方针下, 许多热爱民族文化、有责任感的文化工作者, 参与到21世纪正在进行的这项巨大文化工程中来, 深入民间, 进行细致、艰苦的调查, 采取多种方法和手段进行保护工作。杨复竣 (及其同时代人) 主要于20世纪60—80年代收集记录的这些神话故事所显示的, 是民间文化在那个时代的生存状态和特点。现在, 已经过去了20年甚至40年, 民众的生活条件和世界观普遍都发生了巨大的变化, 神话传说也无可置疑地发生了流变。我们民间文学和民间文化工作者, 有责任以正确的理念和科学的方法, 对我们曾经在20年或40年前做过调查的地区 (村落), 再做一次 "跟踪调查", 忠实地、全面地记录下在今天 (21世纪第一个十年) 社会条件下民间文学和民间文化的现代流传形态来。

2007年8月31日

本文系为杨复竣主编《淮阳神话·传说·故事》(中国炎黄文化出版社, 2007年10月) 写的序言。

"东南亚文化区"与同胞配偶型洪水神话

非物质文化遗产是民众以口传心授的方式世代传承、与民众生活密切相关的文化形态,它浸润着不同时代民众的世界观、社会理想与憧憬,承载着民众的智慧和人类的文明,体现着民族精神、思维方式和文化传统。因此,我们有理由说,非物质文化遗产是民族文化之渊薮,民族精神之根脉。21世纪初,世界已进入现代化、经济全球化的时代,亚洲各国社会出现了转型,传统意义上的文化被边缘化,民族文化受到西方强势文化和通俗文化的巨大冲击甚至吞噬。在农耕文明条件下产生和传承,并与农耕文明相适应的非物质文化遗产,逐渐失去了生存的条件。于是,大多数发展中国家开始认识到保护本民族的非物质文化遗产对于保护民族的传统文化和文化传统,提高民族和国家的自信心、自尊心和民族凝聚力,提高国民的文化素质和文化自觉的重要性。

亚洲是一片古老的大陆。在古代,亚洲人民就创造了灿烂的文化,对世界经济的发展做出了重要的贡献。只是16世纪以后,西方殖民主义和帝国主义相继侵入,许多国家和地区先后沦为殖民地和半殖民地,经济遭到了严重摧残,民族文化遭受到西方文化的冲击或侵蚀,致使许多国家和地区长期处于贫困落后的状态。20世纪七八十年代后,亚洲走上了内部调整和外部合作的转型之路。然而,对于任何民族来说,其根文化毕竟是强国之本,要守住亚洲文化的光辉传统,复兴和弘扬亚洲文化,增强亚洲文化的软实力,保护亚洲的非物质文化遗产应该是亚洲各国政府和民众的重要使命。笔者以为,保护非物质文化遗产的核心不外两点:一是保持和守护住千百年来民众以口传心授的方式创造和传播的文化及其传统,从而弘扬和发展民族的文化;二是既要吸收外来文化优秀的东西,又要遏制外来的强势文化对本土文化的吞噬与覆盖。

亚洲各国和各地区民众所创造和传承的非物质文化遗产,反映了亚洲人的宇宙观和价值观、历史观和审美观,是东方文化传统的珍贵财富。过往的情况是,亚洲国家和地区对其他亚洲国家、民族和地区的非物质文化遗产的了解,远远少于对西方,特别是对欧洲非物质文化遗产的了解。其原因,无非是若干世纪以来西方殖民主义者的侵犯和占领,将亚洲国家变成自己的殖民地和半殖民地,向其宣传和推销西方文化,从而导致了亚洲各国对自己国家的非物质文化遗产的价值认识不足,保护和宣传不得力。所以,我们这一代人的使命就是,保护好我们所拥有的不同表现形式的非物质文化遗产,如此,既有利于以亚洲为主体的东方文化传统的复兴和传播,也有利于保持世界文化的多样性生态。在非物质文化遗产的保护上,除了各国政府强有力的举措外,非政府组织也有很多事情可做,尤其是学者专家,应该发挥自己的作用。同时,亚洲各国和各地区携手合作,也是时代赋予我们这代人的使命。

20世纪30年代,中国学者芮逸夫提出了"东南亚文化区"的概念。他认为,所谓"东南亚文化区",是由铜鼓、芦笙、兄妹(姊弟)配偶型遗传人类的洪水神话3个文化元素为标志构成的。他指出,普遍流传于东南亚各民族中的这种"兄妹(姊弟)配偶型洪水故事"是在世界上普遍存在的洪水故事中别立一型的。芮逸夫考证过"兄妹(姊弟)配偶型洪水故事"的流传地域情况:

> 以上这些洪水故事,都是大同小异的兄妹或姊弟配偶遗传人类的神话。依巴林·高尔德(S.Baring Gould)氏的印欧民间故事分型的方法,我们可以把这些洪水故事与前述苗族洪水故事归入同一种型式的故事,而称之为"兄妹(兼指姊弟)配偶型"的洪水故事。这种型式的洪水故事的地理分布,大约北自中国本部,南至南洋群岛,西起印度中部,东迄台湾岛。……从地理上看察,它的文化中心当在中国本部的西南。所以我推测,兄妹配偶型的洪水故事或即起源于中国的西南,由此而传播到四方。因而中国的汉族会有类似的洪水故事;海南岛的黎族、台湾岛的阿眉族、婆罗洲的配甘族、印度支那半岛的巴那族,以及印度中部的比尔族与卡马尔族也都会有类似的洪水故事。①

"兄妹(姊弟)配偶型"洪水神话作为亚洲广大地区流传的一个非物质文化遗产(神话)的"原型",在亚洲文化史上的历史认识价值和重要性是不容置疑的。在芮逸夫的同时和之后,中国大陆和台湾地区的学者、外国学者对这个问题的研究一直没有停止过,他们积

---

① 芮逸夫:《苗族洪水故事与伏羲女娲的传说》,"中央研究院"历史语言研究所编:《人类学集刊》第1卷第1册,台北:南天书局有限公司,1978年,第191—192页。

累了大量的采自中国大陆和台湾地区以及亚洲其他国家流传的"兄妹(兼指姊弟)配偶型"洪水神话的材料。台湾学者李卉女士根据这类传说故事的特点,将其定名为"同胞配偶型洪水传说"。她解释说:"所以采用'同胞配偶型洪水传说'的名称是因为:洪水故事的传说虽遍及世界各处,但'同胞配偶型'的洪水传说却是在东南亚区域的一个特征。然而,在东南亚各区中这类传说中的人物,有的是兄妹,有的是姊弟;二者之不同,也许正表示着某种意义,或不宜完全忽视,故用'同胞'一词以包括'兄妹'与'姊弟'。"①亚洲文化区各相关国家和地区的政府和学界,理应携起手来对亚洲洪水神话类型进行调查、记录、研究和保护。

笔者所提议的亚洲携手合作保护的"兄妹(兼指姊弟)配偶型"洪水神话,在巴渝文化圈里也有流传,也应被视为巴渝之地远古口头文学的珍品。《路史·后记一》:"伏羲生咸鸟,咸鸟生乘厘,是司水土,生后照。后照生顾相,降处于巴,是生巴人。巴灭,巴子五季流于黔而君之,生黑穴四姓,赤狄巴氏服四姓,为稟君,有巴氏、务相氏。"这是古籍的记载。前文说到,可能在巴人的先祖后照的时代,他带领原属于东夷部族的巴人过关斩将,兼并了许多异部落、异民族,一路来到了江州(重庆一带),并与当地的土著一道,在此建国,先后长达900年之久。在这些巴人(包括被兼并的和当地的土著在内的新的巴人部落联盟)的记忆中,理应有关于他们的先祖伏羲(太昊)洪水后再造人类的神话。

让我们回到1939年。这一年的2月28日,流亡在重庆的美术史学家常任侠先生写了一篇《重庆沙坪坝出土之石棺墓画像研究》②,其所报道和描绘的在嘉陵江畔的沙坪坝前中央大学农场附近的汉墓中出土的两个交缠在一起的人首蛇身画像,乃广泛流传于苗汉两族中的伏羲女娲。他在次年发表的《重庆附近发现之汉代崖墓与石阙研究》中也指出,"传说中之伏羲、女娲,亦汉石刻中所常见。盖其时民俗所尊尚耳"③。"其时民俗尊尚"6个字告诉我们,学界一向认为起源于南方民族的伏羲女娲及洪水神话,至少在汉代还在嘉陵江畔的重庆地区广为流传。

---

① 李卉:《台湾及东南亚的同胞配偶型洪水传说》,《中国民族学报》1955年第1期。
② 常任侠:《重庆沙坪坝出土之石棺画像研究》,《时事新报·学灯》第41·42期合刊,1939年;《说文月刊》第1卷第10·11期合刊,1940年;《民俗艺术考古论集》,上海:正中书局,1943年;《常任侠艺术考古论文选集》,北京:文物出版社,1984年,第1—8页。
③ 常任侠:《重庆附近发现之汉代崖墓与石阙研究》,《常任侠艺术考古论文选集》,北京:文物出版社,1984年,第11页。

图1：重庆沙坪坝汉墓石棺出土伏羲画像
（供图/常任侠）

图2：重庆璧山县蛮洞坡崖墓出土伏羲
女娲画像

40年后，在1979年4月的民族调查中，重庆的基层文化工作者胡长辉和尚云川在酉阳土家族苗族自治县搜集到一则题为《布所和雍妮》的神话传说，其内容说，洪水中牛羊没有了，鸡狗也被淹死了，人也没有了，宇宙间只剩下了布所和雍妮两兄妹。他们坐在一个大木箱子里，得以逃生。乌龟、青蛙劝他们成婚以繁衍人类。雍妮总是以一母所生拒绝成婚。经过滚磨盘相合、劈竹子相合、种葫芦藤蔓缠在一起3个环节，雍妮还是不从。最后，乌龟劝他们围着古王界转，7天7夜，谁也不追不上谁。于是老乌龟教导布所回头转，于是与妹妹雍妮相遇，二人不得不结婚。生下来的是些肉团，劈开撒在大地上，变成了帕卡（汉族）、毕兹卡（土家族）、白卡（苗族）等。从此，世界上有了人，并且一天天多起来。5年后，1984年，在根据文化部、国家民委、中国民间文艺研究会共同制定的《民间文学三套集成》编辑计划进行的民间文学大普查中，同样是酉阳的基层文化工作者刘长贵和彭林绪搜集到另一篇题为《洪水朝天和百家姓的由来》的洪水神话。内容与前一篇神话大同小异。[1]

1986年，基层文化工作者李德乾、张继青、陈万华、熊平等人，在奉节县的新政乡何家村、高治乡大力村、白帝乡浣花村，城口县的白芷乡和平村（见《中国民间故事集成·四川省万县地区卷》，内部本，1988年编印）；1987年，王良裔在巴县姜家乡农民村、刘谦胜在大

---

[1]《洪水朝天和百家姓的由来》，中国民间文学集成四川编辑委员会编印：《中国民间故事集成·四川卷（少数民族）》，1991年。

足县对溪乡跑马村（见《中国民间故事集成·重庆市卷》，科学技术文献出版社重庆分社，1990年版；《中国民间故事集成·重庆市巴县卷》，内部本，1989年编印），也搜集到这些地方口头流传的洪水后伏羲兄妹婚的神话传说。

在酉阳、巴县、奉节、城口等地先后搜集到的这些古老的人类起源神话——洪水后兄妹婚神话，说明在20世纪70年代末到80年代初，其在三峡地区群众中还以口传的方式广为流传，虽然神话中的兄妹名字不同，实则与《玄中记》《史记补·三皇本纪》《帝王世纪》《淮南子·览冥训》等古籍中记载的伏羲女娲故事，与20世纪40年代在重庆沙坪坝出土的汉画像中的伏羲女娲人首蛇身画像背后所隐含的人类起源神话，同属于一个古老的母题或原型，是在不同民族、不同地区、不同时代的口头流传版本。这意味着酉阳、巴县、奉节、城口这些地方，因其独特的地理环境和独特的文化传统，保存下来了如此古老的人类起源神话，见证了民间的神话传说的顽强的生命活力。笔者近读重庆女作家方棋所著的长篇小说《最后的巫歌》，发现作者在对生活于三峡的从重庆巫溪到湖北清江流域的古巴人的悲壮历史和文化传统的描写中，也写到了这个古老的民族对这个人类起源神话的鲜活记忆。

古巴人曾经的驻地也好，酉阳土家族苗族自治县也好，嘉陵江畔的沙坪坝也好，以及巴县、奉节、城口等三峡地区也好，无疑都是这个洪水后遗民再殖人类起源神话——"兄妹（兼指姊弟）配偶型"洪水神话——的重要的原生家园和流传地区，都应该纳入这个类型的神话保护范围，从而，古代的江州、如今的重庆，似也属于芮逸夫所发现的"东南亚文化区"。当然，在重庆尚未见到报道芮逸夫所说的其他两个文化构成元素：铜鼓、芦笙。重庆市作为"亚洲文化论坛"的主办者，有责任有义务成为在亚洲（南亚）范围内对这个神话类型进行携手保护的带头者和主持者。

2011年10月11日

【附记】此文系作者2011年10月11日在中国政府举办的"亚洲文化论坛——10+3主题会议"（重庆）上的发言，原题为《亚洲应携手合作保护东方文化传统》，呼吁亚洲各相关国家对"同胞配偶型洪水神话"这个起源于和流传于中国大陆南部诸民族和南亚诸岛国的同一母题的人类起源神话携手合作进行保护。

本文原载于《长江大学学报》（社科版）2015年第9期。

神话昆仑与西王母原相

在古代神话里, 昆仑之丘, 亦名昆仑之虚。昆仑之丘是古代诸神聚集之山。昆仑丘与西王母有着不解之缘。昆仑丘与西王母的神话, 被历代百姓众生和文人学者千遍万遍地述说着, 时间长达2000余年。经历过漫长的时代, 在数不清的述说中, 西王母从一个原相"豹尾虎齿"、人兽合体的西部山神, 逐渐演变而成为一个具有神格的人王, 最后成为一个代表仙乡乐园的全能之神。昆仑神话, 也像滚雪球一样, 穿越历史的风霜, 逐渐演变成中国神话的一个庞大体系。

神话昆仑

昆仑是个千古之谜。近代学者顾实说: "古来言昆仑者, 纷如聚讼。"现代学者苏雪林说: "中国古代历史与地理, 本皆朦胧混杂, 如隐一团迷雾之中。昆仑者, 亦此迷雾中事物之一者。而昆仑问题, 比之其他, 尤不易董理。"[①]

神话学家们大多认为, 在中国古代文献里, "昆仑"有两义: 一是地理的昆仑, 一是神话的昆仑。地理昆仑的地望究竟在哪里? 这个问题困扰着一代代的学者, 出现过许许多多的说法, 至今也还是难有定论。凌纯声在《昆仑丘与西王母》一文中, 拣其重要的论点, 列举了丁山《论炎帝大岳与昆仑山》、卫聚贤《昆仑与陆浑》、苏雪林《昆仑之谜》、程发韧《昆仑之谜读后感》、杜而未《昆仑文化与不死观念》、徐高阮《昆仑丘和禹神话》6家之言, 再加上他自己的昆仑即"坛墠"之说, 就是7家。[②]何其纷纭! 神话昆仑, 虽然也有史实

---

① 苏雪林:《昆仑之谜》, 台北: "中央"文物供应社, 1956年, "引言"。

② 凌纯声:《昆仑丘与西王母》,《中国边疆民族与环太平洋文化》(下), 台北: 联经出版事业公司, 1979年, 第1569—1613页。

的影子，但更重要的，是一个奥林匹斯式的西部华夏神山的象征。笔者撰写本文，无意对昆仑作全面探讨，只局限在"神话昆仑"上，试图做一点小小的开掘。

（一）"帝之下都"，众神所集之山

已故史学家徐旭生在20世纪40年代写的《读〈山海经〉札记》里说，《山海经》在史料上是"我国有很高价值"的10部书之一，而"《西山经》各山均在今陕西、甘肃、青海境内，虽间有神话而尚历历可指"。①《山海经》里提到的昆仑共有8处，或"昆仑之丘"，或"昆仑之虚"，虽直接间接地标注有地理坐标或特有物产和生物，但由于作者受当时流行的神话思维和巫风的深刻影响，在叙述时亦真亦幻，幻中有真，真中有幻，昆仑之丘的地理位置也便不免扑朔迷离。或如蔡元培先生所说："这部书固然以地理为主，而且有许多古代神话的材料，但就中很有民族学的记载，例如《山经》，于每章末段，必记自某山以至某山，凡若干里，其神状怎样，其祠礼怎样；这都是记山间居民宗教的状况。"②古代神话与史实的混杂交织，使我们今人难于理清哪些因素是昆仑丘的史地事实，哪些因素是基于幻想的神话因素。在上面提到的8处经文中，至少有3处直接叙述了昆仑神话或神话昆仑。

其一，《西次三经》："西南四百里，曰昆仑之丘，是实惟帝之下都，神陆吾司之。其神状虎身而九尾，人面而虎爪；是神也，司天之九部及帝之囿时。有兽焉，其状如羊而四角，名曰土蝼，是食人。有鸟焉，其状如蜂，大如鸳鸯，名曰钦原，蠚鸟兽则死，蠚木则枯。有鸟焉，其名曰鹑鸟，是司帝之百服。……"

"昆仑之丘"是神话中的"帝之下都"。这个"帝"指的是天帝。郭璞云："天帝都邑之在下者。"有学者指出，此"帝"指的就是黄帝，黄帝把自己比作天帝。③其根据是《穆天子传》卷2的下述文字："吉日辛酉，天子升于昆仑之丘，以观黄帝之宫。"笔者对这个看法，实不敢赞同。昆仑之丘的守护神是陆吾，他虎身而九尾，人面而虎爪，是人兽合体之神，其职责是看守九部（九域）和天帝的园林与祭坛（"囿时"的"时"，即"時"，是古代祭祀天地五帝的固定处所）。《庄子·大宗师》里的那个山神肩吾，就是陆吾的异名。此外，在昆仑丘

① 徐旭生：《读〈山海经〉札记》，《中国古史的传说时代》，北京：文物出版社，1985年，第293、295页。
② 蔡元培（孑民）：《说民族学》，《一般》杂志1926年第1—4期。
③ 袁珂：《山海经校注》，上海：上海古籍出版社，1980年，第295页。

上还有其他一些神兽，如："状如羊而四角""食人"的土蝼（有学者认为，土蝼属于幽冥恶兽[①]），蜇鸟兽致死的钦原，"司帝之百服"的鹑鸟。

其二，《海内西经》："海内昆仑之虚，在西北，帝之下都。昆仑之虚，方八百里，高万仞。上有木禾，长五寻，大五围。面有九井，以玉为槛。面有九门，门有开明兽守之，百神之所在。在八隅之岩，赤水之际，非仁羿莫能上冈之岩。……昆仑南渊深三百仞。开明兽身大类虎而九首，皆人面，东向立昆仑上。……开明北有视肉、珠树、文玉树、玗琪树、不死树。凤皇、鸾鸟皆戴盾。又有离朱、木禾、柏树、甘水、圣木、曼兑，一曰挺木牙交。开明东有巫彭、巫抵、巫阳、巫履、巫凡、巫相，夹窫窳之尸，皆操不死之药以距之。窫窳者，蛇身人面，贰负尸所杀也。"

图1：明代蒋应镐《山海经绘图全像》开明兽图

---

① 张劲松：《中国鬼信仰》，北京：中国华侨出版公司，1991年，第65—66页。

此经中的"昆仑之虚"与《西次三经》里的"昆仑之丘"同。《说文》云:"虚,大丘也。"何以这个被称为"帝之下都"的昆仑,称丘或虚,而不称山呢?因为昆仑山没有恒山高,所以称丘。《尔雅》说:"三成为昆仑丘","恒山四成"。经文说:方八百里的昆仑丘,"面有九门",由开明兽负责把守着。"九门"与"九井"以及前引的"九部"的"九"字,是同义的。但"九"这个数目字,在这里究竟何解?是否是当作"天数"中的最大数?尚难作出定论。有学者用古汉语中语义通假的原理,把"九门"解释为"鬼门",看来也没有多少道理。在被认为记录昆仑神话最为完整的《淮南子·地形训》里,"九门"就演变成了四百四十门。当然四百四十门做何解,也是一个悬案。有学者认为,开明兽,就是《西次三经》中的陆吾。笔者认为证据不足,陆吾应是司守昆仑的较高一级的大神,而开明兽的职责,不过只是管理看守九门而已,尽管昆仑丘的神兽们的形体大都是类虎。出身类虎或身具虎形,说明他们很可能是同属一个以虎为图腾祖先的血族。这有待考证。

昆仑丘上的神很多,经文里说是"百神之所在"。除了《西次三经》里的土蝼、钦原、鹑鸟,《海内西经》中的开明兽、窫窳、贰负等外,还有凤凰、鸾鸟、众巫等。如此神灵众多、氤氲迷障、非仁羿莫能上的"冈岩"之地,昆仑之丘,如同古希腊神话里集中了众多神灵的奥林匹斯山一样,自然是座西方神山、灵山。羿,即那个"尝请不死之药于西王母"者,亦即那个"在昆仑虚东"与凿齿战于寿华之野,羿射杀之"(《海外南经》)的羿。

其三,《大荒西经》:"西海之南,流沙之滨,赤水之后,黑水之前,有大山,名曰昆仑之丘。有神——人面虎身,有文有尾,皆白——处之。其下有弱水之渊环之,其外有炎火之山,投物辄然。有人戴胜,虎齿,豹尾,穴处,名曰西王母。此山万物尽有。"

此经中"人面虎身,有文有尾,皆白"之神,应就是《西次三经》中那个主管昆仑之丘的陆吾。在这段经文里出现了西王母,而这里的西王母是人,但其形象却又是"戴胜、虎齿、豹尾",即人兽共体,头上戴着玉质的饰物"胜"。关于西王母的话题,姑且先按下不说。《海内西经》说开明东有巫彭等十巫,他们"皆操不死之药",又说开明北有珠树;《海外南经》说"三珠树生赤水上"。据《列子·汤问篇》:"珠玕之树皆丛生,华实皆有滋味,食之不老不死。"这种珠树,就是巫彭等众巫所操不死之药,或是后来传说中的不死不老之药的原形。在昆仑神话后来的发展演变中,不死之药的情节大为膨胀,操不死之药的西王母,成为昆仑神话中的大神,昆仑之丘也从原始的诸神之山,变成了神话学家所说的西方"仙乡"。①在这段经文中，还有一句话不可忽略："此山万物皆有。"《十洲记》说此山"品物群生，希奇特出"。这就是说，昆仑之丘不仅是集诸神之山，而且有享用不竭的物产。"品物群生"也是"仙乡"的一个重要条件。

（二）天地之脐，天之中柱

《淮南子·地形训》："禹乃以息土填洪水以为名山，掘昆仑虚以为下地，中有增城九重，其高万一千里百一十四步二尺六寸。上有木禾，其许五寻，珠树、玉树、璇树、不死树在其西，沙棠、琅玕在其东，绛树在其南，碧树、瑶树在其北。旁有四百四十门，门间四里，里间九纯，纯丈五尺，旁有九井玉横，维其西北之隅，北门开以内（纳）不周之风。倾宫、旋室、县圃、凉风、樊桐在昆仑阊阖之中，是其疏圃。疏圃之池，浸之黄水，黄水三周复其原，是谓丹水，饮之不死。河水出昆仑东北陬，贯渤海，入禹所导积石山。赤水出其东南陬，西南注南海丹泽之东。赤水之东，弱水出自穷石，至于合黎，余波入于流沙，绝流沙南至南海。洋水出其西北陬，入于南海羽民之南。凡四水者，帝之神泉，以和百药，以润万物。昆仑之丘，或上倍之，是谓凉风之山，登之而不死。或上倍之，是谓悬圃，登之乃灵，能使风雨。或上倍之，乃维上天，登之乃神，是谓太帝之居。"

《论衡·道虚篇》："如天之门在西北，升天之人，宜从昆仑上。淮南之国，在地东南，如审升天，宜举家先从昆仑，乃得其阶。如鼓翼邪飞，趋西北之隅，是则淮南王有羽翼也。"

《山海经·大荒西经》："有灵山，巫咸、巫即、巫盼、巫彭、巫姑、巫真、巫礼、巫抵、巫谢、巫罗十巫，从此升降，百药爰在。有西王母之山、壑山、海山。有沃民之国，沃民是处。沃之野，凤鸟之卵是食，甘露是饮。凡其所欲，其味尽存。爰有甘华、甘柤、白柳、视肉、三骓、璇瑰、瑶碧、白木、琅玕、白丹、青丹，多银铁。鸾鸟自歌，凤鸟自舞，爰有百兽，相群是处，是谓沃之野。"

《神异经》："昆仑有铜柱焉，其高入天，所谓天柱也。"

《河图括地象》："昆仑山为柱，气上通天。昆仑者，地之中也。地下有八柱，柱广十万

---

① 王孝廉：《绝地天通——昆仑神话主题解说》，《岭云关雪——民族神话学论集》，北京：学苑出版社，2001年，第305—327页；《西南学院大学·国际文化论集》第14卷第2号，日本福冈，2000年2月。

里，有三千六百轴互相牵制，名山大川孔穴相通。天不足西北，地不足东南。西北为天门，东南为地户。天门无上，地户无下。"

《艺文类聚》："昆仑山，天中柱也。"

这些来自不同时代（从战国到汉唐）和不同作者的文字，包含了好几个各自独立又互有联系的神话，其中以《淮南子·地形训》所述最为完整、广泛而细致，其他几段，当可与之互相补充参证。这些关于神话昆仑的表述，其中心意思是：（1）百神所居的昆仑之丘，乃是上接天下通地的天柱。灵异之人如巫咸等十巫者可援昆仑山天柱而升降，将人间之情况上达于天，再将上天的指令下达于地。他们的角色是充当人神两界的中介。（2）昆仑地处神州之中心，故为中柱，即神话学上所说的"天地之脐"。而地下还有8根柱子支撑着。这个时代，昆仑天柱使天地宇宙处于一种稳定平衡的原始状态，群巫可以沿着山体天柱自由上下、沟通信息。后来，"共工与颛顼争为帝，怒而触不周之山，天柱折，地维绝。天倾西北，故日月星辰移焉；地不满东南，故水潦尘埃归焉"（《淮南子·天文训》）。这被"折"的"天柱"，指的自然是"百神所居"的昆仑之丘，但这里所包含的文化象征意义可能是，昆仑之丘的至高无上的垄断地位，受到了新的挑战。总之，旧的宇宙秩序遭到了破坏，于是，才出现了"绝地天通"的神话。

图2：山东沂南汉画像石天柱昆仑图

天柱的意象，显示着一种古老瑰丽的幻想。按照《淮南子·地形训》的叙述，自昆仑天柱而上，共有3层：第一层是凉风之山，登上此山者可不死；第二层是悬圃，登之乃灵，能使风雨；第三层才是上天（天庭），那里便是天帝的居所。《楚辞·天问》："昆仑悬圃，其尻安在？增城九重，其高几里？四方之门，其谁从焉？西北辟启，何气通焉？"凉风和悬圃，都是人们幻想中的空中神话乐园，但只有那些异人、那些巫觋们才能够登临和享受；而第三层，那是天帝——天神专有的居所，与人类之间有一段无法逾越的距离。

（三）幽都之山

魂归圣山的观念，大概是与神居圣山的观念同时产生的。作为"帝之下都""百神之所"的昆仑之丘，同时也是一座幽冥之山。《海内经》："北海之内，有山名曰幽都之山，黑水出焉。其上有玄鸟、玄蛇、玄豹、玄虎、玄狐蓬尾。有大玄之山。有玄丘之民。有大幽之国。有赤胫之民。"这"幽都之山"的地理坐标在哪里？可从黑水的发源地而得到一些消息。《大荒西经》说，昆仑之丘的位置，在"西海之南，流沙之滨，赤水之后，黑水之前"。一个是"黑水出焉"，一个是"黑水之前"，大致可以断定《海内经》所指的"幽都之山"，就在昆仑之丘的方圆800里的范围之内，或者这"幽都之山"就是指的昆仑之丘。

山神西王母

最早记载西王母而又流传至今的资料，当是成书于战国初年的《山海经》。陈梦家在《古文字中之商周祭祀》一文中说，殷甲骨卜辞中的"西母"二字，就是战国文献中的神话人物西王母。[1]但不少学者对"西母"就是西王母表示了怀疑，因为在此孤证之外，尚没有更多的材料可资证实。《山海经》里写到西王母的地方有4处，这4处所写西王母，各有不同的内涵，也可以说，这些不同之处，昭示着西王母形象演变的不同时期。下面作一简略的分析和判断。

《西次三经》："又西三百五十里，曰玉山，是西王母所居也。西王母其状如人，豹尾虎

---

[1] 陈梦家：《古文字中之商周祭祀》，《燕京学报》1936年第19期。

齿而善啸,蓬发戴胜,是司天之厉及五残。"

《大荒西经》:"西海之南,流沙之滨,赤水之后,黑水之前,有大山,名曰昆仑之丘。有神——人面虎身,有文有尾,皆白——处之。其下有弱水之渊环之,其外有炎火之山,投物辄然。有人戴胜,虎齿,有豹尾,穴处,名曰西王母。此山万物尽有。"

图3:明代蒋应镐《山海经绘图全像》昆仑山神西王母图

西王母的居住地是玉山。玉山是昆仑丘诸山中的一座山,或为昆仑丘的异名。朱芳圃说:"《山海经·西山经》:'玉山为西王母所居。'又《海内北经》:'西王母在昆仑虚北。'《大荒西经》:'西王母穴处昆仑之丘。'考玉山为昆仑的异名,《淮南子·地形训》:'西北方之美者,有昆仑之球琳琅玕焉。'高诱注:'球琳琅玕,皆美玉也。'因为山出美玉,所以又名玉山。"[①]西王母其神容为半人半兽:"状如人,豹尾虎齿,蓬发戴胜。"这个半人半兽、人兽共体的西王母,可能是最原始的西王母形象。日本京都大学教授小南一郎认为:"属于《五藏山经》的《西山经》的记载在《山海经》中属古老层次,可推定所记载为上溯至战国初期的观念。"[②]

---

① 朱芳圃:《中国古代神话与史实》,郑州:中州书画社,1982年,第148页。
② 小南一郎:《中国的神话传说与古小说》,孙昌武译,北京:中华书局,1993年,第26页。

这个半人半兽的西王母，豹尾虎齿，善啸，样子像野兽；但她披散着头发，头上戴着饰物"胜"，"状如人"。"胜"是古人戴在头上的一种玉质饰物。据《尔雅翼》卷16："胜者，女之器。"这说明：西王母的性别是女性。尽管"胜"的古代含义，我们今天已经不能完全了解，但玉器在古代作为王权的象征，在后世的考古发掘（如汉画像石）和文献记载中，其影子还依稀可辨。"虎齿"的西王母，与"虎身""虎爪"的陆吾——"司天之九部及帝之囿时"的昆仑之丘守护神，是同一血族，这一信息也向我们预示了：昆仑之丘的诸神，应是一个大的部族——虎族，一个以虎为图腾祖先的族群。而西王母占据的玉山，作为昆仑之丘众多山头中的一个，以产玉而闻名。西王母的"穴居"，也至少说明了两点：第一，西王母还没有完全脱离神话中的兽人时代；第二，穴居是昆仑之丘群山中原始人类的居住方式。

豹尾虎齿、蓬发戴胜的昆仑山神西王母，其职司是"司天之厉及五残"。通俗地说，就是主管刑杀与安全之神。"厉"和"五残"都是天上的星名。郝懿行《笺疏》云："按厉及五残，皆星名也。……《月令》云：'季春之月，命国傩。'郑注云：'此月之中，日行历昴，昴有大陵积尸之气，气佚则厉鬼随之出行。'是大陵主厉鬼，昴为西方宿，故西王母司之也。五残者，《史记·天官书》云：'五残星出正东，东方之野，其星状类辰星，去地可六七丈。'《正义》云：'五残一名五峰，出则见五方毁败之征，大臣诛亡之象，西王母主刑杀，故又司此也。'"朱芳圃认为："古代四方之神——东勾芒，西蓐收，南祝融，北玄冥——为春秋以来天文学发达与五行学说相结合的产物。东方为春而主生，西方为秋而主杀，既已各有专司，又复以西王母司刑杀者，因为西王母位在西方，且与蓐收同为猛兽，一虎一豹，物类相连，所以也成为主刑杀的凶神。"[1]

《山海经》原本以木简刻成，每简刻一小节文字，被发现时，连接简册的绳索已朽烂，简册散乱。现在的《山海经》是后人编排组合，成书也并非同一时代，是陆续附益而成的。种种错乱的情况，已陆续有学者指出。《大荒西经》和《西次三经》多处写到西王母其人其事，现在的编排可能有错乱之处，但重要的是《大荒西经》可能要比年代最早的《西山经》晚出。《大荒西经》里写的西王母，其神容，虽然也还是"戴胜虎齿，有豹尾"，但《西次三

---

[1] 朱芳圃遗著，王珍整理：《中国古代神话与史实》，郑州：中州书画社，1982年，第160—161页。

经》里的"状如人"，在这里却变成了"有人"，而且增加了"穴处"的内容。"穴处"当然是指原始人类的居住方式。较之《西次三经》里作为原相的半人半兽、人兽合体的西王母，《大荒西经》里作为"人"的西王母，已经"人"化了。尽管她已"人"化，却也无法全部脱去原始山神的形态（豹尾、虎齿、蓬发、戴胜、善啸）和功能（司天之厉及五残）。对照《海内西经》中所说之"在八隅之岩，赤水之际，非仁羿莫能上冈之岩"神话，仁羿（应为夷羿）之所以"上冈之岩"，是为了向西王母讨不死之药。那么，这无疑说明，作为昆仑（身处"八隅之岩"）山神的西王母，此时在"司天之厉及五残"之外，已负有掌握不死之药的重任了。"不死之药"观念的出现，反映了人类希望延长生命的一种愿望，最初是有积极意义的。后来，衍化出姮娥盗食得仙奔月的千古故事，在现实生活中，被黄老道徒与最高统治者们用以满足追求其长生不老的奢望。

统属关系顶端的西王母

神话中的西方山神西王母，在适宜的社会条件下，即历史化、合理化的社会条件下，逐渐演变为神话统属关系顶端的、部落王者的西王母。

《海内北经》："西王母梯几而戴胜，杖，其南有三青鸟，为西王母取食。在昆仑虚北。有人曰大行伯，把戈。"

《大荒西经》："大荒之中，有西王母之山、壑山、海山。……有三青鸟，赤首黑目，一名曰大鵹，一名少鵹，一名曰青鸟。"（郭璞注："皆西王母所使也。"）

与《西次三经》里的那个豹尾、虎齿和善啸的西王母不同，出现在《海内北经》里的西王母，是个"梯几戴胜，杖"的部落头领或王者，而且在她的身边，出现了供她使役的三青鸟和大行伯等一批役者。相比之下，这里所描写的西王母，不仅没有了原始神灵通常必具的动物形貌特征，而且拥有了为其取食的三青鸟和为其传递信息的行者大行伯这两个役者角色，显示出这个原始的神话，已形成了简单的神际统属关系，而不同层次的神祇之间的统属关系的出现，乃是原始神话向着体系神话演进的一个标志。

图4：山东嘉祥汉画像石中作为统领的西王母

作为昆仑之丘的山神，西王母最初的活动地点，《西次三经》说是玉山。根据经文所述，其方位应在昆仑之丘以西的1000里左右，距流沙之滨不远。据《海内东经》："西胡白玉山在大夏东，苍梧在白玉山西南，皆在流沙西，昆仑虚东南。昆仑山在西胡西，皆在西北。"前引《大荒西经》的经文说昆仑之丘的方位在"西海之南，流沙之滨，赤水之后，黑水之前"。笔者认为，把这一条置于《大荒西经》里，可能是错置，因为它与我们在本节开头引用的《大荒西经》的另一条关于西王母之山的经文颇有差异。

如前所说，"梯几戴胜"、有三青鸟可供使役的西王母，与"豹尾、虎齿"的西王母，已不可同日而语。如果说"豹尾、虎齿"的西王母是昆仑山神的话，那么，"梯几戴胜"、有三青鸟取食、有大行伯传递信息的西王母，已俨然是一个部落的女头领了。况且她已在群巫上下采药的"天梯"灵山不远处，建立了一个西王母之山；而在此西王母之山附近，是"鸾鸟自歌、凤鸟自舞、爱有百兽、相群是处"、物产丰饶的沃民之野。据《穆天子传》卷3云："天子遂驱升于弇山，乃纪丌迹于弇山之石而树之槐，眉曰：西王母之山。"

从社会学的立场来透视隐藏在《海内北经》和《大荒西经》这两段经文背后的社会景

象，那么，我们看到的是，西王母是一个以西王母为名、以玉山和西王母之山多处地盘为根据地的原始部落的头领。据历史学家朱芳圃考证，《山海经》中所见之动物形体的"西王母为西方貘族所奉祀的图腾神像"。古之西膜（貘）族，亦即神话中所说的西王母。在《穆天子传》中描写的穆王西征昆仑所见之西王母，已不再是图腾神像，而是西膜族的君长。[1]笔者并不赞成把动物形体的西王母看作是部落图腾神像这样一种观点，但如果说这种解释还有其合理性的话，那么，为西王母取食的三青鸟，即大鵹、少鵹、青鸟，为西王母传递消息的大行伯，当系被西王母所代表的膜族所兼并的小部落，以昆仑之丘的玉山和西王母之山为根据地的西王母部落或族群，也就成为一个以女性为首领的大的部落联盟了。

从上面的分析中大体可以认定，《山海经》不同的经文和其他古籍中的西王母形象，经历了一个从神话中的人兽合体的山神，到神话中的人神，再到部落大头领的漫长的演变过程。在后来的发展中，西王母从一个仅仅"司天之厉及五残"的西方山神，超越了受命守护"天之九部及帝之囿时"的大神陆吾的地位，成为昆仑神山众神之中具有显赫地位的神祇——一个高踞于昆仑神话所呈现的统属关系顶端的大神。

2001年7月30日

本文原载于《西北民族研究》2002年第4期。

---

[1] 朱芳圃：《中国古代神话与史实》，郑州：中州书画社，1982年，第146—147页。

九尾狐的文化内涵

夏代似乎就有了九尾狐的身影。《汲郡竹书》记载了帝抒的故事："柏抒子征于东海及王寿,得一狐九尾。"王寿在哪里,说法不一样;王寿的地名,也大有分歧。《路史》作"三寿"。但这个故事记述得过分简单,意思不明,只有与有关九尾狐的其他资料文献对照来读,才能明白其意安在。大概是说,得一九尾狐是个吉兆。

《吴越春秋·越王无(吴)余外传》讲到夏禹与九尾狐的故事,情节就丰富了些。有云:"禹三十未娶,行到涂山,恐时之暮,失其度制,乃辞云:'吾娶也,必有应矣。'乃有白狐九尾造于禹,禹曰:'白者,吾之服也。其九尾者,王之证也。'涂山之歌曰:'绥绥白狐,九尾庞庞。我家嘉夷,来宾为王。成家成室,我造彼昌。'天人之际,于兹则行,明矣哉! 禹因娶涂山,谓之女娇,取辛壬癸甲。"①

在这则神话传说里,九尾狐的出现,不仅为禹娶女娇显示了征兆,甚至指明谁看见了九尾白狐,谁就能当国王。如此看来,夏代出现于人世的庞庞九尾之狐,并不是一只普通的狐,而是一只瑞兽、神兽。

据说商汤时代,殷汤王还是王子的时候,也有九尾狐出现的事。不过记载这段故事的《田俅子》已成了佚文,不足为凭了。

郭璞在为《山海经·大荒东经》的"有青丘之国,有狐九尾"作注时写道:"太平则出而为瑞也。"作为佐证,清代注家郝懿行云:"郭氏此注云'太平则出为瑞'者,《白虎通·封禅篇》云:'德至鸟兽,则九尾狐见。'《文选》王褒《四子讲德论》云:'昔文王应九尾狐而东国归周。'李善注引《春秋元命苞》曰:'天命文王以九尾狐。'"这段记载和议论的中心

---

① 赵晔撰,徐天祜音注:《吴越春秋》卷6"越王无余外传",南京:江苏古籍出版社,1999年,第96—97页。注:这段文字,诸家理解不同,故而断句也有差异。

意思是说，在周文王的时代（公元前11世纪），也有九尾狐的出现，而且作为一种祥瑞的象征，导致了当时相当强大的东夷部族的归顺周王朝。《孟子·梁惠王》说文王施行仁政，用我们今天的语言来表述，就是由残暴不仁的奴隶制度而过渡为封建制度，使生产关系适应了生产力的发展，从而促进了生产力的飞速发展，周也用一个象征祥瑞之气的九尾狐来与先是保持西伯名号、后来"受天命"称王的周文王联系起来。

据《东观汉记》记载，汉章帝（76—88）时，也曾有九尾狐现。汉光帝、汉明帝时，政治严切；到了汉章帝时，则改变严切政治，史称"宽厚长者"。[①]九尾狐的出现，一方面与当时滋长起来的追求、崇尚祥瑞的社会思潮相吻合，另一方面自然也与章帝之清明宽厚相符。自夏、商以来，虽历千载，九尾狐最初的民俗文化内涵——祥瑞的象征，其主要之点尚没有多大变化。同时代的著作，东汉班固所撰《白虎通》亦可证明这一点。该书《封禅篇》云："德至鸟兽，则九尾狐见"，"白虎到，狐九尾，白雉降"。这3种兽禽，都是当时人们心目中的瑞兽、义兽或神兽。《诗经·召南·驺虞》："驺虞，义兽也，白虎黑文，不食生物。"汉纬书《孝经援神契》："德致鸟兽，白虎见。"汉纬书《瑞应图》："白虎者，仁而善，王者不暴则见。"关于白雉，《汉书·平帝纪》说："元始元年春正月，越裳氏重译（传说——引者）献白雉一。"又《西域传赞》："大禹之序西戎，周公之让白雉，太宗之却走马。"可见，在预兆祥瑞上，白虎、白雉与九尾狐是等价的圣物，而且在记载中多与王公贵族的品德、社会政治的清明有关，所不同者在于白虎、白雉似为泛指，而九尾狐则似专指。

深藏地下而未经风雨剥蚀的汉画像石、画像砖，给后人保留下了九尾狐的形态和展示了九尾狐文化内涵的另一面，实为弥足珍贵。在这些画面中，九尾狐常与玉兔、蟾蜍、三足乌在一起，或并列于西王母之旁，从而粘连于西王母神话之中，并被赋予天象上的含义。郑州出土的一幅画像石刻上只画了三足乌、玉兔和九尾狐，没有别的人物。据远古传说，这3种动物是西王母的三宝。三足乌的任务是为西王母寻找珍食玉浆，玉兔的任务是为西王母造长生不老药，而九尾狐的任务则是供传唤使役。从画面看，3种动物都异常生动。三足乌站在枝头（是否桂树不得而知）上，张开嘴喙，在警觉地寻觅着什么；玉兔因形体较小，显得图案化，作奔跑状；九尾狐是这幅画的主角，不仅占了画面的四分之三，而且昂首挺尾，

---

① 范文澜：《中国通史简编》（修订本 第3编）（二），北京：人民出版社，1965年，第141—142页。

形态逼真，四蹄同时向前后伸直、肚皮贴地奔驰在太空之中，肌肉丰腴，显示出强健的力量，要么是在追赶什么，要么是在传递消息。

图1：郑州九尾狐与三足乌

这幅画技超绝的石刻画，使我们将它与唐人段成式撰《酉阳杂俎》中的一段话联系起来。段曰："道术中有天狐别行法，言天狐九尾金色，役于日月宫，有符有醮日，可洞达阴阳。"[①]大约该画描绘的就是此意。九尾狐是天狐，平时在日月宫里服役，一俟人间设醮祈祷，则可以通阴阳，充当天地的中介和使者。于是，九尾狐有了神格的意义。

图2：山东嘉祥洪山画像石

---

① 段成式撰，方南生点校：《酉阳杂俎》卷15"诺皋记下"，北京：中华书局，1981年，第144页。

　　山东嘉祥洪山的一幅汉画像石刻,其画面远为复杂。画面人物除了上述3个角色而外,还有蟾蜍、凭几而坐的西王母、跪捧芝草的3人和鸡头人。3只白兔正在持杵捣药,蟾蜍两手(爪)擎杵伴着玉兔,而三足乌与九尾狐则持剑护卫。画像石刻摄取这许多角色的捣药场面于一瞬,显示着真实的流动感。

　　四川新繁县的一幅画像石,构思与此画近似。西王母安坐在龙虎座上,雍容华贵,仪态威严。她的周围云气缭绕,前面是蟾蜍在手舞足蹈,蟾蜍的左边是仙人大行伯和三足乌,右边是两位使者和正在制作长生不老药(烟气氤氲)的玉兔,而唯独九尾狐神采奕奕地立于西王母的身旁待命,地位十分突出。这位役于日月宫的神兽,是否担负着通达阴阳的使命呢? 我想回答应该是肯定的。

图3: 四川新繁县出土画像石西王母家族

　　既然九尾狐从地上擢升到了天上,就与日月的构成特点、日月天体的运行等天象挂上了钩。我想,丁山先生的九尾狐即天象上的 "尾为九子" 的论断,也就不无道理,至少不应断然否定。如果这一论断成立,袁珂先生的 "九尾狐象征子孙繁息"[1]的假说,也就有了更

---

① 袁珂编著:《中国神话传说词典》"九尾狐"条,上海:上海辞书出版社,1985年,第14页。

牢靠的根基。丁先生说:

> 《天问》所见"岐母",是否即古代求子者所祭祀的高禖,今则难征其详。然而,《史记·天官书》东宫苍龙有云,"尾为九子,曰,君臣,斥绝不和。"宋衷注,"属后宫场,故得兼子。子必九者,取尾有九星也。"张氏《正义》云,"尾九星,为后宫,亦为九子星。占,均明,大小相承,则后宫叙而多子;不然,则否。"假定尾可读为"鸟兽孳尾",那么,"尾为九子"可能即是九尾狐。……现在再将尾宿九颗星联系起来,如:

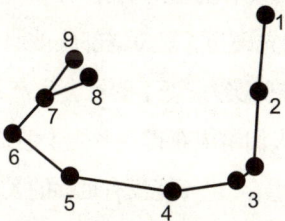

> 这也与弓弧之形相似,所谓"九尾狐",可能是弓弧的语言之讹。而女岐当是指七、八、九三颗星联系而成狐尾的两岐而名。……弧、尾、九尾狐、九子,这一连贯的名词,只是求子的寓言。①

再证之以"绥绥白狐,九尾庬庬"的硕大尾巴,在人们面前摇来摆去,所表现出来的求偶、求子意识,以及禹经九尾狐介绍而娶涂山女的神话(涂山女变作山石裂开而生启),九尾狐的子孙繁息之说也就变得有几分可信了。

奇怪的是,汉以后,那个摇着庬庬硕尾的九尾狐,在史籍上就羞于露面了。至唐,它的文化内涵出现了显著的变化。

1990年7月23日

本文原载于《民间文学论坛》1990年第6期。

---

① 丁山:《中国古代宗教与神话考》,上海:龙门联合书局,1961年,第298—299页。

禹启出生神话及其他

石头生人（氏族祖先），石头具有生殖的功能，是原始先民时代万物有灵论世界观导生出来的一种象征的观念。原始先民为了避免本部族被他部族侵害和消灭，希望更多、更快地繁殖新的成员以充实本部族的实力。低下的社会生产力要得到发展和提高，也需要大量的劳动力作为原动力。同时，人们希望获得更多的生活资料，希望战胜凶猛的野兽和险恶的自然条件，以便维持他们的生存，也不能没有足够的人力。因此，原始先民极其重视种的繁衍。在人类生存于其中的自然界，有灵性、受崇拜的万物之中，石头便是被赋予生殖的功能、能够担负起生养人类使命的灵物之一。

原始先民看到火山的爆发，喷发的岩浆变成了黑色的石头，毁灭了大片土地上的生态，改变了山川河流的位置和大地的面貌。他们又不断地经历了山崩和泥石流的发生，滚滚的石块像一个爱发脾气的人一样，一次次地给束手无策、应变能力极低的人们造成惨重的悲剧。在原始先民的心目中，山和石是有灵性、有神性的，和人一样，是有性格、有脾气的。另一方面，人们最先居住在洞穴里，野兽也常常出入于人类居住的洞穴。原始先民幼稚地认为，人是从山洞里生出来的。于是，原始先民便不自觉地赋予石头以生殖的功能，认为人类的先祖是石头生的，石头是可以生人的。继而又逐渐赋予某些石头以生殖神祇的职能，于是，便出现了灵石信仰、神石信仰，即对石头的崇拜。随着灵石信仰的出现与延续，关于灵石的礼俗也应运而生，人们向某些特定的石头（石祖）顶礼膜拜，祈求石头赐予人们子息。在石头与人们的观念之间形成的象征关系之中，当然不仅只有心理因素在起作用，社会因素的影响也往往乘虚而入，在石头象征中留下了自己的痕迹。

一

"禹生于石"和"石破北方而生启"的神话，是我们从史籍记载中所能得到的人类关于石头具有生殖力和生殖功能的观念的最早的信息。禹生于石头,禹的妻子涂山氏变成石头生了启,启是石头裂开而出生的。是否可以用一句形象的话来说:在某种意义上,禹、禹的妻子涂山氏(又称女娲、女狄)、涂山氏的儿子启所组成的这个神话中的家族,是一个石头的家族?

禹的神话,本义是治水。研究这一题目的学者很多。但涉及禹的出生问题,在神话学或历史学或民俗学上研究的人和研究论文却寥若晨星。关于禹的出生,神话中有种种大同小异的说法。现择要列举几种如下:

> 鲧娶于有莘氏之女,名曰女嬉。年壮未孳,嬉于砥山,得薏苡而吞之,意若为人所感,因而妊孕,剖肋而产高密。家于西羌,地名石纽。石纽在蜀西川也。
>
> ——《吴越春秋·越王无余外传》

> 古有大禹,女娲十九代孙,寿三百六十岁,入九嶷山飞去。后三千六百岁,尧理天下,洪水既甚,人民垫溺。大禹念之,乃化生于石纽山泉。女狄暮汲水,得石子如珠,爱而吞之,有娠,十四月生子。及长,能知泉源,代父鲧理水。尧知其功,如古大禹知水源,乃赐号禹。
>
> ——《绎史》卷11引《遁甲开山图》

> 鲧纳有侁氏女曰志,是为修己……胸坼而生禹于石纽。
>
> ——《帝王世纪》

> 帝禹夏氏母曰修己……剖背而生禹于石纽。
>
> ——《竹书纪年·沈约附注》

> 修己坼背而生禹。
>
> ——《春秋繁露·三代改制》

> 初鲧纳有莘氏曰志,是为修己,年壮不字……以六月六日屠鼍而生禹于僰道之石纽乡,所谓刳儿坪者也。
>
> ——《路史》引《尚书帝命验》

> 禹生于石。
>
> ——《淮南子·修务训》

从这些有关禹的出生神话记录中,我们可以得出下面3个结论性的意见:

第一,禹是石头生的。但禹是怎样从石头里出生的,却有两种说法。第一种说法是:

《淮南子·修务训》的"禹生于石",《随巢子》的"禹产于昆石";第二种说法是:《遁甲开山图》的禹是其母女狄"得石子如珠,爱而吞之",感石受孕而生的。这两种说法,一种是由石头生的,一种是感石头生的,二者虽然都是石头生的,但之间是有差异的。石头生禹的象征含义是,石头是生育婴儿的母亲或母体。这种以石头作为生育婴儿的母亲或母体的观念,是相当古老、相当原始、相当幼稚的,说明这种神话生成之时代,人们至少还没有产生人的出生需要男女交配、受精、妊娠的观念,把人和作为自然物体的石头等同起来,人是可以由自然物生出来的。尽管我们今天作父母的还偶尔会以嬉戏的口吻回答小孩子的问题,"你是从石头缝里捡回来的",但毫无疑问,石头生人是一种极原始的思维。石头感生说的象征含义是,石头是有魂的,"假如妇女怀了孕,这是因为有某个'魂'(通常是等待着转生并在现在准备着诞生的某个祖先的魂)进入了她的身体,这当然又必须以这个妇女与这个魂同属于一个氏族、亚族和图腾为前提"[1]。更进一步说,这种观念则把具有生殖功能(当然是氏族始祖的出生)的石头看成是男性神。尽管感生说同样也是说明原始先民不懂得生育的本质原因,认为女人受胎是神秘的,女人不需要男性的参与也能受孕、生育,显示了女性的崇高无匹的地位,但这种观念也向我们展示了,原始先民毕竟已经能够把人与物区分开,而且懂得有某个"魂"——石珠——进入了女人的身体,从而转生为有形貌和血肉的人(氏族始祖)。

第二,禹是从鲧的身体里分裂出来的。坼胸也好,坼肋也好,坼(剖)背也好,都不是由父母性交受精,通过红门而出生,而是通过母体的分裂而达到生殖的结果;通过母体的分裂而达到生殖,很可能是石头的破裂而给人类带来的一种联想,并把这种联想不自觉地附会到禹的出生上。禹从鲧的身体中生出,意味着从母系氏族制到父系氏族制的过渡。

第三,禹的出生地为蜀地西部之汶川的石纽、石夷等。杨宽在《中国上古史导论》中有"疑石纽石夷之说即由禹生于石之说推演而出"的论点。石纽山下的刳儿坪,传说有"禹穴",那儿"白石累累,俱有血点侵入"(《锦里新编》卷14),自然令人们想到禹的出生与石头有关。据曾经对禹的出生地刳儿坪进行过实地考察的科学家们说,"坪"在当地就是"坝子",而"刳儿"则是"剖开",所谓"刳儿坪"者,就是剖开肚腹而出生的意思。从羌族人这

---

① 列维-布留尔:《原始思维》,丁由译,北京:商务印书馆,1985年,第420页。

个名称的由来考察,也与石开而出生有一定的关系。

禹不仅生于石,而且还是社神。《淮南子·氾论训》说:"禹劳天下,死而为社。"杨宽在《中国上古史导论》里写道:"禹之传说,最怪者莫若生于石之说。《太平御览》卷51引《随巢子》曰:'禹产于碞石,启生于石。'《淮南子·修务篇》亦云:'禹生于石。'此等怪说之来,疑亦出于社神之神话。"[1]顾颉刚、童书业在《鲧禹的传说》中也写道:"禹启父子之生都与石发生关系,真也是一件奇巧的事:这大约本是社神的传说吧。"[2]他们还根据《尚书·吕刑》"禹平水土,主名山川"和《史记·封禅书》"自禹兴而修社祀,后稷稼穑,故有稷祠"的记述,认为禹是社神,是"名山川的主神"。[3]在古代,社是集会进行全民公决和祭祀神祇的圣地。《周礼·地官·州长》:"若以岁时祭州社,则属其民而读法。"《国语·鲁语》:"社而赋事,蒸而献功,男女效绩,愆则有辟,古之制也。"古人祀社之作用,大致如此。

《淮南子·齐俗训》云:

> 社祀:有虞氏用土,夏后氏用松,殷人用石,周人用栗。(注曰:"以石为社主也。")

古代建立社,要选择树木丰茂的地方,即所谓"宜木"。社供石主为社神,石主即是社的代表物。石主不仅有灵性,而且有神性,是祖先神的象征。《墨子·明鬼篇》说:

> 燕之有祖,当齐之社稷,宋之桑林,楚之有云梦也,此男女之所属而观也。

据郭沫若考证,"祖""社"为一物。祀于内者为祖,祀于外者为社。"燕之有祖,当齐之社稷",社祠往往也就是禖祠,社主往往就是高禖石。《周礼·地官·媒氏》说:

> 中春之月,令会男女;于是时也,奔者不禁。若无故而不用令者,罚之。司男女之无夫家者而会之。……凡男女之阴讼,听之于胜国之社。

这里描绘的固然是社祀的情景,但社祀的时候,往往也是男女幽会、自相婚配的时候:"凡男女之阴讼,听之于胜国之社。"现代少数民族中有许多遗留至今的类似社祀的习俗,也可以证实这一点。刘锡蕃《岭表纪蛮》里记道:"蛮人之祀社神,犹本古之遗意,亦以仲春

---

[1] 杨宽:《中国上古史导论》,顾颉刚编著:《古史辨》第7册(上),上海:上海古籍出版社,1982年,第360页。

[2] 顾颉刚、童书业:《鲧禹的传说》,顾颉刚编著:《古史辨》第7册(下),上海:上海古籍出版社,1982年,第194页。

[3] 顾颉刚、童书业:《鲧禹的传说》,顾颉刚编著:《古史辨》第7册(下),上海:上海古籍出版社,1982年,第152—155页。

仲秋二月为祀社报祈之期。是日，同社长老，必沐浴易新衣，咸集于社前，屠牛刑豕，祷告社神，祝丰年，祈福佑；同时并讨论全社应兴应革之事宜。议迄，聚饮颁胙，唱歌为乐。怨女旷夫，亦或趁此机缘，各觅配偶。"[①]

禹是社神，也是高禖神。杨宽根据郭沫若《释祖妣》和孙作云《中国古代的灵石崇拜》的研究，指出："齐，姜姓，本羌族，齐之社稷即齐之高禖，则羌之社祭亦即羌之高禖，禹为羌之社神，则禹亦羌之高禖神也。……禹为社神兼高禖神，古皆用石，则禹生于石之说出于社神高禖神之神话明甚。"[②]而齐之"社"，据郭沫若考证，是生殖器的象征。作为生殖器的象征，高禖石——高禖神的功能，一是主男女婚配，二是主生殖。禹既然兼有社神和高禖神两重角色，自然受到祈求生殖子嗣的民众们的虔诚的崇祀。禹生于石的生殖象征意义不是不言自明了吗？

二

如果说，石头具有生殖功能的观念，在禹的出生神话中，还显得比较朦胧，直接的证据还不是十分充分，还需要绕着几个弯子去推导论证的话，那么，在禹的儿子——夏王启的出生神话中，石头具有生殖功能的观念则显示得明明白白、淋漓尽致、不容置疑了。《汉书·武帝纪》颜师古注引《淮南子》云：

> 启，夏禹子也。其母涂山氏女也。禹治鸿水，通轩辕山，化为熊，谓涂山氏曰："欲饷，闻鼓声乃来。"禹跳石，误中鼓。涂山氏往，见禹方作熊，惭而去，至嵩高山下化为石，方生启。禹曰："归我子。"石破北方而启生。

在这则神话里包含着好几个神话学的问题，如轩辕山地望、禹化为熊以及涂山氏化石和石破生启等。本文只来谈涂山氏化石和石破生启的问题。这里涉及到两个方面的信仰问题，即：第一，石头是有灵性、有灵魂的，唯其有灵性、有灵魂，才有涂山氏变成石头的可能。弗雷泽在其巨著《金枝》里列举了大量的材料，说明原始人认为人的灵魂藏在某些植

---

① 刘锡蕃：《岭表纪蛮》，上海：商务印书馆，1934年，第84页。

② 杨宽：《中国上古史导论》，顾颉刚编著：《古史辨》第7册（上），上海：上海古籍出版社，1982年，第360—361页。

物或动物的身体里，有时候人的灵魂就幻化为某种植物（如树木或谷种）或某种动物（如狼、山羊）的形体。根据世界许多民族中关于精灵和灵魂的观念来审视涂山氏幻化为石的情节，我们不难想象，在神话生成之时代，初民认为涂山氏的灵魂是寄藏在石头里的，人和石头可以互相转换形体。其实，人和石的形体的转换也就是死与再生的转换。换一个角度来看，涂山氏化石观念的形成，也不能排除巫术的作用。原始初民的世界观中，巫术的成分十分浓重。涂山氏本人是女始祖、女先妣，也有可能就是一个女巫师。在非常杂乱的神话资料中，有一种说法，说涂山氏就是补天的那个女娲。如果涂山氏真的就是女娲或是与女娲有某些蛛丝马迹的瓜葛的人物，巫师的假说就有了一个新的证据。《史记·夏本纪·索隐》引《世本》说：

> 涂山氏女名女娲。

《正义》引《帝系》云：

> 禹取涂山氏之子，谓之女娲，是生启也。

女娲是中国神话中创造万物的神圣女神，是女始祖、女先妣、女巫师，洪荒之时，是她炼五色石把残缺的天补起来的，因此她的身世与石头有着十分密切的关系。女娲作为创世者，有巫师的本领，能"一日七十化"（《楚辞·天问》注），能化"万物"、用泥土造人，能致雨（《论衡·顺鼓》："雨不霁，祭女娲"）。石头在古代也常常被用来作为施行巫术的工具（如由于天象的变化石头上会出现水珠，这种自然现象在原始初民眼里，就成了神灵显现的一种征兆，因而石头常常被用来作为祈雨的工具就是一例）。

第二，石头又是具有生殖功能的，唯其具有生殖功能，涂山氏才能在化石之后生出一个活生生的夏王启来。石头的生殖功能来源于前面论到的社主的生殖功能，社以石为主，因此，石头的生殖功能是石主的生殖功能的一种扩大和延伸。艾利奇·纽曼（Erich Neuman）说：石头是母亲的象征。在故事中，石头代替了母亲的地位。[1]涂山氏化为石，石开而生启，同样，石头代替了母亲的地位，自然就成为母亲的象征了。陈炳良说："禹从鲧的身体中出生，意味着鲧从母系到父系氏族制的过渡。……禹生于石的故事亦可以此来解

---

[1] Erich Neumann, The Great Mother: An Analysis of the Archetype, New York: Princeton University Press, 1955, p.51.

释。……禹和启生于石的传说显示出婴儿从肚腹出生的幼稚思想。而在启的故事中，那破碎的石头使我们想起了希腊洪水故事中的一个情节，生还者杜卡利安（Deucalion）和派娜（Pyrrna）把石头抛向自己的背后，它们就变成了人。"①

<h2 style="text-align:center">三</h2>

石能生人（氏族始祖）、石作为具有生殖能力的母亲的象征的观念是原始初民非常古老的一种观念，这种观念在当代某些少数民族的口传神话中，也还能依稀能看到一些或多或少变了形的遗迹。

云南西盟佤族的创世和人类起源神话《司岗里》说：司岗里洞穴，就是"人类所由来的地方"。但他们的神话关于人的来历说得很模糊，说是神造了人，把人放到了洞穴里去，人感到很难受，难以生活，后来才从岩洞里走了出来。尽管前后矛盾，但显然，他们是把人类所走出来的那个洞穴看成是一个孕育了人类及动物的大的母体、大子宫。②

哈尼族一则神话说，相传开天辟地后，在虎尼虎那，他们的女先祖塔婆在岩洞里生下了21个儿子。孩子们生下地后，都先后奔向森林、河谷、高山、大水边等处。孩子们走后，塔婆非常孤独地生活在那儿。（《塔婆取种》）虎尼虎那是红色石头和黑色石头。如果我们把虎尼虎那理解为一种女先祖的象征，是不会有大错误的吧。另一则神话说，有一天，天上掉下3块绿茵茵的大石头，石头落在地上，发出几声惊天动地的巨响。石头炸开，地上隆起了几座又高又大的山峰。在石头炸开时，从里面跳出一个顶天立地的汉子，他叫阿托拉扬。他身挎一张大弓，背上背着可以射穿天地的箭。他射穿了天上悬着的大口袋，于是，便朝大地上撒下谷种、树籽、飞禽走兽来。从石头里生出来的阿托拉扬和从金葫芦里生出来的阿嘎拉优成了亲，他们是人类和魔鬼的祖先。（《天、地、人和万物的起源》）③

---

① 陈炳良：《广西瑶族洪水故事研究》，《幼狮学刊》第17卷第4期，1983年。
② 《佤族历史故事"司岗里"的传说》，中国社会科学院民族研究所编印：《云南佤族社会经济调查材料》（佤族调查材料之七），1980年，第102—149页。
③ 云南省民间文学集成办公室编：《哈尼族神话传说集成》，北京：中国民间文艺出版社，1990年，第23、34—37页。

广西凌云县的壮族神话《布洛陀》里有一个细节：布洛陀（男性神）开天辟地，定万物时，把其阴茎化成一根巨大的赶山鞭，把一切都赶得纷纷逃避。刚好在这时，米洛甲（女性神）蹲在前头，她的阴部变成了一座巨山，而阴道则变成了一个巨洞，把万物都装在里头，随后又把万物——生出来。①这个壮族神话与上面所引的佤族的《司岗里》神话有异曲同工之妙。

高山族的人类起源神话，是典型的山石破裂而生人的神话。泰雅人传说：古代天地开辟时，有男女二神降临到大山的绝顶岩石上，忽然岩石裂开成为大殿，二神就在其中生活，后结婚生子，即为人类祖先。雅美人也传说：古代在兰屿柏布特山上有块巨大岩石，有一天忽然像天崩地裂一样地巨响，巨石裂开，里头有一个男神；不久又发生大海啸，波涛打到鲁塞克海岸的竹丛中，一根大竹裂开，又走出一个男神。后来，这两个男神交上朋友过往亲密。有一天并枕而卧，两膝相擦生出男女两人，即是人类祖先。卑南人传说：古时在拍拿拍扬有一女神名叫奴奴拉敖，她右手持一石，左手持一竹。有一天女神投石于地，石头裂开走出一神，是马兰杜的祖先；后又挂竹于地，竹的上节裂开生出女神孔赛尔，下节裂开生出男神柏考马拉伊，这两神就是卑南社人的祖先。②泰雅人、雅美人、卑南人的祖先都是从石头中生出来的，而那些石头则充当了母亲的角色，具有着生殖的功能；这些从石头里出生的男神便取石头母亲的地位而代之，成为新的世界的主人，于是，在这些神话里所埋藏的从母系（石）到父系（男神）氏族制的过渡的象征隐义便一目了然了。

朝鲜民族也有类似的神话。王孝廉先生在其《朱蒙神话——中韩太阳始祖神话之比较》一文中，从汉籍和韩籍中钩沉出10条有关朱蒙神话的资料，论述了该神话中始祖朱蒙的卵生和感日影生的特点和内涵。③陈梦家先生在其《商代的神话与巫术》一文中也曾有过

---

① 过竹：《"葫芦"说》，《民间文学论坛》1985年第6期。
② 陈国强、林嘉煌：《高山族文化》，上海：学林出版社，1988年，第231—232页。
③ 王孝廉：《中国的神话世界》（上），台北：时报文化企业有限公司，1987年，第96—97页。这则神话的现代记录，见金德顺：《金德顺故事集·东明王的传说》，上海：上海文艺出版社，1983年，第13—23页；延边朝鲜族自治州民间文学集成编委会编印：《吉林省民间文学集成·延边朝鲜族自治州故事卷》（上），1987年，第248—291页；《朱蒙神话》，谷德明编：《中国少数民族神话》（上），北京：中国民间文艺出版社，1987年，第21—25页。

论述, 他以洞幽察微的眼力指出了朱蒙神话与石头的生殖力的微妙关联。朱蒙神话的情节较为复杂曲折, 其中涉及石者有二。如《三国史记·高句丽本纪》的记载:

> 始祖东明圣王, 姓高氏, 讳朱蒙。先是, 扶余王解夫娄老无子, 祭山川求嗣, 其所御马至鲲渊, 见大石相对流泪, 王怪之, 使人转其石, 有小儿, 金色蛙形。王喜曰:"此乃夫赉我令胤乎?"乃收而养之, 名曰金蛙, 及其长, 立为太子。

如《旧三国史》所记:

> (第三节)渔师强力扶邹告金蛙曰:"近有盗梁中鱼而将去者, 未知何兽也。"王乃使渔师以网引之, 其网破裂, 更造铁网引之, 始得一女坐石而出, 其女唇长不能言, 令三截其唇乃言。王知天帝子妃, 以别宫置之。其女怀牖中日曜, 因以有娠。神雀四年癸亥岁夏四月, 生朱蒙, 啼声甚伟, 骨表英奇。初生左腋生一卵, 大如五升许。王怪之曰:"人生鸟卵, 可为不祥。"使人置之马牧, 群马不践; 弃于深山, 百兽皆护。云阴之日, 卵上恒有日光。王取卵送母养之, 卵终乃开, 得一男。生未经月, 言语并实, 谓母曰:"群蝇䳔目不能睡, 母为我做弓矢。"其母以筚作弓矢与之, 自射车上蝇, 发矢即中, 扶余谓善射曰朱蒙。①

陈梦家则发现, 朱蒙神话中朱蒙之母"坐石而出"与涂山氏化石生启神话, 在象征模式上有相似之处。他写道:"夫余国除玄鸟故事外, 其他尚有二事与商民族同出一源, 一,《朝鲜三国史·东明本纪》'夫余王解夫老无子, 祭山川求嗣。所御马至鲲渊, 见大石流泪, 王怪之, 使人转其石, 有小儿金色蛙形。王曰: 此天赐我令胤乎? 乃收养之, 名曰金蛙, 立为太子。'以金蛙为始祖, 与商人之祀蛙似乎有关; 又同书记朱蒙之母'坐石而出', 与金蛙之出于石, 其事同于《淮南子》说涂山氏化为石, 石破生启(《汉书·武帝纪》注引)。"②

陈梦家的论述是有道理的, 只要对上面引述的两段文字稍加分析, 即可看出, 朱蒙之母"坐石而出"和金蛙出于石的情节, 同涂山氏化为石和石破生启在生殖的模式上是几乎一致的。相对来说, 朱蒙出生的神话较之石破生启的神话, 则更为复杂些, 它包括了朱蒙之母"坐石而出"和感日影受孕、卵生等3个不同的始祖出生的神话模式。但只要剥去朝朝代代层层附加上去的那些游动的因素, 就可以看出, 朱蒙之母"坐石而出"的那块石头, 仍然如

---

① 转引自王孝廉:《中国的神话世界》(上), 台北: 时报文化企业有限公司, 1987年, 第96—97页。
② 陈梦家:《商代的神话与巫术》,《燕京学报》1936年第20期。

同上述裂开而生始祖的石头一样，是母亲的象征，是生殖的象征，是在奇异的分娩之后已经失去了旧日的权力的母系氏族的象征。

1992年10月1日

本文原载于《广东民俗文化研究》1993年第1·2期合刊。

神圣叙事与人类思维发展

张振犁同志多年苦心经营的学术著作《中原古典神话流变论考》就要出版了，他到北京来，要我为他的书写一篇序。这件事实在叫我为难。我虽然在许多场合下（包括一些会议上和我的文章里）支持过他的这项研究课题，但真要作一篇序，则深感缺乏真知灼见，因此不敢答应。我毕竟拗不过他。不久前他又借来京的机会同我商谈，我只好从命。

记得我同振犁初次见面，是在北京西山召开的中国民间文艺研究会第二次学术年会上。那时我在《文艺报》工作，组织上有意调我到民研会来工作，因而有幸出席了那次会议。开会之前，我曾给胡乔木和周扬同志写了一封信，把3月20日是钟敬文先生80寿辰的事报告给他们。周扬同志接到信后很快就给钟先生写了一封祝贺生日的信。信里说："您从事民间文学和民俗学研究，勤勤恳恳，数十年如一日，成绩卓著，众所共仰。"参加学术会议和工作会议的同志们决定为钟先生开一个会，庆祝他从事民间文学事业60周年。我自告奋勇去请周扬、林默涵、林林、赵寻等文艺界的领导同志。张振犁是钟先生的高足，我就是在这个会上认识了他，他那儒雅的风度引起了我的注意；钟先生向我谈到他时，也流露出老师对得意门生的那种满意的神情。后来，我读了他带领学生与河南民研会合作搜集的中原神话以及他写的几篇调查报告，才对他有了较深的了解。

为了推进我国民间文学事业的发展，我的设想是把理论建设抓上去，培养一支理论队伍，从而建设我国自己的以马克思主义为指导的民间文艺学理论体系。这个设想得到了当时担任中国文联主席兼中国民研会主席的周扬同志的首肯和支持。于是才有1984年5月22—28日峨眉山全国民间文学理论著作选题座谈会的召开。会上大家确定理论工作的方针是"全面规划，重点突破"，而神话研究就属于"重点突破"的项目。《中原古典神话流变论考》这个选题，就是在那个会上确定下来的。同时还确定了不少选题。近几年来，神话学方面的选题大都陆陆续续完成并出版了，中国神话学也由于这样一大批学术著作的簇拥而出而傲然挺立于学坛上了。事实证明，当时的规划和选题重点的确定，是符合实际情况的，是起了作用的。

振犁同志的中原神话研究，是以实地考察为基础的一项极富意义的研究工作。这项规模宏大的研究在神话理论上所提出的问题，在我看来则更为意义深远。比如1987年他的这部论著的打印稿送到一些研究者手里的时候，恰逢中国神话学会在河南郑州召开第一届神话学术讨论会，其间学者们讨论了"中原神话现象"和张振犁的著作，那时我就触及到这样一个问题："一个民间作品能有多久的生命力？"这个问题是苏联汉学家李福清在研究中国的孟姜女传说时提出的。孟姜女的传说在中国本土上流传已有2000多年的历史，尽管情节略有变化和删减，但其基本情节却是保留的。而中原神话中的人物和情节，无论是创世造人、治理洪水、三皇五帝，在民间存活的历史，比起孟姜女来则更悠久邈远。居住在比较边远的崇山峻岭中的一些少数民族中至今还保留着比较原始的神话传说，这一点是不会引起学术界惊异的，但并非边远山区、又非远离文明的中原地区至今还流传着有原始思维形式特点的神话传说，则是一件非常值得研究探讨的事情。因此，我认为对中原神话的研究探讨是有全国意义的一项课题。我在中国神话学会首届学术研讨会的这次发言，后来收在1988年出版的文集《原始艺术与民间文化》中。我所论述的这个问题，不料引起了远在大洋彼岸的德籍哥伦比亚学者李复华先生的注意，他给我来信，从这个问题入手同我探讨人类思维的发展与神话演变的关系，其立论的根据和理论的深奥倒是能给我们东方人的思想方法以启示。

话扯远了，再回过头来谈神话作品的历史究竟有多长？中外学者们公认的一点是，神话之为神话，就在于它的神圣性，即西方学者所说的"神圣的叙述"（Sacred narrative），讲述者、演颂者将他们讲述或演颂的神话信以为真，崇信不疑，如若失掉了这一基本特征，神话就变质了，就不成其为神话。但是不能不看到，神话是在历史演变中成为神话的，因此，也不可能不在历史演变中发生着历史化、现实化、科学化、世俗化、宗教化的变革。一个原始神话的内核，经历过朝朝代代、千年百年的传承，就像滚雪球一样粘连上层层的外延物，当然也免不了在某个时候，因某种因素而失落了些什么。我以为中原神话大体就是这种情况。原始的内核、历代的不同积层、历史的失落以及与这些现象有关的社会与自然，都应该加以探讨，这种探讨有助于人类对自身的认识。振犁在这方面的劳动是很有价值的贡献。

河南、湖北、陕西一带中原地区，是中华民族的发祥地之一①，产生并发展于此地的中国远古文化，在中华民族文化传统中占有重要地位。当然，研究中华文化的源流和发展，最直接的材料是古来留下的史籍与地下埋藏的文物，这是毋庸置疑的。但蕴藏于民间、靠口传方式承继下来的文化（包括巫、民俗、礼仪、神话、传说等等）也不容轻视或忽视。君不见那些有关造人的女娲、伏羲的神话是那样地古朴稚拙而栩栩如生，那些出自山野老夫老妇之手的泥泥狗泥塑还叠印着《山海经》时代的那些怪异形象和荒诞思维吗！这些材料使我们生出许许多多的遐想，也许这些遐想借助于深入的考察和思索能把我们带到学术研究的彼岸。比如，中原神话与民俗的研究已经取得了成绩，中原神话与巫文化的关系，不是更值得钻探的一个相当广阔的"掌子面"吗？从安阳的甲骨发掘起至今，越来越多的中原巫文化遗迹或遗韵被人们所认识、所掌握，中国远古文化（包括中原神话）与那普遍存在于各阶段社会成员中间的巫文化是什么关系呢？至少中原神话是无法与中原巫文化脱尽干系的。这种研究对于中原文化（包括中原神话）的定性分析，对于中国社会成员主体的世界观的定性分析，将是一把钥匙。

这些年来，振犁甘于寂寞，徜徉于古老而又新鲜的神话材料中，奔走于山野古道上作着执着而有趣的探索，很值得我敬佩。这种默默无闻、埋头钻研的品格，在当今是十分难得的。不禁使我想起《红楼梦》里林黛玉的《问菊诗》来："欲讯秋情众莫知，喃喃负手叩东篱：孤标傲世偕谁隐？一样开花为底迟？圃露庭霜何寂寞？雁归蛩病可相思？莫言举世无谈者，解语何妨话片时。"振犁在"圃露庭霜"之中培育出了丰硕的成果，我真为他高兴。谨作此文为序。

1990年5月23日于北京

本文系为张振犁《中原古典神话流变论考》（上海文艺出版社，1991年5月）写的序言。

---

① 20世纪60年代以前，我国考古界有一种强有力的观点，认为我国远古文化的中心在黄河流域，更具体地指为黄河中游的陕西、河南及山西、河北局部地区。在当时发掘与研究条件下，认为古史传说中的三皇五帝乃至古史文献中的夏、商、周的主要活动地区——黄河流域即代表了华夏即中国传统文化的主体，是合理的；但很快，随着考古发掘的扩大、深入，中国远古文化的多中心说越来越占了上风。

神话史上的读图时代

在市声喧嚣、物欲横流的环境里，独处一片静土是相当困难的。而从事学术研究，则更需要远离世俗，甘于寂寞的境界。在这一点上，昌仪做得比我要好。昌仪于1996年退休后，便抛开种种不必要的会议和社交，一门心思地投入到她所钟情的神话学的研究中而不愿意"自拔"，而对《山海经》古图的搜求和研究，则成了近年来投入精力最大、花费时间最长的一个项目，一气竟做了七八年之久。在《古本山海经图说》的书稿完成后，她又马不停蹄地开始了另一个后续课题——山海经图的比较研究。经过两年多的时间，这个研究课题也终于完成结项了。

论者说：《山海经》是一部中国书籍史上的"奇书"。说它是地理志、神话集、巫书……都不无道理。就其内容而言，说它是一部古代文明的知识总汇，也许不至于过分。而散落在浩瀚古籍中的山海经图，则给人们提供了另一种丰富的地理学、神话学和巫术信息，它与文字的《山海经》互为补充、相得益彰。回顾新学诞生后的整个20世纪，对《山海经》的研究，尽管从来没有成为显学，却也从来没有中断过，据笔者的粗略统计，100年来发表的有关专著和论文不少于500种。然而，这些站在不同立场、采用不同方法的"多学科"研究论著，虽涉及到古之天文、地理、神话、物产、巫术、科学等等诸多方面，但至今也还未能彻底解开《山海经》这部"奇书"之谜。"山海经学"的博大，到目前为止，仍被学界称为无涯之海。昌仪从失传了的"山海图"入手，开展对《山海经》的研究，可否认为是对山海经文本研究的一种拓展呢？

东晋诗人陶渊明的"流观山海图"（《读山海经十三首》）、学者郭璞的"图亦作牛形"和"在畏兽画中"的记载和论述，说明早在2000多年前的战国时代，曾有"山海图"流行于世。而且据说《海经》部分是图在先、文后出，因而"以图叙事"的叙事方式，至少在战国时代就已形成一种文化传统。但山海经古图至今未被发现，而《山海经》的文字被发现是在散乱的木简之上。由此我们不禁发问：木简之窄难于刻制图画，而陶渊明和郭璞所见过的山海经图，又是刻画在什么样的介质上的呢？写到这里，我回想起一桩往事：1986年夏季，我在云南沧源的一个佤族村寨里，曾目睹过一幅该族的族人保存着的祖上传袭下来的丝质（帛？）的岩画圣图。那次奇遇又使我联想起长沙马王堆汉墓中发现的帛画和子弹库发现的帛书。近来，有学者发表了一些从中国少数民族地区搜集到的"指路经"和"神路图"一类的连续图画，似与古之山海经图也有相通和相似之处。图画，显然是一种传袭原始思维的重要记忆或记事方式。我们设想，那些山海经古图为什么不可以是画在帛上或其他介质上的呢？当然，假想毕竟是假想，任何结论都有待于考古发掘和民族学田野资料的证明。

近年来"读图时代"成了出版界的一个热门话题，形形色色的图画和图说类的书籍如潮水般汹涌面世。现在，山海经古图话题的加入其中，似乎真的是一个"读图时代"夹风带雨般地来到了我们面前。此等文化现象，不禁使我想起人类历史上确实经历过的一个"读图时代"——人类还没有创造出文字之前的蛮荒时代。

人类最早使用的文字，据目前的发现，是两河流域的苏美尔人的泥板楔形文字，其时代大约在公元前第三个千年前后。在使用文字之前，也就是在旧石器到新石器时代的绵长岁月里，人类用以认识世界和交流思想的工具，当是那些镌刻和涂绘于洞穴里（如欧洲的洞穴）和山岩上（如我国的内蒙古、新疆、青海、西藏、广西、云南等地的崇山峻岭里）的数量众多的壁画（岩画）。仰韶文化彩陶上那些或写实或写意的多种形态的图像；良渚文化玉琮上那些线条超绝、形象神秘、富于想象力的兽面纹图；殷墟骨板上那些高冠尖喙禽、以弓矢射麋于京室的图像，同样也具有原始人类认识世界和交流思想的工具和符号的意义。对于原始先民而言，除了心理的冲动（如信仰与巫术）外，记事和交流这两类功利目的，乃是绘制或刻画那些原始图画的主要动因。应该说，人类还没有创造出文字之前的蛮荒时代，当是人类历史上第一个真正意义上的读图时代。

有考古学家力图证明仰韶文化和龙山文化陶器上的刻划符号是文字的雏形，至今似乎还难成为定论。但可以肯定的是，进入文明初期，文字的被创造，打破了图画独占天下的一统局面。一定有这样一段时间，图画与文字平分秋色，共同成为人类记事与交流思想的工具和符号。在没有发明纸张之前，图画和文字是被刻在甲骨、泥板、青铜器、竹简等介质上的。青铜器上既有铭文，也有数量丰富、形象多样的图画，保留着图画在思维和认识领域里的优势地位。而竹简的长而窄，大概限制了图画的施展。纸张出现于东汉，导致了雕版印刷术的肇始。雕版技术的发明，使人类得以把图文刻在板上、印在纸上。中国最早的图画书是什么，图画传统占有什么地位，是个很有趣的问题。目前一般认为，雕版印刷始自隋代。明代陆深《河汾燕闲录》说："隋文帝开皇十三年十二月初敕：'废像遗经，悉令雕撰。'此即印书之始。"但此说尚未得到考古发掘的支持。而我国现存最早的雕版印刷实物，是发现于敦煌藏经洞、现存在大英博物馆的唐懿宗咸通九年（868）王玠为母病祈福所刻的《金刚般若波罗蜜经》，文字与图画相配。由此提出了另一个问题：书籍诞生之后，图画的位置若何？是先图（为主）后文，还是先文后图（插图）？如果海经古图果系先有图、后著文，那我们就可以得到这样的一个认识：战国时代还保留着"以图叙事"的古老叙事传统。

镌刻（或描绘）在山岩上的原始的（或古代的）岩画，战国时代的青铜器上的纹饰、帛书帛画，汉代墓葬中出土的大量画像石（砖），浸润着浓厚原始思维的民间绘画，等等，或提供了相同或相似的人类思维模式，或再现了古人的神话、巫术、科学或世俗世界。把它们拿来与山海经古图或明清之际画家们根据山海经文本所绘制的图像相互参证、比较研究，的确不失为一个研究山海经课题的上好选择，也许是人们接近破解《山海经》之谜的一条小小的路径。而山海经图像的研究，无疑也会推动正方兴未艾的图像人类学与图像神话学的深入发展。

在《全像山海经图比较》面世之际，我衷心地祝贺这部书的出版！

2003年1月17日

本文系为马昌仪《全像山海经图比较》（线装7册）（学苑出版社，2003年8月）写的序言。

神话与象征
——以哈尼族为例

神话产生于人类社会的早期阶段,距离现在实在是太遥远了,因此神话的真实含义是很难了解的。现在我们对神话的种种解释,如此地充满着歧义,在某种程度上说,都是猜测和臆断所造成的。神话就其本质来说是非理性的,与其把神话看成是人类早期的一种有意识的精神产品(这在我国学术界一个很长的时期中是相当普遍的一种倾向,在某种程度上甚至曾经是一种主导的倾向),毋宁把神话看作是人类早期的某种文化象征、某种文化符号,更符合神话的实际情况。它的真实的意义,就隐藏在这些神秘的象征和符号的后面。解释或曰破译这些象征和符号,就成为一代又一代神话学家和哲学家们无穷无尽的繁重的工作。

现今生活于云南哀牢山和蒙乐山之间广大地区的哈尼族,是一个有着悠久的历史而又残留着较多原始生活习俗的古老民族,尽管对于其族源和历史,学术界已经进行了许多富有成效的探讨,而且在探讨中不免出现分歧的意见,但它所拥有的神话(多呈口承形态,近40年来才始有完整的记录)却以其古老、多元、神秘而吸引和困扰着研究者。本文仅就所接触到的极其有限的资料,从文化象征的角度对哈尼族的神话作以下探索性论述,不当之处,请专家指正。

隐藏在石头背后的密码

石头文化是散布很广的环太平洋文化的一个具有普遍意义的重要因子。在哈尼族的神话材料中也无例外地透露出一些有趣的信息,值得我们加以梳理和分析,看一看能否尝试着进行一些破译的工作,从中得到什么有意思的结论。

傻尼人的神话《奥颠米颠》说:很古很古的时候,既没有天,也没有地。天和地是女天神阿波米淹派遣加波俄郎造的。加波俄郎神身材高大，力大无比，聪明能干。他的手长得可以伸向天空，他的脚大得可以踏平山川。他用3颗马牙石造了天。接着，他又用3坨泥巴造了地。[①]流传于元阳县的一则补天神话说：山上的一棵大树长得太高了，把天戳破了。天上出现了一个大洞，雨水从这天洞里流下来。大雨滂沱，灾难深重。阿哥艾浦和阿妹艾乐挺身而出补天。兄妹先后跳进了天洞里，把水流如注的两个天洞堵住。当他们跳进天洞的当儿，一阵雷鸣闪电，随之他们变成了两块大石头。[②]《造天造地》说，造天造地要用金银和绿石头。[③]

天是女天神阿波米淹派遣加波俄郎用3块马牙石造的，这种观念是十分古老的。甚至比用泥土造人这样的观念还要古老得多，因为马牙石作为自然物存在着，只要拿来用就是了。而用泥土造人，则有可能在制陶术得到一定发展的阶段上才得以实现。用马牙石造天的神话，不由得不使我们想起女娲神"炼五色石以补苍天"的古典神话来。在补天神话里，女娲作为女神存在时，天已经作为原物先于女娲而存在了，只是因为天地发生了变故（"四极废，九州裂；天不兼覆，地不周载；火燀炎而不灭，水浩洋而不息；猛兽食颛民，鸷鸟攫老弱"），女娲才炼五色石补残破的天。而在哈尼族的这则神话中，女天神阿波米淹派遣加波俄郎用石头造天，是因为当时还没有天和地，天和地是神人的创造之物，而不是已经存在的原物。石头既然是作为原物而存在的，因此常常被笃信万物有灵的原始人类赋予灵性，直至成为造成天的材料，从而形成传播极为广泛的灵石信仰。在艾浦和艾乐化石补天的神话里，人石互化、人石一体的观念，可能也来自灵石信仰。（这种人石互化的观念在另一个题为《阿扎》的传说里有更为充分的表现。）天是由石头造成的这种观念，在哈尼族，可能是某一支系或某一地区的一种观念，并不是普遍的观念，因为我们在其他的神话里还看到，天是由别的物质造成的。（如《神的诞生》里是金鱼娘的左鳍扇出来的，《沙罗阿龙造天地》里是用气造成的，《青蛙造天造地》里是用青蛙的唾沫和屎一类物质造成的等。）

---

① 《奥颠米颠》，李子贤编：《云南少数民族神话选》，昆明：云南人民出版社，1990年，第115—118页。"奥颠米颠"，意即造天造地。该神话流传于西双版纳傣尼人居住地区。
② 《补天的兄妹俩》，云南省民间文学集成办公室编：《哈尼族神话传说集成》，北京：中国民间文艺出版社，1990年，第66—67页。
③ 《造天造地》，云南省民间文学集成办公室编：《哈尼族神话传说集成》，北京：中国民间文艺出版社，1990年，第4页。

流传于元阳、红河一带，由朱小和讲述的一则哈尼神话《查牛补天地》中提到，他们的祖先最古老的家乡，是一个叫作"虎尼虎那"的地方。天神俄玛的姑娘俄白，用查牛身上的两节最大的骨头（一块红骨、一块黑骨）做成了虎尼虎那高山，而哈尼族最早的祖先就诞生在这座高山上。[①]这座虎尼虎那，因而成为哈尼族神话中的圣山；虎尼虎那山上的石头，也就成了人们心目中的圣石、神石。同一讲述者讲述的另一则神话《红石和黑石的岩洞》说，人们最早是居住在红石头和黑石头的岩洞里，随着生齿日繁，洞里住不下了，才陆续离开了岩洞。由于种种原因，哈尼神话的情节和神祇呈现出层次繁杂、不连贯和矛盾的特点。如果可以进行合理的重构，把不连贯的情节和人物人为地加以串联的话，我想，这个红石头和黑石头的岩洞就是上面所说的虎尼虎那了。[②]

《祖先的脚印》里说的，由于瘟疫（？）蔓延，哈尼人面临灭顶之灾，因而不得不进行民族大迁徙。离开故土的时候，哈尼祖先们从高山上携带着一块神石，直到找到新的居住地，把这块神石重新在驻地安放下来。[③]后来，哈尼人每每建立新的村寨时，都要立一块神石，并对它敬之如神、崇拜有加。不难设想，这种相传已久的风习，可能就是从这儿来的。

思茅地区孟连县流传的一则哈尼神话说：有一天，从天上掉下3块绿茵茵的大石头，石头落到地上，发出几声惊天动地的巨响。石头炸开了，地上隆起了几座又高又大的山峰。在石头炸开的时候，从里面跳出一个顶天立地的汉子，他叫阿托拉扬。阿托拉扬食量很大，威力无比，他身挎一张大弓，背上背着长长的可以射穿天地的箭。阿托拉扬在大地上走，看到大地一片荒凉，没有什么东西吃，便搭上一支箭，朝天上"嗖——"地一放，长箭射穿了飘在天上的一只大口袋，大口袋张开了口子，朝大地上撒下了谷种、树籽、飞禽、走兽。后来，从石头里出来的阿托拉扬和从金葫芦里出来的阿嘎拉优成了亲，他们就是人类和魔鬼的祖先。[④]

---

① 《查牛补天地》，云南省民间文学集成办公室编：《哈尼族神话传说集成》，北京：中国民间文艺出版社，1990年，第16—24页。

② 《红石和黑石的岩洞》，云南省民间文学集成办公室编：《哈尼族神话传说集成》，北京：中国民间文艺出版社，1990年，第241页。

③ 《祖先的脚印》，刘辉豪、阿罗编：《哈尼族民间故事选》，上海：上海文艺出版社，1989年，第80页。

④ 《天、地、人和万物的起源》，云南省民间文学集成办公室编：《哈尼族神话传说集成》，北京：中国民间文艺出版社，1990年，第34—37页。

　　把上述几则神话进行一番综合比较，不难看出，无论是作为哈尼祖先的诞生地也好，还是作为哈尼祖先生存或居住的洞穴也好，虎尼虎那很像是"帝禹夏氏修己……剖背而生禹于石纽"（《竹书纪年》）神话中的那个"石纽"。石纽在现今羌族居住地四川汶川县。古羌族神话中的先祖神禹生于石（石纽）。哈尼族的先祖塔婆也生于石（虎尼虎那）。石头具有生殖的象征意义。二者何其相似！如果哈尼族历史上确系从青海一带的古代西羌住地迁徙而来，这种意见能站得住的话，那么，作为古代氐羌后裔的羌族和哈尼族，有着相似的神话也就不足为怪了。虎尼虎那作为一个象征的意象，似乎可以理解为母体（山石），它生出了人类的先祖；也可以理解为子宫（岩洞），它孕育了人类和各类动物，人类和动物从洞中走（生）出来。

　　从阿托拉扬的出生神话里，至少可以看出下面4层意思：其一，人类的祖先阿托拉扬是石头炸开而从石头里生出来的，其出生方式与大禹的儿子启的出生方式是相同的，石头是能够生育人类先祖的母体，或者是孕育人类先祖的子宫。其二，石头作为母体，她所生育的人类先祖阿托拉扬，是一个男神，而不是女神，这一点与禹的妻子涂山氏化石生启是一样的，她所生育的启也是男神，而不是女神。这一点也是有意义的，男神阿托拉扬的出生，和男神启的出生，都曲折地体现着，在该神话产生的时代，男权已经或正在取得优势地位。其三，阿托拉扬的出生，几乎如同所有的民族的先祖一样，是神奇的出生，一生下来就顶天立地，食量很大，威力无比，能挽弓射箭，特别值得指出的是，他用原始的弓箭射穿了天上悬挂着的大口袋，在这个大口袋里装着的原始谷种、树籽、飞禽、走兽才从口袋里下到大地上，于是，大地上才有了第一批生物和无生物，阿托拉扬也因此而完成了他作为一个神话中的创造文化的文化英雄的伟大业绩。阿托拉扬手中的原始弓箭，根据民族学对世界许多民族的民族学材料的研究，弓是女性生殖器的象征物，而箭则是男性生殖器的象征物。正是这支箭射到了天空上的那些原物，使之成为大地上的第一批经过创造而诞生的文化物。其四，男神阿托拉扬是由石头生的，而不是由女性与男性交合受孕而生的，其更为深层的象征含义，是感孕而生，即男人可以不通过性交，不需要女人的帮助，就能独立地生育孩子。这一情节更加强了前面所说的：在社会生活中，男权可能正在取代女权。

　　由于支系的繁多、山川的阻隔、文化的闭锁，哈尼族的神话及其观念呈现出多元而复杂的状态。相应的，石头作为哈尼文化的一个因子，在不同的神话和民俗事象中，也就呈现出不同的象征含义。比如一些神话中所记述的寨神石、寨门石,一般说来,是作为大地守护神的表象而存在的,主要功能是村寨福祚。哈尼族的寨神石是从神山上选来的一块长方形石板,传说是哈尼族先祖的骨殖变成的,置于神树之旁,既是神石又是祭台,因而不像有些民族(如与其比邻而居的彝族)的寨神石那样,是一根形似勃起的男性生殖器那样的石柱,主要功能是象征宗族繁盛。

"双生子"的象征意蕴

在哈尼神话系统中的"双生子"题材不是一个孤立的、可以轻易忽略的现象,而是一个世界性的题材,因而也是一个值得从神话语义学的角度加以研究的问题。尽管在国际神话学和文化人类学的研究中,关于"双生子"的神话,已经在许多著作中(如列维-斯特劳斯、叶·梅列金斯基等人)有所涉及和论述,然而由于哈尼神话中的"双生子"题材至今还在口头上流传而且有自己的特点,在现代民俗生活中还实际上存在着处死"双生子"、六指(趾)和兔唇儿等的习俗,因此,对这种文化现象进行研究,无疑是有意义的。

目前所见叙述最为完整的"双生子"神话,是记录于墨江县的《青蛙造天造地》和记录于元阳县的《太阳和月亮》,有所涉及而语焉不详的是记录于元阳县的《神和人的家谱》①。这3则神话中的双生子,都是属于兄妹孪生,即异性孪生形态。而神祖塔婆所生双生子的神话②,尽管尚未看到完整的记录,只见到一个概要,但仅从其概要的叙述中已经知道,是属于兄弟孪生,即同性孪生形态。无论是同性孪生子还是异性孪生子,他们都属于创世的始祖,文化英雄之列。

《青蛙造天造地》说,青蛙奉海龙王之命造天地,当功业没有完成之际,就怀了身孕(至于是怎样怀孕的,神话中没有交代)。他怀了九百九十九天,生下了一对双胞胎,男的阿哥叫纳得,女的阿妹叫阿依(请注意:这是一对异性孪生子)。他们一出生,就成了一对创世的巨人。他们用老青蛙吐出的沫子掺着骨头变成的石头和屎,造成了地,后来又用老青蛙

---

① 这3则神话均收入《哈尼神话传说集成》(中国民间文艺出版社,1990年)一书中。
② 杨万智:《祈生与御死——哈尼族原始习俗寻踪》,昆明:云南大学出版社,1991年,第49页。

的手臂托着摊开的屎造成了天。接着，纳得在造天的时候也怀了孕（至于是怎样怀孕的，神话中也没有交代），在天上生了一个女儿。阿依嫉妒纳得，诅咒男人生孩子，于是，从此变成女人才能生孩子。然后，他们用老青蛙的黑眼珠做太阳，白眼珠做月亮，血做星星。他们经受了种种磨难。青蛙纳得和阿依造完天地，龙王却不许他们变成人。兄妹很不甘心，在天阴下雨时，便在水塘里"呱呱"地叫，表示对龙王的不满。老青蛙很像是古典神话里开天辟地的盘古，用自己的肢体创造（化生）了宇宙万物。而青蛙孪生兄妹纳得和阿依才是一对真正的创世英雄，他们不仅有巨人的体躯，而且是他们用现有的物质（老青蛙的排泄物和肢体）和艰苦的劳作创造了天地和万物。但是，尽管他们功莫大焉，到头来却受到了严厉的惩罚，他们不能变成人，而只能永远是青蛙，永远在水塘里发出"呱呱"的不平之声。《神和人的家谱》里引用哈尼第13代先祖乌突里的一段古歌说：

听啊，先祖的儿孙，

后世的歌手，

你们要把远古的烟嘎（故事）记好：

乌突里前面的先辈，

生小娃不会用手去接，

你们的小娃生在哪里？

——生在薄薄的蛋壳里。

阿妈抱过十天蛋，

蛋里才会爬出小娃，

阿妈抱过的蛋是双黄蛋，

里面爬出儿子和姑娘。

这里说的双黄蛋出生的儿子和姑娘是哪代神人并不清楚，也无关紧要，重要的是，这则哈尼神话中传说人类的先祖曾经有过一个卵生的阶段（这也是许多民族的神话中都有的），而且这对双生子不是同性孪生，而是异性孪生。如果允许我们对青蛙造天地神话中所缺少的某些环节，作某种合理的修补，而使之成为一条完整的神话链的话，我想，卵生的方式也许补充了老青蛙是通过什么方式生了纳得和阿依两兄妹的。

在南美和北美印第安诸民族的神话中，孪生兄弟——创世者或创造了文化业绩的文化英雄, 有两种模式: 一种模式是二人合作, 由于某人或神的暗示, 找到并最终战胜了曾经残害了他们的母亲的恶魔——美洲豹; 一种模式是他们中间一个好、一个坏, 二人在创世的过程中反目为仇, 成为冤家对头。①哈尼族神话中的孪生兄妹纳得和阿依, 他们的文化业绩是创造天地; 他们在创世的过程中, 是一对亲密的合作者, 属于前一种模式。但他们在合作创世过程中也是充满着斗争的。斗争的焦点是男人有生育的权力, 还是女人有生育的权力。虽然纳得先生育了天女伢迷(当然是不靠女人与男人的媾合而生的), 最终还是阿依战胜了纳得而得到了生育的权力。作为一种报复, 在他们造好了天地和日月星辰之后, 大风把大地吹得开裂, 树木花草几乎死亡。还是纳得的女儿作为其父亲方面势力的一种补充, 在天上擂鼓、跳舞, 才使狂风停息, 雷雨大作, 使大地得以滋润, 草木得以复生。

《太阳和月亮》说: 一家哈尼人家在属羊日生了两个小娃, 大的叫约白, 是姑娘; 小的叫约罗, 是儿子。有一个叫俄罗罗玛的野物(魔鬼)偷吃了他家的包谷, 残害了他们的阿爸和阿妈, 并穿上阿妈的衣服, 假装阿妈, 吃了弟弟约罗的手臂。约白逃了出来, 遇一赶马人。赶马人指给她一种草药, 救活了约罗。姐弟二人又得到 "阿匹"(老妈妈)指给的花, 约白吃了红花, 变成了太阳神; 约罗吃了白花, 变成了月亮神。他们轮流出来照亮世间, 俄罗罗玛再也不敢来害人了。至此, 这则双生子神话就告结束了。但在这段情节之后, 这则神话还把另一个兄妹做夫妻的原始神话以及天狗吃太阳和月亮的神话(日月蚀)也包括了进来, 成为一个容纳了复杂内容的复合神话。双生子约白约罗的神话, 与法国结构主义神话学家列维-斯特劳斯在其著作《神话与意义》中所列举的美国落矶山一带的库得奈(Kootenay)印第安人的一则双生子神话有类似之点。印第安人的这则神话说, 一个女人受骗只受孕一次, 结果却生了一对孪生子, 后来一个变成了太阳, 一个变成了月亮。②研究者们指出, 把孪生子与大气层的反常现象联系在一起, 是在世界范围内很多地方都有的一种观念。加拿大西部英属哥伦比亚海岸地区的印第安人认为, 孪生子能够带来良好的气候, 也能驱走风暴等。把孪生子与太阳和月亮这种特定的天文现象联系起来, 当然也是这样一种思维逻辑。孪生

---

① 刘锡诚:《序言》,《印第安人的神奇故事》, 易言、易方译, 北京: 中国民间文艺出版社, 1988年, 第8页; 叶·梅列金斯基:《神话的诗学》, 魏庆征译, 北京: 商务印书馆, 1990年, 第210—212页。

② 列维-斯特劳斯(李维斯陀):《神话与意义》, 王维兰译, 台北: 时报文化出版事业有限公司, 1982年, 第39页。

兄妹在历尽艰险之后，变成太阳和月亮，以及孪生兄妹创世之后成亲繁衍后代的观念，在神话中是一种象征形式，是历史上的血亲婚的一个证明或回忆和古代人关于双生崇拜的反映。在印欧神话中，这类神话还表现为几个兄弟与几个姊妹婚配的模式。非洲神话中的两性合体形象，也是兄妹双生子神话的一种变态演化形式。

杀害双生子的习俗在世界许多民族中都非常盛行。人们常常把他们置于袋中或罐中投入水中，或把他们扔到森林里，让野兽吃掉。但传说中却往往说他们死后均变成了神。哈尼族也是把生养了双生子看成是不吉利的大事，并杀害双生子的民族之一。调查证明：金平县"格邹支哈尼族认为，妇女生双胎为最大不吉，要杀死婴儿，并用母猪一口招待全寨，求其宽恕。生双胎的父母要搬到寨外居住3年。至于婴儿为六指虽可养，但父母必须杀一口猪赎罪"[①]。而西双版纳州的哈尼族"寨内如有人生双胎或生五官四肢不全的小孩，全寨停止生产3天，连鸡猪都不关，婴孩被敲死，孩子的父母被脱光衣服赶上山去，房子被烧毁，牲口杀光，除现钱外所有财产都分光。若是有钱人家，举行隆重的祭祀两三天后就可回寨子，否则要在山上住1月，在1年内，无人和他俩说话，家里的人除外。出进寨子不得遇着外人，否则将被人骂。两夫妇一年内不能同居。一辈子不能参与隆重的宗教祭祀"[②]。生六指、双胞胎和缺嘴婴儿等现象，还往往导致全寨迁移、另建新寨。勐海县西定山坝丙哈尼族的调查表明，尤其是追玛家里出生了这样的婴儿，不仅要立刻另选追玛，而且要全寨迁移。[③]

从表面看来，人们对神话中的双生子的业绩的描绘，与现实生活中对双生子一类不健全婴儿的处置之间，存在着一个不易理解的矛盾。列维－斯特劳斯有一段关于双生子的论述，对于我们理解这种矛盾的态度也许有一些启发。他说："孪生子和出生时脚先着地，都是难产的前兆。我甚至可以说，这是一个英雄式的生产，因为小孩要主动成为一个英雄，有些时候就成为一个害人的枭雄，然而他却完成了一个很重要的事迹。这说明了为什么在

---

① 宋恩常：《金平县三、四两区格邹支哈尼族习俗》，《民族问题五种丛书》云南省编辑委员会编：《哈尼族社会历史调查》，昆明：云南民族出版社，1982年，第64页。

② 西双版纳傣族自治州调查整理：《西双版纳哈尼族社会历史调查》，《民族问题五种丛书》云南省编辑委员会编：《哈尼族社会历史调查》，昆明：云南民族出版社，1982年，第106页。

③ 宋恩常、董绍禹整理：《勐海县西定山坝丙哈尼族宗教调查》，《民族问题五种丛书》云南省编辑委员会编：《哈尼族社会历史调查》，昆明：云南民族出版社，1982年，第132—137页。

许多部落里，孪生子和出生时脚先着地的小孩都会被弄死。"①在一些部落的人们中有这样的观念，一对双胞胎在母体内就开始打架和竞争，看谁争得先出世的荣誉，因此，其中的一个，而且通常是坏的一个胎儿，往往不遵照自然的规律，争先恐后地逃出母体，造成母亲的难产甚至死亡。这个角色，意在成就为一个顶天立地的巨人，一个盖世的英雄，但由于他同时是一个"害人的枭雄"，所以遭到人们的扼杀。也还有另外的一种解释，如认为双生子是野兽或人兽转生，或与恶灵和魔鬼有关，所以生下来后必须处死，否则将成妖孽。调查说，居住在库页岛的尼夫赫人就认为双生子是兽类。②

塔婆的神话给我们提供了哈尼神话这方面的一些重要信息。"倪"是游弋于天地间的魂灵，而"倪"与人是神祖塔婆所生的一对孪生兄弟。"倪"出生时就相貌怪异，胸前有7只奶，脑后有两双眼睛，而且脾气好恶无常。塔婆阿妈不喜欢它。塔婆死后，人和"倪"在深山打猎，并以耕种为生。"倪"很懒惰，常在人外出时偷吃人放在家中的食物。因而，人与"倪"不和，便在天神奥咪的劝解下分家离异。长期的林间生活中，人和"倪"常常发生违约冲突的事情，也发生过人在鬼魂的属地范围内被侵害而死的事。因此，人便于一年中举行几次围歼侵寨鬼魂的活动。③这个神话属于同性孪生子神话模式中兄弟反目为仇的一种。孪生兄弟不和的原因，是由于其中的一个是恶鬼。人鬼这两种相互对立的力量，在娘胎里的时候就竞相争斗，出世之后更加变本加厉，不能和平共处。一个代表善，一个代表恶，善恶构成了神话的二元对立结构。

列维－斯特劳斯认为，在所有美洲神话里，也可以说在全世界神话里，孪生子担任着神祇和超自然之间、上界力量和下界人性之间的中介的角色。从隐喻而言，孪生子和脚先着地的孩子（常说的臀位生产）是雷同的。他还指出兔唇孩子（以至兔子）与双胞胎之间有着一种亲密的关系。兔子不是孪生子，但兔子是孪生子的前身。兔唇孩子在母体中的时候，就出现了本体的分裂；孪生子则在母体中就彻底实现了分裂。这在哈尼族也有类似的情况。无

---

① 列维－斯特劳斯（李维斯陀）：《神话与意义》，王维兰译，台北：时报文化出版事业有限公司，1982年，第42页。

② В. В. Иванов: Близнечые мифы, Мифологический словарь, В москве: Изд. Советская Энциклопедия, 1980, Пункт 175 страниц.

③ 杨万智：《祈生与御死——哈尼族原始习俗寻踪》，昆明：云南大学出版社，1991年，第49页。

论是兔唇儿，还是双生子，人们认为他们都是怪胎，是孽种，是不吉利，因而是一律将其处死的。遗憾的是，我们还缺乏更细致的调查，还难以说清楚哈尼族居民中与这些习俗相对应的观念是什么。

鼠——造物主及其两重性

在哈尼族的神话中，鼠既是天神的使者、人神的中介——神兽，又是暗喻着深厚的文化意蕴的、参与创世的文化英雄。为了分析的方便，现在我将两段神话情节的梗概引在下面：

> 僾尼人传说，天地形成以后，天上出现了太阳（"巴拉"）、月亮（"难玛"）、星星（"阿给"）、云彩（"吴东"）。以后，燕子第一个由天界飞到地下，衔来的3块泥土中钻出3个会飞的白蚂蚁（"查补"）。地下的鱼和螃蟹开沟引水淹成了河，河水又使天地衔接起来。有了水，地边有了锈（"贴"），结成石块，长成芦苇，养出老鼠，老鼠衔来了树种，长出各种各样的大树。树林中钻出禽兽，树边成为大路，猴子从树上下来，变成了人类。[1]

> 在有人类始祖"松咪窝"以前，女神胶皮密依摇动3块巴掌样大小的红石头，让它们在摇晃中长大，升为平展展的天空。摇动3块巴掌大小的黑石头，在晃动中铺成凸凸凹凹的大地。天地形成以后，天神又创造了太阳和月亮，以后，又派遣老鼠从乌黑的天洞审到人类居住的地下，寻来种籽撒育出葱绿的密林。后来，人与鬼魂"倪"隔河分居，各自居踞阴阳两极，人与鬼魂之间形成了势不两立的局面。[2]

在天地开辟之际，万物是怎么来的？对于这长期困扰着人类的问题，世界各地的不同民族在自己的神话里作了大相径庭的回答。汉民族是融合了历史上许多民族而形成的一个人数众多的民族，现在我们从古籍里保存的神话中得知，是神农氏尝百草而教会人们懂得种植庄稼。神农因而成为千古称颂的农神。但是，似乎没有一个衔来树籽的专门的神祇——树神。而我们从哈尼族的神话中，却看到了鼠在创世之初充当着这个重要的角色。是它在天地初成之时，衔来了树籽，撒向大地，使之长出了葱茏茂密的森林，因而成为一个文

① 杨万智：《祈生与御死——哈尼族原始习俗寻踪》，昆明：云南大学出版社，1991年，第71页。
② 邓启耀：《民族服饰：一种文化符号——中国西南少数民族服饰文化研究》，昆明：云南人民出版社，1991年，第267页。

化的创始者。没有树林，就没有飞禽走兽的栖息之所，就谈不上适宜于人类和动物生存的生态环境。鼠是受天帝之命从"乌黑的天洞"里窜到大地上来的使者，理所当然地以上天与人间的中介者而出现于神话中的。

在另外一个材料中，天神奥玛说："金葫芦里孕育着人类。"奥玛还说，谁有本事把金葫芦啄开，谁就有了吃人类粮食的权利。麻雀没有啄开，长长的喙就秃了。老鼠接着麻雀啄的地方继续啃，终于啃通了。从葫芦里出来了一个女人，这就是人类的女祖先阿嘎拉优；她与阿托拉扬婚配，然后生了傻尼人、佤族、傣族和汉族等。阿托拉扬造了天地，阿嘎拉优生了人类和魔鬼。作为繁殖力特别强的鼠类，在此神话里是否也有子孙繁衍的喻意呢? 鼠啃破金葫芦，救出了阿嘎拉优，也因此而同人类一样成为吃粮食的动物。[①]这则神话里的老鼠，与傻尼人的古歌《虾依依》中所说的天地形成以后，咬来物种，从而使暖风吹来万物滋长的老鼠一样，无愧是一个创造了人类文化的造物者。

在哈尼族的民俗生活中，特别是近代，老鼠在人的观念中具有两重性。一方面，老鼠是谷物收获的象征，没有任何收成的人家，当然就不会有老鼠的光顾；另一方面，老鼠又是一种偷吃人类粮食的害兽，因此在民俗活动中对它施行种种驱避的仪式（这在哈尼族中亦然）。但是，在古人的观念中，老鼠无疑是一种创造力和造物者的象征。有的民族（如一些地区的汉族）至今还有老鼠节，对它进行祭祀礼拜；有的民族（如贵州的苗族）在腊月间有以鼠祭祖之俗；有的民族（如湘西土家族）在先祖的墓碑上刻着鼠的形象，作为子孙繁盛的象征。我没有到哈尼族的居住地作过实地考察，掌握的材料甚少，不敢妄断。但上面列举的这些民俗材料，不是堪可作为这个立论的佐证吗?

1992年12月27日于北京

本文系向云南大学西南经济文化研究中心和红河哈尼族彝族自治州民族研究所主办的哈尼族文化国际研讨会提供的论文；原载于《中央民族学院学报》1993年第3期；收录于李子贤、李期博主编《首届哈尼族文化国际学术讨论会论文集》，云南民族出版社，1996年1月。

---

① 《天、地、人和万物的起源》，云南省民间文学集成办公室编：《哈尼族神话传说集成》，北京：中国民间文艺出版社，1990年，第35—36页。

想象力的翅膀
——读蒙古族史诗《智勇的王子喜热图》[①]

> 想象力,这个十分强烈地促进人类发展的伟大天赋,这时候已经开始创造出还不是用文字来记载的神话、传奇和传说的文学,并且给予了人类以强大的发展。

> ——卡·马克思《摩尔根〈古代社会〉一书摘要》

世界上不少民族都以自己的史诗巨作当作民族的骄傲,这是并不值得奇怪的。史诗,一方面,它是阶级社会之前的氏族社会成员的集体想象力、集体智慧的结晶,因而是处于现代的我们了解那个时代的比较珍贵的遗产;另一方面,它对本民族的发展以及文学的发展,产生过强有力的影响,这也是我们所以重视史诗的搜集与研究的原因。我国50多个民族,现在还有不少仍然活在口头上的史诗,这是我们多民族国家的骄傲;我们虽然已经做了许多工作,但迄今还有一些未能记录下来。研究我国各民族的史诗,探讨它们的发生、发展及对民族发展和文化的影响,是我们的一项重要的课题。

几年前在《民间文学》上读到的蒙古族史诗《英雄的喜热图可汗》,现在有了新的译本出版,读后有几点心得。现整理出来,只想与研究史诗的同志互相讨论、互相补正。

关于《智勇的王子喜热图》的类别和时代

《智勇的王子喜热图》是我国蒙古族优秀的英雄史诗之一,也是至今仍然活在人民口

[①] 仁·甘珠尔搜集整理:《智勇的王子喜热图》,芒·牧林、陈清漳译,呼和浩特:内蒙古人民出版社,1963年。

头上的民间文学的明珠之一。这部2000余行的史诗，虽然在篇幅上已经超过了法兰西民族的英雄史诗《罗兰之歌》，然而在蒙古民族的史诗宝库中，却仅仅是一部篇幅较短的作品。

有人把史诗分为3类[1]，但一般研究者公认的原则是把史诗分为两类，即"原始性"史诗和英雄史诗。所谓"原始性"史诗，多以芬兰民族史诗《卡列瓦拉》（即《英雄国》，上海文艺出版社有译本）为代表，其中的英雄人物是"启蒙英雄"，他们扮演着人类文明的启蒙者的角色；所谓英雄史诗，多以《伊利亚特》《沙逊的大卫》和蒙古族的《江格尔》为代表，其中的英雄人物是勇士式的人物，他们作为整个民族（氏族）的代表进行了战争。一般说来，任何一部完整的、统一的民族史诗，如我国蒙古族的《江格尔》《格斯尔传》以及藏族的《格萨王传》、柯尔克孜族的《玛纳斯》等，都是由大量的史诗歌谣组成的。而在尚未形成一部完整的、统一的民族史诗之前，史诗歌谣就已经在人民群众中间流传了若干世纪之久了。历史上发生的一些重要事件，往往促进了统一的民族史诗的形成。

《智勇的王子喜热图》是怎样的一部史诗呢？这部史诗虽属于英雄史诗无疑，然而看来它又是一部还未最终形成巨型史诗的史诗歌谣。因此，它对于我们研究我国多民族史诗的形成以及史诗在民族文化史上的作用是尤其重要的。

为什么说这是一部未最终形成民族史诗的史诗歌谣呢？它为什么未能形成一部完整的、统一的民族史诗呢？

根据有关机关和许多蒙古族民间文学工作者们的卓有成效的工作，目前已经能够判明，在我国内蒙古东部地区（如呼伦贝尔盟、昭乌达盟、哲里木盟）至今流传着许多以英雄与恶魔（蟒古斯）[2]斗争的史诗片断，其篇幅长短不等，长者达万余行，短者200余行，虽然这些史诗的片断里所歌颂的英雄人物并非同一人，但是英雄的对立面却是同一个——"蟒古斯"。完全有理由断定，这些片断就是一个歌系，即一部伟大史诗的组成部分——史诗

---

[1] 梁一儒：《读英雄史诗〈智勇的王子希热图〉》，《民间文学》1961年第12期。梁文说："英雄史诗共有三种类型，即产生最早的中小型故事史诗，在此基础上丰富发展起来的长篇巨制——传记史诗，以及在佛教影响下出现的经卷史诗。"显然，这种说法是接受了蒙古族艺人的说法，但此说中的前两种实际上就是英雄史诗，后一种又似不应列入民族史诗之例，因此，说"英雄史诗"有三种类型是有缺点的。

[2] 据说在内蒙古西部地区的巴彦淖尔盟等地也发现了类似的史诗。这为历史地比较研究提供了方便的条件。

歌谣。我们所读到的《智勇的王子喜热图》就是这个歌系中的优美的一篇。

一部民族史诗的形成必须依赖于一定的历史条件。马克思这样指出了史诗这种艺术形式存在的历史条件:"关于艺术的某些形式,例如史诗,甚至谁都承认,只要艺术生产本身一旦开始之后,它们就决不能在世界史上划时代的古典形式下创造出来;因此,在艺术本身的领域里,某些具有巨大意义的形式,只有在艺术发展中未发展的阶段上才是可能的。"①马克思所说的"艺术生产本身"是指什么而言? 显然,我以为,他所指的是在艺术创作领域中个人从集体中分离出来而单独地从事创作的那个时代,即野蛮阶段瓦解之时。这时,人类思维不再是采取完全的集体的思维形式了,个人已被独立于"群"之上或之外而从事单独的创作。只要有了独立的个人的创作,史诗也就不能再被创作出来;即使有所谓史诗的写作,那也不再是马克思所说的"在世界史上划时代的古典形式下"的史诗了。恩格斯还说过:"……荷马史诗和全部神话——所有这一切都是希腊人从野蛮时期进入文明时期所带来的主要遗产。"②恩格斯的说法和马克思的说法是一致的,都肯定史诗的产生是在野蛮时期,而马克思在另一篇文章里还说在野蛮低级阶段。这样看来,《智勇的王子喜热图》以现在的并不十分完整(对统一的民族史诗来说)的形式被保存和整理出来,是十分合理的,因为在它被创作出来,还没有得到足够的集体补充而成为一件完整的艺术品的时候,蒙古族的氏族联盟已经瓦解了,蒙古族中已经产生了许多个人单独从事创作的作家了。

《智勇的王子喜热图》是氏族社会的作品,但就其内容来看,所反映的又并非全是氏族时代。我们看到,史诗中描写了3个国家——特古斯国、那冉可汗统治的国家和魔国,这与其说是国家,不如说是3个血缘联合体或氏族。诗中保存下这3个国家的名称,实际上是3个相邻部落的变化了的名称;它们之间的征战与睦邻,实际上就是古代有一个时候它们之间的血仇搏斗和友好往来。特别重要的一点是,史诗告诉我们3个部族都是实行着族外婚制:喜热图王子命中约定的未婚妻海丽菇并不是本族中的一位可爱的姑娘,而是距离特古斯国"3年时间"的那冉可汗的公主,而魔国的魔王的妻子也多是抢夺来的。族外婚制和抢

---

① 马克思:《〈政治经济学批判〉导言》。转引自马克思、恩格斯著,米海伊尔·里夫希茨编:《马克思恩格斯论艺术》(一),曹葆华译,北京:人民文学出版社,1960年,第195页。
② 恩格斯:《家庭、私有制和国家的起源》。转引自马克思、恩格斯著,米海伊尔·里夫希茨编:《马克思恩格斯论艺术》(二),曹葆华译,北京:人民文学出版社,1963年,第9页。

婚的形式，即非血缘氏族的成员的婚姻，是处于野蛮低级阶段的社会形态。但是，诗中却也曾谈到魔国毁灭特古斯国，掳去很多奴隶：

> 穴窟四周努着铁柱，
>
> 铁柱上布着刺铁绳，
>
> 在那宽大的铁网里，
>
> 困着无数受难的百姓。
>
> 凶恶的魔鬼们手提长鞭，
>
> 驱使人们日夜不停地劳役，
>
> 人们血汗创造出来的果实，
>
> 全被那十二头魔王独自吞食。①

十二头魔王把掳来的异部族的成员当作奴隶，驱使他们做苦役，这已是奴隶社会的写照，而不纯是氏族社会了。这种现象大概是史诗流传经历长途的必然结果，因为经过奴隶所有制或封建所有制下被压迫、被奴役的歌手们的演唱，史诗中必然被注入了被压迫阶级的思想和观点，从而使史诗具有鲜明的阶级倾向和阶级特色。也正是由于这一点，恩格斯才把爱尔兰的弹唱诗人称为爱尔兰民族优秀传统的代表者。

关于史诗的人物和事件

《智勇的王子喜热图》全诗只有两个主要情节。其一，特古斯国的王子喜热图不畏远途到那冉可汗的国都去寻找命中约定的妻子海丽菇，沿途遇见了3个英俊的青年、3位美丽的姑娘，他们都尽其可能描绘了海丽菇公主的美貌并为王子指路；喜热图在异国通过了史诗中司空见惯的3项比赛（"好汉的三种竞赛"：赛马、射箭、摔跤）而得到了未婚妻。其二，由于十二头魔王毁灭了特古斯国，迫使喜热图不得不从欢乐情绪中清醒过来，历尽艰险，在他的终身伙伴银合马的帮助下直捣魔窟，同十个精灵的魔王决战取胜，重建家园。

---

① 仁·甘珠尔搜集整理：《智勇的王子喜热图》，芒·牧林、陈清漳译，呼和浩特：内蒙古人民出版社，1963年，第71页。这里应当指出，诗中的许多语句和名词，都是现代化了的。这一点可能是演唱者在今天演唱时吸收了社会上流行的新词的关系，当然也可能是译者的关系。

史诗的笔触是细腻的、语言是庄严的,成功地塑造了几个人物形象。其中最突出的也就是史诗的英雄——智勇的王子喜热图。

喜热图是一个可汗,但又是一个劳动者。这是一个矛盾。诗的开头详尽无遗地描绘了王子的富丽堂皇的宫帐、殿堂,不论是白莽骨的"奥尼",还是包顶上的毡毯,不论是朱红的围墙,还是羔羊绒的花毡,均非普通劳动者所能享受得到的,尽管他们创造了它们。可是在灿烂的阳光下熟皮子、在牧场上吊驯马匹的,也是同一个喜热图,这又是一个普通的牧民的形象。怎样认识这种矛盾的史诗形象呢?关于这个问题,我们从黑格尔那里得到了一点启发。他说:"他们(指荷马史诗里的英雄)固然有一个部落首领,但是他们与首领的关系并不是已由法律规定的,他们并无必要一定要服从这种关系。他们是出于自愿地跟随阿伽门农,而阿伽门农也不是现代意义的独裁君主,所以每一个跟随他的英雄都有发言权,阿喀琉斯生了气,就拆伙独立起来。"[1]阿伽门农不是"现代意义的独裁君主",所以阿喀琉斯为了一个他所宠爱的女俘便退居自己的帐篷里,长期不参加战斗;喜热图也不是"现代意义的独裁君主",他既是部落的首领,又是普通的牧民,仍然要亲手参加劳动。认识了这一点,我们就不至于觉得史诗的倾向性不鲜明了。这是史诗的特点所决定的,因为史诗是群众的集体的乃至全氏族的作品,而非个别人的作品,它所反映的事件是全氏族乃至全民族自上而下生命攸关的事件,或者说民族矛盾。喜热图同十二头魔王之间的战斗,是他们所代表的两个部落之间的战争,喜热图的意愿也就是特古斯国的意愿。

喜热图的形象是史诗的正面形象,他的性格中最突出的是有劳动者的淳朴、民族英雄的英勇与机智。在第一个情节中只是展开了他的性格中的淳朴与机智,而英勇顽强、不畏险阻的一面还未能得到充分的揭示,这一方面是在第二个情节中完成的。如果可以说通过他对海丽菇公主的坚贞不渝的爱情的追求,为喜热图的性格作了准备的话,那么,通过与蟒古斯的搏斗就使喜热图成为一个智勇双全、热爱生活的光辉的形象。人民群众在创作这部作品的时候,把他们的崇高理想都寄托在这个英雄人物身上,把他作为一个民族不屈的代表。如果把喜热图说成仅仅是一个"除暴安良、搭救百姓","爱民如子、见义勇为"的人物,那么未免低估了他的意义,尽管诗中确乎有"解救黎民百姓""救出二老爹娘"之类的句子。

---

[1] 黑格尔:《美学》第1卷,朱光潜译,北京:人民文学出版社,1959年,第232页。

他是为了整个氏族（民族）的兴亡而同恶势力进行殊死搏斗的，同敌人的不妥协精神，是整个氏族（民族）的精神，不过通过这个形象表现出来罢了。他的理想是氏族的发展、生活的安定、事业的繁荣，因此他与魔王的斗争具有正义与邪恶、光明与黑暗的斗争的性质。

史诗和神话有所不同，史诗比较真实地反映了历史，所以有人说过，民族史诗就是民族的"百科全书"。从这个意义上来说，史诗主人公是比较接近现实中的人物的，虽然其中不可免地也有神化的成分。

再谈魔王的形象。这是一个集阴险毒辣、吃人成性的恶势力的代表：或者是某一部族的代称，或者是某种自然力的体现。看来以前一种可能性较大一些。关于民间广泛流传的蟒古斯的传说中这个恶魔的来历，现在还难于确切地判断。有这样的记载：蟒古斯这个吃人的残暴不仁的怪物13世纪始见于蒙古民间故事和史诗中，有一个传说说古昔的柴达木盆地有一个游牧部落叫"蟒古特"或"蟒古斯"，后来改变了原意，而变成了"吃肉者"的意思。这种见解确有参考的价值，对于我们了解史诗中所反映的部落之间的战争不是没有帮助的。但我们从《智勇的王子喜热图》中读到的蟒古斯并不是出现于西方或西南方向，而是东北方向（见原书第57页），因此这一点尚待进一步研究。

史诗中的魔王有神化的成分，它有"鬼火般蓝色眼睛"，"青铜般紫黑面孔"，"惯喝人血的臭嘴"，"惯吃人肉的牙齿"。它劫走了特古斯国王和王后，掳去了黎民百姓，毁灭了特古斯先王的事业，做尽了一切坏事。喜热图站在正义的一边，因此，不仅他的助手银合马能风驰电掣地助他一臂之力，他的金刚剑也金龙飞穿般所向无敌。十二头魔王既然是万恶之源，那它就应该是比较难于平服的，史诗中把它描绘得吞云吐雾神通广大，竟然用狼牙棒把王子打落下马。相形之下，英雄最终战胜魔王，就更显其高大了。

对几个原始民俗问题的理解

读《智勇的王子喜热图》，遇到几个对我们来说较为陌生的民俗问题，因为涉及到对作品意义的理解，所以不能不费一点篇幅。

先谈喜热图与海丽菇的婚姻问题。喜热图的先父特古斯和母后苏荣格对儿子说：

孩子啊，从这里往西北方向，

在那双翅鸟儿飞不到的地方，

在那四蹄马儿驰不到的地方，

有一位叫那冉的年迈的可汗。

从前，在一次盛大的喜宴上，

我们已把你的婚事议当——

把那冉可汗的女儿，

给你订上了胎乳之亲。

　　这是"命中注定"或"命中约定"的婚姻，往往在男女出生之前或出生而未成年之时由双方父母相约而定。一旦男儿成丁之后，即开始长途远征为寻找约定的未婚妻而奔波。这是世界上许多史诗或传说中共有的现象；而最为常见的寻妻远征的情节，差不多所有英雄史诗中都有。喜热图为了寻找妻子，踏破了万水千山，为了爱情而不向困难屈服。一路上遇到的3个年轻牧人无意中赞扬了他的骁勇尚武的美德，遇到的3个姑娘向他描述了海丽菇的俊美高才，这些诗句都是难得的佳句。但这里有一点值得指出，一般情况下通常都是描写若干个王子的近亲或侍从护卫王子前去寻妻，那是一种抢婚的形式，可是《智勇的王子喜热图》里既没有近亲也没有随从出场，王子的唯一伙伴是长癞的小青马。小青马有值得注意的特点：原来本是一匹银合马，"就地一打滚，一匹长癞的青马驹站在眼前"。它能变形，因而就能使人麻痹，对它轻视，结果反而成了它的手下败将。长诗接着描绘海丽菇的父王为王子设下的3种好汉的竞赛。这也是一般史诗中常见的，《尼伯龙根之歌》就有精彩的描写，那里的3种竞赛也是骑马、射箭和摔跤。《智勇的王子喜热图》里（第5—6节），由于喜热图出了一个猜不透的谜，使可汗和大臣们伤透了脑筋，议论纷纷，通宵达旦，而未能揭开谜底，从而揭示了王子的智慧。在接踵而来的比赛中王子的得胜是势在必行的。第一场比赛有小牧童和银合马的帮助赢得胜利，显示了王子的智能；第二场比赛王子亲自临战百发百中，显示了王子的技艺；第三场比赛打败铁身子，显示了王子的力气。性格的揭示随着事件的进展一步深似一步。这些比赛在民俗学上来说，恐怕是婚姻庆典的一种仪式的残余，而不是什么真正的"夺妻"的斗争。但这种仪式的描写，在史诗中却有一定的意义，是与作品的内容、人物结合在一起的，它起了揭示人物性格的作用。

其次，谈谈外魂观念问题。十二头魔王是邪恶势力的象征——我们今天的读者了解到这一点大概也就可以了，不能把魔王想象成是真实存在的，如果那样想象、那样认识的话，就成了唯心主义的世界观了。但是古代人却不这样认识。原始人缺乏科学知识，不了解自然界的秘密，把宇宙万物都灵性化，认为一切生物和非生物都有精灵存在。人也有精灵主使着，精灵可以离开肉体而单独存在。史诗里的魔王有十个精灵（蜘蛛精、黑公山羊精、白花恶虎精、白公绵羊精、毒蟒精、儿马精、雄狮子精、铁青牤牛精，以上为体外精灵；藏在鼻孔里的两条妖龙就是体内精灵），消灭了它的体外精灵，它就相对被削弱了，但还能参加战斗；及至消灭了它的最后两个体内精灵，它就无力反击达到死亡的境地了。顺便说一下，这一点我有一个疑问未弄清楚：当魔王的十个精灵全部被消灭之后，它还操上狼牙棒和王子搏斗，看来似乎不合情理，也未必合古代人的精灵观念。这是有待于请教说唱者和整理翻译者的。万物有灵观、外魂观，都是古代人的幼稚的观念，随着生产的发展，人对自然力的认识和支配，这些观念已经逐步消失了。但在史诗中仍然保留下来了这种原始的幼稚的宇宙观，我们读它时只能作为一种艺术形象来理解，不能信以为真。

《智勇的王子喜热图》是一部优秀的短篇史诗，在它的两个情节的范围内是完整的作品。译者的文字也运用得恰到好处，既古朴又庄严，堪称史诗的语言。当然也不是没有缺点的，比如用了一些比较现代化的词汇，但这不过是玉中之瑕罢了。

由于在阶级社会中统治阶级的思想对劳动群众的影响，由于劳动群众受到历史条件和生产力发展水平的制约，民间作品里也就不能不反映出一些统治阶级思想的影响或反科学的思想，反映出古代人的幼稚的世界观（但并不能因此而认为古代人的世界观是唯心主义占主导地位）。所以，民间作品里的思想内容，就不可能是我们今天统统都要接受的。《智勇的王子喜热图》就是这样。只要我们认识到其中所表现的思想是一定历史时代的产物，是一定时代的劳动人民的想象力的结晶，那么就必须对它的思想内容加以批判。只有通过这种批判和扬弃的过程，才能正确地理解和认识作品本身。

1963年2月27日初稿

1964年11月15日定稿

本文原载于《民间文学》1965年第6期。

《亚鲁王》：原始农耕时代的英雄史诗

以西部苗语方言流传于贵州麻山地区的苗族英雄史诗《亚鲁王》（第一部）的苗汉双语对照文本和汉语整理文本，经过紫云县民间文学工作者近3年的调查、记录、整理、翻译工作，今天终于和读者见面了。我对它的出版表示热烈的祝贺！

（一）《亚鲁王》的被发现、记录与出版是21世纪我国非物质文化遗产保护工作的重大成果，从此它不仅继续以"自然生命"——口传的方式流传于民间，而且将以其"第二生命"在更广大的读者中流传，为多种保护渠道提供了可能

迄今在贵州紫云县麻山地区以口头形态流传的《亚鲁王》的发现，是2009年4月贵州省紫云苗族布依族自治县非物质文化遗产普查的一项重要发现，也是我国非物质文化遗产普查中新发现的一个重要成果。这部叙述和歌颂亚鲁王国第17代国王兼军事统领在频繁的部落征战和部落迁徙中创世、立国、创业、发展的艰难历程的史诗，不仅以口口相传的形式为苗族的古代史提供了不朽的民族记忆，传递了艰苦卓绝、自强不息地求生存、求发展的民族精神，而且以其独具的特色为已有的世界史诗谱系增添了一种新的样式，具有不可替代的文化史价值。

为了对这部史诗进行有效保护，该县从2009年5月起在中国民间文艺家协会专家的指导下实施了实地采录（部分是现场采录），并于2010年3月向文化部申报。国务院于2011年6月批准其列入第三批国家级非物质文化遗产名录，从而使这项濒临衰微的民族文化遗产在国家的层面上得到保护。

从在非遗普查中被发现到实施采录，再到尔后的翻译过程中，承蒙从事记录翻译的同仁、指导者和主编余未人、贵州省非遗保护中心主任周必素、中国民协领导人冯骥才诸先生通告情况，多所交流，我有机会较早接触到《亚鲁王》并多少了解到一些调查和翻译工作情况和遇到的问题。我在正式出版前就陆续读到了史诗的译文，从而激发我进行一些思考。在第三批国家级非遗名录的专家评审时，我根据所掌握的史诗的一般知识和对《亚鲁王》的粗浅了解，对其英雄史诗的性质提出了肯定性的认定意见。

记录翻译这样一部史诗是一项浩繁的文化工程。我们现在看到的这个史诗文本，是由两个文本组成的：其一是在演唱现场所作的苗文记音和汉语对译本；其二是汉文语体文本，即意译本。我国的《非物质文化遗产法》总则中规定，"保存"和"保护"两者并重。笔者以为，对于民间文学类的非遗项目来说，记录（笔录、录音、录像）保存，也许是保护的最好方式之一。记得1986年联合国教科文组织政府间专家委员会主席、芬兰学者劳里·杭柯先生来华履行中芬文化协定，与中国学者合作，联合召开学术会议和联合调查，在我国民间文学界推行芬兰学者和联合国教科文组织专家们的学术理念和保护理念，并发表文章提出，把口传的民间文学作品记录下来加以出版或存放在博物馆里，使其以"第二生命"在更广大的读者中得到传播。他说："之所以提出要保护民间文学，并不主要是由于民间文学的第一生命，即自然生命，而主要是由于它的第二生命，即把民间文学制成文件，特别是使民间文学再度循环使用。在这一过程中，非书面的民间文学似乎总是变成了书面文学或其他艺术形式，从而在民间和地区文化中占有一席之地。这个过程一定要继续下去，因为这是使民间文学不囿于某一孤立团体的财产，能为世界文学甚至为反对我们这个时代的文学垄断做出贡献的唯一机会。"[1]苗族史诗《亚鲁王》的调查、记录、翻译、出版，正是"保存"和"保护"并重、使其以"第二生命"在更广泛的人群中传播这一保护理念的体现，为多种保护渠道提供了可能。

（二）《亚鲁王》是迄今发现的第一部苗族英雄史诗，它的发现、记录和出版改写了已有的苗族文学史乃至我国多民族文学史

苗族是华夏大地上最为古老的民族之一。苗族的先民，学界说法不一。有学者说："苗

---

① 劳里·杭柯：《民间文学的保护——为什么要保护及如何保护》，中芬民间文学联合考察及学术交流秘书处编：《中芬民间文学搜集保管学术研讨会文集》，北京：中国民间文艺出版社，1987年，第26页。

族的先民被称为'三苗'，聚居长江中游的'荆楚'之地。"①有学者说："古代的三苗非今日之苗。……今日之苗为古代之髦。"②等等。我们所读到的《亚鲁王》（第一部），其内容的主体，是以亚鲁王为首领的古代苗族一个支系所经历的部落征战和部落迁徙，也包括了从人类起源和文化起源（如蝴蝶找来谷种、萤火虫带来火、造乐器、造铜鼓）、造地造山、造日造月、雷公涨洪水等神话传说，到开辟疆土、立国创业、迁徙鏖战、发展经济、开辟市场（如以十二生肖建构起来的商贸关系）、姻亲家族（史诗写了亚鲁的12个儿子及其后代，以及他们的父子连名制）等农耕文明的种种业绩和文化符号，以及以亚鲁这个英雄人物为中心的兄弟部落和亚鲁部落的家族谱系。总体看来，《亚鲁王》应是一部以描述部落征战和部落迁徙、歌颂部落（民族）英雄为主要内容的民族英雄史诗。

苗族的口头文学（民间文学）自20世纪初年以来一向受到学界的重视，且多有调查、发现、记录，并被译成汉语出版。从已经搜集记录下来并已出版的苗族叙事诗作品看，主要是以创世、人类和万物起源为内容的古歌，兼有部分记述部落迁徙的作品，但数量不多、篇幅不长。如夏杨从1948年就开始搜集、到80年代初定稿的《苗族古歌》（最早发表于《金沙江文艺》，1986年由德宏民族出版社出版），田兵编选、贵州省民间文学工作组整理的《苗族古歌》（贵州人民出版社，1979年5月），马学良、今旦译注的《苗族史诗》（中国民间文艺出版社，1983年1月），苗青主编的《中国苗族文学丛书·西部民间文学作品选》（一、二两册，贵州民族出版社，1998年1月），以及贵州民间文艺研究会编印的《民间文学资料》等，正是这种情况，即以创世、人类和万物起源为内容的"古歌"（又称"创世史诗"）居多，而以部落迁徙和部落（或部落联盟）战争为背景，记述和歌颂部落（民族）英雄的英雄史诗则不多见，尤其是西部苗语方言区的此类作品更属罕见。

已经被发现和记录下来的描写部落迁徙的叙事长诗，如马学良于1952年记录的《溯河西迁》、唐春芳等记录的《跋山涉水歌》，都是流传于黔东南清水江一带的作品；杨芝口述、夏杨记录的《涿鹿之战》描写了有古代苗族领袖格五爷老、格略爷老、格蚩爷老3位长老的涿鹿大战，显示了较为突出的史诗性质，其搜集地点大约是滇东北的昭通，似应属于

---

① 何耀华：《苗族民俗志》，《中国西南历史民族学论集》，昆明：云南人民出版社，1988年，第543页。
② 凌纯声：《苗族名称的递变》，李绍明、程贤敏编：《西南民族研究论文选》，成都：四川大学出版社，1991年，第328—339页。

东部苗族的史诗；苗青主编的《西部民间文学作品选》所收的关于部落和族群迁徙与战争的作品，除了几篇记录于贵州的赫章和威宁者外，大多是记录于滇东北次方言区和川黔滇方言区的作品。尽管我们看到的《亚鲁王》，还仅仅是这部口传史诗的第一部，但就其内容和篇幅来看，它应是历年来在贵州、云南、四川3个苗族主要分布区搜集到的长篇叙事诗、迁徙史诗和英雄史诗中规模最为宏大的一部，比此前篇幅最长的《逐鹿之战》(533行)要长得多，堪称是苗族民间叙事作品中迄今篇幅最为宏大的一部英雄史诗。

《亚鲁王》是一部超越了上述以描述部落迁徙为内容的叙事长诗的长篇叙事作品。它是一部关于部落迁徙(拓展部落疆域、创立部落基业)和部落(联盟)战争，歌颂部落(联盟)英雄和英雄时代的民族英雄史诗。它的被发现和记录出版，改写了已有的苗族文学史乃至中国多民族文学史。

（三）《亚鲁王》在20世纪历次调查中均被忽视，此次普查中被发现，从而填补了民族文化的空白

尽管在相关的历史文献记载，曾有不同支系的苗民在麻山次方言区居留和开发，他们留下了不同时代、不同支系的文化印迹，如"狗耳龙家""克孟牯羊""炕骨苗""砍马苗"等支系的名称，留下了立鬼竿、"以杵击臼和歌哭"的仪式，"舁之幽岩"的葬式的踪影，等等。但在20世纪以来的历次民族调查和民间文学调查中，调查者们似乎都没有注意到黔西北的苗民中有这样一个亚鲁部落(支系)，更没有提及在"亚鲁苗"中流传着一部2万多诗行的《亚鲁王》英雄史诗。在21世纪头一个十年开展的全国非物质文化遗产普查工作中，这部史诗第一次出现在普查人员的视野中。有材料认定，公元前2033年至公元前1562年，苗族史诗《亚鲁王》就有了雏形。我不知道这个史诗的形成期是怎么推算出来的，有何科学的根据，但我认为，这种断语也许还需要更多的如王国维所说的地上和地下的材料来证实，即运用"二重证据法"来考证和确认。[①]我们在史诗记录文本中读到了亚鲁王国的世代

---

① 王国维《古史新证》："吾辈生于今日，幸于纸上之材料外更得地下之新材料。由此种材料，我辈固得据以补正纸上之材料，亦得证明古书之某部分全为实录，即百家不雅驯之言，亦不无表示一面之事实。此二重证据法，惟在今日始得为之。虽古书之未得证明者，不能加以否定，而其已得证明者，不能不加以肯定，可断言也。"转引自干春松、孟彦弘编：《王国维学术经典集》(下)，南昌：江西人民出版社，1997年，第126页。

谱系，读到了亚鲁王国的生产方式、生产工具和生产手段、财产（财物）分配模式、打铁技艺、食盐制作技艺、粮食作物，读到了各地相同的和不同的信仰、崇拜、习俗，这些都可作为我们研究和判断史诗之农耕文化形态的佐证，也可作为研究和判断史诗形成和传播时代的坐标和参照，但我们还需要更多的参照物，我们应该抱有实事求是的科学态度。尽管如此，史诗以漫长的生命史延续到今天，仍然以口传的形式在歌师中代代传递，200余个亚鲁苗的王族后裔的谱系及其迁徙征战的历史故事，仍然能栩栩如生地从歌师们的吟唱中飞流而出，给后代留下了一部"活态"的民族百科全书，这就不能不让人们感到惊异。

史诗除重点描述亚鲁苗这个部落、歌颂亚鲁王这个部落英雄外，还写到其他一些兄弟部落，鸦雀苗就是其中之一。1902年，日本人鸟居龙藏到黔西做过调查，撰写了一部汉译本长达505页的《苗族调查报告》[1]。他根据《黔苗图说》里的记载认为，在苗族的主要居住地的贵州省，苗族分支为82个，并确认《亚鲁王》中写到的"鸦雀苗"这一支系（部落）的居地在贵阳府。但他并没有提到贵州82个苗族支系中有《亚鲁王》的流传。40年后，芮逸夫、管东贵于1940年在川南叙永的鸦雀苗中调查而撰著的《川南鸦雀苗的婚丧礼俗》（资料之部）[2]中，也没有提到鸦雀苗中有此史诗的流传。史诗中描述的这个与亚鲁部落同时并存的鸦雀部落，是亚鲁王五哥鸦雀王所统辖的一个兄弟部落。鸦雀王帮助12岁上继承了亚鲁王国王位的亚鲁环征夺回被卢岗王夺去的疆域，之后便率领本部落走出疆域，"不知去向"（见《亚鲁王》第81—82页），给历史和读者留下了悬念。"鸦雀苗"这个族名，始见于清代爱必达著《黔南职略》（乾隆十五年）一书，后又屡见于《黔书》《黔书职方纪略》《贵州通志》等。清代的《百苗图》里不仅有鸦雀苗的人像和服饰，而且有文字说明："鸦雀苗在贵阳府属。女子以白布镶其胸前、两袖及裙边。居山，种（杂）粮食之。亲死，择山顶为吉壤。言语似雀声，故名'鸦雀苗'。"其故地，除了旧贵阳府属外，看来，川南的叙永和贵州的大方（今还有"羊场""马场"等史诗中描写的古地名）等地，大概就是亚鲁时代鸦雀苗部落的最后落根之地。

20世纪50年代初进行的民族大调查，苗族部分主要的调查地是黔东南的台江、从江等

---

① 鸟居龙藏：《苗族调查报告》（上下），编译馆译，南京：编译馆，1936年。
② 芮逸夫、管东贵：《川南鸦雀苗的婚丧礼俗》（资料之部），台北："中央研究院"历史语言研究所，1962年。

地, 调查者没有涉足更为封闭的黔西地区, 故而没有为紫云县苗族的生活史和史诗留下笔墨。史诗流传地麻山一带的苗族支系的历史及生产生活方式、风俗习惯、服装服饰、民族特性等, 都还有待进一步深入研究。史诗中提供的历史发展框架和生活细节, 给我们今后的研究提供了丰富的资料, 这只是问题的一个方面; 民族历史、生活方式、风俗习惯等的研究, 无疑也给我们研究和阐释这部史诗以莫大帮助。大约1年前, 史诗的记录翻译者杨正江先生来访, 在舍下看到鸟居龙藏的《苗族调查报告》中100年前拍摄的 "打铁苗" 的人物照片的背景是一片竹垣时, 禁不住在我面前喊出: "我们家就是打铁苗!" 我们看到, 在《亚鲁王》史诗文本前面所附的 "东郎" 杨光东的照片的背景, 正是一片纹路清晰的竹垣。此外, 我们在《亚鲁王》第17节《亚鲁王计谋多端, 步步侵占荷布朵王国》里读到了这样的诗句:

> 亚鲁王到哪里都没有丢下铁匠手艺,
>
> 亚鲁王去哪方就把铁匠铺建在哪方。
>
> 亚鲁王铁艺高,
>
> 亚鲁王铁技精。
>
> 亚鲁王早上打出三把锤,
>
> 亚鲁王一天做出三把锄。
>
> 荷布朵铁艺泥沙般粗糙,
>
> 荷布朵工具刺竹般毛糙。
>
> 荷布朵一早上打不出一把锤,
>
> 荷布朵一天也做不出一把锄。
>
> 荷布朵说,
>
> 亚鲁把你的打铁工具留给我吧,
>
> 亚鲁将你的打铁技术教会我吧。
>
> 亚鲁王说,
>
> 可我的铁具我要用,
>
> 我要打铁抚养我儿女,

我靠打铁养活我族人。[①]（第8321—8337行）

根据这些诗行的描写，我们可以断定，史诗中记述的亚鲁部落，就是鸟居龙藏1902年调查报告中记述的"打铁苗"无疑。"打铁苗"这个历史上的称谓，可能是他称，反映了这个苗族支系的生产方式和居住习俗，这些生产方式和居住习俗至今依然。

（四）与已知的许多英雄史诗不同，《亚鲁王》是原始农耕文明时代的文化佳构，它的问世，为中国文化多元化增添了新的元素，为已有的世界史诗谱系增添了一个新的家族

以往我们所熟知的世界知名英雄史诗，如古希腊的《荷马史诗》（《伊利亚特》和《奥德赛》），盎格鲁－萨克逊人的《贝欧武甫》，法国的《罗兰之歌》，德国的《尼伯龙根之歌》，日耳曼人的《希尔德布兰之歌》，芬兰的《卡列瓦拉》，亚美尼亚的《沙逊的大卫》，蒙古族的《江格尔》，柯尔克孜族和吉尔吉斯斯坦的《玛纳斯》，藏族的《格萨尔》，印度的《摩诃婆罗多》《罗摩衍那》，等等，大都出自北半球，而且自西而东一路下来，形成一个辽阔的史诗流传带。这些史诗大多是游牧民族的作品，靠着被称为"游吟歌手"的弹唱诗人或流浪诗人的游吟传唱而得以传承和保存下来。恩格斯说《荷马史诗》是"希腊人从野蛮时期进入文明时期所带来的主要遗产"（《家庭、私有制和国家的起源》），马克思说它是以军事民主制为标志的英雄时代的产物（《摩尔根〈古代社会〉一书摘要》）。而《亚鲁王》所展示的，尽管也是苗族先民从蒙昧（如对"龙心"的崇拜）走向文明、从分散的小部落走向大的部落联盟时期的产物，但不同的是，它不是游牧民族而是农耕民族的作品，其传承者和演唱者，不是在大草原上流浪游吟的游吟诗人和流浪歌手，而是在氏族或聚落成员死亡时，在死者发丧的仪式上由职业的歌师演唱的，是农耕民族和原始农耕文明条件下的伟大作品。从形式看，《亚鲁王》的演唱与发丧仪式的进行是紧密相连的，成为发丧仪式不可分割的有机构成部分；从功能看，《亚鲁王》的演唱是向民族或部落成员传授民族或部落的历史记忆。故而我们有理由说，《亚鲁王》与已有的大多数英雄史诗不同，它为已有的世界史诗谱系增添了一个新的家族。

---

① 中国民间文艺家协会主编：《亚鲁王：汉苗对照》（史诗部分·汉文意译部分），北京：中华书局，2011年，第231页。

尽管《亚鲁王》的形成时代还有待以唯物史观的科学态度作进一步的深入研究，作出符合实际情况的结论，但目前我们就可以明确的一点是，它在传承过程中虽然受到汉民族文化的影响和道教文化的浸染，却与汉代以降持续呈现强势的儒家思想无缘。作为一种独立的民族文化的代表性符号，《亚鲁王》的发现，为中国文化多元化格局增添了一份新的元素。

我们读到的仅仅是史诗《亚鲁王》的第一部，还没有看到作品的全貌。我们期待着第二部、第三部的问世！

2012年2月21日

本文原载于《西北民族研究》2012年第3期。

陆沉传说试论

陆沉传说的形态与流布

从我国东南沿海,主要是江浙一带的河汉湖海地区,经安徽、河南、山东,一直到辽宁、吉林的沿海地区,广泛流传着一个陆地突然沉陷而为湖泊的传说。这个类型的传说,在西藏高原也发现了一个与沿海地区大致相似的珍贵异文。这就意味深长地说明了,陆沉传说的流传地区,远远不是只在沿海地区。20世纪三四十年代,学者们把这一类型的神话和传说的流传地区仅局限于江浙,看来是受到资料不多的局限。

某地的一座城池,由于某种原因,在某一时刻,突然沉没而成为水塘或湖泊。在陆沉之前,是有征兆的。这个征兆就是石狮子的眼睛红了。由于石狮子神秘的预告,只有一个人知道,所以他和他的家人中的一位得以幸免于难。洪水之后,人类便由一对活下来的血亲姐弟结婚,繁衍生息,再传人类。石狮子在传说里扮演了一个十分重要的角色。

为了分析的方便,也为了避免读者检阅资料的劳苦,我愿意在此把我所找到的、20世纪以来搜集发表的资料多引用几个。

例1. 1930年4月9日广州中山大学语言历史学研究所民俗学会出版的《民俗》周刊第107期上发表的叶德铭搜集于浙江省富阳县的传说《石狮嘴里有血》:从前,有姊弟二人。离他们家不远,有石狮。弟每日必以"镶焦团"一个投石狮口中。习以为常。如是者,经三年。一日,石狮谓弟曰:"我口旁有血时,世间必遭大难。届时,你可入我腹中避之!"越数日,弟果见石狮口旁有血。原来是某屠夫无意中所涂上之猪血。他即奔告其姊,相率入石狮腹中避之。狮腹甚大,且通大海。当姊弟俩出来时,世间已无人类踪迹。弟因向其姊提议,二人结为夫妻,以免人类消灭。姊说:"我们俩可以磨一具,搬至山上。再各人取一扇,向山下滚去。如能合,则我们俩结为夫妻。弟赞成。于是就照话去做。两扇磨滚下山时,果相合。因此姊弟就结婚了。

1931年钟敬文在所撰《中国的水灾传说》论文中，将其归为水灾传说。情节大致相同的，还有铃儿发表在《新民半月刊》上的一则和王显恩编《元始趣事集》一书中的《百家姓由来的故事》。后一个传说异文，芮逸夫在所撰《苗族的洪水故事与伏羲女娲的传说》（1938）长文中曾加以引用，并归入洪水传说类型之中。

例2. 20世纪40年代，民族学家陈志良先生在上海收集到几个沉城的传说，其中一个情节比较典型的如下：从前东京城里有个孝子，有一位老母在堂，他非常孝顺她。有一晚，他梦见一个仙人对他说道："这个城快要沉没了！你如果见到城隍庙前石狮子的眼睛里出了血，此城马上沉没，赶快驮了你的母亲逃走！"那孝子信以为真，每日在天未亮之前先到城隍庙前看看石狮子眼睛有没有出血。一连好几天，天天碰到摆杀猪摊的。杀猪的奇怪他的行为，盘问明白那孝子的原委。于是在第二天大清早，杀猪的把手上的鲜血预先涂抹了狮子的眼睛。等孝子一到，看见石狮子的眼睛果真出了血，马上回家驮了老母就逃，他的前足跨出，后脚已沦而为湖了。于是那东京城就沉没而为湖，崇明岛却渐渐地斜了起来。①

东京在哪里已不可考；历史上是否发生过这次沉城事件，也不得而知。据民间口传，东京城沉没在金山外面的海洋中。口传的材料，只作参考，不足为凭，我们就当作传说来看待吧！

下面我们引述的，是20世纪80年代以来，中国民间文艺研究会、文化部和民族事务委员会联合主持编纂《中国民间文学三套集成》（即中国民间故事集成、中国歌谣集成和中国谚语集成）所进行的大规模搜集工作中得到的材料。

---

① 陈志良：《沉城的故事》，《风土什志》第1卷第2·3期合刊，1943年8月。陈志良还引述了在青浦县搜集到的另一个传说。讲故事的人是诸长凯。内容讲的是淀山湖陆沉为湖的事情："淀山湖从前是个城池，城里有个孝子，非常孝顺地供养他的母亲。有一晚，孝子梦见一位老头子对他说道：'这个城快要沉没为湖了，你若见到城隍庙前石狮子眼中流血，就是城沉的时间，你赶快和你母亲逃走，因为你是孝子，所以特为关照你。'这个历历如画的梦境，他不能不信，所以每天清晨到城隍庙前看看石狮子的眼睛，有没有流血。有个杀猪的，见他天天去看石狮子，很是奇怪，问明了他的原因，杀猪的就和他开玩笑，把猪血涂在石狮子的眼里。第二天清早，孝子一见石狮子眼中果然流了血，马上背了他的母亲向东逃走。那城就在孝子走后一步马上沉没了。孝子走了三里多路才停止。那城沉没之后成为淀山湖。孝子停止的地方就是现在的朱家角。那朱家角是青浦县的一个大镇，镇上却有城隍庙，此庙就是淀山湖中的旧城隍庙。"这个传说与东京陆沉的传说，其情节大致相似。

例3. 浙江长兴县横山中学的女学生钦利群讲述的当地流传的一种异文, 题目叫《瓷州城与太湖》①。这篇传说与上面所引的那篇流传于上海的传说比较起来, 又有其独到的地方。故事说: 太湖旁边有一个城叫瓷州。老神仙来到人间察看, 遇见的人都很贪婪, 爱占小便宜, 决定惩治这些贪得无厌的人。对一个小丫环说: "姑娘, 瓷州城里将有一场大难, 如果你看到城门口两头狮子的眼睛红了, 就快去逃命吧! 走时别忘记带一把筷子, 跑到一个地方, 就往身后插一根。"小丫环得到了这个神示, 就天天早上到城门口去看石狮子的眼睛有没有发红。有一天, 她看到狮子眼睛里果然发红了, 赶快跑回家拿了筷子逃出城去。瓷州城里的人发现他们的水缸旁长出了许多笋, 拔出一根笋, 就从笋窝里冒出一股洪水。很快洪水便淹没了房子、村庄。小丫环每走一段路就插上一根筷子, 筷子变成了一排排芦苇, 挡住了洪水。当洪水退下去后, 瓷州城变成了无边无际的太湖。

例4.《洪泽湖的传说》。华士明、陈民牛搜集于江苏省淮安县南闸, 王步生讲述。传说大意如下: 天上观音老母得知世上人要遭难, 便下云头到了高良涧。她变成一个老太, 卖馒头, 发现人们都是买馒头给伢子吃的, 却没有买给老人吃的。她想: "怪不得此地人要遭难, 没有一个孝敬老人的。"到了年底, 她把店门一关。门外来了个伢子, 要买馒头给奶奶吃。她开了门, 卖给他馒头, 还对他说: "伢子, 你每天上学, 路上不是有个庵吗? 庵前有对石狮子, 你早晚望一望它, 望见石狮子眼一红, 你赶快带你奶奶走, 水马上就到。"并嘱他不能告诉别人。伢子早晚上学, 都去看石狮子的眼睛是不是红了。他的这种行动被开猪肉案的发现了, 就逼问他, 不得已, 他将秘密告诉了杀猪的。第二天, 杀猪的用杀猪时手上粘的血涂红了石狮子的眼睛。伢子见状, 飞奔回家, 拉上奶奶便逃, 告诉奶奶泗州城要塌陷了。奶奶要他带上埋在床头地下的聚宝盆。他一刨那聚宝盆, 洪水便从那儿冒出来。他俩爬到高滩上, 幸免于难。高良涧陷而为洪泽湖。②

例5.《狮子眼红陷濠陵》。王成文搜集于山东省梁山县王庄, 王曰让讲述。传说很早以前, 梁山以西十里有个城池叫濠陵, 城市雄伟繁荣, 民风却不仁不义, 上欺老下欺小, 尔虞我诈, 作恶多端。泰山老母化作一要饭的贫婆来到濠陵察看。一个小学生可怜她, 把她领到

---

① 《瓷州城与太湖》, 长兴县民间文学集成办公室编印:《中国民间文学集成·浙江省·湖州市长兴县故事卷》, 1990年, 第172—173页。
② 《洪泽湖的传说》,《江苏民间文学》1981年第2期。

家里, 给以饱暖。泰山老母得遇此等仁义慈善之人, 便告诉他要他注意庙前那对石狮子, 如若眼睛一红, 濠陵就要地陷。并给他母子一小纸船, 以备洪水一来, 作为逃命之用。小学生每天到庙前去看石狮子, 被老师知道了。在老师逼问之下, 说出了真情。老师偷偷用红铅笔涂红了石狮子的眼睛。小孩发现后, 急忙跑回家, 和母亲一起坐上了纸船。即刻雷声大作, 天昏地暗, 刹时间濠陵城陷进地下。母子俩的小纸船, 变成了一只大船, 随波浪而去。①

例6. 在山东省滕州市同时搜集到两个关于石狮子的传说。第一种说法与上述几种异文大同小异, 不同处是, 预言家装成一个傻里傻气的卖油的, 遇见一个诚实的老头, 老头提醒他一葫芦四两、四葫芦半斤会亏本。预言家告诉老头将要洪水横流, 嘱他扎成木筏, 以备水患。洪水到来的预兆, 是村北小庙前面石狮子的眼睛变红。小学生得知消息后, 用红颜色涂了石狮子的眼睛。老头把东西搬上木筏, 洪水铺天盖地而来, 生灵无一幸免。

例7. 滕州市搜集到的第二种说法《拐磨山》与上述诸说殊为不同, 别有特色: 千山脚下有吴姓人家, 门前有一对石狮子。小孙子和小孙女常骑着石狮子玩。有一天, 兄妹都做了一个同样的梦, 梦见石狮子对他们说: 3天以内, 洪水滔天, 人烟灭绝。你兄妹俩, 后天晌午头, 哪里也别去, 骑在俺俩的身上, 就能躲过这场大难。到了第三天, 兄妹俩骑上石狮子, 只听到耳边的风声, 不敢睁开眼睛。等到从半空中落下来的时候, 他们被带到一座高山顶上的破庙旁, 只见四周天连水、水连天, 人烟断绝了。半夜里兄妹俩梦见两个蛇模样的人, 自称是伏羲女娲, 告诉他们, 兄妹二人要结为夫妻, 好接续人种。兄妹不肯从命, 只好用滚磨扇的办法, 连续3次, 两扇磨扇都滚在一起。兄妹只好成亲。洪水退后, 他们勤恳耕作, 并生下18个男孩, 18个女孩, 人烟就接续下来了。②

例8.《盘古兄妹》。马卉欣根据河南省桐柏县姚义雨等人的讲述整理而成。盘古兄妹用了七七四十九天工夫做了一个石狮子, 放在桐柏山顶上。石狮子镇守着山头, 野兽再不敢来侵扰了。他们每天给它喂一个馍, 喂了七七四十九天。石狮子对盘古说:"盘古, 别再放馍了,

---

① 《狮子眼红陷濠陵》, 山东省梁山县三套集成办公室编印:《中国民间文学集成·梁山民间故事卷》第4卷, 1991年, 第6—17页。

② 第一个传说题为《石狮子的眼红了》, 钟士长搜集于滕州后坝桥村, 讲述人王庆友; 第二个传说题为《拐磨山》, 张士哲搜集于胡楼村, 讲述人刘登科。均见滕州市民间文学集成办公室编印:《滕州民间故事》(枣庄市民间文学资料选编)(上), 1988年。

等我的眼睛一红, 你就赶快喊上你妹妹, 一块往我肚子里钻。"一天, 盘古果然发现石狮子眼睛红了, 便赶快喊妹妹。这时, 天昏地暗, 乌云翻滚, 石狮子两眼发光, 张开大嘴, 把兄妹吞到肚子里。雷雨大作, 洪水暴涨。七七四十九天之后, 石狮子张开嘴, 把兄妹俩吐出来。石狮子解释洪水的原因说, 妹妹是玉帝的三女儿, 来到地上后, 天上有个面善心恶的天将也要跟随下来, 未得玉帝允许, 于是串通雷公、雨公和风婆作恶, 降下洪水, 想把你们兄妹淹死。盘古教兄妹用斧子把和葛藤补天。他们又同9条龙搏斗。洪水退后, 石狮子叫他们结为夫妻, 延续后代。他们不答应, 于是经历两次考验: 要石狮子把破碎了的乌龟壳合起来; 兄妹两人往山下滚磨盘。两个考验通过后, 他们二人才结为夫妻, 生了8个孩子。8个孩子各踞一方, 盘古在中央, 称为九州。8个孩子死后, 夫妻又用泥捏人。子子孙孙, 绵绵不断。①

例9.《人的来历》。张其卓、董明搜集于辽宁省岫岩县, 李成明(满族)讲述。传说情节梗概如下: 很久以前, 有两兄妹靠打柴为生。有一天, 姐姐鄂云倚在石狮子身旁睡着了, 醒来发现带的干粮没有了。一连多日都是如此。又一天, 姐弟在睡梦中, 石狮子对他们说: 要天塌地陷了, 把能拿来的赶快拿来。姐姐把这个消息告诉村人, 但没有人相信。他们来到山上后, 石狮子张开大口, 鄂云领着鸟、兽、禽类走进狮子嘴里, 弟弟兜扛着种子、粮食也走进去; 弟弟把鸡鸭鹅狗扔进去, 石狮子把嘴闭上了。7天7夜后, 狮子把嘴张开, 姐弟从狮子嘴里出来。人烟灭绝了。他们把种子分给飞鸟走兽每人一粒, 让它们撒到人迹到不了的山里。弟弟提出结为夫妻。姐姐说隔在两座山上, 若能把线纫进针眼里, 就成婚。蚂蚁、蜜蜂、小鸟来帮忙。姐姐看见线纫上了, 还是不同意, 又提出滚磨盘。狼、虎、蛇都来帮忙, 两扇磨盘终于合上了。姐弟结为夫妻, 生了10个孩子。世上的人还是太少, 于是他们又用泥捏人, 一气捏了好几百个。据说现在世上的人, 就是从那时候传下来的。②

例10.《高公高婆》。王洪烈搜集于吉林省吉林市, 讲述人赵清女。有兄妹俩上学的道儿上经过一个石狮子, 常把带来的吃的塞进它的嘴里。有一天石狮子说: "你们5天内有一场大难! 天地间要混沌, 天塌地陷, 发大水, 世上没有活人了。你们俩心眼儿好, 我搭救你

---

① 姚义雨等讲述、马卉欣整理:《盘古兄妹》,《民间文学》1986年第1期; 陶阳、钟秀编:《中国神话》, 上海: 上海文艺出版社, 1990年, 第166—170页。
② 《人的来历》, 张其卓、董明整理:《满族三老人故事集》, 沈阳: 春风文艺出版社, 1984年, 第3—6页。

们一回吧。到时候,你俩倒退着钻到我嘴里来,我把你们俩藏起来,躲躲灾!"后来果然如此。兄妹在石狮子嘴里躲了七七四十九天,等到外面见亮了出来一看,洪水汪洋,人烟断绝了。兄妹俩去问石狮子,它要哥哥拿针、妹妹拿线,往山下扔,如果线纫进针里,他俩就结为夫妻,结果没有纫上。他们又去问石狮子,它要他俩往山下滚石磨,结果两扇石磨又没有合在一起。于是,妹妹用泥捏女人,哥哥用泥捏男人,这就是后世的人了。那兄妹俩就是家家供奉的老祖宗,高公、高婆。①编者附记中交代说:"《高公高婆》在吉林省流传很广,有些地方的说法和上面正文不太相同。如伊通县王力田采录的故事中说,混沌以后,兄妹俩到昆仑山,见到洪钧老祖(是个得道的蚯蚓,能盘昆仑山3圈,已经历过7世混沌),老祖让二人滚石磨成婚。两个狮子变为两扇石磨,二人各推一扇,滚至山下合在一起。他俩成婚后生儿育女。"又,伊通县王福金采录的另一个传说说:兄妹滚石磨成婚后,从未同床,手捏泥人,泥人受日精月华,一百天后成为活人,世间人丁再度兴旺。

例11.《石狮眼里流血的故事》。廖东凡、次仁多吉等搜集于西藏自治区拉萨市城关区,回族阿比讲述。这是一个最特殊的例子,其他都是搜集于沿海地区,而这个传说则孤零零地搜集于遥远的西藏自治区拉萨市,据向搜集者询问,此传说虽为回族居民讲述,但并不为回族所独有,在藏族居民中也有较为广泛的流传。情节梗概如下:从前有个国王,家里供养着一个僧人,他能预知未来。他跟国王说,这座城市很快就要被洪水淹没,唯一能预知洪水来临的是市场上的一只石狮。只要石狮眼里流血,不出7天,洪水就要到来。国王知道了这个秘密,就派3个公主轮流去市场买肉,实则是去看石狮的眼睛是否流血。公主的举动被5个商人看破,向小公主打听到了秘密,希望大发横财。他们用牛血羊血涂在狮子的眼睛上。国王得知石狮眼睛红了,低价拍卖了宫中所有的财产,带着臣民百姓,逃到了山上。五个商人以为得计,高兴地饮酒作乐时,石狮眼里真正流出了鲜血。7天之后,5个商人被洪水吞没了。②

笔者在此列举了南从浙江省北到吉林省如此狭长的沿海河海湖汉地区的10个同一类

---

① 《高公高婆》,中国民间文学集成全国编辑委员会、中国民间文学集成吉林卷编辑委员会编:《中国民间故事集成·吉林卷》,北京:中国文联出版公司,1992年,第10—12页。
② 《石狮眼里流血的故事》,廖东凡等收集、整理:《西藏民间故事》第1集,拉萨:西藏人民出版社,1982年,第179—180页。

型而行文大同小异的异文,外加一个从西藏拉萨市搜集的变体。对于在拉萨记录的一个异文,尽管其中有浓厚的高原民族生活氛围的描写,但我们还是存在疑问:是否是由外地传入的?我们不排除这样一种推测。分析这11个异文,大致呈现出两种模式,这两种模式又是由一个共同的情节模式或曰一个共同的情节核心联结起来。这就是预告和陆沉。早在40年代陈志良先生就曾试图把这个型式加以概括,根据他的叙述,完整形态的沉城型传说的情节梗概大致如下:

(1)有一个人(老妪、孝子或其他,而以老妪之说为多);

(2)得到了神的启示,明白该地或该城将沉没;

(3)某种物件上(城门、石狮、石龟等)出血为陷城的记号;

(4)为别人(门吏、屠夫)所知,故意涂了血;

(5)此人走而城陷;

(6)末尾,或者加上了本地风光。[①]

洪水预卜与血信仰

洪水的泛滥和地壳的剧烈运动,使陆地和城池陷而为湖泊,是一种自然现象。这种自然界的巨大灾难,给人类造成的冲击是具有巨大震撼力的。1935年吴越史地研究会进行的江浙两地的考古调查,一个很热闹的论题就是当地湖泊纵横地带的陆沉现象。无锡、苏州与太湖之间,从前有个山阳县,后来沉而为湖了。据说,水清的时候,还能看到水底的房屋。这在人们的记忆中是会留下难忘的印迹的。但是,当人们在认识自然、支配自然的能力还相当微弱的时代,这种陆沉为湖的自然现象,就会在人们的记忆中形成种种奇妙的神话和传说,而在这类神话和传说中,巫卜作为一种认识和征服自然的虚假手段,理所当然地成为一种添加剂。石狮子就是作为灾难的预言家、作为巫卜的代言者出现的。

石狮子眼睛出血,预兆城池将陷而为湖的传说,简括为陆沉型传说,是洪水神话的一支和延续。石狮子眼睛出血这一情节,是这个类型的传说的核心情节,别的情节往往在流

---

① 陈志良:《沉城的故事》,《风土什志》第1卷第2·3期合刊,1943年8月。

传中因某种因素而有所增减，如孝子、诚实的老头或小学生和贪婪的、不仁的、不养老人的人的种种世相，就是这种情况，而唯独石狮子眼睛出血预告城池将陷而为湖这个情节是不大容易变化的，换言之，是比较稳定的。有的地方的传说，如浙江长兴流传的关于瓷州城沉陷而成为太湖的传说中，只提到石狮子眼睛红了，而没有明确说出是眼睛出血，这大概是因为在流传中丢失了某些不重要的细节。石狮子眼睛出血，在原始思维里，其象征含义在于通过血而实现石狮子的预卜吉凶祸福的预言家的功能。

狮子不是中国原产，是汉以后从西域传进来的一种动物，逐渐进入中国人的人文生活之中，成为祥瑞的动物象征之一。在陆沉传说中，石狮子扮演了洪水预言家的角色，而石狮子在扮演其洪水预言家的角色时，又是以血为预言的表征的。

在全国各地与洪水有关的石狮子传说中，石狮子的预卜功能的实现，无一例外都是借助于动物的血，没有动物的血的参与，石狮子就不可能实现其给人类以灾难的预告的预言家的功能。人和动物的血具有魔力以及血作为生命的象征的观念，在几十万年前至几万年前的山顶洞人中，就已经有了或朦胧或明确的认识了。他们把红色的赤铁矿粉撒在尸体的周围，或许意味着他们希望死者永生，或许意味着他们希望死者的灵魂不要干扰活着的同伴。总之，那红色代表了血是无可怀疑的。在欧洲发现的几万年前的洞穴岩画和在我国发现的几千年前的崖壁岩画，有许多是原始人用牛血和着赤铁矿粉作为染料画的。当时的人们不仅是把血作为一种单纯的染料，也表现了他们对于动物的血的崇拜。学术界有一种解释值得重视：原始先民在观察人和动物从子宫里分娩与母体分离的时候，看到新生命的诞生总是伴随着羊水和血液的流出。而石狮子眼睛里出血预告洪水的来临，正如同一个新的生命的诞生必然伴随着血和羊水一样。这种原始的观念虽然经过了漫长的时代的演变，依然或隐或显地出现在源远流长的神话和传说之中。

陆陷而为湖、洪水涌流、人烟灭绝的原因，在上面引述的这些神话和传说中，大都说是某个天神为了惩罚人间的贪婪、不仁不义、不孝、不诚实、尔虞我诈者。这种说法显然带着漫长的阶级社会特别是封建社会伦理道德观念的烙印，是与现存的西南地区诸民族的箱笼型洪水神话中关于洪水泛滥的原因的原始解释大相径庭的。由于这种宗法的、世俗的或宗教的观念的不断渗入，适应了社会发展和人类思维发展的需要，所以也相应地促进了这种类型的传说的流传。

在陆陷为湖的洪水传说中，关于洪水的来源，保留着许多原始或比较原始的观念。有的传说认为，天上有洞，洪水是从天洞里倾泻下来的；有的认为洪水是地陷而涌出来的；有的认为洪水是从笋窝里涌出来的，笋窝是原始的水眼；有的认为洪水是从水缸里出来的，水缸是洪水泛滥的水眼；有的认为洪水是从埋置聚宝盆的洞穴里冒出来的；等等。水眼的观念应该说是十分古老的一种观念，是与原始的类比思维方法相适应的一种关于水和水患的认识；但这种认识，即使在当今的社会生活中，也还是常常听得见的。这些关于洪水来源的观念，与传说中其他一些情节，如劫难之后原始遗民再造人类、天破了兄妹补天等联系起来，形成了中国洪水神话的另一个系统。

在上述11个神话传说中，有7个只有陆沉为湖洪水泛滥的情节（江浙一带的6个和西藏的1个），符合陈志良拟订的情节型式，而另外4个则把陆沉为湖洪水泛滥的情节与洪水之后兄妹结婚繁衍人类的情节结合在一起（山东、河南、辽宁、吉林等北方地区）。它们是滕州的《拐磨山》，桐柏的《盘古兄妹》，岫岩的《人的来历》和吉林的《高公高婆》。这4个神话传说中，除了《盘古兄妹》把盘古造天地的古典神话拉了进来，使神话传说的内容显得庞杂，而且完全可以剥离外，其他3个神话传说的情节都比较单纯，而且基本一致。石狮子在保存洪水遗民——兄妹（或姐弟），使人类在洪水泛滥人烟灭绝之后得以再传这个重大关节上，立下了汗马功劳。是它让兄妹（或姐弟）进到它的嘴里（肚子里），或骑在它的背上，从而免遭洪水吞没。在这里，石狮子又是一只可以避水的原始舟船，或进而是一个可以孕育胚胎的大子宫的象征。大洪水灭绝了一切生物，兄妹（姐弟）进到石狮子的嘴（或肚子）里，在象征的意义上，意味着他们在一个人类的大子宫里得到发育，洪水平息之后，他们从这个大子宫里出来，意味着人类得到了再生。从这个分析来看，说洪水到来时兄妹骑在石狮子背上，石狮子把他们带到洪水未及的山顶上，也许是在流传中出现的人为地"合理化"，实际上恐怕是未必合理的艺术加工。

洪水神话中的兄妹婚，所反映的是人类历史上确曾经历过的必然阶段——血缘婚以及对血缘婚的抗拒的情景。大洪水过后，世界上只剩下了兄妹（或姐弟）两人，面对着混沌状态，怎样能延续人类呢？兄妹（或姐弟）能成婚吗？能回到人类曾经存在过的血缘婚吗？陆沉神话传说里的主人公兄妹（或姐弟）两人不愿意结合的心理，不是血缘婚盛行时期的心理，而是对已经成为过去的血缘婚的回忆和抗拒。为了克服这种心理的和物种进化的障碍,原始先民为他们的主人公设置了多种形式的原始考验,如兄妹各踞一个山头,如果把线纫进针眼里,他们就可以结为夫妻;如兄妹从不同的山坡往山下滚磨盘,如果两扇磨盘在山下面合在一起,他们就可以结为夫妻;如果能把已经砸碎了的乌龟壳对起来,他们就可以结为夫妻。这些原始的考验,他们都顺利地通过了。他们(也是原始先民)把这些考验的通过看作是天意,他们必须遵从并结为夫妻,而不能违反天意。这些原始考验的设置,显然是人类为了违反社会进步所形成的法规和不可血亲结婚的戒律,而制造的借口罢了。

兄妹(姐弟)一起钻进石狮子的嘴(或肚子)里,直到洪水平息后出来到大地上生活,象征地体现着人在母体中的整个孕育过程。兄妹(姐弟)在母体子宫里从孕育到出生,又可以认为是一对异性孪生子。

石龟也曾是洪水的预言家

在陆沉型洪水传说中,石狮子作为灾难预言家的角色,是取石龟而代之的。石龟曾经是这类传说的主角。在探讨石龟的形象和文化内涵之前,我们还应该做一点溯源的工作,理清这类传说的来龙去脉。

陆沉型洪水传说,最早的形态要算伊尹生空桑的传说吧。关于伊尹的传说,始见于《吕氏春秋·本味》。原文如下:

> 有侁氏女子采桑,得婴儿于空桑之中,献之其君。其君令烰人养之。察其所以然,曰,其母居伊水之上,孕,梦有神告之曰:"臼水出而东走,毋顾。"明日,视臼水出,告其邻;东走十里,而顾其邑尽为水。身因化为空桑,故命之曰伊尹。此伊尹生空桑之故也。长而贤。汤闻伊尹,使人请之有侁氏。有侁氏不可。伊尹亦欲归汤,汤于是请取妇为婚。有侁氏喜,以伊尹(为)媵(送)女。

这个传说又见于《列子·天瑞》《楚辞·天问》和《论衡·吉验》等书中。可见是战国秦汉间最流行的传说之一。传说中值得注意的是:臼出水,是洪水泛滥的预兆;婴儿在空桑中飘流而免于溺死。作为洪水预兆的臼出水,无疑可以认为是石龟或石狮子眼睛出血的先声,二者之间是有内在联系的。臼是什么? 王逸注《楚辞·天问》说:

> 小子,谓伊尹。媵,送也。言伊尹母妊身,梦神女告之曰:"臼灶生鼃,亟去无顾!"居无

几何, 臼灶中生鼋。母去东走, 顾视其邑, 尽为大水, 母因溺死, 化为空桑之木。水干之后, 有小儿啼水涯, 人取养之。既长大, 有殊才。有莘恶伊尹从木中出, 因以送女也。

原来臼灶系灶之一种。杨堃先生考证说:"按臼灶二字, 一般均认为臼与灶, 系指二物而言。然余个人之愚见, 则认为臼系一形容词, 臼灶乃指臼形之土灶而言。盖古时之臼与灶, 皆掘地而为之, 而灶形如臼, 故曰臼灶, 换言之, 臼灶乃灶类中之一种, 亦即最古式之土灶也。至所谓'臼灶生鼋'者, 此在余看来, 乃臼形之土灶, 忽而生蛙之谓也。盖臼形之土灶本系挖地而为之, 故有生蛙之可能。"[①]臼灶内有水才能生蛙, 所以臼出水成为洪水来临的预兆。

如果要谈论陆沉型洪水神话和传说, 最早而比较完整的形态, 当推《淮南子·俶真训》里关于历阳陷而为湖的记载:"夫历阳之都, 一夕反而为湖, 勇力圣知与罢怯不肖者同命。"高诱注:

> 昔有老姬, 常行仁义, 有二诸生过之, 谓曰:"此国当没为湖。"谓姬视东城门阃有血, 便走上北山, 勿顾也。自此, 姬便往视门阃。阃者问之, 姬对曰如是。其暮, 门吏故杀鸡血涂门阃。明旦, 老姬早往视门, 见血, 便上北山, 国没为湖。与门吏言其事, 适一宿耳。一夕, 旦而为湖也。勇怯同命, 无遗脱也。(刘文典案:《意林》引注略同, 惟末有"母遂化作石也"六字。)

历阳在安徽省现今和县境内, 史载当地曾发生过陆沉为湖的事情, 现在的历湖可能就是当年历阳之所在。《淮南子》撰于西汉, 那时, 也许更早一些, 这种陆沉型或沉城型的传说, 其基本情节梗概——门阃有血, 预告洪水将至——就已经大体形成了。伊尹生于空桑传说中的臼灶出水的情节, 在这里变成了门阃有血。二者表现形式不同, 但却都是以一种预告的方式, 预示洪水的到来。在思维方式上是何其相似! 晋代干宝《搜神记》里也收入一个类似的传说:

> 由拳县, 秦时长水县也。始皇时, 童谣曰:"城门有血, 城当陷没为湖。"有姬闻之, 朝朝往窥。门将欲缚之。姬言其故。后门将以犬血涂门, 姬见血, 便走去。忽有大水欲没县。主簿令干入白令。令曰:"何忽作鱼?"干曰:"明府亦作鱼。"遂沦为湖。(《搜神记》卷13)

---

① 杨堃:《灶神考》,《民族研究文集》, 北京: 民族出版社, 1991年, 第164—165页。

这一个传说，作者可能引自《神异经》。北魏郦道元《水经注》卷29也引用了，文字稍有差异，并借《吴记》的记述考证，认为由拳县即吴之柴辟亭，现在的浙江省嘉兴县南之地。①校注者汪绍楹注中说，这个传说的本事见于《淮南子》。是否指上面的一段话及其注释？一个发生在历阳，一个发生在由拳，看不出二者说的是同一件事情。但从内容看，可能形成于秦王朝及以后不久时代，因为提到了秦代童谣"城门有血，城当陷没"。不过，当时的这两个传说里，洪水将至、国没为湖的预兆，是城门阆上有血。不仅石狮子的形象没有出现，连石龟的形象也还没有出现。

李膺《益州记》里记录了一个邛都县城陷为湖的传说，与历阳之都陷而为湖的传说十分相似，现录在下面，略可对照：

> 邛都县下有一老姥，家贫孤独。每食，辄有小蛇头上戴角在床间。姥怜之饴之。后稍长大，遂长丈余。令有骏马，蛇遂吸杀之。令因大忿恨，责姥出蛇。姥云在床下。令即掘地，愈深愈大，而无所见。令又迁怒杀姥。蛇乃感人以灵言嗔令："何杀我母，当为母报仇。"此后每夜辄闻若雷若风，四十许日，百姓相见咸惊语："汝头那忽戴鱼？"是夜，方四十里与城一时俱陷为湖。土人谓之为"陷河"。唯姥宅无恙，讫今犹存。渔人采捕，必依止宿。每有风浪，辄居宅侧，恬静无它。风静水清，犹见城郭楼橹宛然。今水浅时，彼土人没水取得旧木，坚贞，光黑如漆，今好事人以为枕相赠。（转引自《后汉书·南蛮西南夷列传·邛都夷》注）

历史学家徐中舒认为："此老妪与城陷，与历阳之都一夕为湖极为相似，当为同一故事之转变。其说旧木为枕，当亦由空桑说（即指伊尹传说——引者）推衍而来。又小蛇头上戴角，乃古所传虬龙之形。此当为古代南方民族之图腾。"②他的这个论断是不无根据的。

历阳沉没为湖的传说中，城门阆有血为洪水征兆，在梁代任昉《述异记》的记述里便变成了石龟眼睛出血：

> 和州历阳沦为湖。昔有书生遇一老姥。姥待之厚。生谓姥曰："此县门石龟眼血出，此

---

① 《作鱼》，任松如编：《水经注异闻录》之157，上海：上海启智书局，1935年；上海：上海文艺出版社，1991年影印本。

② 徐中舒：《跋》，芮逸夫：《苗族的洪水故事与伏羲女娲的传说》，"中央研究院"历史语言研究所编：《人类学集刊》第1卷第1册，台北：南天书局有限公司，1978年，第198页。

地当陷为湖。"姥后数往视之，门吏问姥，姥具答之。吏以朱点龟眼。姥见，遂走上北山。顾城遂陷焉。今湖中有明府鱼、奴鱼、婢鱼。

同一个事件，同一个传说，在这本书里却出现了不同的说法："此县门石龟眼血出，此地当陷为湖。""城门阃有血"变成了"石龟眼血出"。石龟成了这个传说中的主人公。其实，在任昉的著作之前出现的晋代干宝的《搜神记》卷20里，石龟就已经开始代替门阃而成为这类传说的主角了：

> 古巢，一日江水暴涨，寻复故道。港有巨鱼，重万斤，三日乃死。合郡皆食之。一老姥独不食。忽有老叟曰："此吾子也，不幸罹此祸，汝独不食，吾厚报汝。若东门石龟目赤，城当陷。"姥日往视。有稚子讶之，姥以告实。稚子欺之，以朱傅龟目。姥见，急出城。有青衣童子曰："吾龙之子。"乃引姥登山，而城陷为湖。

石龟怎样成为陆沉型洪水传说中的洪水预言家的呢？

在我国古代社会生活和文化史上，从殷商起，龟与龙、凤、麟一起，被认为是四灵之一。龟在古代一向被视为长寿动物，而又具有特殊的灵性，所以龟甲通常被用于占卜。司马迁在《史记·龟策列传》中说："王者决定诸疑，参以卜筮，断以蓍龟，不易之道也。"无论是部落或族群间发生战争，还是举行盛大的祭祀活动，事先都必须举行占卜决定行止。"灼龟观兆"，即用火灼烧龟甲，观看被烧的龟甲的裂纹，来占卜吉凶福祸、决定或行或止，乃是通常的手段。古人还认为龟是负驮河图的灵兽。《河图》曰："天与禹洛出书，神龟负文列背而出。"河图洛书现，则天下太平盛世。龟逐渐被神化。统治者们为了追求江山永固，而把象征着权力和功业的记功碑放到了石龟的身上，希望有石龟的驮载，千秋功业，永垂不朽。有些地方的石龟，雕刻它的主人为了加强其神性，甚至把象征皇权的龙与之雕在一起。例如现保存于渤海兴隆寺前院门庭右侧的一个唐代渤海国的石龟，就不失为一个典型。这尊身高58厘米，长101厘米，龟座长136厘米，座高32厘米的石龟，龙头龙足，昂首裂眦，龙鬃披颈，4条龙足盘踞石座之上。这尊造型奇特的大型石龟，除了向我们提供了渤海时期上层社会的民俗心理而外，无疑是研究渤海与中原关系的重要资料。

从上述叙述中，不难得出结论：当龟集长寿、占卜（预言家）、星象、权力和功业的象征于一身时，凭它的灵性和威望，石龟进入陆沉传说，成为人类大灾难的预言家和人类的救护者，就是很容易理解的了。

民俗文化变迁：从石龟到石狮子

到了辽宋金元以后，龟作为神授权力的象征，依然随处可以见到它驮着沉重的石碑，但它在世俗生活中的地位逐渐下降了，甚至成了市井中人们讥讽嘲笑的卑物。明初陶宗仪在其《南村辍耕录》中引录了金方所的诗句："宅春皆为撑目兔，舍人总作缩头龟。"俗信兔子望月而孕，因此，"撑目兔"指的就是不夫而孕的女人。俗信龟不能性交，纵牝者与蛇性交，在遇到敌人时，龟又常常把头缩起来，装"孙子"，所以市井中常把男性生殖器无能而纵容其妻在外面行淫的丈夫，戏称为"缩头龟"。曾几何时代表着君权神授的神龟，如今竟变成了王八（忘八），即忘掉了礼、义、廉、耻、孝、悌、忠、信8项道德准则的人。这时，石龟显然已经无法再保持它受人尊敬的预言家地位了。鉴于这种情况，在村夫野夫游女怨妇的民间信仰和口碑文学中，石狮子就乘虚而入，取石龟而代之了。

有意思的是，1993年3月笔者在云南锡都个旧参观云庙时看到，在大殿门前两边各有一个造型不凡的石狮子，它们的背脊上留有一个方形的石质碑榫，很像是作柱础用的。其取意颇有些像石龟背上驮碑的石榫。从其功能来看，也许是石狮到石龟的一种过渡形式。老百姓对其所持的态度如何？崇耶？贬耶？笔者向个旧市博物馆张馆长询问其来历和人们所持的态度，他只能告知，这一对石狮子是从民间收集来的，雕刻年代、用途和人们对之所持的态度均未能确指，甚感遗憾。

民间对待石狮子，确有敬之如神的。谢肇淛《五杂俎·人部》云："吴越好鬼，由来已久。……于是邪怪交作，石狮无言而称爷，大树无故而立祀。木偶漂拾，古柩嘶风，猜神疑仙，一唱百和，酒肉香纸，男妇狂趋。"宋朝京都汴梁府（开封）龙亭附近午朝门外的一对石狮子，民间传说是财神手下的散财童子。[①]大连市金州城北门外大慈庙门前的一对石狮子，老百姓认为是有灵验的，称为"神狮"：好人月黑天出城，也顺顺当当走不错道儿；坏人晴天白日来此，即使不掉到护城河里，也跌在石桥上。每逢八月十五云遮月，正月十五雪打灯，人们就积下当时的雪水，到了三月三这天，大闺女小媳妇都端着团圆水（雪水）来到

---

① 《石狮子吐元宝》，中国民间文艺研究会河南分会、河南大学中文系编：《河南民间故事集》，北京：中国民间文艺出版社，1985年，第106—116页。

大慈庙前，给神狮洗头，企望两个石狮子团圆。[1]但石狮子从来没有像石龟那样成为神权的象征，它存身于世俗生活之中。有时人们甚至还赋予它常人一样的特点，比如《通俗日用稽古录·人事》录："《在阁知新录》：'世以妒妇比狮子。'《续文献通考》：'狮子日食醋、酪各一瓶，吃醋之说殆本此。'"人们还把悍妇发怒称为"河东狮吼"。君不见《清平山堂话本·快嘴李翠莲记》里有道是："从来夫唱妇相随，莫作河东狮子吼。"

1993年3月26日

本文原载于作者《民间文学：理论与方法》，中国文联出版社，2007年5月。

---

① 《神狮的故事》，中国民间文艺研究会辽宁分会编印：《辽宁民间文学资料集》第1集，1984年，第324—339页。

陆沉传说再探

几年前，笔者曾在拙著《石与石神·石狮子：洪水的预言家》（学苑出版社，1994年）中写下这样的一段话："石狮子眼睛出血，预兆城池将陷而为湖的传说，简括为陆沉传说，是洪水神话的一支和延续。"最近又发现了一些新的材料，促使笔者再作进一步思索。

陆沉传说与吴文化圈

陆沉传说，虽然在我国沿海一带有所流传和采录，但它应是吴文化圈中一个具有代表性的、源远流长的传说类型。从20世纪30年代以来，特别是80年代以来，这种传说类型在吴文化圈内多有发现和记录。现根据这个主要流传在吴文化圈内的传说资料，略作归纳分析。

地处太湖之滨的嘉兴县，秦代或先秦时代就有陆沉传说流传。晋代干宝撰《搜神记》卷13收入一则有当地地域特色的陆沉传说：

> 由拳县，秦时长水县也。始皇时，童谣曰："城门有血，城当陷没为湖。"有妪闻之，朝朝往窥。门将欲缚之。妪言其故。后门将以犬血涂门，妪见血，便走去。忽有大水欲没县。主簿令干入白令。令曰："何忽作鱼？"干曰："明府亦作鱼。"遂沦为湖。

北魏郦道元《水经注》另据《神异传》引了此传说，并释曰："《吴记》曰：谷中有城，故由卷县治也。即吴之柴辟亭。故就李乡，槜李之地。秦始皇恶其势王。令囚徒十余万人，污其土，表以污恶名。改曰囚卷；亦曰由卷也。吴黄龙三年，有嘉禾生卷县，故曰禾兴。后太子讳和，改为嘉兴。《春秋》之槜李城也。"[1]从干宝所辑录的传说中所引用的秦代童谣"城门有血，城当陷没为湖"来看，陆陷传说的滥觞期，可能在秦代或早于秦代。"城门有血"作为

---

[1] 《作鱼》，任松如编：《水经注异闻录》之157，上海：上海启智书局，1935年，第230—231页。

陆陷的预兆，在当时已成为此传说类型的基本母题。

就记载的时间来说，干宝的记录并非陆沉传说的最早记载。最早的记载见于西汉时期的著作《淮南子·俶真训》："夫历阳之都，一夕反而为湖，勇力圣知与罢怯不肖者同命。"所记本事即情节极其简单。到东汉高诱作注，才将历阳陷湖传说大体勾勒出来：

> 昔有老姁，常行仁义，有二诸生过之，谓曰："此国当没为湖。"谓姁视东城门阃有血，便走上北山，勿顾也。自此，姁便往视门阃。阃者问之，姁对曰如是。其暮，门吏故杀鸡血涂门阃。明旦，老姁早往视门，见血，便上北山，国没为湖。与门吏言其事，适一宿耳。一夕，旦而为湖也。勇怯同命，无遗脱也。

历阳陆陷传说，被后出的各种志异笔记类书多所引述。历阳在今安徽省和县，县治现在还称历阳镇。刘文典《淮南鸿烈集解》注曰："有注云：汉明帝时，历阳沦为湖。"[1]汉明帝刘庄即位时为公元58年，退位时为75年。和县与含山县为邻，其湖在和县称历湖，在含山县称麻湖。其地望在太湖之西，巢湖之东，与南京、湖熟一带相去不远。据考古发掘，含山凌家滩新石器时代墓葬中发现的玉版，其正面围绕着中心刻有两个大小相套的圆圈。[2]如果像有的学者所说的，这两个圆圈象征着太阳的话[3]，那么，含山一带居住的族群，与生活在浙江余杭的反山、瑶山，嘉兴的马家浜、双桥，江苏吴县草鞋山、张陵山，上海青浦的福泉山、崧泽等新石器文化遗址的族群一样，都是太阳崇拜的子孙[4]，他们应是有着相似或相近的文化特征的族群。把和县、含山的古文化看作是先吴文化，大概是说得通的。

历阳陆陷传说，到晋代干宝《搜神记》卷20所收一则异文，其情节显然出现了重大变异：

> 古巢，一日江水暴涨，寻复故道。港有巨鱼，重万斤，三日乃死。合郡皆食之。一老姥独不食。忽有老叟曰："此吾子也，不幸罹此祸，汝独不食，吾厚报汝。若东门石龟目赤，城当陷。"姥日往视。有稚子讶之，姥以告实。稚子欺之，以朱傅龟目。姥见，急出城。有青衣童子曰："吾龙之子。"乃引姥登山，而城陷为湖。

① 刘文典撰，冯逸、乔华点校：《淮南鸿烈集解》（上），北京：中华书局，1989年，第76页。
② 安徽省文物考古研究所：《安徽含山凌家滩新石器时代墓地发掘简报》，《文物》1989年第4期。
③ 陈久金、张敬国：《含山出土玉片图形试考》，《文物》1989年第4期。
④ 陈勤建：《中国鸟文化——关于鸟化宇宙观的思考》，上海：学林出版社，1996年，第65页。

其变异表现在：第一，城门（闉）有血，国将陷而为湖，变成了石龟目赤，城当陷，出现了一个新的角色——石龟。[1]第二，出现了对陆陷为湖起因的解释：合郡食龙之子的肉，遭龙的报复，城陷为湖。第三，合郡皆食，独老姥一人不食，老叟（龙的化身，龙与水有关，龙的出现有重要意义）将秘密——石龟眼赤，城当陷——告诉了她（报恩），她因而得以逃生。第四，"江水暴涨，寻复故道"——开始与洪水联系起来，但其解释还未达到合理程度。

梁代任昉《述异记》卷上也记载了这个传说：

> 和州历阳沦为湖。昔有书生遇一老姥。姥待之厚。生谓姥曰："此县门石龟眼血出，此地当陷为湖。"姥后数往视之，门吏问姥，姥具答之。吏以朱点龟眼。姥见，遂走上北山。顾城遂陷焉。今湖中有明府鱼、奴鱼、婢鱼。

与《搜神记》所载相较，显然，这个传说在流传中，丢掉了江水暴涨、合郡食龙肉、龙惩罚人类的情节，老叟变成了书生，他以一个预言家的身份，把城将陷而为湖的秘密——石龟眼出血预兆——告知厚待他的老姥，地陷后只有老姥一人逃生。至此，陆陷为湖的传说，始形成为一种较为固定的型式。

历阳沉湖的传说，其变异一如上述。但在唐代李冗所撰《独异志》中所搜集的文本，与《淮南子》注里的说法却并无多大差别，究其原因，可能是李冗直接从汉籍移植而来，而不是取自民间。而吴兴沉湖的传说，由于笔者读书有限，未见在晋代干宝之后的其他文献中有新的记载，但笔者相信，此传说不会在民间断流。

在明代无名氏小说《龙图公案》里有一篇《石狮子》，预兆洪水将至的角色，由以往文献中的石龟变成了石狮子。这是一个不可忽略的转变。这个转变，可能是由于民间流传着的这类传说中，石狮子已经取代了石龟的缘故。

以石狮预兆为标志的近代传说

20世纪以来，在吴文化圈内，在太湖周围的广大地区，搜集记录的陆陷为湖的传说，

---

① 陈建宪：《中国洪水神话的类型与分布》，《民间文学论坛》1996年第3期。其中说："到了南北朝以后，这个母题（案指'神谕奇兆亚型'，即本文所说陆沉传说——引者）则变成了石龟眼中流血。"此论不确。在南北朝之前的晋代干宝撰《搜神记》异文中，石龟眼里出血已取门闉涂血而代之。

仅笔者读到的就至少有9篇:从南而北,浙江富阳2篇、长兴1篇,上海2篇(一篇是金山的、一篇是淀山湖的),江苏苏州(阳澄湖)1篇、宜兴1篇、常州1篇、淮安1篇。其他地方不一定没有流传,只是笔者没有看到,或没有搜集到而已。(笔者在此呼吁,吴文化圈内各地同好,不妨留意此类传说,加以搜集,以便对这一文化现象作进一步的考察。)这9篇陆沉传说,大致可分为两个类型:Ⅰ型陆沉母题,Ⅱ型陆沉母题与兄妹婚母题融合。

先说Ⅰ型陆沉母题。

属于陆沉母题的传说有7篇,与古代记录的异文有连续性,但也有变化,最大的变化是:城(陆)陷或洪水到来的预兆,由城门(闉)有血、石龟眼睛出血,变成了石狮子眼睛出血。这个类型以民族学家陈志良于30年代在上海记录的《沉城的故事》[①]为代表。情节构成大致如下:

(1)东京城一孝子,仙人对他说,城隍庙前的石狮子眼睛里出血,此城将沉没。

(2)孝子天天往看,被杀猪的看见,盘问何故,孝子实告。

(3)杀猪的将猪血涂在石狮子眼睛上。

(4)孝子见状,回家背了老母逃命,东京城陷而为湖,崇明岛渐渐余了出来。

宜兴的异文《水淹半边胡》[②],陆陷的原因是玉皇大帝为了惩恶:

(1)相传太湖有座山阳城,城里有72个留着半边胡子的异人,在街市上作恶欺人。

(2)为惩治恶人,玉皇大帝命地藏王于某日陷落山阳城。

(3)南海观音扮作小贩,卖油煎饼子,大饼卖得便宜,小饼卖得贵。有一孝子,花钱来给父母买了一张小饼。南海观音把玉皇大帝决定陷湖的秘密告诉他。城隍庙前石狮的眼睛变红,就是城要沉没的日子。

(4)孝子天天去看石狮子眼睛是否变红,被屠夫发现。

(5)屠夫为了捉弄他,在石狮子眼里涂了猪血。

(6)孝子带了全城老百姓和老母逃出城去,山阳城陷于湖中。

这个传说比上海的异文多了作恶的72个留着半边胡子的恶人和玉皇大帝决定陷湖,以

---

① 陈志良:《沉城的故事》,《风土什志》第1卷第2·3期合刊,1943年8月。
② 《水淹半边胡》,江苏省宜兴县文化局编:《陶都宜兴的传说》,北京:中国民间文艺出版社,1983年,第89—93页。

及南海观音考察实情的情节。情节与宜兴的异文大致相同的，还有采录于常州的《漏湖的传说》①。该传说前半部分与《水淹半边胡》相同，观音菩萨对恶人的作为生气，一跺脚，村子就沉了下去。然而，后半部分，即（3）（4）（5）（6）都在流传中丢失了。因而可以断言，这是一个残缺不全的传说。

长兴的异文《瓷州城与太湖》和淮安的异文《洪泽湖的传说》也有神仙惩恶扬善的思想，但在构思上强调了洪水是怎么来的。

《瓷州城与太湖》②的主要情节是：（1）瓷州城的人很贪婪，老神仙决定发大洪水惩治这些贪得无厌的人。（2）老神仙对小姑娘说出秘密：城门口石狮子的眼睛红，就快去逃命。要带上一把筷子，跑到一地，就插一根。（3）小姑娘每日往看狮子。一日狮子眼红，她带了筷子逃出城去。（4）瓷州人发现他们的水缸旁长出了许多笋，洪水从笋窝里涌了出来，瓷州城变成了太湖。（5）小姑娘每走一段路，便插上一根筷子，这些筷子成了一排排芦苇，挡住了洪水。

《洪泽湖的传说》③的主要情节是：（1）世人要遭难，观音老母下凡，变成卖馒头的老太。（2）没有一个孝敬父母的人，除了一个小伢子心眼好，孝敬父母。（3）观音老母告诉小伢子，石狮子眼一红，大水就到，快带你妈逃走，不准泄露天机。（4）小伢子天天往看，被杀猪的察觉，小伢子照实告之。（5）杀猪的耍弄他，在石狮子眼里涂了猪血，小伢子带上奶奶就逃。（6）小伢子回去刨聚宝盆，大洪水从聚宝盆窝里往外冒，泗州城变成了洪泽湖。

传说中的瓷州城和泗州城，其地望分别在太湖之南和太湖之北，相距有一定的距离，其故事情节却惊人地相似。不同处在，一个是洪水从笋眼里涌出来，一个是洪水从聚宝盆窝里涌出来。

Ⅱ型陆沉母题与兄妹婚母题复合。

其特点是陆沉造成洪水，洪水之后仅存兄妹二人，结为夫妻，延续人类。有两例：一例

---

① 《漏湖的传说》，常州市民间文学集成编委会编：《常州民间故事集》，北京：中国民间文艺出版社，1989年，第212—213页。
② 《瓷州城与太湖》，长兴县民间文学集成办公室编印：《中国民间文学集成·浙江省·湖州市长兴县故事集》，1990年，第172—173页。
③ 《洪泽湖的传说》，《江苏民间文学》（内刊）1981年第2辑。

系叶镜铭于30年代采录于富阳县的一篇,题为《石狮嘴里出血》;一例系1988年出版的《中国民间故事集成·富阳县故事卷》中的一篇,题为《合石磨》。但后者是编辑者根据自己的理解综合流传于不同乡的3个讲述人讲述的多种异文整理而成的,无法看出其时代特点、情节变异的情况,因而并无研究价值。《石狮嘴里有血》[①]的情节型式如下:

(1)有姊弟二人。弟每日必以"镬焦团"一个投石狮口中。经3年。

(2)一日,石狮谓弟曰:"我口旁有血时,世间必遭大难。届时,你可入我腹中避之!"

(3)越数日,弟果见石狮口旁有血。是某屠夫无意中所涂上之猪血。他即奔告其姊,相率入石狮腹中避之。狮腹甚大,且通大海。

(4)当姊弟俩出来时,世间已无人类踪迹。弟因向其姊提议,二人结为夫妻,以免人类消灭。姊说:"我们俩可以磨一具,搬至山上。再各人取一扇,向山下滚去。如能合,则我们俩结为夫妻。"

(5)弟照话去做。两扇磨滚下山时,果相合。姊弟结婚。

这一型式过去未见记载。该传说搜集和发表于1930年,尽管叙述语言简洁提炼,系由作者写定而非直接从民间讲述者口中记录的,但从叙事方式和风格来看,搜集者仍然是忠实的,在情节上没有主观的随意取舍。其中的一些观念及其由来,与I型诸式不同,颇值得深入研究。

这一型式中还有一个特例,洪水和血缘婚的因果与上例完全相反,不属于洪水后血缘婚母题。不在这里论列。

兹将上述陆沉传说的两种型式作一简单比较。

(1)I型与II型的前半部大体相同。门阃、石龟或后起的石狮,是天机(洪水、城陷)预告者,当它嘴边有血时,将有灾难,洪水陷城。

(2)I型故事结局是,一人(孝子或善心者)得知天机,负母逃脱洪水。II型的最大区别是,大难(大洪水)来临时,姊弟二人同入石狮子腹中躲避,洪水退后,二人出来,以占卜方式决定婚配。后半部分可能是融合了"洪水后再造人类"血缘婚神话。

(3)晚近流传的I型较之早期的流传的型式,增加了较浓重的晚期民间信仰色彩。角

---

① 叶镜铭搜集:《石狮嘴里有血》,《民俗》第107期,1930年4月9日。

色也发生了转换：古代异文中作为预言家的是书生，晚近异文中则转换成为惩罚作恶者、贪婪者的神仙（玉皇大帝、观音菩萨）。有的异文（如宜兴）中，城陷时要拯救大多数人、淹没少数坏人的观念，显系搜集者主观加上去的，并非原来就有的观念。

（4）Ⅰ型侧重在解释某城（地）陷落的原因。如东京城怎样陷落而崇明岛怎样余起来的，苏州与无锡之间的山阳城怎样陷而为太湖的，青浦朱家角附近的淀山湖是怎么来的，历阳是怎样陷而为历湖的，泗州城是怎样沉没而成为洪泽湖的，等等。

陆沉传说的形成

许多学者把伊尹生空桑的古神话与陆沉传说列为同型传说。笔者在《陆沉传说试论》一文中，也接受了这种观点。但在搜集和研究了更多的材料后，笔者反而感到陆沉传说与伊尹生空桑神话相同的因素毕竟少于不同的因素。因而对有学者所说的，陆沉传说"最初出现于山东、河南交界的有莘氏族故地，是一个与伊尹出身有关的地区性洪水传说。随着时间的推移，这个传说开始向四周传播，在南北朝时已达安徽、浙江和四川，近代又传到了北至吉林、南至湖北的广大区域"①的观点产生了怀疑。这一见解，恰恰没有提到古来以"五湖"为中心的吴地。笔者趋向于认为，陆沉传说最早出现于吴地的沼泽湖网地区（《搜神记》记载的陆沉传说的发生地就在由拳——今之嘉兴），而且在吴地的流传比其他任何地区都更为密集。

吴地东滨大海、北抵长江，河港泾浜纵横交错，湖泊漾荡星罗棋布，史有"三江五湖"之称（《史记·河渠书》）。这样的自然环境，为农业文明的发展创造了极为优越的条件。在这广袤的水乡泽国之地，古来也时常因地壳变动或海水上涨而发生地陷为湖、洪水横流的事情。据《淮南子·俶真训》记载，历阳一夕沦而为湖。春秋时代越之武原乡，在汉顺帝（公元126—144年在位）时陷而为湖。《吴越春秋》也有记载："海盐县沦为招湖。"海盐即武原乡，历史上曾属嘉兴府。《吴地记》记载："当湖在平湖治东，周四十余里，即汉时陷为湖者。亢旱水涸，其街陌遗迹，隐隐可见。"据《中国古今地名大词典》：泗州在清康

---

① 陈建宪:《中国洪水神话的类型与分布》,《民间文学论坛》1996年第3期。

熙时沦入洪泽湖。1935年吴越史地研究会进行江浙两地的考古调查，一个很热闹的论题就是当地湖泊纵横地带的陆沉现象。据说吴稚晖先生说过，在无锡、苏州与太湖之间，从前曾有个山阳县，后来沉而为湖了。水清的时候，还能看到水底的房屋（据陈志良文章）。好端端的城池和村庄，在一夜之间，就陷而为湖，被洪水淹没。这种自然界发生的突发事件，足以造成惊天地泣鬼神的印象，给由于科学的不发达、迷信思想十分严重的附近的人群和后世的人们，留下了一个无法理解也无法解释的疑团。于是，关于陆沉的传说，就在一种特定的背景下产生了。开始时，这个传说还局限于陆沉的事实，但在不断流传中，就会像滚雪球一样，把若干本来与陆沉无关的东西，都粘连起来了，或把其他母题的洪水神话也兼并进来了。这就是陆沉传说为什么最早在吴地和吴文化圈里出现，并且流传比其他地区密集的原因。

在陆沉传说的两种型式中，有一个共同的骨干性的情节，即神话学上被称作"母题"者，就是城门（阊）有（鸡）血—石龟眼出血—石狮眼出血（涂血），预兆着将陆陷为湖或洪水泛滥大难将至。这个母题，或这个表征，是怎样形成的？有何象征意味？

无疑，在这个"母题"中所包含着的，是一些古老的甚至是原始的观念。据《史记·封禅书》载："秦德公时，磔狗邑四门，以御蛊菑。"《六艺流别》卷17引《尚书大传》："季春之月，九门磔禳，出疫于郊，以禳春气。"《齐民要术》卷3引《四民月令》："东门磔白鸡头。"古人为什么要在九门悬挂狗头或鸡头呢？《风俗通义·祀典》作者应劭解释说："盖天子之城，十有二门，东方三门，生气之门也，不欲使死物见于生门，故独于九门杀犬磔禳。"古代帝王，多是重视城门的建设与安全的，认为城门是"生气之门"，是具有灵性的，所以在季春时，要杀狗杀鸡并悬挂其头以毕春气。春秋战国时的吴国，也是特别重视城门的建设和文化取意的。伍子胥到吴后，为吴王阖闾建苏州城和城门时，相土偿水，象天法地，赋予各个城门以特殊的文化含义。据唐代陆广微《吴地记》：全城16个门，8个为陆门，象天的八风；8个为水门，法地的"八卦"。阊门即取于"天通阊阖风"之象征。古人认为，血是生命的象征，一切生物的生命都在血中。因此，磔狗于门，或涂血于门，乃是借助于血光之气来禳灾纳吉。

但是，以血涂门，也可以反其义而用之。《风俗通义》卷9："世间多有狗作变怪，扑杀之，以血涂门户，然众得咎殃。"古人是普遍信巫的，吴越之地尤甚。从他们的巫术观念看来，牲血是一种禁忌，人类可以用狗血、鸡血、后来发展为用猪血来禳灾，他人（他种势力）自然也可以用牲畜的血来对付人类。因此，一旦在具有"象天法地"含义的城门（闉）上见到了他人涂抹上的牲畜的血（由拳县的那个老妪在城门上所见到的是犬血），便预示着外力（往往是神力）加给该城的灾难将至：城将陷而为湖或洪水将淹没城池与村庄。这种血的禁忌，在吴地大概也曾相当的流行。《搜神记》卷9："东阳刘宠……居于湖熟。每夜，门庭自有血数升，不知所从来。如此三四。后宠为折冲将军，见遣北征。将行，而炊饭尽变为虫。其家人蒸炒，亦变为虫。其火愈猛，其虫愈壮。宠遂北征，军败于坛丘，为徐龛所杀。"刘宠见血于门庭，而后被徐龛所杀，血成为灾祸的预兆。

早期的陆沉传说中，作为灾难征兆的是动物的血，见诸记载的是鸡血和狗血，后期的传说中则是猪血。以鸡作为祭牲和鸡卜巫术的习俗，较为广泛，在《山海经》等著作中多有记载，至今也还在西南一些属于百越族群系统的少数民族中流行着。"磔狗于门"是周的风俗。在周人看来，"犬者金畜，禳者却也"。周人的习俗也被带到了吴族。在7000年前的河姆渡遗址也出土了狗的遗骨，作为河姆渡人的后人，吴族或越族也有以狗血涂门和禳灾的习俗。猪是农业民族的家畜。在河姆渡遗址出土有不少残缺不全的猪的上下颌骨和不完全的牙齿及一些破碎头骨、骨骼，以及造型精美的陶塑猪，说明河姆渡人已经饲养家猪。江苏吴江龙南新石器时代遗址（距今4000年前）在居住面旁边，出土了猪圈遗址和完整的猪骨架。[1]有研究者认为，葬猪的坑在房址附近，在史前遗址中是比较少见的，可能是以猪奠基，反映着当时的一种信仰。[2]猪在农业民族中是一种常见的家畜，猪与人有亲和的关系，在文化的意义上，猪与人处于同一阶梯上，可以用来作奠基之用，也广泛地用于祭祀和禳灾，猪血与狗、羊、鸡的血一样，既具有禳灾的功能，也作为禁忌用于模拟巫术，致害于他人，带来灾难。

龟是作为四灵之一，出现于中国古文化之中的。以往，一般认为龟是从殷商起成为人们观念中的灵物的。近年来，这个时间已经被大大提前了。在上文提到的含山凌家滩新石器时代文化遗址出土文物中，刻画有象征太阳的双层圆圈的玉版，就是夹在两片完整的龟

① 苏州博物馆、吴江县文物管理委员会：《江苏吴江龙南新石器时代村落遗址第一、二次发掘简报》，《文物》1990年第7期。
② 钱公麟：《吴江龙南遗址房址初探》，《文物》1990年第7期。

甲中间的, 说明当时的原始先民就已经把龟当作灵物来崇拜了。宋代吴淑《事类赋注》云: "伊神龟之效质, 实瑶光之散精。负《河图》之八卦, 标《礼经》之四灵。"[1] 在这样的观念和信仰下, 神龟取代城门, 担任预言家的角色, 想来是势所必然的, 尽管我们还未能弄清楚龟是在什么时间成为这个角色的。《搜神记》里同时收入了由拳县和古巢陷而为湖的传说, 前者的预兆是 "以犬血涂门", 后者则是 "以朱傅龟目", 显然这两则传说不是一个时代的产物, 但至少在晋代 (虽然干宝原书散佚, 但后来的辑本, 被学术界认为仍然大部分是干宝原书) 已经出现了石龟作为城陷或洪水预言家的传说。

笔者在《石与石神》第五章 "石狮子: 洪水的预言家" 中说过: "到了辽宋金元以后, 龟作为神授权力的象征, 依然随处可以见到它驮着沉重的石碑, 但它在世俗生活中的地位逐渐下降了, 甚至成了市井中人们讥讽嘲笑的卑物。"[2] 狮子从汉章帝时代从西域传入中国后, 已经逐渐进入了中华民族的民俗生活, 在陆沉传说中代替了神龟, 而成为新的预言家。

陆沉传说与洪水后人类再殖神话

前面所引的富阳石狮子预告陆沉的传说, 即陆沉传说Ⅱ型, 其内容讲的是: 石狮子把必遭 "大难" (地陷? 洪水?) 的天机告诉了3年来喂它食物的弟弟, 姊弟二人在灾难来临之前, 从狮子的口中, 进到狮子的肚子里躲避 (洪水)。(狮肚通大海。) (洪水消退后) 当他们从狮子的肚子里出来时, 世上已经没有人烟, 只剩下姊弟二人。于是, 弟弟提出结婚的建议。姊姊提议以滚磨盘的占卜方式, 来决定是否结婚。两扇磨盘在山下合在一起, "天意" 让他们结为夫妻 (人类得以延续)。这一型式的特点是融合了陆沉 (洪水泛滥) 与兄妹结婚两个原本各自独立的神话母题, 成为 "洪水后兄妹结婚再造人类" 神话之一式。

中国的兄妹婚神话, 以伏羲女娲神话为代表。关于伏羲女娲兄妹婚的神话, 最早的记载, 过去公认为是唐代李冗撰《独异志》中的记载: "昔者宇宙初开之时, 只有女娲兄妹二人在昆仑山, 而天下未有人民, 议以为夫妇, 又自羞耻。兄即与妹上昆仑山, 咒曰: '天若遣

---

[1] 吴淑撰, 冀勤等校点:《事类赋注》, 北京: 中华书局, 1989年, 第559页。
[2] 马昌仪、刘锡诚:《石与石神》, 北京: 学苑出版社, 1994年, 第119页。

我兄妹二人为夫妻而烟悉合；若不使，烟散。'于是烟即合。其妹即来就兄，乃结草为扇以障其面。今时人取妇执扇，象其事也。"①但正如袁珂和钟敬文两位学者先后指出的，这个兄妹婚神话，并没有洪水的母题，因而只有兄妹结婚传衍人类的母题，而缺乏洪水后再造人类的母题。②近年来，敦煌写本伯4016《天地开辟以来帝王纪》的发现和考证，不仅使洪水后伏羲女娲兄妹结婚再造人类神话的文献记载的时间提前到了六朝时期③，而且找到了洪水和兄妹婚两个母题连在一起的伏羲女娲兄妹婚神话文献。吕威指出，敦煌残卷中的伏羲女娲故事的特点是：（1）说明了洪水发生的原因是"天"为了惩罚"人民"之"恶"，而伏羲女娲能够存命，是因为他们"有德"。（2）二人所以能够在洪水中存命，是因为他们穿着龙衣。（3）出现了占婚的情节。（4）二人成为洪水后人类共同始祖。（5）与梵经及佛经中的印度洪水故事有较大差异，因而"可以推断伏羲女娲兄妹婚型的洪水神话是一个印度佛经洪水故事传入之前本土已有的传说"。④

富阳传说虽然记录简单，甚至显露出内容上的缺环，但它既有别于敦煌写本中的洪水后伏羲女娲兄妹婚神话，也不同于印度佛经的洪水故事，它把主要流传于吴文化圈、以石狮子眼睛出血作为预兆的陆沉传说与兄妹婚传说融合在一起，从而进入中国洪水后兄妹再造人类型式的神话系列中。有些意见已经在《石与石神》一书中说过了，这里不再赘述。

陈志良30年代在上海搜集到的另一则陆沉传说，其中包含了陆沉母题与血缘婚母题两个部分，但却与洪水后兄妹婚繁衍人类的神话型式迥然有别。由于材料较为难得，又值得研究，现全文引在下面：

> 从前某朝，天下大乱，人民四处逃难，骨肉分离。有母子二人，也在逃难时纷乱中失散了。几年之后，儿子已成人，其母为贼人掳得，扎在麻袋内，称斤变卖。有人要买女人做

① 李冗：《独异志》，北京：中华书局，1983年，第79页。
② 袁珂说："这个神话（指《独异志》所录）本来是以洪水遗民、再造人类为主题的，但这里所记并无洪水，所以神话所写只是创造人类而不是再造人类。"（袁珂：《古神话选释·女娲伏羲》，北京：人民文学出版社，1982年，第46页。）钟敬文说："这个所谓'女娲兄妹'的故事，主要只有这类神话的后一母题——兄妹结婚传衍人类。像许多较古记载没有这后一部分的母题一样，它缺乏前面洪水为灾的母题。"（钟敬文：《洪水后兄妹再殖人类神话》，《钟敬文学术论著自选集》，北京：首都师范大学出版社，1994年，第235页。）
③ 郭锋：《敦煌写本〈天地开辟以来帝王纪〉成书年代诸问题》，《敦煌学辑刊》1988年第Z1期。
④ 吕威：《楚地帛书敦煌残卷与佛教伪经中的伏羲女娲故事》，《文学遗产》1996年第4期。

老婆时,只能用手向袋中摸,不能用眼看,中意了称斤买去。其子因为要成家立业,摸得了年纪较大的一位妇人做了妻子,住在阳城县。后来生了一个孩子,可是那孩子的头发是逆生的,大家都觉得奇怪。据说母子相配而生的孩子,头发才是逆生的。他们才仔细地盘问各人的根由底细,方才明白他们原是分散的亲母亲子。但是,木已成舟,没有别法可想。这个消息却为阳城县大老爷查到了,以为母子相交,是个大逆不道的事,把他们都杀了。皇天见到阳城的百姓太坏,于是在一夜之间,将那座城池,沦陷到地下去,变成了湖,就是现在的阳城湖。①

在这个传说的情节结构和叙事逻辑中,不是陆沉为湖洪水泛滥造成人烟灭绝,仅存兄妹(姊弟、母子、父女)二人,天意令其成婚,而是恰恰相反,是母子结合的血缘婚,为人们所不容,惨遭杵杀,皇天对百姓此举恼怒,决定陷城以示对他们的惩罚。这种结构和价值取向显然与一般所论的洪水后再殖人类的结构和价值取向有所不同,因而显然不能认为属于同一型式的神话传说。百姓对母子杂婚这种血缘婚的大逆不道表示不容,与皇天对这种血缘婚的宽容形成鲜明对照,又当作何解释呢?

1996年12月26日

本文系在江苏省首届吴文化研讨会上宣读的论文;原载于《民间文学论坛》1997年第1期;收录于徐采石主编《吴文化论坛·1999年卷》,中央民族大学出版社,1999年10月。

---

① 陈志良:《沉城的故事》,《风土什志》第1卷第2·3期合刊,1943年8月。

牵牛织女原是东夷部族的神话传说

　　牛郎织女传说是一个古老的传说。以往研究者一般都赞同这样一种见解：牛郎织女传说故事的渊源，可以追溯到原始社会末期人们对于牵牛星和织女星的星辰崇拜；到周秦甚或周秦之前，在星辰崇拜的基础上已初步形成了牵牛星和织女星的星辰神话（以《诗经》的《大东》的记述为标志）[①]；随着中国农耕社会的进一步发展，为适应农耕文明的需要，星辰神话逐渐世俗化、人格化、道德化，到汉魏便形成了比较完型的牛郎织女传说。所谓完型，即具有人间的牛郎、天上的织女、鹊桥相会3个情节要素。近10年来，由于非物质文化遗产的申报和保护工作的推进，在牛郎织女传说起源地问题上的争论此起彼伏，讨论中各相关地区所提供的证据和发表的意见使"汉魏形成期"这一结论遭到了挑战，推动了理论研究的深化。

　　《诗经·小雅·大东》："维天有汉，监亦有光。跂彼织女，终日七襄。虽则七襄，不成报章。睆彼牵牛，不以服箱。东有启明，西有长庚。有捄天毕，载施之行。维南有箕，不可以簸扬。维北有斗，不可以挹酒浆。维南有箕，载翕其舌。维北有斗，西柄之揭。"这段诗章是我们看到的有关牵牛星和织女星的最早的文献，被学者们认为是牛郎织女神话的最早的"雏形"或"胚胎"。翻检近百年来关于牛郎织女研究资料，可以见到，较早持"雏形"或"胚胎"说者，其代表性的文章是欧阳飞云所撰《牛郎织女故事之演变》（1937），他说："牵牛、织女的名见诸于最早的是《诗经》。《小雅·大东》章云：'睆彼牵牛，不以服箱'；又云'跂彼织女，终日七襄'，是周以前就有这两个星名的酝酿了，不过它是只具有一个雏形而已，还没有指出他们是神仙，也没有说出他们是否有夫妻关系，只是一些诗人随意拈

[①] 赵逵夫认为："'牵牛''织女'这两个星座名，在西周以前就已经有了，很可能产生在商代。"（赵逵夫：《论牛郎织女故事的产生与主题》，《西北师大学报》1990年第4期。）

来的想象语罢了。"①稍后，常任侠在《牛郎织女神话后记》（1940）里写道："（《大东》诗句）这当是农作的劳动者把人世的艰辛怨叹，借牛女来自写中愁。（常先生指出了"人世的艰辛怨叹"，但没有说这种"艰辛怨叹"由何而来。——引者）古代人朴美的心灵中，已经把清夜所见的许多星光，拟物化了。这歌中牛女两星的故事，便已早具雏形。……至于牛女两星的名称，中外各异。但都被拟物化了，这是原始社会人类的思想共同之点。"②再后，有王孝廉的《牵牛织女传说的研究》（1974），他说："织女在这些记载中都是单独地被当做天女而记录的，和牵牛并没有关系，虽然《诗经》时代以前的中国人已经把现实农耕社会中作为信仰对象的'牵牛''织女'作为天上星辰的名字，但并没有把这两颗星结合在一起发生神话联想，后来的人们由实际的天文星象观察而把牵牛织女两星由神话联想而成立了传说的雏形，最早也该是在西元以后的年代了吧？"③

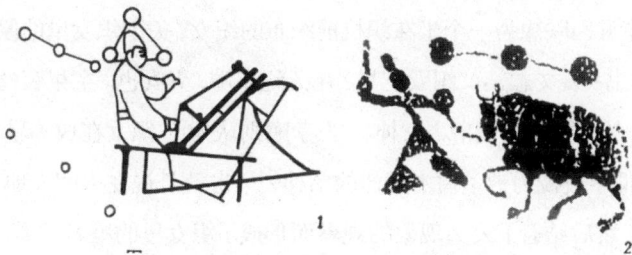

图1：汉画像石上的织女星（1）和牵牛星（2）

古人为什么把两颗星星命名为牵牛星和织女星呢？它们各自的原始含义是什么？这应该是研究牛郎织女神话传说绕不过去的一个问题。

关于牵牛。《史记·天官书》说："牵牛为牺牲，其北河鼓。"司马迁写《史记》之前，河鼓三星被称作牵牛。所以《尔雅·释天》说："河鼓谓之牵牛。"所以汉画像石的图像中仍然依照牵牛的形象把牵牛星画成一列3颗的河鼓三星。由于"河鼓二"在河鼓三星中最为

---

① 欧阳飞云：《牛郎织女故事之演变》，《逸经》第35期，1937年8月5日；此处引自叶涛、韩国祥总主编，施爱东主编：《中国牛郎织女传说·研究卷》，桂林：广西师范大学出版社，2008年，第27—31页。

② 常任侠：《牛郎织女神话后记》，《民俗艺术与考古论集》，重庆：正中书局，1943年，第66、74页。

③ 王孝廉：《牵牛织女传说的研究》，《幼狮月刊》第46卷第1期，1974年7月；叶涛、韩国祥总主编，施爱东主编：《中国牛郎织女传说·研究卷》，桂林：广西师范大学出版社，2008年，第98页。

明亮，所以《大东》诗里说"睆彼牵牛"，"睆"就是亮的意思，最亮的那颗"河鼓二"就是牵牛星。牵牛星与织女星并没有统属的或关联的关系。关于牵牛星的原始意义，王孝廉说："最迟在《诗经》的时代，'牵牛''织女'已经被中国人当做是那两颗明星的名字了，但是在人们把那两颗明星命名为牵牛织女以前，人们已经有了牵牛织女的原始信仰，因此，我认为牵牛织女的传说决不是单纯的天文故事，而是一个由大地上农耕信仰的崇拜对象与天文上的实际星象观察结合而形成的神话传说，也就是说牵牛织女的传说决不是单纯地由古代人观察星空的天文现象而凭空想象出来的东西，而是以大地上的现实生活为背景结合天文现象所形成的。虽然这种结合早在《诗经》以前已经形成了。"他根据所提出的理念，进一步认为："牵牛星名的原始当就是一匹祭祀大地所用的白色牡牛，也就是说在牵牛作为天上的星名以前，古代中国已经先有了这种农耕信仰。"[①]

关于织女星。《史记·天官书》说："其北织女，天女孙也。"织女星也是3颗，形成鼎足三角形。其形状让人们联想为一个坐在织机前织布的织女。关于织女星的原始意义，常任侠认为，根据《晋书·天文志》："织女三星，在天纪东端，天女也。主果蓏丝帛珍宝也。"织女是天神之女，是主管果蓏丝帛之女神。[②]王孝廉则认为："织女在成为星名之前的原始意义当是农耕信仰中被视为神圣树木桑树的桑神……也就是说在人间大地上先有了以织女为桑神的信仰，然后结合了天文现象的观察而形成了织女星的星名。"织女的原始身份究竟是桑神，还是果蓏丝帛之神，其实并不重要，也许还有可以讨论的余地，但阐明牵牛和织女两星所显示的古人的原始星神崇拜意识，对于理解这个星辰神话的形成，却是非常重要的。

在谈论由牛郎织女星辰神话向着传说转化，进入传说形成期的问题时，以往学者们大都援引南北朝（梁）任昉（460—508）《述异记》里的一段记述："大河之东，有美女丽人，乃天帝之子，机杼女工，年年劳役，织成云雾绢缣之衣，辛苦殊无欢悦，容貌不暇整理，天帝怜其独处，嫁与河西牵牛为妻。自此即废织纴之功，贪欢不归。帝怒，责归河东，一年一度相会。"自1975年11月湖北云梦睡虎地《日书》中关于牵牛与织女的两段文字被发掘和被解

---

① 王孝廉：《牵牛织女传说的研究》，《幼狮月刊》第46卷第1期，1974年7月；叶涛、韩国祥总主编，施爱东主编：《中国牛郎织女传说·研究卷》，桂林：广西师范大学出版社，2008年7月，第87、91页。
② 常任侠：《牛郎织女神话后记》，《民俗艺术与考古论集》，重庆：正中书局，1943年，第66—76页。

读, 在《大东》诗之外, 又增加了一份古文献资料, 在某种程度上改写了学界先前已有的结论, 也就是说, 牛郎织女传说形成于汉魏的结论, 遭到了挑战。有学者指出: "作为民间传说, 其形成时间至迟应推至战国中期。"[1]

不错。2008年4月, 笔者在为叶涛、韩国祥主编的五卷本《中国牛郎织女传说》丛书所写序言里写了这样的见解: "1975年11月在湖北省云梦睡虎地出土的战国秦简《日书》中的记载: '丁丑·己酉取妻, 不吉。戊申·己酉, 牵牛以取织女, 不果, 三弃。'(甲种一五五正)'戊申·己酉, 牵牛以取织女而不果, 不出三岁, 弃若亡。'(甲种三背)[2]其直接的意思, 固然说的是不宜嫁娶之日, 是禁忌, 其故事却已经是牵牛和织女这一对有情人、而爱情最终成为悲剧的传说。这两段文字, 不仅改写了长期流行于学界的牛郎织女传说形成于汉代的结论,[3]将其形成期由汉提前到了春秋至秦, 至少不晚于墓主人喜卒亡之日始皇帝三十年(公元前217), 而且也对《诗经·小雅·大东》由于文体的局限所导致的牛郎织女神话的缺环, 提供了重要的情节上的补充和连接。"[4]

探讨牛郎织女神话传说的起源和演变, 还有一个不容忽略的问题, 就是这个神话传说最早起源于哪个或哪些族群, 以及何以发生的。讨论这个问题不是没有意义的。由于这个问题长期以来没有在理论上得到厘清, 以至于发展到21世纪的今天, 在非物质文化遗产保护"运动"中, 竟然演成了一个关于争夺起源地的热门讨论。山东的沂源、江苏的太仓、河南的南阳和鲁山、河北的灵宝和灵寿、山西的和顺和兴平、湖南的郴州和桂东、湖北的郧西, 至少11个地区提出牛郎织女传说起源于他们那里。这种局面的出现, 一方面说明了牛郎织女传说流传之广影响之大, 另一方面却也折射出"非遗"时代民间文学理论研究工

---

① 赵逵夫:《牛女传说在魏晋南北朝时期的传播与分化》,《长江学术》2008年第1期。
② 睡虎地秦墓竹简整理小组编:《睡虎地秦墓竹简》, 北京: 文物出版社, 2001年, 第206—208页。
③ 许多学者认为, 牛郎织女传说形成于汉: 西汉或东汉。其证据有:《古诗十九首》之《迢迢牵牛星》; 西汉班固《西都赋》"临乎昆明之池, 左牵牛而右织女, 似云汉之无涯"; 东汉应劭《风俗通》(逸文)"织女七夕当渡河, 使鹊为桥, 相传七日鹊首皆髡, 因为梁以渡织女故也"(《岁华纪丽》引); 欧阳飞云《牛郎织女故事之演变》则以《白氏六帖》引《淮南子》之"七夕乌鹊填河成桥, 渡织女"为据,《逸经》第35期, 1937年8月5日; 等等。
④ 刘锡诚:《序言》, 叶涛、韩国祥总主编, 施爱东主编:《中国牛郎织女传说·研究卷》, 桂林: 广西师范大学出版社, 2008年。

作的薄弱。

关于牛郎织女神话传说的起源，大体上存在着两种意见：一种意见是周秦说；一种意见是东土（"东国"）说。所谓周秦说，即主要根据"汉""云汉"与"汉水"等的对应而主张牛郎织女传说起源于西部的西汉水流域或周秦文化。当下持这种观点的最有代表性的学者是赵逵夫，他说："先秦之时称银河为'汉''云汉''天汉'，乃源于秦人关于织女的传说。也就是说，织女的故事传说是同秦民族的始祖女修有关的。'牛郎织女'的故事的形成，则是周文化同秦文化交融后，在漫长的奴隶社会和封建社会中逐渐形成的。"[1] 其实，认为织女的原型是女脩的观点，早在60多年前，丁山就已发表过这样的意见："假定，《史记》所谓大业，释为牵牛，那么，'颛顼之孙女脩织'，显然是'天孙'织女星；女脩生大业，该是牵牛织女恋爱故事的变相。"[2] 显然赵逵夫延续并发展了丁山的观点："《史记·秦本纪》中说：'帝颛顼之苗裔孙曰女脩。女脩织，玄鸟陨卵，女脩吞之，生大业。'大业为秦人之祖，是秦民族由母系氏族社会向父系氏族社会过渡的关键人物。……她以织而闻名于后世，是演变为织女的关键因素。"[3]

关于东土说。最早记载了牵牛星和织女星信仰和神话的《诗经·小雅·大东》，民间文学研究者们大多只关注牵牛星和织女星作为神话传说的雏形形态学及其意象的演变，而忽略了诗中作为隐喻出现的牵牛星和织女星所反映的东方民众反周的思想情绪和深层社会问题。中国科学院文学研究所著《中国文学史》在论到《大东》时这样写道：

> 《小雅》里的《大东》篇表现了被周人征服的东方殷、奄诸族对周人的憎恨。相传这首诗也产生在（周）幽王时代。宣、幽两代对外连年用兵，可能对东方被征服的民族压榨更紧。《大东》诗中说"小东大东，杼柚其空"，说明东方诸国的财富都被周人搜刮一空。那里的人民早已沦为周人的奴隶。他们不断因为筋疲力尽而悲鸣："契契寤叹，哀我惮（瘅）人！"诗中还历举天上的星斗，怨它们有名无实，叫做箕的星不能簸扬，叫做斗的星也不能舀

---

① 赵逵夫：《汉水与西、礼两县的乞巧风俗》，《西北师范大学学报》（社会科学版）第42卷第6期，2005年11月。
② 丁山：《自序——从东西文化交流探索史前时代的帝王世系》（1948），《古代神话与民族》，北京：商务印书馆，2005年，第3页。
③ 赵逵夫：《汉水、天汉、天水——织女传说的形成》，《民间文化》2007年第8期。

酒浆。而且北斗的柄儿还向着西方,好像也甘心让西方的周人使用它对东方进行搜刮。这些很奇特的想象,诗人借以发抒悲愤,表示天上也充满不合理的现象,而且天也不是公平可靠的。这首诗不但命意沉痛,而且运用了不平凡的艺术手段。[①]

《大东》对牵牛星和织女星的幽怨也是很明显的。不是对"跂彼织女,终日七襄"的织女,"虽则七襄,不成报章"表示不满吗? 不是也对"睆彼牵牛,不以服箱"表示了埋怨吗?显然是与对箕和斗的抱怨一脉相承的。借用牛郎织女神话所表达的诗人的沉痛的命意,是不应该被忽略的。

要探讨牛郎织女神话传说最早是哪个或哪些部族的神话传说,就要弄清楚《诗经·小雅·大东》中的"大东"的地望在哪里。上面的引文说引述了箕斗两星座和牵牛与织女两星座并"物格化"了的《大东》诗,其命意在表达被征服的殷、奄诸族对周人的憎恨。殷、奄何处? 据此,"大东"应该指的是今山东境内的东夷大国奄和薄姑。《左传·昭公九年》:"薄姑、商奄,吾东土也。"李白凤《东夷杂考·鱼族考》:"所谓'商奄我东土也'的商奄并不在今曲阜,而是在莱芜谷口一带,就是《古本竹书纪年》所称'南庚迁奄,阳甲居之'的地方。"[②]何光岳则认为:"奄地当今曲阜市为是。"[③]《竹书纪年》中有"东国五侯"之说;《左传·僖公四年》有"五侯九伯"。"五侯"指的是薄姑、徐、奄、熊、盈5个东夷部族(氏族);"九伯"指的是"东夷九族"。从这些材料看,所谓"大东""东国",都是指的薄姑、奄或"南庚迁奄"后的商奄等东夷氏族邦国。范文澜在《中国通史简编》里说:"东方地域广大,周公灭奄,太公灭薄姑,周势力仅到山东境内,淮夷徐夷仍倔强不服。"[④]奄和薄姑都被周人灭族灭国,成为周人的奴隶,处在被压榨被奴役的境地。牛郎织女之被"物格化"(常任侠语)后引用在诗中,显然已是流行于东夷部族(至少是奄和薄姑)的神话。

《诗经》研究者扬之水说:"《小雅·大东》,却与几篇《风》诗不同,'此诗意旨,自欧公以来解释略尽,而文情俶诡奇幻,不可方物。在《风》《雅》中为别调,开词赋之先声。后

---

① 中国科学院文学研究所中国文学史编写组编写:《中国文学史》(一),北京:人民文学出版社,1962年,第27页。
② 李白凤:《东夷杂考》,济南:齐鲁书社,1981年,第39页。
③ 何光岳:《奄国的来源和迁徙》,《长沙理工大学学报》(社会科学版)1995年第1期。
④ 范文澜:《中国通史简编》(修订本 第1编),北京:人民出版社,1964年,第152页。

半措辞运笔,极似《离骚》,实三代上之奇文也'(吴闓生《诗义会通》卷2)。其兴寄深微,郁纡有致,悲愁之思全借夜空繁星写来,'维天有汉,监亦有光',闪烁映漾中,却非摽有梅野有蔓草的缱绻,而是'天文'与'人文'合著成愤懑与怨怒,诗中之星象,乃一片愁惨之灿烂。"《序》称:'东国困于役而伤于财,谭大夫作是诗以告病焉。'谭大夫其人,似无可考,但'告病'说大致不错,且诗必作于东迁之前,时号令犹行于诸侯,故东国诸侯之民愁怨如此;若以后,则不可能(姚际恒《诗经通论》卷11)。""大东则指今山东省的大部分地区,即泰山以南直至海滨的广大地域,《閟宫》'遂荒大东',郑笺:'大东,极东,海邦近海之国也。'生息于东土的各个部族,有很古老的历史,有很发达的文化,他们历事夏商共主,继则事周,而周初管叔、蔡叔联合武庚反叛,招诱夷人,奄、薄姑等都参加了。……周公东征取胜之后,到了康王时代,东夷又大反叛,召公与卫侯伯懋父遂大举东征……直攻至海湄。此后,东土才渐趋平静。但小东、大东之民,总是受到严重剥削的一群。……《大东》之怨,正是由此而起。""诗由'织女'而'七襄',然后蝉联而下,更牵挽出牵牛,层层递进,总是东人哀哀无助之苦状。'"①

对比周秦说和东土说两种主张,在牛郎织女神话的起源问题上,分析《小雅·大东》诗的作者谭大夫简略地引录的牛郎织女神话以及曲折地表达的民众悲愤情感,我倾向于认为,在其最早的阶段上,牛郎织女神话传说正是小东、大东等东夷部族在民族危亡和亡国之怨下诞生的口头文学创作。其时已达到很高文明的东夷,是一个已经发明了铁器,"从铜器铭文中可以看出已经是父权制和私有制建立以后很久的时代了"②的大的族群,被东进的西周灭国之后,各个部落或邦国遭到了灭国灭族之难,包括氏族(部落)领袖在内的民族全体被沦为奴隶,整个部落或邦国被迁移到其他地区,逐渐被同化。作者把一切神话的美丽都变得惨淡无光,以激发人们对东方人遭受掠夺的同情,对掠夺者的愤怒。正如清人沈德潜所说:"《大东》之诗,历数天汉牛斗堵星,无可归咎,无可告诉,不得不怅望于天。"

写到这里,我不禁回想起恩格斯在《爱尔兰歌谣集序言札记》中对不幸的爱尔兰民

---

① 扬之水:《诗经名物新证》,北京:北京古籍出版社,2000年,第363—380页。
② 李白凤:《东夷杂考》,济南:齐鲁书社,1981年,第69页。

族被英格兰征服后弹唱歌手们所传唱的民族歌曲所发表的议论："……到了17世纪，伊丽莎白、詹姆士一世、奥利弗·克伦威尔和荷兰威廉把爱尔兰人民全部沦为奴隶，劫掠了他们，夺去了他们的土地，把它交给英格兰征服者，使爱尔兰人民得不到法律的保护，成了被压迫的民族，而流浪歌手们也像天主教的神甫们一样遭到了迫害，到本世纪初，他们已逐渐绝迹了。他们的名字被遗忘了，他们的诗也只保留下一些片断；他们给自己被奴役、然而未被征服的人民留下的最优秀的遗产，就是他们的歌曲。……这些歌曲大部分充满着深沉的忧郁，这种忧郁在今天也是民族情绪的表现。"[1]东夷族群的被灭族灭国，其悲惨的程度，比起爱尔兰人来有过之无不及。牛郎织女神话传说的悲剧性，就是他们的民族精神通过艺术的棱镜对悲惨境遇和反抗意识的折射。可以设想，东夷的牛郎织女神话传说也被带到了其他地区，被西部的民族和后来形成的汉民族所接受、融汇和改造。至于到了汉魏时代，牛郎织女神话向传说演化达到比较完备形态的时候，如《古诗十九首》之《迢迢牵牛星》所表现的，出现了"河汉"的地名和鹊桥相会等情节，阻挠牛郎和织女相会的人物，也改换成了王母娘娘，与西部、与西汉水联系起来，也就顺理成章了。

应该说，如此推想或诠释《大东》中这一段语焉不详的诗句，从而表达作者"东国困于役而伤于财"（《毛诗序》）的愤懑，并不是毫无根据的臆想。但要把天空中的自然星象和布局，想象成世俗生活中一个挽牛耕田的牛郎和一个治丝织布的织女，被一条浩瀚的银河隔开而不得见面，只有每年的七月七日借助于鹊桥才能相见的神话传说，这中间却需要一种群体性的、社会性的、象征思维的催化剂。这催化剂不是别的，而是西周东进及其对"东国"民众的奴役与剥削所激发起来的家国情怀和群体情感。任何一种先民的神话传说之被创作出来，在民众中不胫而走，其驱动力，不是别的什么，而是民众的社会生活，是民族"大事件"对民众的激发。而在牛郎织女这一悲剧传说来说，就是周秦的武功带给东土百姓的压榨与剥削导致了民众的"哀哀无助之苦状"，而这才是激发神话传说产生的真正的根源和动力。奴役者对东土民众的奴役与压榨所激起的"地火"，把牛郎织女星神崇拜和星辰神话的主题，由对"不以服箱"的牵牛和"不成报章"的织女的不满和讽刺，转向了对人间社会——织女与牛郎不能相见的悲剧的"刺乱"（《毛诗序》）。有些研究牛郎织女传说

---

[1] 恩格斯：《爱尔兰歌谣集序言札记》，刘锡诚、马昌仪译，《民间文学》1962年第1期。

的学者,在阐释《大东》中的牵牛星和织女星的关系时,往往仅就星空的布局和天文运行就事论事,而忽略了这首诗所以产生的时代背景以及它的内容的指向,这样的解读,是无法回答天空中的牵牛星和织女星是如何走进神话传说领域里去的悬疑的。

2013年8月30日

本文原载于苗长虹主编《黄河文明与可持续发展》第8辑,河南大学出版社,2014年3月。

牛郎织女传说的时代命运

俗称中国"四大传说"中的孟姜女传说、梁山伯祝英台传说、白蛇传传说,以及在民众中也流传非常广泛的董永传说、西施传说、济公传说,于2006年5月20日被列入了第一批国家级非物质文化遗产名录,这在我国文化史上开了民间传说受到国家保护的先河。但公众对于"四大传说"之一的牛郎织女传说竟然没有一个地方申报故而未能进入第一批国家名录感到非常遗憾和失望,自然也成为我们这些多年来从事民间文学搜集、研究与保护工作的学人的心头之痛。好在,等待了两年之后,2008年1月24日,国务院办公厅公示的第二批"国家级非物质文化遗产名录"推荐名单中,终于载入了牛郎织女传说,而且确认山东省沂源县、陕西省长安县、山西省和顺县为该传说的第一批保护地(2008年6月15日国务院正式公布的第二批"国家级非物质文化遗产名录","牛郎织女传说"已被批准纳入,编号为:Ⅰ—36。保护地只批准了山东省沂源县与山西省和顺县两地)。对此,我和同行们无不感到欣慰,额手称庆。

我所以把牛郎织女传说的这3个重要流传地称为第一批保护地,是因为近年来积极申报牛郎织女传说保护地的地区还有好几处,如河南省安阳市、江苏省太仓市、河北省内丘县、甘肃省西和县等。这些提出申报的地区所以没有被采纳进入国家级"非遗"的"民间文学"类名录,原因是各不相同的,有的是因为他们申报的重点侧重于七夕节而非传说,有的则由于他们所提供的材料主要是想以当地某些文物或风物来证明他们那里是牛郎织女传说或七夕的起源地,而他们所提供的传说文本又不足以证明牛郎织女传说在当代还有广泛的流传和承递。笔者希望这些地区继续努力,做扎实的田野工作,组织基层文化干部或与高校和研究单位学者们合作,对当地流传的牛郎织女传说进行广泛而科学的搜集,拿出科学性比较强的记录文本和切实可行的保护工作计划来,再行申报。

我想,在申报国家级非物质文化遗产名录时,牛郎织女传说所以遇到各地文化主管部门的冷淡,除了参加这项工作的文化干部对民间传说不熟悉又没有下乡去做实地调查采录而外, 也可能与这个传说在近代以来处于逐渐衰弱的发展趋势不无关系。20世纪前半叶, 被文人学者搜集记录下来并公开发表的牛郎织女传说, 与同时期发表的孟姜女、梁祝、白蛇传等3个传说相比, 数量上是最少的。笔者所能找到的直接的或间接的材料, 充其量不过十数篇。笔者在编纂《中国新文艺大系·民间文学集》(1937—1949) (中国文联出版公司, 1991年)时搜集到的牛郎织女传说计有: (1)静闻(钟敬文)记录《牛郎织女》, 流传于广东陆安, 《北京大学研究所国学门周刊》第10期, 1925年12月16日; (2)王莆桥记录《牛郎织女的故事》, 流传于广东, 《民俗》周刊第80期, 1929年10月20日; (3)蔡维肖搜集《牛郎织女》, 流传于福建南安、泉州、漳州一带, 谢云声编《福建故事集》, 厦门: 厦门新民书社1930年1月初版; (4)孙佳讯记录《天河岸》, 流传于江苏灌云县, 林兰编《换心后》, 上海: 北新书局1931年; (5)郑仕朝记录《牛郎织女》, 流传于浙江永嘉县, 《新民》半月刊第5期, 1931年; (6)林秀蓉搜集记录《牛郎织女》, 流传于山东, 方明编《民间故事》, 上海: 元新书局1937年3月初版; (7—8)赵启文记录《牵牛郎》两篇, 流传于山东诸城, 王统照编《山东民间故事》, 上海: 儿童书局1937年8月初版; (9)《牛郎织女》, 欧阳飞云《牛郎织女故事之演变》引, 见《逸经》第35期, 1937年8月5日; (10)《牛郎织女》, 李浩编《民间故事新集》, 上海: 大方书局1947年再版; (11)《牛郎织女》, 《民间神话》, 上海: 国光书店。而到了20世纪80年代, 各地民间文学工作者在全面搜集基础上编纂的《中国民间故事集成》各省卷本中, 入选的牛郎织女传说的数量, 也显示了这个传说在各地的流行仍然处于弱势, 不像董永传说那样因受到戏曲和电影的激发而在民间重新获得了传播的活力。据陈泳超先生告知, 他在编辑 "牛郎织女传说系列丛书" 之《牛郎织女传说》这一卷的过程中, 查阅了《中国民间故事集成》的县卷资料本, 共收录牛郎织女传说达到了140篇。全国各地的民间文学工作者在20世纪80年代记录下这么多牛郎织女传说的不同异文, 给我辈和后代学人研究中国民间文化的发展流变提供了丰富的材料, 实在是一件值得大书特书的事情。

民间传说主要是在原始的或自然经济为主的农耕文明和宗法社会条件下的民众集体的精神产物。20世纪末21世纪初, 中国社会进入了一个全面而深刻的转型期, 即由原始的和自然经济为主的农耕文明和宗法社会, 向着现代化、市场化、城镇化、现代文明的急剧过渡。在 "四大传说" 中, 牛郎织女这个美丽哀婉的悲剧传说是见诸史籍最早, 并由神话而传说而故事, 经历过不同的发展阶段, 在民间传诵了2000多年的传说, 到了现当代, 因生存条件的变化开始逐渐呈现出了衰微的趋势。民间传说在历史流传途程中, 会发生或强或弱的变异,像滚雪球那样粘连上、附会上、叠垒上或兼并上一些异质的东西, 如情节、枝杈、细节、人物与场景, 甚至导致主题和情节的兼并、融合和转变。这是口头文学的发展嬗变规律, 牛郎织女传说亦然。牛郎织女传说在社会转型的现代条件下出现的衰微趋势, 不仅表现在流传地区和传播群体的萎缩上, 而且也表现在情节构成的停滞和故事元素的衰减上。牛郎织女传说在现代条件下的遭遇, 无疑是传统文化现代嬗变的一个饶有兴味的文化个案。

古代, 牵牛和织女原是天上银河系的两颗星辰, 是否有一个以牵牛星和织女星为主人公的神话, 毕竟留给我们可供研究和判断的文献太少了, 故而一向有不同见解。如20世纪早期研究者黄石说: "牛、女的故事, 可谓我国星宿神话中之硕果仅存者。"[1] 如日本新城新藏的观点, 其说见所著《宇寓大观》第227页, 王孝廉在《中国的神话传说·牵牛织女的传说》里说: "日本新城新藏认为牵牛织女的故事在周初已经普遍地流传。"[2] 如刘宗迪《七夕故事考》: "在这首诗歌被形诸笔墨之前, 可能早就有关于牛郎织女的故事流传民间了。"[3]

如果说, 《夏小正》中"七月, 初昏, 织女正东向"的文字还只是关于织女星的记载而缺乏神话情节和内容的话, 那么, 《诗经·小雅·大东》中的诗句"维天有汉, 监亦有光。跂彼织女, 终日七襄。虽则七襄, 不成报章。睆彼牵牛, 不以服箱。……"就包含了一个富有幻想的星辰神话: 说的是非现实生活中治丝织布的织女和耕田拉车的牛, 而把天上的织女星想象为一个治丝织布的织女, 把牵牛星想象为一个挽牛耕田的牵牛郎。一向以来, 学界大多倾向于认为, 牛郎织女传说形成于汉——西汉或东汉。其证据有: 《古诗十九首》之《迢迢牵牛星》; 西汉班固《西都赋》"临乎昆明之池, 左牵牛而右织女, 似云汉之无涯"; 东汉应劭《风俗通》(逸文) "织女七夕当渡河, 使鹊为桥, 相传七日鹊首皆髡, 因为梁以渡织女故也" (《岁华纪丽》引); 唐《白氏六帖》引《淮南子》之"七夕乌鹊填河成桥, 渡织女"[4], 等等。1975年11月在湖北省云梦睡虎地出土的战国秦简《日书》中的记载: "丁丑·己酉取妻, 不吉。戊申·己酉, 牵牛以取织女, 不果, 三弃。" (甲种一五五正) "戊申·己酉, 牵牛以取织女而不果, 不出三岁, 弃若亡。" (甲种三背)[5] 其直接的意思, 固然说的是不宜嫁娶之日,

---

① 黄石:《七夕考》,《妇女杂志》第16卷第7号, 1930年7月。

② 王孝廉:《牵牛织女的传说》,《中国的神话与传说》, 台北: 联经出版事业公司, 1977年, 第187页。

③ 刘宗迪:《七夕故事考》,《民间文化论坛》2006年第6期。

④ 欧阳飞云:《牛郎织女故事之演变》,《逸经》第35期, 1937年8月5日。

⑤ 睡虎地秦墓竹简整理小组编:《睡虎地秦墓竹简》, 北京: 文物出版社, 2001年, 第206—208页。

是禁忌，其故事却已经是牵牛和织女这一对有情人的爱情最终成为悲剧的传说。这两段文字，不仅改写了长期流行于学界的牛郎织女传说形成于汉代的结论，将其形成期由汉提前到了春秋至秦，至少不晚于墓主人喜卒亡之日始皇帝三十年（公元前217），而且也对《诗经·小雅·大东》由于文体的局限所导致的牛郎织女神话的缺环，提供了重要的情节上的补充和连接。也就是说，到了战国时代，这个原本是星宿神话的故事，已经发展演变成为一个织女和牛郎的爱情悲剧故事了。

如许多学者所指出的，到了汉魏及其以降，《古诗十九首·迢迢牵牛星》里出现了银河相隔、"盈盈一水间，脉脉不得语"的情节；应劭《风俗通》（逸文）中增益了"使鹊为桥"的情节，故事已经发展得完备了。到了唐代，牛郎织女传说完整形态及互为表里的七夕习俗，都发展得成熟而定形了。正如有的学者说的，"至唐代，牛郎织女神话完成了向内涵丰富、功能多样的节俗形式的演变"[1]。（有学者认为，七夕节就其性质而言，应是中国的"女儿节"。[2]）而此后的千多年来，这个相对定型了的传说，似乎再也没有太大的发展演变了。

牛郎织女传说的起源问题，始终是20世纪中国学界关注的一个问题，却也始终处于裹足不前的状态。只是到了世纪末，即云梦睡虎地材料行世20年后，对这一传说的起源研究和文化解读才终于迈出了新的一步。这方面的研究不少，但要指出的是，并非所有的研究结论都能被接受。如有学者把牛郎织女的婚姻引申解读为"传统走婚制与新夫妻婚制的妥协"，织女为"低级的""走婚者"，而牛郎为"高级的""夫妻婚者"。这样的解读和结论，怕是很难有较大的说服力。

在2003年10月联合国教科文组织通过的《保护非物质文化遗产公约》框架下开展的"国家级非物质文化遗产名录"的申报和认定，在新的形势下重新激发起了关于牛郎织女起源问题的大讨论。在这次大讨论中，无论是在纸质媒体和学术报刊上，还是在网络虚拟媒体上，发表了数量不少的文章。应该说，不同立场的论者都有了较大的视野开掘和理论提升，除了对古文献的解读对学科建设的贡献外，地方学者在保护文化多样性和文化可持续发展的理念下对有关牛郎织女的地方文化资源的开掘，大大地丰富了我们过去在牛郎织

---

[1] 李立：《牛郎织女神话叙事结构的艺术转换与文学表现——由汉代"牛郎织女"画像石而引发的思考》，《古代文明》2007年第1期。

[2] 程蔷、董乃斌：《唐帝国的精神文明——民俗与文学》，北京：中国社会科学出版社，1996年，第68页。

女传说上的狭隘眼界。当然，也要指出，有些地方出于利益的考虑，把目光放在了争夺传说的原生起源地上，未免把原本属于学术性质的问题利益化、庸俗化了。事情的另一面是，缺乏对现代口传材料的苦心搜集和理性观照，已成为当下研究者的时代通病。从全国来看，20世纪80年代围绕着"中国民间故事集成"而进行的民间故事调查采录，提供了那个已经成为历史的时代的传说记录，尽管其地理分布和记录质量都未见得能令人满意。往者已矣，现在我们所缺少的，是这一传说在20世纪90年代到21世纪初这十几年间在民间流传的口传文本的记录，而这无疑是研究民间文化的发展变迁以至文化国情的重要依据。国务院文化部于2005年启动了"全国非物质文化遗产普查"，今年年底应是宣告基本结束的日期，可惜至今我们还没有看到更多能够显示出时代烙印的牛郎织女传说的口传记录资料问世。在此情势下，山东省沂源县的地方文化工作者，在学者们的帮助和指导下，两股力量通力合作，深入到民众中去进行了艰苦细致的田野调查，搜集采录了一批现在还流传在民众（主要是农民）口头上的牛郎织女传说，并对21世纪初当下时代的生存状况进行了分析研究，撰写出了田野调查报告，为这个有着2000多年流传史、至今还在民间广泛传承的牛郎织女传说的保护，交出了第一份答卷。

我想，由叶涛教授和韩国祥书记主编、许多知名学者和文化工作者参加编辑的这套包括口头传说集、研究成果集、史料集、图像集、调查报告集等多项成果在内的《中国牛郎织女传说》丛书（5卷本），将为牛郎织女传说的口头传承和生命延续，也为这个传说同时以其"第二生命"在国内外读者中广为传播，提供了依据或参考，仅这一点就是可喜可贺的，而于"非遗"保护工作的推动、于民间文学学科的建设，都将是有益的。

我衷心地祝贺本书的编纂出版。

2007年8月15日初稿
2008年4月20日定稿

本文系为叶涛、韩国祥主编《中国牛郎织女传说》丛书（5卷本）（广西师范大学出版社，2008年7月）写的总序；发表于《中国社会科学院院报》2008年7月31日。

试论牛郎织女传说圈
——地理系统的研究

笔者在《牛郎织女传说的时代命运》(2008)一文中曾发表过这样的意见:"在2003年10月联合国教科文组织通过的《保护非物质文化遗产公约》框架下开展的'国家级非物质文化遗产名录'的申报和认定,在新的形势下重新激发起了关于牛郎织女起源问题的大讨论。在这次大讨论中,无论是在纸质媒体和学术报刊上,还是在网络虚拟媒体上,发表了数量不少的文章,应该说,不同立场的论者都有了较大的视野开掘和理论提升,除了对古文献的解读、对学科建设的贡献外,地方学者在保护文化多样性和文化可持续发展的理念下对有关牛郎织女的地方文化资源的开掘,大大地丰富了我们过去在牛郎织女传说上的狭隘眼界。当然,也要指出,有些地方出于利益的考虑,把目光放在了争夺传说的原生起源地上,未免把原本属于学术性质的问题利益化、庸俗化了。事情的另一面是,缺乏对现代口传材料的苦心搜集和理性观照,已成为当下研究者的时代通病。从全国来看,20世纪80年代围绕着'中国民间故事集成'而进行的民间故事调查采录,提供了那个已经成为历史的时代的传说记录,尽管其地理分布和记录质量都未见得能令人满意。往者已矣,现在我们所缺少的,是这一传说在20世纪90年代到21世纪初这十几年间在民间流传的口传文本的记录,而这无疑是研究民间文化的发展变迁以至文化国情的重要依据。"①基于对牛郎织女传说起源地问题的探讨并不是没有意义的这样的一种认识,2013年,笔者又撰写了一篇《牵牛织女原是东夷部族的神话传说》,提出牛郎织女传说原是东夷部族农耕文明的精神

---

① 刘锡诚:《牛郎织女传说的时代命运》,《中国文化报》2008年6月29日;《中国社会科学院院报》2008年7月31日。此文系为叶涛、韩国祥主编《中国牛郎织女传说》丛书(5卷本)(广西师范大学出版社,2008年)所写的总序。又见刘锡诚:《民间文学的整体研究》,台北:秀威资讯,2015年,第43—48页。

产品的观点。①

1928年2月，顾颉刚在为他的《孟姜女故事研究集》一书写的自序里说："这类故事（指孟姜女、徐文长等故事——引者）如果都有人去专门研究，分工合作，就可画出许多图表，勘定故事的流通区域，指出故事的演变法则，成就故事的大系统。"②经过两年（1924—1927）的资料积累和梳理研究，他终于在《孟姜女故事研究》一文中从"历史的系统"和"地域的系统"两个维度梳理出了孟姜女故事在中国广大幅员上的传播状况，勘定了顾颉刚版的"孟姜女故事圈"。③与孟姜女故事的长期深入研究相比，被学界冷落的牛郎织女传说，如今遭遇了前所未有的现代化、城镇化的冲击，面临着急剧衰微甚至消失的命运，其在20世纪中的"地域的系统"的梳理与研究，已显得时不我待。可以预期的是，如果在各地民间文学工作同仁们所搜集记录的材料基础上，能够勘定其起源地及其分布密集而又流传悠久的地区，就可以划定牛郎织女传说圈的主要流通区即核心区何在，那么，对包括传说的主题解读、演变法则等一系列重要问题也就可能做出正确的判断。于是，这就成了笔者着手写这篇吃力不讨好的牛郎织女传说故事圈探讨性文章的导因。

勘定牛郎织女传说圈的尝试

20世纪的中国，经历了社会转型（从帝制到共和）、国内外战争（军阀战争、抗日战争、国内战争）、生产资料所有制的改造（集体化、公社化）、天灾人祸（三年自然灾害）、十年浩劫（"文化大革命"）等等诸多社会"大事件"，但作为社会根基的小生产的耕稼生产方式、男耕女织的社会分工、血缘家族制度及其礼俗依然相对稳固，作为立国之本的农耕社会在整个20世纪中依然处于缓慢渐进的过程之中。笔者在前述《牵牛织女原是东夷部族的神话传说》中认为，牛郎织女原是东夷族群的神话传说，其雏形孕育于或发源于东

① 刘锡诚：《牵牛织女原是东夷部族的神话传说》，苗长虹主编：《黄河文明与可持续发展》第8辑，开封：河南大学出版社，2014年，第29—36页。
② 顾颉刚：《〈孟姜女故事研究集〉自序》，《民俗》周刊创刊号，1928年3月21日。
③ 顾颉刚：《孟姜女故事研究》，《现代评论》二周年增刊，1927年1月；顾颉刚编著：《孟姜女故事研究集》，上海：上海古籍出版社，1984年，第24—73页。

夷族群的农业文明，到春秋至秦（至迟不晚于湖北云梦睡虎地出土的战国墓墓主人）喜卒亡之日即始皇帝三十年（公元前217），已经形成了故事情节比较完整的牛郎织女故事传说。①20世纪百年中，这个故事传说在受着小农经济的狭小空间限制和束缚的广大农民群众中一直记忆深刻，仍然口头流传活跃，故事情节也没有出现太大的变异和发展，并且逐渐形成了一个以东部沿海及其周边地区为中心，辐射范围包括河北、山西、山东、江苏、浙江、福建、河南7个省区的"牛郎织女传说圈"。

　　笔者之所以对"牛郎织女传说圈"做出这样的认定，是以20世纪在全国各地先后搜集并发表的牛郎织女故事传说及其分布状况为依据的。一般而言，中国的民间故事搜集者在搜集民间口头作品时，并不是像某些现代西方学者所标榜的带着"问题意识"下乡，或作专题调查，给故事讲述者命题作文，而是遇到讲述者讲什么，就听什么，记什么，尽管被文人记录下来并公开发表的牛郎织女传说故事，与在民间实际流传的口头作品的数量并不一定完全吻合，甚至会有不小的差异，但这一自然状态下所搜集到的作品的数字，毕竟告诉了我们这个古老的传说在20世纪民间流传和分布的大体情况。

　　20世纪全国各地民间文学工作者先后采集和发表的牛郎织女故事传说有多少？其分布状况如何呢？材料显示：同期有牛郎织女故事传说流传和记录的省区共计为26个：黑龙江（4个/篇）、吉林（5个/篇）、辽宁（3个/篇）、北京（1个/篇）、内蒙古（1个/篇）、河北（14个/篇）、山西（5个/篇）、山东（15个/篇）、江苏（11个/篇）、浙江（20个/篇）、福建（8个/篇）、河南（16个/篇）、安徽（4个/篇）、上海（2个/篇）、江西（1个/篇）、湖北（6个/篇）、湖南（2个/篇）、广东（5个/篇）、广西（5个/篇）、海南（1个/篇）、四川（5个/篇）、贵州（4个/篇）、云南（1个/篇）、陕西（2个/篇）、宁夏（1个/篇）、新疆（1个/篇）。在这26个省区先后采录和发表的牛郎织女故事传说共143个/篇。②而在上述流传比较集中和密集的7个省区里搜集和发

---

① 刘锡诚：《牛郎织女传说的时代命运》，《中国社会科学院院报》2008年7月31日。

② 陈泳超主编《中国牛郎织女传说·民间文学卷》（广西师范大学出版社，2008年）中搜集到的牛郎织女传说是142个，大部分是从20世纪80年代各地搜集编纂的"民间文学集成"县卷本中选录的。笔者参照其选录的作品，一些在人物、情节、故事内容上与牛郎织女关系不大、纯属民俗节日的作品，或被编者列入"别传"中的一些作品，经过笔者的甄别，都舍弃了，加上笔者自己查阅、搜罗到而又不在陈编《中国牛郎织女传说·民间文学卷》中的材料，认定百年中采录和发表的牛郎织女传说故事为143个。

表的牛郎织女故事传说共89个/篇；在这7个省区之外的19个周边省区搜集和发表的牛郎织女传说只有54个/篇。由此，我们可以断言，上面这7个省区，牛郎织女故事传说的贮藏量相对比较多，流传也比较密集，可以认定这7个地域相连的省区构成了"牛郎织女传说圈"的核心地区。

在牛郎织女传说圈这一核心区里，传说的分布如下：

1. 河北（14个/篇）：

（1）《孙守义和五仙女》，讲述：刁春芳；记录：王强。1985年采录，具体采自何地未详，首发于《民间文学》，1985年第7期。

（2）《牵牛郎和贡织女》，讲述：梁郭氏；记录：王和合。1985年采录于束鹿县北口营村，首发于《民间文学》，1985年第7期。

（3）《牛郎织女结冤仇》，搜集：董占顺。1985年采录于束鹿，首发于《民间文学》，1985年第7期。

（4）《喜鹊传旨》，讲述：常文清；记录：张怀德。1985年采录于保定。首发于《民间文学》，1985年第7期。

（5）《七月七"乞巧"的来历》，讲述：刘秀英；搜集整理：赵相如。1986年采录于张家口市怀来县。首载《中国民间文学集成·官厅湖畔的传说》，1989年2月。

（6）《牛郎与织女》，讲述：张露棠；采录：朱秀兰。1986年夏采录于藁城县城。流传于太行山地区。首载《中国民间故事集成·石家庄地区卷》第4卷之《太行山的传说》，1988年5月。

（7）《牛郎与织女》，讲述：何桂芳；搜集：何淑凤。1986年采录于丰宁土城乡。首载《中国民间文学集成·丰宁民间故事歌谣卷》（一），1986年。

（8）《牵牛郎和织女》，讲述：李正保（农民，时年72岁）。1987年采录。首载《行唐民间故事选》，行唐三套集成办公室，1987年1月；选入《中国民间故事集成·河北卷》，中国民间故事集成河北卷编委会编，中国ISBN中心，2003年，第214—217页。

（9）《牛郎和织女》，讲述：靳正新；记录：李殿敏。1988年采录于藁城县耿村。载《耿村民间故事集》第2册，藁城县民间文学三套集成编委会，1988年。后选入刘守华、黄永林选编《中国民间故事精选》，华中理工大学出版社，1993年6月；《中华民族故事大系》第1卷，上海文艺出版社，1995年，第40—43页。

（10）《傻牛郎和织女》，讲述：王王氏（时年75岁，不识字）；采录：张素英。1988年夏采录于辛集市郭西乡。流传于太行山地区。首载《中国民间故事集成·石家庄地区卷》第4卷之《太行山的传说》，1988年5月；后选入《中国民间故事集成·河北卷》，中国ISBN中心，2003年1月。

（11）《七月七》，讲述：徐进冒；搜集记录：杨宝莲。1988年采录于张家口市蔚县北马圈村。首载《中国民间文学集成·蔚县民间故事卷》，1988年；后选入王志军、田永翔编著《中国蔚州民俗文化集成·神话与传说》，中国戏剧出版社，2012年6月，第10—11页。

（12）《七夕乞巧节的来历》，1988年采录于沧州市青县。首载《中国民间文学集成·青县民间文学集成》，1988年。

（13）《织女下凡》，搜集整理：徐国成。采录于保定市安国县。首载《中国民间文学集成·安国民间文学集成》，1989年4月。

（14）《牛郎和织女》，讲述：郭兰芳，采录于高邑县万城。首载《中国民间文学集成·高邑县卷本》第2卷，1989年，第32—42页。

2. 山西（5个/篇）：

（1）《牛郎织女的故事》，讲述：赵效仲；整理：杨迎棋。1986年采录于临汾市一带。载《尧都故事》（三），临汾地区民间文学集成编委会，1989年7月。

（2）《喜鹊遭贬》，讲述：侯学义；整理：王月香。1987年8月采录于襄汾城关。载《襄汾民间故事集成》（二），1987年10月。

（3）《七月七牛郎会织女》，讲述：常玉龙；搜集整理：赵喜。1988年采录于大同。载《大同民间故事集成》，山西人民出版社，1989年8月。

（4）《牛蹄印》，整理：石玉江。采录于黎城南委泉乡。采集时间不详。载《黎城民间故事集成》，1987年9月。

（5）《民间佳话·七月七》，搜集整理：王随生。采录于临猗。采集时间不详。载《临猗民间故事集成》，1988年。

注：20世纪80年代之前，山西省没有在公开的书刊上发表过一篇牛郎织女传说。《中国民间故事集成·山西卷》（1999年3月）未见收录。《山西文艺创作五十年精品选·民间文学卷》（刘琦主编，张余、常嗣新副主编，山西教育出版社，1999年8月）亦未见著录。2008年，和顺县被批准列入第二批国家级非物质文化遗产名录，但这里流传的牛郎织女传说故事，并没有见到在公开的报刊上发表过。《中国民间故事集成·山西卷》未见收录。

3. 山东（15个/篇）：

（1）《牵牛郎》（二则），搜集记录：赵启文。1934年秋采录于山东诸城相州镇；流传于诸城、安丘、高密。首载王统照编《山东民间故事》，（上海）儿童书局，1937年8月；选入刘锡诚主编《中国新文艺大系·民间文学集》，中国文联出版公司，1996年8月。

（2）《牛郎和织女》，搜集记录：林秀蓉。采录时间：1937年。首载方明编《民间故事集》，上海元新书局，1937年3月；选入刘锡诚主编《中国新文艺大系·民间文学集》，中国文联出版公司，1996年8月。

（3）《牛郎织女》，首载严大椿编《民间神话》，国光书店，1948年11月。

（4）《牛郎织女》，讲述：尹宝兰（时年92岁）；记录：王全宝。1982年4月采录于费县。载中国民间文艺研究会山东分会编《四老人故事集》，1986年8月，第219—223页。

（5）《天河为什么变模糊了》，讲述：董继明；记录：吴勤建。1985年采录于济宁。载《民间文学》，1985年第7期。

（6）《七月初七为什么下雨》，讲述：臧秀兰（退休工人）；记录：刘思志。1985年采录于青岛。首载《民间文学》1985年第7期；选入陈庆浩、王秋桂主编《中国民间故事全集·江苏民间故事全集》，远流出版公司，1989年，第117—120页。

（7）《牛郎织女的传说》，讲述：常氏；记录：赵德民。1987年采录于梁山常庄，流传于鲁西南。首载《梁山民间故事卷》（第3卷），1990年6月。

（8）《牛郎织女隔天河》，讲述并记录：刘纪贤。1987年3月6日采录于枣庄市台儿庄彭楼乡南洛村。首载《台儿庄民间故事集》（上），1988年12月；后收入《中国民间故事集成·山东卷》，中国ISBN中心，2007年4月。

（9）《七月七乞巧节》，讲述并写定：颜志礼。1987年采录于枣庄市滕州洪绪乡文化站。首载《滕州民间故事》（上），1988年12月。

（10）《织女焚帛》，讲述：张启富；记录：王吉玉（女）。1987年采录于临朐县城南。首载《临朐民间文学集成》（一），1989年8月。

（11）《牛郎认媳妇》，讲述：岳马氏；采集：岳来立、朱光运。1987年7月14日采录于嘉祥县孟姑集乡商庄。首载《中国民间故事集成·山东卷》，中国ISBN中心，2007年4月。

（12）《牛郎织女的故事》，讲述者不详；搜集：薛守伟。采录于菏泽市曹县。首载《曹县民间故事集成》（下），1988年12月。

（13）《姑娘们为什么要过七月七》，讲述：程相春；整理：薛守伟。采录于菏泽市曹县。首载《曹县民间故事集成》（下），1988年12月。

（14）《织女河的传说》，讲述：李永斗、孙有吉；记录：陈淑汉、孙家卿。采录于莒南县。首载《莒南民间故事集》（二），1989年。

（15）《牛郎织女鹊桥会》，讲述：张桂芬；采集：张广堂。1990年3月采录于梁山县梁山镇张坊村。首载《中国民间故事集成·山东卷》，中国ISBN中心，2007年4月。

注：李浩编选《民间故事新集》（上海大方书局，1947年2月再版）中收有一篇《牛郎织女》，与方明编《民间故事集》（上海元新书局，1937年3月）同。另严大椿编《民间神话》（上海国光书局，1949年1月再版）中收入一篇《牛郎织女》，内容讲牛郎与织女婚后废耕废织，为此天帝大怒，从天河里发下洪水，把二人分开，故有七夕见面的情节。发天河之洪水，与一般故事的情节有异，似与东南沿海一带地区或东夷旧地的地陷传说有某种瓜葛或吸收复合，似出自山东中东部地区。

4. 江苏（11个/篇）：

（1）《天河岸》，记录：孙佳讯。1931年采录于灌云县。首载林兰编《换心后》，北新书局，1931年。

（2）《金梭子》，讲述：明傅（纺织工人）；采录：杨彦衡。1963年采录于苏州。首载《苏州民间故事》，中国民间文艺出版社，1989年7月，第34—35页。

（3）《牛头泾》，讲述：陆阿妹；采录：许燮坤。1978年采录于苏州市昆山蓬朗乡。首载《苏州民间故事》，中国民间文艺出版社，1989年7月，第32页。

（4）《神犁河》，讲述：葛老四；采录：许燮坤。1979年采录于苏州市昆山蓬朗乡。首载

《苏州民间故事》，中国民间文艺出版社，1989年7月，第31—32页。

（5）《乞巧》，讲述：顾杏宝等；搜集记录：杨彦衡、陆松如。1983年采录于苏州。首载《民间文学》，1983年第7期。

（6）《牛郎织女后代的传说》，讲述：张元启（农民，时年78岁）；记录：张士伦。1985年6月采录于邳县邹庄乡沙埠村。首载《彭城艺苑》，1987年6月；收入《邳县民间文学集成·民间故事卷》，1988年12月；选入《中国民间故事集成·江苏卷》，中国ISBN中心，1998年12月。

（7）《织女变心》，讲述：吴陈氏；搜集整理：奔流。1985年7月采录于泗阳县南洪泽湖边。首载《民间文学》1985年第7期；选入陈庆浩、王秋桂编《中国民间故事全集·江苏民间故事集》，远流出版事业股份有限公司，1989年6月。

（8）《鹤是牛郎子》，讲述：盛阿弟、张巧官；采录：计永康、俞荣华。1987年8月采录于苏州市吴江。首载《苏州民间故事》，中国民间文艺出版社，1989年7月，第32—33页。

（9）《黄姑村》，讲述：许燮坤；采录：邱维俊。1987年7月上旬采录于苏州市昆山黄姑村。首载《苏州民间故事》，中国民间文艺出版社，1989年7月，第30—31页。

（10）《牛郎与织女的传说》，讲述：邱玉寅；搜集：邱培标。1987年采录于徐州市睢宁县龙集乡龙东村。首载《睢宁县民间文学集成》，1988年。

（11）《牛郎织女在铜山的传说》，搜集整理：张大友。采录时间不详，采录于徐州市铜山县。首载《铜山县民间文学集成》，方志出版社，1988年。

注：中华人民共和国成立50年编选的《江苏文学50年·民间文学卷》（1999）未有著录。太仓县有牛郎织女故事遗迹，但从未见有传说故事文本记录在公开的书刊上发表过。

5. 浙江（20个/篇）：

（1）《牛郎织女》，记录：郑仕朝。1931年采录于永嘉县。首载《新民》半月刊，1931年第5期。

（2）《鹊鸟传错旨》，讲述：陈良枝（渔民）；记录：张一芳。1983年采录于玉环县坎门镇钓艚。首载《玉环县故事卷》，1989年8月；选入《中国民间故事集成·浙江卷》，中国ISBN中心，1997年9月，第303—304页。

（3）《七七相会》，讲述：金余德（农民）；记录：金崇柳。1984年采录于永嘉县。首载《中国民间文学集成·浙江省·温州市永嘉县故事卷》，1989年9月；选入《中国民间故事集成·浙江卷》，中国ISBN中心，1997年9月，第304页。

（4）《七月七请杼神》，讲述：潘景海；记录整理：张松林。1984年采录于嘉兴市桐乡县濮院镇。首载《中国民间文学集成·浙江省·嘉兴市桐乡县故事歌谣谚语卷》，1989年5月。

（5）《喜鹊为什么会癞头》，讲述：金余德；搜集整理：蔡清养。1984年采录于永嘉县。首载《中国民间文学集成·浙江省·温州市永嘉县故事卷》，1989年9月。

（6）《牛郎织女》，讲述：麻彩云；记录整理：麻承照。1986年采录于宁海县。首载《中国民间故事集成·浙江卷·宁海故事歌谣谚语卷》，1988年。

（7）《织女的眼泪水》，讲述：马有富；采录：金德章。1986年10月采录于嵊泗县。选入《中国民间故事集成·浙江卷》，中国ISBN中心，1997年9月，第305页。

（8）《牛郎织女的传说》，讲述：方新法；采录：胡海明。1987年4月1日采录于舟山定海金塘、洞岙一带。首载《中国民间文学集成·浙江省·舟山市定海区故事歌谣谚语卷》，1988年8月。

（9）《牛郎与织女》，讲述：俞正财；采录：于海辰。1987年6月采录于舟山定海岑港、荷花、洞岙一带。首载《中国民间文学集成·浙江省·舟山市定海区故事歌谣谚语卷》，1988年8月。

（10）《牛郎织女》，讲述：韩丙常；记录：陈吉。1987年6月采录于象山县。首载《中国民间文学集成·浙江省·宁波市象山县故事歌谣谚语卷》，1989年10月；选入《中国民间故事集成·浙江卷》，中国ISBN中心，1997年9月，第299—302页。

（11）《牛郎织女下凡》，讲述：张才英；记录整理：顾圣亚、朱鹏飞。1987年7月采录于象山泗洲头镇。首载《中国民间文学集成·浙江省·宁波市象山县故事歌谣谚语卷》，1989年10月。

（12）《喜鹊搭桥》，讲述：叶丙标（农民）；记录：叶柱。1987年采录于宁海县力洋村。首载《中国民间文学集成·浙江省·宁波市宁海县故事歌谣谚语卷》，1988年；选入《中国民间故事集成·浙江卷》，中国ISBN中心，1997年9月，第302页。

（13）《圣女尖》，讲述：金家训；记录整理：中天。1987年采录于永嘉、乐清一带。首载

《中国民间文学集成·浙江省·温州市永嘉县故事卷》，1989年9月。

（14）《喜鹊姑娘》，讲述：章森潮；整理：章炜。1987年5月采录于绍兴市上虞县华镇乡。首载《中国民间文学集成·浙江省·绍兴市上虞县故事歌谣谚语卷》，1989年9月。

（15）《牛郎织女》，讲述：徐晶亮；记录：徐福楣。1989年采录于萧山市。首载《中国民间故事集成·浙江卷·杭州市萧山市卷》，1989年6月。

（16）《金鹊柳》，讲述：沈永春；搜集整理：高文娟、唐一鸣。1989年采录于绍兴县钱清镇。首载《浙江民间文学集成·绍兴市故事卷》，1989年12月。

（17）《牛郎织女后传》，讲述：张元香；采录：竹有干。采录于绍兴市嵊县。首载《中国民间文学集成·浙江省·绍兴市嵊县故事歌谣谚语卷》，1989年6月。

（18）《七月七 吃巧食》，讲述：潘正理；记录：潘永宣。采录于永嘉县巨口乡大石村。首载《中国民间文学集成·浙江省·温州市永嘉县故事卷》，1989年9月。

（19）《织机岩的传说》，记录整理：邱星伟。采录于温州雁荡山一带。首载贾丹华主编《雁荡山故事精选》，浙江文艺出版社，1990年4月。

（20）《七月七洗头》，讲述：陈光汉；记录整理：赵伟甫。采录于宁波。首载《中国民间文学集成·浙江省·宁波市北仑区故事歌谣谚语卷》，1989年10月。

6. 福建（8个/篇）：

（1）《牛郎织女的故事》，讲述：小郎。1928年采自闽南。首载黄振碧《闽南故事集》，泰东图书局，1928年2月。

（2）《牛郎织女》，采录：蔡维肖。1930年采录。流传于南安、泉州、漳州一带。首载谢云声编《福建故事神话之部》（内文书名为《福建故事集》），厦门新民书社，1930年1月。内容包括5个小故事：①闺里搜愁；②对越誓愿；③一笑姻缘；④牛女登仙；⑤牛女并死。

（3）《牛郎织女与"记节"习俗》，讲述：黄观云（干部）、刘云玉（农民）；采录：施达、祝文秋。1988年4月采录于周宁县狮城镇。首载《中国民间故事集成·福建卷·周宁县分卷》，1988年2月；选入《中国民间故事集成·福建卷》，中国ISBN中心，1998年12月，第215页。

（4）《喜鹊七月初七为什么会臭头》，讲述：蔡崇鏦；搜集整理：蔡清养。1988年采录。首载《中国民间故事·福建卷·晋江县分卷》（上），1991年10月。

（5）《喜鹊报错喜》，讲述：王人义；采录：王人秋。1990年7月采录。首载《中国民间文学集成·福建卷·石狮市分卷》，1991年12月。

（6）《牛郎织女会七夕》，讲述：仉礼回（农民）；采录：尹献钧。1991年2月采录于政和县石屯村。选入《中国民间故事集成·福建卷》，中国ISBN中心，1998年12月，第213—214页。

（7）《七夕祭牛郎织女》，讲述：王老人；采录：李丰松。1991年10月3日采录于东山海边。首载《中国民间故事集成·福建卷·东山县分卷》，1992年。

（8）《牛郎织女的故事》，讲述者不详；采录：翁春雪。1992年（？）采录于漳州市芗城区。首载《中国民间故事集成·福建卷·漳州市芗城区分卷》（上），1992年2月。

7. 河南（16个/篇）：

（1）《七巧节的传说》，讲述：杨东来。1982年2月采录于南阳地区社旗县桥头乡杨庄村。首载《中国民间故事集成·河南社旗县卷》，1987年。

（2）《牛郎织女》，讲述：徐鸿欣（职业不详，整理者母亲）；整理：张耀昌（河南大学学生）。1982年7月采录（地点不详）。首载张振犁、程建君编《中原神话专题资料》，1987年，第213—217页。

（3）《憨二》，讲述：顾学兰（农妇）；记录整理：方明昌（河南大学学生）。1982年9月10日采录于开封市杞县湖岗。首载张振犁、程建君编《中原神话专题资料》，1987年。

（4）《牛郎织女》，讲述：顾学兰（农妇）；采录：方明昌（学生）。1982年9月10日采录于杞县湖岗乡湖岗集。首载张振犁、程建君编《中原神话专题资料》，1987年；选入《中国民间故事集成·河南省卷》，中国ISBN中心，2001年，第387—388页。

（5）《牛郎织女》，讲述：乔振帮（农民，时年87岁）；录音：张振犁、程建君。1983年12月13日采录于周口地区沈丘新集乡乔庄。首载张振犁、程建君编《中原神话专题资料》，1987年，第212—213页。

（6）《牛郎织女》，讲述：曹衍玉（农妇，时年61岁）；采录：程建君。1984年12月采录于桐柏县月河乡郑庄。首载张振犁、程建君编《中原神话专题资料》，1987年。编入《故事婆讲的故事》，海燕出版社，2000年，第1—5页；选入《中国民间故事集成·河南省卷》，中国ISBN中心，2001年，第389—390页。

（7）《牛郎医生》，讲述：刘大奶（老革命，时年83岁）、杨子杰（故事家，时年65岁）。1985年7月采录于南阳桐柏山。首载《民间文学》1985年第7期；陈庆浩、王秋桂主编《中国民间故事全集·河南民间故事全集》，远流出版事业股份有限公司，1989年，第419—422页。

（8）《牛郎织女后传》，讲述：李文志；记录：李春生。1987年10月采录于驻马店地区遂平县。首载《中国民间故事集成·河南遂平县卷》（第1分册），1988年。

（9）《七夕会——七月七的传说》，讲述者不详；搜集整理：西去。20世纪80年代（？）采录于南阳一带。载中国民间文艺研究会、河南大学中文系编《河南民间故事集》（"中国各地民间故事集"丛书），中国民间文艺出版社，1985年5月，第543—546页；选入陈庆浩、王秋桂主编《中国民间故事全集·河南民间故事全集》，远流出版事业股份有限公司，1989年，第186—187页；河南省文学艺术界联合会编《河南文苑英华·民间故事卷》（1978—1995），大众文艺出版社，1996年12月。

（10）《天河》，讲述：周贤有（仓房村人）；记录整理：周君立。1985年5月1日。首载《中国民间故事集成·河南桐柏县卷》（一），桐柏县集成编委会编印，1987年6月，第37—40页。

（11）《牵牛星和织女星》，讲述：黄发美（桐柏县固县城黄畈村农民）；记录：黄正明。首载《中国民间故事集成·河南桐柏县卷》（一），桐柏县集成编委会编印，1987年6月，第37—40页。

（12）《意儿与仙女》，讲述：刘英元（时年54岁，桐柏县城关镇）；记录：张明芝。首载《中国民间故事集成·河南桐柏县卷》（三），桐柏县集成编委会编印，1987年8月，第1—5页。

（13）《牛郎偷吃蟠桃》，讲述：耿四军；搜集整理：曹鸿鸣。采录于周口地区扶沟县。首载《中国民间故事集成·河南扶沟县卷》，1989年9月。

（14）《女孩子在七月初七为啥吃扁食》，讲述：梁宗兴；记录整理：郭增明、梁扎根。采录于郸城县。首载《中国民间故事集成·河南郸城县卷》，1989年9月。

（15）《牛郎和织女》，讲述：蔡玉花；搜集整理：李新明。采录时间不详；采录地点：新郑县。首载《河南民间文学集成·轩辕故里的传说》，中原农民出版社，1990年10月。

（16）《仙女与神牛》，讲述：李田保；搜集整理：李法泉。采录于三门峡市渑池县笃忠乡。首载《中国民间故事集成·渑池县卷》。

从20世纪在这一地区所采集和发表的89个/篇故事这一数字的分析中，我们至少可以得出下面几点思考和结论：

第一，由这7个现今行政区划中的省区所构成的"牛郎织女传说圈"，与三千到五千多年前东夷族群的原住地和后来的流徙地大体相符合。以东夷先民高度发达的"物候历与天文历并用并互为参考"的天文历法①和发达的原始农耕文明②为土壤的牛郎织女神话传说，即使这些族群被灭之后，作为民族的文化基因或文化记忆，却融入到了这些已经消失了的族群的集体潜意识中，跨越时代的阻隔，传递到或辐射到这些族群的流徙地区，并继续以层垒的方式代代传袭下来，以辐射和交融的方式传播到其他人群中去。

勘定牛郎织女神话传说的原生地和原生民族（族群），无法绕开最早引用了神话传说雏形（学界公认的牵牛星和织女星星辰神话）的《诗经·大东》。"大东"是诗篇《大东》中牵牛星和织女星星辰神话最早的传播地或发生地。"大东"是哪些部族的原住地？"大东"的地望在哪里？这是解开问题的关键。

傅斯年早年所撰《大东小东说——兼论鲁燕齐初封在成周东南后乃东迁》一文说："诗小正大东篇序曰，'东国困于役而伤于财，谭大夫作是诗以告病焉。'其二章云，'小东大东，杼轴其空。'大东小东究在何处，此宜注意者也。笺云，'小也大也，谓赋敛之多少也。小亦于东，大亦于东；言其政偏，失砥矢之道也。'此真求其说不得而敷衍其辞者。大东在何处，诗固有明文。鲁颂閟宫，'奄有龟蒙，遂荒大东'，已明指大东所在，即泰山山脉迤南各地，今山东境，济南泰安迤南，或兼及泰山东部，是也。谭之地望在今济南。谭大夫奔驰大东小东间，大东既知，小东当亦可得推知其地望。吾比较周初事迹，而知小东当今山东濮县河北濮阳大名一带，自秦汉以来所谓东郡者也。"③笔者在《牵牛织女原是东夷部族的神话传说》中指称，《小雅·大东》里所写的"大东"，是被诗人所摄取的牛郎织女星座神话的流传地，主要是指东夷诸部族（方国、邦国）中被称作"东土"的奄和薄姑。《左传》昭公

---

① 杜升云、苏兆庆：《东夷民族天文学初探》，《北京师范大学学报》（自然科学版）1988年第3期。
② 朱绍侯主编：《中国古代史》（上），福州：福建人民出版社，1982年；丘菊贤、杨东晨：《东夷简论》，《中南民族学院学报》（哲学社会科学版）1988年第1期。
③ 傅斯年：《大东小东说——兼论鲁燕齐初封在成周东南后乃东迁》，"中央研究院"历史语言研究所出版品编辑委员会编：《历史语言研究所集刊》第2册，北京：中华书局，1987年，第101页。

九年"薄姑、商奄，吾东土也"。《史记·周本纪集解》郑玄曰："奄国在淮夷之北。"学界大致公认，奄国在曲阜，薄姑应在现今淄博市博兴县一带。

被称为"东土"的奄和薄姑这两个东夷部族的大国，在周成王东伐中命运十分悲惨。《史记·周本纪》：周公"东伐淮夷，践奄"。《尚书·周书·蔡仲之命》："成王东伐淮夷，遂践奄。……成王既践奄，将迁其君于薄姑。"《尚书·大传》："周公……杀禄父，遂践奄，践之云者，谓杀其身，执其家，潴（蓄水淹）其宫。"阉其强壮的男子，使其断子绝孙。在强权之下，奄人四散。四散到哪里去了呢？

《吕氏春秋·古乐》云："（周）成王立，殷民反，王命周王践伐之。商人服象，为虐于东夷。周公遂以师逐之，至于江南。"成王在东伐东夷时使用了庞大凶猛的象阵，必欲将其斩草除根，将其赶到长江之南。奄国的遗族逃亡到南方，在江苏常州市东南建立了淹城。[1]奄人等东夷部族也流落到了浙江衢州一带，他们的春神句芒造像和信仰至今还在衢州市柯城区的九华梧桐祖殿里保留下来。[2]近年有人研究，浙江江山方言可能是从古奄人的语言流变而来，如江山人自称"奄各人"，从而证明一部分古奄人流徙至此。[3]现在山东潍河流域的益都和昌乐等地区的民众，依然管"我"和"我们"发音"俺"。

奄被周成王所灭，一股奄人向东流散而去。成王灭奄，把奄国封给周公长子伯禽做鲁侯，又封外祖父太公吕尚做齐侯，都营丘（山东昌乐县）。[4]《左传·昭公二十年》："昔爽鸠氏始居此地，季荝因之，有逢伯陵因之，薄姑氏因之，而后太公因之。"成王把奄人之一部赐给姜太公，继而由姜太公率部剿灭薄姑，把奄国的君主带到灭亡了的薄姑。这就是说，东去的这一部分奄人，就流落在了山东的中东部和北部（《汉书·地理志》中的"齐郡"和"北海郡"）。学者何光岳说："奄人便一部分向东迁徙中，在今益都县市南，而将一部分奄赐给姜太公，带到薄姑旧城区去建城，这便是《书序》所云'将迁其君于薄姑'。一部分北迁至莘县弇山，《山东通志》便以弇山为奄所迁。"[5]

① 张戬炜：《问"淹"为何物——与淹城有关的读书笔记》（《常州工学院学报》（社会科学版）2009年第5期）提出淹城与奄无关说。
② 刘锡诚：《春神句芒论考》，《西北民族研究》2011年第1期。
③ 严红枫、尤弘川：《浙江江山方言可能是殷朝古奄国语言》，《光明日报》2004年1月19日。
④ 范文澜：《中国通史简编》（修订本 第1编），北京：人民出版社，1964年，第134页。
⑤ 何光岳：《奄国的来源和迁徙》，《长沙理工大学学报》（社会科学版）1995年第1期。

　　奄人之另一部，则由萃县沿黄河北岸西去，最终到了山西太谷县的奄谷。（可惜，笔者没有找到山西太谷所流传的牛郎织女传说故事的记录文稿。所幸与太谷同属于晋中市的和顺县境内流传的牛郎织女传说于2008年被列入第二批国家级非物质文化遗产保护名录，也许古史上奄人之一部也曾流徙于此吧。）

　　四散的奄人，隐姓埋名，被当地的土著居民及其文化传统所同化，但东夷先祖记忆中的牛郎织女神话传说，却作为他们集体潜意识中的文化基因流传了下去。

　　第二，诗曰："东人之子，职劳不来。西人之子，粲粲衣服。舟人之子，熊罴是裘。私人之子，百僚是试。或以其酒，不以其浆。不以其浆，鞙鞙佩璲，不以其长。维天有汉，监亦有光。跂彼织女，终日七襄。虽则七襄，不成报章。睆彼牵牛，不以报箱。东有启明，西有长庚。有捄天毕，载施之行。维南有箕，不可以簸扬。维北有斗，不可以挹酒浆。维南有箕，载翕其舌。维北有斗，西柄之揭。"民族的压迫，阶级的对立，作者的愤懑不平之气跃然纸上。《毛诗序》："《大东》，刺乱也，东国困于役而伤于财，谭大夫作是诗以告病焉。"这句话，是后来人了解诗作者（谭国大夫）何以引用牵牛与织女星座神话借以曲折地抒发其对被西周灭国（东国——大东、小东）、灭族（奄、薄姑等东夷部族）和异族奴役的愤懑之情的一把钥匙。从侧面也可以看到，以牵牛与织女两个星座（并非两个纯粹的星座，而是已经物人化了的一对男女）构成的神话故事的雏形，至少在周幽王之前，已经在东夷诸族群中有所流行，所以被谭大夫信手拈来用在了诗中。

　　第三，男耕女织的社会分工和自给自足的耕稼方式以及血缘家族制度的缓慢渐进和相对稳定，父权制取代母权制后妇女地位的下降和包办婚姻的持续与蔓延，是牛郎织女传说在这一地区老百姓中间得到传承、保存、延续的土壤和温床。如果说，故事中的天帝或王母娘娘这类角色的出现及其对天女（天孙）织女与凡间牛郎自相婚配之婚姻的管束与控制，这一重要情节的形成和持续，是与漫长的封建社会中血缘家族制度及其相关礼俗的巩固相适应的，那么，20世纪，特别是20世纪下半叶，牛郎织女传说在核心区及其周边地区的流传之所以出现了增强的趋势，是与在广大农村、特别是在妇女群体中的科学民主意识以及男女平等意识的增强有着莫大关系的，牛郎织女传说逐渐成为反对封建包办婚姻、一般的反封建、提高妇女地位的一个代表性文化符号。与"核心区"相比较，周边地区，尤其是边远的少数民族地区或多民族杂居地区，母权制的残余势力还在社会肌体上产生着重要影响，甚至残留在人们的潜意识中，婚姻相对自由，牛郎织女传说的影响就比较薄弱甚至完全没有。

周边地区的流传分布情况

牛郎织女传说圈核心区之外，还有19个省区有牛郎织女传说的流传，可以称之为周边地带吧。在这个周边地带，传说的流传呈现出不规则的辐射状分布。兹将20世纪在这个周边外缘地区搜集并发表的牛郎织女传说分列如下：

1. 黑龙江（4个/篇）：

（1）《年年七月七　牛郎会织女》，讲述：孙荣；搜集整理：王朝阳。1987年6月采录于海林市，载《海林林业局民间故事集成》，1987年。

（2）《牛郎织女》，讲述：邱锡发；搜集整理：邱鸿飞。1988年采录于讷河县巨河乡，载《讷河民间文学集成》，1988年。

（3）《牛郎和织女的故事》，整理：张光织。1989年采录于哈尔滨市平房区，载《平房民间文学集成》，1990年。

（4）《七月初七的雨》，搜集整理：朱玉祥。采录于大兴安岭地区加格达奇区。载《加格达奇民间文学集成》，1988年。

注：《黑龙江民间文学》第1集（1981年）—23集（1990年8月）未见收录；《中国民间故事集成·黑龙江卷》（中国ISBN中心，2005年9月）未见收录。

2. 吉林（5个/篇）：

（1）《牛郎与织女》，讲述：裴仙女（朝鲜族）；翻译：陈雪鸿；整理：（郑）吉云。1946年采录于珲春县。载《吉林省民间文学集成·延边朝鲜族自治州故事卷》，1987年12月。

（2）《"鹊桥"相会》，讲述：李金山；采录整理：宋景瑞。1946年采录于磐石县烟筒山镇。载《吉林省民间文学集成·磐石县卷》，1990年。

（3）《牛郎与织女》，讲述：裴仙女；翻译：陈雪鸿；整理：（郑）吉云。1961年采录于珲春县。载《吉林省民间文学集成·延边朝鲜族自治州故事卷》，1987年12月。

（4）《喜鹊的传说》，讲述：孙元芹；记录整理：张德祥。1962年采录于东丰县以兔山乡钢铁村。载《吉林省民间文学集成·东丰县卷》，1988年6月。

（5）《"七夕"的传说》，搜集整理：陈希国。1987年采录于九台市。载《吉林省民间文学集成·九台故事卷》，1990年10月。

注：《中国民间故事集成·吉林卷》（中国文联出版公司，1992年11月）未见著录。

3. 辽宁（3个/篇）：

（1）《牛郎》，记录：洪振周。记录时间：1921年。载《妇女杂志》7卷9号，1921年7月。流行地区：奉天。

（2）《牛郎》，采录时间：1925年（?）。载赵景深《中国童话集》第1册。（说明见钟敬文《七夕风俗考略》和《牛郎织女》之附记。）

（3）《牛郎》，讲述：邱玉奎；搜集整理：周亚光。采录于盖县双台乡。载《中国民间故事集成·辽宁卷·盖县资料本》，1988年。

注：《中国民间故事集成·辽宁卷》（中国ISBN中心，1994年）未见著录。

4. 北京（1个/篇）：

（1）《铜牛潜水会织女》，讲述：李文真；采录：立秋。采录时间：1985年。首载李克主编《北京民间文学丛书·颐和园传说》，中国文联出版公司，1985年11月，第187—193页；选入陈庆浩、王秋桂主编《中国民间故事全集·河北民间故事全集》，远流出版事业股份有限公司，1989年，第28—35页。

注：《中国民间故事集成·北京卷》（中国ISBN中心，1998年）未见收录。

5. 内蒙古（1个/篇）：

（1）《天牛郎配夫妻》，讲述：秦地女（农妇）；记录：孙剑冰。1954年夏采录于内蒙古乌拉特前旗傅家圪堵村。首载《民间文学》，1957年第6期；后选入贾芝、孙剑冰编《中国民间故事选》，人民文学出版社，1958年。

注:《中国民间故事集成·内蒙古卷》(中国ISBN中心, 1992年)未见收录。

6. 安徽(4个/篇):

(1)《牛郎与织女》,记述:常任侠。1943年采录,流传于颍上县。载常任侠《民俗艺术考古论集》,正中书局, 1943年,第59—65页。

(2)《喜鹊搭桥》,讲述:刘元英;搜集整理:刘新平。1981年3月采录于滁州市市郊。首载《中国民间故事集成滁州市分卷本·滁州民间故事》, 1987年12月;选入《中国民间故事集成·安徽卷》,中国ISBN中心, 2008年10月,题为《牛郎织女》。

(3)《牛郎织女》,讲述:张刘氏;记录:张品卿。1985年采录于阜阳。载《民间文学》, 1985年第7期。

(4)《鹊桥的传说》,讲述:陈仲;整理:庆祥。1988年采录于泗州。首载《中国民间故事集成安徽卷·泗州民间故事》, 1998年。

7. 上海(2个/篇):

(1)《牛郎织女》,讲述并写定:施蓉秀(时年62岁)。1987年采录于南市区小东门街道文化站。首载《中国民间文学集成·上海卷·南市区分卷》, 1989年10月。

(2)《牛郎和织女》,讲述:欣华女;采录:曹雁秋。1987年11月采录于长宁区。首载《中国民间文学集成·上海卷·长宁区分卷》, 1989年,第243—244页;选入《中国民间故事集成·上海卷》,中国ISBN中心, 1997年。

8. 江西(1个/篇):

(1)《喜鹊传旨》,讲述:龙启本;采录:李鉴。载《中国民间文学集成·江西卷·宜春市故事卷》, 1987年。

注:《中国民间故事集成·江西卷》(中国ISBN中心, 2002年)未见收录。

9. 湖北(6个/篇):

(1)《王母娘娘划天河》,讲述:杨翠菊;采录:宋晓英。1982年采录于孝感地区。载

《湖北民间文学资料汇编之十一: 湖北民间故事传说集·孝感地区专集》, 1982年。

(2)《刘牛郎和周织女》, 讲述: 居治强; 记录: 陶简。1985年采录于广济县 (现武穴市)。载《民间文学》, 1985年第7期。

(3)《牛郎星和织女星》, 讲述: 冯明文 (农民); 记录: 李征康。1986年采录于十堰市丹江口市伍家沟村。首载《伍家沟村民间故事集》, 中国民间文艺出版社, 1989年10月; 选入《中国韩国日本民间的故事集》, 日本奥林匹克纪念青少年综合中心印制, 2004年10月。

(4)《牛郎织女为何七七相会》, 讲述: 陈利民; 搜集: 王幼华。1987年6月29日采录于黄冈地区英山县东河。载《中国故事集成·湖北卷·英山县故事分册》(上), 1989年1月。

(5)《织机石》, 讲述: 郝济民; 整理: 马刚。1987年8月采录于黄冈地区英山县。载《中国故事集成·湖北卷·黄冈地区故事集》。

(6)《扁担仙的来历》, 讲述: 李解叔; 采录: 何晓春。1986年10月采录于荆州地区京山县新市镇。载《中国故事集成·湖北卷·京山民间故事集》, 1990年12月。

注: 《中国民间故事集成·湖北卷》(中国ISBN中心, 1999年) 未见收录。

10. 湖南 (2个/篇):

(1)《天女与农夫》, 讲述: 吴良佐; 搜集: 凌纯声、芮逸夫。1934年采录于湘西凤凰县。载凌纯声、芮逸夫《湘西苗族调查报告》, 民族出版社, 2003年。

(2)《七月初七晒织机的由来》, 讲述: 陈莲花 (土家族); 搜集整理: 向农。1984年12月采录于凤凰县木江坪乡。载《中国民间故事集成·湖南卷·凤凰县资料本》, 1980年。

注: 《中国民间故事集成·湖南卷》(中国ISBN中心, 2002年) 未见收录。

11. 广东 (5个/篇):

(1)《牛郎织女》(有附记), 记录: 钟敬文。1925年采录于陆安。首载《北京大学研究所国学门周刊》第10期, 1925年12月16日; 又, 张振犁编纂《钟敬文采录口承故事集》, 黄河文艺出版社, 1989年11月, 第3页。

(2)《牛郎织女的故事》, 记录: 王荓桥。1929年采录于广东。发表于《中山大学民俗周刊》, 第80期, 1929年10月2日。

(3)《牛郎织女》, 程云祥引述。采自粤南。首载梅觉女士《粤南民间故事集》, 合作出版社, 1929年。

(4)《潮州的七月》(七夕传说), 1929年采自潮州。发表于《中山大学民俗周刊》, 第73期, 1929年8月14日。

(5)《石牛的传说》, 讲述: 朱晓; 采录: 林典威等。采录于汕头市达濠区。载《中国民间故事集成·广东卷·汕头民间故事选本》, 1989年10月。

注: (1)《中国民间故事集成·广东卷》收有《牛郎织女》一篇, 但不是20世纪80年代实地采录的故事, 而是钟敬文先生于1925年搜集, 首发于《北京大学研究所国学门周刊》第10期(1925年12月16日)上的, 故此表不列。(2)据《天南》杂志(广东省民间文艺研究会编)1982年第1期载毅刚撰《粤人重巧夕》称: 20世纪30年代出版的《中华全国风俗志》记载"广州风俗, 慕重七夕", "随着社会的发展, 七夕风俗慢慢从不大时兴到不复存在了。现今40岁以下的人, 大多数没有见过这种风俗了"。

12. 广西(5个/篇):

(1)《牛郎织女》, 讲述: 黄六公; 搜集整理: 黄永林。1986年4月采录于玉林市博白县。载《中国民间故事集成·博白县民间故事集》, 1990年4月。

(2)《牛郎与织女的苦衷》, 讲述: 庞一清; 搜集整理: 杨培秀。1987年8月采录于玉林市博白县亚山镇。载《中国民间故事集成·博白县民间故事集》, 1990年4月。

(3)《牛郎和织女》, 讲述: 梁景新; 整理: 黄安德、黄励德。1987年1月采录于玉林市葵阳葵中小龙村。载《中国民间文学三套集成·广西卷·玉林市民间故事集成》。

(4)《双角峰》, 讲述: 梁才周; 搜集整理: 梁海涛。1988年4月采录于玉林市博白县。载《中国民间故事集成·博白县民间故事集》, 1990年4月。

(5)《七月七仙水》, 讲述: 韦大四; 搜集整理: 黄乾章、杨平山。采自田阳。载《中国民间文学集成·广西卷·田阳县故事集》, 1988年9月。

注:《中国民间故事集成·广西卷》(中国ISBN中心, 2001年)未见收录。

13. 海南(1个/篇):

(1)《牛郎织女》(苗族), 选入《中国民间故事集成·海南卷》, 中国ISBN中心, 2002

年9月，第151—152页。

14. 四川（5个/篇）：

（1）《牵牛花的来历》，讲述：程文华；记录：曲野。1985年采集。首载《民间文学》1985年第7期；选入陈庆浩、王秋桂主编《中国民间故事全集·四川民间故事全集》，远流出版事业股份有限公司，1989年，第386—391页。

（2）《七仙女与放牛娃》，讲述：钟国文；搜集整理：孙德平、傅培珊。1986年5月采录于绵阳市安县河清镇。载《中国民间文学集成·安县资料集》，1987年12月。

（3）《鹊桥》，讲述：刘素明（女）；搜集整理：杨蕤林。1987年7月采录于灌县青城山一带。载《中国民间文学集成·四川成都市灌县卷》，1987年1月。

（4）《七姑娘儿》，讲述：李金霞（女）；搜集整理：李吾。1988年9月采录于成都市大邑县斜江乡。载《中国民间文学集成·四川卷·成都市大邑县卷》，1988年9月。

（5）《牛郎和织女》，撰述：雷庆明。采集地点：乐山市井研县。载《中国民间文学集成·（四川乐山）井研卷》，1989年6月。

注：《中国民间故事集成·四川卷》（中国ISBN中心，1998年）未见收录。

15. 贵州（4个/篇）：

（1）《牛郎织女的故事》（苗族），搜集整理：李贵廷。1958年搜集于黔东南凯里西江，整理于1963年。首载《民间文学》1979年第4期。

（2）《"吃牛"的传说》，讲述：龙胜学（苗族）；搜集整理：杨正银、陈茂林。采录地区：松桃。首载《中国民间故事集成·贵州卷·松桃苗族自治县资料本》。

（3）《喜鹊的传说》，讲述：满桂氏；搜集整理：满家国。采录地区：松桃。首载《中国民间故事集成·贵州卷·松桃苗族自治县资料本》。

（4）《李牵牛的故事》，讲述：刘成龙；搜集整理：罗登宜。1989年采录于贵阳乌当区百宜、羊昌一带。首载《中国民间故事集成·贵州省·贵阳市乌当区卷》，1989年。

注：《中国民间故事集成·贵州卷》（中国ISBN中心，2003年）未见收录。

16. 云南(1个/篇):

(1)《牵牛星下凡》,搜集整理:谢远辉。采录于盐津县。首载《云南省民间文学集成·盐津县故事卷》,1989年10月。

注:《中国民间故事集成·云南卷》(中国ISBN中心,2003年)未见收录。

17. 陕西(2个/篇):

(1)《牛郎织女的传说》,讲述:贾长安(西和县南家崖人)、赵卢氏(西和县城关大巷道人);搜集整理者:赵逵夫。搜集时间:1958年后半年;整理时间:1959年。首载甘肃省西礼师院附中主办《百花园》1959第5期。2012年9月根据黄英搜集的当地同一传说修订,个别情节有所增补,发表于《飞天》2013年4月号。

(2)《七夕巧渡》,采录地点:户县。首载《中国民间文学集成·陕西卷·户县民间文学集成》,1989年。20世纪以来,陕西未见有牛郎织女传说故事的文本记录和发表。

注:《中国民间故事集成·陕西卷》(中国ISBN中心,1996年)未见收录。

18. 宁夏(1个/篇):

(1)《牛郎与织女》,搜集整理:孙荣华。1987年11月采录于同心县张家塬乡。首载《中国民间故事集成·宁夏卷资料丛书·同心民间故事》,1988年。

注:《中国民间故事集成·宁夏卷》(中国ISBN中心,1999年)未见收录。

19. 新疆(1个/篇):

(1)《牛郎织女》,讲述:张玉英;采录:王永玺。1989年采录于木垒哈萨克自治县。选入《中国民间文学集成·新疆卷》,中国ISBN中心,2008年。

上述调查材料显示,在20世纪,在传说圈核心区内采录和发表的牛郎织女传说总数为89个/篇;在周边地区所采录和发表的牛郎织女传说总数为54个/篇。两者相加,在全国26个省区里采录和发表的传说总数为143个/篇。前者,即在传说圈核心区里搜集到的牛郎织女故事占全国有牛郎织女故事口头流传省区采集和发表总数的63.6%；而后者，即在传说圈核心区之外的周边或外缘地区采录和发表的，只占全国牛郎织女故事流传总数的36.4%。这种分布状况，不是偶然的，而是由牛郎织女故事起源地区和辐射式流传，以及不同地区的社会历史发展特别是历史文化传统所决定的。

如果我们再从流传的时代这一角度来考察，那么，20世纪上半叶采录和发表的牛郎织女传说故事总共只有18个/篇，分布在吉林、辽宁、山东、江苏、安徽、浙江、福建、湖南、广东9个省区；1949年至1978年间搜集发表的只有2个/篇，即孙剑冰采自内蒙古乌拉特前旗的《天牛郎配夫妻》和赵逵夫在甘肃西和县搜集并整理、发表在中学内部刊物上的《牛郎织女传说》。还有一篇是汪曾祺整理的《牛郎织女》，流传地点和采录时间未详，故未予列入。①1979年至2000年这20年间，采录和发表的牛郎织女传说总共为122个/篇（包括在这个时间段之前搜集采录而在这个时间段发表的），分布在26个省区。就是说，20世纪80年代，牛郎织女传说还在26个省区的一些地区口头流传。②

20世纪80年代末至世纪末和21世纪初陆续出版的《中国民间故事集成》（31个省卷本），其中入载牛郎织女传说的，只有11个省区的卷本，其入载的文本总数为20个/篇。这11个省区的卷本是：河北（1个/篇）、山东（3个/篇）、江苏（1个/篇）、上海（1个/篇）、安徽（1个/篇）、江苏（1个/篇）、浙江（6个/篇）、福建（2个/篇）、河南（2个/篇）、海南（1个/篇）、新疆（1个/篇）。这说明，20世纪80年代还有流传的一些省区，到20世纪末或21世纪初，已经逐渐衰微甚至消失无闻了，出现了急剧衰微的趋势，甚至到了濒危的境地了。

---

① 汪曾祺整理：《牛郎织女》，原始发表刊物未详；第一次收录于贺嘉、黄柏（黄泊仓）编选：《中国民间故事选粹》，长沙：湖南文艺出版社，1986年，未标明搜集地区和时间；后收录于贾芝：《中国新文艺大系·民间文学集》（1949—1966），北京：中国文联出版公司，1991年，选编者在文末加上了"搜集于1957年"的字样，不知何所据。据笔者所知，汪曾祺自《民间文学》杂志1955年4月创刊至1958年上半年，一直担任该杂志的实际的编辑部主任，他经常对来稿进行编辑加工修改，这篇《牛郎织女》，也许是他在某篇来稿基础上的修改稿，所以标注出"搜集于1957年"。1958年上半年他被补划为"漏网右派"，被驱逐出中国民间文艺研究会，遣送到张家口劳动去了，从此告别了民间文学工作。但我没有查到原始出处。
② 罗载光、刘士毅编：《中国传统民间故事选》，天津：百花文艺出版社，1997年。其中选录了一篇《牛郎织女的故事》，未标明讲述人、搜集者和搜集地区，故不在我的统计中。

21世纪第一个十年的流传采录情况

进入21世纪以来，世界进入了全球化、信息化的大时代，我国也进入了现代化的快车道，相应地，市场化、城镇化、信息化、人口的大流动、不同文化的交融，导致了我国社会的急剧转型，传统文化遭遇了又一次传承危机。尽管自2003年起我国启动了"政府主导，社会参与"方针指导下的对民族民间文化（稍后转为非物质文化遗产）的保护和普查，然各地的文化主管机构从老百姓口中记录下来并汇编到各省、地、县的调查报告中的，或公开发表的牛郎织女传说故事（那些由民间文学爱好者根据自己民间知识编写的作品除外），却极为罕见。2008年4月，笔者在山东沂源县召开的牛郎织女传说研讨会上曾经指出，国家启动第一批国家级非物质文化遗产名录申报工作时，全国2000多个县（据有关资料，截止到2004年底，全国374个县级市，1642个县、自治县、旗、自治旗、特区和林区）竟然没有一个单位申报保护牛郎织女传说这一项目。①全国各地调查采录牛郎织女传说，并有记录文本公于世的，只有申报国家级非物质文化遗产名录成功的山东沂源县和陕西西安市长安区两处，这两个地方通过有组织的调查，实地采集了一批口传的牛郎织女传说。这两地实地调查采录下来的民众口头上流传的牛郎织女传说文本情况如下：

1. 沂源县燕崖乡：

（1）《七月里七月七》，讲述：韩凤祥；采录：郭俊红。2007年3月记录于山东沂源燕崖乡辉村。载叶涛、苏星主编《中国牛郎织女传说·沂源卷》，广西师范大学出版社，2008年，第22页。

（2）《牛郎织女天河配》，讲述：韩凤祥；采录：郭俊红。2007年11月记录于山东沂源燕崖乡牛郎官庄。载叶涛、苏星主编《中国牛郎织女传说·沂源卷》，广西师范大学出版社，2008年，第23—25页。

（3）《王母娘娘银钗划天河》，讲述：韩凤祥；采录整理：王蕾。2008年4月记录于山东

---

① 刘锡诚：《序言》，叶涛、韩国祥总主编，施爱东主编：《中国牛郎织女传说·研究卷》，桂林：广西师范大学出版社，2008年。

沂源燕崖乡牛郎官庄。载叶涛、苏星主编《中国牛郎织女传说·沂源卷》，广西师范大学出版社，2008年，第25—27页。

（4）《喜鹊架桥渡牛女》，讲述：解明泉；采录整理：王庆安。2008年4月记录于山东沂源燕崖乡刘庄村。载叶涛、苏星主编《中国牛郎织女传说·沂源卷》，广西师范大学出版社，2008年7月，第37—41页。

（5）《织布梭和牛梭头》，讲述：解明泉；采录整理：张宝祥。2008年4月记录于山东沂源燕崖乡刘庄村。载叶涛、苏星主编《中国牛郎织女传说·沂源卷》，广西师范大学出版社，2008年7月，第48—52页。

（6）《牛郎织女》，讲述：孙启文；采录整理：王蕾。2008年4月记录于山东沂源燕崖乡牛郎官庄。载叶涛、苏星主编《中国牛郎织女传说·沂源卷》，广西师范大学出版社，2008年7月，第56—58页。

（7）《天下独有织女洞》（二则），讲述：张守安（道长）；采录整理：张宝祥。2006年4月/2007年3月记录于山东沂源燕崖乡道观。载叶涛、苏星主编《中国牛郎织女传说·沂源卷》，广西师范大学出版社，2008年7月，第77—83页。

2. 西安市斗门镇：

（1）《粉红仙衣定缘分，触犯天规双城石》，讲述：姜凤兰；采集：蒋瑞等。2007年3月10日记录于西安市长安区斗门镇。载傅功振主编《长安斗门牛郎织女传说》，陕西师范大学出版社，2009年12月。

（2）《月老牵线定姻缘，触犯天规双城石》，讲述：范喜琴；采集：左琳等。2007年3月17日记录于西安市长安区斗门镇白家庄。载傅功振主编《长安斗门牛郎织女传说》，陕西师范大学出版社，2009年12月。

（3）《织女勤织布，机石留人间》，讲述：罗海浪；采集：周蕊等。2007年3月10日记录于西安市长安区斗门镇上泉村。载傅功振主编《长安斗门牛郎织女传说》，陕西师范大学出版社，2009年12月。

（4）《跪求王母放织女，夫妻遥望盼团圆》，讲述：刘兴文、罗升发；采集整理：赵丽彦。2007年3月10日记录于西安市长安区斗门镇南沣村。载傅功振主编《长安斗门牛郎织女传说》, 陕西师范大学出版社, 2009年12月。

(5)《偶然捡衣结伉俪, 堵妞宫里住牛郎》, 讲述: 罗升发; 采集: 蒋瑞等。2007年3月10日记录于西安市长安区斗门镇白家庄、南沣村。载傅功振主编《长安斗门牛郎织女传说》, 陕西师范大学出版社, 2009年12月。

(6)《七仙女拨云见董永, 织女下嫁放牛郎》, 讲述: 史振通; 采集: 周蕊等。2007年3月10日记录于西安市长安区斗门镇南沣村。载傅功振主编《长安斗门牛郎织女传说》, 陕西师范大学出版社, 2009年12月。

(7)《天上地上牛女忠贞相爱, 错传佳期喜鹊被罚搭桥》, 讲述: 李平; 采集: 蒋瑞等。2007年3月10日记录于陕西咸阳王道村。载傅功振主编《长安斗门牛郎织女传说》, 陕西师范大学出版社, 2009年12月。

(8)《牛郎织女相爱王母散, 七月七日石婆庙上相见》, 讲述: 薛克敏; 采集: 左琳等。2007年3月10日记录于西安市长安区斗门镇牛郎织女石刻管理所。载傅功振主编《长安斗门牛郎织女传说》, 陕西师范大学出版社, 2009年12月。

(9)《土地说媒牛女成夫妻, 牛郎翻山越岭追织女》, 讲述: 张建华; 采集: 左琳等。2007年3月10日记录于西安市长安区斗门镇(哪个村子不详)。载傅功振主编《长安斗门牛郎织女传说》, 陕西师范大学出版社, 2009年12月。

上面16篇牛郎织女传说, 是从山东省沂源县燕崖乡和陕西省西安市长安区斗门镇两个地方为申报国家级非物质文化遗产名录而采集和发表的传说中所选录的(沂源调查共记录传说42篇, 笔者只选用了8篇, 一些与牛郎织女无直接关联的地方风物传说和讲述零碎的片段, 未录于此), 是21世纪最初10年间从老百姓口头上采录的。这两个调查都是由学者们实施, 运用民间文艺学的实地调查和参与观察的方法, 遵循"真实性、科学性、代表性"的民间文学搜集采录原则, 深入到当地乡民中, 从乡村故事家和比较有讲述才能的乡民的口述中采录的。其调查采录的时机, 与20世纪80年代为了编纂《中国民间文学三套集成》而进行普查相比, 中国的乡村面目和乡民社会已经发生了和正在发生着巨大的、历史性的变迁。沂源的燕崖乡虽然距离县城有几十公里, 大体上还处在传统的乡民社会状态之中, 但现代化和信息化的影响已经十分剧烈了。这表现在: (1)传承人的年龄偏大, 传承出现了严重的断代现象；（2）传承人的讲述文本受外来影响很大，有的称得上是根本性的颠覆。①长安区斗门镇是西安市的近郊区，受到的现代化影响比沂源的燕崖乡相对更大，尽管传统文化与商品大潮的博弈处处可见，普通乡民的文化水平相对较高，加上汉武帝开凿的昆明池的历史记忆、石爷和石婆石刻像以及牛女庙的香火的存在，但调查显示，在当前社会条件下，七夕信仰和牛女传说的承载者和受众群已多为中老年人和妇女，很少有年轻人了，传说故事和七夕习俗的传承出现了断层，讲述和聆听传说故事成为老年人的自娱自乐。②

山东省沂源县于2006年向文化部申报"牛郎织女传说"列入国家级非物质文化遗产名录，由山东大学的民俗学民间文学专业的师生对以燕崖乡为中心的县境内牛郎织女传说进行了两次调查，从讲述人口头上采录了42个传说文本，其中重要的传说讲述人韩凤祥6个、解明泉3个、孙启文1个、张守安2个，一般的讲述者讲的传说30个，这些"活态"流传的牛郎织女传说，稍后都被选入了叶涛、苏星主编的《中国牛郎织女传说·沂源卷》（广西师范大学出版社，2008年）一书中。③这些传说文本证明了，除了当地民众和历代官府依据"在天成象，在地成形"（织女庙和牛官庄之间隔着一条沂河）的古意，构建了并留给后代一些与牛郎织女信仰和神话传说相关的遗迹而外，在当地老百姓的头脑里也保留了不少传说，这些传说以口口相传的方式在他们中间流传。沂源的牛郎织女传说的直接渊源，学界并没有人做过认真而详细的考察研究，但根据地上的相关文物和遗迹所做的研究考察已有了一些结论。主持沂源牛郎织女传说调查的叶涛教授所撰调查报告《在天成象 在地成形——山东省沂源县牛郎织女传说的调查与研究》，把沂源牛郎织女传说的最早渊源上溯至了唐宋。他写道：

> 大贤山上庙宇的历史可以追溯到唐宋时期。现存最早的碑刻资料是今存织女洞中立于宋朝元丰四年（1081）的一块功德碑……此碑虽然现存于织女洞中，但从碑文中还看不出与织女有什么联系。

---

① 叶涛、韩国祥总主编，叶涛、苏星主编：《中国牛郎织女传说·沂源卷》，桂林：广西师范大学出版社，2008年，第18—19页。

② 傅功振主编：《长安斗门牛郎织女传说》，西安：陕西师范大学出版社，2009年，第72—73页。

③ 笔者在此表中只选择了8个。原报告中都没有标题，现在的题目是笔者拟的，有些情节过于简单和零碎的、加工太大的和根据文献重写的，都没有选录在此。

宋代之后大贤山还有一座据说原来为9层的金代石塔，石塔上面出现了金朝泰和六年（1206）的线刻人物和文字题刻。题刻主要记述了大贤山道教的开山人物张道通道士的事迹。……"乃游此地，谓人曰山名大贤，织女崖□，乃同徒众登眺巅峰，山清水秀，而乐居焉。"这里的"织女崖□"，是我们所见到的最早的与织女有关的记载。

对于我们理解沂源的牛郎织女传说最为重要的一段史料，出现在明朝万历七年（1579）的《沂水县重修织女洞重楼记》中……"唐人闻个中札札机声，以故织女名。"在这段文字中，还十分难得地透露出把织女和牛郎牵连在一起的机缘：时任沂水县知县的王凤竹对主持道人打探玄妙之理，道士说："守者会公意，即礼多方金粟展力为之，对面并起牛官……"

根据这些记载，我们可以做出这样的推断：明代末叶孙氏家族迁居沂水，定居沂河岸边时，"牛官"已于万历年间修建而成，村庄因位于牛官附近，因而命名村庄为牛郎官庄。[①]

笔者以为，沂源牛郎织女传说的渊源研究，似不应止步于此。笔者在《牵牛织女原是东夷部族的神话传说》一文中提出、在本文中也进一步论述了牛郎织女神话传说最早的族属，应是已经消失了的东夷部族的奄或薄姑氏族（部族）的神话传说。而有着悠远历史（旧石器时代"沂源人"的故乡）的沂源，到了东夷文明时代，应该就在东夷族群之奄国的势力范围之内。东夷研究学者李白凤说："商奄并非鲁奄，它不在曲阜而在益都莱芜一带，或今之莱芜谷。"[②]从原始的牵牛、织女的星象崇拜，到《大东》里的牛郎织女神话，这些民间记忆也许就以潜意识的方式，沉淀在一代又一代的东夷氏族（部族）及其后来的传人或被周人同化了的汉人的头脑之中。否则，沂源境内的织女洞，又何来之有？当然，笔者的这个假设或推断还需要学界更多的论证。但由于东夷的史料大都湮没无闻了，要得到更多强有力的论证，还面临着不小的困难。

再说斗门镇。汉武帝为了征服西南夷之昆明国训练水师而于元狩三年（公元前120）起开凿昆明池，并在东西两岸分别设立了两个石人，一为牛郎，一为织女，借助牛郎和织女的相隔相望，而象征昆明池所具有的"天河"意义。《三辅黄图》卷4引《关辅古语》云："昆

---

① 叶涛：《在天成象　在地成形——山东省沂源县牛郎织女传说的调查与研究》，叶涛、韩国祥总主编，叶涛、苏星主编：《中国牛郎织女传说·沂源卷》，桂林：广西师范大学出版社，2008年，第1—6页。
② 李白凤：《东夷杂考》，济南：齐鲁书社，1981年，第71页。

明池中有二石人，立牵牛织女于池之东西，以象天河。"东汉班固《西都赋》云："集乎豫章之宇，临乎昆明之池。左牵牛而右织女，似云汉之无涯。"都透露了汉武帝开凿昆明池的意向。宋以降，昆明池逐渐淤塞干涸而废弃，石爷石婆也被埋于地下。借助于权力而得以传播的牛郎织女传说，也就逐渐淡出了乡民们的视野。如前所说，20世纪，陕西省只采集并发表过两篇牛郎织女故事传说。2006年，中国社会科学院考古研究所陕西第二工作队，对汉代昆明池遗址进行了钻探和试掘，石爷石婆石雕像同时被发掘出土。

2007年3月6日（正月十七），笔者与贺学君、刘宗迪应陕西省纪委的下派干部李鸣高同志之邀，到长安区斗门镇南沣村参加"首届长安七夕文化节"（实则庙会），实为当地要申报非物质文化遗产名录举行小型座谈会。我们在位于南沣村的"西安市长安区牛郎织女石刻管理所"里见到的，只有石婆（织女）雕像，而没有石爷雕像。应我们的要求，当地文化官员带领我们到了常家庄，在村边一间简易的小庙（一间小棚子）里，看到了几乎是被弃置在那里的石爷雕像。李鸣高一腔热情要为长安区非遗文化保护做些事情，即使到期了、该回原单位上班了，他还主动延长下派期。但不知出于什么原因，主管文化的副区长却并不到会，很自然地引起了我们的疑惑与不快。当文化部非遗专家组审查通过评审并报国务院办公厅后，突然有人匿名给文化部写了一封告状信，声言"我们这里没有牛郎织女传说"。作为评审委员，笔者提请主持评审的文化部副部长周和平同志下令办公室给陕西省主管副厅长打电话征求她的意见，这位副厅长在有人告状的情况下，也附和了告状信的说法，认定长安区没有牛郎织女传说流传。结果文化部只好临时向国务院办公厅报告，当机立断撤销了长安区斗门镇的申报。

虽然2000年前有汉武帝开凿昆明池和设置石爷石婆雕像之举，一度激发了当地民众对牛郎织女传说的传播和记忆，但随着时代的转移、权力的消失、文物的湮没，牛郎织女传说也就渐渐地从民众的生活中衰落了，甚至逐渐不传了。鉴于长安区缺乏牛郎织女传说的记录文本问世，给申遗工作带来了困难，我们建议请陕西师范大学文学院副院长傅功振教授带领学生为当地作实地调查，帮助地方上搜集采录在民众中口头流传的牛郎织女传说。他们接受了这个建议。3年后，在他们的实地调查提供出了一批（其实只有19篇）牛郎织女传说的记录文本后，长安区再次申报，并顺利地通过了国家评审，国务院办公厅于2010年6月8日发布文件批准长安区斗门镇申报的牛郎织女传说进入第三批国家级非遗名录。

这批记录文本的公开发表,应该说,在长安区,在西安市,乃至在陕西省的文化史上是第一次,填补了在陕西文化史上牛郎织女传说记录文本的缺位,说明牛郎织女传说在21世纪的第一个十年,仍然还在民间流传,故而殊为可贵。陕西省所以有西安市长安区斗门镇这样的地区有牛郎织女传说的比较集中的口头流传,究其原因,主要是由于汉武帝朝廷政治权力的激发和影响。但有人进而把长安区斗门镇说成是牛郎织女传说的起源地,笔者认为,如同把和顺、南阳、太仓等地说成是其起源地一样,是缺乏充分说服力的。

山西省和顺县也是国家级非物质文化遗产名录中确定的3个牛郎织女传说保护地之一。2007年7月5日该县文化艺术中心根据申报要求,在向文化部和国家非物质文化遗产专家委员会评审组提供的《申报书》的《附件》里,附录了20个当地流传的牛郎织女传说:(1)《南天门》、(2)《八仙洞》、(3)《相思背》、(4)《金牛凹、金牛洞、牛郎山》、(5)《天河梁(天河山)》、(6)《喜鹊山》、(7)《天河池(天马池)》、(8)《驴打滚》、(9)《老牛口》、(10)《双龟石》、(11)《塔岭》、(12)《葫芦塇》、(13)《磨簪石》、(14)《笸箩凹》、(15)《杏树湾、桃树沟》、(16)《牛郎峪》、(17)《牛郎沟》、(18)《花山与哪吒塔》、(19)《莲花山与观音塇》、(20)《簪峪(磨子峪)》。专家组审看后,认为这些所谓传说文本,大多是当地与牛女传说和七夕有关的地方旅游景点的解释文本,而与民间文学类"非遗"项目要求的老百姓口头讲述的传说故事记录文本有一定差距。该文化艺术中心于11月6日对所提交的附录材料进行了修改和撤换,又提供了《兄弟分家》《大战老鳖》《池畔娶妻》《神驴显威》《天河断情》《鹊桥相会》6个传说的记录文本。该县的申请终于获得专家委员会的通过和文化部与国务院的批准,该县被认定为牛郎织女传说的保护地。但5年过去了,至今还没有看到该县根据"真实性、代表性、科学性"三性原则在实地调查基础上的牛郎织女传说记录文本公开出版。

根据我所能见到的材料,除了这3个国家认定的保护地之外,至今还没有看到其他地方在21世纪第一个十年中向公众提供出他们在实地调查基础上采录的、在现代社会条件下还在当地口头流传的牛郎织女传说文本。这就意味着,在全球现代化潮流的冲击下,前文所认定的20世纪80年代到世纪末还有这个传说流传的所谓"周边地区",已经大大地缩小了。

结 论

根据笔者所搜集到的资料加以分析研究，可以得出如下几点结论：

第一，20世纪100年间，牛郎织女传说的流传地区，最昌盛的时期，北起黑龙江、吉林、辽宁、北京、内蒙古、山西、河北，依次南来，沿海的山东、江苏、安徽、上海、浙江、福建，中南部的河南、湖北、湖南、四川、云南、贵州、广东、广西、海南，西北部的宁夏、陕西、甘肃、新疆，共涉及26个省区。这些地区流传的牛郎织女传说，大体可以分为两个部分：一部分是关于天上的仙女（织女）与地上的牛郎自由婚配而后被天帝或王母划银河分开不得相见，因而演为悲剧结局，只在每年的七月七日借助于鹊桥相会的故事；另一部分，则是牛郎织女传说与地方风物相粘连和结合的地方风物传说。而综观这26个流传地区的牛郎织女传说的分布状况，大体可以画出一幅牛郎织女传说的流布密集区域图，我们姑且把这个中心流传区域叫作"牛郎织女传说圈"。这个传说圈的中心地区，应该就集中在北起河北、山西、山东，南到江苏、浙江、福建，西南部到河南的这一地区。这个地区，应当与古代中原地区的主流文化——东夷文化以及后起的周文化、楚文化、齐文化、汉文化的流布和影响不无关联。从上面的流传统计和地理分布中可以看出，在战国到汉魏之际已经形成较为严整完善的故事情节和内容的牛郎织女传说故事，到了现代，情节没有出现大的改变和拓展，主要流传地区逐渐趋于萎缩。

陕西省历史上虽有汉武帝在长安境内开凿昆明池，并在东西两岸分置牛郎和织女石像之举，但时过境迁，随着昆明池的干涸、两个石雕像的被淹埋，牛郎织女传说在民间并没有充分地流传，至少是没有被采集和发表。20世纪80年代，全国为了编纂民间文学集成进行了大规模的民间文学普查，以咸阳地区而论，也编辑出版了由民间文艺家梁澄清主编的《咸阳民间故事集成》4大卷，但编者并没有收集到一篇牛郎织女的传说，甚至与传说相关的风物传说。近年来在全国开展的非物质文化遗产保护工作，甘肃省陇南市所辖的西和县的七夕习俗，保存得十分完整而独特，而该省本应有更多的牛郎织女传说流传，但所惜者，民间文学工作者们并没有发现和提供出已经发表的传说记录文本，而且那里的乞巧习俗，并没有传说中织女之外的另一主角牛郎显身，故而难于对那块土地上的流传情况和传说故事特点做出判断。新疆的一篇采自木垒哈萨克自治县，讲述者是汉民，究竟是木垒土著，抑或是移民, 不得而知, 故难下定论。

云南、贵州距离中原地区较远, 那里素有自己的土著文化（包括宗教）, 那里的牛郎织女传说, 有的与内地的牛郎织女传说内容和结构近似, 可能因受中原文化的长期影响和相互文化交流所致, 但多数为风物传说之粘连式。曾有研究者、收集者报道, 苗族有牛郎织女的传说。上表中, 列入两篇苗族的牛郎织女传说: 海南一篇, 湘西一篇。已故神话学家丁山在生前曾论及湘西苗语中的 "大业" 与牵牛织女传说的关系, 有普遍意义, 笔者另文曾提到他的论述, 惟其重要不妨引在此处: "曾读严如煜《苗疆风俗考》, 中有云: '湘西苗语, 呼黄牛曰大跃, 呼水牛曰大业。' 大业之名, 竟与女脩之子大业语音相同; 令人不能不疑及牵牛织女神话。假定,《史记》所谓大业, 释为牵牛; 那么, '颛顼之孙女脩织', 显然是 '天孙' 织女星; 女脩生大业, 该是牵牛织女恋爱故事的变相。" 他的意见是, 二十四史中那群四裔民族, 当时都还是游牧民族, 而他们的神话, 无不反映着 "各个民族的宗教信仰" 和他们 "熏染华化以前的原始生活的形态"。[①]

第二, 20世纪二三十年代, 牛郎织女传说在民众中有较为广泛的流传。可以作为见证的是, 从1921年起的28年间, 当年还是自发地从事民间文学搜集的一些热爱民间创作的文化人, 从民间记录发表了或搜集记录了18篇民间传说, 其流传地区涉及吉林（延边朝鲜族）、辽宁（奉天）、山东（诸城、高密）、安徽（颍上）、江苏（灌云）、浙江（永嘉）、福建（南安、泉州、漳州）、广东（陆安）8省。凌纯声和芮逸夫1934年在湘西苗族地区做调查时, 也发现和记录了一则当地的苗族异文。从1949年10月起, 直到 "文化大革命" 结束后的1978年, 由于社会生活的巨大变迁, 政治运动的连绵不断, 传统文化受到了前所未有的冲击与破坏, 文化工作者也忙于收集记录新民歌、革命歌谣和革命性较强的义和团、捻军、抗英等内容的传说, 牛郎织女传说在老百姓的生活中和记忆中几被遗忘, 报刊书籍上没有留下多少可资参考的记载, 这30年间只发表了一篇牛郎织女传说, 即孙剑冰先生1954年在内蒙古乌拉特前旗记录的《牵牛郎配夫妻》（秦地女讲述）。这篇传说记录稿由于情节、语言等因素, 首发于影响很大的《民间文学》杂志上, 接着又收入贾芝、孙剑冰编的《中国民

[①] 丁山:《自序——从东西文化交流探索史前时代的帝王世系》,《古代神话与民族》, 北京: 商务印书馆, 2005年, 第3页。

间故事选》（人民文学出版社，1958年）中，作为中国科学院文学研究所、中国民间文艺研究会主编的《中国各民族民间文学丛刊》的第一部书发行，在中国文化界产生了前所未有的影响，从而为后来的教科书所选载。人民教育出版社于1956年出版的初级中学语文课本第一册中收入了经过整理的《牛郎织女》，其整理方法和文本风格在《北京文艺》和《民间文学》等刊物上引发了一场争论[1]，由于那个文本不是从老百姓口头上直接搜集写定的文本，加工较大，故在此不论。1957年，汪曾祺整理的《牛郎织女》发表，上文已经交代，原始出处未详，也就无法确定其地域归属。"文革"后发表的第一篇牛郎织女传说记录文本，是李贵廷在贵州黔东南地区苗族中采集的《牛郎织女的故事》，发表在复刊未久的《民间文学》杂志1979年第4期上。在内地采录的牛郎织女传说在报刊上再度发表，已是6年后的事情了。1985年7月，为配合七夕节而在《民间文学》杂志上发表的12篇传说作品涉及的地区，依次是河北（束鹿、保定）、山东（济宁、青岛）、江苏（苏北泗阳）、安徽（阜阳）、河南（南阳）、湖北（广济）、湖南（长沙）、四川。在上文认定的"牛郎织女传说圈"中，除了几个有历史遗迹的地方，如山东的沂源、长安的斗门、河南的南阳、山西的和顺、河北的邢台、江苏的太仓、湖北的襄樊等地，由于这些历史遗迹常常能唤醒民众的记忆，甚至成了"当地重要的地方性知识"[2]，牛郎织女传说在这些地方还多有流传外，其他更多的地方，牛郎织女故事已经很少流传了，或者说故事情节完整的牛郎织女故事传说已经很难见到了，以至于只能在20世纪80年代各地编纂的"县（区）级"民间文学集资料本中搜寻到上表中所列的大约六七十个故事传说（另外六七十个故事，不过是地方风物传说罢了）。根据各地县卷本的资料选编的《中国民间故事集成》（每省1卷）大型系列丛书，31个省卷本中只有10个省卷本中还能见到它闪烁不定的身影，亦即只剩下19个传说了！它们是：

河北1篇：《傻牛郎和织女》（太行山）；

山东2篇：《牛郎认媳妇》（嘉祥县）、《牛郎织女鹊桥会》（梁山）；

江苏1篇：牛郎织女的后代（邳县）；

---

[1] 李岳南：《由"牛郎织女"来看民间故事的思想性和艺术性》，《北京文艺》1956年8月号；刘守华：《慎重对待民间故事的整理编写工作》，《民间文学》1956年第11期。

[2] 叶涛：《在天成象 在地成形——山东省沂源县牛郎织女传说的调查与研究》，叶涛、韩国祥总主编，叶涛、苏星主编：《中国牛郎织女传说·沂源卷》，桂林：广西师范大学出版社，2008年，第10页。

安徽2篇:《喜鹊搭桥》(滁州)、《牛郎织女》(阜阳);

上海1篇:《牛郎和织女》(长宁区);

浙江6篇:《鹊鸟传错旨》(玉环县)、《七七相会》(永嘉县)、《喜鹊为什么会癞头》(永嘉县)、《织女的泪水》(嵊泗县)、《牛郎织女》(象山县)、《喜鹊搭桥》(宁海县);

福建2篇:《牛郎织女与"记节"习俗》(周宁县)、《牛郎织女会七夕》(政和县);

河南2篇:《牛郎织女》(杞县)、《牛郎织女》(桐柏县);

海南1篇:《牛郎织女》(苗族,保亭黎族苗族自治县);

新疆1篇:《牛郎织女》(讲述者汉族,木垒哈萨克自治县)。[①]

在此,还要补充的是:在《中国民间故事集成》之外,20世纪80年代在各地发现并对其进行过采访记录的著名故事讲述人,除了河北藁城耿村的靳正新、山东费县的尹宝兰、湖北伍家沟的冯明文每人留下了一个有关牛郎织女的传说外,其他那么多故事讲述家,如辽宁岫岩的满族三老人李成明、李马氏、佟凤乙,朝鲜族女故事家金德顺,新民县的谭振山,河北耿村的靳正祥,山西朔州的尹泽,山东青岛的宋宗科,沂蒙的胡怀梅、王玉兰、刘友发,湖北宜昌的刘德培、孙家香、刘德方,重庆走马镇的魏显德……都没有看到他们讲述的牛郎织女传说的记录文本。而在我国著名的故事搜集家中,除了孙剑冰采录的《牵牛郎配织女》外,其他的人,如董均伦、张士杰、李星华、肖甘牛、萧崇素、陈玮君、裴永镇、黎邦农、刘思志等,都没有搜集记录下牛郎织女传说!

综上所述似可得出结论,20世纪80年代,还在26个省区的一些地方"活态"流传的牛郎织女传说,到了20世纪末和21世纪初,已经发生了巨大的变化,即除了海南苗族的1篇和新疆木垒的1篇这两个特例外,流传地区已经锐减为8个省区——一个以东部沿海(即牛郎织女神话的原发地古东夷地区)及其周边地区为中心的较为狭小的地区了。一向被称为"四大传说"之一的牛郎织女传说,现在已经变得名不副实了,如照这样的衰微速度发展下去,用不了多久,就会完全退出人们的视野。目前我国确定山东沂源、陕西长安、山西和顺3个地方为保护单位,显然是太少了,与濒危的境况太不适应了,而濒危的状况要求将更

---

① 《中国民间故事集成·广东卷》所收的一篇《牛郎织女》,并非20世纪80年代采录的,也不是80年代还流传在老百姓中间的作品,而是钟敬文先生采集于1925年的旧作。

多的地方纳入国家级保护单位。

第三，牛郎织女故事趋于萎缩的原因，主要是社会的转型，农耕文明的社会基础和宗法伦理制度影响的削弱乃至消失，现代化、城镇化、信息化的巨大进步，使民间故事的口头传播逐渐失却了生存的社会条件和民俗人文土壤；其次，牛郎织女传说没有像七仙女故事、梁祝故事那样受到戏曲、音乐等群众喜闻乐见的艺术形式的勾联和互动，未能借助戏曲和音乐的力量带动传播、提升生命力，在群众中的影响逐渐减弱。牛郎织女传说的这种生存状况，正可看作是仅仅以口头方式传承和传播的民间文学类的非物质文化遗产的一个具有普遍意义的代表。

第四，中华人民共和国成立60年来出版物引用最多的，是孙剑冰于1954年在河套地区记录的秦地女讲述的《牵牛郎配夫妻》。河套地区是内蒙古南部与现今宁夏部分地区的结合部，就文化性质而言，这里属于晋文化的延伸地区，山西的移民与蒙古族杂居，各自带来和发展着各自的民族文化，但两族文化的交融非常明显，形成一种互为交融但汉文化占据着很强地位的河套文化。秦地女所处的位置，显然不能被认为是古之周原的核心腹地，而是边缘地区，故而其讲述未必是最典型的文本。而且我以为秦地女的讲述，也许仅是一个孤例，并未见到河套地区有其他故事家的传述和群体性的传承公之于世。汪曾祺版的《牛郎织女》传说文本，也有较为广泛的影响。2004年10月，由日本著名民间文艺学家小泽俊夫发起，聘请中日韩三国民间文艺学家精选的以少年儿童为阅读对象的《中日韩民间故事集》（日本奥林匹克纪念青少年综合中心印制），收入了湖北丹江口市伍家沟农民冯明文讲述、李征康记录的《牛郎星和织女星》，由日本文部省印发并赠送三国的教育部，作为中小学乡土教材和课外读物。[①]这个流传在伍家沟的故事，其文化身份如何，不得而知，如果伍家沟的居民像武当山周边地区的一些地区居民一样，是明代万历年间修建武当山时抽调去而后流落在当地的中原民工，那么，不能排除是他们带去的中原故事。但丹江口一带，地处武当山后山的偏僻山区，在秦岭以南，汉水以北和以东，原应是一个荒漠地区，并不是有些学者认定的《诗经·小雅·大东》里的"河汉"——汉水一带。而列入国家级"非遗"名录的3个保护地区所搜集和发表的作品中，似乎还没有一篇荣膺全国性的声誉。在笔者看来，我们

---

① 刘守华：《跨国选编中韩日故事合集的启示》，《民族文学研究》2005年第3期。

中华民族需要一个大家都能认同的好的牛郎织女传说文本作为非物质文化遗产的标准文本，既能供广大读者阅读，又能作为精神产品传之后世和推向海外。我们选哪一个呢？

2007年8月15日—2013年9月7日初稿

2015年5月2日定稿

本文原载于《民间文化论坛》2015年第4期。

梁祝的嬗变与文化的传播

关于梁祝传说的起源问题，包括其发源的地区和萌芽的时代，20世纪二三十年代曾有许多学人作过探讨，但一直没有足够的材料可供引导出可信的结论。20世纪的下半叶，梁祝传说的起源问题（甚至整个梁祝传说的研究）就被放到一边没有人再研究了，高质量的学术论文更是难觅，人们关注的重点转移到了传说的反封建的主题和主人公梁祝的爱情悲剧上。近10多年来，由于地方经济发展的需要，加上近一两年来申报世界非物质文化遗产浪潮的冲击，作为地域文化资源之一的梁祝传说，其发源地问题的争论，陡然升温成为文化界的一个小小焦点，其争论日渐激烈。文化课题一下子凸显了时代的特点。

笔者无意于梁祝传说发源地的考证问题，而很希望利用学者们梳理过的梁祝传说流布材料和近20年来在全国新发掘的材料，来探讨一下被冷落的非历史人物传说的嬗变和传播是怎样的这一饶有兴趣的问题。

梁祝传说的产生时代

近代小说研究家蒋瑞藻（1891—1929）最早提出，梁祝传说最初产生在东晋。[1]他所依据的，是辗转引述的宋徽宗大观间明州知事李茂诚所撰的《义忠王（梁山伯）庙记》，其实也属于传说性质，并非严格的史料。但至20世纪30年代，诸家已对东晋说大致取得了共识。钱南扬说得最准确和肯定："这个故事托始于晋末，约在西历四百年光景，当然，故事的起源无论如何不会在西历四百年之前的。至梁元帝采入《金楼子》，中间相距约一百五十年。

---

① 蒋瑞藻编，江竹虚标校：《小说考证》，上海：上海古籍出版社，1984年，第312—314页。

所以这个故事的发生, 就在这一百五十年中间了。"①

大体梳理一下, 研究梁祝传说和史迹所据的材料, 比较早的计有:

(1)梁元帝萧绎《金楼子》。明代徐树丕《识小录》: "按, 梁祝事异矣! 《金楼子》及《会稽异闻》皆载之。"徐树丕所见《金楼子》是原书还是辗转所得, 无从查考。梁元帝萧绎, 公元552—554年, 在位三年。公元554年被魏军所杀, 享年47岁。藏书14万卷, 魏军破江陵城时, 全部烧毁。现存世的《金楼子》系辑本, 没有"梁祝事"的记载。

(2)唐代梁载言《十道四蕃志》。宋代张津《四明图经》: "义妇冢, 即梁山伯祝英台同葬之地也。在县西十里'接待院'之后, 有庙存焉。旧记谓二人少尝同学, 比及三年, 而梁山伯初不知英台为女也。其朴质如此。按《十道四蕃志》云'义妇祝英台与梁山伯同冢'即其事也。"梁载言, 唐中宗(683—684, 在位3个月)时候人。

(3)唐代李蠙《题善权寺石壁》。明代《善权寺古今文录》录唐代李蠙《题善权寺石壁》全文: "常州离墨山善权寺, 始自齐武帝赎祝英台产之所建, 至会昌以例毁废。唐咸通八年, 凤翔府节度使李蠙闻奏天廷, 自舍俸资重新建立。……"此《题善权寺石壁》写于唐懿宗咸通八年, 丁亥, 即公元867年。又, 宋《咸淳毗陵志》卷25: "广教禅院在善卷山, 齐建元二年以祝英台故宅建。唐会昌中废, 地为海陵钟离简之所得, 至大和中, 李司空蠙于此借榻肄业后, 第进士。咸通间赎以私财重建, 刻奏疏于石。"齐太祖建元二年, 为公元480年。

(4)唐代张读《宣室志》。清代翟灏《通俗编》卷37 "梁山伯访友"条引唐代张读《宣室志》: "英台, 上虞祝氏女, 伪为男装游学, 与会稽梁山伯者同肄业。山伯, 字处仁。祝先归。二年, 山伯访之, 方知其为女子, 怅然如有所失。告其父母求聘, 而祝已字马氏子矣。山伯后为鄞令, 病死, 葬鄮城西。祝适马氏, 舟过墓所, 风涛不能进。问知有山伯墓, 祝登号恸, 地忽自裂陷, 祝氏遂并埋焉。晋丞相谢安奏表其墓曰'义妇冢'。"张读, 唐文宗大和八年或九年(即公元834年或835年)生, 僖宗中和初年(881)卒。②《宣室志》今本不见此段有关梁山伯祝英台的记述。

---

① 钱南扬:《祝英台故事叙论》,《民俗》周刊第93·94·95期合刊, 1930年2月12日。
② 张永钦、侯志明:《〈宣室志〉点校说明》, 李冗、张读:《独异志·宣室志》, 北京: 中华书局, 1983年, 第1页。

何其芳不同意"东晋说",认为梁祝传说产生于唐代比较可靠。他说:

> 梁山伯祝英台的故事在汉族中的确是很早就流传的。徐树丕《识小录》卷3说,南北朝的梁元帝萧绎所著《金楼子》中就载有这个故事。但查现在还存在的从《永乐大典》辑录出来的《金楼子》残本,不见有这样的记载,徐树丕的话就无法证实。徐树丕是明末清初的人,他当时见到的《金楼子》是全书还是根据别的书的转引,甚至他的话是否可靠,我们都无法断定。我们如果谨慎一些,是不能根据他这句话来推断梁祝故事的流行的朝代的。现存的较早而又可靠的根据是南宋张津等人撰的《乾道四明图经》卷二和元代袁桷等人所撰的《四明志》卷七都提到的唐代《十道四蕃志》中关于梁祝故事的记载。根据这个记载,断定梁祝故事在唐初已经在汉族某些地区流行,是无可怀疑的。也有记载说梁山伯生于晋穆帝时(见蒋瑞藻《小说枝谈》所录《餐樱庑漫笔》中所引的宋人作的梁山伯庙记),但这当是传说,不一定可靠。而且传说里面说什么人物是什么时候的人,和这个传说产生在什么时候,也是两回事情。[1]

从上面引述的材料可以看出,在东晋末年以前,更具体的一个时间是齐建元之前数百年间,梁祝传说就已经在今浙江鄞县(接待院)和江苏宜兴(善卷山)两地的民间流传了。那时,故事情节还比较简单,只有如"义妇祝英台与梁山伯同冢""齐建元二年以祝英台故宅建""祝英台读书处"等寥寥数语。问题是,什么样的人物和史实促动了梁祝传说的萌生,果然有那么一对类似梁山伯与祝英台的青年男女的爱情悲剧发生过吗?不得而知。从这些史料中,我们看到的,更多的是以史迹的形式折射出来的梁祝传说,还不是以丰富的语言和情节传承的梁祝传说。

人物传说与传说人物

历史上对梁祝传说的研究,大多是起源问题(更具体地说是起源地)的探讨,涉及别的方面的,如与传说相关的其他问题的,则颇鲜见。这与我国传统学术史上的考据之风十

---

[1] 何其芳:《少数民族文学史编写中的问题》,《何其芳文集》第6卷,北京:人民文学出版社,1984年,第274—275页。

分盛行有关。可要想从考据中追寻出梁祝其人其事的终极时代和发生地点，恐怕又是困难的，甚至是徒劳的，因为梁祝传说毕竟是传说而非史实，其主人公梁山伯和祝英台，是否历史上实有其人，至今还没有可信的史料可以证实，而大多是志书里所记的传说、轶闻之类。传说毕竟是传说，"所谓俗语不实"（清代吴骞语），像风一样捉摸不定，在流传和散播中逐渐滚动粘连，人物和事迹不断得以丰富，其合理性也逐渐加强。传说可以给人们提供一定的社会信息和可供民众仿效的道德标准，可以使人们的精神境界和情感情操得以提升，但它唯一做不到的，就是证明自己。

其实，历史上把梁山伯和祝英台当作历史人物的努力，曾不止一次地遭到过怀疑。如：宋代李茂诚所撰《义忠王庙记》，说梁山伯死在宁康癸酉（宁康元年，即公元373年）八月，墓地是自己选的；宁康乙亥（375）三月祝英台死，此墓遂变成二人合葬之所，同时，郡守把此事奏闻于朝，丞相谢安奏请封义妇冢，并勒石以志。记载了梁的生卒年月生平事迹，看似凿凿有据。南宋张津编纂《乾道图经》也说："县西十里接待院后有庙，旧记谓梁山伯、祝英台二人，少尝同学，比及三年，山伯初不知英台之为女。案《十道四蕃志》'义妇祝英台与梁山伯同冢'，即其事也。"到清雍正八年，曹秉仁《宁波府志》卷34《古迹》附《冢墓》却说："晋梁山伯祝英台墓，县西十里，接待寺后，有庙在焉。旧志称'义妇冢'，然英台尚未成妇，故改今名。"[①]前引何其芳的论说也说：李茂诚的《庙记》"这当是传说，不一定可靠"。

对李茂诚的《庙记》提出怀疑是十分正常的。如果钱南扬所说梁祝传说产生或形成于梁元帝采入《金楼子》前150年即公元400年前后，如果梁祝传说产生或形成于《咸淳毗陵志》所说的齐建元二年（480）"以祝英台宅建"之前，这些说法是不错的，那么，到李茂诚于宋徽宗大观元年（1107）撰写"庙记"的时间，距梁祝传说产生的公元400年前后，已有700年之久了，而此前的著述和志书，似乎都没有留下来对梁祝史迹或传说的那么具体翔实的描述，到了700年后的李茂诚的"庙记"，却突然冒出来那么多具体而微的材料，说它"这当是传说"，不是颇有道理的吗？

再者，1997年对宁波西郊高桥镇（即古之鄮城西）相传是梁山伯和祝英台的合葬墓进

---

① 转引自钱南扬：《梁山伯与祝英台的故事》，《北京大学研究所国学门周刊》第8期，1925年12月2日；《国学门月刊》1926年第1卷第3号。

行了一次考古发掘，发掘报告刊登在《浙东文化》1998年第1期上。参加发掘的钟祖霞撰文说："从随葬器物的简陋程度，可以断定墓主人是位出生于寒门的下等官吏，这与历史文献志书记载的梁山伯县令的身份相吻合，换句话说，这就是真正的梁山伯墓。"[1]这个结论显然是一种缺乏直接证据的推论。君不见《十道四蕃志》说"义妇祝英台与梁山伯同冢"；张读《宣室志》说"地忽自裂陷，祝氏遂并埋焉。晋丞相谢安奏表其墓曰'义妇冢'"。明明都说墓主人是双人合葬墓，而发掘出来的墓葬却是单人墓，与前人诸说对不上茬儿，又何以解释？

宋《咸淳毗陵志》的作者，面对着传说中的"祝陵"，在考察和权衡此前的《寺记（善权寺）》时，也发出几乎同样的疑问。其卷27云："祝陵在善权山，岩前有巨石刻云：'祝英台读书处。'号碧鲜庵。昔有诗云：'蝴蝶满园飞不见，碧鲜空有读书坛。'俗传英台本女子，幼与梁山伯共学，后化为蝶，其说类诞。然考《寺记》，谓齐武帝赎英台旧产建，意必有人第，恐非女子耳。今此地善酿，陈克有'祝陵沽酒清若空'之句。"既然称之为"祝陵"，那这"陵"的主人，就"恐非女子耳"。清代吴骞《桃溪客语》也说："骞尝疑祝英台当亦尔时一重臣，死即葬宅旁，而墓或逾制，故称曰陵。碧鲜庵乃其平日读书之地，世以与佹妆化蝶者，名氏偶符，遂相牵合，所谓俗语不实，流为丹青者欤。"[2]看来，他们也是把此前诸说当成传说而非真的史实。

说明白一点，我的意思是，传说也许不是空穴来风，但用传说来最终证明史实是无能为力的。既然大量的传说材料，包括上面引述的早期阶段的史志材料和近代特别是近20年来搜集到的民间口传材料，至今也无法证明梁祝在历史上实有其人，那么我宁愿认为，梁祝传说是非历史人物传说，而不是一般的人物传说，其主人公梁山伯和祝英台只属于传说人物。（由已故钟敬文教授主编的《中国民间故事集成》的分类法，是全国通用的分类法，也没有把梁祝传说列入"人物传说"和"史事传说"，而单列为"四大传说"一项，尽管并不科学。也有的省卷没有采用这一分类，如辽宁卷就是。）

历史人物传说在我国特别发达，几乎哪个省区都有一些与当地有密切关系的历史人

---

[1] 钟祖霞：《"梁祝"原地考析》，《中国邮政报》2003年2月28日。
[2] 转引自吴骞：《祝陵以英台得名》，宜兴市政协学习和文史委员会、宜兴市华夏梁祝文化研究会编：《宜兴梁祝文化——史料与传说》，北京：方志出版社，2003年，第142—143页。

物传说流传于民间。历史上某个真实人物，特别是做出某种贡献或功业的英雄，其事迹深入人心，被口头传诵，在口头流传过程中，又不断地、随时随地地粘连和附会上种种也许并不属于他的一些情节、细节或合理化因素。在甲地传播就往往会带上甲地的特点，在乙地传播往往会带上乙地的特点，这类地方特点的粘连物越多越丰富，也就离历史的本相越远。如日本民俗学家柳田国男所说的："传说与历史，压根儿就是两码事，从来就没有成为全国、全民共同的知识。不管别处（别人）有多少类似的说法，也不管别人是怎样证实其自己的真实性的，只是'我行我素'，'我说我的理'，坚持己说、固执己见。"①把某些事情（甚至是不相干的事情）附会到一个神话人物或历史人物身上，造成所谓"箭垛式"的人物，已成为我们中国民间文化的一种不自觉的传统，神话人物如大禹、尧舜，历史人物如诸葛亮、关公，都属于这类。这就是为什么我们的历史人物传说过分丰富的原因。而且一个民族的文化传统或人文传统一旦形成，就很难突破它对民族思维的束缚。

而非历史人物的人物传说，初始可能也有一个事件，或一个人物，或一个传闻作为一个内核，像龙卷风那样，从这个内核出发向四周辐射传播，并在辗转流传中，通过"滚雪球"的方式，把种种近似的想象、说法通过比附、附会、拼接、组合等方式，而形成一个有人物、有情节、能感动和激发人心的可信性较高的故事；可信性是传说的一个重要因素，否则就不成其为传说了。这种人物传说大多以较明显的地域性色彩、特点、文化气韵为其标记。梁祝传说就属于这一类传说。普遍同情梁祝所选择的爱情，诅咒父母之命、媒妁之言、门当户对的封建制度下的婚姻制度，固然是封建社会漫长岁月中渴望自由的青年人的一种普遍心态和梁祝传说得以流传的社会条件，但知书达礼、让女孩子也读书的社会风尚和文化气韵，却似乎只有在江浙湖熟一带温热湿润、财产富庶的地区才有可能，而这一地区，正是梁祝传说最早萌发的核心地区。在其后的传播流散中，南到福建、广东、广西，北到安徽、河南、山东、河北，溯长江而上，到四川（载籍中说四川合川有墓）。这些传播路线，从文化学上看，也符合文化传播的规律。而梁祝起源的"宁波说""宜兴说""中原说""济宁说"等等，其实并没有超出梁祝传说初始传播的核心区和初始传播路线。甘肃的清水，倒是一个文化学上的个例，很值得进一步调查和研究。

---

① 柳田国男：《传说论》，连湘译，北京：中国民间文艺出版社，1985年，第48—49页。

早年探讨梁祝传说的学者中，顾颉刚先生提到《华山畿》故事与梁祝传说的相似性和相关性，不失为梁祝传说早期可能发生的比附、拼接和兼并的有意思的例证。顾颉刚说：

> 宋少帝时，南徐有一士子从华山往云阳，见客舍中一女子，年可十八九，悦之无因，遂成心疾。母问知其故，往云阳寻见女子，且说之。女闻感，因脱蔽膝，令母密藏于席下卧之，当愈。数日果瘥。忽举席见蔽膝，持而泣之，气欲绝。谓母曰："葬时从华山过。"母从其意。比至女门，牛打不行，且待须臾。女妆点沐浴竟而出曰："华山畿，君即为侬死，独活为谁施? 君若见怜时，棺木为侬开!"言讫，棺开，女遂透入，因合葬。呼曰"神士冢"。《乐府》有华山畿，本此。事与祝英台同。[1]

钱南扬也说：

> 在六朝的时候，还有个《华山畿》的故事。唯历来对于华山的解释，都以为是西岳华山，于是云阳亦牵涉到陕西去了。胡适之先生以为南徐州治是现在的丹徒，云阳是现在的丹阳，所以华山也就是丹阳南面高淳县境的花山（详《白话文学史》）。此说大概是不错的。……现在已经定华山云阳都在江苏，我们知道故事是有地方性的，所以这个故事一定发生在那里了。已经知道它发生于江苏，江浙是邻省，所以很有机会和祝英台故事相接触。已经有接触的机会，所以便有互相抄袭的可能。……据此，我们可以断定这两个故事一定有关系的。朱孟震《浣水续谈》里也说"事与祝英台同"，可见古人早已见到这一点了。……《华山畿》故事似乎确发生在少帝，说不定《祝英台》故事的发生在《华山畿》之后，则是《祝英台》抄袭《华山畿》了。[2]

顾颉刚先生和钱南扬文章中提到的朱孟震先生，都说华山畿"事与祝英台同"，钱南扬甚至说有抄袭的可能。像梁山伯与祝英台和华山畿南徐士子与痴情女子这样的爱情悲剧，这种奇人异事，世间也许本来就不止发生过一桩，或在人们的想象中不止一桩，而他们真挚的爱情，既打动着普通百姓们的心扉，又冲击着沿袭已久的婚姻制度。而《华山畿》的发生地又是湖熟之地的丹徒、云阳，民众把两个本来毫不相干、而所处自然环境和所含文化气韵又非常接近和相似的故事联系到一起，甚至融会到一起，不是再自然不过的吗? 也完全符合在口头传递和流播过程中，发生比附、附会、嫁接的文化移动规律。流传了1600年

---

① 顾颉刚：《华山畿与祝英台》，《民俗》周刊第93·94·95期合刊，1930年2月12日。
② 钱南扬：《祝英台故事叙论》，《民俗》周刊第93·94·95期合刊，1930年2月12日。

而未曾中断过的梁祝传说,大概也是这样形成和发展的吧。

流传情况分析

第一,从前面引述的4条材料看,梁祝传说在唐代至少已经在4个不同的地点落脚。它们是:上虞——传为祝英台的出生地;会稽——传为梁山伯的出生地;鄞县——传为梁山伯做官和墓葬的地方;宜兴——传为祝英台读书和故宅之地。而且鄞县西城和宜兴善权山各自有相应的史迹和传说留之后世。据我们上面的论说,这4个地点,同属于梁祝传说发轫之地。从另一方面说,同一传说而能在相互隔绝的多个地点流传,且不同地点又各自附会上了该地的地方特色,这不仅说明梁祝传说到张读写《宣室志》时的晚唐时已经相当流行了,而且也证明了民间传说流传演变的规律。

第二,根据断断续续的记载,主要是地方志书和文人笔记的记载,经过宋元明清,到民国前,梁山伯祝英台故事的流传地,已经由最早流传的江浙地区的几个地点通过南、北、西3条路线扩大流传到了8个省区。据钱南扬在《祝英台故事叙论》一文(1930年2月)引述的古代笔记记载,梁祝传说流传地区或梁祝史迹所在地区计有:山东曲阜1处(明代张岱《陶庵梦忆》),浙江宁波、甘肃清水、安徽舒城、江苏宜兴等4处(清代吴骞《桃溪客语》),河北河间林镇、山东嘉祥、浙江宁波、江苏江都等4处(清代焦循《剧说》)。除去宁波有重复外,其流传地区(遗迹)共计8处。这8处是:

(1)山东曲阜(祝英台读书处)

(2)浙江宁波(梁祝合墓、庙)

(3)甘肃清水(祝英台墓)

(4)安徽舒城(祝英台墓)

(5)江苏宜兴(祝英台读书处及墓)

(6)河北河间(林镇墓)

(7)山东嘉祥(墓)

(8)江苏江都(墓)

把钱南扬排列的这个次序打乱,按笔者所拟的3条路线来划分,就是:南路——福建、广东、广西。可惜的是，不知是由于古人没有著录，还是古人有著录而我们读书少而没有发现，总之，现在我们没有掌握古人的著录，只是到20世纪才有著录（详后）。北路——山东、安徽、河北、河南（钱南扬的研究中也缺此地的著录）。西路——四川、甘肃（钱南扬曾怀疑陕西和山西应有传播，但未能证实）。在此要提及的是，当时，钱南扬的研究伙伴马太玄先生对上述有关府县志书的查阅结果，清康熙十二年和光绪三十三年的安徽《舒城县志》、康熙十二年和乾隆三十九年的《曲阜县志》、康熙十七年的《河间府志》、嘉庆十五年的《扬州府志》等等，并没有记载诸家笔记中记载的梁祝史迹。

第三，民国时期梁祝传说或史迹的著录情况。《中国新文艺大系·民间文学集》（1937—1949），刘锡诚主编，中国文联出版公司，1996年8月，未见著录。除了民国前著录的8处外，增加的传说流传地和相传史迹地计有：

（1）河南唐河（据冯沅君《祝英台的歌》，《北京大学研究所国学门周刊》第3期，1925年10月28日）

（2）福建闽南（据谢云声《闽南传说的梁山伯与祝英台》，《民俗》第93·94·95期合刊，1930年2月，广州）

（3）广东翁源（据张清水《梁山伯与祝英台》，汕头《民俗周刊汇刊》第71—74页，1931年11月1日）

（4）广东潮州［据天卧生（即林培庐）《潮州民间传说的梁祝》，《民国日报·民俗周刊》第14期，1939年；《潮州梁祝故事的歌谣》，《歌谣》第2卷39期，1937年3月20日］

这个名单是笔者极其粗略的不完全的统计所得，有待同好者补充。

第四，1949年后50年来梁祝传说或史迹的著录情况。《中国新文艺大系·民间文学集》（1949—1966），贾芝主编，中国文联出版公司，1991年8月，未有著录。《中国新文艺大系·民间文学集》（1967—1982），钟敬文主编，中国文联出版公司，1987年2月，未有著录。下面以1989年9月台北远流出版事业股份有限公司出版的陈庆浩、王秋桂主编《中国民间故事全集》（40卷本）[1]和20世纪90年代中叶以后陆续出版的钟敬文主编《中国民间故事集

---

① 陈庆浩、王秋桂主编：《中国民间故事全集》，台北：远流出版事业股份有限公司。这套《中国民间故事全集》共40卷，主要从大陆和台湾两地1949年以后的40年间报刊出版物上发表的各地民间故事中遴选而成，材料搜罗宏富，大致可以代表这一时段中国民间故事的流传和搜集概貌。

成》(30个省卷本)①两套具时代性的大型选集的著录为据, 统计如下:

(1)福建省1篇(《中国民间故事集成·福建卷》, 中国ISBN中心, 1998年)

题目	流传和记录地	讲述者	搜集者	搜集时间
梁山伯与祝英台	屏南县古峰镇	蒋端金(农妇)	张传福	1990年8月

(2)浙江省5篇(《中国民间故事集成·浙江卷》, 中国ISBN中心, 1978年)

祝英台打赌	象山县新桥村	段燕青(农妇)	奚晓行	1987年7月
梁祝结发	宁海县桥头胡镇	金官云(农民)	葛云高	1985年8月
三世不团圆	上虞东关镇红星村	钱杨氏(农妇)	钱关富	1987年
蝴蝶勿采马兰花	宁波市江东区	林学锋(居民)	叶 琳	1987年12月
蝴蝶墓与蝴蝶碑	宁波市江东区	阮能才(农民)	白 岩	1988年

注: 在《梁祝文化大观·故事歌谣卷》(周静书主编, 中华书局, 1999年)中还收有若干流传于杭州、上虞的传说, 有些没有标明讲述者或没有具体的记录地点, 原是作为文学作品写作并在报刊上发表的。

(3-1)江苏省1篇(《中国民间故事全集·江苏省民间故事集》, 台北远流出版公司, 1989年)

梁山伯与祝英台	宜兴	缺	张炳文、缪亚奇	未标搜集时间

注: 这篇故事因其情节相对完整而被好几个选集所收入, 但由于没有标明讲述者、记录地点和记录时间, 故而初步判断是一篇如整理者标明的"搜集整理"的故事, 而不是一篇从讲述者口头上记录下来的作品。

(3-2)江苏省3篇(《中国民间故事集成·江苏卷》, 中国ISBN中心, 1998年)

梁山伯与祝英台	丹阳云林伦地村	徐书明 (盲艺人)	康新民、王平山	1985年12月
蝴蝶不采马兰花	如皋市石北乡	焦延辉(艺人)	黄文和	1987年6月
英台化蚕	苏州市金阊区	卢郭氏(居民)	卢 群	1961年

---

① 由中国文化部、国家民委、中国民间文艺家协会联合主持, 钟敬文主编的《中国民间故事集成》以省立卷, 是在1985年开始的全国民间文学普查基础上编纂而成的大型丛书, 基本上能代表20世纪八九十年代民间故事的流传和搜集情况。在笔者所统计的范围内, 民国前载籍中有梁祝传说和史迹著录的山东、安徽两省, 因《集成》没有出版, 故而暂付阙如。

（4）辽宁省1篇（《中国民间故事集成·辽宁卷》，中国ISBN中心，1994年）

梁山伯为什么傻	辽中县插拉村	任泰芳（农妇）	李 明	未标搜集时间

（5）湖北省1篇（《伍家沟民间故事集》，李征康录音整理，中国民间文艺出版社，1989年）

梁山伯与祝英台	十堰市马家河村	葛朝南（农民）	李征康录音整理	1986年前后

注：湖北省十堰市马家河距著名的故事村伍家沟75华里。搜集者注曰："马家河边有'梁山伯之墓'。"此传说又收入陶阳选编《中国民间故事大观》，北京出版社，1999年。马家河梁山伯墓为周静书所编《梁祝文化大观》附录《全国梁祝古迹一览表》所未载。

传说之外，继而报道发现梁祝墓、碑的地方有：

（1）山东微山县马坡（墓，石碑）。1995年4月，济宁、微山的文物部门在微山县的马坡乡发现了梁祝墓，通过挖掘，出土了一块墓碑，上有一篇全文800多字的"梁山伯祝英台墓记"，经过考证，这一墓碑为明代正德十一年（1516）重修当地"梁祝"墓、祠时所立。

（2）河南驻马店市汝南县马乡（墓）。在周静书主编《梁祝文化大观·故事歌谣卷》（中华书局，1999年）中选有一则"流传于河南汝南一带"的《梁山伯与祝英台的传说》，口述人：张振午（老艺人）和沈海林（老艺人）。在中国民间文艺研究会和河南大学中文系合编的《河南民间故事集》（"中国各地民间故事集"之一，中国民间文艺出版社，1985年）和河南省文学艺术界联合会编《河南文苑英华·民间故事卷》（1978—1995）（大众文艺出版社，1996年）这两部由河南权威机构编选的选集中，均没有有关梁山伯与祝英台传说的著录。

一个传说故事是否还在某一地区和某一族群或社区中流传，往往是学界认定某种民俗事象是否还具有活力的重要标志。如果在百年文献中（不包括当前有些地区为了眼前经济和旅游利益而由文人作家曲意挖掘、拼凑、连缀、编造出来的那类非民间性的作品）没有著录，那就意味着某传说故事已经从民众记忆中消失了。梁山伯祝英台传说的流传著录情况说明，一些原先传说有梁祝史迹的地方，久已没有关于这两个传说人物的传了。

情节的增饰与嬗变

将各地有关的地方志、笔记中的有关记载以及不同时间段里的"田野记录"进行对照研究，不难发现，流传了1600年的梁祝传说的故事情节，并不是一开始就像后来那样完整而丰富的，而是在传播中不断增饰和丰富起来的。

第一，化蝶情节。梁祝传说中的一个重要情节和意象——死后"化蝶"，始见于宋代，而且首先加入化蝶情节的，当数宜兴的善权山流传区。钱南扬在20世纪30年代初早就指出了这一点：

> 至于化蝶之事，加入稍迟。不但《宣室志》上没有，就是李氏（李茂诚）的《庙记》中也仅说："从者惊引其裾，风裂若云飞，至董溪西屿而坠之。"而没有提到化蝶。据目今的材料而论，化蝶事最早提到的，要算宋薛季宣的《游祝陵善权洞诗》了。那首诗中有两句道："蝶舞凝山鬼，花开想玉颜。"而薛氏已经是南宋绍兴间的人了。此外《桃溪客语》所引《咸淳毗陵志》亦云："昔有诗云，蝴蝶满园飞不见，碧鲜空有读书坛。"俗传英台本女子，幼与梁山伯共学。后化为蝶。①

路工也说：

> 化蝶的传说，最早提的，是南宋绍兴年间薛季宣《游祝陵善权洞》诗中，有两句："蝶舞凝山魂，花开想玉颜。"②

化蝶情节和意象的被创造出来，使梁祝传说更加神秘化和富于魅力。化蝶常常被文艺家、批评家称为艺术的幻想，寄托了没有婚姻自由的人们的理想和愿望。当然，称其为幻想固然也无大错，但若从人类学派民俗学的立场去分析和透视，则可发现文学家们没有看到的一种文化内涵：化蝶原是原始先民世界观、灵魂观念的一种表现。人死了，灵魂脱离肉体，所谓灵魂出窍后，自由游荡于天地之间。而蝴蝶正是梁山伯和祝英台死后灵魂的变形和依托。应该深入研究和阐释的，倒是为什么灵魂化为蝴蝶，而不是化为其他什么物件或生物。

第二，梁山伯与祝英台的身世来历。有些从民间口头记录的梁祝传说中，开头是把梁山伯和祝英台说成是天上玉帝或观音佛的一对金童玉女。由于他们二人不安分天上的生活，违抗天规而被贬下凡。金童降生在一个姓梁的穷人家叫梁山伯，玉女降生在一个富贵

---

① 钱南扬：《祝英台故事叙论》，《民俗》周刊第93·94·95期合刊，1930年2月12日。
② 路工编：《梁祝故事说唱集》，上海：上海古籍出版社，1985年，"写在前面"，第1页。

的祝姓员外家里叫祝英台。[①]后来才是祝英台女扮男装与梁山伯同学3年的悲凉故事。前面这段引子式的情节，是什么时代、在什么条件下出现于梁祝传说中的，没有人研究过。想必和曾有一个时期民间把梁山伯和祝英台神化而成为神道的信仰有关。读钱南扬先生于1925年秋天参观宁波西门外梁祝二人庙时写的一篇纪实报告，对此疑问和推想多有启发。他写道：

　　庙在宁波西门外十余里九龙墟。正屋五开间，前后三进，东边旁屋，现在龙墟小学设在里面。西边就是梁祝二人的坟墓了。甬江环绕于西北。

　　庙在前年修造过一次，所以觉得金碧辉煌，甚是华丽。大门上的匾额，写着"梁圣君庙"四字。字有二尺来大。第一进为山门，中为戏台，两旁空着。第二进为正殿，中为梁山伯土像。西为梁祝木像。东首却是位武将，红脸，神位上写着"敕赐云霄检察护国佑民沙老元帅"十四个字。叫庙堂娘来问了一次，她所知道的，却也不出这十四个字的范围，只得罢了。曾经在别处看见沙元帅赛会的招子，可见别处庙中，也有沙元帅的。总之，是宁波一位很受人崇拜的神道就是了。这且不在话下。西首靠窗，横摆着一条板台，台上陈列着经卷。一个四十余岁男子，正在台后柜上抽着旱烟，大概也是念经卷的巫祝。他的背正靠近《梁君庙记》的石碑，里旁却还有一碑，上面写着道：

　　"天下事之相习而垂后者，必有人以开其基焉。后之人享其利而食其报者，可不追溯本来水源哉。本庙之有《雨水经》也，由来久矣。初，祠下施、徐、陆、张、沈等七人，业巫祝，精熟《法华连经》。每于仲秋初旬，在庙后殿虔诵祈祷。雨旸时若，合境平安。于是四方闻而慕之，各将经愿，来请代诵。仰神感孚，日久日盛。所获香金，归庙充公，盈余置产，俾庙记扩充。兹重建祠宇，庙貌重新。用述始末，并先后增置田亩总数，开列于后。

　　　　众堡公立

　　…………

　　同治十三年三月　日"

---

① 《梁山伯与祝英台》，中国民间文学集成全国编辑委员会、中国民间文学集成福建卷编辑委员会编：《中国民间故事集成·福建卷》，北京：中国ISBN中心，1998年，第200—202页；《梁山伯为什么傻》，中国民间文学集成全国编辑委员会、中国民间文学集成辽宁卷编辑委员会编：《中国民间故事集成·辽宁卷》，北京：中国ISBN中心，1994年，第138—139页。

第三进为后殿，也有戏台。中为梁山伯木像，小于人。东为祝英台木像，如人大。西边也是祝氏的木像，大才如三四岁小儿，帐幔上却题着"送子殿"三个字。这是求签问休咎外，兼可以求子了。后殿规模，是比正殿小了些。正殿的神像，都比人大，都有暖阁。后殿系楼房，所以神像也小，也没暖阁。[①]

看了这段20世纪初学者关于梁山伯祝英台庙的记述，就明白了传说里为什么会把本是凡人的梁山伯和祝英台描写成天上下凡的玉帝或观音佛的金童玉女了。他们被充分地神性化和神道化了。在安放着梁山伯泥塑像和大木像的正殿里，巫祝诵的是《雨水经》，祈求作为神灵的梁山伯能给众生充沛的雨水，"雨旸时若，合境平安"。而且，在梁山伯庙（宋明称"义忠王庙"）里诵《雨水经》祈雨，由来已久，而非自雍正朝始，可能自清朝中叶以来就有专职的巫祝在庙里念《雨水经》了。同治十三年立的置产碑上就刻着："本庙之有《雨水经》也，由来久矣。"而安放着祝英台木像的后殿则另有职能，是一座"送子殿"，芸芸众生来此向祝英台这位送子娘娘祈求人丁兴旺、子孙繁盛，其作用，颇有些像泰山顶上的娘娘阁里的碧霞元君。如果说梁祝传说的起点，不过是现实生活中曾经有那么两个人物或逸闻逸事，那么把二位主人公说成是天上玉帝或观音佛的金童玉女下凡，显然不是这个传说初始的情节，而是这种神祇信仰得到一定普及以后的附会。把梁山伯和祝英台神道化，是有其社会条件和地理环境的根据的。吴越地区社会，历来巫风甚盛，淫祀弥漫，把死去的梁祝奉为神祇，加以崇祀膜拜，而且这类"英雄"死后都要立庙。沾上了神灵之气后，也为后来祝英台多次向梁山伯暗示自己是女性而梁山伯终不能明白给了一个合理的神化的理由：因为玉帝或观音佛压住了梁山伯的魂，等天神们把压着的梁山伯的魂放开时，已为时晚矣，造成了千古之恨。在这里，信仰污染了传说，由于门第差异而不能成婚的悲剧，被神们的意志合理化地轻描淡写了。

第三，相送情节。梁山伯祝英台结束学业回家（一说祝先归），梁山伯相送。祝知梁是她的未婚夫，而梁并不知道祝是女子，祝借物咏怀，多所启发，表白爱慕之情，但梁终不能悟，祝惆怅而去。

---

① 钱南扬：《梁山伯与祝英台的故事》，《北京大学研究所国学门周刊》第8期，1925年12月2日；《国学门月刊》1926年第1卷第3号。

查明代冯梦龙写的《古今小说》第28卷《李秀卿义结黄贞女》中收有梁山伯与祝英台的传说,但这篇显然来自苏州一带的传说文本中还没有"相送"的情节。从"读了三年书,学问成就,相别回家",就直接过渡到了"约梁山伯二个月内,可来见访。……"说明冯梦龙编辑或写作此书时,江苏民间传说中还没有"相送"情节的流传。

至清代吴骞《桃溪客语》所载梁祝史迹和传说,也没有这段情节著录,只说:"梁祝事见于前载者凡数处,《宁波府志》云:梁山伯,字处仁,家会稽,出而游学,道逢上虞祝英台,伪为男妆。梁与共学三载,一如好友。既而祝先返。又二年,梁始归,访于上虞,始知其女也,怅然而归,告诸父母,请求为婚,而祝已许字鄮城马氏矣。"①

"相送"情节的出现,应在晚清末年。冯沅君(1900—1974)1925年10月在《北京大学研究所国学门周刊》第3期上发表的《祝英台的歌》,全文引述了她的奶妈在她儿时给她讲述的《祝英台的歌》记录稿,这是我们看到的20世纪最早一份有关祝英台的民间作品,也是最早见到的写在相送途中祝英台唱给梁山伯听的歌。这首出自河南唐河乡下老妪之口的民歌是这样的:

> (一)
>
> 日头出来紫巍巍,一双蝴蝶下山来;
> 前面走的梁山伯,后面走的祝英台。

> (二)
>
> 走一山,又一山,山山里头好竹竿。
> 大的砍下做椽子,小的砍下钓鱼竿。
> 钓得大的卖钱使,钓得小的下酒馆。

> (三)
>
> 走一洼,又一洼,洼洼里头好庄稼。
> 高的是陶求,低的是棉花,

---

① 转引自吴骞:《祝英台墓》,宜兴市政协学习和文史委员会、宜兴市华夏梁祝文化研究会编:《宜兴梁祝文化——史料与传说》,北京:方志出版社,2003年,第144—146页。

不低不高是芝麻。芝麻地里带打瓜，

有心摘个尝尝吧，又怕摸着连根拔。

（四）

走一庄，又一庄，庄庄黄狗（叫）汪汪，

前面男子大汉你不咬，专咬后面女娥皇。

（五）

走一河，又一河，河河里头好白鹅。

前面公鹅咯咯叫，后面母鹅紧跟着。

（六）

走一井，又一井，沙木钩担柏木桶，

千提万打，提不醒。

冯沅君给《北京大学研究所国学门周刊》写这篇歌谣文章时，还在北大研究所读研究生，文章登出来时已经毕业了。那时，她已在文坛上崭露头角，是《语丝》杂志的经常撰稿人。她就这首歌谣的有关问题发表了自己的见解：

当我七八岁时，晚上总跟老妈睡觉；睡不着时她总爱给我唱这个歌。日长睡余，烦得猫不是、狗不是的，遂将这段歌谣消遣。至于它的名字是什么，我那位老干娘未告诉我，我也不得而知。反正是记述梁山伯送祝英台回家的。据说梁山伯的父亲和祝英台的父亲是挚友，当梁祝二人还未生时，这两位老先生已给他们定下所谓终身大事。当时话是这样说的：如果两家生的孩子是一男一女，他们俩朋友就作亲家；若果两家生的都是女孩，则她俩在一处学针线；若果两家生的都是男孩，则他们在一处读书。后来祝家生的是女，梁家生的是男；依前约是要结为夫妇。但是生后不久祝的父亲就死了，而梁家又一贫如洗；祝的母亲怕她女儿将来受穷，便告梁家说她生的也是男孩，好在出生不久，相隔又远，他家也知道不清。可是后来他们俩都到入学的年龄了，梁家便约祝家同送儿子到位老先生那里读书。祝家以有言在先，不能反汗，乃将祝英台扮成男孩送到学（堂）里。读了数年，祝英台渐渐大了，女性所有的种种特征也渐渐显露出来；先生的夫人也起了疑心，用了许多方法调查出她是位小姐。为维持风化计,先生决定令英台退学回家。偏偏梁祝两位又是要好不过,所以祝离学回家时梁便去送她。不过祝知道梁是她的未婚夫,而梁不知她是他的未婚妻。所以一路上祝借了道上种种景物做比喻,希望梁知道她不是个男子;以上所写的歌谣便是。然而忠厚的梁山伯始终未了解她的意思,二人也只好胡胡涂涂的分开了。别后许久,梁到祝家访她,祝的母亲令祝改装出见,她不肯改,梁于是方恍然大悟,他的同床同砚的挚友,是易钗而弁的。后来祝的母亲将她另聘给一家,梁闻信,悲愤而死。祝对于她的母亲代定的这门亲也是抵死不承认;最后那家许她先拜了梁秀才的墓再到家去,她方允许上花轿。轿到了梁的墓上,她便下来拜墓;说也奇怪,墓忽然裂开,祝也钻进墓中。墓复再合后,坟头出来一双花蝴蝶。这件恋爱的故事由此结局。这个故事中,我觉得它有种矛盾点。就说故事者的心理看,这个故事所以能传得如此久远,全由人们钦佩祝英台的贞洁,合于烈女不事二夫的条件。但同时她们又叙述祝如何爱梁;当他俩同睡时,祝如何想教梁知道她是个女子。再看前面的歌谣上"有心摘个尝尝吧,又怕摸着连根拔"两句,可知若果梁能"下例",她对他是很可通融的。用现在的眼光看,这是祝英台的人性未被冷酷的礼教的毒水浸蚀的一点。她所殉的是情,不是贞节坊;但在迈方步、维持风化的老夫子看,这是最要不得的;然而他们竟未见及此。怪啊!(七,二七。)[①]

冯沅君听奶妈讲这传说时是她七八岁时,8岁那年,应是1908年,即光绪四年。可见,相送的情节,到晚清时代至少已出现于河南唐河的民歌之中。祝英台在歌中以比喻、暗语(隐喻)向梁山伯表达爱情和相约之期,但歌中的场景只有5个:(1)"走一山,又一山":"大的(竹竿)砍下做椽子,小的(竹竿)砍下钓鱼竿"。(2)"走一洼,又一洼":"有心摘个尝尝吧,又怕摸着连根拔"。(3)"走一庄,又一庄":"庄庄黄狗(叫)汪汪,专咬后面女娥皇"。(4)"走一河,又一河":"前面公鹅咯咯叫,后面母鹅紧跟着"。(5)"走一井,又一井":"沙木钩担柏木桶,千提万打,提不醒"。比喻或隐喻都来自百姓生活中的极普通的事物。后来(何时?未及研究,可能是民国初年)出现了"十八相送"情节,大概不是民间的口传作品,而很可能是市井作品——戏曲、弹词。这类作品需要吸引听众,也要适应这些听众的审美情趣。

---

① 冯沅君:《祝英台的歌》,《北京大学研究所国学门周刊》第3期,1925年10月28日。

传说的萎缩趋势

1949年10月中华人民共和国成立后，相继上演了川剧《柳荫记》、越剧《梁祝》、电影《梁山伯与祝英台》、小提琴协奏曲《梁祝》等。在新改编的戏曲中，创造了避婚求学、草桥结拜、十八相送、劝婚骂媒、楼台相会、吊孝哭灵、逼嫁、祭坟化蝶等情节模式。由于戏曲、电影的传播深入人心，给民间传说的生存带来了深刻的影响：一方面，使梁祝传说的情节固定化了，原来在农民中流传的多种多样的传说，多多少少、自觉不自觉地向戏曲故事和电影故事靠拢，单一化、模式化了，原生态的传说的面貌逐渐变形；另一方面，使民间的梁祝传说失去了传播和传承的市场和渠道，在民众的记忆中逐渐淡化，甚至渐而萎缩。这就是我们在此通过实证的方法，从20世纪50年代到世纪末的粗略统计中得到的，在梁祝传说的流传地区被记录下来的故事数量减少、故事情节模式化单一化的主要原因。

随着旅游事业在地方经济中地位的提升，地域文化的发掘得到了执政者们的重视；随着民间文化保护工程与申报世界文化遗产的推进，梁山伯与祝英台传说和史迹，重新被重视起来，各地也千方百计挖掘出一些有关史迹和失传已久的传说片断，使我们的梁祝传说文化重新放射出光辉，这当然是值得庆贺的好事。但这些多数以重新编写方式出现的传说，多半是由地方文化人根据自己头脑里多年来接受的影响（如来自社会政治的、戏曲电影的）和意愿（包括某些功利目的）而编写的，追求的是传说的合理化、完整化、模式化、意识形态化。有的传说文本一开头甚至出现了"东晋的时候……""相传西晋年间……"之类的老百姓在茶余饭后讲故事时绝对不会采用的时间观念。一看就让人知道作者要想达到什么样的目的，而这，并不是传说所具有的可信性的内涵。在全球化形势下，特别是通俗文化的兴起与蔓延，严重地冲击着我们的民族文化，传统文化正处在发生着和可能发生剧烈的变化的时代，这是不可避免的；但是，权力的参与，却绝非文化嬗变和文化移动的规律，在这方面，过去的几十年我们是有足够惨痛的教训的。

2004年7月8日

本文原载于《湖北民族学院学报》（哲学社会科学版）2005年第1期。

白蛇传传说：美女蛇故事的流传、变化与异文

白蛇传传说，是我国流传最为广泛的民间文学作品之一，是传统口头文学宝库中的一颗璀璨的明珠，其所蕴含的社会生活内容、所积淀的不同时代的思想和道德观念、风俗习惯，以及所显示的民族文化精神，都是非常丰富的，有价值的。其流传形式以散文体的传说为主，兼有诗体的歌谣（山歌）和叙事诗（唱词、弹词、清曲、鼓词、道情唱本、宝卷、戏曲等）。学界常将其与梁山伯和祝英台的故事、牛郎和织女的故事、孟姜女的故事一起并称为"四大传说"。

学者认为，唐人传奇《白蛇记》[①]可能是白蛇传传说的胚胎。[②]南宋时代的话本《雷峰塔》，就已形成较为完整情节的故事了[③]，洪迈《夷坚志》中的"蛇妻"故事可能与后来的《白蛇传》有渊源承续关系。[④]经历过大约800年的口头传承和书本形式的传播，传至现代，白蛇传传说仍然还在民众口头上传诵不衰。但白蛇传传说究竟起源于何时，百年来学界多有歧见。仅就其起源动因或地域而言，还缺乏足够的实证材料和有力的开掘，况且迄今还没有发现唐以前的文籍材料，唐代《白蛇记》之后与宋明时代的话本《白娘子永镇雷峰塔》之间，似也缺乏必要的和更多的环节。应该说，这至今也还是一个有待继续深入研究的有趣问题。

某个传说的起源问题，属于发生学的问题，不只是一个简单的时间问题，它还涉及到一个传说作品何以会产生，何以会在某地或山川阻隔的不同地方产生，以及在什么样社会

---

① 郑国轩：《白蛇记》，《曲海总目提要》（上）卷5，北京：人民文学出版社，1959年，第216—218页。
② 戴不凡：《试论"白蛇传"故事》，《文艺报》1953年第11期。
③ 傅惜华编：《白蛇传集》，上海：上海出版公司，1955年，"序言"，第1页。
④ 刘守华：《"蛇妻"与〈白蛇传〉》，《中国民间故事史》，武汉：湖北教育出版社，1999年，第371—379页。

的、心理的和文化的条件下产生。具体到白蛇传传说，最早产生在何时、何地以及其雏形结构是怎样的一个故事，不仅是饶有兴味的，而且是重要的文化问题。

20世纪前50年间报刊上发表的有关白蛇传的研究论文，数量不是很多，似乎从未形成民间文学研究的热点，甚至可以说是一个颇为寂寞的领域，充其量不过十数篇（部），而且几乎大部分是考证其起源的。诸如钱静方《白蛇传弹词考》（《小说考证》卷下，商务印书馆，1924年，第90—93页），秦女、凌云的《白蛇传考证》（《中法大学月刊》第2卷第3—4期，1932年12月、1933年1月）、谢兴尧的《白蛇传与佛教》（《晨报·学园》1935年3月21日），霭庭的《白蛇传故事起源之推测》（《天地人》第1卷第10期），（任）访秋的《白蛇传故事的演变》（《晨报·学园》1936年10月6—8日），曹聚仁的《白娘娘传说中的悲剧成因》（《论语》第107期），赵景深的《弹词考证》第一章"白蛇传"（商务印书馆，1938年）等，大多都属于这类的文章。他们探讨的重点是白蛇故事的起源或来源。这一时期的白蛇传故事的起源研究，言人人殊，在我看来，大体可以赵景深先生为代表。他认为，白蛇传故事起源于印度：

> 中国人的思想一向就是中庸的、调和的，因此《西游记》里同时有如来佛，又有玉皇大帝，并不认为冲突。不过《白蛇传》虽非专阐佛教；其来自印度，却有可信之处。本来有一派研究故事就说过，一切故事起源于印度，又何况是蛇的故事，怎能使人不疑心出自蛇之国呢！但我遍查《佛本生故事》，只叙到男蛇或蛇王Nāgas或Muchalinda，不曾提起女蛇。……大约这《白蛇传》故事是从印度来的，另外印度又把这故事传到希腊，以致英国济慈（John Keats）有根据希腊神话而写的七百行的叙事诗《吕美亚》（Lamia）。……这故事中的李雪斯就是许仙，吕美亚就是白蛇娘娘或白云仙姬或白素贞，阿坡罗尼阿斯就是法海和尚。田汉的《女与蛇》说阿坡罗尼阿斯："曾由波斯旅行，到过印度国境，恐怕这段故事也和《西游记》一样，是由印度古代的文献里产生的。因此一方传入希腊，经后世英国诗人的才笔化；一方传入中国，而成《白蛇传》。"的确，《吕美亚》与《白蛇传》相似之点极多。①

而在中国，最早的白蛇传故事，他认为应是明冯梦龙笔下的宋人话本《白娘子永镇雷峰塔》：

> 我国最早的白蛇传故事，该是《警世通言》第二十八卷《白娘子永镇雷峰塔》，也许这

---

① 赵景深：《弹词考证》，长沙：商务印书馆，1938年，第3—6页。

一篇原为宋人话本，那么该是南宋的产物了。……在笔记小说中，很少有与《白蛇传》极相似的。只有清钱泳的《履园丛话》里的《蛇妻》最相似。但此书有道光五年孙原湘序，已是很迟的作品了。①

郑振铎先生认为，最早的《白蛇传》是弹词，时代在明末。他所说的最早的白蛇传弹词，应该就是冯梦龙《警世通言》中所录之"话本"。"今所知最早的弹唱故事的弹词为明末的《白蛇传》。（与今日的《义妖传》不同。）我所得的一个《白蛇传》的抄本，为崇祯间所抄。现在所发现的弹词，无更古于此者。"②经查《西谛所藏弹词目录》等文，并没有见到他所说的抄本，只是《记一九三三年间的古籍发现》中有"（四十三）雷峰塔（白蛇事）五册"③一条，所记是影戏脚本即影词，而不是弹词。

在此顺便说一说，最早所见的白蛇传传说是话本或弹词，而且清代以前流传于世的载籍颇为鲜见，这一点，也可反证白蛇故事大体上起于或主要流传于吴越一带的江南地区，它的起源与江南吴越一带的地理人文、风俗习惯、信仰等条件至为相关。

在赵景深的此论发表30年后，美籍华人丁乃通先生于1964年在德国的一家杂志上发表长篇论文《高僧与蛇女——东西方"白蛇传"型故事比较研究》，进一步深化和肯定了白蛇传故事印度起源说。他的研究结论是：英国作家济慈《拉弥亚》（赵景深译"吕美亚"）中的印度故事，于2世纪传到希腊，于12世纪传到欧洲和中国，而冯梦龙的叙述只不过是济慈笔下的"拉弥亚"故事在中国的异文。他写道：

> 笔者倾向于相信：费洛斯特图斯（系首先在欧洲记录了拉弥亚故事者——引者）、瓦特·迈普和冯梦龙所记述的是同一故事的异文，而不是各自完全自发的创作。它们共同的原型可能是一个宗教说教故事……这个故事的原型大家知道现在还未发现，不过，由于大多数宗教故事发源于普通民间故事，所以，如果我们能找到一个民间故事，它几乎以同样的方式和同样的讲述顺序组合A（费洛斯特图斯的说法——引者）和B（冯梦龙的说法——引者）中的大多数故事成分，就可以推测出该故事的一个构拟原型。这个民间故事就是《国王

① 赵景深：《弹词考证》，长沙：商务印书馆，1938年，第7、11—12页。
② 郑振铎：《弹词》，《中国俗文学史》（下），北京：作家出版社，1954年，第352页。
③ 郑振铎：《记一九三三年间的古籍发现》，《郑振铎文集》第6卷，北京：人民文学出版社，1988年，第464页。

与拉弥亚》。……《国王与拉弥亚》首先在《印度口传故事类型》一书中列为一个类型：该书提到了七篇异文，全部出自克什米尔—旁遮普地区。①

美女蛇故事传到中国后的异文，其主旨变成了一个具有道德说教意义的故事。丁乃通指出："美女蛇被当作一个淫荡、诱骗的妖精的传统观点，在中国的两个异文（《西湖佳话》和《西湖拾遗》）和一个值得注意的日本模仿本（《蛇性の淫》）中得到继承。但中国这种传统又很快被一种富有人情味的传统所排斥，在这里美女蛇被描述为在爱情上很忠诚，因而值得同情。富有人情味的传统大概最初出现于黄图珌在1738年所写的一个戏曲中。……这种倾向被《雷峰塔传奇》（1807）和《义妖传》（1810）继承，在19世纪末达到顶点。"②如果中国的白蛇传说源自印度说得到确认，而原本被贬斥的美女蛇的故事所以在中国逐渐演变为一个因爱情的忠诚而倍受同情的白蛇故事，那么，其主要原因，可能缘于中国是一个讲究人伦的民族，而蛇在中国上古文化中，又一向并非是一个被人讨厌的可卑的动物，而常常是一个祥瑞的动物，甚至是一个受某些族群崇拜的神灵。如《诗经·小雅·斯干》之"维虺维蛇，女子之祥"，就将梦中出现维虺维蛇，看作是生女的吉兆。看来，在西周时，就有把蛇作为女人的象征含义。成书于春秋时代的《山海经》里的蛇神更是形态各异，如《北山经》自单狐之山至于隄山25座山的山神，《北次二经》自管涔之山至于敦题之山的17座山的山神，《大荒西经》中的始祖母、大母神、化万物者女娲，《大荒北经》中的创世神烛龙，《海内经》中苗民之神延维，无不都是人首（人面）蛇身之神；而那些操蛇之神手中所操之神、两耳所珥之蛇，也无不都是具有震慑邪恶之神性的神灵。可见，春秋之时，蛇在人们的意识中是具有祥瑞之意的神物或生命力的象征物。到了汉代，伏羲女娲蛇身交尾状的画像大行其道，成为蛇崇拜深入人心的最好的表征。这样众多的人首（人面）蛇身神在春秋时代出现，并在其后的漫长的历史途程中得以延续，这种文化现象只能说明，古代中国（当然可能是古代中国之一部）相信人蛇之间存在着血缘关系，人蛇之间可以互变（变形观念是许多古代民族都有的），这种原始的信仰，在学界也称图腾崇拜。在我

① 丁乃通：《高僧与蛇女——东西方"白蛇传"型故事比较研究》，《中西叙事文学比较研究》，陈建宪、黄永林、李扬、余惠先译，武汉：华中师范大学出版社，2005年，第5页。
② 丁乃通：《高僧与蛇女——东西方"白蛇传"型故事比较研究》，《中西叙事文学比较研究》，陈建宪、黄永林、李扬、余惠先译，武汉：华中师范大学出版社，2005年，第41页。

们一时还没有从中国的载籍中找到关于白蛇传故事更早的（如宋话本《西湖三塔记》、冯梦龙所引《白娘子永镇雷峰塔》之前的）发生学线索，也无法确认人蛇互为变形、人蛇之间有血缘关系的原始信仰与后来的白蛇故事之间有着直接的渊源关系[①]的情况下，我们宁愿相信，上面所说的古代中国的这种人蛇之间可以变形、人蛇之间存在着血缘关系的"蛇观"（原始信仰，或可称图腾崇拜），为外来的淫荡的美女蛇故事转变为爱情忠贞的美女蛇故事提供了适宜的土壤和人文条件。换言之，原本淫荡的美女蛇故事，在中国国土上的移植和传播，逐渐本土化演变而为体现忠诚爱情的白娘子故事，完全是因为中国社会的原初世界观、加上农耕文明条件下的家庭与人伦情怀以及对爱情自由的追求所使然的。

20世纪五六十年代，中国社会进入从新民主主义到社会主义转变和建设时期，随着社会制度和意识形态的变迁，文化和文化研究都发生了重大的变化。《白蛇传》的起源研究无形中中断了，《白蛇传》起源问题、《拉弥亚》与《白蛇传》之关系的研究，再也无人问津，被长期搁置起来了。

回顾这一时期，有关白蛇传研究的最重要的成果，当非傅惜华编纂的《白蛇传集》及其序言莫属；该书的最大特点是搜罗了历史上大量有关白蛇传传说的民间文学—俗文学资料，丰富多样，堪称是白蛇传故事历史资料集的集大成之作；所惜者，是作者没有能够收入当代流传在民间的口传资料，当然，当时他没有这个条件。他在长篇序言中叙述了白蛇传的演变情况，把最早的文本，定为南宋时代的"话本"《雷峰塔》。他这样写道：

> 《白蛇传》是一个具有深刻意义的优美的民间传说。它的起源，很是古远，距今八百余年前的南宋时候，民间曲艺中的"说话"，就已经流行着这个故事了。今天所遗留下来的宋人话本里便有一本《雷峰塔》，收在明末冯梦龙编选的平话总集《警世通言》的第二十八卷，题作：白娘子永镇雷峰塔。从这个话本的内容，一些有关历史地理的问题，而与宋人史籍施谔的《淳祐临安志》，吴自牧的《梦粱录》，周密的《武林旧事》等书所记载的，比勘印

---

① 关于原始信仰中蛇的观念与白蛇传传说之间的渊源关系，王骧和陈建宪两位先生都作过探讨。王论见所著《〈白蛇传〉故事探源》，原载所著《民间文学讲座》（教学参考资料，镇江师专中文科，1982年，第98—112页），后收入中国民间文艺研究会研究部编《民间文学论文选》（湖南人民出版社，1982年）。陈论见先后所著《女人与蛇——东西方蛇女故事比较研究》（《民间文学论坛》1987年第3期）和《神话解读·蛇女的魅力》（湖北教育出版社，1997年，第256—271页）。

证起来，另一方面再从这个话本的"说话"的风格研究起来，都可以证明它就是那个南宋时代所流行的话本。因此，《雷峰塔》的话本，可以认为是现存的《白蛇传》故事中最古老的作品。①

傅先生之所论，只限于中国最古的白蛇传文本，并没有涉及到它的发生学意义上的起源问题。但他在将《雷峰塔》与宋人的其他史籍的比勘中得出的结论，则不仅有新意，而且在白蛇传早期文本研究上前进了一步。

在傅文发表之前，戏剧评论家戴不凡于1953年在《文艺报》上发表了一篇题为《试论〈白蛇传〉故事》的颇有深度的论文，因是发表在文艺界的重要报刊上，又因系参与戏曲改编问题讨论的文章，故而影响颇大。他虽然也没有绕开《白蛇传》的最早的形态这一属于起源范畴的问题，虽然也批评了一些戏曲改编者和评论者在改编和评论时离开了民间传说的原意，但戴文的主要之点，却是以当时一般文艺评论的立场和价值观来阐述白蛇传故事的"主题"和"演变"（包括改编）的"积极"意义。他的结论是："一、'白蛇传'是一个有着深刻意义的优美的民间传说。它是通过神话的形式，像折光镜一样地反映了封建社会的根本矛盾。二、这是一个以反封建为主题的神话。这一主题是通过追求幸福的妇女（白蛇）和封建势力（法海）的矛盾和斗争而表现出来的。三、故事最早的思想内容和今天流传的不甚相同；许仙原先为坏人，在故事的演变途中，逐渐成为好人。这并不妨碍它的主题，而且和它的主题（反封建）的形成有连带的关系。"② 显然，他在批评一些非历史主义倾向时，也站在主流思潮之中"拔高"了这个民间传说原本并不具备的思想意义。

这一时期，白蛇传传说的研究，实际上逐渐形成了以两大主题的阐释为主的格局：第一，改编白蛇传故事能否适应新的社会变革、思想教化和审美情趣的需要；第二，对白娘子形象的理想化和对自由婚姻的追求的赞美。围绕着田汉根据白蛇传传说改编的《白蛇传》而展开的规模很大的批评和讨论，多少离开了民间传说的本原思想和情节结构，大大强化了主流意识形态对民间故事的干预。又由于思想界对《红楼梦》研究"索隐派"的批判运动的影响，考据学大受挫折，前50年曾经热闹一时的对白蛇传起源的追寻，到中华人民

① 傅惜华编：《白蛇传集》，上海：上海出版公司，1955年，"序言"，第1页。
② 戴不凡：《试论"白蛇传"故事》，《文艺报》1953年第11期。

共和国成立初期戛然而止，没有再继续下去，悬而未决的白蛇传故事起源问题，也就自然而然地被挂了起来。

"文革"后改革开放新时期的20年间，白蛇传故事的研究十分活跃，成为百年来最为繁盛的一个时期。中国民间文艺研究会浙江分会于80年代初编印了《白蛇传资料索引》（《白蛇传》研究资料之一，1982年7月）、《白蛇传故事资料选》（《白蛇传》研究资料之二，1983年5月）、《白蛇传歌谣曲艺资料选》（《白蛇传》研究资料之三，1983年5月）。同时，江苏省民间文学工作者协会及镇江分会编印了《白蛇传》（资料本），收录了该省民间文学家们新近从民众口头上采录的有关白蛇传传说的记录稿26篇（主要是流传在镇江及周围地区的），山歌、清曲、扬剧记录整理稿7件。嗣后，1984年4月，江苏、浙江、上海两省一市的民间文艺研究会在杭州联合召开了"全国首届'白蛇传'学术讨论会"，罗永麟、王骧、吕洪年、程蔷、薛宝琨、陈勤建等所撰6篇大会论文在《民间文学论坛》（北京）1984年第3期上选刊，会议的论文集《白蛇传论文集》也于1986年10月由浙江古籍出版社出版。1989年10月，两省一市的民间文艺家协会与镇江市文化局、文联联合又在镇江召开了"第二届'白蛇传'学术讨论会"，贺学君、罗永麟、陈勤建、朱恒夫所撰4篇论文在《民间文艺季刊》（上海）第4期上选刊。罗永麟先生是改革开放后较早研究白蛇传传说的上海学者，他的第一篇白蛇传研究论文《论白蛇传》发表在1981年出版的《民间文艺集刊》第1集上，稍后，接连发表的《白蛇传的历史价值和现实意义》（此文是二次讨论会的主题报告）、《白蛇传与中国传统文化的冲突及其悲剧价值》等，都收入他的《论中国四大民间传说》（中国民间文艺出版社，1986年）中。王骧先生把白蛇传传说中的人蛇结合（白娘子与许仙）与人蛇斗争（白娘子与法海）两大主题溯源到了上古的图腾崇拜，以期从发生学上解决白蛇传传说的起源问题。他认为"白蛇传故事在一定程度上承袭了古神话的传统，沉淀着古民俗信仰图腾崇拜的残渣，由魏晋志怪小说中异物化美女迷惑男子的简单传闻，发展为铺叙有致的唐传奇《白蛇记》，进一步再同宋代盛传的杭州雷峰镇怪和镇江僧龙斗法等地方风物传说结合起来，开始形成今白蛇传故事的基本轮廓"①。可惜论述还嫌粗略，未能像丁乃通那样把费

---

① 王骧：《白蛇传传说故事探源》，中国民间文艺研究会研究部编：《民间文学论文选》，长沙：湖南人民出版社，1982年，第180—181页。

洛斯特拉图斯本《拉弥亚》和冯梦龙本《白蛇传》分解为10个共有的重要情节，从其重合与相异情节中找出故事发展演变的规律，从而得出可信的结论。上述这些文章涉及到了白蛇传故事的起源、流变、灵异思想（异类婚姻）、与吴越文化的关联、与儒道释三教的关系、形象与艺术、历史价值和现实意义、戏曲的改编与戏曲对民间传说的影响等，在研究的广度和深度、理念和方法上，都有了较大的开拓。既有传统的文艺学的研究与阐释，也有民俗学的介入，学术思想的多元，使白蛇传故事的研究呈现出多彩的格局。

如果说，20世纪80—90年代的白蛇传研究队伍基本上限于江、浙、沪三地的学者们，切入的视角也还有某些时代的局限的话，那么，进入新世纪以来的白蛇传研究，已走出了这个作者队伍的圈子，新一代的学者们，在选题与方法上也出现了一些新的气象，也有一些令人高兴的成果问世。与此前的以白娘子形象和社会矛盾分析作为研究焦点的时代不同，起源与流变问题（包括"拉弥亚"与"白蛇传"的比较研究）、人兽婚姻故事类型等以往未涉及的问题，再次受到了关注，多少显示了在文艺学研究之外，民间文艺研究的民俗及文化特性回归的强化趋势。

2005年6月，白蛇传传说被列入国务院公布的第一批国家级非物质文化遗产名录，在我国文化史和白蛇传研究史上是一个历史性的事件和机遇，体现了国家对传统民间文化遗产的重视和评价，使这一在当代仍然广为流传的著名传说，在国家法规的层面上得到良好的保护，确保其永远地世代传承下去。作为白蛇传传说最主要的两大流传地（还有杭州）之一，镇江不仅至今还在民众口头上有广泛流传的白蛇传传说，还拥有丰富的历史资源（镇江的文化工作者们从20世纪60年代就在辖区内记录了许多白蛇传传说的文本）和相关文物（如传说中金山寺、法海洞、多种形态的白蛇故事民间美术品和工艺品等），镇江民间文化艺术馆编辑的《白蛇传文化集粹》把此前搜集采录的不同异文的白蛇传传说、80年代以来在报刊上发表的研究论文和各种以白蛇传传说为题材的民间美术品和手工艺作品的图片收集在一起，成为一部白蛇传传说相关文献资料的总汇，读者可以看到，中华人民共和国成立以来50年间白蛇传研究在资料的搜集与理论的开拓上所取得的成绩。这是一项划时代的工作，不仅给广大读者提供了一部民族文化的文献和读物，最重要的，是以文字和图片的形式保存和记录下了民族的文化记忆。

围绕着民间传说白蛇故事，虽经百年的研究阐发，还有好多悬而未决的问题摆在我们面前, 诸如该传说的起源 (发生学意义上) 问题、原产地问题、变形问题、人物形象及其嬗变等等, 都需要作出回答。我们立足当代, 最应该首先回答的是什么呢? 一个传说的形成, 一般都是缘于某种事物、人物、风物、事件传闻, 经众口传递, 在传递中添枝加叶, 滚雪球式的越滚越大, 走到什么地方往往会粘连上当地的某要素或色彩, 打上当地的标签, 因此要想考证其原产地, 从而据为己有, 怕是十分困难甚至是徒劳的。但在当前市场经济社会条件下, 在利益的驱动下, 一项非物质文化遗产的原产地问题, 却往往成了争议的焦点。这种匪夷所思的问题, 竟然成为一时之盛, 也颇耐人寻味。

自镇江民间文化艺术馆 (镇江民间文艺资料库) 成立之日起, 我就与之有着千丝万缕的联系和特殊的情感, 加之我又参与了文化部组织的第一批国家级非物质文化遗产名录的评审工作, 故镇江民间文化艺术馆的朋友们嘱我为这部即将出版的《白蛇传文化集粹》写序, 我高兴地答应下来, 谨撰此文以为序言。在上文中, 表达了我的一些个人的看法, 不当和谬误之处, 欢迎批评和指正。

2006年11月1日初稿

2007年1月28日于北京定稿

本文系为刘振兴主编《白蛇传文化集粹》(江苏文艺出版社, 2007年5月) 写的序; 发表于《文景》(上海) 2007年第2期。

钟 馗 论

钟馗是个家喻户晓、妇孺皆知的传说人物。钟馗这个角色与一般的传说人物不同，他是活人死后变成的大鬼，其主要活动是以鬼的面目出现，斩鬼除妖、惩恶扬善、驱疫逐鬼、护佑人间平安。钟馗又与一般的传说人物有相同之处，其形象虽然是鬼，实则是人，是神，不仅有人的七情六欲，所做的事也是人间的事。作为亦鬼亦人亦神的形象，在中国众多的民间传说人物中，钟馗实在是独一无二的，特别值得研究者重视。即使在当代条件下，钟馗传说也还在大陆沿海一带若干省份的一些地区的民间流传。大陆和台湾的戏曲舞台上，钟馗戏依然受到欢迎，因而还相当活跃。台湾的跳钟馗也还在祭祀场合演出。[1]因此，研究钟馗传说及信仰，不是没有意义的。

钟馗传说和信仰的滥觞

关于钟馗的原始，争论甚多，迄未停息。传统的看法多认为钟馗的原型就是《周礼·考工记》"大圭长三尺，杼上终葵首，天子服之"里所说的终葵。也有学者从其他角度（如从古

---

① 邱坤良：《台湾的跳钟馗》，《民俗曲艺》第85期（下），1993年。

傩的发生和演变的角度）立论来探讨钟馗的起源。①这些研究工作，大大地推动了对这个人鬼神兼而有之的角色的理解。

近来，王正书先生指出："钟馗其人及历代传其驱鬼辟邪的观念，实起源于上古巫术，他是由先代位居祝融之号的重黎衍生而来的。"②他认为良渚文化反山、瑶山出土的玉琮上的兽形人面纹，乃是传说中的重黎的形象，亦即后来出现的钟馗的原型。

玉圭、玉璋、玉璧、玉琮等玉器，原本都是原始社会时代东部原始人群的图腾徽号，服务于巫术和原始宗教目的，后来成为少数贵族人物的权力标志。奴隶制确立后，玉器作为礼器而为王室服务，带有神圣性。《礼记·大宗伯》说："以玉作六瑞，以等邦国：王执镇圭，公执桓圭，侯执信圭，伯执躬圭，子执谷璧，男执蒲璧。"镇就是安镇、镇压的意思。这可能

---

① 杨慎《丹铅总录》卷13"钟葵钟馗终葵"："俗传钟馗起于唐明皇之梦，非也。盖唐人戏作《钟馗传》，虚构其事，如毛颖、陶泓之类耳。《北史》尧暄本名钟葵，字辟邪。后世画钟葵于门，谓之辟邪，由此傅会也。宋宗悫妹名钟葵，后世画工作《钟馗嫁妹图》，由此傅会也。但葵、馗二字异耳。又曰，钟葵，菜名。《周礼·考工记》：大圭终葵首。注：终葵，椎也。疏：齐人谓椎为钟葵。《礼记·玉藻》：大子摄珽。注：挺然无所屈也，或谓之大圭，长三尺，于杼上又广其首，方如椎头，是谓无所屈，后则恒直。"（《四库全书珍本》第4集，商务印书馆，第23页。）胡应麟《少室山房笔丛》卷22引杨子（慎）卮言并加发挥说："《考工记》曰：大圭首钟葵。注：钟葵，椎也。齐人名椎曰终葵。盖言大圭之首似椎尔。《金石录》：晋、宋人名以终葵为名，其后讹为钟馗。俗画一神像，帖于门首，执椎以击鬼。好怪者便傅会，说钟馗能啖鬼。画士又作《钟馗元夕出游图》，又作《钟馗嫁妹图》，讹之又讹矣。文人又戏作《钟馗传》，言钟馗为开元进士，明皇梦见，命工画之，尤为无稽。按孙逖张说文集，有谢赐钟馗画表，先于开元久矣。亦如石敢当本《急就章》中虚拟人名，本无其人也。俗立石于门，书'泰山石敢当'，文人亦作《石敢当传》，虚辞戏说也，昧者相传，久之便谓真有其人矣。"[胡应麟：《少室山房笔丛》（上），北京：中华书局，1958年，第292页。]近人胡万川在《钟馗神话与小说之研究》第二章里对此种意见有详细介绍和辨证，他对此论持否定见解："不论说钟馗信仰是出于'终葵''钟葵'的讹化，或说是由大圭（因其上端为终葵形）、信圭、躬圭等（因其上面有人像）演变而来，都是靠不住的。"（胡万川：《钟馗神话与小说之研究》，台北：文史哲出版社，1980年，第42页。）常任侠在《饕餮终葵神荼郁垒石敢当考》文中沿袭"终葵，椎也"的器名说："今考钟馗之起源，盖始称终葵。"（常任侠：《饕餮终葵神荼郁垒石敢当考》，《说文月刊》第2卷第9期，1940年12月。）何新在《钟馗的起源》里认为："钟馗之名早见诸姓氏。殷贤相名'仲虺'，亦为钟馗之别语。""近年湖北出土梁代画砖中有雷鬼击连鼓图，马王堆出土帛画中有土神镇鬼图，土神之形有鳞、翼、尾、角、锐爪，此当即今日所见较早之钟馗图。"（何新：《钟馗的起源》，《诸神的起源——中国远古太阳神崇拜》，北京：光明日报出版社，1996年，第355页。）

② 王正书：《钟馗考实——兼论原始社会玉琮神像性质》，上海民间文艺家协会、上海民俗学会编：《中国民间文化》，上海：学林出版社，1993年，第117页。

仍然是原始古玉的遗意,而这遗意传承又与其上的特定纹饰不可分割。从已经发掘出土的众多原始玉圭来看,其顶部刻绘有兽形人面,"杼上终葵首"大概就是指这兽形人面而言。综合前辈学者从《周礼·考工记》"杼上终葵首"所提出的钟馗神话和钟馗信仰起源的解说,与已经出土的原始玉圭实物来对照分析,可以推论,这些原始玉器上的兽形人面纹,应该是某个神话意象——不排除就是具有镇邪杀鬼功能的钟馗——的造型,不过由于年代相去甚远,我们无由解读罢了。

根据考古发掘的史前资料,从原始宗教和巫术的角度来探讨钟馗传说和钟馗信仰的起源,不失为一条新径。但在目前阶段,这毕竟仍属于推论。探寻关于钟馗的最早文字记载,对于了解钟馗传说和钟馗信仰的产生和初期形态仍然是必要的。

李丰楙教授在《钟馗与傩礼及其戏剧》中指出,钟馗斩鬼的传说,最早见于记载的是唐高宗麟德元年(664)奉敕为皇太子于灵应观写的《太上洞渊神咒经》,而该经最初的10卷成书时间约在陈、隋之际。[1]他的立论所据,系吉冈义丰所作《道教经典史论》和大渊忍尔所作《道教史之研究》第二章"道教经典史之研究"。任继愈先生主编的《道藏提要》说:"本经(指《太上洞渊神咒经》)前十卷为原始部分,乃晋末至刘宋时写成。……《太上洞渊神咒经》有敦煌写本,今存一、二、七、八、九、十。"[2]任著所据,也是吉冈义丰所著《道教经典史论》第二编"经典之研究"第一章"六朝之图谶道经"。吉冈义丰后又在《六朝道教的种民思想》一文里修改了自己的观点,认为《太上洞渊神咒经》出于梁末以前。我国学者卿希泰教授在《中国道教思想史纲》里说,《太上洞渊神咒经》出现于晋代。[3]如果晋代说的观点不错的话,那么,钟馗传说和钟馗信仰产生的时代就比唐代说、南北朝说大大推前了,换句话说,钟馗传说和钟馗信仰在西晋或东晋末就已经在民间相当流行了。如此说来,明代胡应麟在《少室山房笔丛》里所说的"余意钟馗之说,必汉、魏以来有之"[4]也就并非只是臆断了。

敦煌写本标号为伯2444的《太上洞渊神咒经》"斩鬼第七"关于钟馗是这样写的:

---

① 李丰楙:《钟馗与傩礼及其戏剧》,《民俗曲艺》第39期,1986年。
② 任继愈主编:《道藏提要》,北京:中国社会科学出版社,1991年,第253页。
③ 卿希泰:《中国道教思想史纲》第1卷,成都:四川人民出版社,1980年,第324页。
④ 胡应麟:《艺林学山》(四),《少室山房笔丛》卷22续乙部,北京:中华书局,1958年,第294页。

今何鬼来病主人, 主人今危厄, 太上遣力士、赤卒, 杀鬼之众万亿, 孔子执刀, 武王缚之, 钟馗打杀(刹)得, 便付之辟邪。[①]

敦煌本与《道藏》本的文本略有出入, "孔子执刀, 武王缚之"的字样, 在《道藏》中是没有的。这段显然是驱除病疠之鬼的早期道教经典, 尽管对钟馗斩鬼的传说语焉不详, 甚至也还没有出现钟馗形象的具体描写, 但钟馗作为专门的斩鬼者的角色, 与孔子、武王这二位著名历史人物(也是传说人物)一起出现在经中, 其形象是十分鲜明的。这说明, 在写本中, 斩鬼的钟馗不是作者随意创造出来的一个驱鬼逐邪的道具, 而是取自当时已经家喻户晓的民间传说中的人物。

作为捉鬼杀鬼者和驱邪治病者的钟馗, 在其他敦煌写卷里也留下了身影。据法国敦煌学家艾丽白(Danielle Eliasberg)研究, 在负责驱邪的诸神中, 钟馗的作用位居首席。斯2055《除夕钟馗驱傩文》(王重民拟题)中, 关于钟馗是这样叙述的:

正月扬(阳春)秸(佳)节,

万物咸宜。

春龙欲腾波海,

次端(异瑞)祈敬今时,

大王福如山岳,

门兴壹宅光辉。

今夜新受节□(仪),

九天龙奉(凤)俱飞。

五道将军亲至,

□(部)领十万熊黑,

衣(又)领铜头铁额,

魂(浑)身物(总)着豹皮,

□(敕)使朱砂染赤,

---

① 黄永武主编:《敦煌宝藏》第120册, 台北: 新文丰出版公司, 1985年, 第480页; 邱坤良:《台湾的跳钟馗》,《民俗曲艺》第85期(下), 1993年。两书文字略有出入, 此处采用了前书的文本。

咸称我是钟馗,

捉取浮游浪鬼,

积郡扫出三嵬。

学郎不才之庆(器),

取(敢)请宫(恭)奉□□。

音声①

在这段可能作于中晚唐的愿文中,不仅出现了角色的转换,重要的是,钟馗的形象丰富鲜明得多了。第一,连五道大将军也装扮成钟馗的样子,冒钟馗的身份:长着"铜头铁额",身上蒙着豹皮,身上(或脸上?)涂着朱砂;第二,"咸称我是钟馗"者,又是出现在除夕之夜驱傩的仪式("今夜新受节仪")之中,与岁暮新岁联系起来。胡万川教授曾指出,钟馗的特点之一,是与年节有不可分割的联系,出现在除夕之夜的大傩之中。②这很容易令我们联想起商周以至秦汉之际古傩仪式记载中的方相氏。方相氏最初的形象也是"掌蒙熊皮、黄金四目、玄衣朱裳、执戈扬盾"(《周礼·夏官司马》第四),与《除夕钟馗驱傩文》中的钟馗形象颇为相似。正是这个铜头铁额、蒙着兽皮的钟馗,在方相氏逐渐销声匿迹之后在除夕驱傩仪式中继之而起。他在除夕驱傩仪式中的使命,不是如上所说的仅只是驱除病疠之鬼,而是捉拿一切浮游浪鬼(所谓"浮游浪鬼",是指那些死后没有墓葬的孤魂野鬼)。

还可以举出伯4976号写卷:

儿郎伟

旧年初送玄律,迎取新节青阳。

北(?)六寒光罢末,东风吹散冰[光]。

万恶随于古岁,来朝便降千祥。

应是浮游浪鬼,付与钟夔大郎。

---

① 艾丽白:《敦煌写本中的"儿郎伟"》《敦煌写本中的大傩仪礼》,谢和耐等:《法国学者敦煌学论文选萃》,耿升译,北京:中华书局,1993年,第263、244—245页;黄征、吴伟编:《敦煌愿文集》,长沙:岳麓书社,1995年,第963—964、961—962页。两书文字略有出入。下文引用的写本伯2569和伯3552,均出此书,第945—946页。

② 胡万川:《钟馗神话与小说之研究》,台北:文史哲出版社,1980年,第108页。

从兹分付已讫，更莫恼害川乡。

谨请上方八部，护卫龙沙边方。

伏承大王重福，河西道泰时康。

万户歌谣满路，千门谷麦盈仓。

因兹狼烟殄灭，管内休罢刀枪。

三边扱肝尽髓，争驰来献敦煌。

每岁善心不绝，结坛唱佛八方。

缁众转全光明妙典，大悲亲见中央。

[如][斯]供养不绝，诸天助护阿郎。

次为当今帝主，十道归化无疆。

天公主善心不绝，诸寺造佛衣裳。

现今宕泉造窟，感得寿命延长。

如斯信敬三宝，诸佛肋护遐方。

夫人心行平等，寿同劫石延长。

副使司空忠孝，执笔七步成章。

文武过于韩信，谋才得达张良。

诸幼良君英杰，弯弧百兽惊忙。

六蕃闻名撼颤，八蛮畏若秋霜。

大将倾心向国，亲从竭方寻常。

今夜驱傩之后，直得千祥万祥。

音声①

这是一篇以"儿郎伟"为开篇、以驱傩为目的的"愿文"，由于其中有"伏承大王重福，河西道泰时康。万户歌谣满路，千门谷麦盈仓。因兹狼烟殄灭"等词句，说明其写作年代在公元851年张议潮逐走吐蕃守将、夺得沙州，被唐宣宗任为沙州防御使之后不久。这篇《儿

---

① 艾丽白：《敦煌写本中的"儿郎伟"》，谢和耐等：《法国学者敦煌学论文选萃》，耿升译，北京：中华书局，1993年，第244—245页。

郎伟》是在除夜诵读的愿文,将其与当代搜集到的傩仪和傩舞遗存相对照,可以想象,当年在诵读愿文时,必定同时会有某种傩仪相配合。在这场"旧年初送""迎取新节"的傩仪中,驱邪的主角应是钟夔(馗)。如果说在《太上洞渊神咒经》里的钟馗,是个捉鬼治病的角色,那么,在这里,钟馗的职责则不仅是捉赶浮游浪鬼,还能驱除一切邪魅,护佑"来朝"边关平安、"千祥万祥"。

提到和描写钟馗的其他敦煌写本,还有伯2569(背面)即Pt(藏文写本)113和伯3352。伯2569中写道:"驱傩之法,自昔轩辕,钟馗白泽,统领居(仙)先。怪禽异兽,九尾通天。总向我皇境内,呈祥并在新年。"下面还写到驱邪的场面:

> 适从远来至宫门,正见鬼子一郡郡(群群)。就中有个黑论敦,条身直上舍头存。眈气袋,戴火盆。眼赫赤,着非(绯)裈。青云烈,碧温存。中庭沸湢湢,院里乱纷纷。唤中(钟)馗,兰(拦)着门。弃头上,放气薰。搚肋折,抽却筋。拔出舌,割却唇。正南直须千里外,正北远去亦(不)须论。

这个写本突出了钟馗在傩仪中的"统领"地位(至少在唐代敦煌和西北地区的除夕傩仪中是这样),并把他与另一名驱鬼神白泽联系起来。[1]怪禽异兽,九尾(狐)神兽,都在他的统领之下,于除夕之夜举行的大规模的驱邪傩仪中,捉住一群群的鬼魅,放气薰,折其肋,抽其筋,拔其舌,割其唇,将其逐出千里之外。这篇愿文中也有些提示时代的词句,如:"自从长史领节,千门乐业欢然。司马兼能辅翼,鹤唳高鸣九天。""北狄衔恩拱手,南戎纳款旌旗。太夫人握符重镇,即加国号神仙。"张议潮的侄子张淮深于公元853年起任敦煌刺史,张议潮本人于公元866年入朝任司马,"太夫人"显系指张议潮之妻"河内郡君太夫人广平宋氏"。可见,这篇卷子写作的时代在公元853年之后不久,与伯4976年代相近。

在写本伯3552(Pt. 113)中也有一段钟馗和白泽捉鬼杀鬼的形象描写,可以与伯2569对照研究:"适从远来至宫宅,正见鬼子笑赫赫。偎墙下,傍篱栅。头朋僧,眼隔搦。骑野狐,绕项脉(巷陌)。捉却他,项底搭。塞却口,面上掴。磨里磨,硙里侧。镬汤烂,煎豆踖。放火烧,以枪劙。刀子割,脔脔擗。因今驱傩除魍魉,纳庆先祥无灾厄。"钟馗捉鬼杀鬼的

---

① 关于白泽,饶宗颐有专文论述,见《跋敦煌本白泽精怪图两残卷》,"中央研究院"历史语言研究所集刊编辑委员会编:《"中央研究院"历史语言研究所集刊》第41本第2分,1969年,第539—543页。

场面，极富动感和情趣。

如此看来，第一，钟馗在这些说唱体的敦煌写本（愿文）中，已经具备了足令一切鬼祟避让、能够捉鬼杀鬼的神性形象（未见"啖鬼"的词句），而这个形象肯定与当时民间传说中的叙事形象是一致的。第二，至少在西北地区，钟馗已经进入了岁末年初的乡傩仪式行列，成为其中的一个驱鬼逐疫、祈求平安的重要甚至首要角色。第三，钟馗的名声和权限都很大，作为"部领十万熊罴"的五道将军，也袭用钟馗的大名，他不仅能捉杀致主人生病的鬼（《太上洞渊神咒经》），而且也能捉杀一切浮游浪鬼，总之，一切鬼厉都在他的捉杀统辖范围之内，这就开始具备了后世传说中由玉皇大帝或阎罗王封给他的鬼族统领——驱邪斩祟将军或世游大使的特点。

唐玄宗朝，大臣张说（667—730）所撰《谢赐钟馗及历日表》一文记载了钟馗画融入新春年节民俗的情景："中使至，奉宣圣旨，赐画钟馗一及新历日一轴……屏祛群厉，缋神象以无邪；允授人时，颁历日而敬授。"[1]在岁终春临之际，宫中将钟馗的形象绘制成画幅，连同新日历各一轴，"奉宣圣旨"颁赐给朝廷官员，悬挂在家里，以为"屏祛群厉"，驱除邪祟之用。如果说，钟馗传说早就在晋代或更早的时代形成并在民间广为流传的话，那么，从交感巫术的心理出发，将传说中斩鬼的钟馗制作成画像，在岁除（除旧迎新）之际颁赐给官员们，作为镇鬼之灵物，则是从张说供职的唐玄宗朝才开始有记载的。这种年节悬挂钟馗像镇鬼的做法，得到了后世朝廷的认同，形成风俗，世代延续，而且逐渐流到了民间。

诗人刘禹锡（772—842）也撰写过两份同类性质的文书《为李中丞谢钟馗历日表》和《为杜相公谢钟馗历日表》，记载了德宗朝颁发和悬挂钟馗画驱邪的年俗。《为杜相公谢钟馗历日表》说："臣某言，高品某乙至，奉宣圣旨，赐臣钟馗一，新历日一轴。星纪方回，虽逢岁尽；恩辉忽降，已觉春来。伏以图写威神，驱除群疠，颁行律历，敬授四时。施张有严，既增门户之贵；动用协吉，常为掌握之珍。"[2]这份文书的作者标明写于（德宗）贞元二十一年，即公元805年。与张说的时代相比，时间已经过去了100多年，而这时奉宣圣旨向朝廷官员们颁赐钟馗画的风俗和钟馗驱鬼的观念，在民间不仅没有减弱或消匿，反而越加盛行

---

① 李昉等编：《文苑英华》第4册卷596"谢赐钟馗及历日表"，北京：中华书局，1966年，第3093—3094页。

② 刘禹锡：《刘宾客文集》，上海：上海古籍出版社，1993年，第84页。

起来。而且刘禹锡对朝廷颁赐的钟馗像本身，作了比张说更多的描绘："图写威神，驱除群疠。"朝廷颁发的钟馗之像具有"威神"之貌，能使主人家增添"门户之贵"，加上人们群体的原始思维和灵魂观念所赋予钟馗像的"捉鬼驱邪"象征意蕴，因而才能具有祈新岁之安、一年吉祥的功能。

与张说、刘禹锡的"表"说同一件事的，还有生活于晚唐的周繇所写的《梦舞钟馗赋》。此赋对钟馗形象的描写，其细腻生动，远在此二"表"和上述敦煌愿文之上：

……扃禁闼兮闲羽卫，虚寝殿兮阒嫔嫱。虎魄枕欹，象榻透荧荧之影；虾须帘卷，鱼灯摇闪闪之光。圣魂惝恍以方寐，怪状朦胧而遽至。硨矿标众，颣类特异。奋长髯于阔臆，斜领全开；搔短发于圆颅，危冠欲坠。顾视才定，趋跄忽前。不待乎调凤管，拨鸾弦，曳蓝衫而飒纚，挥竹简以蹁跹，顿趾而虎跳幽谷，昂头而龙跃深渊。或呀口而扬音，或蹲身而节拍。震雕栱以将落，跃瑶阶而欲折。万灵沮气以惝恍。一鬼傍随而奋蹿。烟云忽起，难留舞罢之姿；雨雹交驰，旋失去来之迹。睿想才寤，清宵已阑。祛沉疴而顿愈，瘁御体以犹寒。对真妃言寤寐之祥，六宫皆贺。诏道子写婆娑之状，百辟咸观。彼号伊祁，亦名郁垒，傩妖于凝冱之末，驱厉于发生之始。岂如呈妙舞兮荐梦，明君康宁兮福履。[①]

傩舞或巫舞，是行傩祭或做巫事时不可或缺的通神仪式。周繇所描写的，虽然是唐明皇梦钟馗捉鬼的一段轶事，却实在是一幅"圣鬼"钟馗驱邪仪式图。我们看到的是一个充满着动感的、活生生的钟馗。钟馗的形体：怪状朦胧，形象特异，长髯、短发、阔臆、圆颅。装束：着斜开领（衽）的蓝衫、戴危冠。手执法器：凤管、竹简（还没有出现后来的青锋剑）。舞姿：开始时，调凤管、拨鸾弦，摆动着蓝衫身姿飘逸，舞动着竹简舞步蹁跹，继而如虎跳幽谷，似龙跃深渊，令雕栱将落、瑶阶欲折。钟馗的粗犷雄健、气势逼人的巫舞，终于使所有的精怪（"万灵"）不得不沮气而回避。赋中还写了唐玄宗梦觉后，将梦中之祥告之杨贵妃，六宫皆贺的情境，以及诏画工吴道子依照他梦中所见画钟馗捉鬼的情节。

到唐末五代十国，旧将胡进思拥兵废吴越王钱倧的史事，透露出钟馗信仰在当时深入人心的信息。吴越王钱佐卒，其弟倧以次立。钱倧对旧将胡进思卑侮，在碧波亭阅兵犒赏军士，胡进思前谏以赏太厚，无意中惹恼了新王钱倧。"倧怒，掷笔水中，曰：'以物与军士，吾

---

① 李昉等编：《文苑英华》第1册卷95"梦舞钟馗赋"，北京：中华书局，1966年，第434页。

岂私之，何见咎也！'进思大惧。岁除，画工献钟馗击鬼图，倧以诗题图上。进思见之大悟，知倧将杀己。是夕，拥卫兵废倧，囚于义和院，迎俶立之。"①这桩史实发生在公元947年。这段记载透露出岁除献钟馗击鬼图的习俗，在五代以前，也许就在唐代，就已经从都城长安传到吴越地区并广泛流行，而钟馗击鬼的传说和信仰也早已成为吴越民族族众的集体意识，以至胡进思一见到钱倧在画工所献的《钟馗击鬼图》上所题的诗句，便明白自己将被当作鬼魅除掉，于是不得不拥兵废倧。据美术史家认为，这段记载"是为钟馗击鬼驱邪的独幅画始见于史书者"②。

一般说来，一种信仰民俗，特别是有神格的信仰民俗的形成和延续，必是有某种神话和传说所支持的。钟馗信仰从两晋、南北朝逐渐形成并得到广泛流传，到唐末，又经五代十国，五六百年间，不仅从未中断，而且在流传中愈来愈具体系，无疑是由于有钟馗这个具有神格的人物及其愈来愈丰富的传说作支持。到了北宋，科学家沈括（1031—1095）所撰的《梦溪笔谈》"补笔谈"中，钟馗其人及其传说则变得完整和丰满起来：

> 禁中旧有吴道子画钟馗，其卷首有唐人题记曰："明皇开元讲武骊山，岁翠华还宫，上不怿，因疟作，将逾月，巫医殚伎，不能致良。忽一夕，梦二鬼，一大一小。其小者衣绛犊鼻，屦一足，跣一足，悬一屦，搢一大筠纸扇，窃太真紫香囊及上玉笛，绕殿而奔。其大者戴帽，衣蓝裳，袒一臂，鞹双足，乃捉其小者，刳其目，然后擘而啖之。上问大者曰："尔何人也？"奏云："臣钟馗氏，即武举不捷之进士也，誓与陛下除天下之妖孽。"梦觉，疟若顿瘳，而体益壮。乃诏画工吴道子，告之以梦曰："试为朕如梦图之。"道子奉旨恍若有睹，立笔图讫以进。上瞠视久之，抚几曰："是卿与朕同梦耳，何肖若此哉！"道子进曰："陛下忧劳宵旰，以衡石妨膳，而疟得犯之。果有蠲邪之物，以卫圣德。"因舞蹈上千万岁寿。上大悦，劳之百金。批曰："灵祇应梦，厥疾全瘳。烈士除妖，实须称奖。因图异状，颁显有司。岁暮驱除，可宜遍识，以祛邪魅，兼静妖氛。仍告天下，悉令知委。"熙宁五年，上令画工摹拓镌板，印赐两府辅臣各一本。是岁除夜，遣入内供奉官梁楷就东西府给赐钟馗之象。③

---

① 欧阳修：《新五代史》卷67"吴越世家"，《二十五史》第6册，上海：上海古籍出版社、上海书店，1986年，第5161页。
② 王树村：《略说钟馗画》，王阑西、王树村编：《钟馗百图》，广州：岭南美术出版社，1990年，第7页。
③ 沈括撰，胡道静校注：《梦溪笔谈校证》（下），上海：上海古籍出版社，1987年，第986—987页。

沈括记录的这个传说，历来被学术界公认为是一个情节最丰富、最完整的异文。它标志着钟馗传说发展中的一个转折。稍后出现的有关钟馗传说的记载，还有已经亡佚的《唐逸史》(学术界普遍认为是唐末以后的作品，明代陈耀文《天中记》卷4 "梦钟馗" 条注引)[1]和北宋元丰 (1078—1085) 年间高承撰《事物纪原》[2]。为了对照研究，不妨也把《唐逸史》的记载移录如下:

> 明皇开元，讲武骊山，翠华还宫。上不悦，因疟疾作，昼梦一小鬼，衣绛，犊鼻，跣(应为 "跛" 字——引者)一足，履一足，腰悬一履，搢一筠扇，窃太真绣香囊及上玉笛，绕殿奔，戏上前。上叱问之。小鬼奏曰: "臣乃虚耗也。"上曰: "未闻虚耗之名。"小鬼奏曰: "虚者，望空虚中，盗人物如戏; 耗，即耗人家喜事成忧。"上怒，欲呼武士，俄见一大鬼，顶破帽，衣蓝袍，系角带，靸朝靴，径捉小鬼，先刳其目，然后劈而啖之。上问大者: "尔何人也?"奏曰: "臣终南山进士钟馗也，因武德中应举不捷，羞归故里，触殿阶而死。是时，奉旨赐绿袍以葬之，感恩发誓，与我王除天下虚耗妖孽之事。"言讫，梦觉，疟疾顿瘳。乃诏画工吴道子曰: "试与朕如梦图之。"道子奉旨，恍若有睹，立笔成图进呈。上视久之，抚几曰: "是卿与朕同梦耳。赐与百金。"

《事物纪原》文本的情节与此基本相同。这两个稍后记载的文本，与《梦舞钟馗赋》和《补笔谈》相比，又增加了两个重要情节: (1)明确说明钟馗的身份系终南进士; (2)钟馗所捉之小鬼名为 "虚耗"。

从传说学的特点来说，从产生于西晋或东晋末的《太上洞渊神咒经》及产生于中晚唐的其他敦煌写本起，经张说、刘禹锡的简单记载，周繇《梦舞钟馗赋》的描写，到沈括《补笔谈》《唐逸史》和《事物纪原》止，围绕着钟馗这个人物，已经形成了由3个故事素(亦称情节单元)构成的传说。这3个故事素是: 唐明皇梦鬼、钟馗啖鬼和吴道子画鬼(另外还有一个情节，即钟馗嫁妹，留待下面再论)。随着时代的演进，故事情节层层累积，使钟馗这个箭垛式的传说人物，在动态的叙述和静态的描写中变得立体化了。

钟馗是原始巫的产物。鬼的观念出现后，神鬼分开，人们需要塑造出一个治鬼的神和

---

① 陈耀文:《天中记》，上海: 上海古籍出版社，1991年，第965页。
② 高承撰，李果订，金圆、许沛藻点校:《事物纪原》卷8 "岁时风俗部·钟馗"，北京: 中华书局，1989年，第427页。

统领诸鬼的大鬼（圣鬼）。钟馗就是适应这样一种需要而被人们塑造出来的神和大鬼。新石器时代的史前玉圭上所刻画的兽面人像，可能隐含着某个神话意象，这个神话意象中的神，可能就是钟馗或钟馗的原型。最初的文字记载出现较迟，见于晋末的道经敦煌写本。以方相氏为傩仪主角的大傩，到汉唐开始发生深刻变化。一方面，"四时以作"的古制已土崩瓦解，只保留着一年一度举行的送旧迎新的岁除之傩了；另一方面，方相氏在作为神的"十二兽"出现后地位逐渐下降的趋势下，钟馗以统领诸鬼之神（圣鬼）的资格进入大傩队列中，取方相氏而代之。钟馗由于在神话传说中被塑造出来之始，就被人们赋予捉鬼驱邪的特性，因此也从其形成起，就进入每年岁暮年初的大傩仪式中，成为一个驱邪纳吉的重要角色。同时，与送旧迎新的岁除节仪相关联，也就成为钟馗信仰的一个重要特点。钟馗传说与钟馗信仰是共生的，二者相互交织，相互依存。钟馗信仰只有在传说的支持下，才得以不断发展，钟馗传说也由于有了钟馗信仰的附丽而得以世代传承。

在古代中国，傩仪是原始信仰的一种普遍形态，其流行范围十分广阔。在唐代及其以前，钟馗传说和信仰似乎主要存在和流传于以长安为中心的中原傩文化地区以及以敦煌为中心的西北一带；五代十国时期，钟馗信仰显然已传播到吴越地区并得到了广泛流行。

钟馗信仰的民俗化

宋代是傩仪发生大转变的时代。宋代以后，钟馗信仰也发生了重要转变，其特点是逐渐向着世俗化和民俗化方向发展。在敦煌写本《太上洞渊神咒经》中那个曾经与孔子、武王这文武二神并列作为统领捉杀诸鬼之神的钟馗，逐渐转变为辟邪驱祟的道具和象征，融入例行的送旧迎新的年节民俗事象之中。这种转变，从实质上说来，意味着钟馗信仰的神圣性逐渐减弱或消失，世俗性逐渐加强。

这种转变以北宋都城汴京宫中岁除所行的傩仪为开始。《宋史》不再记载傩仪，但我们可从孟元老《东京梦华录》里看到其大概："除日禁中呈大傩仪，并用皇城亲事官、诸班直戴假面，绣画色衣，执金枪龙旗，教坊使孟景初身品魁伟，贯金副金镀铜甲，装将军，用镇殿将军二人，亦介胄装门神，教坊南河炭丑恶魁肥，装判官，又装钟馗、小妹、土地、灶神之类，共千余人，自禁中驱祟，出南薰门外转龙湾，谓之埋祟而罢。"①在宋廷上演的百戏中，出现了钟馗戏："又爆仗一声，有假面长髯，展裹绿袍靴简，如钟馗像者，傍一人以小锣相招和舞步，谓之舞判。"②在近岁节的十二月里市面上所印卖的吉祥物品中，也有钟馗画："近岁节，市井皆印卖门神、钟馗、桃板、桃符，及财门钝驴、回头鹿马之行帖子。"③汴京宫中举行的大傩，比之唐代发生了很大的变化，方相氏、十二兽、侲子等角色，已销声匿迹，自不待言，参加驱邪的将军、门神、判官、钟馗等角色，也都是由教坊人来扮演的，变成了岁除举行的只有象征作用的民俗活动。

前面说过，吴越之地，在五代十国时就已流传着钟馗捉鬼的信仰和除夕之夜驱傩的习俗。至宋室南迁后，汴京宫中的驱傩惯例照样保留下来，禁中驱傩埋祟的队列中也照例还有装钟馗者。从前朝廷官员"挂钟馗"的风俗，此时也流入了民间。吴自牧《梦粱录》：除夕之日，"士庶家不论大小家，俱洒扫门闾，去尘秽，净庭户，换门神，挂钟馗，钉桃符，贴春牌，祭祀祖宗，遇夜则备迎神香花供物，以祈新岁之安。禁中除夜呈大驱傩仪，并系皇城司诸班直，戴面具，著绣画杂色衣装，手执金枪、银戟、画木刀剑、五色龙凤、五色旗帜，以教乐所伶工装将军、符使、判官、钟馗、六丁、六甲、神兵、五方鬼使、神尉等神，自禁中动鼓吹，驱祟出东华门外，转龙池湾，谓之'埋祟'而散"④。周密《武林旧事》中也有大致相同的记载。据《乾淳岁时纪》记载，六甲、六丁、六神等神将是由女童装扮的。宋代宫中在岁除之际虽仍举行大傩仪，但这种傩仪不再是国家的"典礼"，而变成了"直以戏视之"的民俗活动，古意荡然无存了，而钟馗也从统领鬼杀鬼诸神的地位，变成了与将军、判官、门神、桃符、灶神等在同一等级的辟邪象征角色，只作为人们祈求吉祥福祉心理的抚慰者。

据清乾隆《钦定续通志·礼略》："辽金元明俱无傩礼。"⑤宋代一朝，傩作为礼的旧制，就逐渐式微。元朝的统治者系来自北方的少数民族，他们的民俗习惯与前朝有所不同，因此废除除夜行大傩的旧礼也是必然的。因此，作为大傩主角之一的钟馗，除了像萨都剌

① 孟元老：《东京梦华录》卷10，北京：中华书局，1985年，第205—206页。

② 孟元老：《东京梦华录》卷7，北京：中华书局，1985年，第140页。

③ 孟元老：《东京梦华录》卷10，北京：中华书局，1985年，第204—205页。

④ 吴自牧：《除夜》，《梦粱录》卷6，杭州：浙江人民出版社，1980年，第50页。

⑤ 嵇璜等撰：《礼略·时傩》，《钦定续通志》卷117，第8页。

关于钟馗画的诗这类文人兴感资料外，可征的民俗资料并不多。明代大臣邱濬曾上奏"请斟酌汉唐之制，俾内臣依古制为索室逐疫之法"，未被采纳，也未实行。虽然明代宫中不再举行冬傩，但由中原至汴京而后又传至江南的钟馗信仰民俗，在民间却依然盛行。据明万历十五年刻本《绍兴府志》："（十二月）二十四……自是，人家各拂尘，换桃符、门神、春胜、春帖，悬祖先像，并贴钟馗图。"[1] 北京宫中岁除之日，门旁照样置桃符板、将军炭，照样贴门神，室内照样悬挂福神、鬼判、钟馗等画。[2]

到了清代，钟馗还出现在吴中一带的年节驱邪祈福民俗活动中，当地还流传着以钟馗为主角的"跳钟馗"和传说。这种"跳钟馗"活动，显系古代岁除驱傩活动的遗绪。清代学者顾禄《清嘉录》（出版于1830年）载："丐者衣坏甲胄，装钟馗，沿门跳舞以逐鬼。亦月朔始，届除夕而止，谓之'跳钟馗'。周宗泰《姑苏竹枝词》云：'残须破帽旧衣裳，万两黄金进士香，宝剑新磨堪逐鬼，居然护国有忠良。'"[3] 作者引用宋以来的民俗志资料说，当地的跳钟馗，始于月朔，而止于腊月二十四日，而到作者生活的时代，此俗已有变化，止于除夕。吴地以外的其他地区，年节民俗活动资料中，似乎已经再没有钟馗出场了。

清代钟馗信仰的一个重大变化是，从晋代以来就与年节相联系、相沿流传了1000多年的钟馗信仰，自此转移和附着到了端午节的民俗生活中。最早见于记载的一份资料是刻于康熙五十七年（1718）的杭州《钱塘县志》："（五月）五日为天中节。门贴五色镂纸，堂设天师、钟馗像，梁悬符录，盆养葵、榴花、蒲、艾叶，丹碧可观。"[4]《清嘉录》载：五月，吴地人家"堂中挂钟馗画图一月，以祛邪魅。李福《钟馗图》诗云：'面目狰狞胆气粗，榴红蒲碧座悬图。仗君扫荡么麽技，免使人间鬼画符。'又卢毓嵩有诗云：'榴花吐焰菖蒲碧，画图一幅生虚白。绿袍乌帽吉莫靴，知是终南山里客。眼如点漆发如虬，唇如腥红髯如戟。看澈人间索索徒，不食烟霞食鬼伯。何年留影在人间，处处端阳驱疠疫。呜呼世上罔两不胜计，灵光一睹难逃匿。仗君百千亿万身，却鬼直教褫鬼魄。'"顾禄在历述古来钟馗信仰之后，特

① 《绍兴府志》（明万历十五年刻本），丁世良、赵放主编：《中国地方志民俗资料汇编·华东卷》（中），北京：书目文献出版社，1995年，第820页。
② 刘若愚：《酌中志》，北京：中华书局，1985年，第173页。
③ 顾禄：《清嘉录》卷12"十二月"，上海：上海文艺出版社，1985年，第165页。
④ 《钱塘县志》（清康熙五十七年刻本），丁世良、赵放主编：《中国地方志民俗资料汇编·华东卷》（上），北京：书目文献出版社，1995年，第594页。

别指出："'五日，堂中悬钟馗画像。'谓旧俗所未有。"①富察敦崇《燕京岁时记》载：作为清代都城的北京，"每至端阳，市肆间用尺幅黄纸，盖以朱印，或绘画天师钟馗之像，或绘画五毒符咒之形，悬而售之。都人士争相购买，粘之中门，以避祟恶"②。《民社北平指南》云："……于是日（端午）午时以朱墨画钟馗像，以鸡血点眼，俗称'朱砂判'者，悬屋中，谓能驱避邪。"③是何原因促成了钟馗信仰的这种转移，学者们一般都以五月是"毒月"的民间观念来解释，还有待于进一步探讨。

有意思的是，一个世纪前，俄国收藏家Ｂ.Ｍ.阿列克谢耶夫曾在北京买到一幅慈禧太后收藏的钟馗木版画。"木版画上的钟馗身穿文官服，正在斩杀欲犯民宅的小鬼。一只蝙蝠从天而降，意味着'驱鬼纳福'或'降吉纳福'。画的顶部有题铭，乃为慈禧太后所加。这幅御画上，还题了日期：1888年（光绪十四年——引者）2月19日。类似的画，在北京并不少见。这位贵夫人喜欢把描绘着象征图案的画，馈赠给她最喜欢的人，因为这种最为流行的象征，在她看来是最珍重的了。根据这块版印制的画幅，我再也没有见过。也许这幅画的原版根本就不存在了，任何仿作也不能不遭到禁止。"④这幅题为"镇煞"的木版画的题铭是："镇宅神判下天宫，手拿宝剑代七星，拿住妖魔无其数，斩沙（杀）多少怪物精，有人请到他家去，万事平安福禄增。"在题铭的旁边，还写着常见的符箓"敕令"和上下相连的5个"雷"字以及两个表示"雷"的意象符号。"神判"就是钟馗。据题铭来看，此画的作用在于镇宅。显然，作者把道教的"五雷符"与钟馗联系起来，意在加强钟馗镇邪驱祟的能力。

在民国以来出版的一些地方志里，我们看到，端午节悬挂钟馗画以辟邪的风俗，在江南吴越文化圈内依然流行。

20世纪50年代以来，由于政府提倡破除迷信，举行有钟馗角色出现于其中，甚或以钟馗为主角的巫傩信仰活动已较为少见了。近年来在有些地区发掘抢救出来的巫傩仪式和傩戏资料证明，钟馗依然是作为传统古傩的"活化石"而存在着的傩礼和傩戏中的一个重要

① 顾禄：《清嘉录》卷5"五月"，上海：上海文艺出版社，1985年，第82、83页。
② 富察敦崇：《燕京岁时记》"天师符"，潘荣陛，富察敦崇：《帝京岁时纪胜·燕京岁时记》，北京：北京古籍出版社，1983年，第65页。
③ 《民社北平指南》，李家瑞编：《北平风俗类征》，上海：商务印书馆，1937年，第76页。
④ А.М.АЛЕКСЕЕВ,КИТАЙСКАЯ НАРОДНАЯ КАРТИНА,ИЗД,.НАУКА, МОСКВА, 1966, СТР. 222—223.

驱邪角色。江西的跳傩分"闭口傩"和"开口傩"。"闭口傩"用于迎神舞队，以面具扮为"傩神将军"（有红脸、黑脸、红黑两面脸等不同形式的"将军"5人），又有钟馗、判官、小鬼、四大天将、关王、花关索、城隍、土地、和合二仙、灶神、小娘子等神灵。扮者跳傩舞，分别有"开山""纸钱""魁星""雷公""傩公傩母""钟馗醉酒"等节目。[1]四川北部梓潼县的傩仪分"阴戏"和"阳戏"。阴戏为"天戏"，用提线木偶表演；阳戏为"地戏"，用面具装扮二郎神、判官、小鬼、土地等，搬演"土地缴愿""钟馗斩鬼""跑马进财"等节目。[2]在这些地区残存的傩仪或傩戏中出现的钟馗或扮演钟馗，就其性质而言，似乎还没有脱离古傩中的驱邪角色。

也有渐而脱离巫傩角色而向着戏剧化转化，并依然带着浓重的巫傩色彩的，如重庆市巴县接龙区的阳戏中的钟馗。这是因为：（1）唱阳戏一般是为了酬神还愿而进行的祭祀活动，其科仪坛序的安排，严格遵循着请神、酬神、祈神、送神的程序；其整体结构以内坛法事为主，外坛唱戏穿插进行。（2）唱阳戏属于外坛关目，一般带有庆贺、欢悦的性质，或发财得宝，或官运亨通，或诞辰喜宴，或嫁女娶媳，都要唱阳戏。（3）唱阳戏的时间，不再像古傩仪那样在除夕之夜（或更早的"四时以作"，是为了送旧迎新，祛除秽气邪祟），而是在每年秋收之后至第二年春耕之前这段农闲时间里，没有严格的时间限制。近年在当地发现的清代道光抄本《阳戏全集》有《钟馗》一出内坛唱本：

（偈子）

吾神不是非凡神，吾是天上文曲星，可恨唐王无道理，把吾贬作一魁神，一对小鬼当面立，心中愁眉二三分，南台鼓乐轻槌打，南山进士上棚行。

（说诗）

头戴乌纱帽，身穿紫罗袍，点动朝阳鼓，钟馗大将是吾神。

---

① 毛礼镁、流沙：《江西的跳傩与傩戏》。转引自周华斌：《傩仪面具的沿革——兼谈傩面与戏面》，《民俗曲艺》第69期（上），1991年。
② 赫刚、姚光普：《梓潼阳戏的文化浅识》。转引自周华斌：《傩仪面具的沿革——兼谈傩面与戏面》，《民俗曲艺》第69期（上），1991年。又，于一、王康、陈文汉在《四川省梓潼县马鸣乡红寨村一带的梓潼阳戏》说："戏神有坛前供奉的正神、天上三十二神、地下三十二神三种。"地下三十二神中，除了太白、四值功曹、统兵元帅、白鹤童子、雷公电母等外，还有钟馗。（于一、王康、陈文汉：《四川省梓潼县马鸣乡红寨村一带的梓潼阳戏》，台北：财团法人施合郑民俗文化基金会，1994年，第52—54页。）

（白）且问堂前，铜鼓震天，铁鼓震地，香烟渺渺，所为何事？（介）酬恩了愿。（介）堂前不正之鬼神斩开未曾？（介）未曾。（介）点动明锣，吾神与你斩开。

仙花一朵坠日月，黄英闪闪下天堂。天也愁，地也愁，人也愁，鬼也愁，天愁只怕不下雨，地愁只怕无收成，人愁只怕阎王取，鬼愁只怕斩了头。吾神盖（盖：押）鬼到东方，东方化作拷鬼王，你在东方为鬼域，吾是东方拷鬼王，大鬼见吾忙忙走，小鬼见吾走忙忙，将吾挂在墙壁上，邪魔一见走如云，木精木怪吾斩了，东方无有鬼来藏。

［照此一样，唱五方］

（白）吾将不正之神、不正之鬼。盖出三天门外，你给甚何准折？（介）钱财宝马。（介）既然如此，凭火化来，吾神盖出阴山背后。（介）愿闻。

吾神盖鬼出天堂，押在陕西凤翔府。父亲有名钟古老，母是堆金积玉人，一母所生三兄弟，我的排行第三名。年逢十五去会试，貌丑不中状元郎，一惊跌在金阶地，三魂渺渺上天堂。玉皇见吾多正直，封为都天拷鬼王，赐吾一口青铜剑，天下邪魔任吾斩。吾神盖鬼出大门，押赴阴司铁围城，自从吾神盖鬼后，家门清吉万事亨。钟馗爷，本姓钟，扫邪归正道有功。遇节气来割猪牲，洪猪净酒敬吾神，堂前斩鬼先用我，小鬼一见走如云。吾神根本唱不尽，天官有事要回程，堂前借动锣共鼓，独占鳌头转回程。[①]

在这段戏文中，钟馗的生平身世有了交代：父亲名叫钟古老，母亲是"堆金积玉人"，兄弟3个，他是排行第三。貌丑是天生的，不是典籍记载的被毁容。在殿试中因貌丑而不中状元，"一惊跌在金阶地，三魂渺渺上天堂"，而不是自撞石阶而死。戏文中还叙述了钟馗成神的经过，以及用牲供奉钟馗神的习俗。在此戏文之后，还附有另一外坛剧本《盖魁》，内容大同小异，但其中钟馗自称"魁神"，在别处是未见的。

由巫师做"镇钟馗"的傩事巫俗至今还在有的地区存在。地处吴文化圈外缘、长江口的南通市北郊秦灶乡八里庙村，近年还举行过以治病为目的的"镇钟馗"傩仪。当地民俗学者施汉如、杨问春所写的调查报告《"镇钟馗"傩仪记》，报道了1993年阴历正月十八该村一名38岁何姓农民，为治病延请巫师二人所行的"镇钟馗"捉鬼驱妖、安宅保太平仪式的

---

① 胡天成：《四川重庆市巴县接龙区汉族的接龙阳戏——接龙端公之一》，台北：财团法人施合郑民俗文化基金会，1993年，第61—63、339—341页。

全过程。"镇钟馗"傩仪分8个程序①：

（一）准备工作

事先，患人家主按僮子之意筹办以下物品：钟馗神像1幅；红纸轴联1对；苍蒲、艾草各1小扎（用以禳邪招福，俗云"艾旗招百福，蒲剑斩千邪"）；香烛粿锭若干；钟馗、家堂、灶君神马各1副；供品数碟；明镜1面（照妖用）；"五血"（鸡血、犬血、黑鱼血、鳝鱼血、甲鱼血）各少许（除污辟邪用）；中药材12味，计蜈蚣1条、地鳖虫（俗称蚂蚁虎）13只、壁虎（守宫）1只、蛇壳1条、海马1对、赤小豆13粒、金银花2块、勾藤10克、苍耳子10克、莲蓬房1个、血见愁5克、鬼见余10克。药材连同顺治铜钱1枚，自制红绿线裹绕小弓箭1副装入陶瓦罐内，图以镇邪。

（二）请神上坐

巫师行执前先在正屋悬挂钟馗画像，并当场书写轴联："唐王赐我青锋宝剑，手执弓箭斩妖除怪。"又在钟馗神像上方两侧各书"秋官驱邪"与"镇宅平安"文字。（秋官，据巫人解释，是钟馗的上司灵神。史载：秋官，又称司寇。《礼记·王制》："司寇正刑明辟，以听狱讼。"郑玄注："司寇秋官卿，掌管者，辟罪也。"）又于神像下方画"一镇无事"符。

（三）点血镇邪

巫事开始，先取"五血"在神像面部、手足、宝剑等处点涂。据僮子称，不点血的神像不具有驱邪捉鬼的法力。

（四）钟馗神威

僮子念动"钟馗诰"，恭请神驾临坛，同时大加赞颂钟馗的神力。诰文为："终南进士，镇国将军，声若暴雷而射邪山谷，目如钜电而围驾宫围。偕敬德、秦公作将魔之尉，同神荼、郁垒为啖鬼之神。号令三千鬼卒，魑魅丧胆侵惊；驱驰百万神兵，魍魉寒心失色。标名虎榜，护驾龙宫，御赐状元，官封都判。赫赫厥声，濯濯威灵。后封校尉九州按察权司夏令护化之神，祛邪斩鬼大将军，终南铁面神君，扫荡妖氛天尊。"文后有"赞"，赞曰"钟馗大帝镇国将军唐王亲敕状元尊 夏令护化之神祛邪斩鬼铁面扫妖氛"。

（五）开光显灵

---

① 施汉如、杨问春：《"镇钟馗"傩仪记》，《民俗》1996年第2期。

念毕诰、赞，巫师为神像开光。方法是用银针1枚，分别在神像的各个关键部位点刺。开光时巫师口中念词："天有金光，地有银光，日之黄光，月之射光。金光速现，速现金光，恒巫来开光。"在点刺有关部位时，巫师分别数说该部位开光后的功能。开光完毕，巫师用新毛巾将神像揩抹干净，此神像便成为患者家庭的镇宅之神。

（六）立约文疏

由巫师一人站立案前，宣读《皇命敕封钟馗进士灵神拿妖捉怪，镇宅保宁文疏》，念至语气严厉之处，拍敲惊堂木，以加强驱邪逐鬼气氛。读毕，将文疏一式两份合折签约，书符并立镇宅辟邪武大将军阴阳合同文疏为证字样。签约后一纸交钟馗（折成小方块藏于药材罐内，长期置于钟馗神像前），一纸交香主门中先前（焚化）执存，以便日后对证。

（七）上圣驱魔

立约毕，巫师着法装上圣，数说"钟馗家乡"，祈请钟馗执行镇宅巡查、逐捉鬼魅任务。唱完后表演"喝圣"，表示钟馗已经降坛，开始镇宅。一巫在案前发令："我恒巫号令，听我的号令，只听恒巫言，不听众人语，恒巫怎样吩咐你怎样行：何氏家中，园前宅后，宅左宅右，巡查纠察，日查三十六，夜查七十二，日夜巡查一百零八次，时刻当心，严禁一切妖魔野鬼、精邪怪术、魑魅魍魉、猖狂落水、官兵土匪、一切冤孽，远离他家。如若刁难，不听号令，立即开弓放箭，破肚扒肠，皮肉鲜血，吞服下肚。"为防止钟馗执法中连累家人和亲友，又特别强调："武钟馗公坐，开光听令，在此镇宅，何氏家中老少男女、左邻右舍、亲姑六眷来往不忌；祖宗祭祀、鸡犬牛马、六畜不忌；单忌妖魔野鬼、精邪怪术。"

（八）封门脱灾

用两只大碗盛水，平放在大门外平地上，在两碗之间搁置筷子一根。巫人着法装戴折帽，手执厨刀在门外边舞边唱："钟馗生来气昂昂，头戴金盔亮堂堂，唐王赐你青锋剑，站在本宅镇四方。信实号令末更鼓，一夜刀枪十三魔，送你长江依律治罪，倘有妖魔鬼怪不听，天差五雷七闪轰，轰轰化灰尘。"唱毕，巫人用厨刀斩断碗上的筷子，端起一碗水在大门外旋转浇地，边转边念："天地日月斗南开，全生丽水起起来，祸因恶迹今日散，福佑善庆入门来。水碗一扣灾殃脱，左手攀起大发财，恭喜恭喜大发财。"此时，将另一碗水泼向屋面，意为太平水洒净，从此妖氛扫除，家宅平安。

整个"镇钟馗"执事，至此完结。

钟馗传说的文人化趋向

在钟馗信仰逐渐世俗化和民俗化的同时，宋以降，文人们不断利用钟馗传说进行再创作，赋予钟馗题材以新的情节、新的内涵和新的思想，出现了钟馗画、钟馗戏曲、钟馗小说和钟馗诗，从而使钟馗传说出现了文人化趋向。

传说中的吴道子所画的钟馗图，虽然对钟馗传说和信仰的发展起了推波助澜的作用，却始终属于传闻，并没有人见过。历代研究者们常引的是宋代郭若虚在《图画见闻志》卷6"近事"里说的一段话："昔吴道子画钟馗，衣蓝衫，鞹一足，眇一目，腰笏，巾首而蓬发，以左手捉鬼，以右手抉其鬼目。笔迹遒劲，实绘事之绝格也。有得之以献蜀主者，蜀主甚爱重之，常挂卧内。"宋代叶梦得在《石林燕语》卷5里也说："宰执每岁有内侍省例赐新火冰之类，将命者曰'快行家'，皆以私钱一千赠之。元丰元年除日（注：1079年2月4日），神宗禁中忽得吴道子画钟馗像，因使镂版赐二府。吴冲卿时为相，欲赠以常例，王禹玉曰：'上前未有特赐，此出异恩，当稍赠之。'乃赠五千，其后御药院遂为故事。明年除日（注：1080年1月24日）复赐，冲卿例复授五千。冲卿因戏同列曰：'一馗足矣。'众皆大笑。"[1]他们虽然说得活灵活现，但细究起来，他们也并未见过吴道子的画，只不过是根据传说来描绘的。五代末，石恪作《鬼百戏图》，其画面为："钟馗夫妇对案置酒，供张果肴，乃执事左右皆述其情态：前有大小鬼数十，合乐呈伎俩，曲尽其妙。"石恪还有《钟馗氏小妹图》，画一少年妇人，四鬼相从。孙知微有《雪钟馗》一图，画钟馗"破巾短褐，束缚一鬼荷于担端，行雪林中。想见武举不第，胸中未平，又怒鬼物扰人，擒拿击搏，戏用余勇也"。[2]他们的钟馗画，论题材，较之唐初宫中颁赐朝臣的钟馗挂像，已大有开拓；论形象，较之据传唐人题记所述的形象也大相径庭了。他们开始跳出钟馗傩仪和钟馗传说的框子，渗透进了较多的思考和个性，趣味性和娱乐性显著增强。

综观现存的宋元明清4代的文人钟馗画，集中表现了出游（或移家）、钟馗小妹、五鬼

---

① 郭若虚：《图画见闻志》卷6；叶梦得：《石林燕语》卷5。转引自胡道静：《梦溪笔谈校证》，上海：上海古籍出版社，1987年，第987—988页。

② 参阅王树村：《略说钟馗画》，王阑西、王树村编：《钟馗百图》，广州：岭南美术出版社，1990年，第8页。

闹钟馗、醉钟馗、求吉这5个题材。这5种题材及其画面，已经远远超出了传统钟馗故事的题材范围，表现了不同时代的社会思潮和画家个人的思想与情趣。王阑西和王树村两位先生编的《钟馗百图》(岭南美术出版社，1990年)把中国大陆博物馆和私人所藏的历代钟馗画收集起来，并作了选择，成为一部很好的研究文人钟馗画的画集。台湾学者李丰楙在前面提到的《钟馗与傩礼及其戏剧》一文里也列举了一些钟馗画，是这部画集里所未收的，如南宋末龚开的《钟进士移居图》(今藏台北故宫博物院)、《中山出游图》(今藏美国弗瑞尔美术馆)，元代颜辉《钟馗元夜出游图》(今藏美国克里夫兰博物馆)，明代钱谷《钟老移家图》(《佩之斋书画谱》卷87)，佚名画家的《醉钟馗图》(今藏台北故宫博物院)，清代陈洪绶《钟馗元夕夜游图》与《钟馗嫁妹图》等。笔者在前面也提到了俄国汉学家阿列克谢耶夫《中国民间年画》中搜集的有关钟馗的5幅19世纪的中国年画。如果将这些钟馗画放在一起来研究，便可看出宋代以降，历代画家对钟馗题材的钟爱、价值取向和艺术趣味。

钟馗嫁妹的情节最初出现于何时，难以确知。《东京梦华录》里就有"装钟馗、小妹"的记载，赵叔向的《肯綮录》里也提到当时有人画钟馗小妹，因此可以肯定的是，钟馗嫁妹的情节在宋代已经附会到钟馗传说上了。宋元以降，嫁妹越来越成为画家们(还有戏剧家们)感兴趣的题材，使钟馗传说和钟馗这个人物日渐人情化和人性化。醉钟馗题材的开掘，在保持钟馗本性的前提下使形象妙趣横生，令钟馗又增加了一副面孔。清代画家金农有《醉钟馗》图，题铭曰："吾闻善酿者有国，藏贮者有城，沉湎者有乡。此中天地，彼蚩蚩者胡为，长年溺饮不醒也。老馗须髯戟张，豪气摄鬼，鄙睨处不知有人，方可一醉也。今图其状，腾腾焉，陶陶焉，冠裳颠倒，剑佩皆遗，值得一醉耳。"他说：他之所以画醉钟馗，"不特御邪拔厉，而其醉容可掬，想见终南进士嬉傲盛世、庆幸太平也。昔人于岁终画钟馗小像躬献官家被除不祥，今则专施之五月五日矣"。[1]

宋元杂剧和传奇异峰突起，盛极一时，一直延续到明清，成为文学史上一大奇观。钟馗传说这个题材也受到了官本杂剧和勾栏杂剧的编剧人的青睐。宋代周密《武林旧事》卷

---

① 金农：《醉钟馗》，王阑西、王树村编：《钟馗百图》之图12，广州：岭南美术出版社，1990年，第28页。

10,有"官本杂剧段数"一节,列举剧本280本,其中有《钟馗爨》一剧。[1]以"爨"命名的剧本还有一些,单成一类,如《天下太平爨》《百花爨》《门子打三教爨》等。何为"爨"?元代陶宗仪《南村辍耕录》的解释是:"院本,……又谓之五花爨弄,或曰'宋徽宗见爨国人来朝,衣装鞋履,巾裹傅粉墨,举动如此,使优人效之以为戏'。"[2]周贻白先生说:"据此,所谓'爨',其上场者的装扮,与《辍耕录》所说相符,而其表演形式则为念诗词,说赋歌,并非根据故事情节装扮人物而作代言体的演出。"[3]"爨"是百濮民族的古称,多文身涅面,在其傩仪表演时,又多戴面具。宋代官本杂剧取名"爨"者,是否取自剧中人物借用绘身和戴面具之意呢。如果这个假说说得过去,那么,杂剧《钟馗爨》显然是宋室宫中除夕之夜举行的傩仪"装钟馗"的过渡形态。

明代万历初年有一出以钟馗为主角的队戏《钟(魁)馗显圣》,系明万历二年(1574)《迎神赛社礼节传薄四十曲宫调》。[4]明代郑之珍编《目连救母劝善记》(又称《新编目连救母劝善戏文》)下卷第25出"八殿寻母"中有钟馗上场,剧本写作"净上舞介"。[5]该剧有明万历十年(1582)高石山房原刊本、明金陵富春堂刊本、清会文堂刊本、清光绪间刊本,《古本戏曲丛刊初集》据高石山房原刊本影印。

万历年间教坊编演的杂剧剧目中有《庆丰年五鬼闹钟馗杂剧》,系岁首在内廷供奉演出的吉祥之戏。传至今日的本子有脉望馆万历钞校本,其封面标明"本朝教坊编演",题目系"贺新正喜赏三阳宴",正名为"庆丰年五鬼闹钟馗"。剧本最末注明钞校时间为乙卯——明万历四十三年(1615)七月二十七日,钞校人为"清常道人"。[6]该剧本结构紊乱,

---

① 四水潜夫辑:《武林旧事》卷10,杭州:西湖书社,1981年,第156页。清姚燮《今乐考证》有著录,《中国古典戏曲论著集成》第10册,北京:中国戏剧出版社,1959年,第70页。

② 陶宗仪:《南村辍耕录》,北京:中华书局,1980年,第309页。

③ 周贻白:《中国戏曲史发展纲要》,上海:上海古籍出版社,1979年,第119页。

④ 《钟馗显圣》,山西师范大学戏曲文物研究所编:《中华戏曲》第3辑,太原:山西人民出版社,1987年,第1—117页。茆耕茹《目连资料编目概略》有著录。(茆耕茹:《目连资料编目概略》,台北:财团法人施合郑民俗文化基金会,1993年,第79—80页。)

⑤ 郑之珍:《目连救母劝善记》,《古本戏曲丛刊》编辑委员会编:《古本戏曲丛刊初集》,北京:商务印书馆,1954年。

⑥ 傅惜华:《明代杂剧全目》,北京:作家出版社,1958年,第242页;庄一拂:《古典戏曲存目汇考》(中),上海:上海古籍出版社,1982年,第651页。

文字也粗劣，然而自明以降在诸家目录书中却多所著录。明代赵琦美"也是园"藏"古今杂剧"书目"本朝教坊编演"类有著录。[1]清代姚燮《今乐考证》和张照、王国维《曲录》亦有著录。[2]今人将剧本收入《孤本元明杂剧》（第30册）和《古本戏曲丛刊》（第4集）。这个杂剧，就整个基调而言，原来在晋至唐记载中的钟馗啖鬼的恐怖狰狞已被颂扬五谷丰登和太平吉祥的热闹气氛所代替，庆丰年、颂恩德成为杂剧的重要题旨。全剧由楔子和4个折子戏所组成。剧情大致如下：

楔子里交代说，钟馗是终南山甘河镇人氏，姓钟名馗字君实，幼习儒业，苦志攻读，平生直正，不信邪鬼，岁前中了科甲，后因杨国忠掌卷子，两次未中。如今正逢科考，镇长叫他前去应试。

头折讲，钟馗在赶考途中，在五道将军庙里借宿，遇到大耗小耗二鬼。在他熟睡之际，两小鬼将其唐巾偷走。他醒来后将其赶走。（没有小鬼将其毁容的情节或字句。）

第二折讲，在殿试中，参加考试的有钟馗和常风二人，"发傻"的常风贿赂殿头官，而钟馗却凭文才应试。

第三折讲，钟馗在试院中"文才广览，诗句惊人，有谈天论地秀气，此人中第一名进士"。殿头官为他奏知圣人，封他为天下头名状元，赐他靴笏襕袍。但不知为何原因，钟馗回到旅店便"一气而死"了。剧中人张伯循云："大人不知有秀才，钟馗不知怎生回到店中，一气而死了。"钟馗死后，被上帝封为判官。"正末粉判官"（钟馗鬼魂）上场自述："小圣终南进士钟馗是也。因我生平直正、胆力刚强，来到京师应试不用，一气死归冥路。上帝不负苦心之德，加为判官之职，管领天下邪魔鬼怪，不期大人赐与靴笏襕袍，小圣如今一梦中知谢大人，走一遭去。"这一折是全剧重头戏，加了一个"尾声"，写殿头官梦见诸多鬼怪，并为其立庙，一个判官降服众鬼，自称是终南山不第进士钟馗。"我如今奏知了圣人，着普天下人民尽都画他形象，与他立庙。"

第四折讲，上命加封，五福神（土地、井、厨、灶、门户尉之神）和三阳真君等都来朝

---

① 黄丕烈编目：《也是园藏书古今杂剧目录》，中国戏曲研究院编：《中国古典戏曲论著集成》第7册，北京：中国戏剧出版社，1959年，第393页。
② 姚燮：《今乐考证》，中国戏曲研究院编：《中国古典戏曲论著集成》第10册，北京：中国戏剧出版社，1959年，第137页。

见。天福问钟馗，当日在五道庙中怎生不怕鬼怪。正末（钟馗）云："众位尊神、三阳真君已登天界，听小圣说一遍咱。〔鹰儿落〕我当日在生时，性燥凡（烦），行事衣（依）公道，指望待步，蟾宫折桂枝，谁想在官贡院中遭剥落。"地福云："你在生时怎生不惧狠鬼？"正末云："重神祇不知小圣的心也。〔得胜令〕我又不曾犯法共违条，行事不虚嚣，为什么全不把神灵怕，有忠心辅圣朝。"三阳真君云："你今日管押天下妖精，加你为都判官领袖，则要你行事的（得）当，年年正旦扫除鬼怪者。"〔唱〕"更谁敢轻薄，有这些鬼力从吾调，若错了分毫，将他来定不饶。"

这个戏的结尾，作者通过钟馗所辖的5个鬼（青黄赤白黑鬼）头上的3个炮杖作为象征，把全剧的思想落脚在3点上：圣寿无疆、万民无难、五谷丰登。①

关于"五鬼闹钟馗"题材，在明清其他作品中多有出现，并发展简化为"五鬼闹判"。"判"在当时的文艺作品中几乎成为钟馗的专指。如作于明万历年间（序写于丁酉年，即1597年）的罗懋登著《三宝太监西洋记通俗演义》第90回有"灵曜府五鬼闹判"回目，讲的是5个因战争而死的鬼在阴曹地府定罪，多获恶报，五鬼不服，乱嚷乱闹，结成团伙。判官见他们来势很凶，站起来喝道："走！甚么人敢在这里胡说，我有私，我这管笔可是容私的？"5个鬼齐齐地走上前去，照手一抢，将笔夺下来，说道："铁笔无私。你这蜘蛛须儿扎的笔，牙齿缝里都是丝（私），敢说得个不容私？"②大约写于明隆庆二年至万历三十年（1568—1602）的兰陵笑笑生著《金瓶梅词话》第65回，写李瓶儿死后，各路宾客来吊孝。十月初八是四七，请西门外宝庆寺赵喇嘛来念番经、结坛、跳沙。十一日，由歌郎并锣鼓地吊来灵前参灵，演出各样百戏：《五鬼闹判》《张天师着鬼迷》《钟馗戏小鬼》《老子过函关》等，堂客都在帘内观看。③又《牡丹亭还魂记》中有"冥判"一出，判官亦由净扮，上场后有"净作笑舞介"。唱词中有"啸一声支兀另汉钟馗其冠不正，舞一回疏喇沙斗河魁近墨

---

① 《古本戏曲丛刊》编辑委员会编：《古本戏曲丛刊》第4集80，北京：商务印书馆，1958年，第1—34页。

② 罗懋登：《三宝太监西洋记通俗演义》。现存最早版本为明万历二十六年（1598）刻本，此据上海古籍出版社据上海申报馆印本并参照步月楼复刻本排印，1985年。

③ 笑笑生：《金瓶梅词话》。现存最早为明万历四十五年（1617）刻本，此据人民文学出版社戴鸿森校点本，1985年。

者黑"。①此外, 明清两季流传下来的以"五鬼闹判"为题材的绘画更不在少数。这说明"五鬼闹钟馗(判)"的故事作为钟馗传说在流传中附着上去的一个新情节单元, 至少在明万历三十年(1602)前已经在民间形成并流传得相当广泛了。

前面提到的钟馗嫁妹, 同样也是明清戏曲关心的一个题材。清代《曲海总目提要》(序写于戊辰同治七年, 即1868年)卷21所载张心其(生平未详)所著《天下乐》, 即以钟馗嫁妹为题材的一折杂剧。《提要》对钟馗的身世、嫁妹及成神等情节, 均交代甚详, 使钟馗传说得以空前丰富:

> 杜平、字钧卿。杭州钱塘人。累世为商。家资巨万。父母早亡。未及婚娶。……时钟南山秀士钟馗, 与妹媚儿同居。闻唐高祖开科取士, 欲赴京应举, 贫乏无赀。平在长明寺中, 大舍钱帛谷米。馗闻其名, 诣寺访之。平即邀至家中, 赠百金为资斧, 佐以宝剑。馗为人好刚使气, 乘醉入寺。寺僧方为杜作瑜珈道场, 延请法师施食。馗见大诧, 以为妖诞, 毁榜殴僧, 且谓平曰: "人之祸福在天, 何得托名于鬼? 若鬼能作祸于人, 是为害人之物, 必当尽杀而啖之。"诸饿鬼诉于观音大士, 大士知其正直, 后将为神, 而怒其谤佛, 乃令五穷鬼损其福, 五厉鬼夺其算。

> 馗赴京, 旅次痁疟。及稍愈, 由径道往长安。夜抵阴山穷谷中, 为众鬼所困, 变易形状, 绀发墨面, 丛生怪须, 塞土于口而去。馗入京就试, 获中会元。殿试之时, 以貌丑被黜, 自触殒身, 大闹酆都, 奏知玉帝。玉帝悯其正直无私, 怀才沦落, 封为驱邪斩祟将军, 领鬼兵三千, 专管人间崇鬼厉气。初, 馗之赴举也, 平厚赆其家, 且使婢为其妹役。馗深感之。平以贸易入都。馗方登第, 以妹许平。未及嫁而馗为神。时天子御朝, 八方王子万里入贡, 云睹五道祥云, 辉映中国。而其时适三月不雨, 有旨问袁天罡。天罡云: 五云之瑞, 应在五人。及召平等入见, 平讼馗冤, 请为立庙褒封, 三日甘霖必沛。乃赠馗状元, 而令平等祷雨。如期雨降。遂拜平天下五路大总管。馗践前约, 亲帅众鬼, 笙箫鼓乐灯火车马, 自空而下, 以妹嫁

---

① 周贻白说: 这句唱词"一方面比其为魁星, 一方面则比之为钟馗。故《五鬼闹钟馗》或亦作《五鬼闹判》, 可见其皆与宋代百戏中的舞判具有渊源"。(周贻白:《中国戏曲发展史纲要》, 上海: 上海古籍出版社, 1979年, 第341—342页。)

平。五人复受玉帝之敕，为五路大将军。……①

显然，编剧者为了适应剧本主题"天下乐"的需要，将钟馗传说在流传中出现的不合理情节和缺环，都给填平补齐，使其合理化、人情化了，并且把杜平的资助和钟馗的嫁妹作为重点情节加以发挥和渲染，使本来只有梦鬼、啖鬼和画鬼3个情节单元的钟馗传说，增加了一个重要的组成部分，从而把钟馗传说纳入了财神戏之中。钟馗的毁容、蒙冤、成神和嫁妹，前因后果甚是清楚。作者在剧本开始故意加了一段交代性的情节，说钟馗原是不信神鬼的，因醉闯长明寺中，见寺僧为杜平作瑜伽道场，以为妖诞而毁榜殴僧，于是导致了观音大士令五穷鬼损其福、五厉鬼折其算。有了这样的铺垫，围绕着钟馗后来的遭遇和斩鬼而生出的情节，便是树有根、水有源，合情合理，增加了戏剧性。

钟馗嫁妹在昆曲剧目中富有传统。昆曲（昆山腔）从明代中叶诞生以来，主要流行于江浙一带，以昆山、苏州、上海等地为基地，有过辉煌的时代，并逐渐形成南昆和北昆两大体系。但至清末，却濒临绝响之势。从同治—光绪朝起，多次有人出来作各种努力以期振兴昆曲这个剧种。刘半农先生搜集到光绪八年（1882）三庆班（目270-1）至宣统三年（1911）安庆班（目818）40家戏班子的戏单，后由周明泰补充到民国二十一年的资料，编辑成《五十年来北平戏剧史材》一书。从该书所收的大量戏单来看，其间活跃在北平的戏班中演出钟馗戏的有：双奎班于光绪十六年庚寅岁演出《嫁妹》一出，编目为302·6；义顺和班于光绪二十五年己亥岁腊月初十日，由何桂山外串代灯演出《嫁妹》一出，编目为76·3；福寿班于光绪二十五年五月初九日演出《钟馗嫁妹》一出，编目为358·3，演员不详；等等。福寿班演出《嫁妹》戏最多，其编目有361·7、378·3、386·4、417·2、427·3、434·4、444·4、494·4；复出福寿班于光绪二十八年壬寅岁演出的《钟馗嫁妹》有496·3、518·7、564·9，光绪二十九年癸卯岁演出的《嫁妹》有587·6、598·3。增桂班演出《钟馗嫁妹》一出，编目为311·3，演员也是何桂山，日期不详。天庆班演出《嫁妹》一出，编目为339·4，时间和演员不详。宣统三年演出情况是：双庆班编目为704·6，演员是胡于钧；复出安庆班编目为822·8、818·5、821·4、802·6；同庆班编目为886·7；复庆班编目为915·4；玉成班编目为

---

① 张心其：《天下乐》，人民文学出版社编辑部编：《曲海总目提要》（中），北京：人民文学出版社，1959年，第1033—1035页。

937·8。这些演出,有时是在市内的剧场(如庆和园、广德楼、广和楼等)演,有时则是外串代灯。①至宣统元年(1909),肃亲王善耆集合当时河北省几个剧班中庆字、荣字、益字等辈的艺人,组成安庆昆(曲)弋(阳腔)班,在北京东安市场之东庆茶园演出,当时所演剧目八九十个,昆曲部分有《嫁妹》等。辛亥革命事起,安庆班报散。至民国六年(1917)又出现了一个同合班,在北京东兴园演出。嗣有侯益才、侯成章等组织的荣庆社,于民国七年(1918)至京,曾在天乐园(即后来的大众剧场)演出数年,其剧目中就有侯益隆的《钟馗嫁妹》。②这段史实说明,钟馗戏尽管没有成为戏剧舞台的主流戏,却由于其惩恶扬善的故事情节和价值取向,在观众中扎下了深深的根,一直没有退出过舞台。昆曲所以一直保留着钟馗戏,就是这个原因。这个时期上演的昆曲《钟馗嫁妹》或《嫁妹》(各剧班名称不同),其脚本和侯益隆扮演钟馗的剧照,都收在《最新昆弋曲谱初集》里。③在这个演出脚本中,作为鬼魂的钟馗,通过对白和唱词,把他的身世和后来的遭遇,对待嫁的妹妹吐露了真情:

"俺钟馗只为献策神州,误陷鬼窟,将容颜改变,以致后宰门损躯殒命。蒙上帝见俺直正,封俺为驱邪斩祟将军,少展胸中抱负。感荷杜员外将俺平生冤苦,一一奏闻圣上,又蒙圣上封俺为终南山进士,又赐俺状元及第。感荷杜员外将俺的尸骸埋葬。此人有生死大恩,未曾报得,向在京师,曾将小妹许他为婚。故此,今晚特备笙鼓箫乐,送小妹到彼,与他成其百年之好。……〔黄龙滚〕想当初,自离门庭,想当初,自离门庭,到中途症妖作症,一路里寒热恹恹,一路里寒热恹恹,误入在阴山鬼径,改变我旧日容颜赴帝京。因此上殿试把君惊,将俺来黜落功名,将俺来黜落功名,后宰门损躯殒命。"这段肺腑之言,把《庆丰年五鬼闹钟馗杂剧》里那些未说清楚或相互矛盾的地方,都叙述得天衣无缝了。从戏文来看,有可能与《蓬瀛曲集》④里所收的《嫁妹》是同一个本子,已经在晚清流传了很长一段时间。

---

① 刘半农、周明泰:《五十年来北平戏剧史材》,1932年。一函6册,所引资料,凡光绪年间的大部分见第1册,少量见第2册,凡宣统年间的见第2册。北京首都图书馆古籍部藏。
② 周贻白:《中国戏曲发展史纲要》,上海:上海古籍出版社,1979年,第444—445页。
③ 市隐:《最新昆弋曲谱初集》,北京:明明印刷局,1918年,第94—99页。
④ 《蓬瀛曲集》未见,时代未详。胡万川教授引征此戏文后说:"除了将钟馗前后一俊一丑的缘故交代清楚以外,并且使人因而对这位'英雄奇男子'(戏中语)的境遇更生同情,加强了戏中的戏剧效果。"此论甚确。(胡万川:《钟馗神话与小说之研究》,台北:文史哲出版社,1980,第143—144页。)

在南戏摇篮的福建，莆仙戏传统剧目中，有一出名为《钟馗斩狐》的小戏。剧情说，狐狸神通广大，欲偷杨贵妃西番所供香囊，遣小鬼去窃。唐王排宴与贵妃饮，舞象作乐。妃入浴，鬼偷囊；象精化秀士欲戏贵妃。钟馗显圣，吃小鬼、拘象精。皇夜梦钟馗斩狐逐鬼，追赠状元，饬给神像，起盖庙宇，春秋二祭。①编剧者将当地源远流长的狐狸信仰注入了传统的钟馗传说之中，把自唐以来就有定名、在历代记载中常见的"虚耗"鬼，改变成狐狸精，使其充分地方化了。狐狸在汉魏以前的典籍中一向是以瑞兽面貌出现的，唐宋以后才逐渐具有了妖孽的性格。明清的笔记小说里，狐狸的形象大量出现，而且往往是亦神亦妖的角色。②莆仙戏《钟馗斩狐》形成于何时，不得而知，很有可能就在明清之际。

保留和演出钟馗戏的，还有京剧、河北梆子、川剧等剧种。近年来，根据著名河北梆子演员裴艳玲的演员生涯而创作和摄制的电影《人·鬼·情》，再现了钟馗正直而又坎坷的一生，使这个流传了长达1000多年的古老传说和"圣鬼"形象立体地出现在现代观众面前。

明清之际，相继出现了3部取材自钟馗传说而创作的长篇小说。第一部是出版于明代的4卷本《钟馗全传》，大陆和台湾都不见有传本，日本内阁文库藏有仅存的明刊本。第二部是《斩鬼传》（10回本）。据路工先生考证，本书有5种版本。最早的本子是清康熙庚子年（1720）经纶堂刻本《平鬼传》，4卷10回，原题"樵云山人编"，有黄越序，北京图书馆藏。其他4种版本是：（1）《斩鬼传》，4卷10回，清光绪十二年（1886）莞尔堂重刻本，书前有"莞尔堂第九才子书"，原题"樵云山人著"，有黄越序，北京图书馆藏；（2）《平鬼传》，清抄本，原题"樵云山人编"，卷端题"第九才子书"，书首有康熙五十九年（1720）上元黄越、际飞氏序，北京图书馆藏；（3）《钟馗斩鬼传平鬼传合刻本》，台湾1957年印本影翻本；（4）《新编钟馗斩鬼传》，清乾隆（约1740年）抄本，不分卷，上下两册，题"烟霞散人编"，有"翁山逸士"序及作者自序。第三部是《唐钟馗平鬼传》，封面题"乾隆乙巳年春新镌"，"东山云中道人评"，6卷16回，无序无跋，全书每页10行，每行24字，最末回有残缺。③这些书版本很多，已有许多学者（如孙楷第、柳存仁、陈监先等）对其作了研究。胡万川教授对钟馗小说与钟馗神话的关系也作了探讨，多有高论。笔者在此不准备展开讨论。

---

① 《钟馗斩狐》，福建省文化局编印：《福建戏曲传统剧目索引》第1辑，1958年，第103页。
② 山民：《狐狸信仰之谜》，北京：学苑出版社，1994年，第113—175页。
③ 路工、谭天编：《古本平话小说集》（下），北京：人民文学出版社，1984年，第496—497页。

这些小说的共同特点是，在唐玄宗梦鬼的传说上，从社会生活中存在的丑恶现象中攫取一些典型事例，添加大量情节，敷衍成篇。钟馗手执玉皇赐给的剑与笔，诛邪魅、记善恶，是为钟馗形象乃至钟馗传说的一大衍变。晚清谴责小说盛行一时，无论是《钟馗斩鬼传》，还是《钟馗平鬼传》，都是在这种文艺思潮中产生的。作者都只不过是以唐明皇梦鬼传说作影子，实际上是另起炉灶，在钟馗之外又假托塑造了韩渊（含冤）和富曲（负屈）二鬼卒随从，采取游历各地的方式，诛杀人间鬼魅，铲除社会不平，抒发作者抱负。小说由于其创作和出版的时代，距我们生活的时代较近，又包含了奈何桥小鬼化蝙蝠、献美酒五鬼闹钟馗、烟花寨智请白眉神等斩杀各种鬼祟的故事，读起来还算引人入胜。《斩鬼传》作者在《尾声》里说："野史氏曰：魑魅魍魉，磷火荧煌，盈宇宙皆是也。是书一出，如甘露菩提水遍洒寰中，鬼火自灭。试问上古之五形，后王之三尽，阴曹之剑刀山，有如钟馗老子一剑否？有如我烟霞散人一笔否？"可见他写此书的用意只在诛杀现实社会上的一切人间鬼魅。取材自钟馗其人和传说的戏曲和小说，在中国普通老百姓中影响很大，不识字的百姓们也常常能够从别人的述说中得其精髓，辗转口传，从而使情节本来很是简单的钟馗传说，因为从戏曲和小说中吸取了一些情节和人物而丰富起来。

当代流传的钟馗传说

20世纪前80年间，虽然京剧、昆曲、河北邦子、川剧等剧种屡有钟馗戏上演，深受观众的喜爱，而民间流传的钟馗传说却基本没有搜集，留下了一个空白。近10年来，大陆各地为编辑《中国民间故事集成》而开展搜集工作，终于新搜集到一些当代还流传着的钟馗传说，使我们有可能看到钟馗传说在当代的流传变异情况。笔者翻览手头有限的资料，只得到12篇，其中辽宁2篇，河北1篇，山东1篇，河南2篇，江苏1篇，浙江2篇，福建1篇，广东2篇。陕西和山西这两个传统文化积淀相对丰厚的省份，由于资料不足，不敢妄断。就现有资料来看，钟馗传说在当代的流传地区大致分布在沿海一带的汉族和满族居住地区。

对这12个现代流传的钟馗传说异文进行综合分析比较之后，笔者认为，至少可以看出下面3个特点：

第一，在其发展流变中，情节有了较大的变异和拓展。任何一个历史根源长久的传说，在其流传中都会发生变异, 甚至会失掉一些情节, 当然也不可避免地会粘连上一些新的因素, 但传说的骨干和意旨是不会轻易失掉的。钟馗传说也不例外。唐代形成的3个故事素, 即唐王梦鬼、钟馗啖鬼和吴道子画鬼, 在当代搜集的传说中都被传承下来, 尽管不一定同时出现在一篇异文中。现代搜集的传说, 在情节上显然也有所变异和拓展。

如, 从宋代起开始附会到钟馗传说中去的嫁妹情节, 由于人情味和趣味性较强, 在后来的绘画和杂剧等艺术形式中, 特别是在近代的戏曲中, 得到了进一步的发展, 甚至成为唯一在舞台上向观众演出的保留剧目。由于其人情味、趣味性, 以及其他艺术形式的影响, 这个相对独立的情节, 在现代流传的钟馗传说中, 也被叙述得有声有色。在浙江湖州搜集的一篇题为 "钟馗传奇" ①的传说, 包括《受封镇鬼官》《斩鬼降雨》和《托梦嫁妹》3个小故事, 实际上贯穿始终的情节却是钟馗嫁妹, 即钟馗、杜平和小妹眉儿(可能是杂剧《天下乐》中 "媚儿" 的衍化)之间的恩怨和姻缘。

又如, 关于钟馗怎样变成 "丑脸神", 多数的传说中是说, 在钟馗进京应举的路上, 在野外(或庙里)的石头上睡着了, 被嫉妒鬼给改了容。而在广东普宁搜集的一则《丑鬼戏钟馗》传说②, 其说法, 则是在钟馗传说原来的骨架中所没有的: 钟馗原本是个英俊的吃鬼捉鬼的神。有一次去捉拿一个住在山洞里的丑鬼。丑鬼被钟馗吃下肚里去, 不但不会死, 还会变脸子, 即他的脸变成吃他的神的脸, 而吃他的神的脸反而变成他的脸。丑鬼在钟馗的肚子里翻腾, 使钟馗无法忍受, 终于逃脱出来, 丑鬼的脸变成了钟馗英俊的脸, 而钟馗的脸却变成了丑鬼丑陋的脸。

流传于河南武陟的一则《钟馗护唐王》③, 所讲述的是钟馗作为年画上的神像是怎么来的, 在钟馗传说系列中独树一帜。传说钟馗原来是唐王跟前的一个大臣, 由于爱好下棋, 常与唐王对阵, 每次都让棋, 让唐王取胜, 唐王因而不悦。一日, 一妖怪来骚扰唐王未

---

① 《钟馗传奇》流传于浙江湖州, 钟云龙等讲述, 钟伟今搜集整理, 收录于钟伟今搜集整理:《吴越山海经》, 上海: 上海人民出版社, 1989年, 第93—98页。《钟馗嫁妹》流传于山东胶州, 王丛、王辉业搜集, 收录于文彦生(徐华龙)选编:《中国鬼话》, 上海: 上海文艺出版社, 1991年, 第93—98页。两篇传说, 搜集者不同、流传地区不同, 文字却基本一样, 可以肯定其中有一篇是抄袭之作, 在未调查之前, 姑且认为钟云龙等讲述、钟伟今搜集者是原作, 流传地区在浙江的湖州一带。
② 《丑鬼戏钟馗》, 文彦生选编:《中国鬼话》, 上海: 上海文艺出版社, 1991年, 第98—100页。
③ 《钟馗护唐王》, 文彦生选编:《中国鬼话》, 上海: 上海文艺出版社, 1991年, 第102—105页。

遂，钟馗便将其刺伤。唐王将钟馗留在身边，钟馗向唐王献计说：只要在前院挂着我手拿镇妖宝剑的像，妖怪就不敢来了。一次，钟馗在与唐王对弈时，精神萎靡，原来是他的魂在与妖怪搏斗。后来，人们就仿照钟馗画像的样子画钟馗像挂在院内，用来驱鬼，这个做法一直延续至今。这个故事的套路与石敢当传说和灶王爷传说的套路有异曲同工之妙。

第二，有些钟馗传说，比如钟馗来历的传说，并不是沿着唐代形成的情节骨架，而是以独立的方向发展。在山东青岛崂山搜集的一则《钟馗杀鬼》传说[①]，就是一例。在这个传说中，钟馗不是鬼，而是人，他的职志是帮人家降妖、除怪、灭鬼魂。除夕夜，一变换成人样的鬼来请他去除妖赶鬼。他来到海边一红墙绿瓦、亭台楼阁的大户人家，在一有5000年道行的老恶鬼引导下，来到厢屋，但见一大片被他杀死的吊死鬼、屈死鬼、饿死鬼、淹死鬼、吝啬鬼、色鬼、酒鬼的尸体。周围许多带枪持刀的小鬼，欲动手向钟馗报仇。老鬼夺走了他的龙泉宝剑。他向鬼们要水喝，顺势将手中攥着的朱砂化开，念动咒语，向鬼们一扬，使出"掌中雷"，将鬼们全都炸死了。从此，世上再也没有鬼了。崂山是道教著名丛林之一，这里的民间故事不仅数量多，而且充满着道教的神秘色彩。在常见的钟馗传说中，钟馗都是手持剑、笏、扇等物，剑的功能一是斩鬼，二是与蝙蝠一起，具有"执剑（只见）福来"的象征意义。而在这则传说中，钟馗手中则暗攥着朱砂，并最后以朱砂致鬼们于死地，显然渗透着道教的神秘观念，并暗含着道教祖师张天师传说的色彩。

第三，文人创作的钟馗斩鬼题材作品（小说、绘画和戏曲），回流到民间，影响着民间传说的发展。当文学衰微之时，民间文学往往能给文人创作以养料，使文学重新繁荣起来。这是文学史发展的一条规律。在一定的条件下，文人的创作也会回流到民间，给民间文学以有力的影响。钟馗传说在近现代的发展中，就提供了这样的机遇，我们从若干新近采录的钟馗传说中看到了这种迹象。搜集于四川梓潼的一则《钟馗斩鬼》说：钟馗得中状元，唐天子嫌他容貌丑陋，于是他碰柱身亡。后唐天子又封他为驱魔大神，亲赐尚方宝剑，供其斩杀妖孽鬼怪。钟馗奉了唐王之命，要遍行天下，以斩妖孽。他心想，在阴间妖邪定多，于是找到了阎王，阎王问明来意，却说，阴司妖邪虽有，却都是些服毒鬼、上吊鬼、淹死鬼、

---

① 《钟馗杀鬼》，张崇纲编：《崂山民间故事全集》（上），青岛：青岛海洋大学出版社，1993年，第98—100页；刘锡诚主编，刘晓路编：《门神人物的传说》，石家庄：花山文艺出版社，1995年，第13—18页。

饿死鬼之类。真要斩鬼，阳间甚多。说罢叫判官将鬼簿让他看，钟馗一看，只见上面罗列了馋鬼、假鬼、奸鬼、轻浮鬼、色中饿鬼等等。钟馗看毕大吃一惊，不料想世间竟有这么多鬼魅，并道："阴间鬼魅有十殿阎罗审理，阳间那么多鬼魅，我一个如何扫除？"于是阎王派了文武全才的两个英雄，一个叫韩渊，一个叫富曲，另外再排阴兵三百相助。而且，他在途中又收了一只蝙蝠为之引路。于是浩浩荡荡回到人间斩鬼逐魔。①这个传说，无论其结构、人物，还是情节发展脉络，显然都是受了清代小说以及当地流行的地戏的影响。无怪乎民俗研究者把它列入"戏神传说"之列。②搜集于广东兴宁的《五鬼闹钟馗》③和搜集于辽宁凌源的《醉色二鬼归地狱》④显然是受了清代康熙年间太原作家刘璋的中篇小说《钟馗斩鬼传》的影响，或是讲述者根据读过这本书后留下的记忆而讲述的。"五鬼闹判"的故事，在绘画、戏曲中都有所表现，在民间也广泛流传。然而，就叙述语言、故事结构和艺术风格来看，笔者宁愿认为，兴宁的传说是从刘璋小说第7回《对芳樽两人赏明月 献美酒五鬼闹钟馗》脱胎而来，凌源的传说则系取法于刘璋小说的第9回《好贪花潜移三地 爱饮酒谬引群仙》。⑤

　　关于钟馗的传说，如果以晋代—南北朝作为其滥觞期，整个唐代作为其形成期，那么，它已经流传了1000多年。由于有传说的支持，钟馗这个人物大约也从其形成起就进入老百姓的民俗信仰和源远流长的傩仪之中。宋以后，钟馗传说一方面逐渐民俗化，形成了在一定的节日期间（先是在春节，后又在端午）挂钟馗、跳钟馗的民俗仪式；一方面大量被文人吸收改造，从而戏剧化、人文化，渗透了大量的文人对时代的观点和价值取向。近10年间大陆各地为编辑《中国民间文学集成》开展的民间文学收集工作中，新收集到一些现在还流传着的钟馗传说，显示出若干的时代特点和民间传说与文人创作的对流现象。这些事

① 《钟馗斩鬼》，《梓潼县城关镇民间文学资料集》，内部资料本，第72页。

② 于一、王康、陈文汉：《四川省梓潼县马鸣乡红寨村一带的梓潼阳戏》，台北：财团法人施合郑民俗文化基金会，1994年，第62—63页。

③ 《五鬼闹钟馗》，文彦生选编：《中国鬼话》，上海：上海文艺出版社，1991年，第101—102页。

④ 《醉色二鬼归地狱》，文彦生选编：《中国鬼话》，上海：上海文艺出版社，1991年，第91—93页。

⑤ 《钟馗斩鬼传》，路工、谭天编：《古本平话小说集》（下），北京：人民文学出版社，1984年，第496—607页；吴宗蕙等主编：《中国大众小说大系古代卷》（1），太原：北岳文艺出版社，1994年，第333—431页。

实说明, 这个形成于千年之前的传说, 至今也还有相当的生命力。在中国人的民间信仰中, 实用主义始终占有主导倾向, 而钟馗这个人物, 其神性却在流传中不断被削弱, 始终没有成为高居于人之上的神, 从人而鬼成为神, 又从神而鬼还原到人。

1997年3月5日

【附记】在本文写作过程中, 台湾清华大学教授王秋桂, 中国社会科学院文学所研究员董乃斌、张锡厚、吕微, 北京大学教授白化文, 中国道教学院教授朱越利等先生提供和帮助查阅资料; 南通市群众艺术馆副研究员施汉如先生提供田野考察资料, 特此致谢。

本文原载于《民俗曲艺》(台北)第111期, 1998年1月; 第一节 "钟馗传说和信仰的滥觞" 发表于《中国文化研究》1998年秋之卷, 第二节 "钟馗信仰的民俗化" 发表于《民俗研究》1998年第4期, 第三节 "钟馗传说的文人化趋向" 和第四节 "当代流传的钟馗传说" 作为《钟馗传说的文人化趋向及现代流传》发表于《民间文学论坛》1998年第1期。

中日金鸡传说象征意义的比较研究

在中日两国民俗文化的深层里，有许多相似的乃至相同的或同源分流的或同中有异的因素值得深入地加以考察。有关鸡（天鸡、金鸡）的神话、传说和信仰就是其中之一。在这方面，已有几位日本先辈学者作了许多探讨，取得了令人敬佩的成就。可惜的是，中国学者中还没有人注意到这个问题，而这类课题的微观研究不进行到一定程度，宏观研究也就难于做到正确的或近似正确的总体把握。

本文的目的是，仅就我所掌握的若干材料对日本学者们的研究做些补充并提出一些个人的见解，特别是从鸡的象征功能入手，进行比较研究，以探讨中日两个民族在思维方式上的某些共同性。

再生和复生

鸡在中国人的观念里是具有"五德"的家禽。《韩诗外传》有云："头戴冠者文也，足傅距者武也。敌在前敢斗者勇也，见食相呼者仁也。守夜不失时者信也。"在中日两个国家的创世神话里，它却有更为深层的象征功能。我把这象征功能概括为再生和复生。

下面从3个方面加以论述。

（一）再生

《日本书纪》"神代纪上"说：

> 古天地未剖，阴阳不分，浑沌如鸡子，溟涬而含牙。及其清阳者，薄靡而为天，重浊者，淹滞而为地，精妙之合搏易，重浊之凝竭难。故天先成而地后定。然后，神圣生其中焉。故曰：开辟之初，洲壤浮漂，譬犹游鱼之浮水上也。于时，天地之中生一物，状如苇牙，便化为神，号国常立尊。次国狭槌尊，次丰斟渟尊。凡三神矣。乾道独化。所以，成此纯男。

《淮南子·天文训》说：

虚霏生宇宙，宇宙生气，气有涯垠，清阳者薄靡而为天，重浊者凝滞而为地。清妙之合专易，重浊之凝竭难，故天先成而地后定。

《三五历记》说：

未有天地之时，混沌状如鸡子，溟涬始牙，濛鸿滋萌，岁在摄提，元气肇始。（《太平御览》卷1引）

天地浑沌如鸡子，盘古生其中，万八千岁。天地开辟，阳清为天，阴浊为地。盘古在其中，一日九变，神于天，圣于地。（《艺文类聚》卷1引）

《日本书纪》的这段文字，从思维方式到语句表达方式，都明显地脱胎于中国的《淮南子》和徐整的《三五历记》。《书纪》开头"神代纪上"的"浑沌如鸡子"，王孝廉先生认为移植自上述《艺文类聚》引《三五历记》。他说："'浑沌如鸡子'，到底是否是引自《艺文类聚》，固然仍有疑问的余地，可是从……同卷神代纪下中的'乾道独化'是引自《艺文类聚》的'乾道变化'（天部）、神代纪上的'阳神左旋，阴神右旋'是《艺文类聚》的'天左旋，地右周，犹君臣阴阳相对向也'（天部）的使用情形，我们认为神代纪上的出典既然是出自《艺文类聚》的天部，那么'浑沌如鸡子'的文字，也不可能是例外的情形。"[1]

原始先民把宇宙原始想象为"如鸡子"或"状如鸡子"，并非一种荒诞无稽的幻想，而是他们根据长期对鸡与蛋的关系的观察所进行的创造性想象。至少可以认定，把宇宙原始想象为鸡子是一种象征性类比，鸡子被赋予的是象征的意义而非实际的意义：生殖与再生。至于这个原始鸡子是鸡还是蛋，一向有两种说法。如《说文》："雏，鸡子也。"这里所说的"鸡子"是指小鸡。如《本草纲目》："鸡子，即鸡卵也。"这里所说的"鸡子"是指鸡所生的蛋。无论是鸡还是蛋，都是与鸡有关系的，都是鸡的生殖与再生的不同形态。

在中国上古神话中，天地未开的境况被说成是"状如鸡子"，鸡子被原始先民赋予一种原始物质的品格，连创世神盘古也是孕育与生长于这个原始物体之中。日本的"记纪神话"也接受了这一观念，说"神圣生其中焉"。于是，这个鸡子就是一个宇宙蛋，宇宙蛋宛如人类的子宫孕育了人一样孕育了神。

① 王孝廉：《岛国春秋——日本书纪》，台北：时报文化出版公司，1988年，第13页。

先有鸡还是先有蛋的问题，是自原始先民起就不断地困扰着人类的千古之谜。古人由此引发许多想象是不必奇怪的。既然鸡蛋能孵化出小鸡破壳而出，宇宙蛋怎么就不能孵化出天神盘古破壳（天地分离）而出呢？鸡和蛋的生殖、再生象征功能，在原始先民心目中就是通过对鸡和蛋的循环再生现象的观察而形成一种观念的。这一观念在中日两个民族的神话中保存下来。

这种观念还可以证之以中国西南少数民族的口传神话。在洪水遗民再生人类的创世神话中，同洪水遗民一起藏匿于木箱、葫芦、木桶等避水工具中并且作为人类的先导而生存下来的就有鸡。鸡啼鸣了，告诉藏匿于木箱中的兄妹大水已退，黑暗已经过去，于是，这一对人类始祖才踏上陆地，重新整治世界，生儿育女，创造人类。在这儿，鸡作为始祖禽鸟的象征意义，是异常清楚的。[1]

（二）复生

《古事记》28：

> 天照大御神看到这种情况，害怕了，关上天石屋的门，藏在里面。于是高天原一片漆黑，苇原中国也全都黑暗了，变成了漫漫长夜。于是凶神们的叫喊声像五月的苍蝇，一片喧嚣，响彻世间，各种灾祸一齐发作起来。因此八百万众神齐集于天安河原，采纳高产卵日神的儿子思金神的献策。召来常世长鸣鸟，让它啼鸣；取来天安河上的天坚石，采来天金山的铁，召锻冶匠天津麻罗，让伊思许理度卖命造镜，让玉祖命作八尺勾玉的珠饰串……高天原大为震动，八百万众神大声哄笑。[2]

《日本书纪》第7段记载了与上文大同小异的神话，摘录如下：

> 是后，素戋呜尊之为行也，甚无状。何则天照大神，以天狭田。长田为御田。时素戋呜尊，春则重播种子，且毁其畔。秋则放天斑驹，使伏田中。复见天照大神当新尝时，则阴放屎于新宫。又见天照大神，方织神衣，居斋服殿，则剥天斑驹，穿殿甍而投纳。是时，天照大神惊动，以梭伤身。由此，发愠，乃入于天石窟，闭磐户而幽居焉。故六合之内常阍，而不知昼夜之相代。于是，八十万神，会于天安河边，计其何祷之方，故思兼神，深谋远虑，遂聚常

---

① 《洪水滔天史》（路南），云南省少数民族古籍整理出版规划办公室编：《洪水泛滥》，昆明：云南民族出版社，1987年，第46—55页。
② 安万侣：《古事记》，邹有恒、吕元明译，北京：人民文学出版社，1979年，第20页。

世之长鸣鸟, 使互长鸣。……①

女神天照大神作为天皇的祖先神, 是高天原的主宰, 是日本神话中的太阳女神。村上重良说: "天照大神也称大日灵贵(太阳女神), 是把太阳神格化了的自然神, 但它基本是人格神, 它的行动有着萨满的因素。"②《古事记》和《日本书纪》中所说的长鸣鸟, 是鸡的别称。天照大神发怒而入于天石窟、闭磐户而幽居的神话, 是日本古代先民根据日蚀而产生的一种神话想象, 而且也和冬至时所行的镇魂仪典有关。因为古人相信, 每到冬天, 太阳的神力变弱, 以镇魂之祭而求太阳神力的复生。这种太阳神力的转变, 又与司晨之鸡的作用关系甚大。长鸣鸡一啼叫, 其他的鸡也就跟着叫起来, 太阳就复生(出来)了。鸡之为鸟, 常于世司晨守夜, 风雨晦黑, 不失其职, 故谓常世之鸟。在古代信仰中, 鸡能驱邪遂鬼, 鸡鸣则太阳升, 因而鸡也就变成了能使太阳复生的神鸟。

关于鸡鸣与太阳复生关系的观念在中国出现得很早, 但究竟出现于何时, 是很难作出定论的。不过, 史书、类书和笔记小说等还是提供了一些蛛丝马迹可供继续探寻。晋代王嘉撰《拾遗记》: "沉鸣鸡, 色如丹, 大如燕。常在地中, 应时而鸣。声能远彻, 其国闻其鸣。"《古小说钩沉》辑《玄中记》: "东南有桃都山, 上有大树, 名曰桃都, 枝相去三千里。上有一天鸡, 日初出, 光照此木, 天鸡则鸣, 群鸡皆随之鸣。下有二神, 左名隆, 右名窦, 并执苇索, 伺不祥之鬼, 得而煞之。"《河图括地图》也有类似记载。《神异经·东荒经》: "扶桑山有玉鸡。玉鸡鸣则金鸡鸣, 金鸡鸣则石鸡鸣, 石鸡鸣则天下之鸡悉鸣, 潮水应之矣。"这些记述, 归结起来就是表明: 鸡鸣与太阳的升落、与时辰的转换有关, 能促使神力减弱(隐没)的太阳得以复生; 鸡能驱除不祥的鬼魅魍魉、邪魔恶气, 鸡啼鸣, 鬼恶之气退隐, 日出照亮大地, 黑暗成为过去。在这些以象征的手法表现出来的观念上, 中日两国是并无区别的。《古事记》和《日本书纪》里的长鸣鸟的作用, 恰恰是用它的啼鸣赶走黑暗, 唤来太阳和光明, 驱除邪恶, 带来欢乐和安详。天照大神把天石屋的门稍稍打开一点缝, 从里面说: 我隐居在这里, 以为高天原当然黑暗了, 苇原中国也都黑暗了, 为什么天宇受卖还在跳舞, 而八百万众神都在高声欢笑呢? 当她走出来时, 高天原和苇原中国立即天光大亮。由黑暗变

---

① 王孝廉:《岛国春秋——日本书纪》, 台北: 时报文化出版公司, 1988年, 第163—164页。
② 村上重良:《国家神道》, 聂长振译, 北京: 商务印书馆, 1990年, 第25页。

光明, 太阳神力的转化, 复生, 鸡的啼鸣起着不可忽视的作用。

口传神话把鸡鸣与太阳复生的象征关系解释得更加生动而有趣。中国西南地区景颇族的神话说, 远古时天上有9个太阳, 像9个火球一样, 人们和一切花草树木、飞禽走兽无法生活下去。于是大家骂它、戳它, 把它赶走了。大地变成漆黑一团。大家要公鸡去请太阳回来。为了使大家不再骂太阳、戳太阳, 公鸡给了太阳一把钢针, 谁要眼望着太阳, 太阳就用针刺他的眼睛。[①]人们把太阳的出没拟人化, 只有公鸡的啼鸣才能使其复生, 而且太阳光所以刺人眼睛是公鸡给他的一把钢针使然的。

河北省高邑县的太行山区人民也有一个类似的《金鸡和太阳的故事》, 说青龙山下的猎手石刚与玉姐相好, 要结婚的头一天早上, 太阳突然没了。天底下一片漆黑。相传昆仑山上有一位爱睡觉的神仙长眉神, 能唤出太阳。石刚去找长眉神, 玉姐把自己的心掏出来给他照路。石刚经历了千难万险, 终于找到了长眉神。长眉神说, 天上原来有12个太阳, 是12只天鸡变的, 只因玉皇大帝的妹妹下凡与凡人婚配, 就罚她纺线一直纺到太阳落。12只天鸡就轮流飞到天空, 所以把她累死了。她的儿子二郎就去射太阳, 射落了11只, 最后一只躲到马齿菜叶底下不敢出来, 只有人引着金鸡叫鸣, 才敢出来。石刚用玉姐的心捏成鸡冠, 自己变成了一只金鸡, 到桃树上吃了一颗桃子, 长出了两只翅膀, 叫鸣起来。马齿菜下的天鸡才露出头来, 天下立刻大亮了。[②]在这一则复合神话传说里, 尽管在流传中羼杂了许多不合理的因素, 但有一点却十分令人注目: 太阳与鸡不仅是象征的关系, 而且太阳就是鸡变的。这一神话的内核是十分古老的, 是流传于世界各地的鸡的神话和传说所暗示的鸡与太阳的关系的有力例证。

(三) 计时

河北省满城传说《为什么鸡叫三遍天才亮》说, 二郎神奉旨捉了变成太阳的9个司火神后, 真正的太阳躲到马勺菜底下不敢出来了。人间变得黑洞洞的。人们觉得公鸡好看, 嗓门又亮, 就请公鸡去呼唤太阳。公鸡喔喔叫太阳, 太阳从叶缝里往外看, 显露出了红色光点; 公鸡又叫第二遍, 太阳心情平静了些, 又撩开马勺菜的茎往外看, 天地间亮多了; 直到

---

① 《公鸡请太阳》, 鸥鹚渤编:《景颇族民间故事》, 昆明: 云南人民出版社, 1983年, 第6页。
② 《金鸡和太阳的故事》, 河北省石家庄地区民间文学集成编委会编印:《太行山的传说》, 1988年。

叫了第三遍，太阳才放心地升上了天空。从那时起，太阳就和公鸡交上了朋友。[①]

天津有一则传说《鸡心滩》，说大沽口水面上站着一只大红公鸡，向大海日出的方向鸣叫了3声，太阳就出来了。又叫了3声，就向日出的方向飞去。退潮时，公鸡站立的地方，露出一块海滩地，样子像鸡心，所以人们叫它鸡心滩。[②]

在这两个传说里，鸡作为司晨之鸟，透露出其计时的象征功能。前者说鸡叫3遍才天亮，太阳和鸡从那时起成了形影不离的朋友，太阳的计时功能由雄鸡的啼叫而体现出来。后者说早晨海水涨潮公鸡啼叫3声，太阳就升上中天，晚夕海水退潮公鸡啼鸣，海边露出了沙滩——鸡心滩。特别有趣的是说，公鸡向着日出的东方啼叫，这与中国古人的信仰观念暗合。《风俗通义·祀典·雄鸡》引《青史子》曰："鸡者，东方之牲也。岁终更始，辨秩东作，万物触户而出，故以鸡祀祭也。"古人以为鸡为"东方之牲"，不仅鸡鸣将旦，为人起居，门亦昏闭晨开，捍难守固，而且腊月岁终送刑德迎春神（元旦为鸡日）。

驱邪纳吉

在中国和日本的传说和信仰中，鸡作为驱邪纳吉的神禽的象征功能，也是随处可见的。相对地说，中国人更加笃信鸡的这一功能。驱邪纳吉功能，可以分为两个方面，（1）在传说中，鸡往往作为除毒的形象出现；（2）在信仰中，它是祭坛上的牲牷。

（一）除毒驱害的英雄

大藤时彦先生在《金鸡传说的形成及其研究》一文中概述了柳田国男先生的6个观点。其中第三点是："人们的各种各样想乞求，由于意外地听到鸡的啼叫声而破灭的故事，日本或者其他国家也都很多。函谷鸡鸣是我国自古以来谈论的话题，我们的祖先也在各种各样的情况下，重复着类似的经历。或者也有与此完全相反的情况，出乎意外的鸡鸣声把人类从害敌手里拯救出来的事例。"第六点是："对患呼吸器官疾病而祭祀鸡的理由是不

---

① 《为什么鸡叫三遍天才亮》，河北保定市民间文学三套集成编委会编印：《保定市故事卷》卷1，1987年。

② 《鸡心滩》，天津民间文艺研究会编：《天津风物传说》，天津：百花文艺出版社，1984年，第77—78页。

得而知的，并且对国外的相似事例也不甚理解。甲州中巨摩郡在家冢村一带，作为小儿咳嗽的符咒，是把画有鸡的图画倒贴在家门口。与有关这方面风习巧合的是，奥羽地区数量相当多的叫作御鸡的神仙。这样鸡神的神社，虽然平地的乡村也存在，但其来源似乎是基于山神。在白河一带鸡神神社都是供奉在山顶上，并且以它称呼山的名字的地方也不在少数。"[1]这类传说在高木敏雄氏的《日本传说集》里被归为金鸡诅咒传说。

在中国的金鸡传说里，最普遍、最典型的情节是金鸡与蜈蚣、蝎子斗争，除毒降妖。中国有"五毒"的说法，蜈蚣和蝎子都属"五毒"之列。这类题材的传说分布很广，不仅沿海地区有，内陆地区也有，所反映的观念是一致的。

沿海地区的南京有一篇貌似风物传说的《鸡鸣寺和蜈蚣山》说，早先鸡鸣寺的地方是一块宝地，但是山上住着一只蜈蚣精，吸吮了地下的精华，使土地变得不长庄稼，修炼成了还要吃人呢。一个辨宝回回（回回辨宝，后面还要提到）教当地人方法，灭掉这一大害。他弄来某客店里的一只黑嘴大白公鸡，每天用铁盘子盛料豆喂它，喂了七七四十九天，在十五月亮圆的晚上，乘着蜈蚣吸取月精的时候，放鸡上山，咬死了蜈蚣精。公鸡也因中毒而死去。从此之后，这里的庄稼都长双穗。[2]

广西桂林的一则传说说，原来漓江上的浮桥有两条铁链子牵着，年代久了，铁链子变成了蜈蚣精，伤害人畜。南极仙翁知道了，派神鸡童子去看守这条蜈蚣精。蜈蚣最怕公鸡。天长日久，神鸡童子变成了穿山。[3]

浙南平阳昆山山脉里流传着一则《金鸡山》的传说。浙南鳌江边上有座金鸡山，相传山上有一只大蜈蚣，经千年修炼，炼成了一颗大明珠，能呼风唤雨，换日偷天。每年七月初七要吃一对童男童女，每年三月初三又要吃10头全猪全羊，能使狂风暴雨淹百里江堤，能使烈日枯死千顷稻田。有个男孩叫仙岩的，力大无比，要为民除害，去麻埠鸡罩山寻金鸡。杀掉了蟒蛇，除掉了老虎，来到鸡罩山。他用绿竹竿当秤杆，用西瓜当秤砣，吊起鸡罩山，用

---

① 大藤时彦：《金鸡传说的形成及其研究》，中国民间文艺研究会辽宁分会编印：《民间文学论集》（二），1984年。
② 《鸡鸣寺和蜈蚣山》，巴里仲录编：《中国山川名胜传说故事》，昆明：云南人民出版社，1981年，第37—38页。
③ 《公鸡看蜈蚣》，余国琨、刘英编：《桂林的传说》，上海：上海文艺出版社，1982年，第80—82页。

茶叶泡米,连撒了三把,抱出了金鸡。金鸡振翅,闪出一道金光,吞食了蜈蚣,把明珠留下,照亮山冈。①

河北省卢龙县著名故事家刘凤岐讲的《公鸡山》和承德市流传的《鸡冠山》里则说公鸡除蝎子精,而不是蜈蚣精。②

金鸡是蜈蚣和蝎子的天敌。蜈蚣和蝎子为害人畜,十分猖獗,但最害怕见到公鸡。公鸡一见到这类毒虫,首先啄食其眼睛,使它们的毒钩子丧失战斗力,然后再吞而食之。于是,金鸡便成了除害的神鸡。其实,蜈蚣、蝎子横行是自然界的现象,社会上也不乏蜈蚣、毒蝎之辈,金鸡除暴安良,作为正义的象征,适应着人们希望驱邪纳福、安居乐业的愿望,这也就构成了金鸡传说盛传不衰的重要原因。

(二)祭坛上的牺牷

《周礼·牧人》说:"掌牧六牲:牛、马、羊、豕、犬、鸡也。"这六牲都是古代祭祀之牲。《周礼·小宗伯》说:"毛六牲,辨其名物,而颁之于五官,供共奉之。"郑司农注:"司徒主牛,司伯主鸡,司马主马及羊,司寇主犬,司空主豕。"鸡作为祭牲,在中国新石器时代的考古发掘中已发现了遗迹。河北磁山新石器遗址中发现了许多鸡骨,又以公鸡骨骼为主。研究者认为,这些鸡骨与古代祭祀用牲有关。也许这是迄今为止最早有关鸡祭的遗迹发现吧。

中国古代祭祀用牲,讲究所用之牲体色完美。《礼记·祭义》说:"古者天子诸侯必有养兽之官,及岁时,斋戒沐浴而躬朝之,牺牷祭牲,必于是取之,敬之至也。"色纯的牲曰牺,体完的牲曰牷。杂色的或肢体不完整的、不健全的六牲,都不能当作祭牲使用。《左传·昭公二十二年》记述了一个故事:"宾孟适郊,见雄鸡自断其尾,问之,侍者曰:'自惮其牺也。'遂归告王,且曰:'鸡其惮为人用乎?人异于是,牺者实用人,人牺实难,已牺何害?'王弗应。"《国语·周语》(下)也记载了这个故事:"景王既杀下门子,宾孟适郊,见雄鸡自断其尾,问之,侍者曰:'惮其牺也。'遂归告王,曰:'吾见雄鸡自断其尾,而人曰:惮其

---

① 《金鸡山》,陈玮君编:《天台山遇仙记——浙江山的传说故事》,北京:中国民间文艺出版社,1984年,第562—564页。

② 《公鸡山》,河北省三套集成办公室、秦皇岛市卢龙县三套集成办公室编印:《刘凤岐故事集》,1987年,第20—23页;《鸡冠山》,陆羽鹏主编:《承德市故事卷》第1卷,北京:中国民间文艺出版社,1989年,第432—434页。

牺也。吾以为信畜矣，人牺实难，已牺何害？抑其恶为人用也乎？则可也。人异于是，牺者实用人也。'王弗应。"杜预注曰："畏其为宗庙奉牺牲，故自残毁也。"韦昭注曰："纯美为牺，祭祀所用也。言鸡自断其尾者，惧为宗庙所用也。"这段故事生动地说明了鸡是祭坛上的牲，而且必须是体色完整的鸡才能作祭牲。这种习俗至今仍然如是。"毛六牲"之一的鸡作为宗庙中的祭牲的习俗和观念，在日本亦然，与中国实在是大同小异，一脉相承的。[①]

据大藤时彦氏所列，在日本鸡明神社有6处，即：柴田郡大河原町大字大谷山、柴田郡沼道村字沼田、刈田郡白石町新馆、刈田郡七宿村滑津、刈田郡宫村字宫、伊贝郡馆矢间村字木沼等。他说："这些鸡明神社都是当地著名的，都供奉着高良玉垂神。祭祀日期为三月、九月的两个供节，是日父母背负着孩子，携带着楮树皮纤维制成的五色彩旗、五色线和画有鸡的匾额，成群结队前往参拜。明治的中叶以前，由于用活鸡奉献神社，神社院内景象恰如一所养鸡场，但现在已经看不见像奉献生鸡这种原始风光了。这种献生鸡的习俗，难道不正是从遥远的古代继承下来的献牲品的传承吗？（据《乡土传承》）"

岩崎敏夫氏的《本国小祠之研究》中指出，日本的鸡明神社其信仰内容包括关于水的神、灌溉的水神、航海行船安全的神、治疗咳嗽的神以及有关田村麻吕的信仰等5种。而在这5种之中，被称为鸡明神的信仰是以祈愿治愈咳嗽病特别是百日咳为对象的。

中国人以鸡作为祭牲，一般不用于隆重的大祭（如古代天子的郊祭），但在家祭中却异常普遍。在当代少数民族中和某些地区的汉族中，用鸡作为祭牲仍然十分盛行，特别是用于还愿一类的祭仪之中。人们所以用鸡作祭牲，不外因为鸡具有如下条件：（1）鸡是"五德"兼备之毛牲；（2）鸡是天鸡之属；（3）鸡有驱邪的力量。任何祭仪，几乎都离不开驱邪逐鬼与祈福纳吉的目的，而鸡是具备这些条件的。鸡在汉语中，又与"吉祥"的"吉"谐音，增加了它的纳吉的价值。

（三）驱邪祓禊

中日两国人民受源远流长的农作经济的制约，驱邪祓禊思想根深蒂固，即使相当文明的城市居民，也不能摆脱。在驱邪祓禊的行为和仪式中，鸡也扮演着重要的角色。

两国都有"画鸡于牖"的习俗和传说。上文提到柳田氏关于甲州巨摩郡在家冢村一

---

① 朝仓治彦等编：《神话传说辞典》"鸡"条，东京：东京堂，昭和五十四年，第352页。

带, 有把画鸡的图画倒贴在门上的习俗, 为的是驱邪治疗小儿咳嗽。岩崎敏夫氏有关于在神社里有供奉画鸡的匾额的论述。在中国"画鸡于牖"的习俗直到今天仍然存在。《荆楚岁时记》说: "正月一日, 是三元之日也。……帖画鸡户上, 悬苇索于其上, 插桃符其傍, 百鬼畏之。"《山海经》《论衡》《岁时广记》等都记载了关于天鸡和神荼、郁垒的传说。这传说清楚不过地说明了贴鸡画于门户上的习俗及驱鬼祓禳的象征含义。《玉烛宝典》卷1引《括地图》: "桃都山有大桃树, 槃屈三千里, 上有金鸡, 日照入, 此鸡则鸣, 于是晨鸡悉鸣。下有二神, 一名郁, 一名垒, 并执苇索以伺不祥之鬼, 得而煞之。"我以为后来的画鸡帖于门户上的习俗, 是与这个传说有关系的。《拾遗记》记载了另一个故事: "尧在位七十年……有祇支之国, 献重明之鸟, 一名双睛, 言双睛在目, 状如鸡, 鸣似凤, 时解落毛羽, 肉翮而飞。能搏逐猛兽虎狼, 使妖灾群恶不能为害。贻以琼膏, 或一岁数来, 或数岁不至。国人莫不洒扫门户, 以望重明之集。其未至之时, 国人或刻木, 或铸金, 为此鸟之状, 置于门户之间, 则魑魅丑类, 自然退伏。今人每岁元旦, 或刻木铸金, 或图画为鸡于牖上, 此其遗象也。"鸡、桃木、苇索都有退鬼辟邪的功能, 因此把鸡画贴在门窗上是为了不让鬼魅和邪气进入家室。土家族还有把鸡毛插入扫帚的习俗。死人入殓后, 用鸡血将棺木与棺盖粘合起来, 鸡血被认为有驱邪魔力, 防止鬼魂出入。

中国农村有鸡招的迷信。鸡招用于活人, 主要是治病叫魂。如果一个人病了, 被认为在什么地方丢了魂, 家长往往在怀里揣上一只公鸡到那丢魂的地方去叫魂, 把魂叫回家来后, 经过一定仪式, 把鸡放了, 魂就回到病人身上, 病就痊愈了。《风俗通义·祀典》中还记载着用纸剪一"心", 敷于心脏部位, 片刻后即认为魂已归体了。鸡招用于死人, 则在送葬时将一只红公鸡置于灵柩上, 叫"招魂鸡"。[1]

恩与报恩

与中国和日本的伦理道德准则相适应, 金鸡传说中有相当数量的报恩的传说。日本的我得到的只有一个, 中国的却得到了五个。

---

[1] 武文:《"鸡招"考释》,《民间文学论坛》1987年第4期。作者认为, 鸡招的理论基础是阴阳原理。

西本鸡介编《日本民间故事》里有一则题为《母鸡报恩》(宫城)的故事说，一家人家的母鸡突然叫了起来。一般报晓的任务是由公鸡担任的，母鸡啼鸣，会发生灾祸。主人对这只母鸡厌恶了，拧着鸡脖子把它扔到了海里。艄公拉网把这只母鸡拉上岸来。母鸡在奄奄一息之际不忘养它的主人，以恳求的态度让艄公传话给它的主人，说猫要害死主人，如果猫从主人的茶盅上跨过身去的话，茶盅里的茶千万喝不得。说完母鸡就死了。事情正如母鸡预言的那样，于是主人把猫杀了。

民族学家川岛武宜在为本尼迪克特所著《菊花与刀》所写的评论《评价与批判》中说："日本的社会结合大部分是人身或统治服从的关系，而不是个人与个人之间通过自由意志这一媒介的结合，这已经成为一种常识。但这种关系究竟是由什么样的意识来加以维持的？是由什么规范体系来加以确立的？可以说这方面的论述在我国至今尚属鲜见。我认为应该承认，这种关系最本质的要素就是两个原理，其一是'恩'的原理，其二是家族制或'家'的原理。"[1]《母鸡报恩》正是建立在"恩"的原理之上的民族之"恩"与"报恩"这种义务与履行义务的图画。母鸡接受了主人的养育之恩，知恩而报是它的义务。当它预知猫将害死主人的信息之后，不顾主人因它啼鸣而将其扔入海中的非德之行，依然忠于主人，捐弃前嫌，知恩必报。正如本尼迪克特所说的，这里显示的是日本式的"恩"，是一种对缺乏"德"的施恩者所回报的"恩"，与中国人的"报恩"是大相径庭的。本尼迪克特说："日本人把这些德绝对化，从而背离了中国人关于对国家的义务和孝行的概念。""中国人设定一种凌驾一切之上的德作为忠与孝的条件。这个德即是仁。""'仁'被彻底地排斥于日本人的伦理体系之外。"[2]可惜这个极为重要的问题，大藤时彦先生的文章《金鸡传说的形成及其研究》里没有涉及。

中国的动物报恩故事极为流行，钟敬文先生在他的《中国民谭型式》里曾经列出3个类型。[3]金鸡报恩故事是整个动物报恩故事中的一个组成部分，体现了中国人关于报恩的伦

---

① 本尼迪克特：《菊花与刀——日本文化的诸模式》，孙志民、马小鹤、朱理胜译，杭州：浙江人民出版社，1987年，第272—273页。

② 本尼迪克特：《菊花与刀——日本文化的诸模式》，孙志民、马小鹤、朱理胜译，杭州：浙江人民出版社，1987年，第100—101页。

③ 3个类型是："蜈蚣报恩型""猫狗报恩型"和"燕子报恩型"。钟敬文：《中国民谭型式》，《开展月刊》第10·11期合刊，1931年7月。

理道德观念和准则。

浙江雁荡山一带流传的《金鸡峰》说，农夫李少贵的老婆打柴时遇到一条大蛇正在盘食一只山鸡，便用柴刀砍死了蛇，救出了山鸡（金鸡）。后金鸡为了报救命之恩，每天到李家屋里下一个金蛋，每个金蛋里有一块金子。财主王不义起了歹心，要逮住金鸡，抄李家，用网捕金鸡。金鸡被打断了一只翅膀，鲜血染红了溪水。金鸡因伤势过重，死于仙姑洞前的山坡上。李家夫妻用金鸡遗下的金子修了一座桥，就叫金鸡桥。①

河南《鸡公山的传说》说，早年鸡公山一带是大海，金哥打渔，是岛上的主事人。有一天一只大雕叼着一只雏鸡，这雏鸡就是王母娘娘的司晨鸡的女儿鸡娥。为了报恩，鸡娥的父母鸡公鸡婆把他接至司晨宫，为二人举行了婚礼。下界有9条恶龙为害人民，金哥下来为民除害，鸡娥让他吃下一颗金蛋，金哥长出了硬喙、翅膀、金色羽毛，成了一只大雄鸡。②

与日本的《母鸡报恩》相较，这些中国同型故事的施恩与报恩观念是不一致的。中国的观念强调的是德、仁与报恩的一致性。在中国故事里没有施恩者的恩与报恩者的义务的分离现象，而在日本故事里则强调了这一点，即主人曾经背信弃义地想淹死鸡，鸡却捐弃前嫌，不计较主人的缺德而报恩。

宝、识宝、盗宝

识宝、盗宝和金鸡作为财富的象征，是日本学者关注较多的一个方面，而且日本神话和传说中也有较多的资料可供比较。在日本，鸡被看作是神灵的化身的黄金的精灵，或鸡就是黄金。③在中国，识宝、盗宝和埋金、财富的传说，从唐以来不绝如缕。原因是中国有

---

① 《金鸡峰》，本社编：《中国地方风物传说选》第1集，北京：中国民间文艺出版社，1982年，第193—195页。

② 《鸡公山的传说》，中国民间文艺研究会河南分会、河南大学中文系编：《河南民间故事集》，北京：中国民间文艺出版社，1985年，第148—150页。金鸡报恩的故事还有：湖南衡山的《金鸡林》（中国民间文艺研究会湖南分会主编：《南岳的传说》，长沙：湖南人民出版社，1981年），是一个巧妇与二郎神故事的复合故事。湖北丹江口市伍家沟村的两个故事（湖北省民间文学集成办公室、丹江口市民间文学集成办公室、六里坪镇人民政府编：《伍家沟村民间故事集》，北京：中国民间文艺出版社，1989年），是关于公鸡啄食蜈蚣精所变女人的故事。

③ 柳田国男先生持此说。

这种传说的土壤。有人说日本的盗宝传说来自中国①，也许不无道理。

据大藤时彦氏分类，在日本这类传说大致有两类，其一是埋鸡或埋金传说，其二是盗宝传说。在中国这类传说大致也可分两类，其一是抢宝传说，其二是盗宝传说。中国已搜集的传说中，鲜见埋金传说，可能与搜集者的认识有关，也许他们不把它看作是民间作品而仅仅是传闻而已。而抢宝传说所以数量多，大概与中国长期经历着封建社会不无关系。

先谈抢宝传说。

（1）福建武夷山一带流传的《金鸡报晓》说，武夷山七曲琅玕岩上有一山洞，名叫金鸡舍。那里栖息着一只金鸡。金鸡到哪里，哪里就有好收成，人畜兴旺；人们听到金鸡报晓，就起来耕作。财主张富郎得知，就修石梯去抢捉金鸡，摔死在四曲大藏峰半壁的山坡，金鸡逃走了，还常常回来为老百姓报晓，但不在此地过夜了。②

（2）甘肃敦煌一带流传的《金鸡引路》说，伙计石老三去阳关做杂货买卖，为人和善，助人为乐，因而亏了本。夜过寿昌古城，在城垣下有金鸡叫，同时眼前出现了一座小镇，繁华热闹。金鸡为他引路，叫他拿金子、拿绸缎回家过年。宋掌柜得知此事后，带领儿子去捡宝，谁知捡回来的都是残砖、断瓦。③

（3）江苏苏州传说《金鸡湖》说，苏州葑门外有个金鸡湖，金哥打渔遇上大风浪，被迫泊至一土墩子，忽闻有金鸡叫鸣，但见一金鸡正与一大蜈蚣搏击。金哥持桨将蜈蚣打断，蜈蚣变成了一段段金链。金鸡叫金哥捡些金链而归，湖水才平静下来。财主得知此事之后，告到官府，陷他偷盗。财主与县官复去抢宝，金鸡掀起巨浪，使小船葬身湖底。④

这类传说还有：

（4）湖南汨罗传说《金鸡岭》⑤。

---

① 参阅大藤时彦《金鸡传说的形成及其研究》所引高木敏雄的观点。他说："最起码在日本财主传说里所见的黄金鸡是中国思想的移植。"

② 《金鸡报晓》，本社编：《中国地方风物传说选》第2集，北京：中国民间文艺出版社，1983年，第426—428页。

③ 《金鸡引路》，陈钰编：《敦煌的传说》，上海：上海文艺出版社，1986年，第117—120页。

④ 《金鸡湖》，苏州市文学艺术界联合会编：《苏州的传说》，上海：上海文艺出版社，1982年，第112—116页。

⑤ 《金鸡岭》，本社编：《屈原的传说》，长沙：湖南人民出版社，1981年，第120—126页。

（5）浙江洞头列岛传说《石公鸡与竹屿山》[①]。

（6）河北承德传说《鸡冠山上聚宝盆》[②]。

以上6则抢宝型金鸡传说都是以山水名胜为依托，而写私有制下人们的财产观念和人际关系，作者的道德评价是显而易见的，对抢宝的财主总是给以教训和否定，而对平民百姓总是给予同情和帮助。这种是非观念、道德评价是私有制培育出来的。在现实生活中，这些传说的主角虽然有可能得到帮助，但只有在幻想中才能得到彻底的帮助；虽然局部上有可能战胜财主，但只有在幻想中才得到如此大快人心的结果。

再说盗宝传说。如果说抢宝传说过去搜集的材料不多，尤其见诸典籍的不多，那么，盗宝传说则有很久远的传统，见诸典籍的也不鲜见。[③]近几年记录的例子，我至少找到了3个。最为典型的一个盗宝传说河北鸡泽县的《金鸡的传说》。相传吴越之战，吴王取胜，越王战败。夫差将勾践流放到晋国在鸡泽上喂鸡。勾践养鸡，奋发图强，感动了上天。玉皇大帝于年末之日在鸡泽山召集各路神祇集会，将餐余之食喂鸡，得神鸡。勾践得神鸡之助，灭掉吴国，给鸡泽留下先王风水，此地称金鸡宝地。宋金大战中原，宋高宗南迁，鸡泽落入金人之手，金太宗命在此宝地按鸡形建一城池。城为鸡身，城东南有一台为鸡头，东西两关为鸡翅，北关为鸡尾，没有南关。落成之后，每年始日金鸡报晓，无鸡的村庄都能听到鸡鸣声。鸡泽城内有一大坑，坑旁树上落一叶，就出一个官，谓之金鸡驭城。早年崂山道士治化寻来一双三代人穿过的烂鞋叫"狐鞋"，找到了一顶百岁老人戴过的旧帽叫"狸帽"，到城南去买了一个石碌子。说石碌中有一穴，内盛精水。穿上狐鞋、戴上狸帽，再用精水洗过手，就能入城里取金鸡。盗宝未成。后又用法术破金鸡。他替县太爷的女儿诊病，得以伐树填坑，建城隍庙压住鸡身，打一眼四方井将鸡钉住，建一座伴窖卡住鸡脖，修大定闸往鸡肛

① 《石公鸡与竹屿山》，陈玮君编：《天台山遇仙记——浙江山的传说故事》，北京：中国民间文艺出版社，1984年，第595—599页。

② 《鸡冠山上聚宝盆》，陆羽鹏主编：《承德市故事卷》第1卷，北京：中国民间文艺出版社，1989年，第437—441页。

③ 参阅程蔷：《盗宝：宝物主题与盗、护之争》，《骊龙之珠的诱惑——民间叙事宝物主题探索》，北京：学苑出版社，2003年，第189—222页。

门里灌水。鸡不叫了,官也出的少了。①

　　这些盗宝型传说的共同特点是当地人不识宝,而是在外面的或南蛮子,或回回,或洋人揭开金鸡的秘密之后,才认识到它是宝物;所有的传说几乎都揭示了持宝人的狡猾的性格,当他发现收宝人(盗宝人)的秘密后先下手为强,把金鸡拿走,或把石头拿走,这是一种东方式的狡猾。同时,这些传说反映出商业活动的萌芽以及商品经济的意识对以农为本的意识的冲击。

　　这些传说与日本的同型传说同中有异,就我读到的传说来看,主客关系恰恰倒了个个儿。例如日本冈山的《金鸡》传说里写了一个大富翁向来此地的游方僧显示自己的财富,游方僧不以为然,拿出一只金鸡给他看,金鸡能啄米。大富翁在游方僧离去的路上,用刀把他杀了,抢来了金鸡,但金鸡从此不再开口。②会津传说,古时有一游方僧,从越后直奔会津这个地方走来,因为来到会津的吉平恰好赶上日落,遂在村里一家借宿。游方僧所背的木箱里,装着一只用黄金制作的能报时辰的希奇古怪的鸡。借宿的房主人把它悄悄地偷出来藏匿起来。第二天早晨游方僧起来一看,金鸡没有了。游方僧到处找,找遍所有地方也未能找到,便跳进两性池里去了。相传池里的精灵大蛇就是这个游方僧变的。③早先信州的松本平地方有个叫仓科的财主进京都进宝,把很多财宝驮在马背上,在妻笼这座旅馆留宿。有3个强盗企图在途中抢这些宝物,其中一个强盗进入旅馆藏起来,等夜深人静时偷偷溜出去。大财主来到马笼山顶路上的字男垂这地方,3个强盗从后边跳出来,用竹枪将财主刺死,抢走了财宝。就在这个时候,宝物之中有只金鸡落入大河里流进瀑潭。即使如今元旦早晨,这金鸡还在这里报晓。④

---

① 《金鸡的传说》,李怀顺主编:《邯郸地区故事卷》(中),北京:中国民间文艺出版社,1989年,第103—106页。此外还可以举出几个传说,如湖北的《小金鸡》(湖北省民间文学研究会编:《巧媳妇》,武汉:长江文艺出版社,1982年),湖北兴山县的《金鸡下蛋》(湖北省兴山县文化局、民间文学工作者协会编印:《兴山民间传说故事集》,1983年)。
② 《金鸡》,西本鸡介编:《日本民间故事选粹》,邓三雄译,长沙:湖南人民出版社,1983年,第474—475页。
③ 大藤时彦:《金鸡传说的形成及其研究》,中国民间文艺研究会辽宁分会编印:《民间文学论集》(二),1984年。
④ 日本《乡土研究》4—9。

我们从这两种类型的传说中得出的结论是：

（一）抢宝型也好，盗宝型也好，都是私有制的产物。私有制出现后，才产生了据宝己有的观念和抢宝与盗宝的行为。金鸡传说与财富之间的象征关系，是通过金子体现出来的。

（二）除描写金鸡与蜈蚣和龙讨还头上的角①，以及单纯描述金鸡为什么报晓的动物故事外，真正的鸡传说和金鸡传说，大多与山川名胜和地望来由有一定的联系，而这些山川地望所以与鸡发生联系，主要是人民观念中把鸡看作一种五德兼备的神禽，特别是从其捍难固守看家的品德，而引申为镇山之禽。

（三）与山神信仰有关。这是大藤时彦文章中指出的，中国古代也有材料可证。《史记·封禅书》曰："作鄜畤后九年，（秦）文公获若石，云于陈仓北阪城祠之。其神或岁不至，或岁数来。来也常以夜，荣辉若流星，从东南来，集于祠城，则若雄鸡，其声殷云，野鸡夜雊。以一牢祠，命曰陈宝。"《正义》："《三秦记》云：太白山西有陈仓山，山有石鸡与山鸡，不别，赵高烧山，山鸡飞去，而石鸡不去，晨鸣山头，声闻三里，或言是玉鸡。《括地志》云：陈仓山在岐州，陈仓县南。又云：宝鸡神祠在汉陈仓县故城中，今陈仓县东，石鸡在陈仓山上，祠在陈仓城，故言获若石于陈仓北阪城祠之。"明明白白说是对鸡的信仰，这种信仰也许与太阳崇拜有关（前文已述）。

（四）有灵观念渗透于所有金鸡传说之中。鸡可以变人，变精，变石头，变大蛇精。鸡是精灵，可以镇山、镇水；鸡又是可供作牺牲的毛六牲之一。

（五）鸡能以啼鸣给人带来财富，带来幸福，带来好收成，使战将在战争中得到良机。因此鸡有判断凶吉祸福的象征含义。鸡骨被认为是可以用为卜具的材料，与龟甲、蓍草一样具有寿考的特点。

---

① 可以举出湖北兴山《大公鸡和小蜈蚣》（湖北省兴山县文化局、民间文学工作者协会编印：《兴山民间传说故事集》，1983年）、云南彝族《蜈蚣和公鸡》（中国作家协会云南分会编：《云南民族民间故事选》，昆明：云南人民出版社，1960年）、河北涉县《金鸡讨角》（李怀顺主编：《邯郸地区故事卷》（中），北京：中国民间文艺出版社，1989年）、湖北均州《龙和公鸡》（郧阳地区民间文学集成办公室、群众艺术馆编印：《郧阳地区民间故事集》，1988年）等。

小 结

我们从对中日两国古代的和流传的金鸡传说与关于鸡的象征文化的比较研究中, 可以得出结论: 两国金鸡传说的相似性, 主要来源于思维方式——象征的共同性, 尽管传播也是一个不可忽视的、重要的因素。中日两国人民中间, 对鸡的信仰大致是相同的, 都认为鸡是作为太阳的象征的一个司晨的神禽, 它有驱除黑暗、镇压邪恶的作用, 因而受到崇祀。这种象征思维渗透到各个不同时代产生的、反映着不同时代现实生活的传说之中, 形成一种多层的文化积淀。又由于两国国情和文化传统的差异(例如忠孝、报恩与仁德的关系), 而显示出同中之异、异中之同的种种情况。

1991年3月于北京

本文系向北京大学日本研究中心主办的中日民俗比较研究学术讨论会(1991)提供的论文; 原载于《文学评论》1991年第4期; 收录于贾蕙萱、沈仁安主编《中日民俗的异同和交流——中日民俗比较研究学术讨论会论文集》, 北京大学出版社, 1993年4月。

越系文化香榧传说群的若干思考

香榧树是我国原产的果树，其果实香榧子是世界上最著名的干果之一。其果实又称赤果、玉山果、玉榧、野极子、三代果等，是一种红豆杉科植物的种子，外有坚硬的果皮包裹，大小如枣，核如橄榄，两头尖，呈椭圆形，成熟后果壳为黄褐色或紫褐色，种实为黄白色，富有油脂和特有的一种香气。

据考证，香榧树是第三纪孑遗植物。作为一个远古残留下来的物种，如今在会稽山脉东白山区等地还有大量遗存，并形成了几个占地面积很广的古香榧树群。榧树所结的果实香榧子，被当地世居民众赋予了种种文化含义，从而促成了香榧树分布地区民众口口相传的一种地方风物传说。

近年来，绍兴市的文物和农业主管部门为申报世界农业文化遗产，进行了大量的田野调查，并获取了大量关于香榧树的相关口述资料，弥补了传统的研究在史料方面的不足。同时，绍兴市文广局也组织力量，从2012年的4月份起，在古香榧树聚集的一些乡镇，对古香榧树群的基本情况及与香榧树有关的习俗、传说、民间故事、歌谣、手工技艺等等非物质文化遗产进行了实地调查，撰写了《绍兴市会稽山古香榧田野调查报告》，以及《嵊州市谷来镇古香榧田野调查表》《嵊州市竹溪乡古香榧田野调查表》《嵊州市王院乡古香榧田野调查表》《嵊州市雅璜乡古香榧田野调查表》《嵊州市通源乡古香榧田野调查表》《嵊州市长乐乡古香榧田野调查表》《绍兴县稽东镇古香榧田野调查表》《诸暨市枫桥镇古香榧田野调查表》《诸暨市赵家镇古香榧田野调查表》《诸暨市东白湖镇古香榧田野调查表》《诸暨市东河乡古香榧田野调查表》等11份调查表，比较系统地发掘了这个地区有关香榧树的民间传说、歌谣、习俗等相关的非物质文化遗产的信息。[①]作为2005—2009年我国开展的非

---

① 参阅绍兴市文化馆、绍兴市非物质文化遗产保护中心编印：《绍兴市会稽山古香榧田野调查汇集本》，2012年。

物质文化遗产普查的补充，这次针对与香榧树相关的非遗的调查，发现在当今现代化、全球化、信息化、城镇化浪潮的巨大冲击下，主要在农耕文明和家族伦理制度社会条件下被世世代代的民众创作和传承的传说故事、歌谣、民俗等，而今还在民间，主要是在会稽山广大地区的世居乡民社群中，以口口相传的方式传承着，并初步摸清了香榧传说贮存和传承的"家底"，以及所涵盖的内容和在乡民社会中的社会功能，为下一步的全面记录、保存和保护工作打下了坚实的基础。

这些民间传说故事、歌谣、谚语、习俗等非物质文化遗产表现形态，承载了、体现了、延续了农耕文明条件下会稽山周边地区世居农民、手工业者等人群的宇宙观、生命观、伦理观、理想和憧憬，并在一定程度上穿越时空，传承了上千年之久而不衰，时至今日，成为当今现代社会文化的一部分。

也许由于古榧树主要生长在会稽山周边的山区，而在上古时代，会稽山尚属于不发达地区，香榧树又是一种古生物物种的孑遗，故古代文献上的记载，不是很多。清代蒋廷锡等主持编纂的《古今图书集成·博物汇编·草木典》中，尽管将载籍搜寻殆尽，也不过汇集了区区两个页码！提供了最为丰富的香榧知识和人文信息的，莫过于汉代罗愿的《尔雅翼》，李时珍、陶弘景等诸多医家的记述，以及北宋诗人苏轼的《送郑户曹赋席上果得榧子》和南宋诗人叶适的《蜂儿榧歌》两首诗。

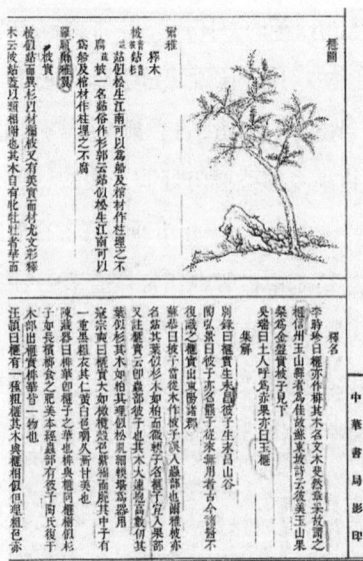

图1：《古今图书集成·博物汇编·草木典》之榧图、《尔雅翼》释名、李时珍《本草》集解

苏轼《送郑户曹赋席上果得榧子》咏曰："彼美玉山果，粲为金盘实。瘴雾脱蛮溪，清樽奉佳客。客行何以赠，一语当加璧。祝君如此果，德膏以自泽。驱攘三彭仇，已我心腹疾。愿君如此木，凛凛傲霜雪。斫为君倚儿，滑净不容削。物微兴不浅，此赠毋轻掷。"

叶适《蜂儿榧歌》诗云："平林常榧啖俚蛮，玉山之产升金盘。其中一树断崖立，石乳荫根多岁寒。形嫌蜂儿尚粗率，味嫌蜂儿少标律。昔人取急欲高比，今我细论翻下匹。世间异物难并兼，百年不许赢栽添。余某何为满地涩，荔子正复漫天甜。浮云变化嗟俯仰，灵芝醴泉成独往。后来空向玉山求，坐对蜂儿还想象。"

图2：《古今图书集成·博物汇编·草木典》之苏轼《送郑户曹赋席上果得榧子》

前面这两位诗人由于都曾亲近越地和古香榧，所以对香榧有着独到的感悟和情怀。苏轼不仅写了"玉山果"（香榧）的珍贵和榧树生长之地的良好生态环境，还以诗人的感悟赋予香榧"凛凛傲霜雪"的崇高品格。叶适咏唱了香榧之"世间异物难并兼，百年不许赢栽添"，"浮云变化嗟俯仰，灵芝醴泉成独往"的高洁品性。香榧树所结果实香榧子，历来被认为是坚果中的上品，不仅是疗治五痔、去三虫、治落发的良药，而且是赠送朋友和宾客的珍贵礼品。

可惜，现当代以降，100年来，我国的人文学者和作家、诗人，很少有人涉足香榧这一领域，更没有人在会稽山地区对香榧及其民间文化作过系统的调查，甚至连20世纪80年代以来的25年间所进行的"中国民间文学集成"（民间故事、歌谣、谚语三套）大调查，都未能提供本应提供的相关记录材料。聊可安慰的是，进入21世纪以来，随着人类学的理念与方法逐渐进入人文社会科学领域并发挥作用，作家学者们也开始对香榧投以关注的目光。著名科普作家、中国自然博物馆前副馆长黎先耀于2001年发表了散文《枫桥香榧》[1]，2010年浙江作家协会举办了"冠军香榧杯"全国微篇文学征文，一向被文学界忽略的香榧及其民俗文化开始进入了文人的视野。从2003年我国开展政府主导的非物质文化遗产保护工程以来，笔者只在"国家非物质文化遗产·诸暨文化丛书"之一的《西施传说》这本书里，读到一则由叶小龙搜集整理、实际是"写定"的香榧传说《西施眼》。[2]因此，我们有理由认为，绍兴市文广局、绍兴市非物质文化遗产保护中心于2012年4月主持的"会稽山古香榧（民俗和传说）田野调查"所发现的"活态"的香榧传说，填补了我国民间文学调查搜集的空白。香榧传说的被发掘，近20多年来我国和日本的学者合作进行的"越系文化"的调查研究[3]，特别是9年以来我国政府启动的非物质文化遗产保护工作，在碎片化了的"越系文化"中展露出了一片新的景观。

一、香榧：又一个"中华人文瓜果"

据资料，香榧的主产地在江苏南部、浙江、福建、江西、安徽、湖南、贵州等地，以浙江诸暨赵家、绍兴稽东、嵊州谷来、东阳（磐安）等地分布最多。通过绍兴市文化主管部门2012年4月的这次摸底调查，大致可以确认，在会稽山周边地区一带，至少在诸暨市、绍兴县、嵊州市的一些香榧树群密集分布的乡镇，在经历了极其漫长的口耳相传的历史发展后，形成了一个以香榧树和香榧子为中心主题或原型的别具特色的民间口头传说群，我们不妨沿用"文化圈"的理论，把这个传说群流传的地区称作"香榧传说圈"。传说圈（文化圈、文化区）其实就是我们现在所说的"文化生态保护区"，不过香榧传说圈要保护的对

---

① 黎先耀：《枫桥香榧》，《绿叶》2001年第1期。
② 《西施眼》，张尧国主编：《西施传说》，杭州：中国美术学院出版社，2006年，第16页。
③ 铃木满男在其主编的"越系文化新探丛书"（浙江人民出版社，1990—1992年）的"小序"中说："越文化发源于古越地一带，随着人口迁徙等原因逐渐向外扩散，至今浙江、福建、台湾乃至朝鲜及日本许多地区的乡俗中仍留存着明显的越文化遗痕。近年，铃木满男、国分直一、直江广治等日本著名学者运用比较民俗学的研究方法，对域外越文化流播地区进行综合的考察研究，取得令人瞩目的成就，开拓了越文化研究的新领域。"

象,是有关香榧树以及香榧子的种种传说而已。这个传说圈的边界划在哪里,还有待于进一步的调查,才能作出科学的界定,但现在不妨把行政区划绍兴市范围内的诸暨市、绍兴县、嵊州市3个市县的一些乡镇,如诸暨市的枫桥镇、赵家镇、东白湖镇、东和乡,绍兴县的稽东镇,嵊州市的谷来镇、竹溪镇、王院乡、雅璜乡、通源乡、长乐镇等,作为这个传说圈的中心区,开展深入的调查采录。说这是一个狭义的香榧传说圈,也无不可。如果我们把21世纪的今天还在这个传说圈里流传的香榧传说(即常说的"活态的传说"),在全面调查的基础上,采用笔录、录音、录像等手段,科学地记录下来,不仅使香榧传说这一刚刚被发掘出来的传统非遗项目得到很好的保存,还可以印成书籍,制成光碟,以其"第二生命"让更为广大的读者了解,为中华传统文化增加一份此前未知的鲜活的资料,如此,将是我们这一代文化人对中华文化史重构的巨大贡献。这一地区是古越之地,香榧传说的搜集、记录、传播和研究,无疑也是对由于人口迁徙等原因而碎片化了的"越系文化"重构的一个重要方面。

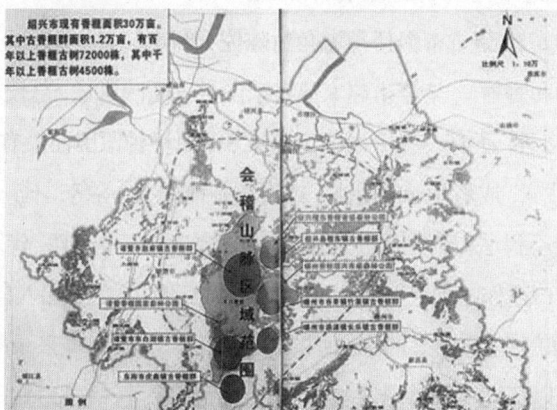

图3:香榧传说分布图

会稽山一带的广大世居榧民创作和传播的香榧的传说,穿过跌宕起伏、剧烈动荡的漫长历史而延续到21世纪的今天,特别是在当代全球化、现代化、城镇化、信息化的巨大冲击下,大量的民间文学和民间文化因其生存与发展的基础——农耕文明条件的削弱乃至丧失而无一例外地处在式微状态中,而香榧传说还能借助于香榧树和香榧子这两种物质的载体,仍然以口头的方式在民间流传,实在是一件幸事,也因此值得我们珍惜。笔者对调查报告《绍兴市会稽山古香榧田野调查汇集本》中所涉及的田野材料略作梳理和分析,起码读到了9个相对完整的传说。这些传说是:

(1)《七仙女、五通岩与香榧》,嵊州市通源乡松明培村裘先生讲述,钱增方、张小英、史庭泉记录。

(2)《金榧变香榧》,嵊州市长乐镇小昆村马昌樵讲述,钱增方、史庭泉记录。

(3)《香榧的来由》,嵊州市长乐镇小昆村郭书念讲述,钱增方、张小英、史庭泉记录。

(4)《香榧的名讳》,嵊州市长乐镇小昆村小昆讲述,钱增方、张小英、史庭泉记录。

(5)《西施眼的由来》,嵊州市长乐镇小昆村郭大伯、马小昆讲述,钱增方、张小英、史庭泉记录。(异文:《西施眼》,叶小龙记录,诸暨市《西施传说》,中国美术学院出版社。)

(6)《王羲之提笔书"香榧"》,绍兴县稽东镇高阳村黄永标讲述,俞国荣记录。

(7)《香榧的来历》,绍兴县稽东镇占岙村黄望土讲述,俞国荣记录。(异文:《香榧的来历》,诸暨市浣江小学老师钟秀萍记录,网上材料。)

(8)《香榧传奇》,诸暨市枫桥镇海角村陈佐天写定。

(9)《走马岗和香榧》,诸暨市赵家镇宣家山村宣曙映讲述,赵校根记录。

在这些传说之外,还有一些传说的记录文本,因种种原因而没有进入我的视野,它们或者还仅仅是个线索,或者记录不完整,或者与香榧无关,等等,不一而足。如果深究其原因,大多是调查者不得法,采录不科学,不符合"真实性、科学性、代表性"的民间文学调查原则,不是根据口述作的记录,而是调查者根据自己的记忆而加入自己的思想,用自己的语言(知识分子语言)创作出来的等。如果能够在下一步的调查采录中以科学的态度重新加以搜集采录,可以预期一件件合乎要求的成品。

我把流传于会稽山地区的香榧传说,称作传说类中的"地方风物传说"。25年前,在我国民间文学三套集成编纂工作的时代,总编辑部曾经组织力量撰写了一本《中国民间文学集成工作手册》,实际上是全国参与其事的人员共同遵守的工作规范。手册把传说分为8类:(1)人物传说;(2)史事传说;(3)地方传说;(4)动植物传说;(5)土特产传说;(6)民间工艺传说;(7)风俗传说;(8)其他。作者在阐释中称:8类常常有交叉,如史事传说与人物传说就很难截然分开,地方传说、土特产传说、风俗传说也很难与历史人物传说无缘,这种区分是相对的。[①] "三套集成"作如此细的分类,是考虑到编书的需要,因为如果类别太大、作品多,就难于编排,而类小一点细一点,就会相对好编排一些。

中国的文化之所以自然地形成为若干区域文化,如吴越文化、齐鲁文化、燕赵文化、荆楚文化、秦晋文化等,就是由口语方言、风俗习惯、精神气质等的差异决定的。一个地区的地方风物传说之所以凸显,也是由当地的山川地貌、气候物候、口语方言、精神气质、人文传统的不同造成的。我认为将地方风物传说单列为传说中的一个小类,较为符合中国民间文学的实际情况。一些高等学校撰写的教学用的教科书,如钟敬文主编的《民间文学概论》(上海文艺出版社,1980年原版),正是这样做的,即把地方风物传说单列为一类。钟敬文主编的《民间文学概论》这样阐释地方风物传说的内容和特点:

> 这类民间传说叙说地方的山川古迹、花鸟虫鱼、风俗习惯或乡土特产的由来和命名。它们同解释性的神话相似而又不同。第一,神话解释的主要是具有普遍性的自然现象,如天地日月和人类的起源等;传说大都是解释某个特定的地方事物,如某山某水某树某兽等。第二,神话解释事物来源主要通过幻想方式;传说则往往通过日常生活的方式,尽管也可能包含幻想成分。第三,原始人对解释性神话信以为真;传说一方面由于附会于实际事物而显得像真有其事,另一方面在可信的问题上呈现出复杂的情况……说的人和听的人都未必尽信,也未必都不信。
>
> ……………
>
> 民间风物传说,通过把自然物或人工物历史化或人格化,使它们和人民生活融为一体;对风俗习惯也给以饶有兴味的解说。它们的产生,说明劳动人民既有传述历史的严肃意愿,又有健康丰富的生活情趣和无比活跃的艺术想象力。[②]

地方风物传说的一个基本的特点是其解释性,即对所说的风物的由来、名称、特征、形体作出解释。因为要解释,所以一般是有头有尾,或加入人物、事件、地点、过程等外在的但又是必然的环境描述和叙事。由于地方风物传说大多是附着于现实世界里某种实有的风物,因而风物传说对风物的解释,也就大体上不会脱离这些风物的本体和品性,或者

---

① 中国民间文学集成总编辑部办公室编印:《中国民间文学集成工作手册》,1987年,第76页。
② 钟敬文主编:《民间文学概论》,上海:上海文艺出版社,1980年,第195—196、198页。

说以现实中的事物为本,但细细分析起来,又会发现,地方风物传说对地方风物的解释,又并非都是或大多不会是科学的,而更多的是艺术的,因为这些进入人们头脑中的风物,大多是与他们的生活息息相关,人们自然地会赋予它们更多的同情和关爱,赋予它们超现实的美丽的品质和有益于人的功能。现实中不能实现的东西,一旦进入形而上的创作领域,便平添了更多的想象,嵌入了人们的超越现实的憧憬和愿望。这也就是恩格斯在论述《德国的民间故事书》时所说的:"民间故事书的使命是使一个农民做完艰苦的日间劳动,在晚上拖着疲乏的身子回来的时候,得到快乐、振奋和慰藉,使他忘却自己的劳累,把他的硗瘠的田地变成馥郁的花园。民间故事书的使命是使一个手工业者的作坊和一个疲惫不堪的学徒的寒伧的楼顶小屋变成一个诗的世界和黄金的宫殿,而把他的矫健的情人形容成美丽的公主。但是民间故事书还有这样的使命:同圣经一样培养他的道德感,使他认清自己的力量、自己的权利、自己的自由,激起他的勇气,唤起他对祖国的爱。"[1]香榧的传说正是承担了这样的一些使命的民间文艺作品。这一点,即使在现有的数量和题材都还很有限的香榧传说中,也已经可以看得很清楚。

根据调查所提供的线索,这个"香榧传说圈(文化圈)"中流传的香榧传说,其题材和内容,以及所反映的思想(有的是明显的,有的是遮蔽着的)应该是很广泛的。至少包括下面5个方面的作品:

(1)有关香榧树渊源和香榧子由来的传说(如"榧王"和香榧由来的传说)。如,绍兴稽东镇流传的一个传说:香榧是天女从天庭偷到凡间来的。偷香榧的天女下凡,因而受到了天帝的惩罚,她的双眼被挖出并扔到了香榧树苗上,故而每一个香榧果上都有一对小眼睛,那就是那个被天帝处死的天女的眼睛。诸暨枫桥流传的一个传说说:嫦娥欲下凡人间,与凡人结为夫妻,玉皇大帝成全了她的痴心,给她香榧树和佛手树作为嫁妆,于是人间才有了香榧树。香榧被广大民众赋予了神圣性和灵异性。嵊州市通源松明培村流传的传说说:是玉皇大帝的小女儿七仙女给人间送来两粒香榧种子。因此,七仙女受到当地榧农的崇尚和祭祀,山岩上的小庙和七仙女所享受的香火,表明了人们不忘给他们带来香榧种子

---

① 恩格斯:《德国的民间故事书》,马克思、恩格斯著,米海伊尔·里夫希茨编:《马克思恩格斯论艺术》(四),曹葆华等译,北京:人民文学出版社,1966年,第401页。

的七仙女。在通源，七仙女的故事与全国各地其他地方的七仙女故事迥然有异。

（2）带有神圣性的传说（如关于嫦娥、娥皇、女英等与香榧传衍关系的传说）。

（3）神话人物和历史人物（如舜、西施、秦始皇、王羲之等）传说。舜的传说是浙东地区的重要神话人物传说或历史人物传说之一。舜的贤能传为美谈。唐《括地志》引《会稽旧记》云："舜，上虞人，去虞三十里有姚丘，即舜所生也。"神话说，尧禅位于舜，尧的儿子朱丹起而与之争夺皇位，发动争乱。谦让的舜避之于故里上虞。回乡途中为大水所阻，一头大象从林中出来背舜过江。平朱后，百官来会，请舜继皇位，舜为迎接百官而修筑桥梁（百官桥）。《风土记》："虞即会稽县。"与今上虞近邻的绍兴县稽东镇流传的一则传说，将舜躲避朱丹于上虞的神话传说附会上本地的内容，成为一个生动的香榧传说：舜为了躲避朱丹的迫害而与娥皇、女英遁入会稽山腹地，靠采摘野果度日。舜下会稽山会百官，两位妃子饥饿难当，突闻远处飘来异香，循着香味走去，但见一位老妪正在用石锅炒干果，并告之其为"三代果"。原来这位老妪正是舜的母亲，当她得知娥皇、女英身陷困苦时，便下凡来以"三代果"搭救她们。于是，两妃子把"三代果"种子种植在当地。舜死后，两位妃子投湘江而死，后人以"湘妃"相称，于是会稽山一代的榧民便移花接木，把她们种下的"三代果"也称作"湘妃"，久而久之，"湘妃"衍化成了"香榧"。

（4）地方风俗传说。如嵊州市竹席乡明珠庙会的传说。

（5）地方风物传说。如五通岩与香榧的传说。

二、"中华人文瓜果"传说

在我国政府主导下进行的非物质文化遗产保护工作中，对珍贵的项目和濒危的项目作抢救已成共识。香榧传说在普查中被发现和记录，是地方政府和民众文化自觉得到提高的表现。就其在中国文化中的重要意义而言，笔者以为，香榧堪称是继人参、葫芦之后的第三个"中华人文瓜果"，而香榧的传说，也就理所当然地可以称作第三个"中华人文瓜果"传说。

历数"中华人文瓜果"，不能不首先提到长白山和大兴安岭中的人参。记得20世纪五六十年代，在吉林省通化地区长白山密林里流传的人参故事（传说）陆续被地方文化人记录下来，并接连在首都的报刊上发表，一下子引起了广大读者的浓厚兴趣和广泛关注，挖参人及其命运、挖参故事，以及充满了幻想色彩的人参娃娃、棒槌姑娘、小龙参等奇异诡谲的形象，在万千读者面前展现了一个深邃、陌生而有趣的世界。人参故事误打误撞地成为了第一个"中华人文瓜果"传说，并且一时间风靡了中外知识界。人参故事的发掘和张扬，不仅得益于《民间文学》杂志的发布与宣传，而且也得益于人民文学出版社和中国民间文艺出版社的援手，这两家出版社各自出版了一本《人参的故事》，把这段历史公案记录在了纸上。

几十年后的1996年，中国东方文化研究会在北京召开"民俗文化国际研讨会"，主题是葫芦文化。从《诗经》里的"绵绵瓜瓞，民之初生"的诗句，到在大洪水中人烟灭绝时，借助葫芦得以逃生的兄妹二人经过种种考验而结为夫妻、绵延后代的神话传说，给葫芦赋予了深厚的人文内涵，葫芦成为中外学者关注的一个焦点。当时健在的钟敬文先生在会上首次把葫芦定名为"中华人文瓜果"，最是引人注目。商务印书馆还在"东方文萃"书系下出版了一本《葫芦与象征》，把第二个"中华人文瓜果"的公案定格在了书中。

香榧，是古越之地或所谓"越系文化"的一个代表性文化符号，我愿意把香榧传说称为在人参传说、葫芦传说（洪水传说）之后的第三个"中华人文瓜果"传说。

三、进行一次专题调查

民间文学是一个民族的非物质文化遗产中最基本的，也是最主要的门类和领域之一，是民众口传心授、世代相传、集体创作、集体享用的口头语言艺术。在联合国教科文组织2003年10月17日通过的《保护非物质文化遗产公约》和我国政府公布的《国家级非物质文化遗产名录》（第一批）中，"民间文学"都是列在第一位的。20世纪80年代我国曾经进行过一次民间文学的普查，2005年6月开始的全国非物质文化遗产普查又对民间文学进行了一次跟踪式的调查。跟踪调查每隔几年进行一次重复调查，是国际民俗学的一种重要的、普遍采用的调查方法。普查10年之后，再作一次全面的调查，如古人所说的"可以达下情而宣上德"（清代刘毓崧《〈古谣谚〉序》），对于了解民心、研究国情（现代化进程对社会进步的推动和社会价值观的变化）是十分必要的，而且从非物质文化遗产的嬗变本身来研究文化移动的规律也是十分必要的。与2005—2009年的全国非物质文化遗产普查不同，我们即将在会稽山地区进行的香榧传说调查采录，应当是一次专题调查，即围绕着一定主题和预定目的的调查。

民间文学的专题调查，在我国，60年来，各地进行过多次，已经积累了丰富的经验。本次香榧传说专题调查，其目的，笔者设计为两个，供大家讨论和参考：(1)摸清会稽山地区古老的香榧传说在当代社会中的生存和流传状况，从而探讨和制订保护措施；(2)挖掘和发现优秀的故事家（传承人），收集相关的民俗文物和民间抄本、印本。

下面笔者就这次专题调查的理念和方法谈点意见，供讨论。

(一)文化理念与指导思想

专题调查一般都预设一个调查的主题（专题），比如我们要调查和采录的是与香榧树和香榧子有关的传说。要想在规定的时间里最好地完成预定的主题和达到既定的目标，就必须要求所有参与调查的人员遵守一个共同的理念。这个理念，简单说来，不外下面的4点：

第一，民间文学不是一种孤立的现象，而是一定地域文化及其叙事传统的一部分。你所面对着的被采访人，不是随机碰到的任何一个人，而是经过选择的故事家或歌手。一般说来，他在村子里是个能说会道的人，是掌握地方传统较多或最多、较系统或最系统的人，但他的讲述，肯定是地方叙事传统下的一种个人的叙事，而个人叙事又是有个性的，也就是说，有个人创造因素的。但任何有才能的人，他的讲述，从内容到风格，又绝对离不开地方传统，除非他是个最近来到此地的外来者，如打工者、过路的客人。因此，要求调查人员在采录传说故事时，尽可能地同时记录下与讲述者所述的传说故事相关的环境材料，如讲述者的身份、年龄、性别、地点（在家里还是在学校、村委会办公室，有没有听众等），以及与故事有关的文化、民俗。比如，会唱戏的人、走南闯北的人、做买卖的人，他们在讲述时不仅语言华丽、眉飞色舞、引人入胜，也可能会随时附会上一些本地叙事传统中没有的东西。而那些没有走出过本村本地的人的讲述，则是另一种风格，他们也许更多地恪守或继承了本地传统，在讲述的语言上，也往往以朴实平易见长。如果是一个妇女，她的讲述，其情节的简繁可能与她的娘家的地方叙事传统有关，她的身世、遭遇也可能给她的故事以显著的影响。我们现在有了摄影、录音、录像等现代化的技术手段，完整地记录讲述者的讲述环境和讲述文本的相关材料，已经不再是难事了。

第二，讲述文本的现代性。我们要调查的，是现代社会条件下亦即21世纪第一个十年，仍然"活"在老百姓口头上的民间传说故事。民间文学不是与社会绝缘的，不是一成不变的，而是随着客观社会环境和人文环境的变化而发生着或快或慢的嬗变的。客观社会环境的变化，指的是在全球化、现代化、城镇化、信息化条件下生产方式、居住模式等的变化，过去那种自给自足的农耕生产方式开始发生深刻的转型，过去聚族而居的那种村落式聚落在很多城镇化了的地方也已成了往事。人文环境，指的是中国的血缘家族制度和与之相适应的一整套礼俗制度，这个环境也在逐渐改变甚至消失。也就是说旧日的那个"乡土中国"已逐渐退出我们的视野。这些变化是深刻的，给长期以来作为"乡土中国"里的老百姓的主要精神文化的民间文学（民间传说故事），从语言的变迁开始，逐渐注入一些"异类"的思想观念，使之发生令人惊异的变化。我们所要记录的民间传说故事，是21世纪第一个十年还在口头上传播的作品，这些口述作品中必然地会反映这个时代的巨变和面貌，但这巨变和面貌是通过生活在乡土社会中的老百姓的口述描述的，而不是那些见多识广的干部、退休的公职人员笔下的巨变和面貌。我们常常看到一些假托某农民讲述的传说，却是一些文绉绉的书面语言，以及与土生土长的村里人无缘的叙事方式和知识分子腔调。

民间文学的调查，要求记录下来的文本反映和适应现代性，但这个现代性是老百姓的现代性，而不是知识分子和政府官员设定的现代性。具有现代性的记录文本，与过去时代的记录文本之间既有连续性，也存在一些差异性，人们从这种差异性中，可以了解和研究中国的基本成员——农民在现代化条件下生活的变迁和文化的嬗变，亦即"乡土中国"的变迁。

总之，采集当下时代还在民众中流传的民间文学作品，是本次香榧传说调查采录的最基本的任务，因为提供不出当代还在民间流传的传说故事的记录文本，就使这次调查失去了意义。而有了当代流传的民间文学作品及与其相关的民俗文化事象的忠实记录，就保存下了当代所流传的香榧传说故事的时代面貌，从而也就为根据民间作品所提供的和折射出来的社会的和精神的资讯研究民众的思想和世界观提供了可能，为制订、实施和修订保护规划，为党和政府制订文化政策，提供了必要的依据。

第三，遵守科学性、全面性、代表性三原则。据我的理解，科学性是调查采录，特别是专题调查采录时的主要指导原则。所谓科学性，其核心就是真实性。真实性，就是按照民间文学作品在流传中的形态，真实地、不加修饰、不加歪曲地将其记录和描述下来，不要以自己的想象或凭自己的知识和爱好去篡改民间文学作品。从以往的情况，特别是20世纪80年代的调查来看，主要的倾向是后者，即不愿意下苦功夫作实地调查、忠实记录，或随意按照自己的意愿和趣味，或按照当前的政治口径和政策要求乱改乱编，随意拔高民间文学作品的所谓思想性和艺术性，不能提供民间流传的原汁原味的调查资料。当下学术界和媒体上对过去的某些调查资料的非难，也主要是否真实这一点上。只有符合真实性要求的调查材料，才算达到了科学性的要求。

所谓全面性，即在调查和采集的过程中，以历史唯物史观为指导，坚持全面调查和采录，避免教条主义和机械主义，避免主观地、轻易地舍弃一些一时间被认为没有价值的作品或材料。

所谓代表性，指在普查中，任何人都不可能对一切民间文学现象平均使用力量，要善于在一个地区的范围内，发现哪些形式、哪些作品、哪些类型是有代表性的，抓住了这些形式、作品、类型，也就抓住了主流的或主要的东西。而在后期的编纂工作中，不大可能有闻必录，而会从中遴选那些有代表性的文本。

只有把科学性、全面性、代表性三者结合起来、统一起来，符合这"三性原则"的调查和采录成果，才经得起历史的检验。

第四，处理好数据和文本的关系。在民间文学的专题调查中，一定的数据是需要的，但不可能用数学的统计法（量化）解决一切问题，故而要求采录者在采录时忠实于具体的讲述者、传承者、表演者的讲述和表演，只有出自他们之口和他们之手的作品，才能代表他们和他们所属的那个群体的一般思想观念和审美取向。

口头文学是民众的语言艺术，它通过语言、思想、形象、智慧而具有教化作用，即古代文艺理论说的"文以载道"。口头文学又与一般的文学不同，是一种特殊的文学，不能用纯文学的原理和艺术的审美标准来衡量，因为它与人类生存的其他生活形态粘连或融合在一起。尽管"类型化"是民间作品的一个普遍性特点，但出自不同性格、不同气质、不同人生观的故事讲述家讲述的故事，和不同性格、不同气质、不同人生观的歌手唱出来的民歌，在语言叙事的方式、词语所表达的文化意义涵、细节的铺叙、幽默感等方面，往往表现出迥异的特点。故而在记录他们的讲述和歌唱时，要尽可能忠实于他们讲述或演唱的语言（包括方言土语）、音乐，尽量避免用通行的官话或采访者自己的语言，替代讲述者的讲述语言。保持记录的准确性和真实性，就能得到有个性、有风格的民间作品的文本。这是民间文学调查的基本要求，也是考察调查者的基本功的主要指标。

也就是说，一个记录文本必须是在讲述者讲述现场记录的文本，而不是搜集者闭门造车编造出来的文本，也不是一个作家个人的创作。民间作品的特点是，同一位讲述者的每一次讲述，都是一个独立的文本。这一次的讲述与上一次的讲述可能在大的情节结构上是一样的，但细节上、语言上就会出现差异。适宜的环境，譬如讲述者的精神状态好，或听众呼应互动好，等等，激发着讲述者，使他可能讲述出一个情节丰富、语言生动、与众不同，也与他自己过去的讲述不同的精彩的故事作品，这是常有的事。一个文学作者要创作出一个自己满意的文学作品，一个摄影工作者希望拍摄到一帧自己满意的照片，往往要花费常人无法想象的艰苦劳动。一个民间文学的调查采录者，理所当然地要追求到一个最好的文本，但这往往是可遇而不可求的。传统的民间故事大半都有一个古老的原型，一代一代故事家用自己的演绎，修改着从前辈那里传承下来的讲述文本，每讲一次，可能出现繁简不一的情况。而对于一个成熟的故事家来说，他总会给传承下来的传说故事增添上一些属于自己的新东西。

(二) 到现场去! ——实地调查

民间文学的采录不是书斋里的工作。田野调查和观察研究业已逐渐成为世界上不同国家和不同流派的民间文学研究者和民俗学者共同的观念和方法。实地调查是民间文学采录的最基本的也是最重要的方法，不到现场作实地调查的，不能算是真正的民间文学采录。

实地调查，就是要与调查对象、讲故事的人面对面地访谈，采访、记录、记述故事家、歌手讲述或演唱的民间口头作品，并搜集与民间文学口头流传状态相关的民俗背景。

现在有些民间文学工作者以为自己就是本地人，自己也掌握很多神话、传说、故事和歌谣，他们不愿意到现场去对那些掌握神话、传说、故事、歌谣较多的普通老百姓中的优秀故事家、歌手作调查，不向他们采录口头作品，而是根据自己头脑里的那些故事梗概进行写作。这种状态实在是中国式的中小知识分子的一种病态的心理。且不说民间文学是指下层普通老百姓的口头语言创作这个基本的理念，单说这样的出自知识分子之手的个人创作，与优秀的民间故事家的讲述相比，一眼就能看得出来它的蹩脚。一是知识分子的那种扭捏作态的文风和故作高深的用语；二是曲意的编织无法掩饰故事情节的编造和破碎；三是过多过细的心理描写是与民间作品的叙事风格绝对无缘的。还有其他方面，不一而足。

　　民间文学作品文本的获取，主要的途径是：到田野去！到民间去！到现场去！会稽山地区流传的香榧传说的"活态"文本的获取，也不例外，要靠文化工作者的扎实的实地调查。

2012年8月5日

本文原载于《西北民族研究》2013年第2期。

嘉果之枣的象征意涵及其嬗变

据考古发掘，枣在中华大地上的历史，可溯源至7000—8000年前的裴李岗文化时期，栽培历史至少也有3000年了。早期的栽培地主要分布在黄河中下游的陕西、山西一带，渐及河南、河北、山东等地区。汉代以后，枣的栽培地区逐渐扩大。到近代，除上述地区外，东北三省、甘肃、宁夏、青海、新疆、内蒙古等省区，也都有出产。但无论从文献记载看，还是从现代报道来看，枣都是我国北方居民的重要果品之一，也是中华民族广泛认同的嘉果之一。

一、妇人之贽与早起战栗

文献中关于枣的记载颇为丰富，大多收集在历代辑录出版的类书之中，如唐代徐坚辑《初学记》、宋代吴淑撰《事类赋注》、明代陈耀文撰《天中记》（《四库类书丛刊》）、清代张英等纂修的《渊鉴类函·果部》、清代蒋廷锡等编纂的《古今图书集成·博物汇编·草木典》等。这些记载，大体说来可分为两类：一类是枣的生物品性和食用功能，另一类是枣的人文品性和象征意涵。

在诸多的记载里，徐坚《初学记》所辑早出，材料不如后来辑录者和增补者辑录得那样繁多，但对汉唐以前对枣的记述，不仅罗列清楚，而且显示了汉唐之前有关枣的种种人文观念。《初学记》卷28 "枣第五" 的记述如下：

> 《尔雅》曰：枣，壶枣，遵羊枣，洗大枣，蹶泄苦枣，皙无实枣，还味稔枣。枣李曰虆之。《周官》曰：馈食之笾其实枣。《毛诗》曰：八月剥枣。《礼记》曰：妇人之贽，椇榛脯修枣栗。又曰：枣曰新之，栗曰撰之，桃曰胆之，楂梨曰钻之。食枣桃李，不致于核。①

---

① 徐坚等辑：《初学记》（下），北京：京华出版社，2000年，第463—464页。

从徐坚的记述来看，《尔雅》和《毛诗》对枣的记述，可算是最早的了。如果就古籍中追述古事而言，后出的《邹子》里说："燧人氏夏取枣杏之火。"对照裴李岗文化出土的枣炭化石遗存，也可聊备一格，后人想象先民钻木取火所以用枣木和杏木，大概是因为黄河流域生长的枣树和杏树木质坚硬的关系，但毕竟还是缺乏考古学直接证据的支持。

周代赋予枣的文化意涵，以《礼记·曲礼》所记"妇人之挚，椇、榛、脯、修、枣、栗"为代表。《曲礼》注说："妇人无外事，见以羞物也。"何注《公羊传》："礼，妇人见舅姑，以枣、栗为挚；见女姑，以腶、脩为挚。"《正义》解释说："妇人唯初嫁用挚以见舅姑。椇，即今日之白石李也，形如珊瑚，味甜美。脯，搏肉无骨而曝之。脩，取肉锻治而加姜桂，干之如脯。所以用此六物者：椇，训法也；榛，训至也；脯，始也；脩，治也；枣，早也；栗，肃也。后夫人以下，皆以枣、栗为挚，取其早起战栗，自正也。"[1]男人馈赠所用之赘，与女人不同。《左传·庄公二十四年》："御孙曰：'男赘，大者玉帛，小者禽鸟，以章物也；女赘，不过榛、栗、枣、脩，以告虔也。'"《国语·鲁语上》也有大体相同的叙述。

周代婚礼分正婚礼和婚后礼两个阶段、两种仪式。在正婚礼之后，新妇拜见舅姑，行婚后礼，赠送枣栗等为礼物。据邓子琴先生《中国礼俗纲要》记载，在中国古代，正婚礼之后，尚有极重要的婚后礼必须要进行，其意即新妇还有其他家属关系，应予见面，以"正名定分"。而诸多家属中，最重要者便是舅姑。拜见舅姑之礼如下：

一、妇见舅姑　翌日妇见舅姑（随文注：所以须翌日方见者，以有夫妇关系，而后有舅姑与新妇关系，此举实深有旨。惟宋儒已多不了此意，观朱子之评温公伊川，可以知之），凤兴，妇沐浴、纚笄、绡衣、以俟见。质明，赞见妇于舅姑。席于阼。舅即席。席于房外，南面，姑即席。妇执笲，枣栗（随文注：笲竹器而衣者，枣栗象征严敬之意），自门入，升自西阶、进拜、奠于席（随文注：奠之者，舅尊，不敢授也）。舅坐抚之、兴、答拜。妇还又拜。降阶、受笲、腶脩（随文注：腶脩象征振作之意）、升、进北面、拜、奠于席、姑坐举以兴、拜、授人。于是赞醴妇，仪式始毕。古代挚简而意重，且又专注，不若后代之泛也。……

二、妇馈舅姑……

三、舅姑飨妇……

---

[1] 朱彬撰，饶钦农点校：《礼记训纂》（上），北京：中华书局，1996年，第75—76页。

　　四、舅飨送者……

　　五、姑飨送者……①

　　"昏（婚）后礼"之重要，目的在达到重责妇顺，即顺于舅姑、和于室人、当于夫君。《礼记·昏仪》对这一目的说得十分清楚完整：

> 　　昏礼者，将合二姓之好，上以事宗庙，而下以继后世也。故君子重之。是以昏礼纳采、问名、纳吉、纳征、请期，皆主人筵几于庙，而拜迎于门外。入，揖让而升，听命于庙，所以敬慎重正昏礼也。父亲醮子而命之迎，男先于女也。子承命以迎，主人筵几于庙，而拜迎于门外。婿执雁入，揖让升堂，再拜奠雁，盖亲受之于父母也。降，出御妇车，而婿授绥，御轮三周，先俟于门外。妇至，婿揖妇以入，共牢而食，合卺而酳，所以合体同尊卑以亲之也。敬慎重正而后亲之，礼之大体，而所以成男女之别，而立夫妇之义也。男女有别而后夫妇有义，夫妇有义而后父子有亲，父子有亲而后君臣有正。故曰："昏礼者，礼之本也。"……夙兴，妇沐浴以俟见。质明，赞见妇于舅姑，执笲、枣、栗、腶、脩以见。赞醴妇，妇祭脯醢、祭醴，成妇礼也。舅姑入室，妇以特豚馈，明妇顺也。厥明，舅姑共飨妇，以一献之礼奠酬，舅姑先降自西阶，妇降自阼阶，以著代也。成妇礼，明妇顺，又申之以著代，所以重责妇顺焉也。妇顺者，顺于舅姑，和于室人，而后当于夫。以成丝麻布帛之事，以审守委积盖藏。是故妇顺备而后内和理，内和理而后家可长久也。故圣王重之。②

　　在古代，民俗成为礼制的一部分者，以婚礼中的民俗为最明显，如男女和合饮食，融入礼中，即成同牢合卺。新妇以枣、栗等为贽拜见舅姑习俗的背后，又暗含着或遮蔽着对妇女社会地位的限定和束缚：男女有别，妇女的行为受到严格的限制，要随时以枣、栗所暗示的"早起战栗"观念来"自正"自己、约束自己。

　　周代形成的这种婚礼之制，到两晋发生了剧烈的变革。"六礼"被省并和简化了，形成了"三日妇拜时妇"的新俗。"三日妇"即举行婚礼同居3日后，夫妇关系便告成立。于是回娘家居住，即现在西南地区有些少数民族的不落夫家之俗。"拜时妇"即举行过婚礼后回娘家居住的女子，于新岁或吉日，以纱蒙面，至男家去拜见舅姑。此后，男家可随时接回同

---

① 邓子琴：《中国礼俗学纲要》，南京：中国文化社，1947年，第56—58页。

② 陈澔注：《礼记集说》，上海：上海古籍出版社，1987年，第324—325页。

居。女子拜见舅姑，即谋求得到男家及其家族关系的承认，以达到在男方家庭中明确其"重责妇顺"的契机，已不再是在正婚礼后3日举行的"婚后礼"中完成。到唐末五代乱世，婚礼之变革更为剧烈。

这种婚仪中男女有别，新妇以枣栗拜见舅姑的习俗，何时发生了根本性的变化，有待另作研究。

二、祝生男

新妇馈赠舅姑枣栗的习俗，在汉以后仍然被流传下来，但逐渐失掉了原意而被赋予了新义，兴起于汉代的"撒帐"习俗中，枣、栗被赋予了与馈赠舅姑不同的喜物象征的意义，即"祝多男"，暗喻早生贵子、多生贵子。

"撒帐"习俗起于何时何因，向有两说：一说以宋代高承撰《事物纪原》和明代王三聘撰《古今事物考》为代表，主张始于汉之翼奉；一说以《戊辰杂钞》和清赵翼撰《陔余丛考》为代表，主张始于汉武帝。而《戊辰杂钞》被学界认定是"撒帐"第一次见诸载籍。[①]

高承《事物纪原·吉凶典制部·撒谷豆》载："汉世京房之女适翼奉之子。奉择日迎之，房以其日不吉，以三煞在门故也。三煞者，谓青羊、乌鸡、青牛之神也。凡是三者在门，新人不得入，犯之损尊长及无子。奉以谓不然，妇将至门，但以谷豆与草禳之，则三煞自避，新人可入也。自是以来，凡嫁娶者，皆置草于门阃内，下车则撒谷豆，既至，蹙草于侧而入，今以为故事也。"[②]而《戊辰杂钞》也有类似的记载："撒帐始于汉武帝。李夫人初至，帝迎入帐中共坐，饮合卺酒，预戒宫人遥撒五色同心花果。帝与夫人以衣裾盛之。云得多得子多也。"[③]

对于这两则古代婚礼仪式的记述，论者袁洪铭指出，撒帐和撒谷豆是两回事，所喻之意也不能相提并论："综观上列两则，可见高、王（指高承和王三聘，此处不引——引者）二

---

① 黄节华：《撒帐》，《东方杂志》第30卷第13号，1933年7月；高洪兴等编：《妇女风俗考》，上海：上海文艺出版社，1991年，第124页。

② 高承撰，李果订，金圆、许沛藻点校：《事物纪原》，北京：中华书局，1989年，第473页。

③ 琴石山人编：《通俗日用稽古录》，上海：会文堂书局，1925年，第46页。

人所说者完全是民间现行婚嫁礼俗中撒谷豆的变相，较之撒帐为视多男的意义，截然不同。……撒帐与撒谷豆显然是两种形相；而撒谷豆则为压禳法术之说，于此实有根据也。然而高、王诸人所说撒谷豆的情节，不但作者不赞同它是撒帐的起源，即清儒赵翼的《陔余丛考》对于清王棠（指所传《知新录》——引者）所演绎高承、王三聘之说，亦力辟其非。"①

袁论所说甚是。撒谷豆与撒帐都是古代（现在也还不同程度地残留着）婚礼中的仪式关节，但两者目的不同，手段也不同。前者是一种以压煞和禳解为目的的巫术，后者应是一种以祈愿为指归的象征。撒谷豆借助的是谷豆和草（宋以后，增加了铜钱等物件），撒帐所抛撒的五色同心花果，即现代所说的"五子"：（1）红枣（俗称"早子"，取早生儿子之意）；（2）落花生（俗称"生子"，取生男之意）；（3）榛子（俗称"增子"，取增加儿子之意）；（4）瓜子（俗称"多子"，取多子之意）；（5）桂圆（俗称"龙子"，取生子富贵之意）。②

撒谷豆，一般于新妇下轿后进入男家之际，在大门口进行，以压煞可能危害人丁安全、家庭幸福的三煞（青羊、乌鸡、青牛之神）。如若溯源到古代社会，这种仪式与跨马鞍和跨火堆，共同组成了一个完整的过渡仪式，即从母氏家族即异家族，进入父氏家族，从而取得男方家族成员资格的象征仪式。所谓压煞，习惯上是指压青羊、乌鸡和青牛之煞，深层看来，也许还带有由内婚制转变为外婚制的更为遥远的意识的遗韵，即排拒他家族的"集体无意识"，而一旦经过撒谷豆、跨马鞍、跨火堆等过渡仪式，新妇便成为男方家族的成员，从此，她要抛弃母家的信仰而以男家的信仰为信仰，尤其是祖先信仰，为绵延男方的世系和维护男方家族的利益而效力终生。

撒帐，则是在已经被认可为男方家庭成员的新妇和新郎进入新房后的一种仪式，其主旨在于祈望早生贵子、多生贵子。在重男轻女的封建社会里，所谓早生贵子和多生贵子，当然不是指早生和多生女孩子，而是指早生和多生男孩子，男子是家族绵延的根本，故而撒帐是一种"祝生男"的祝愿象征。撒帐，主要是由男方家庭指定人在进入新房和新人上床或入帐时抛撒包括枣、栗在内的"五子"，但也有将"五子"藏匿在炕席下面和炕头角落里

①　袁洪铭：《撒帐补述》，《粤风》第1卷第3期，1935年9月。
②　参阅魏应麒编：《福州歌谣甲集》，广州：中山大学语言历史学研究所，1929年。

的，女家也把"五子"和对女儿进行性教育的骨板画等一同藏匿在陪嫁箱底，因为生子同样也是娘家对自家女儿的期盼。

三、灵质仙气

西汉是一个谶纬兴盛、仙道泛滥的时代，枣这一区区嘉果之物，也被赋予了灵质仙气。董仲舒在这一点上起了很大的作用。他在《春秋繁露·身之养重于义》中说："握枣与错金，以示婴儿，婴儿必取枣而不取金也。……故物之于人，小者易知也，其大者难见也。"他是在谈论利与义的权衡时，举出这个类似后世婴儿"抓周"的例子的，但无意中透露了一点当时关于枣的身份与价值的信息。

宋吴淑在《事类赋注》卷26"果部一·枣"中把古人有涉枣的神秘思想、神话传说、典故集中起来，并予排比、分类和阐发。他说：

> 枣实嘉果，民之所资。或美樲酸之实，或称还味之滋。或食仁而却邪，或茹叶而充饥。仲思紫实，周文弱枝。晏子始称于秦缪，少君亦遇于安期。七日闻之于仙传，八月载之于《毛诗》。观其纂纂离离，新之捷之，三星繁茂，五苑纷披。……伐东家而去妇，握错金而示儿，数十年仙童之顾，三千岁神女之期。若夫曾晳嗜之而靡忘，孟节含之而不食。……《戴礼》称妇人之贽。《周官》设馈笾之实。或生于石虎园中，或植于景阳山侧。羊角、崎廉、细腰、檐白。或荫郑街，或饶冀州。名擅鸡心，用比狐裘。夏令钻之而取火，春祀筭之而用油。……或啖马而为脯，或斫树而同盟。[1]

在古文献中，枣之所涉，极为广泛，从种植、食用、药用、信仰到象征，而道教的仙人传说所赋予枣的含义，又极富思索和睿智之深意。下面且略举几例：

（一）仙人安期生食枣的传说

吴淑《枣赋》引"少君亦遇于安期"的传说，据《史记·封禅书》记载，方士李少君曾语汉武帝曰："臣尝游海上，见安期生，安期生食巨枣，枣大如瓜。安期生仙者，通蓬莱中，合

---

[1] 吴淑撰注，冀勤、王秀梅、马蓉校点：《事类赋注》，北京：中华书局，1989年，第521—523页。

则见人，不合则隐。"于是才有汉武帝遣方士入海求蓬莱安期生之举。司马迁《史记·乐毅列传》说："乐臣公学黄帝、老子，其本师号曰河上丈人，不知其所出。河上丈人教安期生，安期生教毛翕公，毛翕公教乐瑕公，乐瑕公教乐臣公，乐臣公教盖公。盖公教于齐高密、胶西，为曹相国师。"①安期生约为战国末期人。据《神仙传》载，安期生是齐人，本是个卖药翁，曾修炼于泰山东南仙人山之仙人堂，后成仙。葛洪说他服金液长生，"其止世间，或延千岁而后去尔"②。李少君也是齐人，于安期生处得神丹之方。《列仙传·安期先生》称，安期生为琅邪阜乡（今属山东）人。李少君对汉武帝说，安期生食枣，且枣大如瓜，意谓枣与安之长生不老和成仙不无关系。枣有延年益寿之功效。《神异经》说："食之可以安体，益气力。"《本草》说："凡枣九月采，日干，补中益气。""三千岁神女之期"传说："《马明生别传》曰：明生少逢神女，还岱宗，见安期生曰：'昔与女郎游于安息西海之际，食枣异美，忽已三千年矣。'"这又是一个安期生食枣的神仙传说。马明生，临淄人，崔文子弟子，受炼丹经术，入泰山修炼。另据南宋谢守灏编《混元圣纪》，安期生以道授马明生，马明生又传于阴长生。③

（二）西王母为汉武帝设玉门枣

关于周穆王与汉武帝会见西王母的神话传说，汉以降，异常流行，且有种种说法。现代考古出土的汉墓中的画像石，有关这类题材的绘画，也是汗牛充栋。吴淑笔下的"七日闻之于仙传"传说乃是其中之一。《汉武内传》曰："七月七日西王母当下，为帝设玉门之枣。""玉门枣"，见于晋代葛洪《西京杂记·上林名果异木》："枣七：弱枝枣、玉门枣、棠枣、青华枣、樗枣、赤心枣、西王母枣（出昆仑山）。"上林苑系汉武帝在秦代旧苑的基础上扩建而成，供其春秋打猎之用。周围300里，离宫70所，苑中珍禽奇兽、名果异木。托名班固而很可能是六朝人所撰的《汉武帝内传》中，描写了汉武帝在瑶池与西王母欢会，汉武帝拜请西王母授长生之道及西王母传道授书（《五岳真形图》和《灵光生经》）的神话

---

① 司马迁：《史记》第7册，北京：中华书局，1959年，第2436页。
② 上海书店出版社编：《道藏》第5册，上海书店出版社、文物出版社、天津古籍出版社联合，1988年，第175页。
③ 参阅卿希泰主编：《中国道教》第3卷，北京：知识出版社，1994年，第72—75页。

传说, 并记载了群臣各献美果, 玉门之枣是西王母盛宴武帝的果品之一。各地出土的汉画像石多有汉武帝与西王母会见的场面, 也多经解读, 但唯有玉门枣一项始终未见有人专门研究和提及。

(三) 烂柯忘归传说

吴淑《枣赋》引 "数十年仙童之顾" 故事, 注说: 南宋郑缉之撰《东阳记》曰: "信安县有悬室坂。晋时有民王质, 伐木至室中, 见童子四人, 弹瑟而歌, 质因留, 倚柯听之。童子以一物如枣核与质, 质含之便不复饥。俄顷, 童子令其归, 质承声而去, 斧柯漼然烂尽。既归, 质去家已数十年, 亲旧零落, 无复昔时矣。"

烂柯忘归的传说, 还见于南朝梁任昉的《述异记》和北魏郦道元的《水经注》。吴淑所以选择郑缉之的记述, 是为了阐述枣在烂柯忘归故事中所起的作用。在这则故事里, 童子给王质的这枚枣核, 是一个符合道家长生不老理念、具有食之不饥功能的象征物。道教仙人多食枣, 故而长生。《事类赋注》还举出别的例子。如 "窟室有仙人之饵", 注曰: "《神仙传》曰: 李意其于城角中作一土窟, 居其中, 冬夏单衣, 但饮酒食脯及枣。或百日、二百日不出。" 烂柯忘归成了汉语的成语和典故, 而人们在提及和使用这个成语或典故时, 却不再留意枣核对于王质之忘归所起的延年益寿的作用了。2011年5月23日, 经国务院批准, 流传于山西省陵川县和浙江省衢州市的 "烂柯山的传说" (I-108) 列入第三批国家级非物质文化遗产名录, 但这两个地方提供出来的口头传说记录文本中, 枣的身影已经完全消失不见了。至于民间口头讲述中, 是否还有枣现身, 因缺乏深入的调查和准确的记录, 暂时无法作出定论。

结　语

透过各个时期的文献记载, 结合仍然在民间婚礼中流行的用枣习俗, 以及民间文学中流传的与枣有关的内容, 我们可以发现枣在不同历史时期被赋予的不同文化内涵及其嬗变的大致脉络。枣文化的内涵演变是一个非常有趣的文化现象, 是中国民众文化心理的一种反映。按照历史的先后, 最早时期枣的文化意蕴主要与其发音有关, 之后所演变出的不同文化内涵，无论是婚礼中的用枣，还是涉及道家长生不死的信仰，本质上说，它们体现出了中国人基本的生命观，于生则追求多子多福，于死则希望延年益寿，长生不死。

2003年9月12日初稿

2015年7月20日定稿

本文系2003年9月13日在山东省枣庄市举行的首届中国枣文化研讨会上宣读的论文；原载于《中原文化研究》2015年第4期。

北京传说与京派文化

一、"非遗"背景下的北京传说

中国是一个传说大国。除中国之外，世界上大概没有任何一个国家（或民族）拥有这么多的民间传说。在中国，凡是有人群的地方，就有各种各样的传说被创作出来并在民众中流传。在我国，民众中流传的民间传说究竟有多少？从来只是说浩如烟海，却谁也难以作出确切的回答。据统计资料说，1984—1987年间为编纂"中国民间文学集成"中的《中国民间故事集成》而开展的普查，全国各地的民间文学工作者所搜集到的民间故事，数量达184万篇。这个统计数字指的是广义的民间故事，包括神话、传说、故事和笑话在内。除了数量不多的神话外，如果以传说、故事各半的比例把传说单列出来，那么，传说也有90万篇之巨。大约25年后，由政府主导的新一轮非物质文化遗产大普查，即2006—2009年全国非物质文化遗产普查，政府公布的非物质文化遗产资源调查总量为87万项。①但这次全国大普查到底搜集到了多少民间传说，至今还没有见到相关的资料发布出来，因而21世纪第一个十年，在现代化、城镇化、社会转型的提速，正在从根本上改变着传统的农业耕作方式和农耕文明形态，改变着以血缘纽带与家族关系、伦理制度与道德观念为基础的村落礼俗的情况下，民间传说的处境和命运究竟如何？虽然还很难作出准确的判断，但这次普查的结果，毕竟还是为判断民间传说（以至民间文学）在新形势下之命运提供了重要依据。

具体说到北京市的民间文学类普查情况，笔者在为有关单位撰写《北京市民间文学年度发展报告》时，曾查阅了官方公布的数据资料，2005年7月至2007年底进行的全市非物质文化遗产调查，全市18个区县一共调查到了非物质文化遗产项目12623个（这里指的是"信

---

① 此为文化部副部长王文章在2010年6月2日国务院新闻办公室召开的新闻发布会上公布的数字。

息"或"线索",而非记录下来的作品),其中民间文学类项目是8853个(东城区5个、西城区11个、崇文区5个、宣武区6个、朝阳区7个、海淀区18个、丰台区0个、石景山区187个、门头沟区6630个、通州区14个、顺义区5个、平谷区400个、延庆县33个、怀柔区252个、房山区86个、密云县9个、昌平区96个、大兴区1089个)。经过主管部门的挑选,其中的3223项被载入了《北京市非物质文化遗产普查项目汇编》,而其中载入民间文学类项目的是410个。[1] 尽管这个统计数字不一定很准确,但从中也还多少能看出一些端倪:这8853个民间文学类项目(信息),占了全市"非遗"项目(信息)总数12623个的十分之七,亦即民间文学类占了全部10大类"非遗"项目(信息)总量的绝对多数。到笔者写此文时为止,已经进入第三批北京市级非物质文化遗产名录、得到政府保护的民间文学类项目,共有17个(第一批空缺,第二批12个,第三批5个)。[2] 从这次"非遗"普查所得信息中遴选出来、载录于《北京市非物质文化遗产普查项目汇编》中的410个民间文学类(包括民间故事和歌谣)项目信息(而非记录下来的文稿),与国家"七五"期间围绕着"中国民间文学集成"所调查采录到的民间故事相比,显然是大为减少了。20多年前的那次调查,从民众口头讲述中记采录下来的北京民间故事约为1000万字,经过层层评议、严格遴选,最后编入由中国ISBN中心于1998年11月出版的《中国民间故事集成·北京卷》中的神话、传说、故事、笑话等民间叙事作品是637篇[3];而从中归纳出的"北京市常见故事类型"为15个(详见附录《北京市常见故事类型索引》)[4]。当然,这次全国"非遗"普查于2009年底基本结束后,有的区县又做了一些专题性的、补充性的调查采录,搜集到了一些现在还呈现着流传强势的民间传说,如2009年公布的第三批北京市级非物质文化遗产名录中有5个项目,分别为崇文区2个:《天坛的传说》

---

① 此为北京市文化局向文化部督查组的汇报——《北京市非物质文化遗产普查报告》(2009)中提供的普查数字。
② 第二批北京市名录入选的12个项目是:北京童谣、颐和园传说、圆明园传说、香山传说、八达岭长城的传说、卢沟桥传说、永定河传说、八大处传说、张镇灶王爷传说、仁义胡同传说、轩辕黄帝的传说、杨家将(穆桂英)传说。第三批名录入选的5个项目是:磨石口的传说、曹雪芹的传说、凤凰岭的传说、天坛的传说、前门的传说。
③ 张紫晨:《前言》,中国民间文学集成全国编辑委员会、《中国民间文学集成·北京卷》编辑委员会编:《中国民间故事集成·北京卷》,北京:中国ISBN中心,1998年,第1页。
④ 《北京市常见故事类型索引》,中国民间文学集成全国编辑委员会、《中国民间文学集成·北京卷》编辑委员会编:《中国民间故事集成·北京卷》,北京:中国ISBN中心,1998年,第915—917页。

《前门的传说》；海淀区2个：《曹雪芹的传说》《凤凰岭的传说》；石景山区1个：《磨石口的传说》。其中有的是《中国民间故事集成·北京卷》中没有见录的，如《前门的传说》《凤凰岭的传说》和《磨石口的传说》。而这5个传说，其特点都是围绕着同一个主题（人物、事物、风物、名胜古迹）形成了一个由众多的传说组成的"传说群"。而这5个"传说群"都是在普查结束之后进行的补充性的、专题性的调查中搜集记录到的，是遵照科学性原则从口头讲述中记录下来的作品，而不是前面所说的项目"信息"。

二、市井社会与北京传说

前文说，《中国民间故事集成·北京卷》里附录了一份《北京市常见故事类型索引》。为了弄清楚20世纪末在北京市行政区划范围内还普遍流传的一些民间故事或"常见故事类型"在近20多年来发生了怎样的变化，以及以虚构为特点的民间故事与以写实为特点的民间传说这两类民间散文作品的流传与消长情况，我们有必要对《中国民间故事集成·北京卷》中所记载的这15个"北京市常见故事类型"的命运做一番简略的考察。这些故事类型是：

（1）巧媳妇（流传于崇文区、延庆县、平谷县、怀柔县、昌平县）；

（2）狼妈妈（流传于崇文区、门头沟区、房山区、顺义县、平谷县）；

（3）憨宝（流传于东城区、丰台区、门头沟区、大兴县、平谷县、延庆县）；

（4）猫狗结仇（流传于门头沟区、延庆县、平谷县、通县、顺义县）；

（5）傻子学话（流传于崇文区、朝阳区、门头沟区、密云县、平谷县、延庆县）；

（6）人心不足蛇吞象（流传于崇文区、朝阳区、门头沟区、延庆县、房山县、密云县、顺义县）；

（7）有缘千里来相会（流传于崇文区、门头沟区、西城区、房山区）；

（8）不见黄河不死心（流传于东城区、西城区、门头沟区、平谷县、延庆县）；

（9）人为财死，鸟为食亡（流传于朝阳区、延庆县、顺义县、昌平县、房山县）；

（10）蛇仙（流传于西城区、宣武区、延庆县）；

（11）炸海干（流传于东城区、平谷县、通县）；

（12）皇帝改规矩（流传于密云县、宣武区、顺义县、延庆县）；

（13）狗腿子的来历（流传于门头沟区、密云县、平谷县、顺义县）；

（14）帝王踩坟（流传于延庆县、密云县）；

（15）知人知面不知心（流传于延庆县、崇文区、大兴县）。

这15个"北京市常见故事类型"，是该书编辑委员会的成员们从20世纪80年代北京市各区县的普查材料中归纳、提炼出来的，而不是少数几个学人闭门造车人为编造出来的，故而可以作为20世纪80年代在北京民众口头上流传的北京市民间故事流传情状的认定根据。《索引》还告诉我们，民间故事在城区虽然也有流传，如崇文区（6个）、东城区（2个）、西城区（2个）、宣武区（2个）、朝阳区（3个），但其主要的流传地区却在各远郊县，如延庆（11个）、平谷（8个）、门头沟（5个）、顺义（5个）、密云（4个）、房山（3个）、通县（2个）、大兴（2个）、昌平（2个）、怀柔（1个）。如果可以根据民间文学的流传区域和人群，把北京市划分为"市井社会"（城区）和"乡民社会"（郊区），并在分析中采用这一对概念的话，那么，以15个常见故事类型为代表的民间故事的这种分布状况显示出这样两个结论：第一，如果说类型性是民间故事的一个重要特点的话，地域性则是传说的特点；第二，市井社会群体中的故事传统相对薄弱，而乡民社会群体中的故事传统则相对稳固。

与民间故事的分布状况恰成对照，民间传说的分布状况和发展态势，则别有一番景象。乡民社会（郊区）之中虽然也有一些著名的传说流传，人物传说如杨家将传说（房山、燕山）、轩辕黄帝的传说（平谷），风物传说如八大处传说（石景山）和长城的传说（延庆），以及遍布所有乡民社会的风俗传说，但总体看不如故事的传播有活力。而在市井社会（城区，过去的城四区，如今的城八区）中，传说（人物传说、史事传说、名胜古迹即风物传说或景物传说）却显示出超越故事的优势与活力，如海淀的"三山五园"传说、崇文的前门传说和天坛传说、东城的故宫传说和北京胡同传说（尽管现在还没有申报和进入市级保护名录）、丰台的卢沟桥传说等。

已故张紫晨先生在《中国民间故事集成·北京卷》的"前言"里曾对北京城区和郊区的民间故事的差异作过这样的分析："北京民间故事，城区与郊区呈现出的区别较大。在城区，传说的分量大于故事，郊区则以故事为多。城区故事如同传说，在题材上，以宫廷、史事、大臣以及名胜、街道、行业为主；郊区则重乡里、平民劳动者的日常生活，以表现乡间社会家庭伦理故事为多。城区民间故事含有文化古都人民的智慧和灵气，郊区民间故事较为质朴，有乡间人民的思想、气质与体验。"①在北京，何以民间传说和民间故事分别与"市井社会"与"乡民社会"相联系，从而形成各自不同的流传优势呢？我认为，这种差异导因于不同的生活方式、不同的社会环境和不同的文化传统。

"乡民社会"是传统的农业社会，其社会主体是农民（包括农村手工业者），他们世世代代过着靠天吃饭、自给自足的耕稼生活，处身于家族和血缘为纽带的封闭式的谱系社会与民俗制度中，以村寨为聚落居住方式，因而他们思维方式和文化传统显示出一定的保守性和封闭性，其所关注的社会和所传承的文化，无不打上浓重的原始文明和农业文明的烙印。而以幻想性为特点的民间故事，就成为他们诗意地表达其观念和寄寓其理想（群体的和个人的）的文化载体。但不能因此而认为，农民的民间故事以及他们文化传统是落后的、封建的。他们的民间故事，正如恩格斯在论述德国民间故事书时所说的："民间故事书的使命是使一个农民做完艰苦的日间劳动，在晚上拖着疲乏的身子回来的时候，得到快乐、振奋和慰藉，使他忘却自己的劳累，把他的硗瘠的田地变成馥郁的花园。民间故事书的使命是使一个手工业者的作坊和一个疲惫不堪的学徒的寒伧的楼顶小屋变成一个诗的世界和黄金的宫殿，而把他的矫健的情人形容成美丽的公主。但是民间故事书还有这样的使命：同圣经一样培养他的道德感，使他认清自己的力量、自己的权利、自己的自由，激起他的勇气，唤起他对祖国的爱。"民间故事书不仅"具有丰富的诗的内容、饶有风趣的机智、十分纯洁的心地"，而且"具有健康的、正直的德国精神"。②恩格斯对德国民间故事所作的高度评价与诗意描绘，也完全适用于我们所论的北京郊区的乡民社会里创作和传承下来的民间故事。同时还要看到，作为古都北京郊区的乡民社会，与一些边远地区的乡民社会不同，在这里大部分地区是传统农耕文明和现代城市文明的交汇之地，也是汉族文化和北方民族文化的交汇之地，现代文明的曙光很容易地就投射到这里，多元文化的"杂交"优势常常给这里的文化以激发，因而这里是一块滋生和传播民间故事的沃壤。

---

① 张紫晨：《前言》，中国民间文学集成全国编辑委员会、《中国民间文学集成·北京卷》编辑委员会编：《中国民间故事集成·北京卷》，北京：中国ISBN中心，1998年，第11页。
② 恩格斯：《德国的民间故事书》，马克思、恩格斯著，米海伊尔·里夫希茨编：《马克思恩格斯论艺术》（四），曹葆华等译，北京：人民文学出版社，1966年，第401页。

与文化传统相对稳固的远郊的乡民社会比较起来，城区是个五方杂处的市井社会，来自不同地区、不同职业、不同身份、不同文化背景的人带来了不同的文化。城区本质上是一个市井社会，而市井社会的社会主体是市民，即或从事商业和服务业、或从事手工业、或从事制造业的劳动者。这个庞大的社会群体区别于乡民社会中那个自给自足的农民群体。如果运用社会分层的理论来看待这个社会群体，持上下两层论者认为市民阶层应属于社会下层，持上中下三层论者则认为市民阶层应属于中层。市民虽然处于上层文化与下层文化之间，但由于他们更多地受到上层文化（或精英文化）和现代文明的熏陶和影响，因而他们的思想意识和审美倾向更多地接近于通俗文化。城区有故宫等诸多宫廷建筑、颐和园等皇家园林、朝臣宦官们的深宅大院、纵横交错的胡同街巷和商铺店面、星罗棋布的寺观塔庙等等，在这些去处和景观所构成的都市生活场景的背后，无不埋藏着种种饶有兴味的逸闻轶事，这些逸闻轶事构成了民间传说的内容核心和骨架，在市井圈子里一传十、十传百的流传过程中，逐渐发酵、滚动、附会、演绎，从而编织成为情节相对固定的民间传说。而这类传说，由于其传奇性和神秘性的特点多与市井社会的欣赏趣味和传播环境相契合，故而比纯属虚构的幻想故事更容易在这块土壤上生根发芽、繁盛发达。于是，多以宫廷秘闻、宦官逸事、史事传奇、戏曲故事等为题材的口头传说，便在市民这个庞大的新兴社会群体中找到了传播的主体和传承的空间。

现代化与城镇化的提速、旅游业的普及，不仅没有使市井社会（城区）或近郊区以宫廷秘闻、宦官逸事、史事传奇、戏曲故事、名胜古迹等为题材的各种民间传说遭遇衰微困局，反而使其如同注入了"润滑剂"那样，获得了更好的流传条件，有些传说甚至上升为所在地区的代表性文化。与民间传说不同，民间故事在市井社会中的遭遇则令人堪忧。在21世纪初所进行的全国"非遗"普查中，前面征引的北京市常见的这15个故事类型的现状就是一个显例。在各区县的普查材料中，这15个常见故事（类型）没有任何报道。何以解释？要么是21世纪第一个十年所进行的这次调查由于种种原因尚欠深入；要么是这些常见故事及其类型压根儿就从民众生活中消失了。由此，我们不能不得出这样的结论：20世纪80年代在北京市范围内曾广泛流行的民间故事（狭义的民间故事），基本上或大多数随着时代的变迁而逐渐式微，有的可能已经灭绝了。

在前后3批北京市"非遗"名录中，只有第二批名录中入载了"张镇灶王爷传说"一项民间故事。这个项目，就其性质而言，也许称其为"灶王爷故事"更为贴切些。另据日本青年学者西村真志叶撰《山里头人与山外头人——方言土语与哭丧倌儿的传说》（系作者参加2003年在北京门头沟区调查组的调查报告，为刘铁梁主编的《中国民俗文化志·北京·门头沟卷》第十章），调查组在对斋堂村民中的"拉家"（即说故事）习俗的实地调查中发现，20世纪80年代"中国民间文学三套集成"普查时在京西一带广泛流传的机智人物故事——"哭丧倌的传说"（傅三倌的故事），现在还在村民中相当流行。作者写道："山里人最爱拉家的，大概就是哭丧倌了。"调查者的重点是生活民俗，所以只记录了几个与哭丧习俗有关的哭丧倌的事件与故事，提供了几个篇目，并没有提供更多的讲述版本的记录，殊为可惜。[1]应该指出的是，也许这是日本民俗学者学术理念的缺憾和局限。

这就意味着，在建设国际化大都市、现代化进程提速、城镇化全覆盖、旅游业日益成为支柱性产业的社会背景下，北京市的民间传说，在市井社会（城区）仍然保持着相对旺盛的流传态势，以乡民社会（郊区）为主要流传地区的民间故事，则多少呈现出明显的、急速的蜕化或式微的趋势。

三、古都传统下的北京传说

北京是六朝古都，历史悠久。姑且不论旧石器时代的周口店北京人所开启的史前史，也姑且不论被传为黄帝部落阪泉之战打败蚩尤部落后在北京附近建立的幽陵（《史记·五帝本纪》）[2]，即使以西周燕都、春秋战国燕都蓟城为起点（西周燕都在今房山区琉璃河董家林村，战国燕都蓟城在今北京城区西南的广安门内外[3]），金、元、明、清一路下来，至今也有2000年的历史了。封建王朝的连续建都，使北京处于国家政治文化中心的地位，皇亲国戚，群臣宦官，士子文人，工匠优伶等，造就了精美建筑、名胜园林、宫观寺庙，留下了各种

---

① 刘铁梁主编：《中国民俗文化志·北京·门头沟区卷》，北京：中央编译出版社，2006年，第342—357页。
② 轩辕黄帝的传说（平谷）已纳入北京市级非物质文化遗产名录。
③ 参阅于德源：《北京史通论》第二章"北京古蓟城起源蠡测"、第三章"战国时期蓟城的发展"，北京：学苑出版社，2008年。

文献典籍, 对北京文化的积累和提升做出了重大贡献。但只看到精英文化这一面, 是远远不够的, 或者说是很片面的。处于社会下层的广大民众（在北京即包括市井社会和乡民社会两部分下层民众）也创造了不可计数的传说、故事、歌谣, 表达了他们对宇宙、对社会、对历史、对史事、对人生、对生死、对生活的观点和态度, 以不同的立场和视角、不同的文化系统, 使北京文化在得到增益和丰富, 与精英文化相映成趣, 构成了完整的北京文化, 书写了几千年的北京文化史。也许, 民众（包括农民和市民）所创作和传承的民间传说和民间故事等口头文学, 在北京地域文化的形成上, 起着更为不可忽视的重要作用。

香港学者陈学霖在阐释北京建城传说时指出: "举凡中外名都, 由于历史久远, 世代迭有经营, 多留下琳琅的文献记录和瑰丽的名胜古迹, 但同时亦孕育玄怪神话和荒诞传说, 流播人间, 久而不浸。欧西之雅典、罗马、巴黎、威尼斯、君士坦丁堡, 其都城的肇兴和变革, 皆有离奇诡异神话。中国文化深厚绵长, 古都众多, 著名的如长安、洛阳、开封、燕京、金陵, 亦不乏神怪奇趣传说。这些古代中外名城的传说, 很多已成为学者研究对象, 因为它们不但诡奇玄怪, 引人入胜, 而且浮现个别历史文化的一些特征。简言之, 这些传说的滋生和流传, 很多方面表露各国文化体系中, 单元或多元的'大传统'（Great Tradition）和'小传统'（Little Tradition）的不同层次, 和彼此间长期的依存和融会交流。"[1]他的这段论述, 一方面指出, 大凡古城名城, 其肇始和变革, 大多伴有种种神话传说滋生与发展; 另一方面又指出, 所谓"大传统"与"小传统"是两个平行的文化系统, 二者相互依存和融会交流, 即整合而达成一种民族文化。作为古都名城的北京, 其文化所显示的特点, 正如陈氏所说, 不仅因为其神话传说的"诡奇玄怪, 引人入胜, 而且浮现个别历史文化的一些特征"而为学者关注和研究, 而且是"大传统"和"小传统"不同系统和不同层次的文化互相依存和融会交流的文化。

以我之见, 主要流传于市井社会里的北京传说, 最有特点者, 莫过于下列4个传说群: (1)北京的建城的传说, 如自元、明、清以来就流传不衰的哪吒八臂城及刘伯温建造北京城的传说, 胡同的传说; (2)清代以来的关于"三山五园"的传说, 如西山、颐和园、北海公

---

① 陈学霖:《刘伯温与哪吒城——北京建城的传说》, 北京: 生活·读书·新知三联书店, 2008年, 第2页。

园等；(3)宫廷传说，包括紫禁城内外的逸闻轶事，故宫的建筑和工匠传说；(4)前门的建造和前门大街以及作为商业区和老天桥的前门地区的传说。

第一个传说群，是围绕着北京建城而产生的传说。最早的形态，应是刘秉忠建元大都城的传说，其中就有哪吒城之说。元代张昱《张光弼诗集》卷3《辇下曲》："大都周遭十一门，草苫土筑那吒城。谶言若以砖石裹，长似天王衣甲兵。"可为证。[①] 又，长谷真逸《农田余话》卷上："燕城，系刘太保定制，凡十一门，作那吒神三头六臂两足。"亦可为证。[②] 明代刘伯温、姚广孝建八臂哪吒城的传说，自不必说可追溯到或滥觞于元大都时代的六臂哪吒城传说。明永乐帝篡位的第二年(1403)即迁都北平，兴建新京城，而哪吒城的传说，在明代继续流传下来，且盛传于北京各阶层的市民中，历久不衰。

以刘伯温为主角的八臂哪吒城传说，我们已经拥有了好几个记录版本。对这些记录文本做一番比较，不仅饶有兴味，而且是有传说学的意义的。先看满族老文艺家金受申于20世纪50年代编写的文本：

北京人说，北京是一座八臂哪吒城。

北京城的修建，是明朝初年的事。那时的皇帝叫燕王，他在永乐四年，下令开始修皇城和官殿，分遣了大臣到四川、湖广、江西、浙江、山西等地去采木材。到永乐十四年，又集议营建北京全城。传说当时，燕王手下有两个军师：大军师叫刘伯温，二军师叫姚广孝。燕王命令他两个人设计北京城的图样。他俩领了旨，就出去察看地形。

他俩来到城中心，从南到北划了一条线。然后两人背对背站在这条线上，一个往东走，一个往西走，各走五里地，就算城边。走完以后，按照他们走过的地方又划一条线，和南北那条线相交，形成了一个十字。然后他们两个人又背对背地站在十字上，一个往南走，一个往北走，各走七里地，就算南北的城边。他们就按这个里数划出一个框子，然后各自回去了。

第二天，两个人又出来了。大军师刘伯温心想：城地已经步量好了，该画图了。这图要是画出来，可是立了一份头功。凭我大军师的本事，怎么也得比你二军师强得多。因此画图

---

① 转引自陈学霖：《刘伯温与哪吒城——北京建城的传说》，北京：生活·读书·新知三联书店，2008年，第64页。

② 转引自陈学霖：《刘伯温与哪吒城——北京建城的传说》，北京：生活·读书·新知三联书店，2008年，第64页。

这事，不能一块儿做，还是各画各的。二军师姚广孝也想：我和你刘伯温在一起，我画出来了，人家也说是大军师的本事。我不能和你在一块儿画。两个人走到一起，刘伯温就对姚广孝说：

"姚二军师，咱们地方也步量好了，该画图了。我看，咱们分开，各想各的主意，七天以后，在这儿见面。到那时，咱们脊背对脊背，当场画，各画各的，你看怎样？"

姚广孝一听，正合他的心意，就说："行啊。大军师说得有理，就这么办吧。"两个军师就分开了。

············

一晃又是三天过去了，剩下最后一天，得到现场画图了。大军师刘伯温走出来，脑袋沉沉的，一路走，一路心里还在琢磨。忽然，看见有一个红孩子在他前面走着。他走得快，这孩子也走得快；他走得慢，这孩子也走得慢。他想，这红孩子到底是谁？就紧追了上去。二军师姚广孝往前走，也看见一个红孩子。这红孩子也在他的前面走。他走得快，这孩子也走得快；他走得慢，这孩子也走得慢。于是，他就紧紧追着这个红孩子。两个军师追着追着，碰到一块，一看，正是原来约定的地点。刘伯温说："现在咱俩可以分头画了。"姚广孝顺口答应一声，两个人就背对背地坐在一起。刘伯温面向东坐着，姚广孝面向西坐着。两个人拿出纸来，铺在面前，就开始画。他们凝神静思，看着画纸。忽然两个人的眼前，同时出现了那个红孩子的模样：头上梳着小抓髻，半截腿露着，光着脚丫，穿的还是红袄、红裤子。……两人一想，这不就是八臂哪吒吗？两人同时一阵高兴，可是谁也不言语，都各自照着画了。

刘伯温这边，先照着从头上画起，然后画胳膊，画腿。一笔一笔全画下来了。姚广孝呢？也从头照着一笔一笔画了起来。可是画到最后，来了一股风，把哪吒的衣襟吹起了一块，他也就随手一笔画了下来。

画完了，两个人手递手交换了图样。……两个人一看，同时笑了起来。原来，两张图全一样，都是八臂哪吒城，只是姚广孝这边，在西北角上往里斜了一块。

姚广孝要刘伯温讲讲怎么叫八臂哪吒城？刘伯温说："这正南中间的一座门，叫正阳门，是哪吒的脑袋；瓮城东西开门，就是哪吒的耳朵；正阳门里的两眼井，那就是哪吒的眼睛；正阳门东边的崇文门、东便门、东面城的朝阳门、东直门，是哪吒这半边身子的四臂；

正阳门边的宣武门、西便门，西面城的阜成门、西直门，是哪吒那半边身子的四臂；北面城的安定门、德胜门，是哪吒的两只脚。"

姚广孝又问："那么，哪吒的五脏呢？"

刘伯温忙说："那皇城就是五脏。"

姚广孝想问些什么。刘伯温一看这架势，知道他想找岔儿，忙拿起图，指着姚广孝画斜的地方，说："这就是你的不对了。城哪能斜一块呢？"姚广孝说："大军师有所不知，哪吒的图形就是斜的。"两个人争来争去，只好拿了图样去见燕王。燕王一看，正是八臂哪吒城，说："好，你们不愧是我的军师。刘伯温画的方方正正，还是当大军师。姚广孝画的斜了一块，还是当二军师。"

刘伯温说："那修城时，以哪个为准呢？"

燕王指指图说："东城照你画的修，西城照姚广孝画的修。"

就这样，就动工修起城来。修成以后，一看，姚广孝画斜了的那一笔，正好是德胜门往西到西直门这一块。直到今天，北京城西北面城墙还是斜的，缺着一个角呢！①

再看1961年从崇文区蟠桃宫庙会一位老艺人口述记录下来的一个传说文本，故事大致内容如下：

燕王朱棣远征蒙古归来，便想在北方重建一座京城，于是把大臣刘伯温找来，问他应该在哪里兴造。刘伯温存心退让，就献议找大将军徐达去办。徐达来到，伯温对他说："凭着你的神力往北射一箭，箭落在哪儿，就在那儿修建京城。"徐达应喏便到殿外搭箭拉弓，朝向北方射出。刘伯温连忙带着随从上船，顺着大通河往北去追。这一箭射得好远，落在当今北京南边20多里的南苑，那里住着八家小财主。他们看见箭落下来十分慌张，唯恐在该处建京城，房产和田亩便会被占用。就在议论间，其中一个财主说，把箭再射走不就行了吗？大家都说好主意，于是转手一箭往北射去，结果射到如今北京的后门桥那里。不久，刘

① 《八臂哪吒城》，张紫晨、李岳南编：《北京的传说》，上海：上海文艺出版社，1982年，第1—5页。金受申这个传说文本，是他于20世纪50年代编写的传说文本（《北京的传说》第1集，北京：通俗文艺出版社，1957年）的缩写本，而不是从北京市民的口中搜集采录来的。《中国民间故事集成·北京卷》编者把金受申编写的两个文本全都收入其中，并在文末署上"采录者：金受申"字样，显然是求其与编者的选录要求一致起来。

伯温带人追到南苑，掐指一算，箭应落在这儿，便找财主来问，逼着要箭，财主们一看瞒不住，只好招认，请求不要在当地建城，要什么条件都行。伯温想了又想，答应在他们转手射箭落下的地方筑京城，但是要他们捐输建造，八家财主只好同意。

刘伯温跟着找到落箭的地方，就拿出已准备好的图样，去找工匠动工。最先建的是西直门城墙，所要的费用全都找南苑的财主们要，但是没想到一座城还没修成，八家财主已经倾家荡产，如何是好？伯温又掐指盘算，便着手下把一个晓得有藏镪的沈万三找来。过了两天，随从果然把他带到。此人原是个讨饭的，浑身脏臭，腋下夹着个破瓦盆，又用一跟绳子系在脖子上。刘伯温见到沈万三就说："建北京城没钱用，你可给我想办法？"万三一听就被吓坏，自言是个穷汉，哪里有钱财。伯温见不就范，立刻叫人用棍子朝着他打，万三只好叫饶，讲出地底埋下有银子的巨缸，着他们去挖。刘伯温派人去挖，果然发现一大缸银子，于是就用来接续修城。可是没多久，这些钱也用完，伯温因此又找沈万三，按着他劈打要钱，万三被打得急，只好又往地下指出埋银处，就这样一而再，再而三，北京城便有足够的钱建筑起来。

话分两头，京城还未动工，苦海幽州的龙王已经晓得，故此当刘伯温坐船追箭快到北京时，突然冒出水面，把前脚往船头一搭，将船踏歪了一半。伯温急忙走出舱来，问个究竟。龙王就说，北京是他的地盘，诘问占了它去建京城，会给他什么甜头。伯温于是回答建好都城后燕王必会好好酬谢。龙王摇头不信，说若要在这儿造城，一定要把他的九个儿孙在京城安排职位。伯温只好佯作答应。龙王大乐，便放过了他，让他的船继续往北开去。到了北京城修完，燕王便迁到那里，坐上龙廷当皇帝。一天，皇宫门前突然来了一老头带着好几个孩子，吵着要见刘伯温。伯温出见，原来是龙王和他的儿孙。龙王就说他前此允诺给他的儿孙职位，因此把他们带，问怎么安排。伯温哈哈笑，说都已分配好。可是刘伯温好厉害，把龙子龙孙分别派到华表、柱子、屋檐和影壁上去。安排完毕，他一喝令，九条小龙腾空而飞，飞到被分发的地方，一个个贴了上去。结果，欢蹦乱跳的活龙都变成石头刻的、砖石烧的、油漆画的死板饰物。这一绝招真把龙王气坏，就要跟刘伯温拼命，于是引起许多剧烈的斗法去争水源，结果伯温成功地把大多的海眼都镇盖着，将龙王一家禁锢在城下，于是解除北京缺水的威胁。[1]

---

[1] 原文见《刘伯温建北京城》，中国民间文艺研究会北京分会编：《北京风物传说》，北京：中国民间文艺出版社，1983年，第1—6页。

再看21世纪第一个十年非物质文化遗产大普查中,崇文区非物质文化遗产办公室的杨建业于2009年5月从崇文区居民、艺人张俊显口中采录到的第三个文本(《刘伯温修正阳门》):

话说刘伯温开始建北京城的时候,虽然皇上给了他很多钱,可还是不够。刚开始修正阳门,刘伯温就没钱了。可他又不好意思再去开口向皇上要钱,那样不是显得他太无能了吗? 他就想别的招儿。

什么招儿呢? 就是向北京城里有钱的大户筹钱。但是因为造城的工程太大了,找到的几个财主还没等城门修好,就已经成了倾家荡产的叫花子。工程只好停下来,监工的徐达找到刘伯温,问他怎么办。刘伯温说你别着急,马上就有人送钱来。他掐指一算,让徐达派手下的将士去找一个名叫沈万三的人。

几天后,士兵们还真找到了一个叫沈万三的人,并把他带到了刘伯温的面前。这个沈万三衣衫褴褛,浑身上下又脏又臭,胳肢窝里还夹着个要饭的盆儿。当他听清楚刘伯温找他是为了跟他要钱修城楼时,便浑身哆嗦着说:"我一个穷要饭的,哪儿有钱给你们修城楼啊。"听了这话,刘伯温眼睛一瞪,大声喊人说:"来人呀,给我打这个没钱的!"于是,兵士们上来劈里啪啦一顿狠打,把沈万三打得眼冒金星。这个沈万三实在扛不住了,就用脚跺跺地说:"这地底下就有钱。"刘伯温听罢大喜,马上派人开挖起来,果然从地下挖出了大缸大缸的银子。

有了沈万三的银子,正阳门终于如期修好了。那些挖完银子留下来的大坑,后来有了水,再后来里面有了鱼,人们就把那地方叫做金鱼池了。

讲述人: 张俊显(60岁,家住崇文区长青园社区)

讲述时间: 2009年5月

讲述地点: 张俊显家中

记录整理人: 杨建业,崇文区非物质文化遗产保护中心人员

在第二个传说文本里,写的不是刘伯温如何与姚广孝竞赛画图建城和按哪吒八臂的图样建城的情节,而是命徐达搭弓射箭寻找建城的地方,同时增加了(或合并了)刘伯温

强迫江南巨富沈万三资助修建北京城的情节（或故事）。第三个文本则突出了北京多水域和多水患的描写。因此，我们可以断言，就形成的时间而言，第二个传说文本的核心部分应是"苦海幽州"北京水患，显然比第一个文本——金本要早，尽管金本的核心情节是建八臂哪吒城，而这个情节滥觞于元大都时代刘秉忠建城的传说，却有意无意地把水患的内容给删除了。杨建业在新世纪搜集的这个文本的特点，重点不是建城，而是把刘伯温问沈万三要钱的情节，附会到了修建前门的传说中来了，突出了前门的修建这个情节。

到目前为止，陈学霖的《刘伯温与哪吒城——北京建城的传说》中所搜集到的关于八臂哪吒城的传说材料最为完善。国人搜集的八臂哪吒城传说文本，最早的是前文所论金受申于1957年编写的那份。其实，在他之前，英国人L. C. Arlington与William Lewisohn合著的 *In Search of Old Peking* 一书中，就已经载录了八臂哪吒城的传说了，而且在L. C. Arlington与William Lewisohn的书里，前门在北京城的地位和形象就是：（1）前门（正阳门的俗称）是哪吒的头颅；（2）前门两旁门是它的耳朵。[①]前门是作为哪吒的头颅的象征出现于建城传说中的。

北京建城传说群所以在元明之际形成并得以传播，显然是受了当时特别是明代道教传播和哪吒神的影响，在这样的历史文化背景下，把八臂哪吒的故事和形象，附会到北京建城的传说中来，从而使北京的建城传说变得格外扑朔迷离，引人入胜，是不难理解的。然刘伯温这个历史人物被引入这个北京建城传说中来，并与八臂哪吒融合到一个情节中来，倒是一个至今缺乏有说服力的解说的问题。关于刘伯温这个人及其传说，笔者曾在为《帝王之师：刘伯温传说》一书所作的序言中说过这样一段话，不妨引在下面作为讨论的基础：

> 刘伯温的传说属于人物传说或历史人物传说，是以历史上的真人真事为核心而逐渐发展演化为传说的。我们知道，事实上并非所有的历史人物都能进入民众口头传诵的视野的，只有那些做过大量有益于老百姓的好事、因而符合民众意愿，或做过许多坏事而为民众所唾骂的人物和事迹，才比较可能进入民众的口碑之中。一个历史人物一旦进入当地民众的

---

① 陈学霖：《刘伯温与哪吒城——北京建城的传说》，北京：生活·读书·新知三联书店，2008年，第86页。

记忆，成为传诵讴歌的对象，并在一传十、十传百地口头流传中按照民众的愿望逐渐附会上或被赋予了许许多多也许并非是历史上实际发生过的、而在传说中却是合理的、为民众所认可的事迹、情节和细节，那么就会形成一个以这个人物或事件为核心或凭依的庞大的"传说丛（群）"和"传说圈"。有的传说的主体部分或某些情节，甚至在流传中还带上了神奇的色彩，如刘伯温的神奇出生。这种故事人物的神奇的出生，本来是古老的神话和史诗中所特有的一种思维模式，在刘伯温传说这样的历史人物传说中出现，其实在故事的听众听来和读者读来，并不觉得讲故事的人是在胡说，反而觉得是顺理成章、合情合理的，符合人物性格的发展逻辑和人物的生活史的，有了神奇的出生，后来在辅佐朱元璋完成大业的过程中出现的许多出奇制胜的智慧和行为，就显得更加可信，从而塑造出了一个传说中的刘伯温。与刘伯温之出生的神奇性一样，刘伯温的隐居以及在朱元璋官兵的追捕下吞金倚柱而死的情节，同样也是神奇的。而神奇的事件，不仅在塑造人物独特的个性时起到重要的、不可替代的作用，而且也比较符合人们的好奇心理，容易被吸收、黏附和融汇到传说之中。

作为历史人物的刘伯温，以自己超人的智慧和胆识，忠心耿耿地辅佐朱明王朝，在明代建国和治国中多所贡献，死后被追谥为太师、文成公，成就为一位杰出的古代军事谋略家、政治家、文学家和哲学家。他的事迹，在其出生地浙江省青田县被编创进种种民间传说，持久地被民间传诵，受到家乡父老兄弟子孙后代的讴歌，是顺理成章的，符合传说规律的。鉴于他在百姓中的影响，关于他的传说，并不局限于他的家乡以青田为中心的浙南一带，就是其他地方，包括今南京、北京等明代建都的地方，也都广为流传，如北京建城的传说中，就不乏刘伯温的传说。①

历史上的刘伯温曾经主持修建了南京城，尽管北京城的修建与他无关，但其人确实到过北京。由于他在辅佐明王朝上的盖世功绩和过人才干，甚至到了被民间神化的程度，故而，民众把他的行迹附会到修筑北京城的传说中来，也就不仅符合传说生成和流传的规律，而且也是顺理成章的了。

北京建城传说在其扑朔迷离的传说幻想中，折射出燕王时代被称为"苦海幽州"的北京时遭水患的历史现实和民间记忆。民间传说中透露出，北京地区水患连年，而水源被龙

---

① 刘锡诚：《序》，任挥：《帝王之师：刘伯温传说》，北京：中国文联出版社，2008年，第5—6页。

王垄断,故而要请哪吒八太子来解难。所以,传说就把刘伯温和姚广孝两位军师规划北京的蓝图,与神话传说中的八臂哪吒联系了起来。我们不妨做这样的解读:如果说,元代刘秉忠之建八臂哪吒北京城,"这些充满神奇色彩的传说,不论是作者虚构,或是采自闾里,莫非揄扬刘秉忠能感通神灵,未卜先知,夸张其超人的才智技能。它们不但透露民间的膜拜英雄意识,虔诚供奉神祇冀求难解禳灾的心态,而且表襮汉人对蒙元统治的反抗,把流行的传说渲染增饰,来宣传鼓吹反蒙的意识和行动"①,那么,到了明代及其以降,北京民众在其口碑传说中说刘伯温、姚广孝按照哪吒八臂的体形模样来建造北京城,或许更多地延续了哪吒传说中所隐藏着的或遮蔽着的镇压频发水患的龙王的隐喻或象征,以及民众希冀镇住龙王、风调雨顺、国泰民安的愿望和憧憬。

在北京建城传说中,除了古老神奇的八臂哪吒城的传说外,另一个不容忽视的主题和题材是胡同的传说。一般认为,"胡同"一词起于元代,源于蒙古语(《宛署杂记》《析津志》)。最早的记载见诸于元杂剧。关汉卿《单刀会》第三折:(平云)"你孩儿到那江东,旱路里摆着马军,水路里摆着战船,直杀一个血胡同。"《沙门岛张生煮海》中张羽问梅香:"你家住哪里?"梅香说:"我家住砖塔儿胡同。"砖塔胡同如今犹在。纵横交错的胡同,构成北京城的独特格局。而每一条胡同的背后,都隐藏着一个或多个传说,无不从民众的立场和眼界述说着一段有趣的历史。

第二和第三个传说群,要么是反映距离我们的时代较近的清代各个帝王的逸闻轶事的,要么是描述我们还能亲眼目睹的明清时代的(主要是清代的)建筑、园林及其建造者的。一方面由于距离我们的时代较近,在市民的记忆中还较为清晰,一方面由于人们对宫廷人物及其生活内幕的好奇,故而在近现代以来,常为市民街谈巷议,逐渐成为北京市民阶层中最为流行的传说群。清宫里发生的种种事情,如康熙私访,乾隆对诗,慈禧专权,珍妃之死,刘墉抗旨,等等;围绕着故宫、颐和园等皇家建筑的种种逸闻,如故宫里的宫殿为什么是九千九百九十九间半,鲁班爷怎样修建故宫的角楼,等等;都是北京市民阶层中流传的脍炙人口的传说,他们通过这些传说表达其对皇亲国戚奢靡生活的臧否和对精致文化的赞赏。

---

① 陈学霖:《刘伯温与哪吒城——北京建城的传说》,北京:生活·读书·新知三联书店,2008年,第66页。

第四个传说群，是前门和前门大街的传说。这里是资本主义市场经济在北京最早的萌芽之地，也是市井阶层麇集之地。前门和前门大街之于北京，犹如俄罗斯人的涅瓦大街之于彼得堡。前门的建筑，如前门楼子、箭楼、瓮城、五牌楼；前门地区的胡同街巷，如大栅栏、鲜鱼口；寺庙信仰，如火神庙；漕运和水域，如通惠河、二闸、金鱼池；商业老字号，如同仁堂、会仙居、独一处；历史人物，如刘伯温、徐达；等等。清代俞清源《春明丛谈》里记载的前门地区："殷商巨贾，前门大街设市开廛，凡金银财宝以及食货如山积，酒榭歌楼，欢呼酣饮，恒日暮不休。"那种店铺林立、商贾辐辏、百工丛集、酒肆茶房、戏楼书场的市井社会生活场景，尽显于民间传说之中。

就现有的材料看，前门及前门地区的传说，大致可分为两个部分：第一，在滥觞于元代、明代继之的北京建城传说中，已经包括了前门（丽正门）传说的身影，其所反映的，是在北方"草野之地""地有龙池，不能干涸"的沼泽水网地带建筑一座都城的民间历史，带有早期建城传说的所有特点，而前门（丽正门）被赋予了八臂哪吒城的脑袋的地位和经济与文化上的吐纳之道的象征功能；第二，清代以降，前门地区及前门大街一带商业发达、市廛繁荣、市井社会和以天桥为代表的市井文化形成，其传说更多地反映了市场经济在北京的兴起与繁荣发达，以及市民阶层（市井社会）登上北京历史舞台的过程。

近代以来，在北京向着现代化都市迈进的过程中，无论在商业经济的发展繁荣的代表性上，还是在新的市民阶层和市井文化的形成上，前门地区都是一个重要的地区。而坐落在前门地区的前门楼子这座古代建筑，作为北京城市古建筑和古文化的标志，其所蕴涵的文化信息和所昭示的文化内涵，在传统的北京文化系统（"大传统"和"小传统"）中的角色、地位、作用和影响，自然是无法绕过去不论的。此外，前门和前门地区以商铺、戏楼、书场、老字号等为代表的市井文化，也是构成古老的南城文化的核心要素之一。凡此等等，都在前门一带或南城一带普通市民阶层中间流传的传说中，得到了很好的反映和印证。而21世纪初所进行的新一轮非物质文化遗产普查和为申报"非遗"名录所作的专题调查，又向读者提供了许多当下民间还在流传的传说，显示了这些传说在现代化的进程加速的环境下，不仅仍然在民众中流传，而且还在发展——无疑这是一个令人欣喜的趋势。

北京传说，可以说是一部老百姓口述的北京史。但传说毕竟是传说，传说包含着事实的成分或影子，却又不等于事实；传说包含着历史的成分或影子，却又不等于历史。传说是老百姓口传的反映了他们的思想、观念、憧憬和愿望的民间文学作品，因此，传说及其他民间作品所构成的，是与精英文化有别的北京文化的另一个系统。传说既是人们娱乐解颐、丰富知识、提升审美情趣的深入浅出而又富于想象的民俗文艺形式，又是传授人生经验、伦理道德、历史事件、治国安邦的经验，讴歌英雄伟人的知识宝库。

四、京派文学与北京传说

20世纪二三十年代文坛上曾有所谓"京派文学"与"海派文学"之争。"五四"运动之后不久，北平的政治形势大变，1925年，军阀张作霖进入北平，解散北大，对文艺界实行镇压，北平的文艺界和一些出版社杂志社纷纷南迁到了上海。中国的文化中心从北平转移到了上海。平、津几所大学如北大、清华、燕京、南开等中未南下的学者、教授，如沈从文、凌淑华、林徽因、萧乾、卢焚、李健吾等所谓自由主义作家们，坚持和延续五四文学的传统，与深受商业化影响、被称为"海派"的文人相对立，被称为"京派"。他们虽然并没有一个固定的社团组织，但以《现代评论》《骆驼草》《大公报·文艺副刊》《文艺杂志》等几大刊物为依托，倡导现实主义、为人生的文学和乡土文学。他们的小说表现出一种对原始神性社会的理解和对人类生命的悲悯，崇尚农耕乡土文明的民俗、宗教、家族、人情，以及追求纯厚、朴实、粗犷、多彩的乡村图景。论者说，京派文学是"五四"文学的分流。

京派文学的出现，不是偶然的，而是与一些文化革命先锋在"五四"运动过后经过一个短暂的酝酿期，于1922年在北京大学成立的歌谣研究会一脉相承的。蔡元培、周作人、沈尹默、刘半农、胡适、沈兼士等人，以北京大学为基地，成立社团（歌谣研究会），先以《北大日刊》为阵地，继而创办《歌谣》周刊和《北京大学研究所国学门》周刊，也在《京报副刊》《语丝》上号召提倡收集歌谣和传说、阐释神话、调查民俗、发掘下层文化。他们与稍后出现的京派文学成为北平文坛上两支并驾齐驱的友军。

20世纪20年代的周作人，不但是文学家，而且是思想家，曾经一度担任过《新潮》杂志主编。《新潮》停刊后，周作人与朱希祖、耿济之、郑振铎、瞿世英、王统照、沈雁冰、蒋百里、叶绍钧、郭绍虞、孙伏园、许地山一道在北京发起成立了文学研究会，并起草了《文学研究会宣言》。由于他对于民间文学和民俗学的"偏爱"（苏雪林语）与提倡，在1920年12月

19日北大歌谣研究会成立时，被推为该研究会的两位主任之一（另一主任是沈兼士）。1922年12月17日北大25周年校庆日这一天创刊了歌谣研究会所属的《歌谣》周刊，周作人又兼任了主编，成了歌谣运动的领袖人物。他通过编辑《歌谣》周刊、撰写文章、编辑儿歌、在孔德学校讲课等，在中国歌谣运动中起了重要的推动作用。1927年，周作人写了《上海气》一文，奚落上海文艺界多是"买办流氓和妓女的文化，压根儿没有一点理性与风格"，表示了对上海文化状态的不满，从而成为京派文学最早发出的声音，他也理所当然地成为京派文学的代表人物之一。

在这一点上，沈从文与周作人是相通的。杨义指出："周作人在北平延续语丝派遗风，并与新月派合流。在语丝残部向京派过渡之中，较早出现的《骆驼草》散文周刊（1930年5月创刊）已标榜'不谈国事'，'笑骂由你笑骂，好文章我自为之'的超然的文艺态度。周作人开始醉心于民俗研究，在《骆驼草》第一期发表了《水里的东西》，介绍俗称'河水鬼'的水中动物，希望'使河水鬼来做个先锋'，引起大家对于'社会人类学与民俗学'的'调查与研究之兴趣'。可以说，这种人类学、民俗学以及新月派尊崇人性的观念，凝聚成京派文学的文化基调。"[1]

周作人之后，沈从文于1931年在《文艺月报》（2卷4期）上发表《论中国创作小说》说："从民十六后，中国新文学由北平转到上海以后，一个不可避免的变迁，是在出版业中，为新出版物起了一种商业的竞卖。一要趣味的俯就，使中国新的文学，与为时稍前低级趣味的海派文学，有了许多混淆的机会……创作的精神，是逐渐堕落了的。"这表达了他对文学精神的堕落的忧虑。1933年10月他又在天津《大公报·文艺副刊》上发表《文学者的态度》，批评上海"一群玩票白相文学作家"，表达了对文学商业化和文学精神堕落的不满，"希望他们（指白相作家——引者）同我家大司务老景那么守定他的事业，尊重他的事业，大约已不是一件很容易的事情"。沈文发表一个月后，海派的代表人物苏汶（杜衡）在1933年12月1日出版的《现代》上发表《文人在上海》，对沈从文做出了回应，于是掀起了一场关于京派文学和海派文学的论争。

现代文学研究界一般认为：京派文学之要义表现在追求深厚的历史感，与政治保持一

---

① 杨义：《20世纪30年代文学的京派与海派》，《文汇报》2003年9月30日。

定距离，追求纯正的文学韵味，浓重的平民意识，现实主义的风格等等。我们看到，京派文学作家的作品，无论是沈从文的湘西世界、废名的鄂东山野、卢焚的河南果树城，还是萧乾的京华贫民区，无不表现出作者对乡民社会的民俗风情及其所养育的人物和发生的事件的关注与开掘。对淳朴的人情美、道德美、自然美、民俗美的深情认同，成为这些京派文学作家共同的文风特点和写作原则。笔者要指出的是，在论述京派文学的贡献的时候，大多数研究者们忽略了京派文学及其代表人物们与民间文化、民间文学的联系以及民间文化、民间文学对他们创作的浸润和影响。

小说家兼神话学家苏雪林是第一个感悟到了沈从文小说中的民间文化、民间文学背景并给予高度评价的人，她在1936年写的《沈从文论》一文中，评论说：

> 据说湘西沅水上游，和川黔边境一带有许多苗瑶民族和汉族杂居在一起，惟其生活习惯与我们大不相同。沈从文是个湘西人，又曾在黔边军队混过几年，对于苗族生活比较别人多知道一些，故他的作品关于苗族生活的描写要占一部分。这种描写，许多人称为作者作品特具的色彩，也似乎为作者自己所最得意，观其常引"龙朱"二字可知。但以我个人的观察，则较之湘西民族生活之介绍似逊一筹。……龙朱与神巫同是苗族中的美少年；同为许多青年妇女所倾心而庄矜自持；后来同为一个极美少女所感而陷入情网；同有一个愚蠢而颇具风趣像Don Quixote（《唐吉诃德》——引者）里的山差邦诧的奴仆。故事是浪漫的，而描写则是幻想的。
>
> ⋯⋯⋯⋯⋯
>
> 本来大自然雄伟美丽的风景，和原始民族自由放纵的生活，原带着无穷神秘的美，无穷抒情诗的风味，可以使我们这些久困于文明重压之下疲乏麻木的灵魂，暂时得到一种解放的快乐。我们读到这类作品，好像在沙漠炎日中跋涉数百里长途之后，忽然走进一片阴森蓊郁的树林，放下肩头重担，拭去脸上热汗，在如茵软草上躺了下来。顷刻之间，那爽肌的空翠，沁心的凉风，使你四体松懈，百忧消散，像喝了美酒一般，不由得沉沉入梦。记得从前读过法国十九世纪大作家夏都伯里阳（F. A. Chateaubriand）的名著《阿达拉》（Atala）、《海纳》（René）等关于美洲北部未开辟时土人生活的描写，颇感此等妙趣。但夏氏曾亲赴美洲游历，对北美蛮族的风俗习惯曾下过一番研究功夫，所以其书虽然富于浪漫气氛，实非向壁虚造的故事可比。至于沈从文虽然略略明白一些"花帕族""白面族"的分别；能够描

写神巫做法事的礼仪；那能够知道他们男女恋爱时特殊的情形。而他究竟没有到苗族中间去生活过，所以叙述十分之九是靠想象来完成的。[①]

在苏雪林之外，最为了解沈从文创作特点的，莫过于他的学生、后来也成为京派代表人物的汪曾祺。50年之后，汪曾祺为美国学人金介甫所撰《沈从文传》写的序言这样写道：

高尔基沿着伏尔加河流浪过。马克吐温在密西西比河上当过领港员。沈从文在一条长达千里的沅水上生活了一辈子。20岁以前生活在沅水边的土地上；20岁以后生活在对这片土地的印象里。他从一个偏僻闭塞的小城，怀着极其天真的幻想，跑进一个五方杂处，新旧荟萃的大城。连标点符号都不会用，就想用手中一支笔打出一个天下。他的幻想居然实现了。

…………

他是一个受到极不公平的待遇的作家。评论家、文学史家，违背自己的良心，不断地对他加以歪曲和误解。他写过《菜园》《新与旧》，然而人家说他是不革命的。他写过《牛》《丈夫》《贵生》，然而人家说他是脱离劳动人民的。他热衷于"民族品德的发现与重造"，写了《边城》和《长河》，人家说他写的是引人怀旧的不真实的牧歌。他被宣称是"反动"的。一些新文学史里不提他的名字，仿佛沈从文不曾存在过。[②]

金介甫在《沈从文传》里说："沈想望回到20年代北京的那种局面。作家享有很高地位、联成一体，成为社会的领导力量。而海派文人则只会制造某某作家的谣言，然后写成'文艺新闻'；有些人不是剽窃中国作家的作品，就是翻译外国作品，冒充创作；有些人组成大肆渲染的文学社团，在喝茶聊天之余，互相标榜，招摇过市；有些人用各种旁敲侧击伎俩来破坏作者名声。""30年代的海派文艺完全破坏了五四传统，一切只求迎合读者口味。沈没有否认他是名义上的京派头头，北京在感情上是他第二故乡。对他来说，北京象征着独立、个性自由，"五四"新文学同教育结合起来。用振兴新文化运动来支持文学是沈清除海派恶习的良药。沈和学院派一向和睦相处，已经从外部登上京派的殿堂，现在沈最后已经步进文学文化运动的内部，虽然他年纪太轻，又没有学历，很难进入京派的核心里面去。"[③]

---

① 苏雪林：《沈从文论》，茅盾等：《作家论》，上海：文学出版社，1936年，第231—235页。
② 汪曾祺：《序》，金介甫：《沈从文传》，符家钦译，北京：时事出版社，1990年，第1页。
③ 金介甫：《沈从文传》，符家钦译，北京：时事出版社，1990年，第192—193页。

金介甫的这段话，帮助我们了解，所谓京派文学，实质上就是维护"五四"文学传统的一种文学观点和文学流派。

苏雪林从沈从文创作中发现并论述的这个创作特色，说明了立足民间文化土壤的特点，表现一种对原始神性社会的理解和对人类生命的悲悯。崇尚农耕乡土文明的民俗、宗教、家族、人情，以及追求纯厚、朴实、粗犷、多彩的乡村图景，是京派文学作家的文学主张的一个重要原则。

北京是一个历史悠久的帝都城市。近现代以来，北京始终是国家的政治中心。在这里爆发了"五四"新文化运动。中华人民共和国成立后，北京不仅是国家的政治经济中心，也成为文化中心。这样的历史决定了这座城市的城市性格和市民的文化面貌。前文说过了，一个民族的文化或一个地区的文化，并不只是一个民族或地区的精英文化或上层文化或"大传统"文化，也包括作为社会基础和文化基础的非物质文化遗产，或曰民间文化，或曰"小传统"文化。只有把这两种文化整合起来的文化，才是完整的民族文化或地域文化。

一般说来，漫长的帝都的生涯和多元文化造就了这个城市的居民，也决定了包括北京传说在内的北京文化的与生俱来的浓重的社会政治情结、深厚的历史感、凝重的气质、现实主义的然而又不乏诙谐韵味的文化传统。具体说来，近现代以降，这个帝都城市的居民的构成虽然随着时代的进展发生着变化，但大致包括：上层贵族遗民及其后裔，其中包括邓友梅小说《画儿韩》里写的画儿韩那样的已经破落了然而又没有塌下架子的儒雅其表、提笼架鸟、游手好闲、夸夸其谈的贵族后裔；中层为广大的市井社会的居民，他们大体都是移民北京的外省人，或以经营商业为生计，或以从事手工艺为业，或为江湖从艺者，其中不乏从小本生意到老字号的幸运者，他们带来了不同地区的生活方式和文化理念，为了适应北京的环境，他们无不在勤勉的经营活动中陆续地"在地化"了；下层居民包括大量的城市贫民。这里所说的不包括中华人民共和国成立以后移居到北京的政府官员和各类专业人士。

北京传说，主要指流传于城区市井社会里的中层和下层民众的口头传说。就题材说，传说包括人物传说、史事传说、地方传说、风物传说、风俗传说、动植物传说、宗教传说等诸多类别，但综观北京传说，则以史事传说、人物传说和名胜古迹传说为主体、为大宗，而一般在乡民社会里广泛流传的风俗传说，在少数民族地区和森林、海洋、草原地区广泛流传的动植物传说，民间信仰发达地区广泛流传的宗教传说，在这里比较少见。这种特点，自然也是来源于或决定于都市里庞大的市井群体的现实生活和精神诉求。对于北京市的市民，特别是长期在帝都文化、历史的影响和熏陶下的北京的市井阶层来说，帝王将相、英雄豪杰、文人墨客、工匠大师、宗教职业者等历史上各类出众人物，帝都城市的宫廷秘闻、庙宇建筑、园林宫观等文化遗存，历史上发生的种种史事，都好似近在眼前，而那些历史人物又可能与历史上发生的史事，特别是那些充满了神奇色彩和震撼人心、壮怀激烈的事件相联系着。这些人物和史事，这些建筑和秘闻，对于相对比较闲适、重实际而又少玄想的市井群体而言，也许比那些在劳碌了一天后拖着疲惫的身子回到自己的简陋的茅棚里的农民群体，更能在心灵上激发出诗意的记忆和联想，故而这类传说，便不绝如缕地被市井社会编造出来，并被乐此不疲地传递着，一代又一代。这一点显然是与乡民社会迥然有别的。

由于民间传说大体是以现实世界中存在的事物和人物为主要凭依和根据，为传说的基础或核心部分，故而一个传说的主体部分，即核心情节，在流传中是葆有相对稳定性，也具有一定可信性的。但民间传说是以口头方式传播的散文叙事作品，与诗体叙事作品的相对固定不同，传述者在讲述传说时有较大的个人发挥的自由度，在众多口述者的口述中会被添枝加叶，如同"滚雪球"越滚越大，逐渐粘连、附会和融汇上一些与传说的本事相关联的事件、人物、故事、情节和细节。而在经历了时间上久远的传播和空间上跨地区的传播后，民间传说在其流传中也随时可能粘连上一些无据可考的事件、情节或细节，甚至人物。正因为如此，传说（在其创作之始，可能出自一人之口）一旦进入群体传承过程之中，随着口口相传，辗转传播演进，便距离事物和人物的本原越来越远，越来越受到想象力的影响和支配。这几乎成了传说之传承和传递的一条铁律。无怪乎有学者说："一个传说的构成要素（Constituent Elements）在最原始时可能比较简单，然而在传递的过程中，愈到后来其传说中的要素，往往就掺杂了新的后来的成分；一个传说的母题可能没有改变，但是其中的情节无形中便增多了。"[1]"一种文化自发源地而传布至一定圈带之上，传布的边缘地带常常保存此种文化的原始形式，而越近中心形式也越脱离原始，因为文化自中心传布至边缘需要时间，这时间是足以使一文化在中心再作演进变化。"[2]北京的建城传说，也许可以说是这

---

① 李卉：《台湾及东南亚的同胞配偶型洪水传说》，《中国民族学报》1995年第1期。

② 转引自李卉：《台湾及东南亚的同胞配偶型洪水传说》，《中国民族学报》1995年第1期。原文参阅A. L. Kroeber：《人类学》，《五十年来科学的进展》，方子卫等译，台北："中央"文物供应社，1951年，第129页。

个越传距离事实越远的铁律的颇有说服力的例子。除了八臂哪吒形象的被引入这一信仰和幻想的因素外，历史人物刘伯温进入北京建城传说，原本也是不可思议的事情，但却真实地发生了，而且传述得活龙活现，栩栩如生，似乎北京城真的就是刘伯温和姚广孝建造的。

前面我们讲到北京传说显示出某种现实主义特点，即关注历史现实，关注下层民众的社会利益和人生诉求，也许有人会批评我们把评价文学创作的原则搬到了民间传说上，是一种理论上的滥用和混乱。其实不然，即使撇开像孟姜女哭长城这样的口头作品对无道的秦朝始皇帝的诅咒和抨击如何与官方史书的评价迥异不论，撇开农民起义领袖李闯王进京传说的价值判断不说，就看看那些讲述宫廷秘闻的传说吧，紫禁城里珍妃井的悲剧故事，雍正皇帝与白云观贾道士的传说，不是在字里行间透出来无道者的杀机吗？颐和园里挪用海军军费建造石舫的传说，作者的倾向和锋芒，不是现实主义的史笔吗？民间传说里所展现的史事和作者给予史事与人物的道德评价和价值判断，正代表了普通民众的政治观、历史观、道德观、价值观、是非观和审美观。如果把这些民间作品与现时流行的某些电视剧相比，难道不会发现老百姓的史笔之下所表现出来的深沉的历史感和现实主义，要比那些庸俗社会学的电视剧作者更符合历史和人民的要求吗？

其后的老舍和汪曾祺，不仅与沈从文一脉相承，而且堪可与之媲美。老舍被誉为京味小说的源头和鼻祖。他的作品，《二马》《离婚》《骆驼祥子》《四世同堂》等显示出浓厚的市民特色和地域文化性。他笔下的"市民世界"是一个包括老派市民、新派市民和正派市民3种类型的形象的世界，体现了北京文化的"人文景观"。汪曾祺是"一个抒情的人道主义者"，有人评论说，他是"中国最后一个纯粹的文人"，"中国最后一个士大夫"。如同沈从文20岁后生活在湘西的记忆里一样，他也是生活在苏北的记忆里的，他写小时候生活过的家乡苏北，《大淖记事》《受戒》和《异秉》等写的都是童年、故乡、记忆中的人和事，浑朴自然、清淡委婉中表现出和谐的意趣。最初的京派作家，甚至中华人民共和国成立后的一些所谓"京味"作家，除了刘绍棠、陈建功等，很多不是在北京土生土长，他们写作的题材和背景，几乎都不是北京，但在理念上却是共通的。

说北京传说（或北京民间文学）是京派文化的基础，给京派文学以影响，并不是把民间故事传说与作家文学混为一谈，尤其在叙事方式上，民间传说与作家文学是有明显的区别的。关于民间故事与文学作品的区别，丹麦学者阿克塞尔·奥尔里克说得好："现代文学——我是在最广泛的意义上使用这一概念——热衷于情节之间各种线索的纠缠。相反，民间叙事文学则牢牢保持它的独立线索。民间叙事文学总是单线索的，它从不回头去增添遗失的细节。"他的这段话，得到国际学界的认可，已故美国学者阿兰·邓迪斯把他的这篇题为《民间故事的叙事规律》的文章收进了所编《世界民俗学》一书中。[①]

当前的北京文坛上，又兴起了一个新的话题："京味文学"。王世襄、启功、朱家缙、杨绛、邓友梅、林斤澜、汪曾祺等等，尽管没有一定的社团、没有一致的章程、没有固定的出版社和期刊，但他们都是"京味"作家。论者的好意，在复兴北京作家的地域文化意识。因此讨论很是热烈。但我们看到，所谓"京味文学"，已经与往昔的"京派文学"不同了，大体上限于地域概念，也与北京固有的民间传统没有太大的关联了。

2011年11月14日修改定稿

本文系2011年11月14日在北京联合大学"北京学讲堂"的讲演稿，原载于《文化学刊》2011年第1期。

---

① 阿克塞尔·奥尔里克：《民间故事的叙事规律》，阿兰·邓迪斯编：《世界民俗学》，陈建宪、彭海斌译，上海：上海文艺出版社，1990年，第181—198页。

论民间故事的幻想

民间故事是世界上各个民族都普遍存在着的一种民间文学体裁, 有着极为久远的传统。多少世代以来, 劳动人民之中从未曾间断地创造和流传着各种优美动听、令人神往的故事。无论是讲述故事的人, 抑或是听故事的人, 都是故事的创造者, 也都从故事中得到生活的启示, 受到道德的教育, 得到精神的娱乐。

民间故事里常常出现一些乍看起来荒诞不经的事物与形象、似乎与现实无缘的情节、不能实现的事件, 而这些事物、形象、情节、事件又往往受到劳动人民的喜爱, 在劳动人民中间产生着看不见摸不着的潜移默化的美学作用。其原因何在呢? 民间故事何以具有如此的艺术魅力呢? 几乎每个听过或读过一些民间故事的人都会发出类似的提问。

一

幻想是民间故事的艺术特征之一。没有幻想就不可能有民间故事。这话是毫不夸张的。然而幻想是怎样体现在民间故事里的呢?

幻想最初产生于对现实世界的不认识、不了解而要求认识、要求了解, 对现实状况的不满以及对未来、对美的预想与企望。在原始时代, 当蒙昧人处在生产力极端低下的情况下, 面对着自然界的奇伟壮观、有时又危害着他们的生存的诸现象, 而无从索解的时候, 他们便不期然而然地产生了解释和说明自然界诸现象的实际要求, 以及支配自然力、改变现实状况的强烈愿望。虽然由于历史条件的限制, 他们不能给予宇宙万物以科学的、合理的解释, 但他们毕竟以丰富的想象力和预示未来事物的思想才能赋予自然力以艺术的形体, 创造出许多假想的形象。这样, 便产生了神话。原始人的神话里的幻想正是原始社会现实生活的特殊反映, 是当时的人们对现象之间因果关系的意识的最初表现。当然, 除了神话而外，还有动物故事存在。动物故事里也不乏奇妙的幻想，而这种幻想也是原始人群在对动物的观察了解的基础上，通过类比而产生的。因为原始人类的生产活动（狩猎是最低阶段的重要方式）直接影响着他们的世界观和审美趣味。

至于出现了阶级分化，乃至以后的阶级对立的社会中所产生的民间故事，也无不通过幻想给听众以教育和娱乐。民间故事作为观念形态的东西，是客观现实生活的反映，这是毋庸置疑的。但这种反映往往采取了奇特的、幻想的形式。就一篇故事而言，其中所反映的社会生活，并不一定是现实生活中那个样子，而往往是一种幻想中的社会生活。所以高尔基说过，民间文学的特点是奇特地伴随着历史。处于被压迫、受奴役地位的劳动群众，对当时的现实是不满的，也不安于自己所处的历史地位。但实际上他们又无力改变当时的现实环境和自身所处的历史地位，他们只有在故事中通过美丽的幻想才能改变自己的处境和悲苦的命运：农民战胜了地主、皇帝，荏弱的动物胜过庞大的兽王，等等。这些看来荒诞离奇的幻想，却有着非常真实的现实生活作为它的基础，不过是世间的生活采取了非世间的形式罢了。

民间故事里的幻想是通过千姿百态的艺术形象和奇妙多变的艺术构思而得以实现的。猎人海力布得到了一块宝石因而能通兽言鸟语，由于把秘密告诉了别人，宝石变成了普通石头。神海蜊的海蜊一吹起来，能使鸟兽战马惊服。"小拇指"（或"小不点"）可以钻进对手的肚里兴风作浪而于己无损。天鹅仙女能变幻自己的身形腰肢。勒惹骑着大山隘口的石马越过发火山、汪洋大海，到太阳山寻回壮锦。……凡此种种，都是把现实生活幻想化了，把自己的劳动诗化了。

幻想出现在民间故事里，并不是毫无现实生活根据的臆想和杜撰，也不是虚无缥缈的意识的幻觉。相反，在幻想的每一飞翔之下，都有着现实的根据：劳动人民的具体而合理的要求、心愿和渴望。这也就是列宁所说的："任何故事中都包括着现实的因素。"[1]这一论断阐明了幻想同现实的依存关系，即离开了现实生活，也就无所谓幻想。

---

[1] 列宁：《关于战争与和平的报告》，中共中央马克思恩格斯列宁斯大林著作编译局编：《列宁选集》第3卷，北京：人民出版社，1960年，第466页。

二

在以往的研究工作中，对民间故事有各种各样的分类方法。最通行的是所谓按型式的分类，但我认为这是一种形式主义的方法。根据民间故事里运用幻想的形式的不同，我认为，民间故事至少有以下几种情况值得注意：

（一）当故事主人公处于困厄境地或不利情势时，故事的作者们往往赋予他种种美好的想象，或穷苦人得到宝物得以过安居乐业的生活，或善良的王子得到貌美手巧的公主结成美满幸福的姻缘。正面主人公历尽种种艰险或克服种种困难，得到了胜利，然而这种胜利是既非个人能力所能取得，又非现实生活中所能实现的，人民群众则不顾现实世界中对矛盾通常采取何种解决途径的实际，而把同情寄托在善良、诚实、勤劳者和弱者一方，从而假定这种胜利、这样的幸福生活是现实的、应该的。

有些两兄弟的故事里的小弟弟与哥哥的矛盾的统一，往往并不是现实生活中的统一而是幻想中的统一，小弟弟总是借助于某仙人或某宝物的提示与帮助或靠自己的智慧与勤劳而获得成功。[1]后母（继女）故事里的继子、继女，也往往借助于某人某物的提示与帮助化险为夷、转危为安。成往救了龙王的儿子，因而得到许诺娶龙王公主为妻，并在美丽公主的帮助下，完成了后母为了虐待他而设下的3项非体力所能完成的工作。后母由于贪心不足而被烫死，成往与公主过着美满生活。[2]脏姑娘在习勒不浪（好心人）的帮助之下摆脱了厄运，逃离习勒那（黑心人）的家，和同她有同样遭遇的熊头人大哥结为夫妻，而后者在姑娘的帮助下打败了"冰山土司"（这是现实生中活的土司的物化），破了它的咒语，恢复了原形，两人过着非常富裕幸福的生活。[3]这类故事体现了人民这样一种愿望：希望美好的事物得到胜利，善良、勤劳、诚实然而受欺侮的人物得到幸福美好的生活。这是人民的朴素的善恶观念的体现。

---

① 这类故事过去搜集得很多。解放前如《艺风·民俗园地》4卷1期（1936）所载的《狗耕田的故事》、《民间》2卷3期所载的《狗耕田的故事》《两兄弟》等，解放后《民间文学》1956年第1期所载的《石榴》《二小分家》《兄弟分家》等，均为此种题材的故事。
② 《恶毒的后母》，本社编：《老猎人和皇帝》，贵阳：贵州人民出版社，1958年。
③ 《脏姑娘》，萧崇素整理：《葫豆雀与凤凰蛋》，重庆：重庆人民出版社，1957年。

（二）与上述情况相反，美好的愿望不能实现，正面主人公的理想破灭，于是故事中出现悲剧结局。正义得不到伸张，美好遭到毁灭，这正是封建社会社会生活的本质的真实。但是，民间故事的作者们——人民群众不愿意看到世间出现如此惨烈的悲剧，希望美好的事物永远圆满，因此他们在按照生活的原貌描绘出这些人间悲剧之外，总是加上一些光明的尾巴，以寄托自己的理想，从而加强了对悲剧所以出现的社会原因的谴责。

梁祝故事的悲剧性结局，民间作者赋予作品以化蝶的美丽幻想，以寄托作者的理想，这已为读者所熟知，自不待言。兄弟民族的故事中这种描绘也比比皆是。拉冶和鲁木措萌发了深沉的爱情，愿结为夫妻，但鲁木措的哥哥却横加阻挠，害死了她的未婚夫拉冶。在给拉冶举行火葬时，不管倒上多少酥油，尸身总是不化，最后鲁木措举身跳入大火中同归于尽。在掩埋他们的尸骨的地方长出来两株郁郁葱葱的香柏木——他们的灵魂，狠心的哥哥砍掉香柏木，可是天空中又出现了一对明星。① 同样，由于头人的女儿不能嫁给穷人家的青年的剥削阶级世俗观念的影响，塔满兹和塔尔查来鲁的爱情也造成了无可挽回的悲剧。穷人家的青年塔尔查来鲁虽与塔满兹是青梅竹马，而且得到了车依拉姆神（创造山川陆地的女神）的帮助得到定期约会的彩桥，可是，塔尔查来鲁终于丧命于塔满兹的姑母（独眼女人）的暗箭之下。塔满兹自愿跳进焚化塔尔查来鲁的火中相抱殉情而去。死后，在塔满兹的尸骨上长出了一株常青的斯约树，在塔尔查来鲁的尸骨上长出了一株审纽树，在青翠葱郁的树上又生出一对雌雄扎格鸟相望而歌。从此，人们一听到它们的歌声，"忧愁的就不再忧愁，叹息的就不再叹息，心里灰暗的也开始有了希望"！②

（三）把人类社会的一切美德、高超的技艺、超众的膂力等赋予某个理想人物身上，把他塑造成人类的模范、导师或征服自然力和敌人的能手、英雄。

高尔基曾经十分精辟地论述过这一类故事的久远渊源和这一类人物形象的真谛，至今读来还是意味深长的。他说，在这类故事中间我们可以听到关于驯养动物、发现药草、发明劳动工具的种种工作的反映。"在远古时代人们就已经梦想着能够在空中飞行，——关于法伊东、狄达勒斯和他的儿子伊卡拉斯的传说以及关于'飞毯'的故事都告诉了我们这

---

① 《拉冶与鲁木措》，贾芝、孙剑冰编：《中国民间故事选》第1集，北京：人民文学出版社，1962年。
② 《塔满兹和塔尔查来鲁》，贾芝、孙剑冰编：《中国民间故事选》第1集，北京：人民文学出版社，1962年。

点。他们梦想着加速走路的速度，——于是有关于‘快靴’的故事；他们学会了骑马。想在河里比水流游行得更快的希望引起了桨和帆的发明，想从远处杀伤敌人和野兽的志愿成为了发明投石器和弓箭的动因。他们想到能够在一夜之间纺织大量的布匹，能够在一夜之间修造很好的住宅，甚至‘宫殿’，就是说可以防御敌人的住宅，他们创造了纺纱车——一种最古的劳动工具，原始的手织机，并且创造了关于智者华西里沙的故事。"[1]希腊神话中的法伊东也好，俄罗斯民间故事中的华西里沙也好，其基本思想归结起来就是古代劳动者渴望减轻自己的劳动，提高劳动生产率，防御两脚的或四脚的敌人的侵犯。高尔基的这种历史唯物主义的观点和研究方法，廓清了资产阶级学者们的形式主义方法造成的迷雾，在今天仍然有大力提倡和阐发的必要。

我国的巧女故事内容极其丰富，巧女形象集中了我国劳动妇女的勤劳、智慧的美德。我国的巧匠故事不论在形式的独特性和形象的完整性方面，在世界故事的宝库中都是独树一帜的。且举《一幅壮锦》为例。[2]这篇壮族民间故事描绘了一个巧妇形象妲姐，表达了劳动者提高自己的劳动技能、改善自身生活状况的强烈愿望。妲姐是一个具有出众的织锦手艺的普通妇女，她的眼泪滴在锦上，就在滴着眼泪的地方织起了清澈的小河，织起了碧波荡漾的鱼塘；她的眼血滴在锦上，就在滴着眼血的地方织起了红红的太阳，织起了鲜艳夺目的花朵。鲁班传说在塑造巧匠鲁班的形象时，几乎把他的技艺和智慧诗化、神化了。从鲁班传说中，我们看到了劳动者对自己智能的自信，他们深信唯有劳动能在广大空间里创造出令人惊异的奇迹。人民，即使是各行各业的匠师们，当他们用自己的艺术想象赋予鲁班这种人物以卓绝超凡的技艺时，他们并不想到自己在这方面的作用，尽管他们的确都在这些行业中做出过自己的贡献。这是因为鲁班是他们的代表，是他们集体智慧的艺术的化身，每当他们津津有味地讲述着关于他的故事时，自己也因而感到自豪。人们愈是舍己地赋予鲁班以超人的技艺与品德，鲁班的形象也就愈益丰满、高大，也就如高尔基说的，他被擢升到了人类导师和英雄的水平。

（四）我们常常在民间故事中遇到这样的情景：一只小小的兔子竟能把庞大凶猛的狮

---

① 高尔基：《苏联的文学》，《高尔基选集·文学论文选》，孟昌、曹葆华译，北京：人民文学出版社，1958年，第320—321页。
② 《一幅壮锦》，贾芝、孙剑冰编：《中国民间故事选》第1集，北京：人民文学出版社，1962年。

子溺死在水中①,一只若隐若现的萤火虫竟然把恶虎烧死②……弱小者总是以自己的聪明才智或勤劳战胜强大者。这种幻想显示了受压迫的劳动群众不畏强暴、蔑视权势的高尚品德。弱者战胜强者,一般地说是罕见的现象,但不是不可能,当弱者团结一致发挥自己的聪明才智研究了并抓住了强者的弱点,往往会立于不败之地,战胜强者。民间故事把这种现象加以无可置疑的肯定,对弱小者寄予深切的同情和热烈的讴歌,实在是意味深长的。这类动物故事如此,社会生活故事也是如此,往往也以弱者战胜强者的幻想作为构思的基础。试看《蛇郎》故事中对弱小者七妹的同情与歌颂,就可略见一斑。七妹力排偏见,请嫁于为6个姐姐所嫌弃的蛇郎为妻,终于得到美满幸福的生活;而心地险恶的二闺女则受到社会舆论的谴责。当她把七妹子推到河里溺死之后,蛇郎的鹦哥(七妹的精灵)作为社会正义的代言人严正指出:"奸奸奸,拿我的镜子照狗脸;丑丑丑,拿我的梳子梳狗头!"而当鹦哥被害死后,埋葬七妹的地方又长出了一苗酸棘树,扯烂了她的袄裤。最后蛇郎拿冬雪做衣裳、拿梅花做脸盘、拿花枝做骨骼,使七妹子复活如初,比先前更美好。

(五)此外,还有一种解释性故事,如某些动物故事和山川风物故事大致属于这一类型。这些民间故事虽然以描绘动物和描绘山川自然景物及其来历为基本特点,然而其中包含着极富现实意义的幻想。蒙昧人在他们创造的动物故事里对"动物的习性和栖居地点等等"作了各种各样的想象,但这些想象的总的意义并不外乎要更多地捕获动物作为自己生存的条件。蒙昧人把某些动物描绘得强大有力,这实际上是表现了他们自身的强大有力,因为如此强大的动物都被他们征服了。有的动物被表现得温顺,这似乎告诉我们,他们已经由单纯的捕捉动物过渡到了驯养动物,从而对某些有用的动物产生了好感。有一个原始民族的研究者说过一句话:只有把蒙昧人看作是狩猎生活的产物,我们才能了解他们。如果我们拿这个意思来理解蒙昧人的动物故事,那么就可以说,他们的故事的题材大都是取材自动物界的,他们的艺术创作是植根于狩猎生活之中的。一般可以这样说:解释动物习性、来历以及栖居地点等等的动物故事里,隐藏着狩猎人更多地捕获动物的愿望,对动物的认识愈精细准确,这种愿望得以实现的可能性就愈大。因此,蒙昧人尽自己的可能把

---

① 《兔子报仇》,贾芝、孙剑冰编:《中国民间故事选》第1集,北京:人民文学出版社,1962年。
② 《老虎和萤烛》,《民间文学》1961年第6期。

动物的生活规律、习性等作了种种幻想性的描绘, 例如大雁在飞行时为什么排成人字形和一字形的故事, 指出这种飞行规律是为了使猎人掌握它。处于低级社会发展阶段的某些非洲、澳洲民族还存在着大量的这种故事, 如阿姆哈拉人的故事《小豹和小猴》指出这两种动物疏远的原因——狡猾, 人们只要认识到它们的这种特性, 就不会上它们的当, 会比较容易地捕捉到它们。[①]

至于风物故事, 有的叙说山川景物来历, 富有知识性、抒情性; 有的借景咏人、咏史, 意味深长、发人深思。限于篇幅, 这里不细说了。

三

民间故事的幻想的发展, 与人民的世界观和宗教信仰的发展有着紧密的联系, 基于不同的世界观和不同的宗教信仰, 产生了不同的幻想。在许多故事里, 至今还保留着原始信仰的最明显的遗迹——万物有灵观和图腾崇拜。因此, 在研究民间故事的幻想时, 就不能回避开宗教信仰与民间故事的关系的具体分析, 而只有从分析原始宗教的诸形态入手, 才能切实地了解民间故事的幻想产生的根源及其形态。

原始神话与原始宗教之间有着极其密切的关系, 有时要把二者分辨开来, 甚至都不是一件容易的事。恩格斯在论述美洲印第安人部落的特征时曾指出"有共同的宗教观念(神话)和崇拜仪式"[②]。原始宗教的最普遍的形态之一, 就是所谓图腾崇拜。原始人所崇拜的有动物, 也有自然物, 如拜蛇、拜狗、拜蝎、拜象、拜火、拜山、拜水、拜树等等。原始人一般分不清人与动物的界限, 甚至将自己的祖先和文化成就都归功于动物。因此, 图腾崇拜的特点就是相信人们的某一血缘联合体同某一种类的动物之间存在着血缘关系。图腾崇拜和原始神族在人类早期神话中得到了真实的、具体的体现, 有许多民族的神话故事里同时出现了人和动物的形象, 有时甚至是半兽半人的形象。畲族传说中认为狗是他们的始祖, 古时候国王与敌国打仗处在危急关头的时候, 便下令国内如有能打败敌国把该部落酋长的

---

① 《小豹和小猴》,《非洲民间故事》, 陆卯君等译, 上海: 少年儿童出版社, 1963年。
② 中共中央马克思恩格斯列宁斯大林著作编译局编:《马克思恩格斯选集》第4卷, 北京: 人民出版社, 1972年, 第88页。

头拿来贡献的人，则把公主给他为妻。这时狗便跑到异部落去将酋长咬死来见国王，要国王实现他的诺言，国王颇有难色。狗便说：请他将它囚于铜钟之中过7天7夜，它就可变为人了。到了第6天，公主怕它饿死，揭开铜钟窥看，这时狗身已变为人身，只剩下头还未变，狗便与公主逃至山中，繁衍子孙。藏族有一个古老的神话传说，说他们是由猕猴和罗刹女结合衍生而来的，给猴子赋予了一切好的性格。

原始宗教的另一种形态——万物有灵论在神话故事的幻想的形成中也起了很大的作用。原始人把宇宙万物想象成都是有灵性的，他们的民间故事可以作为他们的这种信仰的佐证。詹·弗雷泽曾经在他的卷帙浩繁的《金枝》一书中引用大量的材料论述了这一点，他雄辩地指出："在人类历史的初期舞台上，外魂的观念乃是一个很有力量的信仰，民间故事很忠实地反映初民所看见的世界是一种什么样子，我们可以说，其中常见到的观念，无论它是什么，在原始时代一定是一种普遍的信仰。"[①]弗雷泽列举了一个蒙古故事，这个故事说英雄约鲁（Joro）同他的敌人术士却里当（Tschoridong）喇嘛搏斗，喇嘛将他的灵魂变成一只黄蜂去蜇约鲁的眼睛，约鲁用手逮住了这只黄蜂，他的手张开，这喇嘛便恢复知觉，他的手握拢，这喇嘛便失去知觉。在我国各民族的民间故事、史诗中，外魂观念不仅蒙古族有，汉族、藏族等也都有。蒙古族广泛流行的蟒古斯的故事中英雄与十二首魔王蟒古斯的斗争[②]、史诗《格斯尔传》中格斯尔与魔王的斗争，魔王都是将自己的灵魂藏在隐秘的地方，以免遭到英雄的杀害，而最终由于被魔王掳去的英雄的爱子把魔王的灵魂所藏的地方告诉了英雄，英雄才将魔王除掉。更广泛一些来说，民间故事里的许多精灵也都是万物有灵论的表现，如田螺精、黄蛇精、娘鱼精、兔子精、蛤蟆精、河蚌精、狐狸精、冬瓜精……人们赋予自然界的生物以灵性，把它们幻想成许多美丽的姑娘、俊美的青年等等，把普通人的美好愿望寄托在它们身上。例如田螺姑娘、河蚌姑娘在人民的幻想中就成了穷青年的美丽妻子，而这一点不正是穷得娶不起媳妇的青年们梦寐以求的吗？

民间故事里还常常出现巫术的形象。故事里的主人公往往借助于巫术去战胜敌手，或得到美好的生活。我们知道，巫术是同宗教对立的，如弗雷泽所说，"它的整个体系都以相

---

① 詹·弗雷泽（弗莱则）：《外魂——见于民间故事的》，于道源译，《文讯》1947年第1期。
② 参阅仁·甘珠尔搜集整理：《智勇的王子喜热图》，芒·牧林、陈清漳译，呼和浩特：内蒙古人民出版社，1963年。

信自然界中存在着秩序和统一性为基础"，尽管这种信仰是盲目的，而宗教的基础却是相信自然的统一秩序可以由神或神们按照人们的请求加以破坏。信仰宗教的人是用主体（精灵或神）的意志来说明自然现象，而求助于巫术的人则力求去发现决定这种意志的客观原因。当然这决不意味着把巫术同科学等同起来，恰恰相反，科学与巫术之间存在着本质的不同。科学力求发现现象的内在的因果联系，而巫术却仅仅满足于简单的联想或简单的象征。在民间故事里，吹箫人阿保得到了龙王公主赠送的万应盒和如意棒，向万应盒说些咒语，如意棒在盒上一敲，就有了高大的楼房、美丽的妻子、丰富的粮食、四季的衣服。[①]格林童话中的《白雪公主》中的王后对白雪公主施用了种种魔法，先以毒梳梳她的头发，复以有毒的苹果相诱而使白雪公主致死，但作为正面理想的白雪公主是不会死的，七个矮人和王子给白雪公主解了魔，使她复活。[②]

总之，原始宗教的种种形态曾经作为人类幻想的一部分出现于神话、故事之中，大大地丰富了神话、故事的幻想。由于原始人的整个世界观都是建筑在以动物为主要源泉的那些经验上面，因此，他们的神话故事的幻想也就离不开动物以及由动物而得到的经验，而图腾崇拜就是在这样的社会基础——这种经验上产生的，它根据人对动物的关系把动物人格化，赋予它们一切人的特点。因此，原始神话故事既是原始人的文学作品，又是他们的哲学、神学和科学。

前面说过，阶级社会里的一神教如基督教、犹太教等，与原始宗教有着本质的区别，其最基本的一点便是它确立了一种至高无上的力量，使人的一切活动都服从于这种神秘力量，而这种力量不是别的，就是神，它参与人间的事务，捍卫某一部分人的利益与道德。在这个时代，人民的口头艺术创作，就其大多数作品的实质来说，是离开宗教独立发展的，它不仅不反映宗教的观点，而且是同宗教对抗的，因而它的幻想也是脱离宗教概念而独立的。在一些正教统治的国家里，民间故事里不是歌颂宗教的代表人物，而是抨击他们、反对他们。但是，宗教在阶级社会中既然得到了统治阶级的认可与支持，宣扬了统治阶级的思想，那么它就不能不给人民的口头艺术作品带来一定的影响，而民间文学就不可能不采

---

① 《吹箫人》，林兰编：《怪兄弟》，上海：北新书局，1932年。
② 第53号故事，格林兄弟：《格林兄弟童话与家庭故事》，魏以新译，北京：人民文学出版社，1959年。

用一些宗教的幻想、形象乃至宗教故事。

民间故事除了受到宗教观念的影响与毒害而外，还受到几千年来宗法制农民生活状况以及生产力发展状况的影响，因而不能摆脱消极的因素。拉法格指出："自然环境的影响曾支持农民信仰鬼魂、巫婆、中邪和其它的迷信观念。"[①]农民不能摆脱落后的生产力，因此就不能彻底地支配自然力，自然环境也就不能不给农民以影响，自发的宗教迷信观念就会不断发生。反映到他们的民间故事中，原始宗教形态中的精灵被注入了阶级的色彩，出现了惩罚被压迫者的种种方法与概念（如地狱等），原始神话故事中的作为人的同事和朋友的神，被代表一种至高无上的神秘力量的神所代替了，等等。所有这一切就构成了民间故事中的反人民、反民主的因素，这就是我们通常所说的"封建性的糟粕"，当然，这些糟粕是同人民性的、民主性的精华交织在一起的。

对于民间故事中的封建性的糟粕，如神鬼观念、迷信观念等，必须认真严肃地加以甄别，但是，在这样做的时候，又必须审慎地将其同神话、故事的艺术幻想区别开来。

1965年初稿

1980年修定

本文原载于《学术研究》1980年第4期。

---

① 拉法格：《思想起源论（卡尔·马克思的经济决定论）》，王子野译，北京：生活·读书·新知三联书店，1963年，第218页。

民间故事的文化人类学考察

一

任何一个人，不论他的民族、肤色、性别和年龄如何，一旦他来到这个世界上，他就会自觉或不自觉地接触到神话、传说和民间故事，并从中得到认识世界和处世生存的知识，受到道德、理想、艺术和审美的熏染。神话、传说和民间故事既是人类生产和生活经验的总结，又是人类最早的启蒙教材。

民间故事是一种世界性的、最为普遍的、历史极为悠久的人类文化现象。各国的民间文艺学家、文化人类学家、民俗学家们业已证明了，世界上没有哪一个国家、哪一个民族的老百姓中间没有民间故事的传播。

在原始社会，神话和宗教是精神领域的一对孪生兄弟。人类最初是通过神话感知世界和表达观念的。不管是什么派别的宗教学家和神话学家，几乎都承认这一点。法国社会学派人类学家杜尔克姆（Emil Durkheim, 1858—1917）"从这样一个原则出发：如果我们从物理的世界，从对自然现象的直观中寻找神话的源泉，那就绝不可能对神话作出充分的说明。不是自然，而是社会才是神话的原型。神话的所有基本主旨都是人的社会生活的投影。靠着这种投影，自然成了社会化世界的映象：自然反映了社会的全部基本特征，反映了社会的组织和结构、区域的划分和再划分"[1]。另一个法国社会学家列维–布留尔（Lucien Levy–Bruhl, 1857—1939）说：神话是人类原逻辑思维（Prelogical Thought）的产物。随着生产力的发展，人的大脑的进化，人对自然的认识的提高，人际关系的复杂化，

---

[1] 恩斯特·卡西尔：《人论》，甘阳译，上海：上海译文出版社，1985年，第101页。

人的思维也相应地大大进步了，作为人类的口头文学、历史、哲学等统一体的神话，渐而分化。人们在日常生活中的所见所感所思所想，需要有新的艺术形式来补充和代替神话，于是，以口头讲述为存在方式的传说和民间故事，便成为在文字产生以前的，以及后世不识字没有文化的老百姓以及全体社会成员最恰当和最具有群众性的表达思想的形式。因此，如果说神话是人类处于原始蒙昧状态阶段上的精神产物，那么民间故事就应该是人类进入文明社会的精神产物。从发生学的意义上来说，像动物故事这样的民间故事是大约与神话同一时间出现的，但一般说来，传说和民间故事应该是在神话之后出现的重要文学形式，在漫长的时间里与神话同时存在、分流发展。关于这个问题，在学术界是有分歧意见的。

尽管民间故事是与传说同时存在的一种口头文学形式，而且与传说在题材和叙述方式上有许多接近的地方，有时甚至很难加以区分，但民间故事毕竟以其独具的特点而在老百姓中间存在着，传播着，按照与传说不同的方向发展着。民间故事的特点是什么呢？

第一，传说往往以某一件事、某一个人物、某一段历史、某一座城池、某一种特殊的自然物（如山峰、河流、湖泊、火山）或文化物（如金字塔、长城、秦始皇的赶山鞭、雷峰塔）为依托、为中心，而民间故事中则没有这些依托，其中的人物（国王、王子、公主、龙王、仙人、鬼怪、神父、老汉、穷小子、灰姑娘）、事件（完成国王的考验、龙宫得宝、凯欧蒂和阿凡提或毛拉戏弄有权势的人物、公主智斗阎罗王）、时间（"从前""很久以前""古时候"）、地点（"有那么一个王国"），则都是虚构的，因此，虚构就成为民间故事的一个重要的特点。虚构不是胡思乱想，不是任意瞎编，虚构是建立在生活基础上的一种艺术上的合理想象，经过千百次讲述加工过的虚构，能有效地帮助人们更集中、更真实地表现所要表现的题材。中国人说讲故事是"说瞎话"，意思是说了就算，不当真的，不可信的。外国也有类似的说法。然而听众们在听过些故事以后，往往还要缠着讲故事的人再讲一个，往往把故事中的人物和事件信以为真，有的幼稚的少年甚至还加以仿效，身体力行。故事的道德教化作用，常常是由于艺术虚构的巧妙和讲述的匠心，而在不知不觉中显现出来的。

　　第二，型式化（或模式化、类型化）是民间故事的第二个重要特点。[①]民间故事在长期的流传中逐渐形成了若干个较为稳定的情节型式，无以数计的民间故事可以分属于这些情节型式之下。情节型式就如同人体的骨骼一样，是从民间故事中提取出来的一些不同类型的框架，只有用鲜活而丰满的血肉把它填充起来的时候，才有可能出现一个生动的、有艺术感染力的民间故事。关于民间故事的这一特点，从19世纪下半叶起，不少欧洲民俗学者就注意到了，他们对这一特点进行了广泛的研究，并且根据民间故事的这一特点编制出若干欧洲民间故事的类型索引，其中以芬兰学者安蒂·阿尔玛图斯·阿尔奈（Antti Aarne，1867—1925）的《故事类型索引》（1901）最为完善，影响也最大。他从对芬兰和北欧的民间故事中归纳和抽提出了540个类型。他的这一开创性的、浩繁的研究，固然是为了对民间故事进行分类和检索，但客观上却揭示出了民间故事固有的型式化的特点。从此，民间故事的型式化特点就为世界学术界所公认了。到20世纪20年代末，美国民俗学家斯蒂斯·汤普逊（Stith Thompson，1885—1974）出版了他的《民间故事类型索引》，使阿尔奈所开创的这项研究更臻完善。情节型式的存在，从艺术的特性来说，似乎是民间故事的艺术性的一个天敌，因为它妨碍了作者想象力的发挥，但正是型式化的特点，才使民间故事具有一种相对固定的、适用于口头讲述的艺术形式，不像传说那样无拘无束，不像小说那样可以随意创造；任何讲述者，只要是离开了这些已有的故事情节的型式或准型式的约束，如同驰骋的野马任意发挥其想象，增加细致的心理描写，都难以为故事的听众所接受和认可，它也就不再是民间故事了。

　　第三，民间故事是在广大社会成员中经过千百年的反复流传、琢磨、锤炼，成为为广大群众喜闻乐见的民间口头作品的；由于它不是一次而是多次创作而成的，所以每一篇故事

---

① 笔者要在此补上一个注释，希望不是画蛇添足。在2002年12月中国艺术研究院举办的"人类口头和非物质遗产抢救与保护国际学术研讨会"上，北京师范大学民俗典籍文字研究中心主任王宁教授发言说，口头与非物质遗产（在我国习惯称民间文化）的特点有三："高度的个性化、传承的经验性、浓缩的民族性。"［王宁：《非物质遗产的界定及价值》，中国艺术研究院编：《人类口头和非物质遗产抢救与保护国际学术研讨会》（文集），内部资料本，北京，2002年12月，第73页。］笔者对此论不敢苟同。在我们看来，王教授的概括犯了一个常识性的错误。民间文学，扩而大之即民间文化，其根本特点不是"高度的个性化"，而是型式化。个性化是作家创作的基本特点，也是使作家创作与民间创作（民间文化作品）相区别的一个主要因素。——2003年8月22日补注。

都像一座古代文化遗址一样，在其中积淀着不同时代的思想的、道德的、民俗的、文化的因素。这就决定了民间故事在形象的叙述中包括着浓重而驳杂的民俗文化特性。所谓驳杂，就是因为它们不是一个时代的，不是一个阶级的，不是一个社区或集团的，而是不同时代、不同阶级、不同社区或集团的。这种情况也就同时决定了它与以个人创作和一次完成为特点的作家文学的分野。由于民间故事的驳杂的民俗文化特性，各国民俗学家们都毫无例外地把它作为该国和民族的民俗事象之一而加以研究，从中探究人类历史上不同时代的思想、道德、民俗和文化风尚。

民间故事继承了神话的叙事表述方式，后来也还长期保留着神话里面常见的某些原始思想和原始信仰的残余，如万物有灵观几乎随处可见，但比较起神话来，它显然更切近现实生活的原样，更多地抛弃了"神"气而更多地体现着"人"气，活生生的人代替了捉摸不定、居高临下的神而成为民间故事的主角。相应地，民间故事不再像神话那样必然地与某些祭祀仪式相联系，作为祭祀仪式不可分割的部分——"祭词"出现，而是截取人类社会中经常发生的某些事情或某个事情，加以编演。我们可以发现，民间故事的叙事逻辑与现实生活本身具有的逻辑，大体上是一致的。讲述人在讲故事的时候，为了增加可信性和为了在场的各种不同的听众都能接受，常常是从事情的开始讲起，"从前……""有一次……""有一个人……"娓娓而谈，人物之间的关系分明，矛盾纠葛一波未平一波又起，情节发展层层迭进，事情来龙去脉讲得有根有底，有头有尾，听起来真实可信。从这个意义上说，民间故事对社会生活的描摹更多地是现实主义的，不妨说民间故事是文学的现实主义传统的滥觞。

民间故事是在讲述者讲述的过程中实现其价值的。如果是一个老奶奶讲述者，她在炕头上面对着孤灯下一群天真无邪的孩子，讲述那个在中国和许多欧洲国家都很著名的狼外婆（狐外婆、虎外婆）或那些鬼狐成仙的故事，讲到要紧处，无论是讲述者还是那些小听众，都似乎亲身参与到故事里去了。如果是一个见多识广的甚或有游历生活史的讲述者，面对着各色各等的男性成年听众，讲述具有更多社会生活内容的故事，他会增加进去许多他自己的见闻，也会夹杂进去能够逗人发笑或性诱惑的小插曲（俗称"荤故事"）。任何民间故事都有一个基本的核心（如上所述，西方学者把这个核心称为"情节型式"），由于讲述者的修养和技巧的高下，同一个故事往往出现若干具有不同艺术水准的故事。一旦离开了讲述的环境，变成书面的记录，民间故事所固有的价值就在一定程度上受到了损害。这不是说书面的故事就不能传达它所表达的思想、观念、人物和生活了。不是这样。而是说一个本来呈现为流动状态的故事，一个蕴含着极丰富的多重内容的故事，由于书面化而陡然变成了流动中的某一瞬间的凝固状态，许多本来可以由讲故事的人临场即兴发挥的东西（这些又往往是极其生动而自然的），本来可以由讲故事人一个眼神、一个动作、一个暗示、一种语气，就能给听众更多的可以理解的东西，却悄悄地消失掉了，隐没了，使故事变成了类似电影上的所谓"定格"状态。

二

大体说来，如前所述，民间故事是在广大社会成员主要是下层社会成员中流传的关于人类社会生活的口头作品。细细说来，它至少包括了3类互有联系而又互有区别的作品：动物故事、生活故事和童话故事（也称神奇故事）。这3类作品从不同的角度和运用不同的方法反映了绚丽多姿的、漫长的人类生活，在所描写的人物（有的是异类）和人际关系中，充分展示出普通人的智慧和风采、伦理和道德。

动物故事是起源于原始社会、与神话同时存在、甚至比神话还要古老的一种原始艺术类别。在人类社会的初期，原始先民曾程度不同地经历过狩猎或渔猎阶段，为了更准确地猎获野兽，原始猎人不仅进行巫卜和施行巫术一类活动，还对他们的猎获物进行过细致入微的观察，对动物的生活习性十分熟悉。于是，模仿动物的动作而形成原始的舞蹈（我们在现在佤族、拉祜族的苦聪人的舞蹈中，从彝族的傩舞中，还依稀看到那种原始的动作）、编制动物故事，便成为原始人的一种自我娱乐和发泄过剩精力的必要手段，他们甚至还通过动物故事的巫术魔力来企望达到猎获更多的野兽的目的。在以某种动物作为部落或民族图腾的民族中，图腾动物则被塑造成一种具有神圣品格的角色。在这种情况下，动物的行为和结局中，自然就寄托了原始人的某种憧憬和愿望。非洲阿散蒂人动物故事中的主角蜘蛛阿南绥正是这样的角色。原始人在他们狭窄的精神生活视野中，把在狩猎活动中得到的有关动物的知识都倾注到了动物故事中。在进入阶级社会后，动物故事的创作仍然方兴未艾，故事里的那些来源十分古老的原始意识，逐渐被对人类社会的行为的道德评价所取代。在很多场合下，动物实际上在扮演着人的角色。动物故事所以与儿童的心理相通，与原始人的思维和儿童的思维之间相似，不是没有关系的。

比起神奇故事来，生活故事是社会生活的直接写照。我们发现，在世界各大洲许多国家的民间故事中，都流传着两兄弟或三兄弟、两姐妹或三姐妹一类的生活故事，都流传着国王或富商选女婿的故事，都流传着受歧视和受虐待的"灰姑娘"的故事，都流传着如同阿拉伯世界的阿凡提（毛拉）、印第安世界的凯欧蒂、中国的徐文长和阿一旦这一类的既充满着机智又常常有恶作剧行为的人物的故事。

历来故事编选家们大都以欧洲故事为主，忽略亚洲的故事，而恰恰在亚洲故事中，这类生活故事及其中的人物却常常放出奇光异彩。朝鲜故事《屏风上的老虎》、越南故事《壁虎出庭作证》、缅甸故事《四个吹牛皮大王》，不都是这类对普通人的智慧和能力充满着同情的故事吗？两兄弟故事所以传播得如此广泛，不是因为这类故事在文本结构和叙事艺术上有什么惊人之举，而是因为在许多国家的历史上都存在过或现在还存在着长子继承权，而长子继承权给小儿子以至家族带来的不平和社会分化是显而易见的，所以世界各地的两兄弟故事总是寄同情于小弟弟，使他在经历千难万险之后，终于得到一件宝贝或得到仙人的帮助，而成为富人，过上称心如意的好生活，而品质恶劣的哥哥尽管学着弟弟的样子去做，希望也能得到宝贝或仙人的帮助，最后却受到了应得的惩罚，落得一贫如洗。这种结局，对于广大的劳动者来说，自然是大快人心的事情；而在心理上或在美学上，无疑是受压抑的人们的一种心理的宣泄。生活故事里也间或夹杂着少量的魔幻的情节，比如国王挑女婿的时候，总要让主人公去完成几次考验，而这些考验又多半是非人力所能及的难题，只能借助于非现实的因素，即神魔的力量才能完成。但这并不妨碍其主要部分是写实的。

生活故事中，还有一类是歌颂英雄人物的，如爱尔兰民间故事中的芬·麦肯哈侬。爱尔兰民族是一个长期受着外族蹂躏和践踏的民族，但它又是一个不屈的民族。芬就是这样一位受人尊敬、在故事和歌谣中传唱不衰的英雄。

民间故事中，就内容来讲，最为复杂也最难解释的，莫过于神奇故事，也有的人把它叫作神怪故事或魔法故事。这类故事的特点，用最简单的语言说，是用非人间的形式叙写人间的纠葛。要理解这类故事的非人间的形式——如妖怪、仙人等异类，魔杖、宝器等异物，咒语、法术等异己力量，就要用比较民俗学的、比较宗教学的、比较人类学的方法去小心谨慎地破译。当然,破译是一项十分困难的任务,不是很容易就能做得到的,即使能破译它所隐藏着的密码,也未必就是它的真义。

这里出现了一个有趣的问题,即为什么民间会产生这么多充满着奇妙的幻想的故事呢?我想,最重要的一个原因是,普通人、正直人、善良的人、弱者希望能战胜压迫他的人、邪恶的人、心术不正的人和强者,现实生活未能向他们提供充分的条件,而他们只有在幻想中,在非人间、非现实的条件下,才能战胜这些比自己强大得多的敌人。其次,由于文化的传统(特别是原始宗教、万物有灵信仰)的惰性和对人们的强烈而深刻的影响,人的灵魂可以寄住在某一种东西上、某一株树上;在情况危急的时候,人可以变换自己的形体,成为鸟、成为兽、成为山、成为树;宝器可以使公主头上长出角来,可以命令山洞开合,可以命令河流涨水或突然间出现一座大山挡住妖魔鬼怪的去路,可以给善良的主人公希望得到的任何东西,从一顿可口的饭菜直到一座雄伟的宫殿,等等。这类看似离奇的情节,不是一般文艺学上的所谓"幻想"所能解释得了的,而显然是由于原始信仰和原始观念的遗留所造成的特殊的艺术形象和特殊的故事环境。

三

一旦要着手系统地研究和编选流传于世界各地的民间故事,将会碰到一个棘手的问题,也是读者常常发问的一个问题:缘何在相距遥远的异国他乡,却有那么多如此相似的民间故事出现呢?我们在前面谈论民间故事的型式化时,已经简略地接触到这个问题了。据有的研究者估计,在世界各国流行的情节大同小异的民间故事,大约占三分之一。[①]情节型式大致相同的民间故事在各国中是否占有这样的比重,我想,要做出结论是很困难的,因为那只是根据已知的故事的推算而已,是不科学的统计,况且像中国这样人口众多的国家,在此前还没有较为全面的搜集工作,因此任何类似的估计都是缺乏根据的。即使我们从1985年起在全国各地先后展开了"中国民间文学三套集成"的大规模搜集工作,到现在也还没有可靠的数字供研究者和编选者放心地使用。但是,不管怎样,在不同的国家和地

---

① 参阅刘魁立:《世界各国民间故事类型索引评述》,《民间文学论坛》1982年第2期。

区,流传着类似的情节型式的民间故事这种现象,却是一个为各国学者们公认的事实。

对于同一型式的民间故事在不同国家和地区出现的这种文化现象,100多年来,有许多学者试图加以解释,甚至在这个问题上还形成了流派。例如文化移动论就是在许多国家的学术界发生过一定影响的一个学派。这个学派最初出现于19世纪中叶的德国,其代表人物是当时哥廷根大学的教授乔·宾菲(Th.Benfey, 1809—1881)。他的学说,史称"外借学说"。这种理论认为,世界上的神话故事都发源于一个中心,这个中心就是印度,然后从这个中心向四面八方辐射传播。这个学派在19世纪的俄国和20世纪初的日本仍然有一定的势力。谁也难以否认有些民间故事是由于文化移动而得以传播的事实,但如果把民间故事的相似现象都归于文化的移动和传播所致,显然是一种缺乏说服力的假说。实际上,学术界已经抛弃了这种理论,它的影响已经大为减弱了。

我比较倾向于这样的观点:生活在相似的社会生活条件下和处于相同或相似的思维方式下的人群,会产生相似的民间故事,正如在旧石器时代,在世界各地同样出现了打制石器作为原始人的生产工具和狩猎或自卫的武器,当世界各地进到新石器时代之后,生产工具也相应地进化为细石器一样。很难否定原始人在异常艰难的生存条件下曾发生过这类远距离的文化传播,但也很难确证当时人类曾经发生过这种传播,两者大概都是靠合理的推想而得到支持的吧。在相信这一立论的前提下,再来细致地考虑文化传播的可能性和现实性,那就可能得出比较实际而可靠的结论了。

传播(无论是口头的或者书面的)作为民间故事得以历时的传承和共时的移动的一种重要手段,的确是不能忽略的。从历时性的角度和从共时性的角度去考虑一个著名故事的流传情况,就可以发现,民间故事是在口头传播(少数情况下是靠书面传播)中出现地理的移动和历史的传承的。无论是地理的移动抑或是历史的传承,都会导致民间故事在传播中发生一定的变异;细细分析起来就会发现,这种变异所带来的恰恰是地方的特色、民族的特色、讲述者个人的特色。因为任何民间故事都包含着集体的因素和个人的因素,集体因素是由全社会在流传中所形成的文化积淀,有相当的稳定性;而个人因素则是讲述者讲述时即席的发挥和创造,这种个人的艺术创造给所讲述的故事带来的,往往就是文学上所说的"新东西"。著名的、有才华的故事讲述家之所以区别于一般的讲述家,其道理正在于此。前者讲述的同一情节型式的故事,往往要比那些一般的故事讲述家生动些、引人入胜些, 语言清新, 血肉丰满。听众从他们那儿所听到的, 既是当地的民俗材料——民俗学者们所需要的民俗事象, 又是能够打动听众的心弦、具有艺术感染力的民间文学作品。

民间故事的传播像风一样, 漂泊无定、无影无踪, 任何高明的学者要想找到一个故事的确切的传播路线, 几乎是白费心机。但有心的研究者却可以而且能够绘制出一个著名的民间故事的分布图, 尽管这是要花费很大的力气才能做到的事, 但无疑是值得称道的。像风一样的口头传播方式, 把民间作品同作家写作的文学作品区别开来。作家的作品主要是靠书面的方式为读者提供阅读的, 也有的作品在老百姓中间口头流传, 如三国故事、水浒传、西游记、聊斋故事等。这样的作品大多是作家吸收民间作品作为素材而融入自己的创作, 而后又因为这些作品所固有的民间作品的特点而返回到了民间。这种情况在世界许多国家中都有, 具有相当的普遍性, 因而也可以说是一种规律吧。

1993年2月9日

本文系为所选编《世界民间故事精品》(上下)(陕西人民出版社, 1995年7月)写的序言的一部分, 发表于《江西社会科学》1994年第4期。

故事家及其研究的文化史地位

引 言

2009年，笔者曾就民间故事讲述家及其讲述活动的研究发表过一个探索性的见解："在世界民间故事学术史上，20世纪80年代中国故事研究有两大贡献：第一个贡献，是先后发现了两个故事村（河北省藁城县的耿村、湖北省丹江口市的伍家沟村），90年代又发现和报道了重庆的走马镇；第二个贡献，是发现了许多著名的故事讲述家，并陆续出版了他们讲述的民间作品。""以往，由于西方民俗学把民间故事只看作是民俗的衍生物，而非独立的口头语言艺术作品，故而传统的民间故事研究，多半也就沿袭西方人开创的研究路子，较多地关注和研究民间故事的类型等，而对民间艺人（故事家、歌手）的个性特点及其对民间作品的创新、增益则极端忽略。""中国学者在20世纪80年代的两大贡献，其核心是对故事讲述家个性特点的发现与张扬。""而故事家的艺术风格，在西方民俗学家们的研究中则常常是缺位的。可惜的是，西方世界对中国学界实在是太缺乏了解了，他们似乎并没有从中国人的发现和主张中得到什么启示和教益。"①

同样兴起于20世纪的以美国民俗学家理查德·鲍曼（Richard Bauman）为代表的表演理论，在其建构过程中融汇了人类学、语言学、文学批评等的理念和方法，其"口头艺术是一种表演"的基本理念②，关注讲述者（演唱者）及其讲述（演唱）过程中的表演，多少显示了向美学研究和综合研究回归的倾向，与上述我国民间文学学术界的故事讲述家研究有

---

① 刘锡诚：《序》，刘守华：《民间故事的艺术世界——刘守华自选集》，武汉：华中师范大学出版社，2009年，第3—4页。
② 理查德·鲍曼：《作为表演的口头艺术》，杨利慧、安德明译，桂林：广西师范大学出版社，2008年，第2页。

交叉和同质的一面,可以算作是同行者吧。中国的年轻学者阎云翔于1985年7月20日出版的《民间文学》上发表了《民间故事的表演性》,以马林诺夫斯基1926年在特罗布里恩德群岛调查记录渔民讲述的故事、1955年孙剑冰在河套地区的乌拉特前旗调查记录秦地女讲述的9个故事、1984年裴永镇在沈阳郊区调查记录金德顺讲述的故事这3位搜集者为对象,发现并从理论上概括地提出了民间故事的表演性对故事学建构的重要性。他写道:"优秀的民间故事家讲故事,不仅是一种讲述,而且是一种表演;不仅是讲述者个人的艺术表演,而且是听众参与的集体艺术创作活动。""重视和研究民间故事的表演性,对于民间故事学的建设具有多方面的意义。例如,通过对民间故事表演性的研究,可以深入了解民间故事的传承过程,从而促进民间故事的形态学研究;还可以全面了解民间故事在社会生活中的作用,从而深化民间故事的社会学研究。但是相比之下,民间故事的表演性对于民间故事的美学研究似乎具有更为重要的意义。因为,归根结底,'故事不是读的文学,而是听的文学'(关敬吾语),只有诉诸口头讲述,民间故事才有可能成为充满生机的艺术品。换言之,民间故事的表演过程即是民间故事的艺术表现过程;而艺术表现正是美学研究同样也是民间故事美学研究的重要领域。"[1]笔者没有过细地考察和研究阎云翔的表演性理论与鲍曼的表演理论之间的关联性和差异性,而只想指出,鲍曼的表演理论本质上毕竟是从民俗学的角度关注口头艺术,更多地显示出的,是其民俗学的而非叙事学的特质,而表演理论对民间故事讲述家的讲述活动的关注,从一个方面拓展了故事学的疆域和丰富了故事学的研究方法。

中国民间故事讲述家及其讲述理论的诞生,至今还只有短短30年的时间,距离一种学科体系的理论建构,也许还任重而道远,但它在民间口头文学叙事规律的探寻上所做出的努力和所达到的成果,是符合中国国情和口头文学的生存和流变规律的,尤其对当下和今后我国56个民族的非物质文化遗产的传承和传承人的保护,有着重要的理论价值,无疑是十分珍贵的,值得世界同行们重视。

---

[1] 阎云翔:《民间故事的表演性》,《民间文学》1985年第7期。

故事讲述家作为研究对象的确立

　　中国的民间故事讲述家有多少？20世纪80年代巫瑞书研究列出了127人。①刘守华则列出了141人，而他挑选出来能够作为研究对象的，即"既发表了相当数量的故事，又作了个人情况介绍的"，只有32位。②实际上，故事家的数量，当然远远不止于这个数字。刘守华在90年代还做过一次不完全统计，说能讲述50则以上民间故事的故事讲述家不下9000人。③问题不在有多少，而在于对故事讲述家这个群体的素质认识和文化定位。在中国学界，对民间故事讲述家的认识，有一个漫长的过程。④从20世纪80年代起，中国民间文学搜集者和研究者们开始认识到：记忆故事数量多，有超拔的讲述才能，叙事风格独特和艺术个性鲜明的民间故事讲述人，是一个民族、一个地区的民间故事的主要负载者和传承者。从此，民间故事搜集和研究的重点，开始由分散搜集、普查思维和记录文本文学化整理，向寻找优秀故事讲述家转移。对民间文学的传统理念来说，这无疑是一个飞跃和变革。赞同这一学术理念的一些民间文学搜集者们，相继在辽宁、山东、湖北、河北、山西5个省份的农村里，陆续发现了一些能讲述几十个、上百个乃至上千个民间故事的"讲手"（鲁迅语）⑤——故事讲述家，并记录和出版了这些民间故事家讲述的作品专集。

　　先后出版或编印的故事讲述家个人故事专集有：（1）裴永镇整理《朝鲜族民间故事讲述家金德顺故事集》，上海文艺出版社1983年6月；（2）张其卓、董明整理《满族三老人故事集》，春风文艺出版社1984年12月；（3）傅英仁《满族神话故事集》，北方文艺出版社1985年；张爱云整理《傅英仁满族故事》（上下集），黑龙江人民出版社2006年12月；（4）《临沂地区四老人故事集》，中国民间文艺研究会山东分会1986年8月编印；（5）金在权采录、黄龟渊故事集《天生配偶》，延边人民出版社1986年；《破镜奴》，民族出版社1989年；

---

① 巫瑞书：《民间故事家资料索引（一）》，《民间文学研究动态》1986年第2·3期合刊。
② 刘守华：《中国民间故事的传承特点——对三十二位民间故事讲述家的综合考察》，《比较故事学》，上海：上海文艺出版社，1985年，第300页。
③ 刘守华：《中国鄂西北的民间故事村伍家沟》，《民俗曲艺》第111期民俗调查与研究专号，1998年。
④ 巫瑞书：《传统故事讲述家今昔谈》，《民间文学研究动态》1986年第2·3期合刊。
⑤ 鲁迅：《且介亭杂文·门外文谈》，《鲁迅全集》第6卷，北京：人民文学出版社，1981年。鲁迅说："这讲手，大抵是特定的人，他比较地见识多，讲话巧，能够使人听下去，懂明白，并且觉得有趣。"

金在权、朴昌默整理、朴赞球译《黄龟渊故事集》，中国民间文艺出版社1990年12月；（6）杨荣国记录《花灯疑案》（靳景祥故事集），中国民间文艺出版社1989年；（7）王作栋整理《民间故事讲述家刘德培故事集新笑府》，上海文艺出版社1989年6月；（8）中国民间文艺家协会、青岛市民间文艺家协会编《民间故事讲述家宋宗科故事集》，中国民间文艺出版社1990年10月；（9）彭维金、李子硕主编《魏显德民间故事集》，重庆出版社1991年8月；（10）刘则亭《辽东湾的传说》，春风文艺出版社1993年；（11）范金荣采录《尹泽故事歌谣集》，山西省民间文艺家协会、山西省民间文学集成办公室、朔州市民间文艺家协会1995年编印；《真假巡按》，山西古籍出版社1998年12月；（12）袁学骏主编《靳正新故事百篇》，甘肃人民出版社1995年；（13）萧国松整理《孙家香故事集》，长江文艺出版社1998年7月；（14）于贵福采录、黄世堂整理《野山笑林》（刘德方口述），大众文艺出版社1999年10月；（15）江帆记录整理《谭振山故事精选》，辽宁教育出版社2007年1月；（16）周正良、陈永超主编，中国俗文学学会、常熟市古里镇人民政府编《陆瑞英民间故事歌谣集》，学苑出版社2007年5月；（17）沈阳市于洪区文化馆记录整理《何钧佑锡伯族长篇故事》（上下两卷），辽宁人民出版社2009年8月；等等。这个资料或不完整，有待完善，但可从中看出我们的故事搜集和研究所留下的足印。

要说明的是，在上面所举第一批被发现的故事家中，傅英仁的情况与其他人有所不同。黑龙江省民间文学工作者们于80年代初在宁安县发现了满族故事家傅英仁，并对他所讲述的故事进行了采录。他的特点是，他有较高的文化水平，不仅能讲述，而且也能自己写定，可以把自己烂熟于心的故事用笔写下来。他所讲述的故事，开始时在《黑龙江民间文学》和《民间文学》杂志上发表，后来有成书问世。笔者曾亲赴宁安他的家中造访，他的谈吐更像是满族的高级知识分子，他的故事文本，缺乏现场的口述特点而更接近于书面文字。因此，研究故事讲述家，他缺乏典型意义。

最早提出和实践新的学术理念的，是沈阳部队《前进报》的青年记者、民间文学搜集研究者裴永镇。他在1981年4月12日发现了一位从黑龙江五常县迁居到沈阳郊区苏家屯女儿家的83岁朝鲜族老太太金德顺能讲很多朝鲜族民间故事，于是便开始了他的金德顺民间故事的记录工作。他把金德顺讲述的73篇故事和33篇故事资料辑为《金德顺故事集》一书。通过对金德顺故事的采集，裴永镇形成了一个关于故事家的学术理念："民间故事的分布就像一条未经探明的原始矿藏带，它的分布不是平均分布，而是重点分布。具体一点讲，民间故事分散、流传在广大群众的口头上，而通常又是由重点人来记忆保存的，特别是由那些见识多、口才好、记忆力强，又能说善道的优秀故事讲述家保存并传播的。他们既是民间故事的传播者，又是民间故事的出色的保存者。尽可能系统地抢救他们讲述的故事，对继承和发展优秀的民间文化遗产有着不可忽视的科学意义。现在我们提出，在以往地区普查的基础上，刻不容缓地优先抢救故事家的故事，是很合时宜的。"[1]裴永镇搜集整理的《金德顺故事集》以及他对故事讲述家的这种认识一经发表，在民间文学研究工作者中间便引起了共鸣，也得到了很多人的认同。故事讲述家金德顺个人专集的出版，把民间故事搜集者们的目光引向了对故事家的关注，从而导致了学术界对故事家及其个性和故事传承问题研究浪潮的出现，并逐渐演为一个新的学术取向。

在《金德顺故事集》的影响下，经过了差不多1年的酝酿和探索，民间文学搜集者和研究者们陆续发现了并向全国读者推出了几位优秀的故事家，他们是：辽宁岫岩的李成明、李马氏和佟凤乙，湖北宜昌五峰县故事家刘德培[2]，沂蒙山区的女故事家尹宝兰[3]。

张其卓、董明从1980年起用了3年的时间在岫岩县调查采录（笔录加录音）的李马氏、李成明和佟凤乙《满族三老人故事集》向我们打开了另一扇窗户。书中选辑李马氏（女）120篇、李成明（女）46篇、佟凤乙（男）52篇。张其卓还写了一篇《这里是"泉眼"——搜集采录三位满族民间故事讲述家的报告》作为附录。她从多年的搜集实践中得出的结论是："一是，在经济发达、现代文明活跃的地区，讲述民间故事这种民俗活动，已被其他形式的文化生活所代替了；而在偏僻闭塞的山区，这种民俗活动仍在进行，因为那里缺乏精神食粮。二是，民间故事虽然产生于民间，并不是每一个生活在民间的人都会讲述。往往那些有文化的、注重读书本的人不会讲；而那些不识字的、不为人注目的老太太却讲得滔滔不绝，绘声绘色。其原因在民间文学是口传文学，即人民的口头创作。不识字的人不读书，思想容易集

---

① 裴永镇：《朝鲜族民间故事讲述家金德顺和她的故事》，中国民间文艺研究会辽宁分会理论研究组编：《民间文学论集》第1集，沈阳：中国民间文艺研究会辽宁分会，1983年，第16页。

② 何伙：《民间故事大王刘德培》，《长江日报》1984年1月10日；王作栋：《博闻强记，自娱娱人——记民间故事家刘德培老人》，《布谷鸟》1984年第4期。

③ 《民间文学》月刊于1985年第11期首次开辟"尹保兰讲的故事"专辑；同期发表华积庆《心愿，在实现中——记91岁高龄的故事家尹保兰》一文。

中在口传心授上。三是，正像不是每个生活在民间的人都会讲故事一样，不识字的老人也不一定都会讲故事。即使能讲，大多数也属于转述，讲起来吃力，数量也少。而民间故事讲述家则不同，他那引人入胜的故事情节，熟练的艺术语言，一开始就会把你抓住，使人感到他们的头脑就是文化财富的海洋。四是，民间故事讲述家在村落里，在左右邻舍尤其是孩子们中间是有声望的，孩子们及群众就是民间故事讲述家的推荐人。五是，讲述民间故事不是自觉的文学创作，在民间看来，就如同吃饭、穿衣一样平常，是生活本身的一项有机活动。"①

刘德培虽然见多识广，但也应属于"没有走出村的类型故事家"。鄂西北的封闭环境养育了他。王作栋1983年发现了他。以后的10年间，刘德培一共讲述了508则故事。48万字的刘德培故事集《新笑府》是他的代表作。他讲的故事题材十分广泛，能"随方就圆，挥洒自如"，富于幽默的风格，但总的来看，以笑话著称。② "以'讲经'出名，并以此为乐的刘老，不论是面对初会面的还是亲友熟人，只要人们请他讲，他从不推辞，一讲就是一串。听众忍俊不禁，引出满屋的笑声。老人的故事脉络清晰，语言朴实风趣，结尾巧妙，笑料响亮。他每讲一个，往往开头时不紧不慢，煞尾时紧凑利索；在包袱抖响之后，他就任人们去笑，去回味、议论，自己也乐在其中。"③

在新的学术取向初显成绩的情况下，《民间文学》编辑部于1985年12月20—21日召开了有20位专家参加的"《金德顺故事集》和民间故事讲述家学术讨论会"，第一次把故事讲述家的讲述活动和所讲述的故事作为故事学科的议题来研讨。作为主编，笔者在致辞中阐明了编辑部的观点："以往我们的主要精力放在了研究用分散的方式搜集的民间故事上，一批故事家的发现，为民间文学的搜集和研究工作开拓了一个新的领域。一个被称为故事讲述家的人，无论在社会生活的经历方面，还是在艺术造诣和讲述的才能方面，都远

---

① 张其卓：《这里是"泉眼"——搜集采录三位满族民间故事讲述家的报告》，张其卓，董明整理：《满族三老人故事集》，沈阳：春风文艺出版社，1984年，第577—578页。

② 王作栋：《刘德培与前辈传承人》，《民间文学》1987年第9期；李惠芳：《序》、王作栋：《刘德培印象（代序）》，王作栋整理：《新笑府——民间故事家刘德培讲述故事集》，上海：上海文艺出版社，1989年。

③ 王作栋：《博闻强记，自娱娱人——记民间故事家刘德培老人》，《布谷鸟》1984年第4期；刘守华、陈建宪编：《故事研究资料选》，武汉：中国民间文艺家协会湖北分会，1989年，第151—154页。

远超出常人，因此故事家所讲的故事，有可能涵盖他（她）所生活与活动的那个地区的故事。"①

对故事家的知识结构、讲述艺术和文化地位的认识，是由分散的搜集和纯文本的研究向新的学术取向转换的根据。巫瑞书说："传统故事讲述家大多见识广、阅历多。……优秀的民间故事家在传承时，总是结合自己的贫困生活和深切感受，摄取周围群众的不幸遭遇或社会传闻，把传统故事锤炼加工得更为生动感人，讲述得朴实真切而又活灵活现，从而具有更为鲜明的倾向和强大的魅力。……见识广、阅历多必须通过说话巧、造诣深（能编善讲，娓娓动听）体现出来，才能成为享有盛誉的故事讲述家。……惊人的记忆力，也是传统故事讲述家获得成功的经验之一。"②张紫晨说："杰出的故事讲述家一般具有如下的共同特点：一、大多身世比较低下，生活比较穷苦。有的还经过许多坎坷。……二、从童年起，便是故事迷，对听故事有强烈的要求和爱好。三、具有极强的记忆力，过耳不忘。复述故事原原本本；讲述故事引以为乐。四、具有较好的表达能力和创造才能，善于用自身的生活经验和认识丰富故事，善于运用活的语言及当地民间口承文艺传统，进行再创作。"③

尽管稍后中国故事学会在承德召开的学术会议上继续把故事家的研究作为研讨议题，但材料并没有发表，因此，我们有理由把《民间文学》编辑部召开的这次学术研讨会看作是80年代故事理论研究路途上的一个站点。这次研讨会在下列4个理论问题上有所进展：

（1）故事家讲述活动，与故事文本一起，成为故事研究的重要组成部分。

（2）民间故事讲述人（传承者）的个性与民间故事传承的集体性的关系，故事讲述家的个性对故事传承的贡献。

（3）民间故事的传承模式：家族传承与社会传承的互补。

（4）采录方法：尊重故事家的讲述，不随意乱改；故事家的表演纳入采录内容。

---

① 笔者在"《金德顺故事集》和民间故事讲述家学术讨论会"的开幕辞，见志华：《开拓新的领域——记〈金德顺故事集〉和民间故事讲述家学术讨论会》，《民间文学》1986年第2期。
② 巫瑞书：《略谈传统故事讲述家》，《民间文学》1985年第7期。
③ 张紫晨：《关于民间故事讲述家的传承活动》，《民间文学》1986年第2期。

故事家的讲述个性与民间故事的传承

长期以来,我国民间故事的搜集和研究是分离的。搜集者在现场,他们是故事讲述人和讲述活动的见证者,但他们的职责只是记录故事家所讲述的文本,然后经过他们的整理(多数以自己的知识和口味将其进行了修改)定稿,成为文学读物。而研究者,基本上、大多数(不是一切人)是书斋学者,他们很少到讲述现场,他们的研究范式,多数把目光集注在经搜集者记录下来、整理定稿的文本分析上。在这样的背景下,内容分析、类型研究、比较研究几乎成为常见的学术选择。前面说了,从20世纪80年代初中期以来,民间故事讲述家及其讲述过程闯进了研究者的视野,民间故事的研究范式开始出现了转折和变化。故事家的讲述个性、语言特色、随机表演、艺术风格、地方色彩、民俗风味,甚至听众的现场互动等等凸显出来,民间故事不再是研究者笔下的那些被抽象出来的干巴巴的枯燥的故事"母题",也不再是单纯的认识社会的民俗资料,而是有个性的、生动的、色彩斑斓的、津津有味的口头艺术作品。凡此种种,成为研究和解析民间故事绕不过去的重要因素。从而,长期以来我们对民间文学集体性特征的阐释,也理所当然地遇到了挑战。我们不得不重新认识和重新解释。

(一)故事家的类型

在民间社会(乡民社会)里生活与活动着各种各样不同特点的故事讲述家。老百姓的平淡而寂寞的日子里,须臾不能离开他们,他们能给乡亲们带来欢乐,带来知识,带来乐趣。听他们讲故事的人,各色人等,老年人、青年人、学龄儿童、学前儿童、妇女,各有各的听众群。故事家讲故事,有时随兴而讲,有时看人下菜碟,总之是为乡亲们娱乐解颐,打发漫漫长夜和寂寞的冬天。当然讲故事也就传授了知识。就故事家而论,有喜欢讲长本大套的历史和人物故事的,也有喜欢讲捧腹大笑的幽默笑话的;有喜欢讲兄弟分家一类生活故事的,也有喜欢讲鬼狐成仙一类幻想故事的……要问这个故事家属于什么类,老百姓会感到茫然,他们并不感兴趣。倒是到了研究者手里,不分类就不行。分类,是研究者的需要。在故事家的分类问题上,有很多说法,迄无统一。如家族传承和社会传承、口头传承与书面传承或二者相结合①，"发挥传统"的故事家和"守护传统"的故事家②。日本民间文学研究的开山人物关敬吾认为："对于民间故事传承者来说，有几乎没有出过村的类型者，和不断地出走旅行者两种。"③在1987年12月山东沂蒙召开的"四老人"故事讨论会上各家的论述中，似持后者观点的为多。相比之下，笔者更趋向于认同关敬吾的分类法。

请容许我用"未走出过本村者"和"走南闯北见多识广者"来翻译关敬吾的意思，也许更中国化一些。用此来区分故事讲述人的类别属性，应该是分析和认定他们各自所讲故事的个性特点、语言特点、艺术特点、风格特点的一个利器。

像河北藁城耿村的靳景祥、山东青岛崂山的宋宗科、走马镇的魏显德、辽宁的金德顺等，应该属于"走南闯北见多识广者"这一类的故事家。他们讲述的故事，与那些没有走出过家门的故事家讲述的，有很明显的差别。以靳景祥为例。他所生活的耿村是冀中大平原上的一个古村落，而且是一个古商道上的村落，集市颇大，南来北往，商贾云集，文化环境不同于一般的农村。他本人一生在外漂泊的时间多，到晋县学过修钟表的手艺，向说书艺人学过说书，在束鹿、晋县、藁城做饭27年，见多识广。他的故事来源，除了父母传授之外，主要是在外学艺、做饭、听书时从社会上所习得，即所谓"社会传承"。这些来自各方的故事，极大地丰富了他的故事贮藏，广泛地交往，也锻炼了他的表达能力。④崂山道士身份的宋宗科，更是一个有别于一般传统故事家的另类故事讲述家。他出生在山东费县，进过私塾，在临沂的"德兴颐"学过中医，在云蒙山的万寿宫当过道士，在北京白云观代理过道长，研究过道教经典、阅览过皇宫藏书。⑤真可谓"阅历丰富，学识广博"。"他的故事来源，既有从农民中继承的，也有从古书中转变来的，所以他所讲述的故事，不仅内容多种多样，语言风格也大相径庭。在语言运用上，宗科老人往往根据故事内容和故事中的人物身份来运用

① 刘守华：《中国民间故事的传承特点——对三十二位民间故事讲述家的综合考察》，上海：上海文艺出版社，1985年，第300—308页；《刘德培与金德顺》，《民间文学》1986年第3期。
② 林继富：《民间叙事传统与故事传承》，北京：中国社会科学出版社，2007年，第217—224页。
③ 关敬吾：《日本民间故事讲述家的研究及其展望——从民间故事讲述家平前信老人谈起》，张雪冬译，中国民间文艺家协会辽宁分会编印：《民间文学论集》第3集，1985年，第368—378页。
④ 参阅袁学骏：《耿村文化根》《故事家本体论·靳景祥》，《耿村民间文学论稿》，北京：中国民间文艺出版社，1989年，第11—38、56—68页。
⑤ 山曼：《对民间文学发展前景的一种预报——论"宋宗科现象"》，中国民间文艺家协会、青岛市民间文艺家协会编印：《宋宗科故事讨论会论文集》，1991年，第3—16页。

自己的叙述语言; 讲民间生活故事时, 则语言朴实生动; 讲文人或名人故事时, 则语言文雅凝练。由于他在青少年时期学过渔鼓和山东快书, 能说唱好多曲艺小段, 他所讲的故事, 也有的是从曲艺转变过来的, 而且在叙述语言上, 甚至掺杂着不少戏曲语汇和书面语汇。由于他出身经历曲折复杂, 文化素质较高, 语言表达能力强, 因此, 在故事讲述上形成了个人的独特风格。"①

而那些生活在边远或偏僻小村里, 一生未走出过村子的故事家, 他们的故事世界则又是另一番景象。沂蒙山区的四老人尹保 (宝) 兰、胡怀梅、王玉兰、刘文发, 湖北五峰的刘德培、孙家香, 山西朔州的尹泽, 辽宁的谭振山, 应该都属于 "没有走出过村" 的故事家。他们都没有走出过生活的村子, 但他们的生活经历大不相同, 这种不同生活经历和人生脾性, 决定了他们讲述的故事, 不仅在内容和体裁上各有侧重, 而且艺术风格各有千秋。这个方面的差异, 将在下文里分析。

以这样的分类介入故事讲述家的分类, 对乡民社会里的故事家的特点, 大体能说得清楚。但细究起来, 也不尽然。譬如, 男性故事家与女性故事家所讲述的故事, 其来源、其内容、其风格, 也都存在着某些差异。性别与民间故事, 不仅是一个分类问题, 而且是一个我国学界至今还未予深入研究甚至未予触及的大课题, 用是否 "走出过村子" 作为区分的准则, 显然就未必能有圆满的答案。用是否 "走出过村子" 作为标准, 也不可能解决林继富在《民间叙事传统与故事传承》中提出的 "发挥传统" 与 "守护传统" 两种故事家类型所蕴含的内容。只能说, 在故事家的类型上, 似乎尚未找到万全的分类法。

(二) 故事家讲述的共同性与个性

在故事讲述家的问题上, 乌丙安的论述发表最早, 那时, 除了外国的 (日本的) 相关资料外, 几乎还没有可资借鉴的材料。他在为《金德顺故事集》所撰序言 (1982年5月) 里指出: "(金德顺讲述的) 这些故事优美动人, 不仅有鲜明的主题, 而且还有讲述家个人富于感染力的语言艺术风格和浓郁的朝鲜族民俗特色。绝大部分故事是完整的, 在世界故事类

---

① 王太捷:《前言》, 宋宗科:《宋宗科故事集》, 北京: 中国民间文艺出版社, 1990年。

型中是比较典型的。"①金德顺所讲的故事中, 以幻想性故事最具特色。讲述故事的现场, 往往对讲述者产生某种影响, 如她常常根据在场的听众和场合而选择讲述某类故事或某个故事, 而且简繁也有别。搜集者将其称作"有针对性"。②乌丙安的论述, 重点在指出了故事讲述家的个人艺术风格。指出金德顺讲述的故事的语言艺术风格和民俗特色, 在当时是带有倡导性的, 因而是重要的。但在他撰文的当时, 其他故事家的材料还没有公布, 还缺乏可资比较的其他故事家的鲜活资料, 因而他的论述还给人一种"戴着镣铐跳舞"的感觉, 没有完全放开, 没有把故事讲述家的艺术个性这一思想提出来。而承认故事讲述家的个性, 正是时代的挑战。

在金德顺之后, 王太捷从对沂蒙地区发现的"四老人"故事讲述活动的观察和研究中看到, 故事讲述者们既有共同性, 也有个性。他写道: "由于故事家有基本相同的出身和民间故事本身所具有的基本特征, 所以他(她)们讲的故事, 才有共同的特征——思想内容上鲜明的阶级性。但是, 他(她)们毕竟是具体的某个人, 虽然出身基本相同, 但具体生活经历不同, 传授人不同, 个人的文化素养及所受教育不同, 因此, 他(她)们所讲的故事, 在题材范围上, 语言风格上, 讲述方式上, 也就出现千差万别, 多姿多彩; 正是因为这些带有个性的差异和变化, 才构成了故事家讲述艺术的不同风格。"③王太捷的观察, 既看到这些乡村里的故事讲述家, 大都有着低下的社会地位和悲苦的人生命运, 所以他们对所讲述的故事的选择和故事的基调, 都是同情普通人、弱者, 鞭挞统治者、强者、地主老财, 即"思想内容上鲜明的阶级性"构成了他们的共同性。临沂地处山区, 交通不便, 信息闭塞, 是一个有着丰厚的文化传统和革命传统的地区。这4位故事讲述家, 虽同处大致相同的社会政治、地理自然和文化传统的环境之中, 但由于他们每个人的身世不同、经历各异, 故事也就各有其不同特点。尹保(宝)兰讲述的故事, 内容涉及社会的各个方面, 但基本的是: 穷人、弱者、受欺侮者最后总有好的结局, 富人、恶人、统治者最终总要受到应有的惩罚。④胡怀梅人

① 乌丙安:《序言》, 裴永镇整理:《金德顺故事集》, 上海: 上海文艺出版社, 1983年。
② 裴永镇:《金德顺和她所讲的故事》, 裴永镇整理:《金德顺故事集》, 上海: 上海文艺出版社, 1983年, 第1—12页。
③ 王太捷:《略谈故事家的共同特点及不同的艺术风格——对沂蒙山区三位女故事家的调查》, 中国民间文艺家协会山东分会编印:《四位故事家及其作品研讨会论文集》, 1987年, 第14页。
④ 王全宝:《尹宝兰简介》, 中国民间文艺研究会山东分会编印:《四老人故事集》, 1986年, 第442页。

生经历坎坷，她所讲的故事围绕着一种思想：善有善报，恶有恶报。她的处世箴言是："为男为女在世间，良心行为要当先；为人不懂世间理，枉在世界走一番。"这一思想渗透在她所讲的故事中。①现在我们有些学者热衷于形式主义的研究，曲意回避或抹煞中国民间文学的阶级性和社会性，是一种片面的甚至错误的倾向。同时，他也看到了故事讲述家们所表现出来的鲜明的个性，正是这些个人独具的个性，使他们讲述的民间故事在题材上、语言风格上、讲述方式上千差万别、多姿多彩，从而构成了各自的艺术风格。试问，没有鲜明的个性和独特的风格的口述故事，怎么能吸引万千观众百听不厌呢？

（三）区域叙事传统与个人叙事风格

民间故事比较研究，一般的是把文人文学比较研究的方法和模式，移植到民间故事的比较研究中来，亦即只是作文本的比较。这样的比较研究，固然也有一定的价值，但最大的弊端是，抛弃了民间故事的讲述过程中对文本形成起着决定性影响的叙事传统，以及传承链（主要是家族系统）上的文化环境、社会遭遇，讲述者个人的经历、遭遇、眼界、年龄、性格、素养、家庭环境等因素。而这些起着重要影响的因素，往往导致不同的讲述者所讲述的故事，在内容、结构、观点、叙事语言和叙事风格上出现很大的差异。

以出现过尹宝兰、胡怀梅、王玉兰、刘文发4位故事家的沂蒙山区为例，他们所处的社会环境是差不多的，但他们的题材取向、讲述方式和讲述风格却很不一样。即使一个村子里有几个故事家，他们讲同一个母题的故事，各人所讲的也很不一样，这种差异不仅反映在语言的表达上，甚至反映在对故事中人物和事件的评价上。胡怀梅和尹宝兰以及辽宁岫岩李马氏和李成明讲述的故事中，都有《蛤蟆儿》这个故事，她们的讲述在语言上、风格上却大相径庭。胡怀梅讲述《蛤蟆儿》，一开头就说："腊月二十四烧纸辞灶，老嬷嬷说：'张灶王，张灶王，年年辞别你上天堂，俺男根女花没一点，你哪怕是叫俺有个蛤蟆儿呢，俺也成年给你烧香烧纸把头磕！'果然十个月后，生了个蛤蟆儿呢。"尹保（宝）兰讲的《蛤蟆儿》故事，开头这样说："人说这家子行好，冬舍衣夏舍茶，修桥叠路积儿，积个'蛤蟆儿'是

---

① 靖一民、靖美谱：《胡怀梅简介》，中国民间文艺研究会山东分会编印：《四老人故事集》，1986年，第437—439页。

个蛤蟆。"胡、尹讲的故事,开头都是说行好积德,盼望生儿——哪怕是个蛤蟆儿。两人用的都是有韵脚的句子,用来交代人物、情节,显得生动而有趣。

李马氏的《蛤蟆儿子》开头是这样的:"有一家两口子,手脚勤快,心眼也好,可就有一件事不顺心:无儿无女。眼看一年年过去了,岁数渐渐大了,老两口子盼子心更切了。一天,老太太在河边洗衣服,看见一群癫蛤蟆从石板里蹦蹦哒哒,出来进去的。不由得长叹一声:'唉,哪管有个癫疥巴子儿子,在我眼前蹦哒着,也算我没白活人世一回呀。'说玄真就玄,老太太洗完衣服回去,真就有了孕,怀揣9个月,一生生下个肉蛋子。肉蛋子'嘣'地一声裂开了。从里跳出个癫蛤蟆,别看癫蛤蟆长得寒碜,老太太可稀罕得了不得。……"搜集者附记里说:"李成明的《蛤蟆儿子》与李马氏讲的基本相同。所不同的是,蛤蟆在石板底下喊阿妈,老头便把蛤蟆领回家,成为其儿子。蛤蟆脱下皮变成人形,老两口看到后,乐得了不得。"

与胡怀梅和尹保(宝)兰讲述的故事相比,李马氏和李成明讲的就是另一个样子了。尽管蛤蟆儿故事在全国各地流传广泛,有着共同的母题和叙事传统,但具体到不同地区,受到不同地域文化和习俗的影响,这同一母题的故事出现了不同的叙事文本。生活在临沭县的胡怀梅和生活在费县的尹保(宝)兰,尽管使用的语言不同,但可以看出,她们的共同基础,是沂蒙地区的民间叙事传统。而李马氏讲述的蛤蟆儿故事,不像胡怀梅、尹保(宝)兰讲述的故事情节那样单纯、语言那样简练,而是包容了很复杂的故事情节,有很细致的描写,可想而知,他们所遵循的共同的基础,是东北地区的民间叙事传统和习俗文化。

21世纪:故事讲述家的未来命运

进入21世纪,复兴中华传统文化,增强文化软实力,提高全民族的文化自觉,成为大家的共识。2002年中国民间文艺家协会启动了民族民间文化抢救工程。2003年我国政府启动了"政府主导、社会参与"的非物质文化遗产保护工程。2003年联合国教科文组织通过了《保护非物质文化遗产公约》。2004年全国人大常委会批准了《公约》,我国成为第一批缔约国。开展非物质文化遗产保护工作8年来,建立了国家、省、地市、县4级非物质文化遗产名录,分级对进入名录的非物质文化遗产进行保护。国家级非物质文化遗产名录迄今已公布了3批，进入名录的项目达1219项，其中民间文学类155项，故事类61项，计有：

第一批（7项）：

白蛇传传说、梁祝传说、孟姜女传说、董永传说、西施传说、济公传说、满族说部。

第二批（27项）：

八达岭长城传说、永定河传说、杨家将（穆桂英）传说、尧的传说、牛郎织女传说、西湖传说、刘伯温传说、黄初平（黄大仙）传说、观音传说、徐福东渡传说、陶朱公传说、麒麟传说、鲁班传说、八仙传说、秃尾巴老李传说、屈原传说、王昭君传说、炎帝神农传说、木兰传说、巴拉根仓传说、北票民间故事、（辽东）满族民间故事、徐文长故事、崂山民间故事、都镇湾故事、盘古神话、邵原神话群。

第三批（27项）：

天坛传说、曹雪芹传说、契丹始祖传说、赵氏孤儿传说、白马拖缰传说、舜的传说、禹的传说、防风传说、槃瓠传说、庄子传说、柳毅传说、禅宗祖师传说、布袋和尚传说、钱王传说、苏东坡传说、王羲之传说、李时珍传说、蔡伦造纸传说、牡丹传说、泰山传说、黄鹤楼传说、烂柯山的传说、珞巴族始祖传说、阿尼玛卿雪山传说、锡伯族民间故事、嘉黎民间故事、海洋动物故事。

与其他类别和形态的非物质文化遗产相比，作为非物质文化遗产之一的民间文学的数量实在是太少了，与我们常说的"浩如烟海"不相适应。而且进入名录的，多数是具有开发潜力的传说类项目，属于民间故事类的项目很少，狭义的民间故事只有烂柯山的故事一个。令人欣喜的是，随着研究工作的深入和提升，能讲述1067个故事的谭振山受到了重视，"谭振山民间故事"进入了国家名录。此外，耿村、伍家沟，以及稍后发现的走马镇、下堡坪、都镇湾、古渔雁等故事村落，和北票、辽东六县、崂山、邵原等地的故事和神话，相继进入了国家名录，在国家的层面上受到了保护。

非物质文化遗产的保护，关键在保护传承人。为了保护杰出的、代表性的传承人，国家建立了非物质文化遗产项目代表性传承人名录，制定了传承人申报和认定办法。由地方上申报，国家聘请专家评审认定，再由国务院批准公布。迄今已公布了3批国家级非遗项目代表性传承人1558人。民间文学的项目代表性传承人为57人，其中民间故事的代表性传承人是11位。这11位传承人的申报与认定，与研究工作的成绩是分不开的，换言之，与地方文化工作者和专家的工作是分不开的。试想，如果没有基层文化工作者和学者们的发掘和多年的研究与宣传，也许这些传承人，至少其中的一部分人，至今也还没有"浮出水面"呢。他们是：

河北省2人：靳景祥（藁城耿村民间故事）、靳正新（藁城耿村民间故事）。

辽宁省4人：谭振山（新民市谭振山民间故事）、刘则亭（大洼县古渔雁民间故事）、爱新觉罗·庆凯（金庆凯）（6个县满族民间故事）、刘永芹（喀左东蒙民间故事）。

湖北省3人：刘德方（宜昌夷陵区下堡坪民间故事）、罗成贵（丹江口市伍家沟民间故事）、孙家香（长阳县都镇湾民间故事）。

重庆市2人：魏显德（九龙坡区走马镇民间故事）、刘远扬（九龙坡区走马镇民间故事）。

故事家的研究于80年代异军突起，至世纪末已是硝烟散尽。名噪一时的南方故事村的伍家沟、北方故事村的耿村，双双陷于寂寞萧条之困境，甚至连网民在网络上提出的诘难和追问，也一直没有人回应。进入21世纪第一个十年，民间文学又时来运转，迎来了大好时机，一方面，政府启动了非遗保护计划，另一方面，学界诸君独辟蹊径，抛却研究室的舒适安逸，开始对一些民间故事家作跟踪研究，沉潜数年，终于做出了斐然的成绩。

江帆对故事家谭振山的研究锲而不舍，对其作了20年的跟踪研究，记录（或录音）他的故事，撰写研究论文，探讨谭振山故事的文本叙事和讲述活动的文化玄机。她几乎变成了谭振山家庭中的成员。2004年她所撰写的《民间叙事的即时性与创造性——以故事家谭振山的叙事活动为对象》[①]，荣获中国文联主持的第五届"中国文艺评论奖"（2005）理论文章一等奖。她对自己的追踪研究作了这样的自我剖析："从宏观上看，对一个民间故事家进行持续性追踪研究，对我国乃至国际民间文学研究均具有重要的学术意义。这是因为，民间故事作为一种口承文学样式，其基本特征是以人为载体进行传承和流动的。对民间故事的研究离不开对其载体的研究，尤其是对这一传统的积极携带者——故事家的研究。民间故事家由于彼此生存环境、经历、信仰、价值取向不同，性别、年龄、文化、个人资质各异，

---

① 江帆：《民间叙事的即时性与创造性——以故事家谭振山的叙事活动为对象》，《民间文化论坛》2004年第4期。

在其故事活动中，无一例外地体现出各自的风格与特点。……每一位民间故事家所展示给我们的'文化之网'都是独特的。而对一个故事家进行长时段的追踪研究，可以使我们真实地把握到这张'文化之网'的一个个网扣是如何编结出来的。"[1]

从20世纪80年代中期起就跟踪记录和研究沂蒙山区临沭县郑山乡轩庄子村的女故事家胡怀梅的靖一民，这么多年来一直没有中断过这方面的研究。过去他曾和靖美谱合作写过《民间故事家胡怀梅的调查报告》[2]，成为研究胡怀梅的学者们的主要参考材料。他的一部花费了20年的30万字新著《口头传统新档案》就要问世。他把著作的全文电子档发给我看，我写了这样一句话回赠他："20世纪80年代初中期，中国的文化界把默默无闻的民间故事家推到了文化史上，给他们以文化创造者的身份和地位。靖一民先生就是当时为数并不多的文化人之一。"多年来，作者对这位已经过世的老婆婆故事家讲述的故事，逐字逐句进行深入研究，从口头传统研究的角度对这些故事进行了重新整理，添加了详细的方言注释，并为每篇故事都撰写了"整理笔记"。胡怀梅也许早已被乡民们忘记了，但她却因靖一民的著作而活着，活在中国民间文艺学史上。施爱东在给他写的序言里写道："其实，靖一民先生自己就是个故事家。……每则胡怀梅的'录音整理故事'后面，都有一篇靖一民的'整理笔记'，有些是对胡怀梅故事的补充，有些是异文，有些是语境说明，有些是历史对照，还有些是靖先生自己对于故事文本或者故事演述的心得体会，他会告诉你故事为什么这样讲而不那样讲，不同讲法各有什么奥妙。这些笔记体例虽不拘一格，却篇篇都有闪光之处。靖先生的注释和整理，决不是止步于订正字词，理顺文句，读者很容易从中看出靖先生所花费的时间和精力，他在并不拥有一个学院图书馆的不利条件下，却翻查了大量的文献，试图在历史和故事之间搭建一座便捷的桥梁，方便读者理解和认识故事与历史的关系，他用笔记的形式记录了一个故事整理者的所思所学所悟。"他以采访者、记录整理者的亲身经历，对故事家与整理者的关系所作的学理阐明，对研究故事家与记录整理者的关系是有参考价值的。

---

① 江帆：《农耕文化最后的歌者——谭振山和他讲述的千则故事（序）》，江帆整理：《谭振山故事精选》，沈阳：辽宁教育出版社，2007年。
② 靖一民、靖美谱：《民间故事家胡怀梅的调查报告》，中国民间文艺家协会山东分会编印：《四位故事家及其作品研讨会论文集》，1987年。

另一个类型的故事传承人，是周正良和陈泳超笔下的陆瑞英。周正良对陆瑞英的关注始于1959年，那年他与路工、张紫晨一起曾对她做过观察研究；陈泳超也在她身上倾注了多年的观察研究的心血。陆瑞英是常熟白茆的故事家兼歌手。2007年，周、陈主编的《陆瑞英民间故事歌谣集》出版，是他们根据陆瑞英讲述和歌唱进行记录和录音的成果，正文分语体文本、方言文本和录音光碟3部分，堪称是一个我们多年来梦寐以求的科学版本。特别值得注意的是，周、陈把陆瑞英定位为"综合性传承人"："民间文艺的杰出传承人很多，但是像陆瑞英这样在故事、歌谣两方面都具有很高造诣的综合性传承人，在汉族地区还很罕见。"①情况确如他们所说。就已经发现和得到研究的著名故事家而言，没有一位是陆瑞英式的"综合性"的讲述者或传承者。因此，如果说，80年代民间文学界对民间故事讲述家的发现和研究，是中国民间文学理论研究的重要进步和贡献，那么，新世纪学者对"综合性传承人（讲述人）"陆瑞英的发现和研究，无疑称得上是在民间文学搜集和研究领域里的又一次新的开拓。《集》中收入的故事和歌谣，同样是以口传心授的方式传承延续，同样是口头语言艺术的不同体裁，但相比起来，歌谣的文本虽然也有变化，但相对比较固定，而故事则更多地显现出讲述者的个人风格和艺术个性。多年来在脑际萦绕不去的对"型式"理论无法解决中国故事问题的困惑，在研读了陆瑞英讲述的民间故事之后，茅塞顿开，豁然开朗。作品内容、情节结构、叙事模式、讲述风格、审美意象等的研究，仍然是民间文学学科不能弃置的重要内容和课题。

与江帆、靖一民、周正良和陈泳超的以某个故事家为追踪研究对象相比，从"问题意识"出发的林继富的研究则是另一类。他另辟蹊径，以民间故事家的讲述活动与叙事传统的动态关系为题旨，对巴蜀文化背景下的土家族的多位故事家进行了长达10年的观察研究，其研究成果以博士论文《民间叙事传统与故事传承》的形式面世，所论涉及到并提出了故事传承和叙事传统的诸多的学理问题。故事学学理的探索，是林著的一个显著特点。在此，我愿意引用他的导师刘魁立的评价："说起民间叙事传统，没有人敢否定它的存在。因为这一传统明明白白体现在各个时代乃至每一个讲述人的讲述活动中，它是'顽固的'，但它又是潜在的，像灵魂一样是难以描述的；在许多人的著述里，它往往被扩大成为民间

① 周正良、陈泳超：《陆瑞英：吴歌现代传奇（传人）》，《人民日报》（海外版）2007年5月15日。

叙事的决定性的甚至是唯一的重要因素。例如，仅仅痴迷于类型学研究的绝对主义者就是最好的例证。另外，也有的学者把传承人的个性夸大到不适当的地位，忽视了它仅仅是民间叙事传统中间的一环和一个具体时空中的表现。在这两种情况下就很难揭示出民间叙事发展进程和现实表现的真谛。继富的这部著作在民间叙事传统的问题上进行探索，追求学理的发现，应该说他在这方面已经取得一定的成绩，为进一步的深入探索提供了极为有益的思考基础。"[1]

当然，这些年来，在这个领域里还出现了一些纯粹的理论研究的优秀成果，其学术意义和现实指导作用不可忽视，限于篇幅，就恕不赘言了。

随着21世纪第一个十年的结束，中国农村的现代化步伐急剧加快，农村人口的结构出现了历史性的变化，原本在漫长的家族血缘社会结构下形成的农村聚落，或多或少出现了解体的趋势，自给自足的农耕社会逐渐瓦解，作为口头文学重要题材之一的民间故事的载体，老故事家群体自然老龄化，甚至相继辞世，民间故事的传承遭遇到了空前的困境。前面提到，20世纪90年代，研究者提供的全国能够讲述50则故事以上的故事家为9000人。到21世纪第一个十年末，记忆并能讲述较多故事的人究竟还有多少，没有人做过统计，2009年结束的全国非物质文化遗产普查也未能提供这方面的数据，进入3批国家级非物质文化遗产保护名录的民间故事代表性传承人（笔者参加评审时，专家们的共同意见是以能讲述400—500个故事及其以上者为进入国家级传承人的门槛）只有10人左右，如今已有4人去世了。省级代表性传承人无法统计。难道21世纪将成为传统意义上的民间故事、民间叙事的绝唱之期？难道我们今天谈论的民间故事讲述人，将在我们这个伟大时代里成为历史的记忆吗？

2009年10月笔者在一篇当时尚未发表的文章《非遗：一个认识的误区》里曾就民间文学的传承人问题说过一点补充性的意见，我愿意引出一段作为本文的结尾：

> 如今政府文化主管部门和学界普遍认识到，"非遗"保护的核心在对传承人的保护，并建立了传承人名录制度。一般地说，这是没有疑问的。在传统戏剧、传统曲艺、传统手工

---

[1] 刘魁立：《序言》，林继富：《民间叙事传统与故事传承——以湖北长阳都镇湾土家族故事传承人为例》，北京：中国社会科学出版社，2007年。

技艺、中医药等个人作用显著的领域，传承人的意义特别明显，他们的地位也较为容易确立。关于传承人的见解，同样也大体符合民间文学的情况。卷帙浩繁的史诗和近年来发现的许多民间叙事诗，几乎无一例外地都有演唱艺人在演唱，史诗因艺人的演唱而得以存世。史诗《格萨尔》《玛纳斯》《江格尔》等长篇巨制的传人，已广为国内外所知。包括我国在内的世界各国，著名史诗艺人对民族文化的巨大贡献，是毋庸置疑的，那些杰出的演唱艺人得到了社会很高的尊重与荣誉。在民间，唱歌的能手（歌师）也是名声很大、备受尊崇的。歌仙刘三妹（姐）就是一例。相比之下，说故事的能人——故事讲述家，则没有著名歌手那样的声誉。但他们的历史功绩不能也不会永远被埋没于山野。

改革开放30年来，中国的情况已经有所改变，我们改写了中国文化史没有农民故事家地位的记录。各省的民间文学研究者在民间、在底层陆续发现了一些著名的故事讲述家，他们当中既有一生未曾出过远门而只在本乡本土、语言个性突出、口才超拔的农村老妪故事讲述家，也有见多识广、博学多才、能言善辩的故事讲述者。……一大串男女故事讲述家已经知名于世，有的故事家还应邀走出国门，登上了外国大学的学术讲堂。

2007年6月5日公布的《第一批国家级非物质文化遗产项目代表性传承人名单》，认定了民间文学传承人32名。这是一个令人高兴的开端。普通农民故事讲述家和歌唱家，竟然登上了国家的"非遗"传承人名单！当然，也有令我们感到遗憾的，就是民间文学的传承人，只有32人，占全部"非遗"传承人777名的4%！这样一个比例，无论怎么说，都是有欠公正的。这是一个令人心痛的比例！也许，我们当初就不应该拿城市里那些专业从事某种技艺的人一样的标准，来套农村里讲故事、唱民歌的那些人。他们是在生活极其艰难的环境下，民间文学及其传统的守护人！他们在讲述故事时，在歌唱时，在说笑话时，会忘记他们生活的艰难，忘情于他的讲述和歌唱。这就是无产阶级革命导师恩格斯说的："民间故事书的使命是使一个农民做完艰苦的日间劳动，在晚上拖着疲乏的身子回来的时候，得到快乐、振奋和慰藉，使他忘却自己的劳累，把他的硗瘠的田地变成馥郁的花园。民间故事书的使命是使一个手工业者的作坊和一个疲惫不堪的学徒的寒伧的楼顶小屋变成一个诗的世界和黄金的宫殿，而把他的矫健的情人形容成美丽的公主。但是民间故事书还有这样的使命：同圣经一样培养他的道德感，使他认清自己的力量、自己的权利、自己的自由，激起他的勇气，唤起他对祖国的爱。"①这也是故事家、歌手们的神圣使命！

　　有些做基层保护工作的朋友们提出，他们看到，农村里的故事传承、民歌传承，往往并不是靠有名有姓的传承人来传承、传习，而是靠群体、靠社会来承袭的。其实，这是一种误解。我们心中记得的故事，大半是在孩提时代，依偎在妈妈或奶奶的怀抱里，无意中听她们讲给自己听，而后就记住了的。也有的时候，是夏天在树荫下、冬天在地窖里，聚精会神地听那些会讲故事的人讲的。那既是我们的娱乐，更是我们的启蒙教育。我们的知识，就是从听故事、听唱歌开始的。那些讲故事、唱歌者，就是我们今天所说的传承者，我们每个人的启蒙老师，不过他们或许没有那么杰出，或许是因为我们在不经意中给忘记了罢了。我们没有权力埋没他们。应该在普查中所做的调查采录的基础上，给他们以特别的注意，留下他们的名字、他们的形象、他们的业绩以及他们对中华文化的贡献。

2011年10月6日于北京

本文系为中央民族大学文学与传播学院于2011年10月15日召开的中国民间叙事与故事讲述人学术研讨会撰写的论文；原载于《民俗研究》2012年第2期；转载于《文化研究》2012年第7期。

---

① 恩格斯：《德国的民间故事书》，马克思、恩格斯著，米海伊尔·里夫希茨编：《马克思恩格斯论艺术》(四)，曹葆华等译，北京：人民文学出版社，1966年，第401页。

灶王爷传说的类型和特点

灶是家庭的象征。人类历史上出现了最初的家庭，便出现了赖以生存的火塘。在我国南方，火塘延续了很长时间。从原始的火塘，到近代一些少数民族中还在家屋里砌有火塘，火塘成为家庭的中心。人类又发明了地灶，在地下挖一个土坑点火烧饭。这个历史大约也相当地长。考古发掘从汉墓里发现了许多不同类型的高台灶的模型。这说明高台灶在那时的使用已经相当普遍了。这些高台灶有进火口，有出烟道，有高高的锅台，与我们今天农村的高台灶并无太大的差异，已经相当完善了。

学者们证明，人类早期存在着多神信仰，视万物为有灵性的东西，并加以崇拜。灶也不例外，很早就出现了灶神的观念。灶神的产生，实际上是灶对于人类家庭的神圣性和重要性的一个象征。我们现在还常说家庭的"香火"不能断。这火就是灶里的火，后来指子嗣。

据我国民族学家杨堃先生早年研究，最初的灶神是蛙。乍看起来这个说法颇为离奇，但往深里一想，顿感蛮有道理，所以被许多学者所接受。地灶窝子里常有水，有水就难免会有蛙的产生；蛙在原始人的想象里成为灶神有什么不可能的呢？完全是可能的。杨先生还从语源学等多种学科作了考证，这里不能尽述。后来，轩辕皇帝、神农氏、火神祝融等神话中的许多"文化英雄"都曾被人类尊为灶神。其中以祝融作为灶神被祭祀的时间最长。在漫长的中国社会发展中，还有很多人物被民间传说塑造为灶神。成书于唐代的《酉阳杂俎》里就说："灶神名隗姓张，状如美女，又名单，字子郭。"在现代搜集到的大量灶神传说中，形迹不同、名字各异的灶神也大多姓张；在流传中，也有其他姓的灶神与张姓灶神并存。民间流传着灶祃（灶神像，一般是套色木刻），上面画着灶神及财神（招财童子和利市仙官）、喜神、福神、聚宝盆以及灶神上天所使役的马匹等。还有的画上画着两个灶王，传说一个姓张，一个姓李。这是民间信仰的盲目性和不确定性的表现。

民间习俗，每年腊月二十三（南方有些地方是二十四）是祀灶的日子。所谓祀灶，就是送灶神（民间通常叫灶王爷，是个准神或半神的角色）上天，祈求灶神向玉皇大帝说下界人间的好话，以保全家老小平安吉祥之意。应当说，对尚不能完全掌握自己命运的老百姓来说，这种愿望是无可厚非的。过去，北京也好，华北、东北许多地方也好，家家户户都在住房的明间砌一高台灶，靠近灶头的墙上贴着一张从市场上买来的灶祃。腊月二十三过小年时（一般是在晚饭之后），便把贴在靠近灶头墙上的这张旧灶祃撕下来，拿到院子里用火烧掉。这叫辞灶。辞灶伴随着一些简单的仪式。在神像前供上麦芽糖制的糖瓜或关东糖（北京称南糖），意在让灶王爷把嘴粘住，以免他到天上玉皇那里去乱说乱奏。还要烧些纸钱，意思是送给灶王爷上天路上用的盘缠。还要给灶王的坐骑准备一桶水和一些草料（黑豆），供他喂马之用。在祭祀时，户主口中念颂着"上天言好事，下界保平安"这类口诀。然后全家人依次叩头，为灶神送行。仪式就这样简单。祀灶有些禁忌。谚云："男不拜月，女不祭灶。"旧俗，祭拜时，一般是男子先拜，而后女子再拜。也有的地方，妇女是不能祭拜灶王爷的。彭蕴章《幽州风土吟·焚灶祃》："焚灶祃，送紫官，辛甘臭辣君莫言，但言小人尘生釜，突无烟，上乞天公怜。天公怜，锡纯嘏，番熊豢豹充庖厨，黑豆年年饲君马。"记述的就是这一习俗。

关于灶王爷由来的传说，现代民间流传的依然非常丰富多彩。东部从苏北、山东半岛到华北、东北各地，西部以四川盆地为中心，流传着一个关于灶王爷的传说，我们有理由把这一传说看作是一种相对固定的形式——"张郎型"。大意说：有一个张郎，不好好种地，出门去做生意，一去之后音信杳然。家里的生活重担，落到了他的妻子丁香身上。丁香拼命地干活养家，并殡葬了先后去世的公婆。有一天，成了富翁的张郎回家来，休了丁香，娶了海棠。老牛（或老马）拉着车，毫无目的地把丁香拉到山中一个茅屋前，停下脚步不再向前走了。这地方就是丁香的归宿。这家里老婆婆和靠砍柴为生的青年相依为命，收留了她，她与青年成婚。后来他们成了富家。过了多年，突然有一个讨饭的来到门下讨吃，丁香发现他就是抛弃了自己的前夫张郎。张郎从前妻递给他的面条里吃出了他们结婚时的簪子和荷叶首饰，知道这个女人便是被他休掉的妻子，于是羞愧难当，一头钻进灶火塘里去给憋死了。张郎死后，大庙不留，小庙不收，魂魄到处游荡。玉皇大帝下界视察，恰遇张郎，由于他们同姓，便封了他个灶王官的名号。人们看不起他，每到腊月二十三，煮一碗烂面条给他上供，羞辱他，却害怕他在玉皇面前搬弄是非，也不敢怠慢他。大致围绕着这一型式，各种各样的说法很多，人物也有血有肉。

另一种流传颇广的传说大致可定名为"打灶王型"。在形式上，这一类型的传说取意于民间过年时老百姓在灶头所贴的灶王神画像的意象。大意是：皇上派到民间的州官是个好吃之徒，令老百姓不堪重负。有一个叫张大巴掌的乡民，主动请州官来家吃宴席。张大巴掌一巴掌把州官打成肉饼，贴在了墙上。据说，由于这个州官生前是皇上的厨子，所以皇上就封他为"灶王"。

第三类较为著名的传说，是讲述灶王职责的，因此我把它叫作"送灶型"。大意说：灶王原本是天庭里的一名役员，被玉皇大帝派到凡间来监视老百姓的。他的行动很是诡秘，总是在神不知鬼不觉的时候溜进家里，所以人类对他提心吊胆。他每年的腊月二十三回天庭去向玉皇大帝汇报人间的情况，年三十晚上回到人间。他的毛病是爱白人是非，所以人们在他临行前总是用糖瓜粘住他的嘴巴，以防他旧病复发，说人间的坏话，给人们带来厄运。围绕着这个基本的情节，还派生出许许多多不同的说法，枝叶纵横，色彩斑斓。

灶王爷的传说这个充分世俗化了的神祇传说，反映了中国普通老百姓世界观中存在的矛盾：既有对这位与他们生活关系至为密切的灶神的不敬甚至奚落，却又毕竟无法从束缚自己的神灵观念的幻影中解脱出来。如果我们剔除灶王传说中的迷信成分，灶与灶神作为中国人观念中家庭的象征，在文化学上是有着深远意义的。

从文学的角度来欣赏这些短小的作品，未免显得有些重复，但我们又往往会被它们中间，特别是丁香身上所展示出来的善良勤劳、不屈不挠、乐善好施、济贫救难的民族精神，围绕着从现实中的农民（如张郎）到灶王的转化过程中所浸透着的浓郁的幽默感所吸引、所感染。幽默是文学作品的重要品格。没有幽默的作品，很难称得上是上乘的作品。同样，幽默也是民间文学作品的灵魂，你看，灶君像是被人一巴掌打到墙上去的；喜欢到玉皇大帝那里去白人是非的灶君，人们常常用麻糖把他的嘴巴粘住；灶君又是"邋遢神"，是好吃、馋嘴的神，受玉皇责骂和处罚的神，是无所归依的游魂；等等。都是充满着幽默感的精彩笔墨。灶王传说传播之广是足以令人瞠目的，是任何作家的作品无法比拟的，尽管各地流传的作品有程式化之嫌，但可看出民间作品的生命力蕴藏在人民的生活之中。

民间故事是分散的，一旦把某种同类的故事集中编选出来，便可从中看出万千的景象。这本小书里所选的有关灶神和祀灶习俗的传说，从不同角度反映了生活于社会底层的中国老百姓的观念,读者既可以把它们当作民间文学读物来读,也可以从中了解和研究中国老百姓的世界观。应该指出的是,在不少传说中渗透着宿命的、迷信的色彩。读者应该用一种鉴别的眼光来读。随着社会的进步和物质生活的改善,灶神的信仰,已经逐渐淡薄甚至逐渐在式微,如在大城市的知识阶层中,但过小年的习俗却不一定能很快消失,甚至还会长期地存在并传承下去。民俗是传承的,是有惰性的。

1994年7月27日

本文系为作者编选的《灶王爷的传说》(花山文艺出版社,1995年4月)写的序言。

漫话八仙传说

八仙传说是我国民间流传最为广泛、最具传奇性、家喻户晓的人物传说之一。这八个传说人物是：铁拐李、汉钟离、吕洞宾、张果老、蓝采和、何仙姑、韩湘子、曹国舅。这些人物原本都是道教人物，因此我们说这些传说属于道教人物传说、仙人传说。20世纪80年代全国民间文学普查中搜集到的八仙传说所涉及到的流传地区，有：辽宁、山西、山东、河北、河南、浙江、福建、广东、陕西、江西、湖南、湖北、四川、云南。可以断言，这组传说在大半个中国都有流传。

发轫的时代和社会背景

八仙传说最早发轫于唐宋，而最终形成于元明，是一个源远流长、在千多年历史途程中流传不衰的传说。它的产生有其社会历史背景。

唐宋时代，封建王朝崇信道教，广诏天下，访求道经，编辑道藏，兴建宫观，道教一时兴盛起来。春秋战国时期的中国大地，战争频仍，经秦汉之后，至隋唐之前，复又陷于动荡，民不聊生，民众没有出路。方术思想、求仙思潮勃然兴起。至唐宋时代，这种社会的记忆和现实社会状况，成为八仙传说应运而生的沃土。八仙这8个放荡不羁的仙人形象被民众塑造出来，给在苦闷中的社会和民众提供了一种幻想中的出路，于是，很快在民间被认可和接受。

以王重阳及其弟子丘处机为代表的全真派，把儒、释、道熔于一炉，修改道教的教义，既在民间发生了相当的影响，又深得皇帝金宣宗的赏识。全真派在元代异军突起，八仙传说的意旨，与全真派的教义颇有吻合之点，为传说的流传发展提供了重要的时代契机，故而传说得以在元明两朝发展兴盛。特别是元代杂剧创造了令人难忘的八仙形象，深入人心，对于八仙传说的流传和承递起了很多作用，如元杂剧《吕洞宾三醉岳阳楼》、明代小说《三宝太监西洋记演义》、明代《列仙全传》中，都写了八仙。但这些作品中的八仙人物还没有定型。到明代马元泰的小说《东游记》问世，我们现在认同的8位仙人才最终定型了。

通俗小说之外的另一条渠道，就是大量的民间传说的产生。八仙这些人物的行迹通过老百姓口口相传的八仙传说得以从文人创作返回民间，进入市井和乡村，从人民生活中摄取一些情节和思想，从而逐渐人性化、世俗化，带上了世俗的生活特色和普通老百姓的人间情感，成为社会生活的"另类反映"。生活在极其狭隘的农耕条件下的农民以及初级的市井阶层，天然地希望过上优越的生活，他们常常生活在幻想和憧憬中，如恩格斯在《德国的民间故事书》中所说的，他们把故事中的豪华宫殿想象成自己的住室，把故事中美丽的公主想象成自己的妻子。八仙传说的流行也一样，在一定程度上契合了老百姓的理想和愿望。

八仙形象的特点

八仙传说是一个庞大的传说群或传说丛，由8位神仙组成，每位神仙都有自己鲜明的形貌和个性特征。八仙形貌的各异和个性的突出，在口头文学中别具一格，其神奇性的审美倾向，适应和符合民间叙事体裁作品的特点和要求，为生活于狭窄的生存空间里的农耕文明条件下的小农民众所乐于接受和广为传播。

铁拐李：他是民众最熟悉的八仙形象。他的形象是蓬头垢面，坦腹跛足，倚杖而行，一脸乞丐相。他的行迹特点是行乞济人。关于他的传说，有成仙之前的，如《铁拐李还锅》《铁拐李偷油》等，更多的是成仙之后、云游四方的，展现其乐善好施、同情民间疾苦，如《铁拐李赠药》等。

汉钟离：他是道教全真派"北五祖"之一，形象特点是憨实强壮，料事如神，度人成仙，除暴安良。

吕洞宾：他的特点是醉酒行侠。他在终南山修道后，游历各地，也是道教"北五祖"之一，被称为吕祖。他的故事很多，涉及的内容十分广泛，是一位风流潇洒、正直善良，又疾恶如仇、富有人情味、具有文人气质的道士。在山西芮城永乐宫的纯阳殿的壁画《纯阳帝君仙游显化图》中有52幅连环图画，画的是他从降生到成仙度人的过程。

张果老：他久隐中条山，甘居山野，来往于汾晋之间，长生不老，是一位乐观朴实的老农形象。他惩恶扬善，济贫扶困。他的故事与农村联系较多，散发着浓厚的泥土气息。

蓝采和：他由天官赤脚大仙脱胎降生。他常破衣蓝衫，墨本腰带，夏天衣衫里加棉絮，冬天穿着单衣玩雪，一脚着靴，一脚跣露，手摇大拍板，醉酒踏歌，乞讨于市；闻空中有笙箫之声，便乘鹤腾空而去，来无踪，去无影，真可谓飘飘欲仙。

何仙姑：她是唯一的女性仙人。她在十四五岁时遵照梦中神人指点，食云母粉身轻不死，一日遇铁拐和采和，二人授以仙诀，便能预知休咎，能每日飞返山谷，采摘野果奉养母亲。她是一个聪明、善良、机敏、泼辣，而对劳苦大众抱着同情之心的女性。《何三姑升仙》《何大姑的半大脚》等描写了她的形象。

韩湘子：据传他是韩愈的侄子，素性不凡，厌繁华、喜恬静，刻意修炼，潜心奇术。在传说中，他常为书生形象，却不恋仕途，而为农民争地，为渔民解困，与龙王斗智，敢于戏弄皇帝。

曹国舅：他因痛恨其弟作恶，辞别亲友，入山修道，被钟离、洞宾引入仙班。他的特点是悔罪修道，如《吕仙化度曹国舅》《曹国舅悔罪升仙》等。

八仙传说的价值和意义

八仙传说渗透着浓厚的道教的羽化升仙、善恶报应的思想，原本是道教传说，这是没有疑问的。但在流传中，八仙传说逐渐形成一个庞大的传说群，由于其所反映的惩恶扬善、济困扶厄、不畏权贵、不嫌贫贱、同情弱者、乐善好施等的思想，而得到下层老百姓的喜爱和接受，在老百姓中发挥着很大的思想和道德影响，同时又因为其所包含的道教思想，也符合统治者的利益，故而也得到封建王朝的拉拢。在漫长的流传过程中，八仙传说不但为农民群众所接受，而且被他们所改造，逐渐摆脱了或弱化了道教教义和教规的羁绊，逐渐趋向生活化、世俗化，充满了人情味和世态相。八仙传说中的仙人们云游人间，不畏权贵，不嫌贫贱，不慕名利，不拘礼教，这些特点都反映了老百姓在乱世所遭遇的痛苦和愿望。

这些传说在反映现实的社会生活的时候，涂抹了一层浪漫主义的色彩，从而增加了想象力和神秘色彩。如著名的《八仙过海》传说，8个仙人过海，各自抛出自己的仙器，铁拐李扔下宝葫芦，在水上变成了一只独木舟；汉钟离扔下了蒲扇，自己坐在扇子上漂流而去；张果老投下了纸驴；蓝采和将花篮放在水中，以花篮做舟；何仙姑扔下了竹笊篱；吕洞宾扔出了铁拐李的拐杖；韩湘子放下了玉箫；曹国舅擎起了玉板。他们熙熙攘攘地向着海岛漂流而去。然后，是他们与东海龙王的一场难解难分的恶战。四海龙王水淹龙宫，八仙搬来泰山填了东海。八仙大获全胜，与龙王结下了深仇大恨，却给老百姓长了志气，添了希望。

八仙传说在某种程度上体现了中国海洋文化的一些特点。飘洋过海寻求乐土的思想，固然曾经与皇帝寻求不死之药有关，也是中国人征服海洋的一种理想。在撰于战国时代的《山海经》中就有《海外经》4种，说的就是海外的自然和人文图景。民间故事中也不乏海龙王的富丽堂皇的宫殿的描写，而海龙王的女儿与凡人小伙的婚姻（20世纪30年代有学者说是"苟富救贫式"故事，其实那只是一种狭隘的民俗学的视角而已），不也反映了普通老百姓的理想吗？徐福东渡，固然是受到秦皇的派遣，去海外求不死药，但同时不也包含着探险海疆的希望吗？八仙传说写八仙过海，到东海龙王的疆域，与龙王的虾兵蟹将展开较量，其最初的意愿不过是"想到海上去转一转"，并不是要发动一场掠夺性战争。这种中国式的海洋文化，与西方的海洋文化迥然不同：古希腊神话中的特洛伊战争是因争夺美女海伦而起，北欧埃达中的远征写的是海盗行为，也显示着海盗文化的浓重影子，而中国的八仙传说充满了欢快的气氛和人生的乐趣，显然与海盗文化不可同日而语。

这些传说，在今天仍然具有积极的认识价值和欣赏价值，已被确认为珍贵的国家级非物质文化遗产，得到国家和地方的保护。

2008年5月8日

中国民间故事中的鼠观

聪慧而狡黠的鼠

少小的年纪, 在祖母的膝下, 常常听她教我学念那首人人会唱的《小老鼠上灯台》的歌谣: "小老鼠, 上灯台, 偷油吃, 下不来。叫小妮, 捉猫来, 吱咕吱咕蹦下来。" 那时不懂得这歌词里包含着什么意思, 只知道老鼠既好玩, 又讨厌, 每到晚上就出来偷吃家里的食物, 连灯油也不放过, 还听说老鼠把谁家小孩的耳朵咬掉了一大块。多少年了, 这歌词, 现在居然也还记得。

在现实生活中, 老鼠到处打地洞, 肆无忌惮地出入民宅, 破坏粮仓, 咬破衣物。人们对老鼠怀着憎恨, 常常设下卡子捕它。可是有时又不敢得罪它, 有一种畏惧心理, 生怕得罪了老鼠, 会带来厄运。可是, 出现在一些歌谣和故事里就是另一种形象了。鼠常常是机灵聪明的象征。十二生肖故事里的鼠就是这种情况。

关于十二相属起源于何时, 清代学问家赵翼在《陔余丛考》里考证说: "十二相属之起于后汉无疑也。" 他指出, 最早记载相属的文献是王充的《论衡》和蔡邕的《月令论》。他还进一步指出, 十二相属最早源于我国的游牧民族:

> 陆深《春风堂随笔》谓, 本起于北俗。此说较为得之。《唐书》: "黠戛斯国以十二物纪年, 如岁在寅, 则曰虎年。"《宋史·吐蕃传》: "仁宗遣刘涣使其国。厮罗延使者劳问, 具道旧事, 亦数十二辰属, 曰兔年如此, 马年如此。"《辍耕录》记, 邱处机奏元太祖疏云: "龙儿年三月奏", 云云。顾宁人《山东考古录》亦载泰山有元碑二通, 一泰定鼠儿年, 一至正猴儿年。此其明证也。盖北俗初无所谓子丑寅卯之十二辰, 但以鼠牛虎兔之类分纪岁时, 浸寻流传于中国, 遂相沿不废耳。

以十二肖纪岁的风俗从北方少数民族传至中原地区, 遂在各地民间广泛流行不衰, 在流传中形成许多略有差异的民间故事。鼠在十二生肖中占了第一位。很多民族的十二生肖由来的故事，都企图解释为什么鼠在生肖中占了首位。尽管这些解释是人民群众的朴素的思想，不能作为科学的根据，但还是可以看出人民的鼠观。这里不妨举出一种说法：

> 玉皇大帝在天廷里召集了一个上肖大会，各种动物都到齐了。玉皇大帝选中了牛、马、羊、狗、猪、兔、虎、蛇、猴、鸡、鼠、龙等十二种动物，作为人的生肖。但在排次序上发生了争执。特别是由谁领头的问题，议论纷纷。玉帝说：你们中间牛最大，就由牛领头作第一生肖吧。大家都满意，唯独小小的老鼠表示异议。它跷起大拇指说："应该说，我比牛还要大！每次，我在人们面前一出现，他们就叫起来：'啊呀！这个老鼠真大！'却从来也没有听见人说过：'啊呀，这头牛真大！'可见，在人们的心目中，我实在比牛大。"老鼠的这番话，简直把玉帝给弄糊涂了。猴子和马都说老鼠是胡吹。老鼠却理直气壮地提出要试一试，大家都同意。玉帝把十二种动物带到了人间。事情真如老鼠所说的一样，当大水牛在人们面前走过的时候，人们纷纷议论说：这头牛长得真肥，真好。可是没有一个人说：这头牛真大。这时，狡猾的老鼠突然爬到牛背上去，用两脚直立起来。人们一见牛背上的老鼠，果然立即就惊呼起来："啊呀！这只老鼠真大！"玉帝听见了人们的惊呼，无可奈何地说："好吧，既然人们都说老鼠大，我就让老鼠做第一肖。至于牛，就屈尊做第二肖吧！"①

古代生活在西北甘青高原一带，后迁徙到四川西南部定居、有着悠久历史的羌族的故事则说：

> 姜子牙排十二甲子的时候，心想：这十二种动物的顺序咋个排法呢，哪个排在第一呢？他喊这十二种动物比凫水，依凫过河的先后来排名次。凫水的时候，耗子精灵，趁大家跳下水的时候，一下子把牛尾巴咬住，牛第一个凫过河。快到岸边的时候，耗子把牛尾巴尖给咬痛了，牛尾巴一甩，就把耗子甩到前头去了。这下，耗子得了第一名，牛得了第二名，以下挨次是虎、兔、龙、蛇、马、羊、猴、鸡、狗和猪了。从此，甲子的十二生肖就这样定了。②

这些故事中的鼠，其共同的性格是狡黠而聪慧。它以其聪慧灵敏，略施手段，便战胜

---

① 《生肖的传说》，贺佳、黄柏编：《中国民间故事选粹》，长沙：湖南文艺出版社，1986年，第432—434页。

② 《姜子牙排十二生肖的故事》（羌族），中国民间故事集成四川卷编辑委员会编印：《中国民间故事集成·四川卷（少数民族）》，内部资料本，1991年，第626页。

了比它优越得多的牛而夺得了十二肖中的首位。其形象和品格甚为可爱。还有些民族的故事,讲述它在过河竞赛中如何排除竞争对手,如象和猫。《云南德钦藏族故事集成》里有一则《藏历之十二生肖来历》说,在过河竞赛中,鼠趁机钻入大象的脑中,吸它的脑髓,当大象第一个到达河岸的时候,鼠即从象脑中跳出,于是争得了第一名。象却倒地而死。在这里,鼠采取恐怖手段,置大象于死地,因而从根本上排除了竞争的对手。因而,在十二生肖中,压根儿就没有象的地位。在民间故事中,与现实生活中不同,猫和鼠原是一对要好的朋友,鼠得知玉帝要定生肖的消息时,第一个告诉的就是猫。猫说,他是嗜睡的,他怕开会时醒不了,托付鼠一定叫醒他,以免误了大事。可是,事到临头,鼠竟然背信弃义,撇下好朋友猫,自己独个儿赴会,并且得了第一名。此举同样也排除了猫竞争对手的地位。这一下子就得罪了猫,从此两个要好的朋友成了不能见面的仇人,猫只要一见了鼠就捉它、咬它。尽管猫鼠结仇的故事,还有其他的说法,由于上述结构的故事比较惯见,可以说成为一种通常的型式。

除了民间的说法外,中国古代学者们还有十二生肖纪十二辰的天文学探索。由于十二辰与二十八宿相对应,二十八宿分布周天,以直十二辰,每辰二宿,各有所象,于是十二生肖又与二十八宿发生了关联。何以子为鼠呢? 一种解释说:"地支在下,各取其足爪,于阴阳上分之,如子虽属阳,上四刻乃昨夜之阴,下四刻今日之阳,鼠前足四爪,象阴,后足五爪,象阳故也。"[1]这种说法认为,子时处在阴阳分界线上,而与子时对应的鼠,其前足为四爪,为偶数,为阴,象征"昨夜之阴";后足为五爪,为奇数,为阳,象征"今日之阳"。也还有从兽类的性情来解析相属的意义的,如说:"子为阴极,幽潜隐晦,以鼠配之,鼠藏迹也"之类。[2]不足为训。

创世之英雄

在神话中浑沌未开的洪荒时代,鼠扮演着一个创世的"文化英雄"的角色。

---

① 郎瑛:《七修类稿》,北京:中华书局,1959年,第73页。
② 杨荫深:《十二生肖考》,《事物掌故丛谈》,上海:上海书店出版社,1986年,第83页。

（一）咬开创世葫芦

拉祜族神话故事《牡帕密帕的故事》说：浑沌未开时代，创世神厄莎种植了一个葫芦。那葫芦老了，被麂子踩断葫芦藤，滚到山下海水中去了。螃蟹从海水中把葫芦拖上岸来。厄莎把这个原始葫芦放在晒台上，晒了77天，葫芦里传出来打口哨的声音；又过了12天，人在葫芦里说话了："哪个把我们接出来，我们种的谷子给他吃。"小米雀听见了，就自告奋勇来啄葫芦。啄了很久，把9尺9寸的嘴都啄秃了，还是没有把葫芦啄通。老鼠见了又来咬，咬了3天3夜，终于把葫芦咬通一个洞，一男一女从葫芦里走出来。厄莎给他们取名，男的叫扎迪，女的叫娜迪。——这就是拉祜族洪水后人类再传的始祖。①

彝族神话故事《葫芦里出来的人》说：天神时代，直眼人的心地不好。有一家人家，老大和他的媳妇懒惰成性，老二又太粗暴，他们对变形为白胡子老汉的天神不好。只有老三对他既诚实，又热情。天神给老三一颗葫芦籽，要他种在土里，并预告他将要发大水，世间要遭劫难。嘱他种下葫芦籽，5天即可成熟，发大水时，可躲在葫芦里避过劫难。事情正如老人所说的发生了。老三躲在葫芦里，随水漂流。葫芦停在了一片岩石边。那里生着一蓬尖刀草、一蓬细毛竹和一棵青松栗树。得到了蛇、小老鼠、小米雀、尖刀草、细毛竹和老栗树的帮助，葫芦才得以停留在岩石边。老三走出葫芦，遵照天神的嘱咐，向对他有救命之恩的、快要冻死的蛇、小老鼠、小谷雀、尖刀草、细毛竹、老栗树表示感谢。他把小老鼠放在火堆旁烤了一阵，小老鼠活过来了，对他说："不是我把葫芦啃开，你早已闷死在葫芦里了。"老三感谢老鼠说："小老鼠，谢谢你，以后我种粮食养活你。"从此，彝家种出粮食，首先是小老鼠尝新。②

白族神话故事《开天辟地》说：大洪水把地面上的东西冲得光光的，只剩下了两兄妹。观音把他们藏在金鼓里。鸭子、老鹰帮助把金鼓从洪水中捞上来。但兄妹还是无法从金鼓中出来。观音又请啄木鸟来啄开金鼓，但啄木鸟的声音很大，观音怕把兄妹吓死，不让再啄了。又请老鼠来帮忙。老鼠说："我愿意啄开金鼓，可是你们得给我'衣禄'呀！"观

---

① 《牡帕密帕的故事》，云南拉祜族民间文学集成编委会编：《拉祜族民间文学集成》，北京：中国民间文艺出版社，1988年，第90—100页。
② 《葫芦里出来的人》，陶阳、钟秀编：《中国神话》，上海：上海文艺出版社，1990年，第339—347页。

音答应说："只要把金鼓咬开，就把五谷分给你。"所以，现在老鼠到处吃人的粮食。[①]

(二) 给人类运来谷种

瑶族神话故事《谷子的传说》说：远古时代，谷穗结得很大，成熟之后便自动滚到人们的家里去。有一个懒妇人，谷子收获时，她却在家里打扮，还向谷子扔了一条扁担打大谷子，于是大谷子便跑到天上，不再回来了。瑶家求麻雀上天去找谷神要回谷种。贪嘴的麻雀在回来的路上把谷种吃光了。人又求小猫去向谷神要谷种。小猫过河时，谷种被大水冲走了。人又求狗去要谷种。小狗过河时，谷种被小狗抖落在河里了。人又求老鼠去天上取谷种。老鼠一连跑了几天。谷神给了它一穗谷子。老鼠用嘴衔着，从天上回到人间。走到大河边，向河里游去。当它游到中间时，忽然起了大风。老鼠衔不住，被风吹到河里了。老鼠求蚂蟥帮忙。蚂蟥同情老鼠，帮它在河底找到了谷穗。老鼠怕再丢失，把大谷子咬碎，吞到肚子里去了。老鼠回到瑶山，张开嘴巴，把肚子里的谷种吐出来，交给了瑶族的社王。但是大谷子已被老鼠咬碎了，谷种变小了。他们把咬碎的谷种种在田里，长出来的都是小谷子。[②]

(三) 为人类找来光明

普米族神话传说《太阳、月亮和星星》说：远古时，漆黑一团。老鼠和猫头鹰是好朋友，他们决定去为万物找光明。可是云层隔开了天和地。猫头鹰驮着老鼠，老鼠用牙齿啃云墙。啃了99天，先啃开了一个洞，露出一道白光。这道白光很冷，是月亮的光。它们又飞向东方，老鼠又在另一堵云墙上打洞。又啃了99天，啃出一个圆洞，漏出一道灼热的光，这就是太阳的光。[③]

作为创世的"文化英雄"之一，除了上述神话传说外，鼠还在其他一些民族的神话传说中也留下了足迹，如汉族、畲族和佤族。佤族著名人类起源神话《司岗里》说，与阻止人

---

① 《开天辟地》，陶阳、钟秀编：《中国神话》，上海：上海文艺出版社，1990年，第5页。
② 《谷子的传说》，李子贤编：《云南少数民族神话选》，昆明：云南人民出版社，1990年，第260—261页。
③ 《太阳、月亮和星星》，云南省兰坪白族普米族自治县等编：《普米族故事集成》，北京：中国民间文艺出版社，1990年，第1—2页。

类从司岗里（孕育人类的祖洞）中出来的豹子进行搏斗的，就是这个小小的动物——老鼠。因此老鼠对人类是有恩惠的。①福建顺昌县流传的一则汉族神话传说《老鼠、猫、狗和五谷的传说》里，盘古开天后，鼠要去引粮种，全身沾满了谷子往回去，由于过河时它带的谷种全都被河水冲光了，害怕盘古治罪。当盘古见到它时，一把抓住了它的尾巴，一撸，撸下来一些谷粒。从此人类才有了谷种。②有意思的是，这则神话传说，把鼠引来粮种，与创世神盘古联系了起来，而其行文，又很像是有些民族的狗引谷种的神话。与此说法大致相同的还有畲族的《稻穗为何像老鼠尾巴》。故事说：老鼠从玉帝的金库里给人偷稻种，把金库咬开了一个洞，而且在路上过海时，都被洗掉了，只剩下尾巴上沾着的谷粒。③畲族还有则神话说，远古天降烈火，把地上的庄稼草木都烧焦了，人们没有了谷种。只有老鼠在地洞里保存下了谷种。老鼠对人类的贡献很大。④畲族神话中所说的天降烈火，也许是与汉民族古典神话中所说的十个太阳并出相类似的自然现象。鼠在这种大劫难中，为人类保留下了谷种，是原始先民的一种合理的想象。

老鼠是怎样一个"文化英雄"呢？美国人类学家博厄斯（Franz Boas）1898年在为杰姆斯《不列颠哥伦比亚汤普逊印第安人的传说》一书所写的序言中说："被人们称之为'文化英雄'的故事，在印第安神话中是很常见的。文化英雄把世界造成现在的样子，他消灭了横行大地的妖魔，教人以各种技艺。在我们称之为史前的那个时代，人与动物之间并没有明显的界限，后来出现了文化英雄，他把当时的一些生物变成动物，把另一些生物变成人。他教人如何猎杀动物，如何取火，如何用衣服蔽体。他是人类伟大的造福者，是人类的救星。"美国出版的《韦氏大辞典》之"文化英雄"条说："文化英雄，系传说人物，常以兽、鸟人、半神等各种形态出现。一民族常把一些对于他们的生活方式、文化来说最基本的因素

---

① 《司岗里》，云南省民间文学集成编辑办公室编：《佤族民间故事集成》，昆明：云南民族出版社，1990年，第7—8页。
② 《老鼠、猫、狗和五谷的传说》，顺昌县民间文学集成编委会编印：《中国民间文学集成·福建卷顺昌县分卷》，1991年，第196—198页。
③ 《稻穗为何像老鼠尾巴》，顺昌县民间文学集成编委会编印：《中国民间文学集成·福建卷顺昌县分卷》，第199页。
④ 《老鼠和谷种》，宁德地区民间文学集成编委会编：《中国民间故事集成·福建卷闽东畲族故事》，1990年，第22页。

（诸如各类大发明、各种主要障碍的克服、神圣活动、以及民族自身、人类、自然现象和世界的起源），加诸于文化英雄身上。"[1] 上述中国神话传说中的鼠—兽人，正是这样一个在洪荒时代给人类的生存开辟道路（咬开原始葫芦、与阻碍人类生存的障碍斗争），以超常的智慧从天神那里盗（要）来谷种，在黑暗中给人类取来光明的功莫大焉的"造福者"和"救星"。在这一点上，它是堪可与我国神话中的一些神人神农、嫘祖……和兽人狗、猪……等相提并论的。

知恩必报的动物

民间故事中的动物报恩，所反映的是一种人类普遍的民俗心理。人类把知恩必报这样的人类社会才具备的道德规范，加之于一些中性的动物身上。钟敬文先生在《中国民谭型式》一文中列举了"蜈蚣报恩型""猫狗报恩型""燕子报恩型"3种类型。[2] 另外中国民间故事中还有蚂蚁报恩、小龙报恩等。这些兽，都不是猛兽、害兽，而是一些中性的动物，或与人类友好相处的动物。而老鼠报恩则有所不同。老鼠在整个东方人的民俗心理上，大多是一种"不祥的动物"。中国人也一样。英国民俗学家Warren R. Dowson在《寓言及俗说中之鼠观》一文里说："鼠之为人不喜欢，或由于其破坏性，在东方则的确以它为疫疠之表征。"[3] 就是这样一个在实际生活中令人讨厌的老鼠，在我国有些民族，如蒙古族和藏族的寓言故事中，却被赋予了遇恩知报的良好道德。

藏族的一则《老鼠报恩》，主要情节是这样的：（1）穷小伙把从河的上游冲下来的快要淹死的老麻蛇、乌鸦和老鼠救上岸。（2）农奴主家的小姐在河边洗澡时，乌鸦把她颈项上的串珠衔到了小伙面前，送给了他。（3）为此，农奴主把小伙活埋。（4）老鼠知道后，往地里打地洞，把捆小伙的牛皮筋咬断，把农奴主的奶渣、酥油、牦牛肉运给小伙吃，如此者3年。（5）老鼠找到蛇和乌鸦，要他们救出自己的恩人。乌鸦每天飞到农奴主的房顶上呱

---

① 两段引文均转引自马昌仪：《文化英雄论析——印第安神话中的兽人时代》，《民间文学论坛》1987年第1期。

② 钟敬文：《中国民谭型式》，《开展月刊》1931年第10·11期合刊。

③ Dowson R.：《寓言及俗说中之鼠观》，江绍原译，《东方杂志》第25卷第18期，1928年9月5日。

呱叫，像是农奴主家里死了人一样，蛇变成蟒绕住农奴主儿子的脖子，作出要吃他的样子。

(6) 农奴主只好把小伙子释放，小伙子完好如初，长得很壮实。[①]

蒙古族的寓言《狮子和老鼠》，内容是：

一天，有一只狮子刚睡觉，睁眼一看：足旁有个老鼠在觅食。狮子看见老鼠，一伸腿便用前足把老鼠给按住了。老鼠哆嗦着向狮子恳求说：

"狮子大王，请你饶命，放开我吧。如果日后有机会，我一定尽力报答大王放生之恩！"

狮子听老鼠这样说，冷笑了一下，说："你这么点儿一个小东西，还能报什么大恩！"狮子觉得老鼠太小，没有什么可吃的东西，于是抬起腿来，便把老鼠放走了。

此后不久，猎人用绳索套住了狮子，捆得紧紧的，便走开去取利器，回头准备来杀狮子。

猎人走后，狮子挣扎得精疲力尽，也没能挣扎开腿上的绳索。没有办法，它只好大声吼叫求救。狮子的呼声，恰恰被那只老鼠听见了。老鼠急忙跑来，把狮子腿上捆绑的绳索给嗑断了。

狮子得到老鼠救助，摆脱了死亡，忙向老鼠叩头谢恩。这时，老鼠说道："当初我向狮子王求救，应许日后有机会必报恩情时，狮子大王还曾嘲笑过我。没想到，狮子大王你今天也竟然和我向你求救时那样，向我叩头谢恩了！"[②]

藏族有一个与上述蒙古族故事相同的鼠报狮恩的故事。[③]

藏族和蒙古族之所以流传着老鼠报恩的故事，可能与印度的鼠信仰有着某种渊源关系。古代吐蕃民族是流传着鼠神信仰的。据《太平御览》卷911："其国禁杀鼠，杀者辄加罪，俗亦爱之不杀也。"另据《旧唐书·吐蕃传》："又有天鼠，状如雀鼠，其大如猫。"吐蕃民族的风俗是，不仅不杀老鼠，而且族人每掘一种叫作"石速古"的野草来喂老鼠。从"天神"这个名称，也可看出对鼠的尊崇。据宋兆麟兄告，他所收藏的藏传佛教唐卡中，有一幅画面上画的是鼠为财神的图像，可见在藏族中存在着鼠信仰。具体说到这个狮子和老鼠的

---

① 《老鼠报恩》，木里民间文学集成办公室、凉山彝族自治州民间文学集成办公室、四川省民间文学集成编委办公室编印：《中国民间故事集成·木里藏族自治县卷》，1988年，第212—214页。

② 《狮子和老鼠》，中国科学院内蒙古分院语言文学研究所编印：《内蒙古民间故事集》，1961年，第231页。

③ 《小老鼠报恩》，诺日仁青翻译整理：《藏族民间动物故事》，西安：陕西人民出版社，1989年。

故事, 由于狮子传入中国是西汉时代的事情, 在此之前中国并没有狮子这种动物, 所以这个故事可能是从印度或斯里兰卡传过来的。在上述Warren R. Dowson的文章中引用的一个埃及的《鼠报狼恩》的故事, 与上列藏族和蒙古族的故事, 除了角色是狼不是狮外, 在情节结构和寓意上几乎完全相同。

鼠的信仰

老鼠报恩的故事, 已经触及到了鼠神崇拜的问题。在讨论鼠神崇拜问题之前, 我们要指出的是, 这种鼠神崇拜的现象有两个层面。第一个层面是在某些地区, 老鼠对人类做出了重大贡献, 引起了人们的崇敬和畏惧; 第二个层面是在这些地区存在着鼠神崇拜的民俗。

在内地流传的故事中, 我们发现有老鼠救主的故事。比如河北省《耿村故事集》第二集中有一则《老鼠救驾受封》的故事, 讲的是从前有一个西凉小国给中原王进贡了一对大蜡烛, 当中原王要在喜庆大典上点燃蜡烛时, 才发现蜡烛被老鼠啃开了一个大洞, 里面藏着火药。原来是西凉打算谋害中原王的。老鼠有功, 被封为御鼠。安徽省临泉流鞍河一带也记录了一则同样内容的故事。河北承德市记录了一则唐太宗李世民当年被围困在城中, 弹尽粮绝, 处于危难之中, 鼠送粮救驾的故事。

据记载, 历史上, 西域有鼠国。这个鼠国, 据考证, 就是瞿萨旦那国, 即古于阗国。[①]《太平御览·西域诸国志》: "西域有鼠王国, 鼠大如狗, 着金锁; 小者如兔, 或如此间鼠者。沙门过不咒愿, 白衣不祠祀, 辄害人衣器。"《述异记》也有记载: "西域有鼠国, 大者如犬, 中者如兔, 小者如常鼠, 头悉白。"这个古国也曾有过鼠救主的故事。道宣撰《释迦方志》卷上: "（瞿萨旦那国）都城西百六十里, 路中大碛, 惟有鼠壤, 形大如猬, 毛金银色。昔匈奴来寇, 王祈鼠灵, 乃夜啮人马, 兵器断坏, 自然走退。"又, 天宝高僧《不空传》中也有关于鼠神助战的记载: 天宝中, 西蕃、大食、康三国帅兵围西凉府, 帝诏不空设法。不空手秉香炉, 口颂密语, 请毗沙门天王领兵解救, 后安西告捷, 并云: "城东北三十许里, 云雾间

---

① 谭蝉雪:《西域鼠国及鼠神摭谈》,《敦煌研究》1994年第2期。

见神兵长伟, 鼓角喧鸣, 蕃部惊溃。彼营垒中有鼠金色, 咋弓弩弦皆绝。"谭蝉雪认为: "在这两则神话故事中, 鼠神与天王密切合契, 前一则是为了保卫于阗国……于阗国乃直接受育于毗沙门天, 保卫于阗也就是保卫毗沙门天, 所以当敌国来犯时, 鼠神则起而助之。后一则是当毗沙门去营救被围的安西都护府时, 鼠神又成了天王的得力助手, 毗沙门护军的功劳簿上是应该有鼠神的一分成绩的。"[1]

内地和西域都流传着鼠神救主的故事, 都在不同程度上存在着鼠神信仰; 但在风俗的比较上来看, 西域的鼠神信仰较盛, 内地的鼠神信仰则相对薄弱。《古今图书集成·岁功典》记岁除礼俗: "喂鼠饭, 饭一盂, 益以鱼肉, 置之奥窖处, 而祝之曰: 鼠食此, 毋耗吾家。"正月里(日期各地不一)还有"老鼠嫁女"的风俗。(这是一个专门的题目, 需要另文探讨, 这里不论。)在这天, 大人孩子不点灯, 不喧哗, 早些睡觉, 以免扰乱老鼠的喜事。仅此而已, 没有其他的祭祀仪式。可是, 在西域, 情况就不同了。据《异苑》记载: "商贾有经过其国, 不先祈祀者, 则啮人衣裳也, 得沙门咒愿更获无他。"可见, 这里的鼠神信仰是有祭祷仪式的。不管有无仪式, 内地和西域的鼠神信仰, 其实质都是出于对鼠害的畏惧, 而不得不对之"媚"。这种对鼠神所持的"媚"的态度, 是一种趋利避害的民俗文化心理的反映。

鼠的变形

老鼠变形成精的故事数量不少。鼠以变形为法术而犯下种种扰民的恶行, 如鼠精潜入民宅, 与小姐调情交欢等, 围绕着破除其法术而演绎的公堂故事, 显示出道教的影响和群众的智慧。

第一种类型: 人变鼠

在湖北省十堰市记录的一则故事说: 一个浪荡子想发财致富, 每天买些食品供土地爷, 求土地爷点化他。于是, 土地爷给了他一张老鼠皮, 允许他用一年。浪荡子穿上鼠皮, 变成一只老鼠, 脱下鼠皮便又恢复人形。他于夜间潜入员外家, 与其女儿私通, 终于把员外的女儿害死了。玉皇大帝得知后, 传旨土地爷收回鼠皮。可是浪荡子不给, 土地爷追赶他, 他

---

[1] 谭蝉雪:《西域鼠国及鼠神摭谈》,《敦煌研究》1994年第2期。

变成一只老鼠钻入地洞中。土地爷向玉帝交不回鼠皮，不敢再当土地爷了，就变成一只鹰，在天空中飞来飞去寻找老鼠，见了老鼠便叼。[①]同一类型的故事，还有郧阳地区的一例。这篇题为《鹰抓老鼠糊涂案》的故事里的变形老鼠，与小姐交欢致使怀孕后，被缚往公堂。包公决定在江心船上升堂。将鼠皮抛至小伙子面前，小伙子披上鼠皮，在舱板上一滚，变成一只老鼠，爬到桅杆顶上。土地爷变成一只老鹰，将老鼠叼走，放到岩道里。[②]该省监利县搜集到的另一例《老鼠子皮　消受不起》[③]，所不同的地方是，土地爷成了城隍，主角变成老鼠，玉皇命城隍追回鼠皮，鼠爬到了桅杆顶上；老鼠皮脱落，摔下来死了。城隍变鹰、鹰追老鼠的情节，大概是在流传中丢掉了。

第二种类型: 鼠变人

吉林省梨树县民间故事《老鼠成精》说，大年三十晚上，一个漂亮的少女来到孤老头家里要求借宿，并帮助老头包饺子。少女偷吃生饺子馅，被老头发现，疑其为异类。趁其烧火时，用刀砍死在灶脚边。少女恢复了老鼠形，是一只母鼠。[④]这个老鼠变形的故事，多么像故事里的那些神通广大的狐狸精。

第三种类型: 包公审鼠

包公审鼠的故事是一个传统故事，民间多见。现代记录稿，汉族有，藏族有，傈僳族也有。四川木里藏族流传的一则《五鼠闹东京》，颇为典型，其主要情节是这样的: (1)有小两口住在大山边，男名张老实，女名杨翠花。年遭大旱，男人外出做小生意，女人在家。(2)5只修行多年的鼠精，趁荒年到村中寻找食物，来到杨家，变成与张一模一样的人。月余时间，把杨折腾得面黄肌瘦。(3)张归，见5个与自己一样的人无法分辨，便告到官府，鼠又变为县官；再告到包公处，鼠又变成包公；再告到皇帝处，鼠又变成皇帝；莫可奈何。(4)一老者经

① 《鹰为啥叼老鼠》，中国民间文艺研究会湖北分会、湖北省群众艺术馆编印:《湖北民间传说故事集(十堰市)》，1981年，第160—161页。
② 《鹰抓老鼠糊涂案》，郧阳地区民间文学集成办公室、郧阳地区群众艺术馆编印:《中国民间故事集成湖北卷·郧阳地区民间故事集》，1988年，第57—59页。
③ 《老鼠子皮　消受不起》，监利县民间文学集成领导小组、监利县文化馆编印:《中国民间故事集成·湖北卷监利县民间故事集》，1990年。
④ 《老鼠成精》，梨树县民间文学集成编委会编印:《吉林省民间文学集成·梨树县故事卷》，1987年，第538—539页。

商至此，擅长学各种兽叫，让杨观察各人的动静。老者学虎叫、狐叫，鼠精均无反应；学猫叫，鼠精则神色大变，惊慌失措。老者断定为鼠精所变。(5)当时中国无猫。老者到波斯借猫。波斯老人只有3只猫。第一只猫在路上见到鱼，跑脱变成了水猫；第二只去追松鼠，变成了野猫；第三只猫便使五鼠原形毕露，并被咬死。[①]四川德昌傈僳族故事《老虎、水獭、家猫的来历》[②]，其内容和情节与这则故事大同小异，属于同一类型的故事，所不同的，只是审判者不是包公，而是天管师。天管师是傈僳族的地方管事的头目，把汉民族的传说人物包公充分民族化了。《中国民间故事集成·成都龙泉驿区卷》里有一则《放牛娃变耗子》，讲的是山神送给放牛娃一张鼠皮，他披上鼠皮变成一只老鼠，与主人家的小姐私通，主人告到官府，包公辨鼠收妖的故事。[③]在这几则故事中，以《五鼠闹东京》最为典型。

据胡适的研究，《五鼠闹东京》讲的是宋仁宗时代的事，鼠的故事与包公传说联系起来，很可能也就在当朝，与其他包公传说一样，在作于明末的《包公案》里属于"来历颇古"的部分。他说："(《包公案》)《玉面猫》一条，记五鼠闹东京的神话，五鼠先后化两个施俊，又化两个王承相，又化两个宋仁宗，又化两个太后，又化两个包公，后来包公奏明玉帝，向西方雷音寺借得玉面猫，方才收服了五鼠。这五鼠的故事大概是受了《西游记》里六耳猕猴故事的影响；五鼠闹东京的故事又见于《西洋记》(即《三保太监下西洋》)比包公案详细得多；大概《包公案》作于明末，在《西游》《西洋》之后。五鼠后来成为5个义士，玉猫后来成为御猫展昭，这又可见传说的变迁与神话的人化了。"[④]民间传说借着通俗文学而得以更加广泛的传播，民间口传和书面传播双管齐下，使传说的生命力也更加长久。

动物可变为人和植物，人可变为动物和植物，是原始而朴素的观察事物的方式。在原始人看来，世间万物，包括人在内，都在一个等级上，是一律平等的，万物都具有生命和性格，人与万物是可以互换的。德国人类学家恩斯特·卡西尔(Ernst Kassirer)说："(原始先

---

① 《五鼠闹东京》，木里民间文学集成办公室、凉山彝族自治州民间文学集成办公室、四川省民间文学集成编委办公室编印：《中国民间故事集成·木里藏族自治县卷》，1988年，第199—203页。
② 《老虎、水獭、家猫的来历》，中国民间故事集成四川卷编辑委员会编印：《中国民间故事集成·四川卷(少数民族)》，1991年，第939—940页。
③ 《放牛娃变耗子》，成都市龙泉驿区民间文学集成办公室、成都市龙泉驿区文化局编印：《中国民间文学集成·四川卷·成都市龙泉驿区卷》，1989年，第124—125页。
④ 胡适：《〈三侠五义〉考证》，《中国章回小说考证》，大连：实业印书馆，1942年，第401页。

民)深深地相信,有一种基本的不可磨灭的生命一体化(solidarity of life)沟通了多种多样形形色色的个别生命形式。原始人并不认为自己处在自然等级中一个独一无二的特权地位上。"[1]在故事里,人显然与老鼠处于同一等级上。人鼠可以互变。老鼠可以变成人的样子,人披上鼠皮在地上一滚,便能变成一只老鼠精,横行乡里。当然故事中鼠的形象的塑造,是浸透着后起的鼠观和审美观,并不是没有是非评价的。而且对鼠的形象和特性的描绘,不论它变换成什么形体,都从来没有离开过鼠性:它与人类为敌;它怕鹰、怕猫。

硕鼠故事

刘守华兄在《中国的〈斗鼠记〉与日本的〈弃老山〉》《从"弃老"到"养老"》等文章[2]中,首次提出并论证了中国的"斗鼠记"故事中反映了"弃老"的习俗。我极表赞同。同时我在研究鼠信仰的论题时,也搜集到一些此类故事的例证。除了他所论述的湖北十堰市的《斗鼠记》外,还有下列几篇可作补充:

(1)《八斤半猫吓倒千斤鼠》,收入《孝感地区民间故事集》,中国民间文艺出版社1989年。

(2)《大猫抓大鼠》,收入《中国民间故事集成·黑龙江省讷河民间故事集成》,1988年内部资料本。

(3)《五鼠闹东京》,收入《中国民间文学集成·吉林市昌邑区卷》,1988年内部资料本。

(4)《真假娘娘》,收入《满族三老人故事集》,春风文艺出版社1984年。

这些硕鼠的故事,不仅反映了生活在这些地区的民族历史上曾经有过的"弃老"或"杀老"的习俗(尽管我们至今还没有读到翔实可靠的史料),而且还反映了这些地区古代与外界(国)的文化交流以及那些地方历史上曾经发生过鼠祸的情形。

孝感地区的故事《八斤半猫吓倒千斤鼠》里说,外国朝廷送来一未名之兽,皇帝传旨

---

① 卡西尔:《人论》,甘阳译,上海:上海译文出版社,1985年,第105页。
② 参阅刘守华:《民间故事的比较研究》,北京:中国民间文艺出版社,1986年。

让朝廷内外辨认该兽为何物，有一被儿子藏匿在山洞中的老人告之，寻八斤半猫可治此硕鼠。孝子得此猫，使外国的大鼠当场瘫倒在地。这里正面写的是大猫战胜硕鼠的事情，侧面却反映出与外国的交往。

吉林市记录的这则《五鼠闹东京》故事，是一种异式，讲述早先有一种人活到"花甲子"即被活埋的奇俗，一孝子将老父置于夹墙中；而时值五鼠闹东京，吃人甚多，皇上问朝廷内外治鼠之策。其父告之以八斤半猫可避千斤鼠，于是大猫抓住3只鼠，鼠祸得以平息。这段描写显然是曾经发生鼠祸的写照。

鼠祸在历史上和现实中是确实发生过的。前面提到，新疆有些地区古来存在着硕鼠，至今仍然存在着硕鼠，有时甚至会发生硕鼠之患。据《报刊文摘》摘发《羊城晚报》1993年12月13日的一则关于新疆和田地区皮山县皮亚勒玛乡的鼠祸报道：在靠近戈壁的棉田里，大老鼠袭击了大片棉田，把一卷一卷的棉花拖进了碗口大的鼠洞中。一个洞里就能挖出几十斤乃至几百斤棉花和棉桃。乡收购站自新棉上市以来至十月廿九日，就收购到这种从鼠洞中弄出来的棉花达32760公斤。历史上是否发生过这种事情呢？我想，故事告诉我们，这种事情是可能的。根据民间信仰产生的规律，同时现实情况也告诉我们，凡是有鼠患的地方，肯定会有对鼠的崇拜。新疆于阗古国的情况正是这样一个例证。

结　语

鼠是一种聪慧而狡黠的小动物，与人类的关系极为密切。在东方人的观念中，通常以破坏性或疫疠为象征。在中国民间故事里，它既给人类带来危害，又为人类做出贡献，人类既畏惧它、憎恨它，又敬畏它、崇拜它。中国人以一种极端矛盾的心理，赋予鼠种种特殊的民俗人文特征。在这些往往互相抵牾的叙述里，表达了中国人以驱邪禳灾为主要倾向的鼠观。

1995年10月17日于北京

本文原载于《民俗研究》1996年第3期。

印第安人的神话传说

一

印第安人是居住在北美洲、中美洲、南美洲广大幅员上的土著民族的总称。由于语种以及习俗、居住条件等原因，他们被区分为人数不等的若干氏族或部落。这些美洲印第安人居民，在人类学家、民族学家们的著作里，通常被称为现代原始民族。这是因为，在西班牙人占领和欧洲人进入美洲的时候（16世纪），这里的土著居民一般地说尚处在原始社会阶段，换言之，当世界大部分地区已经进入了文明时期的时候，而在世界上某些被隔离的地区，却遗留下了一些尚处在野蛮的、未开化的阶段的民族。其实，这种说法并不是很确切的。印第安人虽然由于生活在与旧大陆隔绝的美洲（后来被叫作新大陆），从总体上说来是尚未开化的一部分人类，但他们的社会历史发展是不平衡的。摩尔根说："当他们被发现的时候，他们正体现着人类文化的三个不同的阶段，并较当时地球上的任何其他地方所体现者更为完备。""极北的印第安人和北美南美一些沿海部落处于蒙昧时期的高级阶段；密西西比河的半定居的印第安人，处于野蛮期的中级阶段。"[1]当然，对于印第安人社会发展的不平衡，不同的民族学家有不同的说法；但不平衡却是客观实际的情况，在这一点上看法是大体一致的。

在发现新大陆之前，只靠打猎和捕鱼为生，尚未定居，因而未能超越原始社会组织和技术知识阶段的民族有：火地岛上的印第安人——奥纳人、雅干人、阿拉卡卢菲人，巴塔哥尼亚的特惠尔切人，帕拉瓜的瓜拉尼人，阿根廷北部和巴西南部的印第安人，巴西东部的图皮部落和惹部落，亚马孙平原热带原始林中的加勒比人，南美大陆北部的奥里诺科大草

---

[1] 转引自马克思：《摩尔根〈古代社会〉一书的摘要》，北京：人民出版社，1985年，第4页。

原上的诸部落, 如乔科人、库纳人、伦卡人等, 以及墨西哥某些地区的原始部落。

另一些印第安人, 虽然也主要从事打猎和捕鱼, 但已有固定的文化和较有创造性而且趋于完美的艺术, 如美国西北部的印第安人和英属哥伦比亚的印第安人。

还有一些属于已经定居的农耕民族的, 如阿兹特克人、玛雅人、荣卡人和奇布恰人。这是一些创造过高度文明的民族。阿兹特克人居住在墨西哥的中部高原, 玛雅人居住在墨西哥南部和危地马拉, 奇布恰人居住在哥伦比亚西北部, 荣卡人散居于哥伦比亚从南到北的广大地区, 一直延伸到智利中部。这些地区的印第安人种植土豆、玉米、四季豆、番瓜、向日葵、西红柿、可可、烟草等作物。

据民族学家们的研究, 美洲印第安人的宗教观念是相当复杂的。据西班牙—南美洲《插图本欧美大百科全书》, 大致可分为7类: (1)北美红皮肤人的宗教观念, 其分散范围大约从加拿大到墨西哥湾。他们普遍尊崇 "大神" (Gran Espiritu), 其名称有克奇玛尼图、米查沃、瓦尔斯孔达、安杜阿格尼、奥克。上述不同名称的神, 是民族的至上神和最大的风神, 所有其他的神, 甚至包括太阳神和月亮神:都在它的统辖之下。这支宗教的特点是, 每个部落都有自己的图腾或保护神(通常是动物)。(2)阿兹特克人的宗教观念, 其中包括托尔特克人、纳瓦人, 其流行范围从范库弗岛至尼加拉瓜。这里的印第安人的宗教的特点是崇高的想象与野蛮的仪典相结合。玛雅人、阿兹特克人、荣卡人各部族, 有关于太阳神、月亮神、雨神、玉米神、土豆神和其他作物神灵的神话, 有关于几重天、几层地、死后有灵的观念。神是宇宙——地、天、星球——的创造者和人、动物、植物的创造者。(3)安的列斯群岛土著人的宗教, 尤卡坦的玛雅人和雷德河与密西西比河之间的纳特切斯人与之相类似。安的列斯群岛土著人是美洲最爱装饰的民族之一, 他们的神话很有趣, 宗教思想很发达, 智力上的进步与军事和政治上的逐渐衰败同时发生, 以致成了其他更加野蛮和好战的种族的牺牲品。(4)南美洲穆伊斯卡或奇布恰人的宗教。在穆伊斯卡人的神话中, 尼加拉瓜人的神祇 "约马加斯达德" 以 "约马加德" 的名字出现并居于统治地位。但是, 当达到较高的文化水平时, 穆伊斯卡人便将 "博奇卡" 神奉为主要的创世者, 而将约马加德视为被废黜的暴君。被尊为约马加德的配偶的月亮神, 后被视为企图破坏博奇卡行善的恶神。(5)奇楚亚人、艾马拉人和其他终于崇拜秘鲁印加人的太阳神的同类部落的宗教, 这一支宗教后来传遍了所有被他们所征服的地区, 并被某一支印加人改造成为有神论宗教。(6)加勒比人和阿罗瓦克人的宗教,流行于南美北部海岸。巴西印第安人、图皮人、瓜拉尼人,以及南美南部和东南部各部落(阿维庞人、潘帕斯印第安人、普埃尔切人、巴塔哥尼亚人和特惠尔切人、火地岛人)的宗教实践和思想,与他们各自的贫困的文化程度相一致。只有阿劳干人信仰太阳神。[①]

大致了解了美洲印第安人的宗教及其观念,再来研究他们的神话和故事,就比较容易理解、比较容易读懂了。

二

北美印第安人的神话形成于氏族制及其解体时期,反映了民族迁徙的复杂过程、各种自然条件的尖锐冲突,反映了定居部落与游牧部落、农业部落与狩猎部落之间相互影响的过程。北美印第安人神话的特点是:很少把超自然物人格化,对神祇和精灵缺乏明确的等级观念;宇宙四方、四元素(土、火、风、水)的观念广泛流传;一切自然现象均被赋予一种看不见的巫术力量,这种巫术力量不仅为神祇和精灵所具有,而且遍布整个宇宙以及一切超自然力量(这种巫力,苏人叫"瓦坎",黑足人叫"涅萨鲁",阿尔衮琴人叫"玛尼图",易洛魁人叫"奥伦达");许多氏族的至上神,兼有创世者与造物者的形态。北美是"图腾"一词的起源地,这里的图腾神话可以再现出"图腾"的本意,从而廓清许多不正确的理解和阐释:(1)图腾(动物、植物)被印第安人视为亲属、先祖、姐妹,与信仰它的人们保持着一种不可疏离的关系;(2)图腾不是灵物,不具备神的品格和特性,人与图腾不是崇拜关系,而是亲属关系。岑家梧先生曾综合各家之言,将图腾制的特征列为四端,恰与北美印第安人的神话中所显示的情形相合。岑氏说:

(一)原始民族的社会集团,采取某种动植物为名称,又相信其为集团之祖先,或与之有血缘关系。

(二)作为图腾祖先的动植物,集团中的成员都加以崇敬,不敢损害毁伤或生杀,犯者接受一定的处罚。

---

① 参阅了西班牙—南美洲埃斯帕萨·卡尔佩股份公司出版的《插图本欧美大百科全书》中《拉丁美洲各国民族概况》,译文见中国社会科学院民族研究所世界民族研究室印本。

（三）同一图腾集团的成员，概可视为一完整的群体，他们以图腾为共同信仰。身体装饰，日常用具，住所墓地之装饰，也采取同一的样式，表现同一的图腾信仰。

（四）男女达到规定的年龄，举行图腾入社式。又同一图腾集团内的男女，禁止结婚，绝对的行外婚制（Exogamy）。[1]

据现已记录的材料来看，几乎所有北美印第安部族都有创世神话。穆斯科格人的神话说，两只鸽子飞过水面，看见一株草茎露出水面，很快地，土地就露出来了。易洛魁神话说，麝鼠潜入水中，从水底衔出一撮泥土，放在乌龟背上，这泥土变成了陆地。在易洛魁和阿尔衮琴神话中，乌龟都是土地的象征。在北美印第安人的神话中，宇宙及万物不是谁创造的，而是从哪里来的。在他们的观念中，天、地、日、月、火、淡水，乃至人、世间万物是早已有之的，只是掌握在老妖婆、月亮、美洲豹、松树手中，或存在于另一世界之中，由某一个角色（这个角色被学术界称为"文化英雄"）变着法儿从上述执掌者手中偷来、夺来，或把人类从山洞里、水源中、峡谷里、天上、地下、葫芦中、软体动物的贝壳里引出来的。显然，他们的创世观与所谓混沌创世、天神创世的观念有着很大的差异。他们的神还相当模糊，常常以"文化英雄"的面貌出现。北美印第安人神话中的文化英雄，最有代表性的人物是凯欧蒂，他是一个人兽兼形的角色。他既是一个创世者，创立了许多文化业绩，给人类偷来了火，导水打坝，整顿秩序，平魔镇妖，教人类耕种，与人类是朋友；他又是一个恶作剧制造者，善捉弄人，贪食好色，使河水倒流，使庄稼毁坏，喜怒无常。在他身上集中了人类善良与丑恶这两种截然对立的品格。[2]在印第安人的精神世界里，神与文化英雄是经常混淆不清的，这一点恰恰证明了恩格斯所说的他们正处在"向多神教发展的对大自然与自然力崇拜"的阶段这个论断。

部族诞生、部族迁徙以及护身精灵的神话，在北美印第安神话中是颇有特色的。阿尔衮琴人的迁徙神话叙述了他们传说中的始祖母如何从美洲西北部往东南部迁徙的过程。卡约韦人的神话说，他们的部族是钻过一个空心的树干到这个世界上来的。奥赛吉人的神话说，印第安人是从星空下到人间来的（有不少部落的神话都描绘了大地和天空之间用一根

---

① 岑家梧：《图腾艺术史》，上海：学林出版社，1986年，第1页。
② 关于文化英雄，可参阅马昌仪：《文化英雄论析——印第安神话中的兽人时代》，《民间文学论坛》1987年第1期。

箭绳相连接着,可以上天,也可以下地)。许多民族大多由于地球物理的变化而有过民族大迁徙的悲壮历史,为了确保民族的生存与安全,在迁徙过程中,以及从此而承袭下来,都有各自的保护神——护身精灵。护身精灵通常有驼鹿、坚果等等,多数是动物。人的灵魂寄存于别处,以另一动物或植物为形体,伤害了护身精灵,才能伤害被护身精灵所保护的人。《死灵魂湖里的驼鹿精》里描绘的青年武士费吉尔,因为忘了驼鹿的话,多打了野兽,误伤了自己的护身精灵驼鹿,因而死于湖中。神通广大的文化英雄凯欧蒂及其护佑者——三姐妹的许多传说中,都体现着这种观念。

<h2 style="text-align:center">三</h2>

有学者认为,南美印第安人几乎没有创世神话,这是因为,在他们的观念里,世界是早已有之的,无所谓创造,而世界大劫难的神话倒是相当普遍。常见的是世界毁于大火或洪水。洪水神话中,世界再生与鸟兽有密切的关系。荣卡人和乔科人的神话说,世界遭难时人类从藏身的地方派兽类探听消息,最后派去的那只兽回报说,地面上可以住人了。有的神话说,鸟或兽从水底衔起一撮泥土,使世界重现。加勒比人、博托库多人的神话说,人爬到树上躲避大洪水,他们想知道水是否退了,往下撒了些种子、果实。圭亚那人是往下扔了一撮泥土,这撮泥土重新形成了陆地。奥纳人的神话说,洪水之所以发生,是因为巫师们没有察觉;洪水来了,人类变成了海豹和飞鸟。有的神话说,洪水是从树根部流出来的。有的神话说,洪水的出现,是因为人违反了神的戒律而遭到了惩罚。

与世界毁灭有联系的是"兽人"的存在。"兽人"作为世界毁灭之前世间的生灵,是南美印第安人神话中最值得注意并加以探讨的问题之一。南美神话中的文化英雄,其形态与北美神话中有明显的差异。其差异表现在:一是未形成固定的人物;二是多数具有"兽人"的特点。这又与南美印第安人中间至上神观念不发达有关。即使像莫多克人的酋长古希穆,查科人神话中的阿辛,这些类似原始一神教的人物,也不过是区别于动物神的人形神,他们并不拥有至上的、全能全知的权力,也没有一个神系供他调遣。

解释动物习性、生活方式以及事物来历的推原神话,是南美印第安人神话的重要组成部分。这类神话与动物神话关系极为密切。狩猎经济使印第安人形成了"动物即人"的世界观。狐狸、原驼、乌龟、鹿、负鼠、猴子、美洲豹、鹦鹉、鸲、鹰、蜥蜴……都具有同人一样的脾性和思想,与人类朝夕相处。水獭的爪子为什么那么短,飞禽走兽为什么有各种各样的颜色,乌龟壳为什么打碎成片片……回答这类问题的神话故事,显示了人类对动物的习性、躯体各部分的观察是多么仔细、了解是多么深刻、想象是多么奇特和瑰丽。(对自然现象的观察亦然,尤其令人感兴趣的是对火山及火山湖的观察描写。)动物和人是同类,动物可以变人(人也可以变动物),"动物即人"。动物不仅有人的特点,而且执行人的使命:兔子从美洲豹那里偷来了火;啄木鸟清理田地,种植庄稼;蛇可以让女人怀孕。这是原始先民的世界观。

天体起源神话,大部分是以太阳和月亮为主角的。日月要么是兄弟,要么是夫妻。有的印第安人说,日月兄弟是一对孪生兄弟,在经历了一番奇遇之后,变成了太阳和月亮。解释月亮上的斑点的由来的神话,在南美印第安各部族中相当流行。瓜拉尼人的神话说,古时候男女分开住,晚上男人摸黑去找姑娘,有个小伙子出于好奇,很想知道跟他相好的姑娘是谁,就偷偷地给姑娘抹了一脸灰。太阳尼安杰鲁和月亮札西是一对兄妹,都在天上运行,可是当妹妹带着涂黑的脸孔从天空的另一端露出来的时候,尼安杰鲁总是匆匆忙忙地躲起来。尤拉卡雷人的神话说,月亮上的斑点是一种生灵的影子。(中国也有这种观念,如"蟾蜍说"即是。)希瓦洛人说,狐狸攀着藤条上天,放火把月亮身上的毛燎着了。天上的星星也激发了印第安人的想象,编织了许多美丽的神话。许多民族都有星姑娘或姑娘与星星结亲的故事。

值得一提的是孪生子神话。这是一个非常普遍的题材,世界上许多国家、许多地区、许多民族都有孪生子神话。世界上也有不少学者力图通过自己的研究,揭开孪生子神话的秘密。巴凯里人的凯里与卡梅、博罗罗人的巴柯罗罗与伊波杜里、奇楚人的维加兄妹,都是引起学者们注意的著名神话。在孪生子神话里,往往是收养人将杀死他们妈妈的人告诉他们,这凶手多是美洲豹。在南美,美洲豹在许多情况下,都扮演一个不光彩的角色。孪生子向凶手复仇,其结局往往是变成日月。孪生兄弟总是一强一弱,也有两人是反目成仇的。

四

拉丁美洲印第安人(阿兹特克人、米希特克人、塔拉斯特人、玛雅人等)在公元前就已经建立了早期阶段国家，而居住在拉丁美洲北部和南部的一些部族，则处在社会经济发展的较低阶段。他们之间的文化差异是显而易见的。

旧石器晚期，拉丁美洲的第一批居民就已经有了取火、人与动物的起源、熊与女人同居等的神话。后来，随着采集经济的发展，出现了关于美洲鳄（食物与水源的保护者）、关于创世的神话。在驯养阶段和玉米普遍栽培阶段，出现了至上女神。在比较晚期的神话体系中，这一至上女神分裂为主管水、月亮、生殖、死亡、玉米、可可、龙舌兰等的若干个女神。

奥尔梅克人的新神话体系的主神，是一位具有美洲豹外形的大神。美洲豹在林中追逐食草动物，吓唬它们，把它们驱赶出田地，不自觉地阻遏了它们对农作物的祸害，成为田地与农业的保护者。在奥尔梅克神话中，至上女神的地位受到了挑战，逐渐失去了往昔的意义。奥尔梅克神话中出现了寻找和保护玉米的玉米神。这大概是与他们的农耕经济不无联系的。

拉丁美洲神话中有明确的宇宙、天体观念。纳瓦人最初的神殿里，除了祖先神以外，最重要的莫过于猎神。纳瓦人认为宇宙由十三层天界与九层地界所构成。天界分为：第一层——月亮天，第二层——星星天，第三层——太阳天，第四层——维涅拉行星天，第五层——彗星天，第六层——黑天或绿天（即夜天），第七层——蓝天（白天），第八层——风暴天，第九层——白天，第十层——黄天，第十一层——红天，第十二、十三层——名为奥梅奥干，是男女合体之神奥梅杰奥特尔的居所。玛雅人的神话说，宇宙同样是由十三层天界和九层地界所组成的。他们认为，宇宙的中心是世界之树，它穿过十三层天，其四隅就是宇宙四方之国。

玛雅人的神系非常丰富而复杂。起初他们只是地方神祇，随着氏族和国家联盟的发展，这些神祇聚合而成为一个庞大的系统。其中有生殖神、水神、猎神、火神、星神、死神、战神等。阿兹特克人的神系也是由几类神祇联合而成的：第一类，起源十分古老的生殖神与自然神；第二类，3名地位显赫的大神（惠齐洛波奇特利、特兹卡特利波卡、凯查尔夸特尔）；第三类，诸星神；第四类，死神与地狱之神；第五类，创世神。

拉丁美洲各印第安民族也拥有与其他印第安民族共同的或相似的神话，如大洪水神话、创世传说一类，如事物起源的传说，部落迁徙的传说。惠乔尔人神话说，女先知娜卡维事先告诉乌伊乔里5天后要发大洪水，要他钉好1只木箱，带上5颗玉米种子，5颗豆种，带上火种和5根树枝,1条黑狗。水退后,黑狗变成了女人,与乌伊乔里生了许多孩子。米却肯人的神话说,特斯皮和他的妻子带着许多动物、粮食和种子登上了一只箱子似的小船。雨停了,水未退,他放出几只水鸟均未回来,只有一只瓜伊比鸟回来报信。在梵蒂冈收藏的一本阿兹特克手抄本中,有一幅象形图画,表现一场洪水,水中有一间房子,从里面伸出一个妇女的头和胳膊,这表示所有的建筑和房屋都被淹没了。据阿兹特克人的传说,图中的两条游鱼除了表示幸免于难的意思外,还表示所有的人都变成了鱼人。水中漂着一只小木船,上有一男一女,他们是唯一未遇难的一对。这幅图画与传说相印证,自然是十分令人感兴趣的。

五

中国与美洲印第安人的文化联系问题,历史上曾有过几次争论,近年来又成了国际学术界的一个热门话题。当我们在著文谈论印第安人的民间文化时,理所当然地想起来必须说几句哪怕是略显肤浅的话。

学者们围绕着中国文化与美洲文化的相似这一问题,一方面从考古学、文献学上进行考证、参证,一方面从民俗学、文化学上进行比较。最令人感兴趣的问题,莫过于是谁先发现了美洲,美洲人与亚洲人在人种学上的关系。自1752年法国汉学家歧尼(De Guignes)提出中国僧人慧深最先到达美洲以来,中外学者从各方面进行了论证。1945年中国学者朱谦之根据考古材料证明了歧尼的看法。70年代,中、美学者又根据考古发掘证明在3000年前,即殷商末年,殷人东渡到墨西哥,并可能在拉文塔建立过自己的都城。这不仅比哥伦布早2000年,而且比慧深早1000年。

1961年9月17日、21日、24日,邓拓同志曾在《北京晚报》连续撰文《谁最先发现美洲》《"扶桑"小考》《由慧深的国籍谈起》,就《梁书》卷54《东夷列传》中所说"扶桑国者,齐永元元年(499),其国有沙门慧深来至荆州,说云:'扶桑在大汉国东二万余里,地在中国之东,其土多扶桑木,故以为名。'扶桑叶似桐,而初生如笋,国人食之,实如梨而赤,绩其皮为布以为衣,亦以为棉",论证了慧深所到的扶桑国,就是美洲的墨西哥。

1970年台湾历史学家卫聚贤在香港大会堂作《中国人发现美洲》学术演讲,演讲稿发表于香港《华侨日报》同年2月2日。1981年卫先生将一部1061页的煌煌巨著《中国人发现美洲》（第一册）交说文书店出版。

1983年李成林在8月18日、20日、23日、25日、27日《北京晚报》上连续发表《美洲与中国》的文章，从"扶桑木之谜""美洲的中国遗风""王莽时期的探险家""田横的壮丁到哪里去了""徐福东渡至何方"5个角度论证了中国与美洲的文化关系，证实中国人徐福等人于公元前219年（秦始皇二十八年）和公元前210年（秦始皇三十七年）先后两次到达美洲（亶洲，即墨西哥境内的文明古国托尔提克）。李成林指出，美洲印第安人中间的中国遗风由来已久，至少有八个方面：（1）美洲古代文字类似中国汉字；玛雅语言中，至今仍保留着若干汉语古音和中国沿海地区的地方音。例如，墨西哥东南部尤卡坦石刻上的玛雅文字，结构竖行、方体，字有部首，与汉字相类，甚至有些音也相近。（2）美洲印第安人的医药与中国相近。（3）印第安人银匠能制作极细的银丝，其制作工具和银制品，与中国民间制银用具和银制品相似。（4）印第安人制造弓箭之法与中国古时弓箭制法完全相同。在北美加利福尼亚州，还有刻着中国字的古代弓箭出土。（5）南美洲出土的捻线锭、纺线锭和古代织物，都与中国类似。印第安人的上衣（两边开叉）、长裙和小孩的裤子（下端留叉），甚至女子的发髻，都是中国古时的式样。（6）印第安人崇拜祖先，并在住宅中间的临后壁处安放神龛，前面设有香案并置两个烛台，香案旁边置两椅，与中国旧时民间风俗一模一样。（7）印第安人的某些食物，如薄饼、豆粥、炖羊肉等，其制作方法和味道，也与中国无异。（8）印第安人的面貌骨骼与中国人相同。

李成林文章发表后，《北京晚报》连续发表了好几篇应和的文章，补充了若干中国与美洲在文化上的相似的例证。其中有王雪的《美洲音乐与中国音乐》（1983年10月22日）、张小华的《中国与美洲交往的两个物证》（11月5日）、孙家堃的《印第安医学与中国医学》（11月12日）、宋宝忠的《印第安历法与中国历法》（12月13日）、王大有的《商殷人与印第安人习俗》（12月22日）和王雪的《古墨西哥与中国的龙》（1984年1月10日）。

从上述材料中我们可以得到启示，中国和美洲印第安人的民间文学、民俗事象相似，对其进行比较研究，是大有可为的。我们知道，南美的一些印第安部落是信奉萨满教的，美洲的萨满文化与我国北方、尤其是沿海诸民族的萨满文化之间的关系，有充足的理由证明台湾学者凌纯声先生提出的环太平洋文化这一命题的成立。美洲印第安民族神话中的渡鸦（大乌鸦）与中国东北和俄国西伯利亚一些民族的神话中的乌鸦，已经成为国际民间文艺学家、神话学家们注意的课题，似也可构成环太平洋文化的一个小小的因子。至于中国民间故事（或神话）与印第安人的民间故事（或神话）的相似，民间文化中的观念的相似，更是值得进行深入探讨的领域。比如中国人信奉的龙，也能在印第安人中间找到，既有神话、传说一类的口碑资料[1]，也有绘画[2]。

六

美洲印第安人的民间口头文学，几个世纪前，就由欧洲人记录下来了（少数是由本族人记录的）。这些材料既是殖民政策的产物，又在客观上保存了印第安人的民间文化。随着印第安人民间口头文学的记录成文字并得到研究，文化人类学、民间文艺学、神话学等学科迅速发展起来。

我国翻译印第安人的民间口头文学不多。近几年，随着对外开放政策的实施，翻译出版了一些印第安人民间口头文学的小册子，使我们对印第安人的精神文化、民族特性、风俗习惯有了进一步的了解。仅凭这些翻译介绍，对于一般读者也许就够用了，但对于建设民间文学和神话学方面的理论则嫌太少。

本书根据苏联进步出版社1864年出版的《北美印第安人的传说故事》和苏联国家文学艺术出版社1962年出版的《拉丁美洲印第安人的传说故事》两书的俄文译本译出，现将其合为一册出版，所容资料是较为丰富的、全面的。我想，无论是作为文学读物也好，还是作为研究印第安人的资料也好，都是无愧的。

1988年2月20日

本文系为易言、易方译《印第安人的神奇故事》（中国民间文艺出版社，1988年11月）写的序言。

---

① 卫聚贤：《中国人发现美洲》，新竹：说文书店，1982年，第121页。"美洲的降雨神，两手各执筒洒水，背后有一条龙……和中国的'龙王'形象相同。……《太平广记》载'李靖'夜宿龙宫，天庭降旨下雨，适龙子不在，龙母命李靖骑龙代龙子降雨。这和玛雅人的神话故事同。"
② 墨西哥古代《台奥梯华干宗教舞蹈》图，《北京晚报》1984年1月10日。

漫谈非洲的民间故事

　　唱歌、跳舞、听故事这类活动，在非洲各族人民的文化生活中是占着重要地位的。我们简直无法找到一个民族，他们没有自己的优美的神话故事。对非洲人来说，讲故事并不是一种普普通通的娱乐，而是一种严肃的教育。听众对讲故事者所讲的每一个故事，总要持尊敬的或恐惧的态度。有时，讲故事的人讲，听众也就参加进去。南非的拉姆巴人至今还保留着这种叫"乌鲁希"的故事形式：一人领讲，掺杂进一些歌子，而所有的听众则伴以合唱。西非的爱维人也用这样的方式讲故事。爱维人作曲家西涅加·加德则克普说："我们在工作或娱乐的时候，唱我们的民间歌曲，我们用歌声来哀悼朋友，用歌唱来表达自己的欢乐，当我们听着很长的故事的时候，我们的歌唱使故事变得生动活泼。"①

　　在很多非洲民族中，只许可在晚上讲故事。据19世纪中叶英国旅行家柴普曼说，卡菲尔人（科萨人）白天是不准讲故事的；另一位旅行家弗罗宾尼乌斯也证实，在北非柏伯尔人（利比亚、阿尔及利亚、突尼斯及摩洛哥的部落群，操闪米特-哈米特语）的某些部落群里，仍然是禁止白天讲故事的。每到晚间，黑暗降临了所有热带密林的时候，人们燃起一堆堆篝火，劳累了一天的大人和孩子们，都聚集在篝火旁，聚精会神地听着引人入胜的神话故事。

　　据说，17世纪中叶，即在欧洲人进入非洲之前，布须曼人是非洲各族中唯一处于石器时代的民族。布须曼人不仅是当时世界上最落后的民族之一，而且把很多原始的特点保存到了20世纪。他们使用弓、毒箭和投枪狩猎，既不知农耕，也不知畜牧。他们没有固定的房舍，栖居于灌木丛中。因此，布尔人——殖民主义者荷兰人把他们称作布须曼人——意为"灌木丛里的人"。布须曼人及近邻霍屯督人是欧洲侵略者的第一批牺牲者。荷兰移民自

---

① S.Cadzekpo. Making Magic in Eweland，West African Review，London: 1952，p. 817.

1652年起，以现今的开普为基地，无情地屠杀布须曼人。他们把布须曼人包围起来，不分男女老幼，用枪炮射杀。生留的很少一部分人被驱赶到卡拉哈里沙漠无水地区。

欧洲人在非洲出现时，霍屯督人所处的社会发展水平比布须曼人要高得多。他们和布须曼人遭到了同样的命运，然而给予他们致命打击的，是1906—1907年间西非人民起义反对殖民主义压迫时的德帝国主义。现在霍屯督族保留下来的纳马部族，约有2万人。

布须曼人的民间文学是19世纪中叶研究非洲语言的第一批学者之一英国人B.布雷克（Bleek）记录的，他曾经研究了当时居住在橘河一带的一个布须曼人部落（哈穆卡克维）的故事和神话。布须曼人的故事多是动物故事，大都带有神话的色彩。布须曼人有一个故事谈到星星的起源，认为星星是一个布须曼姑娘造的，把她奉为布须曼人的始祖。故事这样叙述："古代有一个姑娘。有一次她抓了一把燃烧过的炭灰撒向天空。灰烬撒到哪里，哪里的天空上便出现一条星星造的路。自那以后，每到夜晚，这明亮的星路便用它那柔和的光芒照耀着大地，使人们看得见回家的路，不用再在黑暗中摸索了。"布须曼人用故事来解释他们还不大了解的自然现象，把自然界诸种现象说成是神普尔加所使然。如有一个故事这样说："有一天，太阳燃烧似的照耀着，令人非常苦闷。有两个因苦热而烦躁的妇人，为了要发泄她们的苦闷，把一条可怜的毛毛虫践踏死了。普尔加神对于这件罪恶非常震怒，于是降下漫漫的长夜，要使人们对日光的价值再看高些。……"布须曼人故事中的主要角色是蝗虫（蚱蜢），人们以它为中心编造了一系列故事，认为蚱蜢缔造了太阳、月亮和其他动物。

霍屯督人的故事也是由布雷克和克朗林记录下来的，大部分也是动物故事。布雷克曾经想把他的南非动物故事定名为《南非洲的列那狐》，把南非各族故事比作欧洲诸民族的动物故事列那狐故事。这一点并不是没有道理的。霍屯督人故事中的主人公是狮子、胡狼、鬣狗及羊等，对这些角色，霍屯督人都有自己的近乎固定的看法：狮子、大象——愚笨、粗暴；胡狼、鬣狗——狡猾；兔子和龟——智慧、机敏……在他们的故事中，偶尔也出现人为主角的故事，但在这种故事中也是人、动物同台，人与动物同生活、同思想，似乎仍是同类。例如有一个故事讲述了一个女人嫁给大象做妻子，人同动物是相像的。[①]

---

① 参阅苏联出版的《亚洲各民族民间故事》。

班图语族各族居住在由苏丹到非洲的南部，刚果河流域，几个非洲大湖地区和三比西河、林波波河及瓦阿拉河流域。

在欧洲人入侵之前，班图人宗教观念的基础是万物有灵和祖先崇拜。祖鲁人信仰一神教，神居住在天上某个地方，但不干涉人间的事务。

祖鲁人的故事同其他非洲民族的故事一样，主要是动物故事，如野兔故事（据说撒哈拉沙漠以南是没有家兔的）。但是在祖鲁人的故事中，出现了像谷谷马戴乌这样的巫师，伊泽穆这样的食人精，乌希古留密这样的英雄。

祖鲁人故事中的登场人物，同时又是说故事的人，故事的创造者；他们不仅说不清楚这世界是怎么回事，甚至还不知道怎样正确地理解它。他们把无法理解、无法解释的现象都说成是由于某种特殊力量的存在，而这种特殊力量又是经常跟人在一起的。他们赋予动物、岩石、水和家常用品以灵性，什么都是活的，什么都在行动，对这一切，人必须时刻加以提防。关于巫术和巫师的描写，是在非洲其他民族的故事中不多见的。祖鲁人无法理解生死现象，便想象世界上有巫术存在，而且至今还用巫术来解释死亡。如有一篇《海浪的孩子》说，小姑娘恩桐碧落到一个经验丰富的老巫婆手里，跟她学到一些基本巫术知识。由于老巫婆一病不起，恩桐碧只学得一知半解。[1]这种掌握了巫术的超自然的人，同现实中的人是一同出现于故事中的；巫术并不同现实中的人处于对立地位，而是帮助他们处世。可以说，超自然和现实生活并存，与现实生活交织在一起。

祖鲁人关于他们的英雄人物乌希古留密的故事，也把登场人物说成与动物有同类的特点。有时我们简直很难了解这位英雄是什么，是人？还是幼小狡猾的动物？

我们从祖鲁人的故事里可以看到原始公社制的社会特点。《鸟姑娘》里的主人公住在一个还没有分解为一个个小家庭的家长制大家庭里。根据民族学所提供的材料，祖鲁人以处于原始公社制阶段的社会组织为基础，划分4个年龄等级。例如20—40岁的男子构成第三个年龄等级，他们的社会义务是抵御外侮，保卫部落。这种年龄等级制及社会分工在故事中也有所反映：男人是战士、猎人和畜牧人。因此，像挤牛奶的工作，以及保护妇女儿童

---

[1] 《海浪的孩子》，奥·薛特金娜俄译：《非洲班图民间故事》，叶黎译，天津：百花文艺出版社，1959年。以下所引祖鲁人的故事，均见此书。

的安全,是由男人来做的(如《荒年》),而捡柴的工作,则由妇女来做。

祖鲁人的民间文学不仅反映了一定的社会情况,而且反映了非洲大自然的景色,散发着浓郁的热带非洲的气息。如故事大多发生在拉肯斯堡山脉一带,因而故事中常常出现海岸、浪潮、树木繁茂的险山、有湍急流水的溪谷。他们的民间故事反映了人同自然的斗争,涨潮、退潮、河水泛滥,往往淹没村落,冲走财物,卷走人畜。此外,蝗灾、荒年的发生,也给祖鲁人带来了灾难。因此他们塑造了伊吉苦苦马呆鸟(可能是蝗虫的形象)和肯克伯(自私自利)的形象。他们的故事道出了他们的哲学观念:对自然要敬而远之,要帮助遇到困难的人。这就是祖鲁人的人道主义和博爱精神!

斯瓦希里人居住在印度洋沿岸,从南边的莫桑比克到北边的索马里。在荷兰人出现之前,阿拉伯和波斯的混合文化已经统治了这里。尽管表面上是波斯—阿拉伯文化,但居民仍然保留着过去的语言、风俗和民间创作。斯瓦希里人的故事就明显地反映出了斯瓦希里文化的全部复杂性。在斯瓦希里人的动物故事中,兔子是作为狡猾角色出现的,它以自己的聪明超过所有其他的动物,乌龟的聪明、狡猾,也不亚于兔子。斯瓦希里人的故事中,把兔子称作艾卜·努瓦斯。艾卜·努瓦斯是阿拉伯故事《一千零一夜》中阿巴希德哈里发何鲁纳·拉施德家中的诗人的名字。[1]斯瓦希里人把机智的诗人艾卜·努瓦斯的故事改编成狡猾的兔子的故事。由此,可以看出阿拉伯传说故事对斯瓦希里人故事的影响。

班图语族中其他民族的故事中的主人公多是酋长、巫师、巫医或普通人,事件也多发生在农村,而斯瓦希里人的故事却不大相同,事件发生的地点多是城市、市场、教堂和苏丹的宫宇,故事的主人公则多是搬运夫、裁缝、教师、商人、法官、显贵和苏丹。在他们的故事中,普通人必定战胜苏丹王及其官吏的专横、封建主和商人的狡猾与贪婪、法官的贪赃枉法。这种特点说明,斯瓦希里人所处的社会阶段及文化发展水平,是与其他各族不同的。

像祖鲁人一样,斯瓦希里人流传着关于英雄人物的故事传说。他们关于李昂果·福莫的故事,是非洲民间创作的光辉范例。这是一部描写这位英雄的英勇和刚毅、对人民的热爱和忠诚,同"大人物"进行斗争,以及因被出卖而遭到杀害的史诗般的故事。事情发生在

---

① 《脚夫和巴格达三个女人的故事》,《一千零一夜》第1卷,纳训译,北京:人民文学出版社,1957年,第51页。

非洲东部沿海一带的一座城市里。李昂果·福莫——故事的主人公是这个城市里最有力气、最快活和热爱自由的人。他谁也不怕，并且经常给城里的一些显赫人物找麻烦。他们决心陷害李昂果，因而不止一次地把他送进监狱，可是他每次都想出什么花样来越狱逃走。就是在牢狱里他也毫不沮丧。每天都从铁栅里传出他的优美歌声，城里的人都聚拢来倾听李昂果的歌唱。在最后一次监禁时，李昂果的母亲用歌声告诉儿子，他们想要杀害他。在对唱中，李昂果告诉妈妈应当怎样搭救他。一个忠诚的奴隶姑娘把一把锯子藏在圆形大酸面包里转给了囚犯。看守们把没有酸酵的馅饼拿走，把面包交给了李昂果。李昂果接到食物后问看守决定什么时候杀他，他们告诉他，死刑定于翌日执行。他请求允许他同人民和亲人告别。已决犯的最后请求是神圣的，于是一经看守们的召唤，全城的人都聚集到监狱来。李昂果要求把鼓、号角、铜锣都拿来，让大家都来演奏跳舞，快乐一番。他教给人民演奏乐器和跳舞。看守们被整个欢乐的场面迷住了，忘记了囚犯，他便趁机把脚镣锯断，又逃出了牢狱。从这时起，便开始了他那充满危险、斗争，对敌人进行大胆的恶作剧和神秘的单独活动的日子。敌人不止一次地向他所在的地方派遣奸细，但是都一无所获。在人民中间，传说着李昂果刀枪不入。城里的富人决定使出最后的手段，收买他的外甥，指使他的外甥去刺探用什么方法可以陷害他的舅父。根据一个时期广泛流行的关于非洲的母系氏族的习惯，外甥乃是最亲近的人。李昂果正苦于孤单，怀念着人民，便开始兴高采烈地接待客人，并且把自己最大的秘密暴露了："只有用钢针扎穿肚脐才能杀死我。"他的外甥指望得到重赏，决定杀害李昂果。不过他并没有享受到出卖得来的果实。李昂果的敌人把他外甥作为杀害舅父的凶手给处决了。而李昂果直到今天仍然活在人民的心中。人民对他的坟墓都很尊敬，人们现在还可以去他的墓地谒拜。

撒哈拉以南操苏丹语族的非洲各族文化传统，与东非居民的阿拉伯—波斯文化传统有极大的区别。考古学证明，这里，苏丹、几内亚、尼日利亚、加纳、马里的人民的艺术在古代已经达到了很高的水平。几内亚各族，如约鲁巴人、埃道人、爱维人、阿散蒂人，很早就有了很丰富、很发达的神话。这些神话中的角色是神。至今约鲁巴人还保存着为各种神灵建造的庙宇，每座庙宇的祭司都竭力颂扬自己的神，为他们编造神话故事。他们关于雷的起源的神话中，出现了一个伊罗公——长着铁翅膀的神话鸟的形象。关于天地分离、月亮起源的故事，也都有神话的特点。他们的神话不再是像布须曼人那样的原始神话，而是关于神和英雄的神话。

西苏丹故事中的主要人物是铁匠。铁匠是天体星球的锻造者。他锻造了月亮、星星和天。在苏丹各族人民的观念中，天是由许多一个高似一个，并用一条丝线串起来的圆圈组成的。地上有许多个天，天上住着神明；地下有若干个冥府，冥府里收留死者。他们把铁匠诗意化、理想化，通过铁匠的形象反映了古代人同自然界的斗争。

具有无敌力量的英雄和形形色色的恶魔（如林妖、河妖等精灵），通常是苏丹和几内亚故事中的主人公。这些恶魔绝大多数与人为敌。女人魔国的故事，反映了母系制的古代遗风和哲学观念。同时，故事中也反映了反封建、反农奴制的倾向，因为奴隶占有制在西苏丹封建王国中起着很大的作用。这种故事中的主角多是庄稼汉、游牧人或奴隶，通过他们嘲弄了国王、封建主和奴隶主。

居住在加纳（前英属黄金海岸）的阿散蒂人，在欧洲人入侵之前已经是一个有着高度文明的民族。他们的故事也像世界上其他民族一样，叙述着物质的起源、宇宙的起源；解释自然现象，以及风俗、法律的产生。阿散蒂人以农耕为主，由于撒哈拉沙漠贸易风的影响，土地干旱，收成不好，因此，阿散蒂人经年累月同饥荒作斗争。这个主题，在阿散蒂人的故事中占有重要地位。他们的故事中的主人公，多是农民，而不是牧民。

阿散蒂人故事中最具特色的，是关于蜘蛛阿南绥的动物故事。阿南绥在阿散蒂人故事中，是个半人半蜘蛛的精灵。他与人生活在一起，有人的特点和缺点。这是一个矛盾的形象，只要环境对他不利，他身上的第二个"我"就显现出来，于是就变成一只蜘蛛，躲到黑暗的角落里，到密林的草丛中去了。阿南绥性格的一面是勇敢、聪明、机智、热情，能随机应变，永远处于不败之地。如以自己的智慧取得了世上一切故事的所有权，战胜了凶恶的豹、蛇、黄蜂。阿南绥性格的另一面是贪婪、妄自尊大、自私自利、吝啬成性、自吹自诩、虚荣怯懦。这里集中了人的弱点的一面。我们可以说蜘蛛阿南绥的故事是非洲的智慧故事。关于阿南绥这个人物，在非洲的其他民族（如包累人）的故事中，也颇为常见。包累人把蜘蛛故事中的主人公叫作乃季亚·肯代瓦，意即蜘蛛先生。他的妻子叫毛·阿柯鲁，即阿柯鲁太太，蜘蛛的父亲叫阿嘎巴弗利。非洲人的蜘蛛故事同欧洲人的狐狸先生故事有许多相似之处，如德国人的列那狐狸故事，法国人的狐狸先生故事，俄国人的狡猾的小狐狸故事。由于许多阿散蒂人作为奴隶为殖民主义者买卖，从而把蜘蛛故事带到了北美、南美和西印度群岛。蜘蛛是弱小的动物，然而它凭自己的智慧总是制胜别的动物。人民借这个形象影射现实，歌颂普通人战胜贪得无厌、庸碌无能的统治者。

居住在齐河和班达马河之间的象牙海岸的包累人，根据他们的传说，在迁徙之前若干世纪，就已形成了部落。他们以农业为主。包累人的社会制度除了带有半宗法半封建的特点之外，还有古代社会制度（母权制与地方母系婚制）的残余。孩子继承氏族的名字、与氏族有关的权利和义务均从母亲。父子往往取不同氏族的名字。这种社会特点，在他们的故事中有所反映。如《西非神话故事》中的《蜘蛛理发》，叙述蜘蛛的儿子替受刑的父亲说情，而外甥不仅对此事冷淡，反而要求解下舅舅身上的腰巾。[1]按母系氏族的规矩，外甥继承氏族的一切权利，而腰巾是一种象征物，解下腰巾是为了避免被鲜血染脏。这篇故事反映了母权制同父权制两种社会制度的斗争，这在一定程度上很像希腊埃斯库勒斯的剧本《俄瑞斯忒亚》中所写的新兴父权（俄瑞斯忒亚、阿波罗和雅典娜所代表的）母权制（爱伦尼斯所代表的）的冲突，以及恩格斯对这一冲突所做的结论。[2]

据曾到象牙海岸和利比里亚作过5次民俗学旅行的德国民俗学者汉斯·希梅尔黑贝尔（Hans Himmelheber）证实，包累人的神话和寓言都是描述最初人类在天上或者动物还与人在村中同住的"那个时代"的事情。包累人认为，他们所有的故事都是根据耳闻目睹讲述的，因此绝对真实。实际上，今天也还有人，而且常常是一天到晚出入森林的猎人，根据侦察动物、体会动物的特性来编造故事。汉斯·希梅尔黑贝尔在他亲自记录的包累人故事集《亚拉·波古》序言中说："1949—1950年我在利比里亚作第五次民俗学研究旅行时，又记下了上百个故事，但没有一个能与包累人这些散文诗相提并论的"，"包累文学正像这个部落的雕塑品一样，是一个真正艺术家民族的结晶"[3]。

包累人像西非其他民族一样，信仰一个大神——天神尼阿米。尼阿米的形象在他们的

---

[1] 《蜘蛛理发》，希梅尔黑贝尔编著：《西非神话故事》，谷青译，北京：人民文学出版社，1959年，第59—61页。

[2] 恩格斯：《家庭、私有制和国家的起源》，北京：人民出版社，1972年，"第四版序言"，第9页。恩格斯说："父权制战胜了母权制。"

[3] 汉斯·希梅尔黑贝尔编著：《西非神话故事》，谷青译，北京：人民文学出版社，1959年，"编者序"，第6页。

神话中得到了完整的体现。关于尼阿米神，他的弟弟安安加马和他的妻子阿西的神话故事在包累人文学中独成一系。尼阿米神的形象在其他非洲民族神话中也很常见，如阿散蒂人故事中的"尼阿麦"，方蒂人故事中的"奥尼阿麦"或"奥尼扬柯邦特"（即"伟大的尼阿麦"之意）。不管在阿散蒂人、方蒂人，还是刚果人、赫勒罗人、巴鲁塞人的观念中，尼阿米都是至高无上的神，他能引起自然灾害和种种自然现象；在他们的神话中，他总是以神的面貌出现，远离红尘，既不善、也不恶，任何时候也不参与人间的事务。在包累人的传说故事中的尼阿米则大不相同。汉斯说："他们（指包累人自己——引者）常常说这个神距离他们很远，简直只是一个历史的概念。他们不供奉他，不向他祈祷，而他也不关心人类的情况。但这种说法对于包累人并不完全符合，因为他们谈到尼阿米神，供奉他，或者把供物献给他的妻子阿西，请他转交；他们也承认受他的惩罚和报酬。尼阿米在他们的故事里是个有声有色、神气活现的人物。他被描述得像个大酋长，常常有着非常像人的特性。如果他们安分守己地生活，尼阿米就赐给他们高寿；但是他生气起来，就兴起暴风雨，把尖石头往地面上投掷。"[①]

包累人在诗歌方面也有精致的作品，他们的艺人（游吟歌手）能把当前的事情和议事大会上的发言编成歌曲或成语。

居住在黄金海岸的另一部族爱维人的口头创作也是非常丰富多彩的，有诗歌、寓言、俗语、谚语、故事、神话。爱维人的民间故事和寓言中的角色也是奇禽异兽，实际上也是寓意化了的人。他们故事中最常见的人物是蜘蛛。爱维人的音乐、舞蹈别具特色。他们的歌分为抒情歌、叙事歌、战歌、仪式歌和劳动歌。这些歌曲不都是即兴编成的。他们管编歌的诗人叫"哈克潘诺"，管表演这些作品的歌手叫"哈西诺"。

东苏丹和埃塞俄比亚的居民都讲闪米特–含米特语，他们是东北非有着悠久文化传统的民族。

东苏丹大部分是阿拉伯人。在阿拉伯人出现之前，在自尼罗河谷地南至埃及的努比亚（Nubian）就曾建立了基督教王国——穆库拉·阿罗亚（Aloa）和那巴达。14世纪阿拉伯人

[①] 汉斯·希梅尔黑贝尔编著：《西非神话故事》，谷青译，北京：人民文学出版社，1959年，"编者序"，第7页。

侵入努比亚, 由于阿拉伯人散居在当地居民之中, 所以大部分同他们融合了。如今, 阿拉伯语言、伊斯兰风俗和宗教, 已经占据了统治地位。我们从苏丹的阿拉伯人故事中, 可以看到阿拉伯民间文学同当地的非洲民间文学的融合。上面提到的艾卜·努瓦斯这个东方阿拉伯故事中司空见惯的人物, 已经成了这里的故事的主人公。在苏丹的故事中常常出现基督教的主题, 这是伊斯兰教传入之前的文化遗产和纯非洲的主题。

埃塞俄比亚是具有古老的书面文学传统的少数非洲国家之一。埃塞俄比亚各族至今还保留着纪元前1000多年前就已经相当发达的古代文化的许多特点。

埃塞俄比亚的民间口头创作的发展, 并未受到宗教文学及宫廷文学的影响。在他们的民间故事中, 我们还能看得见涅古斯—埃塞俄比亚皇帝、封建主、显贵、寺院神甫、契约农民和奴隶的形象。故事中嘲笑吝啬的富人、贪赃的法官、强权, 把显贵的愚蠢同普通人的聪明加以对照。人民无论在动物故事或生活故事中, 还是在富有幽默感的谚语格言中, 都表达了他们对生活的愿望、关心和态度, 以及对社会制度、不合理社会现象的抨击。正像他们的一句谚语所说的:"强者的理由总是最好的理由。"

民间歌手在埃塞俄比亚国内很受欢迎。他们从一个村庄浪游到另一个村庄, 在马桑柯(单弦竖琴)的伴奏下即兴编着歌曲。他们的故事、诗歌、传说、格言和谚语早就有所记录, 19世纪末和20世纪初开始出版。埃塞俄比亚的现代文学是在民间文学和古代记载的诗歌的基础上发展起来的。

在非洲各族人民的故事、传说、诗歌、谚语中, 我们看到了非洲人民的道德规范。他们歌颂英雄、纯洁、爱情、忠诚、智慧、灵巧, 嘲弄怯懦、卑鄙、贪婪、吝啬、愚笨、懒惰。在封建社会的故事中, 如埃塞俄比亚、几内亚, 人民在他们的民间文学作品中抨击统治者及其仆从。从他们的故事中可以得出这样的结论: 穷人终归会战胜封建社会的全部非正义性。

殖民主义国家侵入并瓜分非洲之后, 自19世纪起, 在搜集、记录非洲各族民俗和民间文学方面做了许多工作。他们派传教士和民俗学者到非洲去, 研究他们的民俗, 为其殖民主义政策寻找借口。非洲人民是充分了解殖民主义者的目的的, 因此他们对侵入者并不采取"合作的"态度, 恰如一位英国学者说的:"非洲人对外来的旅行者, 或那些不仅不同情他们的看法, 反而对他们的看法加以嘲笑的人所提出的问题, 是从来不肯吐露真情的。甚至就连那些威望十足的传教士或政府官员也完全无济于事……"①

　　今天非洲本土已有了自己的民间文学搜集者，如象牙海岸的诗人、作家、民间创作收集者伯纳尔·布阿·达吉耶（生于1916年），他不仅在创作中学习民间文学，而且在最近几年里还出版过非洲神话故事集。塞内加尔著名政治活动家、法国联邦议会塞内加尔代表莱奥波尔德·塞达尔·森戈尔（生于1906年）多年来不断地收集、研究民间创作。马达加斯加诗人、民间创作研究者、艺术家和语言学家弗拉文·兰纳依沃（生于1914年）对马达加斯加的民间文学有精深的研究，他在1956年黑人文化活动家会议上作了关于马达加斯加民间文学的专题报告。他在报告中指出，由于岛国风气闭塞的关系，民间创作在20世纪以前始终没有人触动过，同时他强调指出了神话，特别是谚语的作用。

1962年10月

本文原载于《民间文学参考资料》第4辑，中国民间文艺研究会研究部，1962年12月。

---

① F.D.华尔克：《非洲及其人民》（Africa and her People），1926年。

谈非洲的蜘蛛故事

　　蜘蛛阿南绥的故事，在非洲各族人民的民间故事中是很有特色的。蜘蛛故事中的主人公阿南绥这个形象，也是许多非洲民族所熟悉、所喜爱的人物。

　　每当毒热的太阳落山，黑夜降临到非洲大陆上的时候，人们点燃起一堆堆篝火，劳累了一天的大人和孩子们，都集拢到篝火旁，聚精会神地听着引人入胜的故事。这时，随着讲故事人的娓娓动听的讲述，蜘蛛阿南绥这个半人半精灵的形象便悄悄地出现在听众的面前了。

　　阿南绥在非洲某些民族的故事里是一个半人半蜘蛛的精灵，他同人生活在一起，有人的特点、优点和缺点。阿南绥的性格的一面是勇敢、聪明、机智、热情，能随机应变，永远处于不败之地。如以自己的智慧战胜了凶恶的豹、蛇、黄蜂，取得了世上一切故事的所有权。在这里，阿南绥这个形象集中了人的优点的一面。阿南绥性格的另一面是贪婪、妄自尊大、自私自利、吝啬成性、自吹自诩、虚荣懦怯。在这里便集中了人的缺点的一面。因此，可以说这个形象是一个矛盾的形象。阿南绥出现在故事中，在一般情况下有跟人一样的举止、活动，但每当讲故事的人讲到情势和环境对阿南绥不利的时候，他身上的第二个"我"——蜘蛛便显现出来；阿南绥就变成了一只真正的蜘蛛，躲到黑暗的角落里，躲到密林的草丛中，躲到邻居的房檐底下去了。

　　一般说来，我认为蜘蛛阿南绥的故事可以说是非洲人民的智慧故事。非洲人民借蜘蛛这一弱小的动物，歌颂了聪敏智慧。有一些蜘蛛故事里，把阿南绥描绘得聪明非凡，不论在任何环境下，他总是以智慧取胜。像其他动物故事一样，在蜘蛛故事中作者借蜘蛛的形象以影射现实，歌颂普通人、弱小者战胜贪得无厌、愚鲁无能的统治者。如阿散蒂人（居住在黄金海岸一带）的故事《为什么所有的故事都是阿南绥的》[1]中，就把阿南绥描写得足智

---

[1] 《为什么所有的故事都是阿南绥的》，《民间文学》1962年第1期。

多谋，以自己的灵巧与智慧战胜了黄蜂、大蛇和豹子——强者的化身，终于买到了世界上所有的故事。在这篇故事里，蜘蛛的形象被描绘得那样怡然自得，那样富于感情，使我们一下子就感觉出作者的同情是在弱小而聪明的蜘蛛一边。当他把黄蜂诱骗到干南瓜里去之后，他用一团草把洞口堵住，哈哈大笑地说："原来你们真是些大傻瓜呀！"当他战胜了大蛇之后，颇有风趣地说："你呢，似乎比我还愚蠢呢。就为了这一点，你应该做我的俘虏了。"……又如包累人（他们居住在象牙海岸的齐河与班达马河之间地带）的故事《蜘蛛怎样欺骗豹》[①]中，蜘蛛抓住了豹子的贪婪这一弱点，杀死了魔术师豹。爱维人的故事《聪明伶俐的蜘蛛》[②]中说，有一次蜘蛛求教师给他一些药，使他变得更聪明一些。教师要他去做3件事。第一要他把水牛的乳拿来，他躲到森林里，趁水牛绊倒在地爬不起来的时候挤了水牛的乳；第二要他把象牙拿来，他在石头上涂了些蜜制米粉，象吃了石头硌掉了牙齿，蜘蛛得到了象牙，完成了第二件事；第三要他把胡狼、豹子、狮子和蜗牛的肝拿来，他趁着这些动物在赴宴时互相厮杀的机会，各个击破杀死了他们，得到了他们的肝。对一个弱小的动物来说，制胜这些强大而凶恶的动物，完成这3桩事情是一个很大的考验，需要斗智。蜘蛛一旦完成了这3个难题，教师就对他说：你已经足够聪明了。（顺便说一句，非洲蜘蛛故事里的弱小者蜘蛛经过的"三个难题"的考验，也是中国故事乃至世界故事中常见的一个叙事模式。）这些故事说明，蜘蛛虽是一只弱小的动物，但它聪明过人，凭着智慧战胜一切残暴、凶恶的力量，使自己立于不败之地。此外，我们只要稍加注意就可以看到，在非洲人的蜘蛛故事里，多半把大象、狮子、鬣狗、胡狼、豹子等动物作为蜘蛛的对立面。经历过或正处于漫长的狩猎生产方式、长期与动物相处并对其有细致入微的观察的非洲人，对这些动物的习性非常了解，形成了一些近乎固定的看法：大象和狮子——愚笨、粗暴；胡狼、鬣狗——狡猾；豹子——凶恶……把动物中最弱小的蜘蛛置于与这些强大者对立的地位上，就更能突出它的智慧、伶俐，也更能激发起读者的同情感。

与此相反，有的故事则把阿南绥说成是自吹自诩的自大狂，吝啬成性的利己主义者。

---

① 《蜘蛛怎样欺骗豹》，汉斯·希梅尔黑贝尔编著：《西非神话故事》，北京：人民文学出版社，1959年。第47页。
② 《聪明伶俐的蜘蛛》，《非洲各民族的故事》俄文译本，苏联国家文学艺术出版社，1959年，第222页。

如包累人的故事中，就有不少描写它因为自大、虚荣而陷于困境，有时甚至濒临死境的。有一次蜘蛛被虚荣心所驱使，想学大白虫的样子跳进锅里，用自己的肉来招待客人，其结果弄得啼笑皆非，幸有蜘蛛的妻子的挽救，才免于丧命。[1]《为什么世界上到处都有智慧》[2]这篇故事中说蜘蛛企图独得宇宙间的一切智慧，想把它收藏起来，不料被儿子发现，而不得不恶意地将收藏智慧的瓦罐砸碎。结果智慧都逃之夭夭，于是世界上到处都有智慧了。在这个故事中作者相当充分地写出了阿南绥的自私与虚荣，这些特点（人类的缺点）在他身上跟智慧恰成对照，因而也就特别突出、鲜明。描绘阿南绥的形象时所用的语言是与他的性格特点相和谐的，如写阿南绥做事不是胸有成竹、天真可爱，而是粗鲁、容易动怒，正像故事里所用的字眼："大发雷霆""恼羞成怒"等等。尽管他想独占世界上的一切智慧，但由于这种想法是违反人类道德、人类愿望的，因而也是不能得逞的。

在阿南绥这一故事形象身上融合了两个矛盾的性格特点，这在民间故事中并不是罕见的现象。这种现象不仅在非洲故事中有，在其他国家、其他民族的许多故事中，也有这种类似的现象。故事中的阿南绥，实际上是现实中的人的化身，在他身上集中了人所具有的一切特点。人民作者之所以如此大量地创作和传颂着这一类故事，如上所说，其主要原因在于他们想歌颂与赞扬聪敏智慧和弱者战胜强者，同时也鞭挞人们性格中的一切缺点。而在鞭挞的同时，人民也得出了种种哲理的或伦理的概念。如在《象和蜘蛛》[3]这篇故事里，象出于怜悯割下自己的耳朵给蜘蛛遮雨，而蜘蛛恩将仇报，把象的耳朵煮汤吃了，作者最后得出了寓言式的结论："被人怜悯的人，从他那里是得不到感激的。"

动物故事多半产生在人类社会发展的早期阶段，反映了人类当时的生活状况和生产状况。蜘蛛故事作为动物故事的一类，也在一定程度上反映了社会现实生活，因此我们现在读这些故事，还能从中了解一些非洲人民的生活情况和社会情况。如包累人的故事《蜘蛛故事是怎么来的》中叙述的蜘蛛怎样拿一个玉米换了一个奴隶的情节；《蜘蛛理发》中叙述的蜘蛛被判处死刑，蜘蛛的儿子出面替受刑的父亲辩护的情节，多少都反映了氏族社会

---

[1] 《蜘蛛怎样险些被烧死》，汉斯·希梅尔黑贝尔编著：《西非神话故事》，北京：人民文学出版社，1959年，第48页。
[2] 《为什么世界上到处都有智慧》，《民间文学》1962年第1期。
[3] 《象和蜘蛛》，《民间文学》1962年第1期。

业已崩溃和奴隶社会代之而起，母权制业已崩溃和父权制取得初步胜利的历史现实。

根据民族学所提供的材料，我们知道非洲许多地区自然条件异常恶劣，以阿散蒂人为例，只要从撒哈拉大沙漠吹来贸易风，河流里的水量即急剧减少，土地干裂，不能生产粮食了。这时就会出现大饥荒。饥饿对他们是巨大威胁，因此和饥饿作斗争是许多非洲故事的主题，蜘蛛故事也不例外。例如有一篇故事说，当雷还是上帝的时候，有一次大灾荒，所有的人都没有东西吃了。蜘蛛阿南绥就想出了一个狡猾的主意：把雷的一只肥山羊宰了。雷几次用闪电打击它，它仍然要煮雷的羊肉吃，最后雷把蜘蛛从地窖里打出来，摔得粉碎。它的身体就变成了许多小碎片——一个个小蜘蛛。世界上第一只蜘蛛的生命就这样结束了。现在我们看到的蜘蛛是它的后裔。从此蜘蛛就在角落里结网捕捉食物，不再偷东西吃了。[①]这篇故事不仅是非洲人民对蜘蛛起源的解释，而且透过蜘蛛与雷神的故事描绘出了人类与自然的关系：人类所遭遇到的自然灾害的巨大威胁，以及在这种自然灾害面前的无能为力。

蜘蛛故事产生在遥远的非洲大陆，它们给我们提供了纯粹非洲式的人物形象和文化特色，这种非洲式的人物和文化特色是别的任何地方都不会产生也不可能产生的。恰恰是这些特色构成了蜘蛛故事的地方特色和民族特色。了解了这一点就很容易了解这些故事的内在意义了。

关于民间故事的这种地方特色和民族特色，恩格斯在谈到格林童话和家庭故事时曾有过一段话，可以作为我们了解非洲蜘蛛故事的钥匙："自从我熟悉德国北部草原以后，我才真正懂得了格林童话。几乎在所有的这些童话里都可以见出它们产生在这种地方的痕迹，这地方一到夜晚就看不见人的生活；而人民幻想所创造的那些令人畏惧的无定形的作品就在这地方孕育出来，这地方之荒凉就是白天里也会叫人害怕的。这些作品体现了草原上孤独的居民在这样风号雨啸的夜里在祖国的土地上散步或从高楼上眺望一片荒凉的景象时心中所起的情绪。那时候从幼小就留下来的关于草原风雨夜的印象就复现在他的面前，就采取了这些童话的形式。在莱茵或是西瓦比亚地带，你就不会听到民间童话产生的

---

① 《蜘蛛阿南绥怎样从天上偷食物》，伊泰密、古列依：《非洲民间传说》，南文真译，上海：文艺联合出版社，1955年，第145—146页。

秘密消息,而在这里每一个闪电的夜——亮晃晃的闪电的夜——像劳柏所说的,都用雷霆的语言重复着这秘密消息。"[1]恩格斯在这段话里指出,格林童话是有极为浓厚的地方特色的,他认为"几乎在所有的这些童话里都可以见出它们产生在这种地方的痕迹"。正如恩格斯所说的,非洲的蜘蛛故事是有浓厚的地方特色和民族特色的:道地的非洲风景、非洲人物、非洲风味,在别的地方——脱离开了非洲的热带雨林、草丛、篝火……——是听不到这种故事的。

1962年1月9日

本文原载于《民间文学》月刊1962年第1期。

---

① 恩格斯:《风景》(《马克思恩格斯全集》第2卷,1935年俄文版,第56页),转引自伊瓦肖娃、古谢夫:《十九世纪外国文学史》第1卷,杨周翰译,北京:人民文学出版社,1958年,第383页。

旅游与传说

中国是一个旅游资源极为丰富的国家。如果把凡是足以构成吸引旅游者的自然和社会因素，称为旅游资源的话，那么，流传在各地区和各民族的民间传说无疑是自然旅游资源之外的人文旅游资源之一。游客从甲地到乙地旅游，除了乙地的自然资源与甲地的自然资源有所差异，因而对游客产生强烈的吸引力外，还由于乙地的人文资源与甲地的人文资源之间长期形成的某种差异。而民间传说则是构成这种地区人文资源最具特色的因素。地名城名的来历有传说，优美的景物有传说，著名的人物和事件有传说，宗教信仰有传说，独特的风俗也有传说。因此，可以毫不夸张地说，无论是名胜古迹旅游、民俗风情旅游、消闲度假旅游、观光购物旅游，还是游学察访旅游，都与流传在当地的民间传说有着密切的关系。

一、名城名地与传说

传说是最有特色的地域乡土材料。旅游者来到一个对于他来说人文背景十分陌生的地方，他首先希望了解的是这里的历史人文。从心理学来判断，游客来到一地会向导游者提问或向周围的人员打听：这个地名是怎么来的？为什么叫这个名字？继而他也许会问及这里的简单历史。而要满足他们的这个要求，除了借助于导游者的介绍外，就是靠一定的简明材料，如导游牌、书刊、手册、音像等。在这种时候，地方传说往往能起到别的东西起不到的作用。日本著名民俗学家柳田国男在他所著的《传说论》中说："现代的人都处于繁忙之中。即使在当地流传着著名的珍贵传说，车站的导游牌上也不过是简单地记着一行文字，以应门面。姑且不说旅游者听过以后再向别人转作介绍时又将略去多少内容；就连当地的男女乡亲,也总是先把故事的始末叙述完毕,而后应着提问,做些补充。"①事实正是这样。要回答这些问题,在很大程度上要靠传说。

的确,在中国,一个地名往往隐含着一个引人入胜的故事,联系着一段或是悲剧或是喜剧的历史。只有当你了解了这个故事或这段历史的时候,你才算是跨过了这个地方的门坎。

比如说北京吧。来北京的游客也许已经笼统地知道了北京是一座有着辉煌历史和现在的城市,是50万—70万年前"北京人"的原住地,是中国自燕、辽、金、元、明、清六朝的古都。但只有当他了解了北京城的修建以及建筑特色的传说后,他才能真正感到自己走进了历史的深处,走进了人类文化的宫殿,从而对这座城市的建筑之别出心裁叹为观止。如今北京城的整体布局、结构和南北中轴线的确立,大体还保持着元大都城的格局。"元建大都,几经筹措,忽必烈才决定放弃已焚毁的金中都城,于公元1267年(至元四年)初动土另建新城。次年十月,宫城完工。公元1276年(至元十三年),大都城建成。公元1285年(至元二十二年)二月,将旧城居民陆续迁入新城。大都新城位于中都旧城东北郊,以太液池琼华岛大宁宫为中心兴建。引白浮泉水,凿通惠河,解决了水源和漕运问题。大都城的整体设计思想,恪守《周礼·考工记》所规定的原则:'匠人营国,方九里、旁三门,国中九经、九纬,经涂九轨。左祖右社,面朝后市',充分体现了儒家政治理想的蓝图。大都坐北朝南,呈现一个规矩的长方形,南墙在今东西长安街南侧,北墙在德胜门外八里的小关一线,今尚存土垣遗址一段。东、西城墙的南段,大体上与后来的城墙相合。城中街道也按照《周礼》的原则,由南北和东西走向的干道组成方整的棋盘形,经纬分明,整齐划一。至今北京城内有些古老街道和胡同,其遗迹宛然可寻。"②明朝洪武元年(1368)把北面城墙拆掉,缩进5里,重建了北面城墙。永乐十七年(1419)把南面原来的城墙拆掉,往南推展了1里多,重建了南面城墙,就成了现在北京内城的样子。至于北京的外城是明嘉靖三十二年(1553)修建的。了解了北京城的建筑格局和文化内涵,游客们也许会游兴大发,执意要按图索骥地寻踪一番呢。

关于北京城的建立,我们手头有两篇于20世纪60年代记录的同样题材的传说,都说成

---

① 柳田国男:《传说论》,连湘译,北京:中国民间文艺出版社,1985年,第9—10页。
② 曹子西:《北京历史演变的轨迹和特征》,北京市社会科学院《燕都春秋》编辑委员会编:《燕都春秋》,北京:北京燕山出版社,1988年,第11—12页。

是明朝开国皇帝朱洪武的军师刘伯温的功劳，而且有一篇甚至把刘伯温其人提前了1000多年，说成是燕王（自然是西周时期的封国燕国首领了！）的军师，与史实大相径庭。这两篇传说的记录，一篇出自老北京文人金受申的手笔，一篇出自民俗学家路工等人之手笔，记录和整理成文的时间相差无几。

金受申的异文题作《八臂哪吒城》。大意是说皇帝要修北京城，可是北京这地方是"苦海幽州"，那里有一条孽龙，只有八臂勇哪吒才能镇伏孽龙。大军师刘伯温和二军师姚广孝答应了这项大工程。他二人分开设计方案。有一天，二人却同时听到一个穿红袄短裤子的小孩的声音："照着我画，不就成了吗！"这个小孩就是哪吒。10天后，他们二人背靠背画出自己的方案，原来都是画的"八臂哪吒城"。正中间一座门是正阳门，是哪吒的脑袋；瓮城东西开门，是哪吒的耳朵；正阳门里的两眼井，是哪吒的眼睛；崇文门和东便门、朝阳门和东直门是哪吒这边身子的四臂；宣武门和西便门、阜成门和西直门是哪吒另一边身子的四臂；安定门和德胜门是哪吒的两只脚。北京城就是按照八臂哪吒的形状修建的。

路工等的异文题作《北京城的来历》。燕王要北征，刘伯温对他说："到了人吃血米、泥锅造饭、草作锅盖的地方，你就该罢兵了。"并给他一张图、一封信。燕王打到民众吃高粮米（血米）、沙（泥）锅作饭、薰杆当锅盖的幽州时，展开图看，原来是一张修建北京城的图。刘伯温在信里向他推荐了一位修建北京城的军师——姚广孝；并嘱他去找沈万三（南方老百姓心目中的财神）要钱。燕王在潭柘寺的庙里找到了姚广孝，又在东华门那些"下肩儿的"（苦力）中找到了沈万三。那时的沈万三是个穷光蛋。为了要沈万三出钱修北京城，燕王下令拷打沈万三，押着他游街示众。在地安门，他被打倒在地上，结果在那里掘出了48万两银子。再走几步，又掘出了十窖银子总计480万两。那10个坑就叫"十窖海"，后来叫成了"什刹海"。沈万三又昏倒在虹桥西边金鱼池，在那里掘出来48万两银子、9缸金条。这地方因而就叫"金银池"，后来传成了"金鱼池"。燕王用这些钱修建了北京城。

在这两个传说异文中，其共同的情节是明朝开国皇帝朱洪武的军师刘伯温，画了修建北京城的设计图，并修建了北京城。第一个异文中，加进了一个重要的情节，即以镇"苦海幽州"孽龙的八臂哪吒为原型修建北京城。据文献记载和考古发掘证明，北京地区筑城的历史，始于商末或者更早一些，至迟不会晚于商末周初。公元前11世纪，周武王克殷灭商，在北京地区建立燕、蓟两个封国，这当中免不了与诸多的异族部落进行过激烈而残酷的原始战争，那个时代之后才有了关于幽州的记载。把西来之哪吒闹海传说融进开辟幽州的故事中，其移花接木之功，显然是后来的事情，与商周时开辟燕国的时间相去甚远。哪吒闹海，降服龙宫，捉拿蛟龙的本事见于《三教源流搜神大全》。如果把八臂哪吒作为一种文化象征来看，把古幽州一带想象为"苦海"，而把战胜了孽龙的哪吒想象为北京城都，则就变成可以索解的了。哪吒降服孽龙，这个孽龙究竟是否有某些原始部落的影子，不敢断言，但不可完全排除这种想法。再进一步说，这里面不仅有人民群众的艺术想象和口口相传的讹变，而且更深的是隐含着中国人思维中习惯了的哪吒的象征。第二个异文与第一个异文的不同，在于完全没有提到八臂哪吒的情节，而突出了按照刘伯温的信去找寻能够照着他的意思修建北京城的二军师姚广孝和能够提供钱财的财神沈万三这一情节。这显然是个复合传说，把刘伯温修建北京城的传说与沈万三出资修建北京城的传说连接在一起了。沈万三是江南巨富，关于他，江南广大地区流传着许多传说。其中有一则传说：朱元璋还没有成事之前，与沈万三是酒肉朋友。有一天，沈万三请朱元璋喝酒吃饭，结账时，差了一文钱，沈就向朱借了一文钱，戏言将来还钱时利上滚利。多年后，朱元璋当了明朝的开国皇帝，年号洪武，要修北京城，没有足够的资金，于是，想起当年的朋友富豪沈万三来。就召沈上朝，提出向沈借钱，不料被沈婉拒。皇帝老儿一时恼羞成怒，喝令叫沈万三连本带利偿还多年前向他借的那一文钱，并将其打入大牢。[①]朱元璋当年是否真的向沈万三借钱修北京城，笔者没有考证，但朱元璋向沈万三借钱修建北京城的传说，却从南到北传遍了大半个中国，尽管传说内容的侧重点不尽相同。

关于北京的历史、建筑、古迹、胡同、会馆的传说非常丰富，近年已经收集编印了一部分，成为一种重要的旅游资源，如果好好利用，会收到意想不到的效果。传说不等于历史，却有历史的影子。旅游者从上述这则传说中，仍然不仅可以得知现在看到的北京城的修建始于明代的洪武皇帝，至今已有600多年的历史，而且形象地了解了北京城的整体格局（像八臂哪吒的样子）和中国人建城的种种独特的文化象征含义（哪吒镇海，长治久安）。有心人或专家如要更加深入地研究，那就另当别论了。

---

① 《沈万山的故事》，刘锡诚主编：《中国新文艺大系·民间文学集》(1937—1949)，北京：中国文联出版公司，1996年，第97—98页。

由此及于全国各历史名城（如国务院公布的第一批24个历史文化名城）、名地（如陕西黄陵县的黄帝陵、湖北随州的炎帝纪念地、福建湄洲岛上的妈祖庙等），各种自然景观（如杭州西湖的"三潭印月"、长白山顶的天池、镜泊湖胜景等）和人文景观（如拉萨的布达拉宫、北京故宫紫禁城上的角楼、承德避暑山庄的各景观等），无不有其独具特色而引人入胜的传说。中国的地名传说，无疑也是一笔巨大的文化财富，是各地开展旅游的重要资源，值得开发。

二、宗教圣地与传说

旅游事业，在中国是从名胜古迹、宫观寺庙开始的。道教、佛教几乎占领了所有的名山大川和丛林胜地，到处都留下了宗教的足迹。高耸的山巅矗立着一座座大雄宝殿，密林悬崖间散落着一处处洞天福地。宗教的建筑、雕塑、绘画、传说，成为宗教教义和宗教人物的外化形式，向所有来此参观或禅拜的人们诉说着拯救灵魂的动人故事。

1994年7月笔者曾参加中国旅游文化学会民俗专业委员会筹备委员会组织的西部民俗文化考察，青海省佛教著名寺院塔尔寺民俗考察是重点之一，在那里亲身感到宗教人物和宗教历史传说对塔尔寺旅游起着举足轻重的作用。塔尔寺地处西宁市以南26公里，藏语名叫"衮本贤巴林"，意为"十万佛身像弥勒洲"，是我国藏传佛教格鲁派六大寺院之一，是格鲁派僧人和信教群众进行宗教活动的一个中心场所。塔尔寺是藏传佛教格鲁派创始人宗喀巴大师的诞生地。它的每一座宫殿以及每一个护法神，都联系着优美的劝善故事。

传说告诉我们，宗喀巴降生时，他的母亲将胎衣埋在所住的地方，后来在这里长出了一棵白旃檀树。树旁矗立着一块高大的白石。他的母亲砍柴回来，总是靠在这块石头上休息。这就是为什么藏传佛教的信徒们崇拜白石的缘故。后来，信徒们便围着这棵白旃檀树建造了一座莲花聚宝塔，这就是塔尔寺最早的建筑。[①]现在，围绕着这棵树和这块白石建造的宫殿叫作小花寺或长佛殿，实际是为七世达赖喇嘛念长经而建的。院内的树（寺院主

---

① 参阅李文华、谢佐:《高原古城——西宁》,西宁: 青海人民出版社,1991年,第132页。

持者介绍说是菩提树）虽然不高，却枝叶繁茂。殿内塑有释迦牟尼等佛像30多座。但这个美丽的传说，却把宗喀巴大师当年勤奋攻读教理、创立黄教的实践反映了出来，给游客们留下了很深的印象。

殿内的雕塑群像，大都是一个传说的具象化。例如宗喀巴殿内右侧的一尊怙主，藏语称"公保"的，围绕着他组成的一组群像即是一个宗教传说。怙主是观音菩萨的化身，该塑像有6手，蓝身披虎皮，表示愤怒；佩带50颗人头骨串成的念珠，代表梵文的50个字母；两肩挂黑蛇，项部围白蛇，6手腕围小黄蛇，两脚腕围白蛇，腰间也以白蛇为带，均表示镇压各种龙王之意；6手腕、6肘及两腿腕都佩带人骨镯钗，称为六净；头有三睛，是"空"的符号，表示神力广大，无所不见。塑像第一对手相拥，右手持月刀，左手持头骨碗，内盛血，表示快乐；第二对手右手持人骨念珠，记数谁善谁恶，左手持象皮和三股叉，象皮表示无明已除，三股叉断天上、地上、地下三界有情；第三对手右手执鼓，召女明王来降服，左手持黑绳，一端钩，一端金刚，表示要刺尽一切障物；右腿屈，踏在象头天王路禾真的胸上，左腿伸，踏其双腿。象头天王是北方的财神，原来极为凶暴，后被怙主收服。象头天王仰卧，面向右倾，表示降服。天王右手持头盖碗，左手拿葡萄和点心。怙主塑像座下是红日，表示怙主心如太阳当空，遍知一切，太阳下是莲花，表示已出轮回，取意于莲花出污泥而不染。背景是火焰，表示德行如火之盛，天龙药叉等不得近前。[①]

关于观音菩萨的传说，全国各地都有流传，有些属于宗教传说，有些则不是宗教传说，而是人民群众的口头创作。关于观音的民间传说，其总的倾向是把观音这个佛教的神灵世俗化了，强调了他（她）为民解危济难的一面。[②]旅游者每到一地总要遇到观音塑像，这些民间传说会对游客们了解观音的宗教本质及其世俗化有所助益。本来，佛本生的传说，就是来自民间并逐渐宗教化了的。它们一旦来到中国广大老百姓中间，经过中国民间宗教的融铸和改造，就又成为杂糅着某些宗教内容的民间传说了。这种世俗化、传说化的倾向，即使在西藏最早的佛教信徒中，也十分明显。全民信奉佛教的"藏族民间把有作为有贡献

---

① 参阅青海省社会科学院塔尔寺藏族历史文献研究所编著：《塔尔寺概况》，西宁：青海人民出版社，1987年，第54—55页。
② 参阅刘锡诚主编，长生编：《观音的传说》，石家庄：花山文艺出版社，1994年。

的历史人物与观音联系在一起"①。吐蕃第32代赞普在公元7世纪统一了西藏高原诸部，建立了奴隶制的吐蕃王朝，创立了文字，成为推动西藏历史前进的风云人物。在《王统世系明鉴》中就把松赞干布的诞生与观音联系起来，观世音菩萨心间射出的一道光，聚入没庐萨脱噶玛的胎中，就生下了"头上有阿弥陀佛相，手上和脚上都有法轮相，头发为青蓝色"的松赞干布。而松赞干布的两个王妃，即汉唐的文成公主和尼泊尔的赤尊公主，也按照这种模式，都成了观音身上放射出来的光明照在其母体上降生的了。

宗教占领的著名山林毫无例外都是旅游胜地，那里分别都有自己的传说。泰山有泰山的传说，五台山有五台山的传说，普陀山有普陀山的传说，这些传说反映着各自的文化和宗教背景。例如泰山作为中国传统文化中的五岳之首，是一座神灵所居之山。泰山之神东岳大帝，是我国疆域内以及历史上最大的一位山神。他不仅主管着人间的福禄生死，甚至影响到过去封建政权的更迭兴衰。他作为传说中的天帝之孙，有"召人魂魄"（《博物志》引《援神契》）的大权。所以，泰山又被认为是"治鬼之山"。由于封建王朝的封禅活动之频繁和庄严，东岳大帝逐渐从泰山扩散到全国各地，1949年全国解放之前，许多地方都建有东岳庙，逢时按节地举行祭祀活动。但是，由于东岳帝君的功能与普通老百姓所关心的问题关系不大，所以，老百姓宁愿信奉能够给他们以帮助、至少是心理上的安慰的碧霞元君（老百姓亲切地叫她泰山娘娘或泰山老母）。泰山娘娘与其他神（如八仙之一的吕洞宾）抢占泰山地盘的传说，把这种斗争表现得淋漓尽致，对泰山娘娘的机智聪慧极尽了歌颂之能事，把神界的事情完全人间化、世俗化了。

游客登上泰山之巅，是不能放过碧霞祠不看的。那里供奉的神祇，是碧霞元君。民间传说《碧霞元君的来历》说，碧霞元君是泰山石敢当的三女儿，而在这个传说中的泰山石敢当又是个普通老百姓。三姑娘在山里打柴时迷了路，误入山洞中，与一个年纪很大的老太太结识，帮她打柴、担水。老太太说姑娘是仙女，教她某月某日到泰山去做当家人。于是，三姑娘按照老太太的教导把绣花鞋埋在一棵松树旁早埋下的木鱼子底下。到了老太太说的那一天，玉皇大帝召集各路神仙到泰山开会，说谁先到泰山，谁就是泰山神。柴王（有意思的是柴也有神，充分世俗化了！）说他来得最早，在松树底下埋着一个木鱼子。众神仙去挖，果然有

---

① 邢莉：《观音信仰》，北京：学苑出版社，1994年，第48页。

一个木鱼子。这时走出来三姑娘,说她来得最早。玉皇问她有何证据? 她说在松树底下埋着一只绣花鞋。众神仙去挖,果然在木鱼子下面挖出来一只绣花鞋。于是三姑娘就当了泰山的当家人,玉皇大帝把泰山封给了她,封她为碧霞元君。山洞中的那个老太太是谁呢? 就是观音菩萨。[1]这个故事,不仅表现了碧霞元君传说的世俗化特色,而且描写碧霞元君的手法,完全是一般幻想故事的手法,写她自己的机智克服了难题而在众神之中取胜。

泰山娘娘初始是作为生育神的身份出现于普通人心中的,因此也被称为"送子娘娘"。当地及周边地区关于碧霞元君的传说,有相当一部分是叙述她作为送子娘娘的事迹的。旅游者可以看到众多的妇女不远千里来此朝拜,为的是向他们崇拜的泰山娘娘献上一片诚心,希望她能赐给他们子嗣,使他们子孙兴旺。这种文化心态和文化现象也许只有在泰山才能看到,你会从这画面中了解到什么才是虽然步入了20世纪90年代却依然背负着沉重历史负担的中国农民。泰山娘娘逐渐变成有求必应的万能之神,时刻伴随着弱者,成为弱者生命中的"烛光"。她常常在孤立无助的弱者最需要帮助的时候,突然地以某种形象(化身)出现在他们的面前,为他们排忧解难,指出生路。[2]无知的百姓们便把这类显圣的事迹编成传说,传得神乎其神,好似真有那么回事似的,一传十,十传百,添枝加叶,不断丰富,终于使救助百姓的传说成为碧霞元君传说中独特的一类。这些传说无意中为那些外来的旅游者提供了了解泰山、了解人民的可贵的资料,或者可以这样说,只有当他们了解了老百姓关于泰山的这些兴味盎然的传说时,才算对泰山2000多年来作为神山的深厚文化背景有了真正的了解。

三、地方风物与传说

地方风物传说是异常丰富的。在旅游活动中,旅游者在观光某一地方时,导游人员会向你饶有兴味地讲述这里的风物传说。在中国全部传说系统中,地方风物传说占据着很大的比例。几乎所有的地方上有特点的风物,自然的或人工的,包括山、河、湖、池、泉、石、

---

[1] 《泰山女神碧霞元君的来历》,陶阳、徐纪民、吴绵编:《泰山民间故事大观》,北京:文化艺术出版社,1984年,第10—14页。
[2] 参阅李凌燕编:《泰山诸神的传说》,石家庄:花山文艺出版社,1994年。

洞、冢、树、亭、塔以及民族民俗节日、土特产（如人参、灵芝、蓍草）等等，当地的居民都赋予它一种或几种传说，告诉人们它的来历。这类传说给旅游者的所见所闻增添了如许的知识和情趣，从而在接受者心底里产生某种遐想和美的享受。

根据传说形成的原由，大致可以分为4类：

第一类：因其形貌而附会上一则神话或将一则神话附会到某一景物上。

因三峡的神女峰而形成的巫山神女传说即是一例。战国时代宋玉写《高唐赋》与《神女赋》，讲的就是巫山神女自荐枕席，夜就楚襄王的故事。《文选·别赋》李善注"惜瑶草之徒芳"引《高唐赋》曰："我帝之季女，名曰瑶姬，未行而亡，封于巫山之台。"现代还在流传着的巫山神女传说，则与古代那个传说有了显著的不同。传说远古时，西王母生了第23个女儿，名叫瑶姬。她整天把瑶姬关在瑶池里，不让她到外面去。当母亲西王母知道瑶姬背着父母到神仙们到的仙境去玩耍，就和父亲东王公商定，送瑶姬去紫青阙向三元仙君学习仙术。瑶姬与侍女侍臣们一起来到东海龙王那儿玩，龙王向她求婚，被她拒绝了。后来到巫山上空，看见12条蛟龙在此为非作歹，为害人民，便施出仙术把蛟龙打下去了。但那些蛟龙把三峡的河道堵住了，汇成了海洋。治水英雄大禹从涂山来此治水，在夔门的赤山顶上变成一只黄熊，但黄熊拱不动那些山石。神女见状派黄魔等6侍臣去帮助大禹治水。禹得知是神女派员帮助他，便去拜访。神女时而化作晶莹的青石，立在夏禹面前；时而化作一道青烟，凝成一团青云，罩在夏禹头上；时而变作细雨，落在夏禹周围；时而化作一条游龙，旋舞在巫山顶峰；时而化作一只白鹤，绕着峡谷飞翔。夏禹哪里都没有找到她。经童律指点，才得与神女相见。神女赐给夏禹一部黄绫宝卷，派出侍臣指点夏禹治水，才终于把九河疏通了。神女乐而忘返，站在巫山顶上一块巨大如盘的石头上面眺望，久而久之，就变成了纤丽俊俏的神女峰。①这则经田海燕整理过的传说，那个历史上的媚人的神女瑶姬的形象，再也看不见了，出现在我们面前的是一个为民除害、为民造福的神女形象。类似这种形态的传说，很多地方都有，如阿诗玛（云南路南传说）、望夫石（湖北武昌北山传说。《幽明录》："武昌北山上，有望夫石，状若人立。相传昔有贞妇，其夫从役，远赴国难，饯送此山，

---

① 《神女峰》，中国民间文艺出版社编：《中国地方风物传说》第1集，北京：中国民间文艺出版社，1982年，第266—277页。

立望夫而为石，因名焉。"）、望娘滩（湖南传说）、大睡佛（四川乐山传说）、睡美人（昆明西山传说）、金鸡岭（武夷山《金鸡报晓》传说）、凤凰山（九华山传说）、莫愁女（南京传说）、启母石（嵩山传说）、支机石（成都传说）、蝴蝶泉（大理传说）等，而且每一个景点都有一个传说。

　　属于这类的传说，还有一种特别的形态，就是由动物故事演化而来。如南京的九华山和鸡鸣寺的传说。据说九华山原来是只成精的蜈蚣，鸡鸣寺是只专门吃蜈蚣、为世人啼鸣的大公鸡。蜈蚣常常吐出浓浓的毒焰，烧毁房屋，毒死百姓。南天门报晓的金鸡知道了，下界来为民除害。蜈蚣吐出毒焰，公鸡啼叫，浓浓的毒焰立时烟消雾收。蜈蚣再次吐出毒焰，金鸡站在高处，迎着火焰，引颈长鸣，惊天动地。金鸡与蜈蚣展开一场恶战，终于叫蜈蚣气绝而死。金鸡也累死了。蜈蚣精化成了一座长长的山，这山就是九华山；金鸡变成了一块巨石，屹立在北极阁东头。人们为了纪念金鸡，在北极阁东侧盖了鸡鸣寺。[①]蜈蚣与金鸡的传说，各地多得不胜枚举，原本是原始时代的动物传说，由于先民们看到金鸡是蜈蚣的天敌，而金鸡又是以其啼鸣而赶走黑夜、迎来光明的使者，所以常常把这两种动物与某处两个互相对立的山峦联系起来。了解了这种与地方风物相关联的传说，不是对所看到的景物又有别一番理解吗？

　　第二类：因历史人物和历史事件而构成传说。

　　苏州虎丘的"试剑石"就是一个典型的例子。游客们到虎丘去观光时，导游者会指着两块分别壁立而又相隔不远的石头讲述它的故事：春秋时期的阖闾做了吴王，一心争霸。要铸造一把举世无双的剑。派人寻访到能造这种剑的干将。吴王选好三百童男童女作为开炉祭剑之人牲。干将心地善良不忍这些童男童女无辜被杀，请求赦免他们，并承诺一定如期献上宝剑。干将知道，剑铸好后，自己会死于吴王的刀下，便铸了雌雄剑，一把雄剑，交给妻子莫邪带回家门，以便自己死后儿子复仇之用；一把雌剑，亲手向吴王献上。吴王正在阅兵，手起剑落，把面前的一块大石头劈作两爿。后来，吴王怕干将再造别的利剑，果然要杀他。雌剑化为青龙，干将跨上青龙逃走他方。莫邪则将雄剑急送楚王。但雄剑经常在夜间发出呜呜的叫声，闹得楚王坐卧不宁。楚王知道了雌剑的故事后，还要得到雌剑，到处寻找莫邪，而莫

---

① 《金鸡和蜈蚣》，董志涌编：《南京的传说》，上海：上海文艺出版社，1984年，第17—19页。

邪早已闻讯而逃。雌雄剑的下落已经无人知晓了，但那块试剑石却还在虎丘山上。①

传说形成的初期，只是一个小小的内核，在流传过程中，像滚雪球那样不断滚大，粘连上种种有关的东西。地方上出现的名人，或是一个爱国志士，或是一个杰出的文化人，他们的某些事迹都有可能被附会上去，成为传说的一部分，甚至成为传说的主干。三峡中据传是诗人屈原故乡的秭归的许多景物，都与屈原的身世或事迹联系起来，成为优美动人的传说。秭归香炉坪对面的三星岩有《照面井》的传说；归州城和郢都城的城墙垛子很像乌纱帽，《纱帽垛子》中说那是屈原的切云冠；秭归的屈原衣冠冢，《神鱼》里传说是神鱼从湖南汨罗江里驮回来的；②《游罗城》里说，古罗子国灭亡了，古罗城毁灭了，但故城西北还留下一段城墙，据说那是当年屈原西望郢都的地方。③与此相类，全国各地到处都有与"三国"人物有联系的风物传说，有与能工巧匠鲁班相联系的鲁班传说，绍兴有王羲之的传说，扬州和潍坊有郑板桥的传说，潮州有韩昌黎的传说……传说就是这样，一旦有了一个知名的人物，这个人物的行迹就会像一个内核一样，在流传中，不断加上新的枝叶，不断得到丰富。

第三类：因暗示某一道德而创编的传说。

苏州双塔的传说属于这一类。苏州城里的这两座肩并肩立在一起的宝塔，俗称"双塔"，原来叫"姑嫂塔"。据说有一户张姓人家，当家的男主人要进京赶考，留下姑嫂二人在家。姑娘也已待字闺中，只等未婚夫李相公从京城回来娶她为妻。为了守身如玉，姑嫂二人分别种了两棵桂树，一棵银桂，一棵金桂。哥哥走后，妹妹把临街的窗户推开，招惹得几个小后生与她搭讪，外面弄得风言风语。嫂嫂始则对小妹加以规劝，继而把那厚皮小后生骂了一顿。小后生恼羞成怒，烧了一镬子滚烫的咸菜卤，偷浇在嫂子种的金桂树根上，使一树的枝叶枯萎了。嫂嫂见她种的金桂枯掉，深感冤枉而委屈万分，便悬梁自尽了。手中留下一

---

① 《试剑石》，苏州市文学艺术界联合会编：《苏州的传说》，上海：上海文艺出版社，1982年，第41—45页。钟敬文先生在《中国的地方传说》一文中把"试剑型"作为地方传说的一个独立的类型来看待。他引用明代华亭（今上海松江）人陈继儒的《太平清话》上卷中的资料："试剑石，不独虎丘有之，武夷山六曲边，有控鹤仙人试剑石。又武昌郡郭外西山，苏子瞻建九曲亭，其亭旁有孙权宫，亦有试剑石。山西，亦有杨六郎试剑石。"［参阅钟敬文：《钟敬文民间文学论集》（下），上海：上海文艺出版社，1985年，第89—90页。］

② 王一奇编：《中国文人传说故事》，北京：中国民间文艺出版社，1982年，第2—15页。

③ 《游罗城》，湖南人民出版社编：《屈原的传说》，长沙：湖南人民出版社，1981年。第30—35页。

张字条，写明自己是委屈而死。妹妹见嫂子为了她而寻了短见，拿过字条，也在嫂子旁边悬梁自尽。后来张李两位相公做了官，想到姑嫂两人的遗愿，在当年种树的地方，建了两座宝塔。不过一座塔挺直，显得十分端庄，另一座塔顶稍有点儿斜，好像心里内疚，只好把头偏向一边。①双塔永远是双塔，冰冷地并肩矗立在那里，但一旦与姑嫂的悲怆传说联系起来，便具有了一种象征的含义，即变成了道德的象征。

第四类：因对某物的崇拜和信仰而形成的传说。

灵物崇拜是古代遗留下来的多神信仰的遗迹。一块在山岩上直立的或奇形怪状的巨石，一棵硕大无朋的百年古树，往往都会引发人们的幻想和崇拜心理，成为传说的内容。石狮子的传说就属于这一类。在中国各地旅行，到处可以看到石狮子的雕像。石狮子的传说在中国沿海一带广泛流传，近年来收集到的最西部的一个传说，是西藏的，收入《西藏民间故事》第一集（西藏人民出版社，1982年）中。石狮子是城门、宫门、墓门、宅门前面的守卫者，一般都是左右各一只，成双成对。中国改革开放以来，石狮子又成为各大公司、银行、酒楼门前的门卫，人们对石狮子的信仰有扩大的趋势。石狮子的摆设规矩，雄狮居左，雌狮居右，侧首蹲坐，其视线共同集中于当中的通道。明代以来定型的模式是：雄狮子右爪下踩着一个绣球，雌狮子左爪下面戏弄着一只活泼的幼狮。狮子原系西域产物，前汉时西域安息国于章帝章和元年（87）将这种动物作为贡品带到中土，从而在中土安家落户。这种动物形象逐渐进入中国人的人文生活之中，被人们赋予一定的象征意义，才得以在新的土壤中经久不衰。当它被摆在城门、宫门、墓门和宅门之前作为守卫者时，是因为人们赋予了它类似中国的石敢当、吞口一样镇邪辟凶的人文意义。民间关于石狮子嘴里出血，预示着将要陆陷为湖的传说，在中国东部广大地区广泛流传，充分说明石狮子在中国人的心目中还是一个洪水的预言家的角色。②石狮子还与尝百草、发现医药、教民稼穑的神农有关，狮子（獐狮）是玻璃肚子，他采来的草药，叫獐狮先吃，看是否有毒，所以獐狮是有功之臣，过去中国的中药店的柜台上常常摆着一只石狮子。

---

① 《双塔的传说》，苏州市文学艺术界联合会编：《苏州的传说》，上海：上海文艺出版社，1982年，第19—24页。
② 参阅钟敬文：《洪水后兄妹による人类再繁荣の神话》，《日中文化研究》1991年创刊号；马昌仪、刘锡诚：《石与石神》，北京：学苑出版社，1994年，第94—124页。

在全国各地的《中国民间故事集成》地方卷本和其他专集中所能读到的石狮子传说，唯有五台山风景区流传的一则石狮子传说，是极为特殊的，不妨略加叙述。故事说：古时候，五台山的广宗寺和圆照寺都还没有修建起来，菩萨顶牌楼前是显通寺的斋堂和伙房。有一年夏天，进香求斋的外地人很多，天还没有亮，显通寺做饭的便添水做饭。没过片刻，锅盖上热气腾腾，斋饭快熟了。伙房里不见有人来过，做好的满满一锅粥，到吃斋时却只有少半锅了。做饭的只好要捉那偷粥的。天刚蒙蒙亮时，忽一阵风声，门外扑进东西来，原来是两只狮子。狮子就要吞食锅里的粥时，做饭的举起铁铲向狮子捅去。这一捅，正好捅在狮子的口中，舌头被铲了下来。两只狮子夺门而走，地上留下了点点血迹。这是哪里来的狮子呢？大家寻迹到牌楼旁边的一个石狮座上。仔细一看，两个石座上的石狮子都张着口，眉目之间露出惊恐的神色。其中一只嘴里的舌头没有了。原来是它俩在作怪啊。后来，在菩萨顶108级石阶下修了一座大影壁，切断了两个石狮子同显通寺之间的视线，两个石狮子看不到僧人们做饭和吃斋，也就没有再来偷东西吃。这样，菩萨顶上便有了没有舌头的石狮子。[1]石狮子偷寺里的斋饭，被僧人铲断了舌头，其象征含义何在，还有待进一步探讨，也许是石雕的狮子没有雕出舌头来的一种解释性的故事，但把石狮子当作灵物看待，却是没有疑问的。

四、旅游与传说的相互作用

（一）传说作为旅游资源对旅游的开展起着重要作用

作为旅游资源，传说在旅游中的作用，在于使旅游景点的文化蕴含更加丰富，使游客对文化背景的了解更加清晰。上文说到，任何旅游景点都与一定的传说相联系着，那么，任何景点都会有程度不同的传说讲述活动（因导游员的情况不同而不同），或文字资料供游客阅读，这增加了游客对景点的浓厚兴趣，产生了进一步了解与景点有关的文化内涵和文化背景的欲望。而游客在旅游活动中聆听传说的讲述，始终处于接受者的地位，有时也参与到讲述活动中去，不时地向讲述者（导游员）询问，与讲述者共同完成讲述，其知识的增广又往往伴随着审美的活动，不知不觉中使情感和情操得以提高和净化。

（二）旅游作为生活方式对传说的传播起着重要作用

---

[1] 《嘴馋的石狮子》，方庆奇等编著：《五台山风物传说》，太原：山西人民出版社，1985年，第29—31页。

　　旅游是一种生活方式。一种生活方式对传说的影响是巨大的。首先，一些在流传过程中由于年代久远，而变得支离破碎、失掉枝叶的传说，或已经长时期失传的传说，由于旅游活动的兴起，而被再度恢复起来，重新在人们口头上讲述着，变成了活态的传说。这些重新恢复起来的活态传说，又经过导游者和游客们这些媒介，而回到了民间，回到了群众中去，成为他们认可的民间作品，从而在更大的范围中流传开来。这类作品，与过去在民间自发流传的民间作品相比，则有显著的定型化的特点（况且著名旅游景区，或多或少多半都有这类传说的专集编定和出版，加速了这种定型化倾向）。所谓定型化，指的是基本情节，而不是指的讲述中的细节和讲述语言。这在今天中国的许多景点上是相当普遍的现象。

　　其次，随着中国国内外旅游活动的发展，流动人口日渐其众，甲地的游客来到乙地，把乙地流传的传说，带到了甲地，乙地的游客来到甲地，又把甲地的传说带到乙地，无形中使这些传说在对方地域有所传播。特别是那些基本情节相类的传说或同一类型的传说，产生了你中有我、我中有你的交融现象。如果这些游客是不识字或识字不多，更多地靠口头表达思想的农民兄弟，这种倾向就更为明显。比如，改革开放以来，几千万农民进城做工，大量农民到各种旅游景区景点观光旅游，听了许多说明解释性的景点景物传说，有些也许与他们家乡流传的某传说有关系或近似，有些则在他们心灵中产生共鸣，于是他们中有的人可能把这类传说带到了遥远的家乡，这些传说也许会因此而在他乡传播开来。北京故宫金銮殿的种种传说，关于各种历史人物的传说，都可能出现这种情况。

　　第三，旅游活动的开展，在一定程度上促进了对与景点风物、人物、风俗有关的传说的挖掘整理。事实上，在中国最近十年开展的中国民间文学三套集成（中国民间故事集成、中国民间歌谣集成和中国谚语集成）搜集整理工作，已经取得了中国历史上前所未有的成绩，大量的地方风物传说、历史人物传说、旅游景点传说，都被搜集起来了，有些长期失传的作品也因而得以恢复。旅游的发展也推动了各地各景点传说的编辑出版和书面形式的传播。这是过去所没有的现象。旅游活动的进一步广泛和深入的开展，还会促进民间传说的传播和搜集。

1994年10月25日于北京

本文原载于《民俗研究》1995年第1期。

第二次国内革命战争时期的革命歌谣

第二次国内革命战争时期虽然已过去了20多年了, 但是那个时代的歌声却仍然深深地影响着我们。那个时代的歌声是整整一个历史时代的生动记录; 劳动人民在他们的歌声中唱出了我国亿万劳动者寻求解放的伟大理想。

从我们党建立红色政权起, 根据地的人民一直不曾停止过歌唱。因而红色歌谣——革命的人民的战歌, 就一直流传在人民中间。解放以后, 年老的一辈从他们所熟悉的这些歌谣中, 回忆起已经过去了的那些惊心动魄的斗争, 青年一辈从这些歌声中了解到父辈所走过的艰苦历程, 认识到革命果实来得是多么不易。因此可以说, 革命歌谣是我国从老年到少年一切人的革命教科书。

一、革命歌谣是阶级斗争的武器

在历史上, 任何一次社会革命中都曾产生过大量的政治歌谣, 而这种政治歌谣在不同环境中曾经起过不同程度的积极作用。一切先进的阶级和社会集团无不在自己的革命行动中利用歌谣这种形式, 以达到宣传鼓动和动员群众的目的。这种例子在中国有, 外国也有。就我们现在所能读到的, 近代史上的太平天国革命运动、捻军、义和团等农民革命运动中, 就曾产生过很多这样的作品, 其中有许多优秀的作品一直流传到今天。

在无产阶级的革命斗争中, 革命领袖马克思和恩格斯也曾屡次运用革命的民间歌谣进行阶级斗争, 驳斥自己的论敌, 打击革命的敌人。马克思和恩格斯在他们的时代最先看到了革命的无产阶级的诗歌的巨大意义, 并且给这些作品很高的评价。恩格斯在他的著作中, 曾经多次论述了革命的政治歌谣作为阶级斗争武器的作用, 这些精辟的论述至今还给我们很大的启示。恩格斯特别指出了革命歌谣的讽刺性和叛逆精神, 认为它们反映了人民的坚定的政治信念。他在他的著作中曾两次引用过一首南德意志民歌《人民自卫团》①,他说:"这段副歌总括了'维护帝国宪法大起义'的全部性质。这两行歌词描绘出了这次起义中伟大人物的最终目的、值得赞美的坚定信念和令人肃然起敬的对'暴君'的憎恨,同时也描述了他们对于社会关系和政治关系的全部观点。"②

在资产阶级革命时代,产生过《马赛曲》;到了无产阶级革命时代,便产生了《国际歌》。《国际歌》代替了《马赛曲》,成了世界工人阶级的战斗口号。照列宁的话说:"一个有觉悟的工人,不管他来到哪个国家,不管命运把他抛到哪里,不管他怎样感到自己是异邦人,言语不通,举目无亲,远离祖国,——他都可凭《国际歌》的熟悉的曲调,给自己找到同志和朋友。"③

在我国第二次国内革命战争时期,革命歌谣起了革命号角的作用,成为党的发动群众、组织群众的有力武器。1934年中央苏区出版的《革命歌谣选集》(《青年实话》丛书之一)④《代序》中有这样一段记载:

> 1933年的广州暴动纪念节,代英县芦丰太拔两区的少年先锋队,举行以区为单位的总检阅,并举行游艺晚会,在晚会上,太拔的妇女山歌队,突击了太拔全体出席检阅的队员加入红军。芦丰的妇女突击队,亦突击了七个队员加入红军。因为她们是指着名字来唱,所以格外动人……

群众用山歌宣传党的政策和鼓动完成党的任务,是当时的传统。据记载,军队和干部常常和群众开联欢晚会,大家总是即席编唱,指名道姓,作用很大,且有风趣。这段文字恰恰生动地描绘了革命歌谣的影响群众的力量和在革命斗争中的作用。也有许多歌谣本身就

---

① 恩格斯在《德国推护帝国宪法的运动》(《马克思恩格斯全集》第7卷,人民出版社,1959年)一文和1865年2月5日致格·史略特的信中都曾提到这首歌谣。原文如下:"黑克尔、司徒卢威、布伦克尔、勃鲁姆和齐茨,把所有德意志君主都打倒杀死!"

② 恩格斯:《德国维护帝国宪法的运动》,马克思、恩格斯:《马克思恩格斯全集》第7卷,中共中央马克思恩格斯列宁斯大林著作编译局译,北京:人民出版社,1959年,第127页。

③ 列宁:《欧仁·鲍狄埃》,尼·伊·克鲁奇科娃编:《列宁论文学与艺术》第1卷,北京:人民文学出版社,1960年,第127页。

④ 《革命歌谣选集》第1集,中央革命根据地铅印本,1934年版,现藏南昌八一纪念馆。这本选集共选了当时革命根据地"民众爱唱的歌谣"65首。因书皮脱落,无法辨其编者,仅从前言后记中知道是《青年实话》杂志的丛书之一。可惜我们看到的只是第1集,当时曾否出过第2集尚未可知。

十分形象地描述了革命歌谣对人民群众的革命的影响，其中有一首这样写道：

> 阿哥受苦当长工，
>
> 饿肚犁田头发晕，
>
> 忽然听到革命歌，
>
> 背起锄头当红军。

由于革命歌谣表现了进步的、革命的思想，反映了革命的群众的政治情绪，所以它们成为无产阶级在进行阶级斗争时的锐利的武器。因此，我们党历来十分重视革命歌谣作为阶级斗争的武器的作用，号召全党全军收集、改编乃至制作革命的歌谣，教育人民自己，打击敌人。①

在革命的斗争中产生的每一首革命歌谣，几乎都有一定的政治目的，都是有着强烈的政治热情和鼓舞群众的力量的。关于这一点，恩格斯早就有了极为肯定的论断。他在给格·史略特的信里说：

> 至于说到诗作，那么《上帝是我们的堡垒》这一颂歌是农民战争的《马赛曲》。虽然这支歌子的歌词和曲调充满了胜利的信心，可是在今天却不应该这样地去理解它。……一般说来，过去的革命诗歌，除了《马赛曲》而外，近来很少能够引起革命的印象，因为要影响群众，就应当把当时群众的偏见也反映出来。②

在这段极为重要的话中恩格斯指出：革命歌谣终究是为了影响群众而作的，而要影响群众，鼓舞群众和动员群众走向革命的道路，当然就不可避免地要反映当时群众的"偏见"（这种偏见是阶级的偏见）。革命歌谣正是这样的一种作品，它是民间歌谣宝库中最富于战斗性、最富于革命性的一部分，它反映了先进的无产阶级思想、共产主义的世界观。生活在根据地的劳动人民（他们生活在新的社会制度之下，掌握了和正在掌握着先进的世界观）热情地讴歌了他们正在进行着的史无前例的革命事业和在根据地里诞生的崭新的、没有人剥削人的社会，讽刺和打击了无产阶级及革命的敌人。由于无产阶级——最先进的社

---

① 最早提出收集、改编和制作革命歌谣的党的决议，是1929年的古田会议决议，即《中国共产党红军第四军第九次代表大会决议案》。（参阅《毛泽东选集》第4卷，哈尔滨：东北书店，1948年，第565—567页。）

② 转引自《马克思、恩格斯论革命民歌和政治诗》，曹葆华译，《译文》1958年第12期。重点为引者所加。

会力量代表了全体人民的利益，因此歌谣中表现的无产阶级的革命情绪也就是全体劳动人民的革命意志。恰如恩格斯所说的，革命歌谣反映了群众的"偏见"，反映了群众的革命情绪和革命行动，反映了先进的工人阶级以及在工人阶级领导之下起来进行革命斗争的先进农民的世界观。显然，革命歌谣是最不掩饰自己的革命倾向的，亿万劳动者一听到这些刚强有力、充满信心和具有革命号召力量的歌谣，就会产生强烈的阶级共鸣，从而迅速地、毫不犹豫地投身到革命队伍中来。因此，我们可以毫不怀疑地说，革命歌谣以它的艺术感染力在一定程度上起到了革命标语口号、革命传单所起到的动员群众和影响群众的积极作用。

如果我们了解了革命歌谣的反映革命斗争、反映群众情绪、充当阶级斗争武器的实质，就不难理解反动派为什么严厉地禁止唱红色山歌，也就不难理解资产阶级的民间文艺学者为什么把革命领袖彭湃同志对革命歌谣《红心姊》的解释诬蔑为借"只言片语来假托出自己宣传的主义"，"是有意烘托"。[①]

二、革命歌谣——革命时代的颂歌

第二次国内革命战争时期的革命歌谣的主要意义，不仅在于它反映了十年土地革命和几次反"围剿"战争的胜利，而且在于它是一个新的历史时代的颂歌。

革命歌谣与一般所说的传统歌谣，即近代资产阶级民主革命以前产生或资产阶级民主革命开始以后产生而反映了一般社会生活的歌谣不同，在革命歌谣中再也找不到由于无力反抗旧的社会制度而表现出来的忧郁、哀怨甚至伤感的调子，再也找不到历史所决定的农民的分散性、落后性的反映，相反地，我们在革命歌谣中看到它的革命内容和觉醒了的无产阶级的阶级意识与阶级自觉，看到它的强烈的战斗性和在无产阶级颁导下的农民的革命性和革命的集体主义、英雄主义与乐观主义。

他们唱道：

　　房屋烧了呀盖起茅房，

---

① 钟敬文：《附会的歌谣》，《歌谣》周刊第78号，1925年2月15日。

茅房烧了呀飘流山岗，

掩埋了尸骸呀硬着心肠，

放下锄头呀拿起刀枪。

这样的歌谣表现出革命的人民鄙视敌人的英雄气概和坚信胜利的乐观主义精神。虽然革命当时还处在"星星之火"的阶段，然而劳动人民却确信未来胜利是属于他们的，因而他们也就不惜任何代价地、前仆后继地保卫革命。自己的同志牺牲了，自己的家园被烧毁了，他们掩埋了同伴，仍然勇往直前地参加到战斗中去哩！他们所以这样坚定不移、这样乐观，正是因为他们认识到了革命的本质，他们说："工农群众团结起，反动跳天奈我何！"劳动人民在共产党的领导下，在无往而不胜的毛泽东思想的指引下，从未因暂时的、局部的挫败而失掉信心。他们的光辉形象和不屈性格，恰如歌谣中所写的：

莫须怨来莫须愁，

自有风光在前头，

革命成功分田地，

烂屋烧掉起洋楼。

从这些民歌中我们看到了民歌史上所未见的明显的政治倾向性和尖锐的战斗性。

革命歌谣的乐观主义，最解明地反映在当时红军的战士歌谣上。一首表现战士生活的歌谣是这样的：

一根竹子大又长，

通开竹节把米装，

烤上一夜焖星火，

掏出白饭喷喷香。

葛条缚在树杈上，

上铺稻草松枝枝，

动一下来晃三晃，

一夜睡到大天亮。

当时的残酷的战争环境中战士们的生活是紧张而又艰苦的，但是战士们的精神生活又是那样丰富、多样、愉快、乐观，他们蔑视敌人，蔑视困难，虽然他们置身在烽烟弥漫的战争环境里，却像在满天星斗下野营一样：用竹筒焖饭，香甜而可口；在树杈上睡觉，舒适而愉快。

红军的乐观主义，是革命歌谣的乐观主义的源泉，而革命的乐观主义则来源自马克思主义的世界观。在第二次国内革命战争初期，有的人在强大的敌人面前表现了恐怖乃至失望的悲观情绪，可是毛主席从这种暂时的现象中引出了"星星之火，可以燎原"的革命的结论。这种革命乐观主义反映在艺术上，就出现了最初的革命浪漫主义，而革命歌谣则是我国文学史上第一批革命浪漫主义与革命现实主义相结合的艺术作品。

革命歌谣所以是乐观主义的，还因为它是对一个新的历史时代、新的社会制度的歌颂。不少歌谣歌颂了新生活，歌唱了中国共产党。有一首洪湖湘鄂西根据地的歌谣，感情是极为真挚动人的：

> 高山石岩是我房，
> 青枝绿叶是我床，
> 红苕葛根是我粮，
> 共产党是我亲爷娘。

又如：

> 洪湖的水亮又亮，
> 洪湖的渔民细思量，
> 行船全靠舵拿稳，
> 翻身要靠共产党。

又如：

> 爷在娘在莫如共产党在，
> 爷亲娘亲莫如毛主席亲。

这些歌谣中包容了多么丰富、多么深挚的阶级感情呀！在这里，他们已经认识到：所以能掀起空前巨大的革命浪潮，劳动人民所以有了顶天立地的、推翻封建统治的伟大力量和英雄气概，是因为有"共产党来把路引"。他们跟着党走的坚定意志，正像民歌所说的："乌鸦要叫尽它叫，风吹竹子尽它摇，决心跟着共产党，踩不断的铁索桥。"

井冈山一带流传着一首歌颂毛主席的歌谣说：

> 井冈山头连青天，
>
> 汪洋大海不见边，
>
> 比起恩人毛主席，
>
> 高山嫌低海嫌浅。

从这首歌谣里可以看出，人民是用他们所熟悉、所崇敬的光辉的形象来比喻和歌颂毛主席的：井冈山的山巅固然高耸入云，汪洋大海固然辽阔无边，但这一切高大宏伟的形象，哪能和毛主席相比？在广大劳动人民的心目中，毛泽东是我国人民的最正确的领路人，他是革命的旗帜、革命的化身，人们把他看成是中国革命的希望。在革命歌谣中，毛泽东的名字通常是与党、红军、苏维埃、根据地相联系着的；人民歌颂党，歌颂顽强不屈、一往直前的工农红军，歌颂给人民带来幸福康乐、翻身做主的好日子的苏维埃，歌颂欣欣向荣的根据地建设的时候，总是提到毛泽东的名字。

革命歌谣是伟大的革命时代的颂歌，充满了欢乐的调子。在革命歌谣中，传统民歌固有的忧郁、低沉的调子，已经随着旧社会的崩溃而消失了；然而传统民歌中的乐观主义传统，却为革命歌谣很好地继承下来并加以发展。因此，如果说，劳动人民的民谣是"与悲观主义绝缘的"（高尔基语）这个论断是正确的话，那么，我以为这一点只有在革命歌谣中才得到了最充分的证实。

三、革命歌谣的几个艺术特点

列宁说过："在一个以私有制为基础的社会里，艺术家为市场而生产商品，他需要买主。我们的革命已经把艺术家们从这一最无聊的事态的压迫下解放出来了。革命已使苏维埃国家和每一个自己想做艺术家的人，都有权利按照他的理想来自由创作，没有什么顾虑。"[1]在根据地里正是列宁所说的这种情况。由于劳动者可以"按照他们的理想来创作"，所以他们的歌谣的最显著的特色，就是革命的浪漫主义，远大的理想和抱负，高瞻远

---

[1] 蔡特金：《回忆列宁》，马清槐译，北京：人民出版社，1957年，第13页。

瞩的共产主义风格。

革命歌谣具有一种号召人们不安于被压迫、被统治的地位,号召人们走向革命的奇特的艺术力量。这种艺术力量概括地说,就是"企图加强人的生活的意志,唤起他心中对于现实、对于现实的一切压迫的反抗"(高尔基语)的革命的浪漫主义的力量。如:

> 红旗一展亮四方,
>
> 八一起义在南昌;
>
> 扩大百万铁红军,
>
> 四方英雄会井冈。

这首歌谣是一个政治性极强的斗争的号角,它确像"八一"起义的枪声那样,划破了死寂的夜空,唤起了劳动人民的反抗压迫的意志。歌谣中的红旗,是作者的理想形象,同时又是实际生活中的革命的象征。红旗一展,四方英雄便蜂拥在它的下面,布成了向旧社会、反动势力宣战的阵势。

描写革命风暴风起云涌、席卷全国的歌谣,最能体现出这种气势磅礴的风格。如陕北的信天游:

> 革命势力大无边,
>
> 红旗一展天下都红遍。

这一首也是用"红旗"造成革命的气氛,达到感人的艺术效果。最后"红遍"二字,恰如其分地概括了全诗的思想。

劳动人民在创作革命歌谣时,在许多场合里都是把具体的事物加以艺术的想象,把这些事物的某些方面加以夸张,突出和加强作者所要表现的思想。如陕南的一首歌谣这样表现了人民的革命意志:

> 骑龙不怕下龙滩,
>
> 骑虎不怕上虎山,
>
> 一心一意闹革命,
>
> 哪怕火烧与油煎。

像这种在革命的背景上的艺术的夸张,非但无损于描写的真实性,反而加强了它,更好地达到影响读者的效果。在这首歌谣中所要表达的思想只有"一心一意闹革命"一句,

"骑龙不怕下龙滩,骑虎不怕上虎山"虽是比喻,却起到了夸张的作用,强调出人民革命的意志。这里不妨举出同时期的一首上海工人歌谣作一比较:

　　　天不怕,

　　　地不怕,

　　　哪管在铁链子下面淌血花。

　　　拼着一个死,

　　　敢把皇帝拉下马。

　　　杀人不过头落地,

　　　砍掉脑袋只有碗大个疤。

　　　老虎凳,绞刑架,

　　　我伲(们)咬紧钢牙。

　　　阴沟里石头要翻身,

　　　革命的种子发了芽。

　　　拆下骨,

　　　当武器,

　　　不胜利,

　　　不放下。

　　读了这样的诗句能不令人振奋吗?读了这样的诗句会不增加对革命的信心吗?工人阶级的革命意志是由他们所处的阶级地位所决定的,他们知道自己阶级的伟大历史使命,因此他们敢于"拼着一个死,敢把皇帝拉下马"。革命歌谣在这一点上是同工人歌谣一致的。作者为了达到诗的艺术效果——感人,把他所描绘的具体事物加以艺术的夸张,烘托出一种气氛,自然而然便把读者吸引住了。

　　革命歌谣的另一特点,是广泛地运用了犀利的讽刺和轻快的幽默的手法。俄国批评家杜勃罗留波夫曾写道:"作家,尤其是讽刺作家,首先应该有一种信仰,因此,他首先应该是一个人,其次应该具备把自己的信仰传给别人的某种本领。"[1]革命歌谣的作者——革

---

① 转引自雅·艾利斯伯格:《为战斗的苏联讽刺文学而奋斗》,学习译丛编辑部编译:《苏联文学艺术论文集》第2集,北京:学习杂志社,1956年,第205页。

命的人民,是有着丰厚的民间讽刺艺术的传统的教养的,他们有这种把自己的信仰传达给读者的才能。

革命歌谣的讽刺的锋芒主要对准了革命的敌人——妄图消灭革命力量的蒋匪帮及其他敌人。革命歌谣的笔锋深刻地揭露了敌人的丑恶面目,描绘了整个旧制度的讽刺画面。我们从革命歌谣中看到穷兵黩武、为非作歹的蒋匪和吸吮人民膏血的土豪劣绅的群像。如《新十杯酒》《年关苦债歌》等作品,绘声绘影地描写出了他们盘剥人民、鱼肉人民的狰狞面目;如《刀尖对刀尖》《一盏红灯照湖上》等,则写出了劳动人民、革命力量的威风和敌人的懦弱。

幽默与讽刺有着密切的关系。在革命歌谣中,这两者是相辅相成的。鄂豫皖根据地流传过的一首《隔山观山》,用一种幽默的语句勾画出敌人的令人啼笑皆非的形象:

　　红军英雄智谋多,

　　气得白军把脚跺;

　　打来打去打自己,

　　红军隔山来观火。

像这首歌谣所表现出来的,人民作者一方面写了根据地人民和红军的乐观生活,另一方面又在敌我的对比当中描绘出敌人的形象。这首歌谣有着幽默的调子,有着讽刺的力量,其主旨在歌颂自己,但在歌颂自己的同时,又嘲笑了敌人的昏聩无能。读了这样的歌谣觉得有些好笑,然而正是这种令人发笑的幽默,才使这首朴素无奇的歌谣发出了光彩。

革命歌谣中的优美的抒情也是一个重要的特点。优美的抒情是歌谣中惯用的手法之一,在革命歌谣中不仅短歌有抒情描写,而且在叙事性的歌谣中也常常采用抒情插笔。清人方玉润在论述《诗经·芣苢》时说,读了它"不知其情之何以移而神之何以旷……不必细绎而自得其妙焉"。这句话说明了抒情在诗中的作用。革命歌谣中的抒情描写,往往使读者产生强烈的思想共鸣,或同情、怜悯、惋惜、热爱,或嫌恶、憎恨……使你受到了感情的影响,然而却"不知其情之何以移而神之何以旷"。这种运用优美抒情描写和插笔而最成功的,要算送郎参军和送红军北上抗日的歌谣。这里我们且举陕南歌谣《十送》为例:

　　一送红军下南山,

　　秋风细雨缠绵绵,

山里野鹿哀号叫，

树树梧桐叶落完。

红军啊！

几时人马再回山？

三送红军上大道，

锣儿无声鼓不敲，

双双拉着长茧手，

心像黄连脸在笑。

红军啊！

万般离愁怎能消？

六送红军兔儿岩，

两只白兔哭哀哀；

禽兽也能通人性，

血肉感情抛不开。

红军啊！

山里的红花永不败！

九送红军到通江，

通江河上船儿忙，

千军万马河畔站，

十万百姓泪汪汪。

红军啊！

眼望江水断肝肠！

这里仅仅描写了人民对红军的依依难舍的离情，但在写这种离情时并不是静止的描写，而是以送行为线一步步深化，感情也越来越浓烈、深挚。作者在抒发内心的感情时，不是把感情直接地说出来，而是赋予了自然界的事物以人的性格，凡是诗中所出现的事物，如白兔、红花、江水，无不随着作者心绪的开展加深着依依难分的感情。所以，当我们读着这样的感情真挚、艺术高超的作品时能受到感动，能产生共鸣，就证明了它不仅不是概念化的，而且是健康的思想内容与比较完美的形式相结合的作品。

此外，革命歌谣还有许多特点，如显明的地方特色，也是不容忽略的。我们读着洪湖地区的歌谣时，会发现这里歌谣的浑厚有力，感情的粗犷豪放，以及借湖水而造成的许多优美的联想，如：

> 洪湖水，大无边，
>
> 洪湖浪头赛山尖，
>
> 二十年前闹革命，
>
> 红军志气高如天，
>
> 老子牺牲儿顶上，
>
> 哥哥死了弟上前。

又如：

> 碣石可把长江堵，
>
> 堵不住唱歌人的口；
>
> 洪湖的水可以干，
>
> 红色的歌不能丢。

我们读着川陕边根据地的歌谣，便会发现它们以富于想象力和感情的细腻，别具一格。陕甘陕北根据地的歌谣则较多地接受了信天游的悠长明快、抑扬鲜明的调子，如："一对对喇叭一对对号，一对对红旗空中飘"；"山羊绵羊五花羊，哥哥随了共产党"。

总起来说，革命歌谣是具有巨大艺术感染力和革命号召力的作品，它的巨大的艺术力量，不仅在于它有着新的思想内容，而且还因为它采取了适合表现这些内容的形式。

革命歌谣作为一个整体，深刻地、真实地反映了整整一个革命历史时期。它在革命斗争中起了动员群众、组织群众、影响群众的作用。如果认为革命歌谣不过是政治口号，缺乏艺术的魅力，我以为这种看法是不符合实际情况的。它之所以起了政治口号所起的作用，是因为它用自己的形象引起读者的共鸣而达到的。它可纵和历代产生的民间歌谣相媲美。

正如前面所引过的那本《革命歌谣选集》的"编后记"所说的：

> 我们也知道这些歌谣，在格调上说来，是极其单纯的；甚至在某种程度上说来，意识上还带些不十分健全的地方。然而它是农民作者用自己的语句作出来的歌，它道尽农民心坎里面要说的话，它为大众所理解，为大众所传诵，它是广大民众所欣赏的艺术。
>
> 有一些同志，保持着文学上贵族主义的偏见，表示轻视大众爱唱的歌谣。我们要说：我们用不着像酒鬼迷醉酒杯那样，迷恋着玫瑰色的美丽诗词，我们需要□（原书此字脱落无法辨认——引者）用一切旧的技巧，那些为大众所能通晓的一切技巧，作为我们阶级斗争的武器，它的形式就是旧的，它的内容却是革命的，但这并不妨碍它成为伟大的艺术，应该为我们所欢迎所支持。①

1960年2月于北京初稿

1961年11月27日定稿

本文原载于《文史哲》1962年第5期。

---

① 《革命歌谣选集》第1集"编完以后"，瑞金：中央革命根据地版，1934年。藏于南昌八一纪念馆。

抗日战争和解放战争时期的民间文学

发轫于1918年的中国歌谣运动，由于一大批开拓者的披荆斩棘，奔走呼号，到1937年抗日战争全面爆发，走走停停、停停走走度过了20个春秋，终于在布满顽石和荆棘的荒原上，开出了一条依稀可见的小径，结束了它的步履艰难的草创时期。

战争改变了一切，一切为了战争。"七七"事变之后，由于国民党实行不抵抗主义，形势急转直下，先是平津失守，华北沦陷，继而战火烧到了南京、武汉、长沙，接着粤西告急，全中国被投入了战争的深渊。

在这民族危亡的严重关头，中国的知识界，包括从事民间文学的人士，发生了大分化。有的卖身求荣，当了汉奸；有的不堪做亡国奴的境遇，逃亡到了大后方；有的投笔从戎，上了打击侵略者的前线；有的毅然奔赴延安。尽管战乱不已，生活颠沛流离，仍然有一大批热爱中华本土文化、中国民族传统的民间文学家、作家、文化工作者，在极困难的条件下坚持着"五四"新文化运动开拓的道路，进行民间文学的搜集、出版、调查、研究以及推广事业，并且做出了足以彪炳青史的可喜成就。当我们认真地研究了这段时期的材料后，可以毫不夸张地说，从1937—1949年，无论是调查搜集还是学术研究，都堪称是中国现代民间文艺学史上一个辉煌的时代。

抗战时期搜集工作概貌

大革命失败后，在白色恐怖的笼罩之下，散布于各地的民间文学报刊就陆续停刊了。抗战爆发后，复刊1年3个月的北大歌谣研究会主办的《歌谣》周刊，也在出版3卷13期之后于1937年6月底停刊了，沦陷区的许多学者、文化人纷纷逃亡到南方，平津成了文化空白。也有些多年从事民间文学搜集研究的人士，上了前线，无暇再顾旧日的行当。传统民间文学的搜集工作，不大可能再像前一时期那样活跃，相对处于消歇阶段。但是，不少爱国文化人士（包括民间文学专门家）为了对付日本帝国主义对中国人民的奴化教育，利用其他书刊不易出版的环境，纷纷将手头上已经掌握的民间文学作品编辑出版，以此向中国广大读者特别是青少年读者进行民族精神、民族传统和中国民族文化的教育。这些琳琅满目的民间文学出版物以乡土教材的面目流传于世，不仅能在读者中唤起爱国家、爱家乡的强烈情感，起了思想教化的特殊作用，而且为民间文艺学这门年轻的学科积累了资料。

沦陷后的北平和孤岛时期的上海，出版了不少民间文学的普及读物。如北平的民间社、曲园出版社，上海的正气书局、国光书局、儿童书局、大方书局，等等，出版了不少这类图书，它们的功绩是不能抹杀的。这些朴素而又充满机智和趣味的民间作品，给处于水深火热中的人民群众以正义、乡情的启迪与生活的鼓舞。

从民间文艺学的角度来考察，特别值得提出来加以注意的是方明整理、上海元新书局出版的《民间故事集》和作家王统照编、上海儿童书局出版的《山东民间故事》这两本书。这两本书分别出版于1937年的3月和8月。其中所收录的民间故事，都是由搜集者直接从民间搜集记录而来，首次公开发表的，而不是像有些集子那样从现成的选集中转载过来的。《民间故事集》中的27篇民间故事的搜集者是曾宪敏、林秀容等多人，可能是某地中小学的教员。根据受义所撰序言来看，方明所以编选这部民间故事集子，是为了向儿童提供一部上好的读物。"根据我们的思想，情感，想象能力和兴趣"选辑出来的"好食品"，能够"领导我们从幻想到真实，从迷信到真理，从个人的享乐主义到大众的集团里去；让我们往创造、革命的路上走"[①]。在这本故事集中，收录的大部分是社会生活故事，如两兄弟型故事《小狗耕地》《继母》《呆女婿》《可恨的嫂嫂》等，这类故事具有明显的道德指向和训诫意义。也有相当比例的幻想故事，如《牛郎和织女》《凝翠晓钟》《聚宝盆》《姑姑鸟》等，以其瑰丽诡谲的幻想和曲折迷离的情节折射着俗凡的人生。在这些故事中，有些是其他毗邻地区或省份也有的故事，起码其骨干情节（母题）是相同或大同小异的，也有充满浓郁地方特色的（如《皮狐子娘》）。

《山东民间故事》的编者王统照先生是文学研究会的发起者之一，又是当代著名的文

---

① 方明：《民间故事集》，上海：上海元新书局，1937年，"序"。

学家。他的长篇小说《山雨》问世以后，遭到国民党反动派书报审查机构的查禁，人身安全也面临危险，遂于1935年出游欧洲。1936年回国后他由上海回山东诸城老家住了半个月，在当地当小学校长的侄子王志坚呈给他一部民间故事集请他过目，后他带回上海，挑选其中28篇编为一册，由陈伯吹主持的儿童书局出版。如果说方明在编选时只是重视了作为儿童精神食品的价值的一面，作为作家兼学者的王统照在他编的集子里，则不仅第一次向读者展现了胶东几个县的民间故事，而且触及了民间故事学的一些普遍问题，具有一定的学术性和科学性。这28篇故事是由小学生们从他们父母兄弟中间记录下来的，没有知识分子的那种加工和曲意文饰。因此，从这些作品中透露着普通老百姓的朴素的民风和对世事的见解，乍看起来，也许会觉得那不过是些幼稚糊涂的观念，只要稍加深究，就会发现其中所包含的真理。

广州中山大学历史语言研究所民俗学会顾颉刚、钟敬文、容肇祖等民俗学家创办《民俗》杂志和民俗传习班，在南方接过北京大学风俗调查会与歌谣研究会的传统。但到1933年6月13日出版第123期之后就休刊了。事隔3年，由杨成志先生主持复刊，1936年9月15日出版了复刊号（1卷1期）。复刊后的《民俗》一改前期《民俗》的风格，一般不再发表民间作品，偏重发表学术研究成果和调查报告。抗战爆发后，中山大学迁至粤北坪石，研究所组织了广东北江瑶人考察和乳源瑶人考察，其调查报告发表在《民俗》第1卷第3期（1938年？）和第2卷第1—2期合刊（1943年5月）上。这两个考察是民族考察，对瑶人的民俗文艺较少注意，因而没有民间作品发表出来，实在是一桩憾事。复刊后的《民俗》第1卷第4期（1942年3月）发表了梁瓯第的《西康的民歌》，第2卷第3—4期合刊（1943年12月）发表了张嶔坡的《岭南的客家民歌》。仅此而已。曾经在中大和杭州主办民俗期刊的钟敬文，抗战爆发后不久，就到前线去做宣传工作，撰写报告文学，后来又转到学校执教，没有机会再重新捡起他曾执着迷恋过的民间文化了。他自己在一篇文章里说："抗日战争时期，前期因为主要在广东前方从事救亡工作，写了许多报告文学、抒情诗及带火药味的文艺短论，关于民间文学艺术的论文，记得只写过《民间艺术探究的新展开》。后期在粤北中山大学教书，也年年讲授民间文学课，但是，很少写作关于民间文学的论文。"①

---

① 钟敬文：《〈钟敬文民间文学论集〉自序》，杨哲编：《钟敬文生平·思想及著作》，石家庄：河北教育出版社，1991年，第234页。

抗战期间，民间文学搜集与研究的中心，转移到了西南——大后方。平津陷落后，北京大学、清华大学和南开大学迁到了长沙，组成了临时大学。不久，长沙又面临敌机轰炸，复又迁到昆明成立西南联合大学。上海的大夏大学迁到了贵阳。中央研究院迁到了昆明，后又到了四川南溪的李庄。由于时局的变化，西南4省——云、贵、川、湘集中了一大批文人学者，加上当地的文化界人士，形成了雄厚的学术力量。他们从文艺学、民俗学、语言学、社会学等不同角度，对当地的若干民族的民间文学进行了有组织、有计划的调查与搜集。西南地区的民间文学调查与搜集，较之20年代和30年代初期所进行的个人的搜集来，不仅范围有了较大的开拓，而且学术水平有了较大的提高，这种在调查的基础上的搜集，以其卓著的成就，揭开了中国现代民间文学运动史上崭新的一页。

较早进行这类民俗文学调查的是中央研究院历史语言研究所的民族学家凌纯声和芮逸夫。1938年出版的史语所的期刊《人类学集刊》第1卷第1期公布了他们1933年5—8月在湘西的凤凰、乾城、永绥三县边境地区对苗人进行民族调查时所得的几个洪水神话。[①]1947年又出版了《湘西苗族调查报告》一书。该书上册为调查报告，下册为民间文学作品。凌、芮二人把他们在湘西调查采录的故事分为4类，即：第一类——神话，第二类——传说，第三类——寓言，第四类——趣事。其实这第三、四类就是一般所说的民间故事。这些故事，其中一部分是他们在湘西亲听苗人讲述随时记录下来的，一部分是他们的苗族助手乾城的石启贵、凤凰的吴文祥和吴良佐从当地苗族讲故事人那里记录下来的。他们说，在记录这些故事时，严格地遵循着民俗学和语言学的科学要求，为了读者读得顺，他们只在文字上略加修正，绝未改动原来的意义。

在长沙立足未久的临时大学，一方面由于敌机的威胁，一方面为了更大的计划和使命，于1938年春天决定迁址昆明。一路乘火车赴广州，转香港，经海防由滇越铁路去昆明。一路则由200人组成"湘黔滇旅行团"，徒步向昆明进发。大家不愿虚此一行，加入步行团的教授和学生，分别成立了各种沿途考察的组织，民间歌谣组就是其中之一。闻一多先生是参加步行团的4位教授之一，他担任民间歌谣组的指导，而且沿途对少数民族的习俗、语言、

---

① 芮逸夫：《苗族的洪水故事与伏羲女娲的传说》，"中央研究院"历史语言研究所编：《人类学集刊》第1卷第1册，台北：南天书局有限公司，1978年，第155—204页。

服装、山歌、民谣、民间传说亲作调查。当时跟随闻一多采风的北京大学中文系学生马学良回忆说:"每到一处山寨,他顾不得安顿住处,也顾不得旅途的疲劳,一到宿营地就带着我们几个年轻人走家串户,采风问俗。他在破旧的村舍里和老乡们促膝长谈,谁也看不出他是中外著名的教授和学者。他兴味十足地观看少数民族青年男女的舞蹈,并从中考证《楚辞》与当地民俗的关系。他喜欢去茶馆酒楼闲坐,听素不相识的老乡论古道今,了解当地的风土人情。他亲自指导同行的原南开大学学生刘兆吉沿途搜集民歌民谣,到昆明后整理成《西南采风录》,并亲自为之作序。"[1]

从长沙至昆明1650公里,路经大小城池30余座,村镇不计其数,旅行团走了68天。刘兆吉在闻先生指导下沿途采风,采得各地区、各民族民间歌谣2000多首。他每到一地,在田畔、牧场、茶馆、街头,向遇到的农夫、儿童们搜集,沿途访问中小学、民众教育馆、教育局和其他文化机关,并请他们代为搜集,从街头、墙垣、庙宇墙壁上的涂写中搜集,并且搜集当地印行的各种歌谣印本和抄本。这本《西南采风录》中所录的歌谣,不仅有在1500多公里广袤地区都有流行的情歌(七言四句式),而且也有即席编唱的"抗战歌谣"和"民怨歌谣",强烈地反映出民心的向背,虽然没有什么技巧,却可以作为民众敌忾的见证。朱自清也为此书作了序,他高度评价了刘兆吉的采风成果:"他以一个人的力量来做采风的工作,可以说是前无古人。"[2]朱自清指出了他采风的特点是:与"五四"以后新文化运动初期北大歌谣研究会的前辈们不同,那时一方面行文到各省教育厅,请求帮助,另一方面提倡私人采集,这些人的采集,大概是请各自乡里的老人和孩子,由于是同乡,不存在语言和习惯的隔膜。而刘兆吉的采风,却是在外乡、外民族,遇到的问题和困难更多。但他同时搜集了湘、黔、滇一部分地区的民歌,不仅对认识民歌的源流与变迁,而且对认识社会风尚提供了弥足珍贵的资料。

由上海迁至贵阳的大夏大学的社会学家们,对民间文学的搜集与研究做出了令人瞩目的成绩。该校于1938年春设立了"社会经济调查室",旨在调查与研究西南少数民族的社会与经济,1年以后又改名为"社会研究部",把重点转向了社会状况和民俗材料的调查与研

---

① 马学良:《记闻一多先生在湘西采风二三事》,《楚风》1982年第2期。
② 朱自清:《朱序》,刘兆吉:《西南采风录》,上海:商务印书馆,1946年,第2页。

究上。由社会学家吴泽霖主持的这一机构，曾先后到安顺、定番、炉山、下江、都匀、八寨、三合、荔波、都江、榕江、永从、黎平以及广西的三江、融县等调查社会状况和民俗资料，并主编《社会研究》（以《贵州日报》副刊形式发行）期刊，出版"贵州苗夷研究丛刊"：《贵州苗夷歌谣》《贵州苗夷社会研究》《贵州苗夷影荟》等著作。吴泽霖调查记录了贵州花苗的兄妹婚神话、大花苗的古歌《洪水滔天歌》、八寨黑苗的洪水遗民神话以及炉山等地的短裙黑苗的洪水神话。[①]陈国钧到下江一带深山中的生苗（少与外界交往的一支苗族）进行社会与民俗调查，用国际音标记录了3则生苗的人祖神话，其中有1则是诗体的，长达488行，是演唱时记录的。据作者说，这3则生苗的人祖神话，是最为普遍的3则，"散布于生苗区的每个角落"，内容结构虽然有些出入，但却都是从同一个"母胎"衍化出来的。而这个"母胎"就是："古时曾经有一次洪水泛滥，世上人类全被淹死，只有两个兄妹躲免过。后来洪水退却，这对兄妹不得已结成夫妻，他们生了一个瓜形儿子，气极把这瓜儿用刀切成碎块，撒在四处，这些碎块即变成各种人了。"[②]大夏大学社会研究部对贵州各民族各地区歌谣的搜集成绩尤为突出，仅陈国钧一人就搜集到几千首歌谣，涵盖黑苗、花苗、红苗、白苗、生苗、花衣苗、水西苗、仲家、水家、侗族等，他从中选择出1000首编成《贵州苗夷歌谣》厚厚的一册。[③]其他人员，如吴泽霖、杨汉先、张少微、李植人在搜集歌谣方面也各自有所贡献。[④]

对西南少数民族民间文学进行调查，搜集了大量材料，对我国民间文学事业贡献殊多的，还有当时也迁到昆明、1940年后又迁到川南南溪县李庄的中央研究院的一批学者。原为杭州艺专的学生，后成为中央博物馆研究人员的李霖灿，1939年也在抗战促成的大迁徙中来到了昆明，抱着绘画的目的去了丽江的玉龙山，被纳西族（当时译名通用麽些族）东巴经里的民间故事所吸引，改变了终身的事业。他在纳西人和才的帮助下，搜集了几十个东巴故事，其中包括几个创世神话。《敦和庶的故事》是关于人类始祖某莉敦孜的神话，曲折地

---

① 吴泽霖：《苗族中祖先来源的传说》，吴泽霖、陈国钧等：《贵州苗夷社会研究》，贵阳：文通书局，1942年，第113—129页。
② 陈国钧：《生苗的人祖神话》，吴泽霖、陈国钧等：《贵州苗夷社会研究》，贵阳：文通书局，1942年，第145页。
③ 陈国钧编译：《贵州苗夷歌谣》，贵阳：文通书局，1942年。
④ 参阅李德芳：《三、四十年代我国社会学者对西南民族民间文学的研究》，《民族文学研究》1989年第3期。

反映着人类早期的氏族斗争的情景。全国解放后搜集翻译的《董述战争》或《黑白之战》，与此是同一神话的异译。《洪水故事》是人类在洪水之后再传的神话。这些纳西族（麼些族）的传说故事的搜集与翻译，大大推动了对纳西族文学艺术、宗教、哲学和社会的认识与研究。可惜的是，这些材料在20年之后才在台湾发表。[1]

与李霖灿搜集纳西族传说故事的时间相近，1940年冬，中央研究院历史语言研究所的芮逸夫与傅斯年的研究生胡庆钧从临时所址李庄出发赴川南之叙永县鸦雀苗居住地进行婚丧礼俗田野调查，搜集到仪式歌多首，对于研究鸦雀苗的礼俗和口头文学有相当价值。可惜的也是拖了20年才与读者见面。[2]当时也在李庄的，还有先是北京大学文科研究所助理研究员的马学良，由于中央研究院史语所与北大文科研究所合并，他也是中央研究院的研究人员了。他长期在云南彝族地区进行彝语学习和彝族民族调查，与彝胞朝夕相处，搜集了大量彝族的民俗、信仰以及神话、传说和故事。他所搜集的神话、传说和故事，如《洪水》《八卦》《山神》等都发表在方国瑜等人创办的《西南边疆》和《中央研究院历史语言研究所集刊》《边政公论》等期刊上。由于他是语言学家，又在西南联大大迁徙中跟随闻一多采过风，他所搜集的彝族口头文学，都是从讲述者口中原原本本地记录下来的。他崇尚马林诺夫斯基的学说，反对平面地搜集，主张立体地搜集研究，所以他搜集口头文学又同搜集研究彝族的宗教、信仰、民俗结合起来。

上海之江大学史学教授徐松石从1927年起到1940年间数次到广西桂北、左右江流域、黔西、黔中、黔南、广东粤江流域旅行调查风土人情，研究粤江流域人民史和泰族、僮族、粤族源流，也注意搜集少数民族的神话传说。他搜集到的桂北苍梧一带流行的《竹王的故事》以及手抄歌本《盘皇书》（忻城县瑶人）和苗民谱本，具有相当高的民俗学和历史学价值。[3]

西南地区当时还有一些对民间文学感兴趣的外地来的文化人和当地的文化人，对民间文学事业的发展做出了各自的贡献。首先应提及的是诗人光未然。1939年1月他率抗敌演剧

---

① 李霖灿：《麼些族的故事》，《"中央研究院"民族学研究所集刊》第26期，1968年。其中第二部分为《麼些族的故事八篇举例》。
② 芮逸夫、管东贵：《川南鸦雀苗的婚丧礼俗》（资料之部），台北："中央研究院"历史语言研究所，1962年。
③ 徐松石：《粤江流域人民史》，上海：中华书局，1939年；《泰族僮族粤族考》，上海：中华书局，1946年。

第三队由晋西抗日游击区赴延安；3月间写了著名组诗《黄河大合唱》，经冼星海谱曲后广为流传，成为抗日军民的一支号角。皖南事变后，被迫从重庆流亡缅甸；1942年回到云南，在路南县一所中学里教书。他根据彝族青年学生毕荣亮提供的讲述，记录、写定了彝族支系阿细人的民间长篇叙事诗《阿细的先鸡》，于1944年2月由李公朴主持的昆明北门出版社出版。（"先鸡"是阿细语，即"歌"的意思。全国解放后，中国民间文艺研究会将其收入"民间文学丛书"由作家出版社出版时，改为《阿细人的歌》。）光未然是诗人，为了把这部民间叙事长诗翻译、写定，曾经研究彝语语法，在"发音人"（讲唱者）的帮助下，搜集神话传说和社会生活方面的其他口传材料。他说，他在写定时，是忠实于原作的，只是在某些不连贯的地方，才作某些修补。这一点，他在解放后为新版本所写作的序言中作了交代。

当时也在西南过着流亡生活的北京大学文科研究所语音乐律实验室的语言学家袁家骅，参加路南县政府编修县志的工作，在路南读到光未然整理的《阿细的先鸡》北门版后，就想找到"先鸡"的原文。他找到了光未然记录整理《先鸡》的"发音人"毕荣亮，用国际音标再次记录了这部叙事诗，这就是1951年由中国科学院印行的《阿细民歌及其语言》。袁家骅在他的国际音标记音、阿细语—汉语对译、汉语意译本的第一章里写道："光未然先生写定的汉译，给我们介绍了这部长诗的内容，但是他凭歌者的解释，对于'原文'难以兼顾，所以译文在润饰上有卓越的功绩，而于原文的真相和细节也许不能完全传达。歌词并不大固定，歌者所凭的是记忆和兴会，所以光译和我的记录并不能完全符合，更不可能句句符合。"[1]这种情况对民间口头作品说来是极其正常的，由于歌词是不固定的，有些地方甚至由歌者即席编唱，多有增删。况且光未然搜集记录于1942年，写定于1943年，袁家骅记录于1945年下半年，他们的共同的"发音人"（讲唱者）毕荣亮已经成长为成熟青年，他接触了汉人的新思潮，有着较为广泛的社交，尽管同是出自他一人之口，自然会有所变异的。全国解放后的1958年，中国作家协会昆明分会和昆明师范学院1955级的部分学生，组织了云南省民族民间文学红河调查队，在弥勒县又搜集记录了一种《阿细的先基》的新的异文，主要的"发音人"（讲唱者）是盲歌手潘正兴。[2]新异文当然与光未然的写定本是不同的两种

---

① 袁家骅：《阿细民歌及其语言》，北京：中国科学院，1953年，第4页。
② 云南省民族民间文学红河调查队搜集翻译整理：《阿细的先基》，北京：人民文学出版社，1960年。

文本。光未然在1952年底为《阿细人的歌》新版所撰序言中说："《阿细人的歌》是一部活的口头文学，在实际演唱的场合，往往要随着演唱的环境和对象发生若干变化，添加若干灵巧的诗句，并在一唱一和的互相酬答中发挥若干新的创造。毕荣亮君告诉我，如果让他回到自己的山村，找到适当的对唱的对象，他可以连唱四天四夜也唱不完。"[1]这是行家的话，自有真理在。《阿细人的歌》今后也还可能有新异文被记录写定。光未然和袁家骅的劳动为我国少数民族民间文学作品的科学记录和写定打下了基础，做出了贡献。

从大西北的兰州，辗转来到重庆的张亚雄，是一名新闻记者。他把他10年来在做新闻工作的同时，从牧童、脚伕、小工、车夫、雇农、学生、排字工友以及各阶层的文化人和朋友中间搜集起来，珍藏在贴身之处的一部《花儿选》的原稿，带到重庆，于1940年由青年书店出版。花儿是西北广大地区流行的民间文艺形式，但此前并没有人去搜集记录过，《花儿选》的出版使我国出版史上有了"第一部"。该书是搜集者由手头积累的2000首花儿中挑选出来，共计600首，实属洋洋大观！这部民歌集的特点是，在每首花儿的后面附有注释，对于读者对花儿及其社会民俗背景的理解，是极为有益的。

抗战期间，西南地区有一些期刊，如昆明出版的《西南边疆》，成都出版的《康导月刊》和《风土什志》等，都比较注重发表民间文学作品和理论研究，对于西南地区形成我国民间文学运动的中心地位，起过一定的作用。《西南边疆》是方国瑜等人于1938年10月创办的，以云南大学西南文化研究室的那些人类学家和历史学家为后盾，陆续发表了一些云、贵、川的民俗、神话论文和民间作品，除了上文提到的马学良外，楚图南的《中国西南民族神话之研究》长文，白寿彝的《关于咸同滇乱之弹词及小说》，都是在这家期刊上发表的。《康导月刊》是西康省的刊物，1938年9月25日创刊，几乎每期都有西康和西藏两省藏族的民俗、民间故事和民歌披露于版面。王铭琛用五言译的《康藏情歌》就是在该刊分期连载的。陈宗祥译的藏族伟大史诗《格萨王传》序幕之一、序幕之二，发表在该刊第6卷第9—10期合刊上（1947年1月出版）。[2]《风土什志》创刊于1943年9月30日，发行人樊凤林，编辑有谢扬清、雷肇唐、萧远煜、裴君牧、杨正苾，其宗旨在于弘扬西南地区的乡土民俗文化，团结

---

[1] 光未然整理：《阿细人的歌》，北京：人民文学出版社，1953年，"序言"，第7页。
[2] 据信该刊在出版这一期后，就停刊了，所以《格萨王传》后面的章节未能读到。确否，因北京资料不全，不作定论。

了四川的一批作者，其中包括作家李劼人。该刊是一本32开的杂志，文章篇幅不能太长，因此常常发表一些各地的民俗随笔、民间故事和民歌，趣味性较强，是一份大众读物。但也发表过像《格萨王传》这样价值很高、篇幅不算很短的作品的片断。

抗战时期各地的文艺刊物，一般很少发表民间文学作品，间或也能看到一些，主要是抗战歌谣，能够配合抗日，鼓动人民抗战的。如1938年5月在武汉创刊的《抗战文艺》，1940年在成都出版的《战时文艺》等，大致都是这种情况。究其原因，这大概是因为办文艺刊物的作家们，对民间文学不熟悉，同时战局的发展又要求文艺期刊予以配合，以鼓舞军民的士气，因此发掘民间文学遗产的工作，就自然而然地被排除在自己的范围之外了。还应当指出，某些中国作家脱离中国老百姓的生活，看不起他们所创造的民间文艺，也是一个重要的原因。

抗战时期民间文学运动的特点

抗战时期的民间文学运动，作为中国现代民间文学运动史上一个重要的阶段——发展时期，无论从文化思潮的角度，还是从理论成就或工作实绩的角度来看，都呈现着若干显著的特点。

第一，民间文学被当作民族精神、民族传统的体现和民族间血缘关系的纽带，而得到阐发和强调，成为抗战时期民间文学理论研究乃至整个民间文学运动的主旋律和重要特点。抗战爆发，在民族和国家处于危亡之际，民族的不屈精神在民众中空前高扬，民族的凝聚力空前加强，在这种情势下，平日被掩盖着的、不被人们注意的民间文化，上升为民族精神和民族传统的体现者，民族间血缘文化关系的纽带。这种情况的出现，不只是在我们的国家。在世界上，凡是处于民族危亡关头的民族，其发自普通老百姓肺腑的民间文学，往往成为体现该民族不屈精神和牢固民族传统的表现，尽管不一定是唯一的表现。爱尔兰民族曾长期被英国人所统治、所奴役，但爱尔兰人从不屈服，从不放弃自己民族的传统，他们的弹唱诗人就成为在英格兰统治、奴役下爱尔兰民族反英格兰的传统的主要代表者，他们的民歌、民间叙事诗、传说，就成为该民族传统的最宝贵的遗产。芬兰民族在12世纪前后曾经沦为瑞典和俄国的牺牲品，生活于民族遭受蹂躏的水深火热之中，但他们的鲁诺（民歌）就成为他们斗争的力量和慰藉，后经隆洛德（Elias Lönnrot）连缀整理为芬兰民族史诗《卡勒瓦拉》,成为芬兰民族精神和民族传统的集中代表。可以断言,民间文学是与一个民族的命运联系在一起而不灭的。抗战时期的中国,情形正是如此。

日本侵略者以"东亚共荣圈"的理论口号作掩饰,先是建立所谓"满洲国",继而推行华北自治,企图在军事侵占之下对中国蚕食。但是中国境内各民族、各地区是以悠久的文化血缘而凝聚在一起的,即使东北亚文化也与大陆文化、与西南地区的文化有着血肉相联、不可分割的联系,他们的政治阴谋和霸权企图都是无法得逞的。民俗学家、神话学家们在我国南方民族中间发掘和记录的一些神话,证明与发达较早的中原地区的古代神话有若干相似或相通之处,后者在历史的变迁中已经变得残断不全、形迹模糊了,而前者却依然活生生地存在于乡民的记忆里和口头上。民俗学家和神话学家们以南方民族现存的社会组织、礼俗、信仰等民族志材料,揭示了神话中隐匿着的先民的图腾制度,如龙蛇图腾、鸟图腾、槃瓠图腾等等,从而反映了居住在中国领土上的各个民族,包括古代居住在东部沿海一带的东夷部族,同西南的越濮民族,有着文化血缘关系。当时,图腾制度的研究形成学术界的一个热点,发表了很多文章。其时正在贵州大学、贵阳大夏大学社会学系任教又曾到黔东南荔波水族进行过实地调查的岑家梧,对于图腾制度所作的研究最有代表性。他撰于1940年的《槃瓠传说与瑶畲的图腾制度》,把古籍的考稽与民俗学的调查材料结合起来,论证了苗、瑶、畲、黎等民族的血缘文化关系,得出结论:"我们从槃瓠传说及瑶畲的图腾习俗加以考察,决定瑶畲确为《后汉书·南蛮传》所述的槃瓠子孙。"[1]这些问题虽属学术问题,但在当时提出并为许多学者所重视和关注,并不是没有现实意义的。即使撇开现实意义,从民俗学和神话学的学科建设来说,这类研究,特别是相当可观的新材料的发掘记录,大大推动了中国神话学的研究水平。

第二,如果说,"五四"以后至抗战前中国的民间文学搜集工作还只限于一些热心者个人的活动的话,那么,抗战时期由于许多民族学者、社会学者、作家和文化人的介入,已经转入有计划的调查为主的阶段。这种有计划的调查的作用表现在,一方面向广大读者层和学术研究界提供了我国一些少数民族的民间文学作品,而在此之前,少数民族的民间文学

---

① 岑家梧:《槃瓠传说与瑶畲的图腾制度》,《西南民族文化论丛》,广州:岭南大学西南社会经济研究所,1949年,第68页。

作品可谓寥寥可数; 另一方面填补了我国民间文学、民俗学这门既古老又年轻的学科若干方面的空白, 这就为进一步地开展深入的比较研究打下了初步的基础, 而这种比较研究, 对于我们这个多民族的国家的民间文学, 扩而大之对于我们这个多民族的国家的民间文化来说, 是绝对需要的。有计划的调查的特点是: 主持和参与调查采录的人员有一定的设想, 具备民俗学考察的素养, 包括民俗调查常识和用国际音标记录少数民族语言的能力, 具有多学科的知识, 把民间文学调查和民俗、信仰、甚至社会调查紧密地结合起来, 从而起到互相参照、相得益彰的效果。因此, 也可以说, 如果北京大学歌谣研究会时代周作人、沈兼士、顾颉刚等前辈学人提出的"文艺的, 学术的"两个学术意向, 还只偏重于"文艺的"一个方面的话, 抗战时期的有计划的调查则达到了二者兼顾的要求, 或者说在重视文艺性的同时, 偏重于要求其学术性。应当看到, 受着时局和条件的限制, 抗战时期的有计划的调查, 还仅仅在西南地区实行, 还只涉足了云南、贵州、湖南的部分地区、部分民族。从全国来看, 情况是极不平衡的, 当然也不可能平衡。对于其他广大地区来说, 大部分还是个人爱好者在环境许可的条件下做个人的搜集, 而且有些也很有成绩。

第三, 多学科、多学派、多角度的研究, 克服了以往某些学者中单一研究的弊端, 综合的、纵深的、专题的研究取得了长足的进展。中国民间文学运动的发生阶段, 几乎仅仅是文艺的采集与研究。到了20年代末以及整个30年代, 逐渐与民族学、人类学、社会学等等学科建立了亲密的联系, 在方法论上吸取了这些学科的方法。几年前, 民间文学界曾经讨论过英国文化人类学中的人类学派对中国二三十年代民间文学界的影响。如果说二三十年代人类学派在中国民间文学界的影响占上风的话, 30年代后半期和40年代, 欧洲的社会学派和功能学派、美国的博厄斯学派的影响越来越大了。这与当时的社会情况和知识界的情况有密切的关系。由于抗战时期的特殊历史条件, 迁移到西南的各大学和科研机构中的大批学者, 以民族学、人类学和社会学者为主体, 对当地少数民族的民间文学、风俗习惯、宗教信仰、社会制度等民俗事象进行实地调查, 并将所获得的材料放到整个中国文化的大背景上进行综合比较。民间文学是这整个民间文化锁链中的一环, 是在与其他诸种民间文化现象的联系与影响中而存在、而发展的, 它不是孤立的, 也不是书斋里只供赏玩的文学作品。在许多研究少数民族神话、传说的学者中, 大多数人一般不再恪守人类学派那种把过去的作品仅仅看作"遗留物", 以及不顾及部落内口传神话所表现的历史价值、在部落中的作用，不讲求神话的艺术价值的比较方法，而是充分重视口传神话所由产生的社会历史背景，与原始先民的信仰的关系，神话中所透视出来的社会的、人伦的古代信息与价值观，作为原始思维的产物的神话的艺术价值，等等。

社会学家们不仅在搜集少数民族的神话、传说、歌谣方面作出了成绩，在考察神话、传说的社会文化背景方面迈出了扎实的一步，而且对神话、传说的母题的考察和社会文化功能进行了极为有益的探讨。继民族学家芮逸夫在《苗族的洪水故事与伏羲女娲的传说》（1938）中提出兄妹配偶型洪水故事的地理分布大约北自中国北部，南至南洋群岛，西起印度中部，东迄台湾岛，并且进一步论证了所谓东南亚文化区，从地理上察看，其中心当在中国本部的西南，从而推论兄妹配偶型洪水故事或即起源于中国的西南，由此而传播到四方。[①]之后吴泽霖和陈国钧进而就兄妹配偶型洪水故事提出了若干有价值的探讨性见解。如关于神话中透视出的苗民（生苗、花苗、黑苗、鸦雀苗等他们曾亲自调查过的地区）对于血亲婚的观念，说明禁止血亲婚，以及优生的事实在他们的神话时代已被重视。吴泽霖说："苗族神话中的兄妹结婚，妹都不愿意，一再提出条件后，始勉强答应，这很可以证明在这些神话形成的时候，兄弟姊妹间的婚姻已不流行或已在严厉禁止之列，否则何必提出几种几乎无法履行的条件呢？"又如陈国钧根据生苗的两则神话中一对夫妇生下的6个子女恩、雷、虎、龙、蛇、媚，论证了苗族与图腾的关系。吴泽霖曾经从师博厄斯，他遵从博厄斯的下列论点："在一个民族的故事中，那些日常生活的重大意外事件，是附带插入故事中，或者用以当作故事中的主要情节的。大部分关于民族生活模式的陈述，都很正确地反映他们的风俗。再者，故事中情节之发展，也很明显地表白了他们所认识的是非观念。……部落的神话材料，并不代表该民族关于人种学方面有系统的叙述，但是它也能指示该民族兴趣之所在。这些材料，可以代表该部落的'生活传'。"他十分重视对神话传说的社会文化功能的考察，不仅根据他在八寨各苗民中记录的神话、传说确认其中所述都不是开天辟地之后的第一代（第一个）始祖的故事，而是"人类遇灾后民族复兴的神话"，而且从神话中所提到的金属制品（铁器）判定神话产生于春秋以后，根据神话中关于火的起源，提出了苗族关

---

① 芮逸夫：《苗族的洪水故事与伏羲女娲的传说》，"中央研究院"历史语言研究所编：《人类学集刊》第1卷第1册，台北：南天书局有限公司，1978年，第155—204页。

于撞击生火的说法，从而打破了美国人类学家关于摩擦生火的单一见解，[①]尽管在今天看来，他们的观点也许还有可讨论、修正、补充之处，但他们的开拓意义仍然是不能抹煞的。

闻一多是对抗战时期的中国现代神话学有很大贡献的一位学者。我很赞成这样的估价："闻一多结合了各相关学科的理论方法，在一个深远广阔的文化背景上，在各民族文化相互联系的整体中探求神话传说的内在本质和民族文化的基本形态，获得了一些有价值的结论和构想。他的研究与抗战时期神话学的发展趋势相一致。他与各方面从事神话研究的学者们一起，以现代科学方法开拓新的领域，有力地推动了中国现代神话学的进展。"[②]我要补充的是，闻一多把口传的民族志神话传说材料与古典的神话传说材料加以综合、对比，以民族学、考古学、训诂学、文艺学的多种方法去考证、破译、研究、评说中国神话说，在中国现代神话学史上开拓了新局面。"他的《从人首蛇身像谈到龙与图腾》等论文，就是根据他在湘西见到的原始宗教神像结合民间流传的神话写成的。通过论证洪水的传说，考证汉、苗两族远古时代的关系，把研究领域开拓到兄弟民族的历史方面。……朱自清先生热情地赞扬闻先生关于少数民族的神话研究是'给我们学术界开辟了一条新的大路'，而闻先生正是沿着这条大路，坚定而坦然地力排众议，写出许多独辟蹊径的著名论文。"[③]实际上，至今我们还在沿着这条道路继续探索前进。

复刊1年半又在卢沟桥事变后停刊的《歌谣》周刊，较之前期《歌谣》周刊来说，固然积累了一些歌谣（俗曲方面有所扩展）资料，但在方法、研究水平方面说不上有什么大的进展。连他们的成员，也意识到了自己的落伍。[④]恰恰是西南、西北地区的歌谣研究，在《歌谣》所开启的传统下，达到了一个崭新的高度。如果要用简约的语言概括一下那个时期的研究特点的话，那就是他们把歌谣当作社会文化史的一个组成部分进行综合研究，力求发掘其民族性、地方性以及深厚的社会历史价值。民间故事的研究，比起抗战前民间文学领域里那一大群骁将（如钟敬文、赵景深、娄子匡等）所达到的成就来说，显然是黯淡的。

---

① 参阅吴泽霖《苗族中祖先来源的传说》和陈国钧《生苗的人祖神话》。前文发表于《贵阳革命日报·社会旬刊》第4—5期，1938年5月19日；后文发表于《社会研究》第20期，1941年3月25日。两篇文章后均收录于《贵州苗夷社会研究》（文通书局，1942年）一书中。
② 郭于华：《论闻一多的神话传说研究》，《民间文学论坛》1988年第1期。
③ 马学良：《记闻一多先生在湘西采风二三事》，《楚风》1982年第2期。
④ 参阅魏建功：《歌谣采辑十五年的回顾》，《歌谣》第3卷第1期，1937年4月3日。

卢沟桥事变前后发表的几篇论文, 如钟敬文《地域决定的传说》(浙江《民众教育月刊》5卷4、5期, 1937年2月1日)、叶德均《猴娃娘故事略论》(广州《民俗》1卷2期, 1937年1月30日)、欧阳飞云《牛郎织女故事之演变》(《逸经》第35期, 1937年8月5日)、娄子匡《孟姜女故事与人体牺牲习俗》(《孟姜女》1卷1期, 1937年1月1日)、曹聚仁《白娘娘传说中的悲剧成因》(《论语》第107期, 1937年3月1日)、黄芝岗《粤风与刘三妹传说》(《中山文化教育馆季刊》4卷2期, 1937年夏季号)都是值得注意的, 可以看出当时民间故事研究思潮的趋向。当时在西南流亡的民族学者陈志良除了搜集研究西南地区的民间传说故事外, 还曾撰写《沉城的故事》发表在《风土什志》(1卷3期)上, 把民俗资料与考证古籍相结合, 用比较的方法剖析了内地的陆沉故事(即石狮子眼里出血的故事)与西南地区的洪水故事的联系。这可以看作是吸收西南地区神话传说研究的新方法而撰写的一篇有代表性的故事论文。

在回顾抗战时期民间文学研究的成就时, 我们不能忘记顾颉刚、杨宽、吕思勉等历史学家, 卫聚贤、杨堃、常任侠等考古学家、民族学家和美术史家对中国神话传说研究所做的贡献。限于本文的任务主要是叙述搜集工作的成绩, 所以这方面的活动将另文研究。

延安文艺座谈会的划时代意义

1942年5月在延安召开的文艺座谈会上, 毛泽东发表了关于文艺问题的重要讲话, 对于我国民间文学事业具有划时代的意义。

下面我想分4个方面加以分析。

第一, 毛泽东在《讲话》中阐发文艺为什么人的问题时, 批评、纠正了革命文艺工作者中间有些人瞧不起民间文学的倾向: "他们在某些方面也爱工农兵, 也爱工农兵出身的干部, 但有些时候不爱, 有些地方不爱, 不爱他们的感情, 不爱他们的姿态, 不爱他们萌芽状态的文艺(墙报、壁画、民歌、民间故事等)。他们有时也爱这些东西, 那是为着猎奇, 为着装饰自己的作品, 甚至为着追求其中落后的东西而爱的。"[①]他是从文艺工作的角度讲作家们轻视民间文学的倾向的, 他没有讲到民间文学的学术研究工作。他的讲话击中了我国

---

① 《毛泽东选集》, 北京: 人民出版社, 1966年, 第858—859页。

文艺界的要害。回想"五四"新文学运动以来,有不少作家、评论家十分重视民间文学及其对作家文学的影响。鲁迅先生在《破恶声论》《汉文学史纲要》等著作中曾系统地阐述了他对民间文学的卓越见解。茅盾有一段时间曾专门研究过神话学,并且写过专著。文学研究会的成员郑振铎终生倡导民间文学和俗文学的搜集与研究,自己还写了著名的《中国俗文学史》。文学研究会的另一位成员王统照编辑了《山东民间故事》(上文已有提及),他所撰序言中,不仅论及民间故事的教化作用,还提纲挈领地谈到了民间故事类型学的研究和民俗学的研究的必要性。但是,遗憾的是左翼作家们却对民间文学极为忽视、瞧不起,甚至夸大其中的封建迷信和糟粕。毛泽东批评的不爱老百姓的萌芽状态的文艺的现象,是一针见血的。毛泽东的讲话,目的在解决革命文艺队伍的认识问题,以革命家的眼光,指出了民歌、民间故事等民间文艺的社会价值与文艺上的价值,号召革命文艺工作者在向人民群众学习的同时,也要重视向民间文艺学习;当然,讲话也指出了民间文艺中也存在着落后的东西,这些落后的东西,是历史的局限性,是应该予以扬弃的。毛泽东的这一论述,大大提高了边区和国统区许多文艺家对民间文艺本质的认识,其作用是历史性的。

第二,在《讲话》的感召下,边区的文艺家们纷纷下乡,一方面去加强思想感情方面的锻炼改造,了解群众的火热的斗争生活,另一方面,去收集蕴藏在老百姓之中的民歌和民间故事。延安的鲁迅文艺学院文学系、音乐系和中国民间音乐研究会的同志,在陕北各地进行了大规模的采风,最后由何其芳负责,张松如、程钧昌、毛星、雷汀、韩书田参加,将收集到的材料编选为《陕北民歌选》,1945年由晋察冀新华书店出版。《陕北民歌选》的编定,是一项非常严肃而科学的工作,无论就积累民间文艺的材料和提供优秀民间文艺读物来讲,还是就我国民间文学的学科建设来讲,它都是一部难能可贵的选集。主持其事的何其芳没有看到书的出版,即受派遣去了重庆,在重庆他曾写作过《谈民间文学》和《从搜集到写定》两篇文章,阐发他对民间文学的基本观点和从陕北采风中得到的经验。[1]解放后,当《陕北民歌选》再版时,他曾将他写的《论民歌》这篇包括了许多精辟见解的学术论文作为"代序"。我们有理由将其看作陕北采风的一篇总结和重要文献。还有一些作家,在农村、前线深入生活的过程中,和老百姓、战士打成一片,搜集了一些各个时代的民间故事。如李

---

① 何其芳:《关于现实主义》,上海:新文艺出版社,1953年。

季、康濯、李束为、董均伦、贺敬之、闻捷等等。1946年10月由太岳新华书店出版的《水推长城》(张友编),1947年5月、8月、10月由冀南书店、华北新华书店、晋绥边区吕梁文化教育出版社分别出版的《地主与长工》(马烽编),1946年3月、7月、8月由吕梁文化教育出版社、华北新华书店、晋冀鲁豫军区政治部分别出版的《毛泽东的故事》,1947年9月由山东新华书店出版的《红军长征故事》,1947年5月由华北新华书店出版的《揭石板集》(马石安辑),1948年9月由大连和哈尔滨东北书店出版的《半湾镰刀》,1949年1月由东北书店出版、合江鲁艺文工团编的《民间故事》,1949年由苏北新华书店盐城分店编辑出版的《民间故事》(第1册,大众读物)等民间故事集中,收入了这些作家们收集的民间故事,展示了解放区民间文学事业的实绩。解放区的作家们努力实践毛泽东提出的文艺的工农兵方向,向民间文艺学习,做出了成绩。李季汲收民间文艺的营养,主要是陕北信天游的营养,创作了在文学史上熠熠发光的叙事诗《王贵与李香香》;贺敬之和丁毅在汲收秧歌剧、民间传说和民歌的基础上创作了脍炙人口、耳目一新的歌剧《白毛女》;林山帮助韩起祥整理了长篇说书《刘巧团圆》。中国民间音乐研究会所搜集的《陕甘宁老根据地民歌选》,包括了许多革命音乐家的劳动,但由于战争环境的残酷与不安定,辗转至全国解放后才由中央音乐学院民族音乐研究所整理出版。

第三,各解放区都把民间文学工作纳入革命文艺工作的轨道,继承了老苏区的传统,把民间文艺当作教育自己、打击敌人的武器。在这个总的指导思想下,各地在印刷极为困难的情况下,编印了许多民间文学的小册子,其中有相当数量是蒋管区人民不满黑暗统治的歌谣。据粗略调查,有吕梁文化教育出版社印行的《小歌集》(1946年4月),田间选录、冀晋区星火出版社出版的《民歌杂抄》(48首,1946年7月),太岳新华书店编印的《血泪歌声》(蒋管区民谣集,1946年12月),华北新华书店出版的《蒋管区民谣集》(1947年1月),李春兰编、冀鲁豫书店出版的《蒋管区民谣集》(1947年8月),《胜利报》社老百姓编辑部编、东北书店出版的《庄稼话》(1947年8月),李石涵辑、东北书店出版的《现代民歌民谣选》(1947年11月),晋察冀军区政治部编《诉苦复仇》(1947年12月),林冬白编、山东新华书店出版的《蒋管区民谣集》(1948年1月)等。由于战争还在进行,出版物保存下来的极为有限,以上举例恐怕只是当时民间文学出版物的一小部分吧。但仅仅这些小册子,已足可见出民间文学工作在当时革命战争中所占的重要地位了。

第四，毛泽东的《在延安文艺座谈会上的讲话》发表以后，也在蒋管区的文化工作者中产生了很大影响，他们在不同层次上接受了《讲话》的观点。在大城市上海出版了许多形形色色的民间文学作品，向文化饥渴中的儿童提供了精神食粮。黄华在他所编辑的4册《民间故事》（正气书局1947年至1948年间）的《绪言》中说："民间故事，由口头传说而广其流布；讲的人为讲故事而讲，听的人为听故事而听，无所谓其他作用。讲而动人听闻，听而发生兴趣，那就建立了这故事的存在价值；否则，就自然淘汰。无待于圣贤提倡，无需乎官家推行，更不怕'读死书''死读书'那些学究们的鄙薄与歧视。它虽然不一定是文学上的结晶品，而不能不承认它是真正来自民间文学的一种。"国光书店、广益书局、经纬书局、中华书局等出版社都出版了民间故事集，但大都是为儿童读者新编的，而不全是新搜集的。民歌民谣的选集，比较重要的有薛汕的《金沙江上情歌》（1947年6月春草社）和《岭南谣》（1948年11月南国书店）、刘家驹编译的《康藏滇边歌谣集》（1948年4月知止山房）、刘兆吉编《西南采风录》（1946年12月商务印书馆）、李凌编《绥远民歌选》（1945年6月桂林立体出版社）、沈为芳选辑《民歌四十首》（1947年10月商务印书馆）、朱雨尊编《民间歌谣全集》（1943年普益书局）、张镜秋译注的《僰民唱词集》（1946年云南大学西南文化研究室）、汪继章编《抗战歌谣》（1945年10月重庆国民图书出版社）等等。40年代末，由于形势所迫，一批文艺工作者到了香港。钟敬文到共产党和民主党派合办的达德学院教书，他作为方言文学研究会会长、中华文艺家协会香港分会常委，曾写了一些关于方言文学的文章以及《谈〈王贵与李香香〉——从民谣的角度考察》《民间讽刺诗》等民间文学的论文。薛汕在香港出版了《愤怒的谣》（中华文艺家协会香港分会1948年4月）。

当中国人民解放军解放了北京、上海等大城市，解放了全中国大陆（除西藏）之后，解放区和国统区的民间文学工作者会师在北京，在毛泽东文艺思想的旗帜下团结在一起了。1950年3月29日中国民间文艺研究会在北京诞生。一个新的时代开始了，民间文学工作者们在新的时代谱写着新的篇章。

1991年8月30日

本文原载于《新文学史料》1992年第3期；作为导言收录于作者主编《中国新文艺大系·民间文学集》（1937—1949），中国文联出版公司，1996年4月。

传统情歌的社会意义

一

情歌在我国各族人民中是很丰富的。曾经有人作过一些不十分科学的估计,认为情歌是民歌中最多的部分。文艺是现实的反映,作为文艺作品的情歌反映了人民的爱情生活。在旧的社会制度下,劳动人民受着重重的压迫与奴役,政治上无权,经济上受剥削,他们的真挚的爱情也往往被封建统治者的罪恶的手扼杀了。可以毫不夸张地说,这些无可计量的情歌大部分是向着统治者发出的抗议书和宣战书,在这些青年男女的歌声中,揭露了统治者扼杀自由爱情的罪恶,表达出劳动者的坚贞的恋爱观和美好愿望。

读一读这两首情歌吧:

> 铁打链子九尺九,
> 哥拴脖子妹拴手,
> 哪怕官家王法大,
> 出了衙门手牵手。(云南)

> 桂花的窗子桂花的门,
> 大老爷堂上的五刑,
> 打断了干腿拔断了筋,
> 越打越是我两人亲。(甘肃)

这两首歌一方面写出了统治阶级对劳动者的爱情的迫害,另一方面写出了青年主人公们在封建统治者面前刚强不屈的 "硬骨头" 精神。劳动者的爱情是火烧不断、水扑不灭的,因为他们之间有着共同命运的基础,有着劳动和阶级感情的基础。

　　我们读到和听到许许多多这样的情歌, 这些情歌的作者——也就是这些作品中的主人公——向旧社会、旧制度发出反抗和讽刺的呼声。情歌中所以有那么多反抗和讽刺的歌, 当然是有其社会原因的。旧社会里的妇女备受凌辱和压迫, 她们的悲惨生涯使她们不得不在歌声中对社会制度、历代统治阶级和封建礼教提出毫不掩饰的、露骨的讽刺和抗议, 流露出她们对自由生活、对平等权利、对幸福前途的企求。她们在统治者面前高歌:

> 钢锁铁链妹不怕,
>
> 砍头坐牢妹不慌;
>
> 衙门要判我俩死,
>
> 同葬东门柳结根。(广西)

　　何等坚贞的爱情! 何等刚强的声音! 正如这首情歌所写的, 劳动妇女有着坚贞不移、"不自由毋宁死"的优良的品德; 她们敢于大胆无畏地向旧社会制度挑战, 对坐牢、砍头都毫不畏惧, 为了爱情的自由宁愿 "同葬东门柳结根"。读到这里我们不禁联想到汉魏乐府民歌《孔雀东南飞》的悲剧性的结尾, 女的 "举身赴清池", 男的 "自挂东南枝", 以殉身向封建社会提出抗议。这种血腥的事实, 不是统治者和旧礼教压迫的结果吗?

　　情歌中的反抗意识, 是在古代歌谣中即有了的。我们举一首六朝时期的子夜歌为例:

> 自从别欢来,
>
> 何日不相思。
>
> 常恐秋叶零,
>
> 无复莲条时。
>
> 仰头看桐树,
>
> 桐花特可怜。
>
> 愿天无霜雪,
>
> 梧子解千年。
>
> 白霜朝夕生,
>
> 秋风凄长夜。
>
> 忆郎须寒服,
>
> 乘月捣白素。

秋夜入窗里，

罗帐起飘飏。

仰头看明月，

寄情千里光。

别在三阳初，

望还九秋暮。

恶见东流水，

终年不西顾。（秋歌）

这首歌里所反映的是：六朝时期在政治上是一个动乱的、黑暗的时期，五胡的入侵使中原一带人民流离失所、无以安居，加之征役入伍使之妻离子散，情侣的思念之情是无法压抑的。这首歌凭借自然的景色抒发思念的情谊，遥寄爱人以团圆的期望。然而从诗的整个思想来看，却是向旧社会、向统治者的控诉。过去的学者们把这类歌谣解说成"哀情的歌曲"，这实在是一种脱离开"社会政治的观点"的曲解。

我认为，传统情歌中反映社会政治主题（当然是通过爱情的描写）的作品是最重要、最有代表性的一部分。在评价这种作品时决不能离开这种作品所由产生的社会情况，仅只是从作品所表现的生活去评价它，也就是说必须用阶级观点和历史观点进行具体的分析。

二

把爱情同劳动结合起来，并在劳动中抒写爱情，是传统民间情歌的重要特色。这种特色是为劳动人民——情歌的作者和主人公对劳动的态度所决定的。

在这个问题上以往存在着很多并不正确的看法，我们必须予以讨论。一种看法是："……女子对于握有经济权的拥有广大土地的贵族君子的恋爱情感，特别深挚，特别沉醉。"①对这种诬蔑劳动妇女的观点是不用多加驳斥的，因为这种观点已经没有市场了。

另一种看法是："在旧社会，劳动——在人们的心目中，已成为束缚他们的镣铐和枷

---

① 汪静之：《序二》，陈涨琴编：《诗经情诗今译》，上海：女子书店，1932年，第3页。

锁。最多也不过是为了一家一户乃至自身生活的需要而已。因而,劳动人民为了充分满足自己精神生活的需要,往往为了爱情而忘却了劳动,或是身在劳动而心不在劳动。"爱情和劳动"二者处于矛盾的地位"。①

这种看法是值得讨论的。

劳动人民的爱情与金钱是无缘的,他们靠自己的双手创造未来的幸福和美满的生活,他鄙视建筑在别人血汗上的富家人的"爱情"。青年妇女爱的是"种田哥""勤俭郎",而绝不趋炎附势地屈从于别人。

在旧社会里,劳动者的确是为剥削者而劳动的,因而也确如前引的意见所说,在人们心目中劳动已成为束缚他们的镣铐和枷锁。但是,在劳动者的意识中,对劳动的领会是复杂的、矛盾的,他们除了把劳动看作是沉重的负担之外,还把劳动看作是创造性的快乐之源。高尔基说过:"即使是为世界上的掠夺者而做的强迫劳动,也依然是诱人的、使人高兴的,可是这种高兴不被人注意,因为它不是把粮食往自己谷仓里收的财主的高兴。"②如果看不到这种对劳动的理解的两重性,就无法理解情歌与劳动的关系。

我认为情歌中的爱情与劳动不但不是处于"矛盾的地位",反而是结合的、相互有益地影响着的。社会劳动任何时候都是民间文学的理想的基础,传统民间情歌也不例外。以古代情歌而论,如:

> 朝发桂兰渚,
>
> 昼息桑榆下。
>
> 与君同拔蒲,
>
> 竟日不成把。(《拔蒲》)

这首南朝乐府民歌中的情歌,通过拔蒲的共同劳动写爱情的专注,主人公沉浸在欢愉的爱情生活中。这里的"竟日不成把",是因为女子与情人一起拔蒲,感到快乐而心不在焉,并非由于什么"劳动仅仅是供少数统治者享乐,只有爱情才是自己的。劳动和爱情本来就

---

① 刘鹏:《谈新情歌》,《民间文学》1960年1月号。
② 转引自普什卡辽夫:《劳动是传统魔法故事中社会理想的基础》,中国民间文艺研究会编:《苏联民间文学论文集》,北京:作家出版社,1958年,第351页。

存在着不可调和的矛盾"，因而他们"决然地不顾一切去追求自己珍贵的爱情"[1]，厌恶劳动。不是这样，这里作者是强调地描绘爱情的专注和主人公的心情。

在传统民歌中，劳动人民通过劳动抒写爱情的例子很多，这里且举一首：

男：

深山鸟叫不见人，

顺风吹来砍柴声，

山坡下面有谁在哟？

呜喂！听见山歌就想哥。

女：

手松斧头掉下坡，

山坡下面妹砍柴哟，

呜喂！……

在这种作品中，劳动不但不是沉重的负担，可耻的枷锁，不但不是与爱情有着不可调和的矛盾，相反地，是劳动烘托了爱情的主题，突出了真挚的爱情生活的描写！

这样分析情歌中的爱情与劳动，并不是说劳动人民不把奴役性的劳动看作可厌的。劳动人民的歌谣创作中，特别是社会生活歌谣、政治歌谣中，充满了对奴役性、剥削性劳动的反抗的意识。在情歌中虽然也有这种请况，但爱情与劳动结合的、通过劳动抒写爱情的，总是占着比较重要的地位。

三

有一些情歌，虽然它们的短小的篇幅里并没有描写宏伟的场面，也没有描写惊心动魄的事件，然而我们读了或听了却很受感动。例如有一首流传极广的民歌：

姐家门前一棵槐，

---

[1] 刘鹏：《谈新情歌》，《民间文学》1960年1月号。

手攀槐树望郎来。

娘问女儿望什么，

我望槐花几时开？

这首民歌的主题很单纯，内容简单，语言朴实无华，惟妙惟肖地刻画了一个恋人的内心世界和外在环境。在过去人吃人的阶级社会里，妇女是处在最悲惨、最不幸的地位的牺牲者。她们终日被关在家里而不得出入三门四户，甚至看人都不敢正视，怎么能叫她们公开地对自己所爱的男子表露爱慕之情呢？可是她们那种青春的火焰在内心燃烧，使她们思索焦虑、辗转不安，白日不餐、夜间不眠。她们不能不唱，可是又不能直率地说出来，只是迂回曲折地暗示。明明是在望情郎，在母亲的追问之下，却说在望"槐花几时开"。无论什么力量也压抑不住她们内心的激情，她们的歌声从未停止过，从未间断过，而是低吟浅唱，此起彼伏，那么深情，那么动人！

歌谣作为人们世界观的艺术的反映，真实地描述了劳动青年的恋爱观，选择爱人的标准，表现了他们的真挚、纯洁的爱情生活。由于篇幅的限制，在这里仅将表现真挚的爱情的歌谣加以分析。请读：

塔里木河水在奔腾，

孤雁飞绕在天空，

黄昏时不见你的身影，

从黑夜等你到天明。

那羊儿睡在草中，

那山谷闪着孤灯，

我的姑娘啊，

从黑夜等你到天明。（新疆）

这首歌谣从侧面通过爱情生活中的一件事情表现了爱情的炽烈与专一。我们从作品中看到，男主角等爱人赴约会从黑夜等到天明的焦急心情；塔里木的河水在喧嚣奔腾，草原上的羊儿都入睡了，这时空中的孤雁，山谷中的孤灯，都引起他莫名的思情。但是主人公坚信爱人是会到来的，所以即使等到天明也要等待她。

情歌中还有相当数量的歌只写了爱情生活中的一点，或只是对爱人的俊俏的赞美，或只是对一次幽会的叙写,或只是对爱人思念的抒发。这些歌谣的价值何在呢? 有的人说:这些情歌只是单纯的男女情思的表白,其内容比较狭窄,从中看不到更多的生活内容。

情歌作为抒情歌谣的一种,不仅允许作者写出直接的政治见解,而且允许作者写出对事物的一点感受,只要是积极的、向上的、向前发展的、健康的,便是有价值的。我们举例来看:

> 山间里的溪水啊,
>
> 清又亮,
>
> 姑娘啊——
>
> 没有你的眼睛好看!
>
> 我要说给你话啊,
>
> 又多又长,
>
> 像山间的溪水一样,
>
> 流也流不完。(傣族)

这首歌,是对爱人的赞美和夸奖,爱人的眼睛比山间的溪水还光亮,还好看;又通过对爱人的赞美,倾吐出自己对她的爱慕之情。这里表现的劳动人民的感情是健康的感情,高尚的情操。合乎劳动人民的美学观点和道德标准的东西,自然是会受到劳动人民的欢迎的。

1961年4月17日

本文原载于《山东文学》1961年8月号。

秦越之风 江汉之化

道教名山武当山, 古代也叫太和山, 在湖北省西北部丹江口市境内, 汉江上游南岸。地处武当山西北麓皱褶里的一些山村, 由于崇巫淫祀的楚俗传统的浸润, "劲质而多怼, 峭急而多露"(袁宏道语)的叙事传统的影响, 以及关山阻隔信息不畅而长期处在封闭的状态之中等原因, 保存下来了相当丰富的地域特色浓厚的传统民间文艺。多年来, 基层文化工作者和民间文学工作者在这里收集采录的多部长篇民间叙事诗, 证实了一个学界早就提出的大胆假设: 秦岭以南、汉水以北的鄂西北地区, 是一块蕴藏着丰饶的民间文学资源和民间叙事长诗的宝库。

早在20世纪50年代, 进入武汉的部队文艺工作者宋祖立、吕庆庚在崇阳、蒲圻一带做民间文艺调查时搜集记录了《双合莲》和《钟九闹糟》两部口头流传的长篇民间叙事诗, 被学界认为是继东汉乐府《孔雀东南飞》之后, 汉民族民间叙事诗在现代的新发现。"文革"后, 我国进入了改革开放的新时期, 从1983年起, 中国民间文艺研究会湖北分会在全省开展民间文学普查, 采取征集的办法, 在全省范围内征集到民间叙事长诗500多部。除了已经编印出来的一些单行本外, 他们还仿照清代学者董康编著《曲海总目提要》(同治七年, 1868年)的体例, 编印了一部《湖北民间叙事长诗唱本总目提要》(第1集, 1986年), 其中收录了42部长诗的提要。[①]在这次调查中, 丹江口市十里坪镇文化站站长李征康先生从六里坪蔬菜大队农民张广生口述中记录了《书中书》; 神农架文化馆的胡崇峻先生搜集记录了《黑暗传》, 后者由湖北省民协于1985年把搜集到的8份正式资料合为一集以《神农架〈黑暗传〉原始版本汇编》为题内部编印出版。我的朋友, 当年担任中国民间文艺研究会湖北分会秘

---

① 中国民间文艺研究会湖北分会编:《湖北民间叙事长诗唱本总目提要》, 武汉: 中国民间文艺研究会湖北分会, 1986年。500部长诗这一统计数字, 见该书的"前言"。

书长职务的诗人兼民间文学家李继尧，为中国民间文学事业所做的这件大好事，将永载学术的史册。

　　1999年的夏天，李征康在发现了故事村伍家沟之后，继续潜心于当地民间文学的搜集工作，在坐落于武当山后山的官山镇吕家河村，从歌手们的口头演唱中记录了1500首短歌和15部民间长篇叙事诗。他打电话给我，我听到这个消息后，真有点儿喜不自胜。同年的9月，我接到了十堰市所属丹江口市委召开"中国武当民歌学术研讨会"的邀请，远赴武当山下的武当宾馆出席会议，会后又到吕家河村去参观，并走访了他所发现和采访过的那些乡村歌手们，在队部的院子里听他们唱歌，到"歌王"姚启华的家里用餐。在这个山峦环抱的小村子里，只有182户749口人，竟有85位能唱2个小时民歌的歌手，还有4人能唱千首以上的民歌！真是不可想象！至于对吕家河村民歌的更深的了解，大半来自于李征康提交会议的那篇论文《吕家河村民歌概述》。[①]我在学术会议上的发言，重点放在了在这个村子里记录下的长篇叙事诗，后来把发言的意思写在了为李征康和屈崇丽主编的《武当山吕家河村民歌集》一书写的序言中。为了方便，把有关长篇叙事诗的一段引在下面：

　　　　我对李征康在吕家河村记录的15部长诗特别感到兴趣。在会上发言时，我着重就这个问题说过一些粗浅的见解。我重提胡适先生当年的一个著名论点："故事诗（Epic）在中国起来得很迟，这是世界文学史上一个很少见的现象。要解释这个现象，却也不容易。我想，也许是中国古代民族的文学确是仅有风谣与祀神歌，而没有长篇的故事诗，也许是古代本有故事诗，而因为文字的困难，不曾有记录，故不得流传于后代；所流传的仅有短篇的抒情诗。这二说之中，我却倾向于前一说。'三百篇'中如《大雅》之《生民》，如《商颂》之《玄鸟》，都是很可以作故事诗的题目，然而终于没有故事诗的出来。可见古代的中国民族是一种朴实而不富于想象力的民族。他们生在温带与寒带之间，天然的供给远没有南方民族的丰厚，他们须要时时对天然奋斗，不能像热带民族那样懒洋洋地睡在棕榈树下白日见鬼，白昼做梦。所以'三百篇'里竟没有神话的遗迹。所有的一点点神话如《生民》《玄鸟》的'感生'故事，其中的人物不过是祖宗与上帝而已（《商颂》作于周时，《玄鸟》的神话似是受

[①] 李征康的论文后易题为《吕家河——"中国汉族民歌第一村"概述》，收录于李征康、屈崇丽主编《武当山吕家河村民歌集》（学苑出版社，2003年）一书中。

了姜嫄故事的影响以后仿作的)。所以我们很可以说中国古代民族没有故事诗,仅有简单的祀神歌与风谣而已。"①对于胡适先生的这个论断,我们大可怀疑。在许多少数民族中流传的史诗和叙事诗姑且不谈,近50年来,我国民间文学工作者至少在鄂西北和江南吴语地区两个汉族地区相继搜集到了数量不少的长篇叙事诗。……这说明,汉民族不是不富有叙事传统,而是没有搜集起来,任其自生自灭,在传承中失传了。如今又在武当山下的吕家河村搜集记录了15部长篇叙事诗,怎能不叫我高兴呢。这15部长诗固然不一定每部都是佳作,都有较高的认识价值和艺术审美价值,但同样我也确信,其中必有好诗在,它们无疑丰富了我国民间叙事文学的宝库。这个事实证明了胡适先生早年提出的那个结论或假设,是证据不足的,应予修正,中国文学史也应该改写。

的确,这些流传在武当山周围汉民族聚居区的长篇民间叙事诗的被发现和部分地被采录下来,以及此前已在鄂西北的另外一些地区、长江三角洲一带的吴语地区记录下来的一些长篇叙事诗,不仅极大地丰富了中国文学史,也改写了中国文学史。其在中国文化史上的意义是很大的。

此后未久,北京大学中文系的陈连山教授便率领他的研究生到吕家河采风,他们被这里的悠久的民歌传统和鲜活的演唱活动所吸引,于是在这个被学界称为"汉族民歌第一村"的山村建立了教学研究基地。他还著文宣传和评价发现吕家河民歌村的学术意义。10年来,他和他的学生每到暑假几乎都要到官山镇所属的吕家河及附近村子里去做民间文学的调查访问、采录搜集,他们在当地发现了许多民歌能手,搜集记录了大量的各类民歌,包括叙事长诗和各种老唱本。他把当地学者李征康搜集记录的和他与学生们搜集记录的长篇民间叙事诗收拢在一起,编为一集,精为校勘,尽其可能地作了注释,改正了许多错别字。他所编纂校勘的这部民间叙事长诗集,汇聚了武当山周围地区、主要是南神道一带众多民间文化精英们吟唱的长篇叙事诗,最近终于脱稿了。他提议要我为这部书写一篇序言。对他的提议,我深感惶恐,虽然我在10多年前造访过官山镇和吕家河,聆听过那些朴素的山民歌手们忘情的咏唱,也写过一点相关的文字,但毕竟没有用心地研究过。

粗略地浏览《武当山南神道民间叙事诗集》所选的32篇民间叙事诗,其来源和内容是

---

① 胡适:《白话文学史》,上海:新月书店,1928年,第75—76页。

很复杂的, 功能也是不同的(吕家河的民众自己有 "阳歌" 与 "阴歌" 之分), 需要做认真的考辨和研究。就内容和题材而言, 既有讲述天地混沌宇宙初创的, 咏唱三皇五帝演绎史事传说的, 宣传道教或佛教世界观的(大概与张三丰创立的三丰派, 主张三教合一, 修己利人, 崇奉真武有关), 更多的则是取材于世俗生活的。据我在演唱现场观察, 这些长篇叙事诗, 不是文学史上被称为 "徒歌" 的那种诗歌, 亦即没有伴奏只能朗诵的诗歌, 而是唱者在小鼓、小锣、小钹等乐器伴奏下吟唱的。在当地作过调查的四川音乐学院的教授蒲亨强说, 吕家河的民歌的曲调, 是长江流域民间音乐与黄河流域民间音乐风格的奇妙融合, 除了一部分是土生土长的土著文化外, 大都是渊源有自的, 要么来自于江南小调, 要么来自于中原地区, 它们在当地有了几百年的融合和传播历史。在判断文化移动问题时, 曲调也许比文本更显示出重要性。我在阅读这些作品的文本记录稿时, 也发现其中许多情节, 特别是地名、字句, 依稀透露着它们发生的祖源地的某些信息。如《孟姜女寻夫》中说, 孟姜女是 "家住江南松江府, 华亭县内有家门", "苏州有个万杞梁", 而这篇长诗的演唱者, 官山镇田畈村的范世喜, 据湖北汽车工业学院《武当山范氏口传文学家族研究》课题组徐永安、屈崇丽在《范氏家族调查报告》中记载, 在范氏家族的老屋院祖坟中发现的一块咸丰年间的墓碑, 上面刻有 "……祖原河南南阳府邓州城南乡顺流里刘家桥人氏。自乾帝初年, 曾祖时卜居湖北襄阳府均州城九道河楼庄, 迄今人经数代", 并由此认定, 范姓家族于清乾隆元年即1736年迁到此地。[①]如此说来, 说范世喜所吟唱的这部孟姜女故事的长诗, 带有河南南阳或中原文化的印记或影子, 也许并非是不可信的吧。这种情况再次提醒我们, 我们有理由相信, 吕家河以及武当山南神道一带流传的这些叙事长诗, 很有可能是当年修建武当山道教宫观时各地民工们从各自的热土带来, 而后在一种相对封闭的环境里口传心授传承至今的。1999年在武当山下召开的那次学术会议上我提出的这个未经充分证实的假设, 如今已为当地的一些学者所进行的调查研究证实了。

　　明朝朱棣夺取政权后, 极力推崇真武, 扶持武当道教, 广建武当道场。自永乐十年(1412)道录司右正一孙碧云受命勘测设计遇真宫、紫霄宫、五龙宫、南岩宫, 7月动工, 主体

---

① 徐永安、屈崇丽主编:《一个口传文学家族——武当山田畈村范氏家族的调查研究》, 武汉: 长江文艺出版社, 2003 年, 第3页。

工程于永乐十七年(1419)完工,附属工程于永乐二十一年(1423)完工,前后凡11年,整个工程及后勤役用人员达30万之巨。这些来自全国各地的民工,在工程告竣后,就地落户。[①]现在官山镇所在的武当山后山地区,当年承担着武当山宫观生活和工程的物资供应及后勤保障任务。现在的五龙庄、新楼庄,就是当年专为五龙宫、新楼观提供物资并因此而得名的。后山区域还是工匠们轮流休养的地方,故而青楼业在当年一度颇为发达。除了武当山宫观的建设者外,永乐十五年(1417),朝廷还将犯人王文政等统共550户差送到武当山。五方杂处,移民汇聚,讲故事和唱民歌,成为当时的一种娱乐方式。[②]清同治《郧阳志·风俗》:"旧志谓:陕西之民四,江西之民三,山东河南北之民一,土著之民二;今则四川、江南、山西亦多入籍,亲戚族党,因缘踵至,聚族于斯。语言称谓,仍操土音,气尚又各以其俗为俗矣。"大量移民所带来的本土文化,在原本地广人稀的鄂西北武当地区,与当地的土著文化相汇聚、相交融,形成了"俗陶秦越之风,人渐江汉之化"的文化风貌和文化特色,而堪为代表的,乃是这些深藏于民间而今依然鲜活地流传在民众口头上的民歌和长诗。

李征康在前单枪匹马、陈连山在后率领学生,在丹江口的官山镇一带若干山村里所作的调查和搜集记录的这些民间叙事长诗,经过连山的精心编辑校勘,就要正式出版了。它的出版,不仅填补了湖北省民间文学分布图,同样也是中国民间文学分布图上的一块大大的空白,也在中国文学史和民间文学史上添加上了浓重的一笔。连山的调查报告式的绪论,以学者的缜密思维和独到见地统领全书,使这本选集闪耀着民间文学学理的光辉。这是我久已期待的。

2008年5月25日于北京

本文系为陈连山、李正康编《武当山南神道民间叙事诗集》(长江出版社,2009年7月)写的序言;发表于《文艺报》2010年11月10日。

---

① 武当山志编纂委员会编:《武当山志》,北京:新华出版社,1994年,第123页。
② 参阅徐永安、屈崇丽主编:《一个口传文学家族——武当山田畈村范氏家族的调查研究》,武汉:长江文艺出版社,2003年,第11—12页。

伊玛堪——珍贵的文学遗产

　　闻名已久的赫哲族最重要的民族文学遗产——《伊玛堪》就要正式出版了。它的问世，不仅对赫哲族的文化建设来说是一件大事，而且在中华民族文化史上，也有着重要的意义。

　　赫哲族世居祖国东北部的三江（黑龙江、松花江、乌苏里江）平原和完达山一带，是我国北方唯一以捕鱼为主要生产方式和使用狗拉雪橇的民族。历史上该民族曾因穿鱼皮衣和使犬，被称为"鱼皮部"和"使犬部"。20世纪30年代，民族学家凌纯声先生曾到赫哲族做民族调查，出版过一本题为《松花江下游的赫哲族》的厚厚的著作，全面介绍了赫哲族的历史、文化、民俗和艺术，使这个神秘莫测、人口很少的民族早就广泛地为世界所知。在中华人民共和国成立前夕，赫哲族处于原始氏族公社刚刚解体的社会阶段，生产力低下，社会发展十分缓慢。中华人民共和国成立后，赫哲族的社会性质发生了根本性的转变，一跃而跨入了社会主义。正是这个在祖国大家庭中人口极少，有自己的语言而无文字，在中华人民共和国成立前生产方式和生产力发展水平十分低下的民族，孕育了极其丰富的原始艺术宝藏和灿烂的文化传统。《伊玛堪》就是赫哲族优秀传统文化中最重要的代表作品。

　　伊玛堪是赫哲族独有的一种口耳相授、世代传承的古老口头文学样式。伊玛堪的篇幅一般较长（就现在已经采录下来的来看，汉译文最长者不少于15万汉字），容量较大，运用民族史诗惯用的"夹叙夹议"的叙事方式，以部落之间的征战和部落联盟的形成等史事为题材，赞颂了部落英雄的功业。学术界一般认为伊玛堪是赫哲族的民族英雄史诗或尚未发展成熟的英雄史诗的英雄叙事诗。近年来，有学者对"史诗说"提出了异议，认为伊玛堪的内容虽然具有强烈的英雄性，"但却十分缺乏历史性，更缺乏行动的民族规模"，其中的英雄更多地带有浓厚的神话色彩，缺乏社会人的个性，因而不能认为是英雄史诗，只能是说唱文学。这种讨论是十分有益的。与已经定型的一些世界著名民族史诗相比较，赫哲族的伊玛堪确也有着与其不同的独特性，最明显的就是神话色彩和巫术色彩的浓重。但伊玛堪毕竟具备了英雄史诗的某些重要特征, 似乎也是无可辩驳的事实。

作为一种流传了几百年、上千年的古老口头文学形式, 伊玛堪并不是在某一个时代陡然形成的, 而是长期历史发展的产物。赫哲族历史上所经历过的不同时代的社会历史文化风貌, 无不在伊玛堪中留下了自己或深或浅的印记。伊玛堪可以称得上是赫哲民族的历史、宗教、文化、科学、传统、知识的总汇。

伊玛堪的篇幅较长, 内容丰富, 结构复杂, 人物繁多, 风格独特, 能够完整地讲唱伊玛堪的, 一般都是些强记博闻、阅历广泛、知识丰富而又具有诗人的创作才能的讲唱人。赫哲人把这些专门讲唱者叫作 "伊玛卡乞玛发"。他们很像是古希腊罗马史诗的 "行吟诗人"。所不同的是, 赫哲族的社会分工还没有能够使他们成为独立的 "行吟" 者, 他们只是劳动之余, 在村屯、猎场、网滩、船上等公众场合里向本民族的成员讲唱。一代一代的讲唱人, 不仅把结构宏阔、内容复杂的伊玛堪传承下来, 而且不断推陈出新, 有所创造。特别是对不同的英雄人物的刻画和那些动人心弦的抒情唱段的创作, 都渗透着讲唱者独具的心灵体验和智慧。因此, 他们既是传承者, 又是创作者——诗人。

可以想象, 古往今来的赫哲人在一定的场合下聚精会神地聆听 "伊玛卡乞玛发" 讲唱伊玛堪的故事时, 他们是把其中展开的一桩桩波澜壮阔的事件, 当成自己民族或部落的一段历史来看待, 把其中所描写的英雄人物当作民族的或部落的英雄, 把渗透在作品中的萨满信仰当作神圣的信仰, 把人物之间的道德 (知恩必报、忠义等) 当作做人的道德规范, 而不是随便听听的 "闲篇" 的。我们今天的读者大可不必把伊玛堪里所述的事件当成赫哲族的历史来读, 但这些从历史的深处产生的文学作品, 毕竟有着无法挥去的历史的影子。历史学家们尽可以根据作品中所提供的历史画面, 去探讨赫哲族的历史上是否出现过原始的军事民主制等重大问题, 但作为读者却分明可以从作品的浓重的宗教氛围中, 欣赏到通过部落之间的战争、掠夺、仇杀、和亲等手段而达到建立部落联盟的历史画面。

血亲复仇和争夺俘虏, 在原始社会往往成为氏族部落之间发生战争和仇杀的重要契机。在伊玛堪有关战争情节的描写中, 一幅幅活生生的画面告诉我们, 血缘是怎样成为部落得以形成和巩固的有力纽带的, 而血亲复仇又怎样把两个相距遥远的部落推进厮杀的深渊。在战争中被打败的部落 (霍通), 被强令合并到胜利者的部落中去, 他们的村落被付之一炬, 整个部落举家迁移, 长途跋涉迁往征服者的住地, 组成一个新的强盛的大部落

（部落联盟）。于是，在一个最高的头领（所向无敌的英雄）领导之下，由几个"额真"（既是部落首领、又是军事首领）分别管理几个分散的"霍通"——小部落的新格局，终于形成了。在伊玛堪中，远征的莫日根——英雄，往往就是部落的首领，当他征服一个部落或与一个部落和亲之后，便从这个"外"部落中找一位"德都"来做自己的妻子。这些外部落的"德都"一般都是外部落"额真"的妹妹，有一定的社会地位，又具有萨满的神力，她的到来，使得两个部落间建立起一种联盟的关系。这些来自异部落的女子，成为征服者莫日根的妻子后，虽然与拥有巨大权力的母权时代的妇女已经有所不同，但母权制的残余在她们身上也还时有表现，她们仍然操有相当大的权力。特别明显的是，她们还保留着萨满的身份和神力，在丈夫与敌方搏斗的关键时刻，能够变成神通广大的"阔力"（萨满教中被崇拜的图腾神鹰），来给他助战。

对赫哲族原始社会状况的反映，还表现在对战争背景的描写上。作为背景，原始氏族公社制度虽然还在某一等级上保留着平均分配生活必需品的残余，我们也还可以看到，在造船、渔猎、缝制皮衣、制造和使用弓箭等方面的原始物质文明的模糊画面，但十分清晰的是，在几乎每个写到的部落中，都出现了贫富的分化和奴隶与奴隶主的对立，原始氏族公社显然正在呈现出无可挽回的解体的历史趋势。

伊玛堪是一种特殊的传统文学体裁，其特殊性就在于所有的内容和情节结构都是围绕着为在远征中建功立业的部落（民族）莫日根立传。因而英雄性和传记性就成为伊玛堪一个突出的特点。主人公莫日根是伊玛堪作者竭尽全副笔墨，用叠垒的方法歌颂的英雄。这种英雄，或有神奇的出生，或童年时代有一段苦难的遭遇（如《满都莫日根》中的主人公满都莫日根幼时因遇怪物而变疯子；《夏留秋莫日根》中的香草是一个民间作品中常见的"弃子英雄"，父母将其弃于江水之中，后被雅堪德都收养），在这种非凡的遭遇中得到锻炼，同时受到神灵的帮助或点化，而最终成为征服一个个强敌、统一各部落为一个部落联盟、叱咤风云的英雄或王者。一般说来，伊玛堪作品情节的演进，只沿着唯一的一条线索发展，这就是莫日根为拯救被异族部落虏获的父母而远征西方部落的进军步骤。为拯救父母而战，在伊玛堪中是作为血族战争的象征而出现的相对固定的情节模式。通过与进军路途上所遇到的一个个异部落的额真的搏斗的最终取胜，来展现莫日根的膂力过人、英勇无敌的英雄本色和性格特征。由于异部落的额真也都是些号称无敌天下的莫日根，也都有超人的本领, 所以战胜他们就愈加显得远征者的卓尔不凡。大多数远征的莫日根, 都是些懂得韬略、讲究义气的英雄好汉。他们不仅善于在途中与异部落的友善的额真讲和休战、结拜兄弟, 建立起远征的同盟军, 而且在与敌手搏斗时也都能够借助神力呼风唤雨, 或呼唤自己的护身符 "萨日卡" 使自己增加力量, 或变幻形体 (《马尔托莫日根》中的米亚特变成蜂子飞进阔乌如莫日根的霍通;《夏留秋莫日根》中的主人公夏留秋变成一个又瘸又瞎的老玛发) 与真正的仇敌厮杀。在作者笔下, 英雄也有失利甚至被对方置之死地的时候, 这大半发生在他们不听自己的妻子 "德都" 规劝的时候。《木都力莫日根》中的主人公木都力莫日根, 在同敌手勒口莫日根搏斗时, 就曾被对手用暗箭射死, 后来争根德都用萨满神力把他的灵魂救回, 使之复生。《马尔托莫日根》中的主人公马尔托, 也曾在搏斗中被泰洛如莫日根用暗器所伤。但最终的胜利者, 总是那出征的英雄。征服者莫日根完成远征之日, 就是吞并战败的部落, 掳走战败部落的人口和财产, 建立起一个更大的部落联盟之时。部落联盟, 这个新的体制, 在血的厮杀中宣告诞生了。

伊玛堪中的妇女形象, 主要是那些作为莫日根妻子的德都们的形象, 特别引人注目。满都的妻子贺妮、莫尼、黛勒, 香叟的妻子赫金, 马尔托的妻子伊切、伊勤, 阿格弟的妻子黑斤、伊切、芒根、松斤, 木都力的妻子争根、图丹、达勒珲德都, 她们不仅有着美丽的外貌, 而且有着善良的内心。她们对敌嫉恶如仇, 唯其嫉恶如仇, 她们才更加显示了自身的美和善。在每一部作品中, 莫日根的妻子德都, 差不多都是美丽、善良和正义的化身。她们一会儿是光彩照人、秀色可餐的美女, 一会儿便幻化成空中的 "乌赫莎力" "阔力", 上天入地, 来无影去无踪, 为远征的丈夫侦察敌情, 劝说丈夫与遇到的敌手讲和, 需要时便来助战, 用坚硬的长喙猛冲下来致敌于死命。她们原本是现实中的人, 这时她们更多地带有了图腾神的神秘色彩。她们个个是神通广大的女萨满, 她们有自己的 "斯翁" 保护, 具有呼风唤雨甚至 "过阴" 救生的高强本领。《阿格弟莫日根》中的黑斤德都, 是一个美丽绝伦、聪明睿智、法力无边的女子, 阿格弟在完成了3次 "难题考验" 之后才与她结为夫妻。她多次在阿格弟危难之时帮助丈夫脱险: 阿格弟暴死后, 是她亲赴阴间地府拯救阿格弟的灵魂; 是她用桦树皮给阿格弟剪成马的形状, 吹了一口法气, 马变活了, 阿格弟便骑着这匹马出征。这些英雄的妻子们, 总是在丈夫最需要的时候突然出现在眼前, 帮助远征的丈夫打败强敌, 完成超人的使命。值得注意的是, 这些半人半神的女人的身上, 都笼罩着一层浓重的萨满信仰文化的迷雾，只要抹掉这一层迷雾，就能把她们还原为一个普通的、现实的、有血有肉的女人和妻子。

赫哲族过去是一个信仰萨满教的民族。萨满信仰是一种原始的多神信仰，并形成了自己的一套观念和行为。在其发展中，也掺杂进了汉民族后期宗教信仰（如道教中的阎王）的一些因素。萨满教的观念和行为，渗透在赫哲人的日常生活的每一个角落，伊玛堪也不例外。萨满信仰的观念，弥漫在伊玛堪的每一个情节中和人物身上。因此，萨满信仰自然也就成了解开赫哲族伊玛堪的神秘性的一把钥匙。在伊玛堪中，我们可以看到，萨满是一种说不清道不明的虚幻的神力，它存在于无所不在的空间，附着于人的身体和自然物之中，特别是附着于女人身上，使她们具有了非人和超人的能力。每当远征的莫日根依靠自己的力量无法决胜时，便有萨满神力为其发挥能量提供广大的空间。不是自己的妻子，某个德都变成的"阔力"从天而降来解难，就是本领高强的大萨满某某老玛玛暗中使出神力，扭转局势，转危为安。在《夏留秋莫日根》中，夏留秋在与长出15个脑袋的脱不空搏斗时，是他的妻子巴尔尊告诉他脱不空的本命星琉璃蛋的所在；在与台也鲁力决战时，是他的另一个妻子文金德都变成大萨满，骗出了后者的本命星，他才得以最终取胜的。在伊玛堪中，每一个人都崇拜萨满的神力，每一个人也都有自己的萨满。这是历史遗留下来的印记，关键在于我们要动脑筋、作分析，在这里我要指出的是，有的伊玛堪作品中萨满文化的因素较为浓重，有的作品则相对地淡薄，不能一概而论。只要仔细品味，不难发现，在伊玛堪的篇章中，作为神灵的萨满，常常是为了制服敌人和惩治邪恶势力时才登场的，是为一定的伦理道德观念服务的。

据调查，赫哲族的伊玛堪蕴藏量总数为40部左右。[1]20世纪30年代凌纯声在赫哲族进行民族调查时搜集到了第一批伊玛堪文本，开了赫哲族伊玛堪搜集工作的先河。50年代以来，在党和政府以及有关专业机构的领导下，由本民族和汉族的专家参加，先后有组织地进行了多次调查采录，至今完整地采录、翻译出来的有10部之多。[2]由于赫哲族生活方式和生产方式的转换，社会变迁很快、很大，多数老"伊玛卡乞玛发"自然死亡，年轻一辈后继乏人，讲唱伊玛堪的传统正面临着中断的危险。因此，已经搜集起来的这些优秀伊玛

---

① 参阅联合调查组马名超执笔：《赫哲族伊玛堪调查报告》，《黑龙江民间文学》1981年第2期。
② 参阅徐昌翰、黄任远：《赫哲族文学》，哈尔滨：北方文艺出版社，1991年。

堪作品，就成为赫哲族民族传统文化的绝唱，愈加显得弥足珍贵了。

　　黑龙江省民间文艺家协会的几代同仁，过去在组织搜集、采录、整理和翻译赫哲族的文学遗产伊玛堪的工作中，脚踏实地而默默无闻地做出了很大的贡献。现在他们又从已经翻译成汉语的伊玛堪中，遴选出10余部优秀的作品，汇编成集出版。摆在读者面前的将是一部脍炙人口的文学读物，中国多民族的文学史上，也将因此而又添写上新的篇章。他们为赫哲族的文化事业所做的奉献，学界和广大读者都是不会忘记的，他们的辛劳将永载史册！

1996年4月14日于北京

【附记】1996年3月底，黑龙江省民间文艺家协会的秘书长李路来北京，从北京火车站下车就直奔我家里来。他手中提着一大包伊玛堪的校样，告诉我，他向省里申请了出版补贴，决心要出版被搁置了多年的赫哲族叙事诗"伊玛堪"，要我为之写一篇序言。我答应了他的提议，写成了这篇序言，并交付《文艺报》的编者，于1996年9月6日发表了。由他编辑、载有拙序的《伊玛堪》（上下两册），也分别于1997年3月和1998年12月由黑龙江人民出版社出版。李路有一个宏愿，要陆续编纂出版黑龙江流域各少数民族的长篇叙事诗，而《伊玛堪》不过是这个庞大计划的第一部，没有想到的是，正值壮年的李路却突然因心脏病暴发于2002年逝世了。我听到这个噩耗，不胜悲痛和惋惜！我最初认识李路是1992年6月在镜泊湖召开的北方民俗文化研讨会上，李路原是《文艺评论》杂志编辑部的文学评论编辑，刚调到省民协来不久，因此，我们一见如故。散会后，他陪同我去牡丹江市的书店里逛，陪我坐在小饭馆里聊天。从他的谈话里，我知道了他的身世，他的父母原来都是老文艺工作者，还是大名鼎鼎的北京人艺的演员，20世纪60年代"阶级斗争天天讲"的时代，被发配到了黑龙江，于是落根于那里。后来，我们不断有书信来往，他每次来北京办事，总是到我家里来见面、叙谈，谈他的妻子下海经商的艰难，谈他女儿的病情和治疗的经过，我们成了莫逆之交。现在重新翻阅这篇旧作，睹物思人，就以此作为我对李路的永久的纪念吧。

2003年8月23日

本文原载于《文艺报》1996年9月6日；收录于黑龙江省民间文艺家协会选编《伊玛堪》（上下），黑龙江人民出版社，上卷1997年3月，下卷1998年2月。

灯谜说略

　　灯谜是一种篇幅短小的文学形式，是谜语家族中的独立一支。谜语由两大部类组成：一为民间谜语，俗称"猜谜"，为广大社会成员所创作（一般为口头创作和传承）和享用；一为灯谜，为文人雅士所创作（一般是书写在纸上并贴在灯笼上）和享用。

　　谜语源于古代属臣对帝王的讽谏而又不敢直言时的需要，往往用一些把真意隐藏起来的故事或典故以启发或喻示当权者，这种被史书称为"隐"的故事，就是现在我们所说的谜语。《春秋左传》里有一个常被引用的著名例子。《宣公十二年》："楚子伐萧……遂傅于萧。还无社与司马卯言：号申叔展。叔展曰：'有麦麴乎？'曰：'无。''有山鞠穷乎？'曰：'无。''河鱼腹疾，奈何？'曰：'目于眢井而拯之！''若为茅绖，哭井则已。'"杜预注云："麦麴、鞠穷，所以御湿。欲使无社逃泥水中。无社不解，故曰'无'，军中不敢正言，故谬语。"这段故事所表达的隐语，被学者们称为是谜语的雏形。在其发展流变中，谜语在不同的时代，有不同的称谓；而这些不同的称谓，也体现出其时代的特点或体裁功能的演变。春秋战国时代称"隐"（或"隐语"，又称"廋辞"），两汉称"射覆语"，唐代称"风人体"，近古至现代则称"商谜""文虎""灯虎""虎"等。"谜语"这个词，出现得较晚。刘勰在《文心雕龙》里认为："自魏代以来，颇非俳优，而君子嘲隐，化为谜语。"他认定谜语作为专有名词是在魏代出现并得到公认的。

　　灯谜之说，何时出现，尚未见到为学术界公认的确证。比较不同来源的记载和研究成果，相信始见于宋明之间。南宋孟元老《东京梦华录》曰："杂技有刘百禽弄虫蚁；霍伯丑商谜；张山人说诨话，皆当时一种游戏之事。商谜者，一人为隐语，一人猜之，以为笑乐。杂剧中往往有之。"商谜的"商"字，不是商业的商，而是商榷的意思。认为商业的兴起导致了商谜的出现，是一种误解。由于《东京梦华录》是一本作者根据对前朝北宋京都岁时民俗的回忆而写成的书，从作者的记述中可以看出，在北宋时，已出现了"商谜"这个称谓，而从他对商谜的描述中，又可以看到，其娱乐成分已经大为强化了。又南宋周密《武林旧事·灯品》载："有以绢灯剪写诗词，时寓讥笑，及画人物，藏头隐语，及旧京诨语，戏弄行人。""剪写诗词"，即诗谜和诗虎；"藏头隐语"，即谜语，均属灯谜之列。明刘侗、于奕正合著《帝京景物略》载："灯市有以诗影物幌于寺观之壁，名之曰商灯。"在此，人们商猜之谜，已经贴在了灯上。学者认为，此乃灯谜之滥觞。①此后，《西湖游览志余·委巷丛谈》有云："杭人元夕多以此为猜灯，任人商略。"《两般秋雨庵随笔》有云："今人以隐语黏于灯上，曰灯谜，亦曰灯虎。"在"商灯""春灯""灯虎""文虎"等诸多名称中，"灯谜"这个为我们今日还在沿用的称谓，便在文献中正式登场了。

关于谜语的起源，是研究谜语的人都无法回避的，过去有人持"游戏说"，有人持"心理说"。在这篇小文章里，我们不可能探讨这个发生学上的大问题。但笔者要说的是，讨论谜语的起源，首先要考察它的社会功能，社会功能往往决定着它是否发生和何时发生。谜语的功能，在其早期阶段，主要表现为"兴治济身"和"弼违晓惑"（刘勰《文心雕龙·谐隐》）；在其后期发展中，则益智和娱乐的功能逐渐突显。从在文化史上的地位和作用来说，中华传统文化是由上层文化和下层文化组成的，而谜语则跨越在两种文化之间，因而它成为整合两种文化的重要角色。所以说谜语跨越两种文化之间，是因为：一方面，民间谜语从对民众世界观的反映、流传的群体，到传承的方式，主要是与下层社会及其成员的观念、信仰以及生活方式相适应的；另一方面，灯谜虽然也受到下层民众的喜爱和欢迎，但主要的群体依托却是知识阶层，其创作方式也与知识阶层的书写方式相适应。因此，谜语虽然身为民间文艺，却天然地担当着沟通上层文化与下层文化的桥梁的角色。

灯谜从其滥觞之日起，就与一定的民俗节日或民俗活动相联系；没有一定的民俗节日和民俗活动作为诱发因素和载体，灯谜恐怕也难以出现，即使被创作出来，也难有后来的那样规模的发展和繁荣。这一点，常常被过去的研究者所忽视。因有民俗节日和民俗活动作依托，灯谜活动才能应运而生、才能如火如荼地发展。民俗节日，如元宵节。研究者认为，自宋代起，制灯谜和猜灯谜已成为元宵节的必备节目之一②，清代以来直至现在，此项

---

① 以上引文及论述，参阅杨汝泉编：《谜语之研究》，天津：大公报社，1934年，第14页。
② 王秋桂：《元宵节补考》，《民俗曲艺》第65期，1990年。

活动十分盛行。这一点，清代出版的许多地方民俗志，特别是吴越地区的民俗志，有相当完备的记载。清代钱谦益《牧斋初学集·癸亥元夕宿汶上》有句："猜残灯谜无人解，何处平添两鬓丝。"写出了汶上元宵节灯谜活动之盛况，以及制谜者水平之高超：一些灯谜竟使猜谜者平添了白发也没有破解。民俗活动，如友人聚会。但友人聚会之灯谜，一般是没有灯笼可作依托的文虎或诗虎（谜）或哑谜。元曲《西厢记》："老夫人转关儿没定夺，哑谜儿怎猜破；黑阁落甜话儿将人和，请将来着人不快活。"（第二本第三折）这里的"哑谜儿"就是没有写出来的灯谜。《红楼梦》第22回《听曲文宝玉悟禅机 制灯谜贾政悲谶语》里绘声绘色地描写了贾母召集贾政、宝玉、王夫人、宝钗、黛玉、湘云等相关人等制作和猜射灯谜以取乐的场景，也是灯谜制作与一定范围的民俗活动相关联的珍贵史料。由于灯谜附着于民俗节日和民俗活动，因而具有群体性和娱乐性。这是灯谜的一个重要的特点。当今之世，往昔那种将灯谜写出来贴在或挂在春灯上的娱乐传统，依然随处可见，但有的也不一定贴在或挂在灯上，而是悬于室内或室外，向人们问难、供人们猜想。《红楼梦》里还写了一种方法，即将灯谜写在纸上，送达其他相关人士，令其商猜，然后退回出题的人。

　　作为文学的一种体裁，灯谜艺术在其历史的发展中，创制了和不断发展着自己的文体规范：类别和体格。所谓类别，是以其形制为标准对灯谜加以分类。以类别论，传统灯谜之类别有：事谜、文谜、姓名谜、字谜、诗谜、物谜、话谜、绘画谜、哑谜等9类。所谓体格，"以面扣底谓之体，以底合面谓之格。体者格之表率，格者体之部属。"[1]以体格论，传统灯谜究竟有多少格，其说不一。《韵鹤轩笔谈》云："灯谜有十八格，曹娥格为最古；次莫如增损格，增损即离合也。孔北海始作离合体诗。"《留青别集》说有24格。《辞源》也说有24格。《橐园春灯话》说18格。而近人杨汝泉《谜语之研究》说有44格。类别和体格作为一种文体的规范，是时代的产物。传统的灯谜体格的形成和相对稳定，反映了农耕社会人们的思想、情趣、社会和文化的特点。而整个20世纪，特别是20世纪的后半叶，中国发生了民主革命和社会主义革命，战争和社会改革频仍，对中国的文学艺术发生了强烈的影响。在

---

① 杨汝泉编：《谜语之研究》，天津：大公报社，1934年，第34页。

这个历史时期里, 灯谜艺术虽然不为主流艺术所重视, 却有了长足的发展, 其标志, 一是无论数量和质量, 均有了很大的开拓, 可谓蔚为大观; 二是突破了传统的类别和体格的限制。一部《二十世纪灯谜精选》(刘二安主编, 中州古籍出版社, 2002年1月) 可以作证, 尽管研究者们还没有来得及对这100年来的灯谜作品作出理论上的深入研究和概括。

灯谜活动使一代一代的制谜家脱颖而出, 而一代一代的制谜家创作的大量带着不同时代特点、脍炙人口的灯谜作品, 推动了灯谜艺术的不断繁荣和提高, 传承和延续了中国特有的灯谜艺术传统。过去曾有人说, 能作谜者, 未必尽能猜谜; 能猜谜者, 则必能作谜。因为制谜的方法, 与制谜者的心思, 必在猜谜者的想象之中。这话虽不无道理, 但我仍然认为, 在灯谜艺术的发展历史上, 作为创作主体的制谜家起着关键的作用。把制谜家及其作品收集起来, 并加以研究, 探讨他们各自制谜的不同特点和风格, 那将是一件前无古人的事业。过去, 我国的古文献中, 这类著作, 尽管数量很少, 很零乱, 不成系统, 不成气候, 但毕竟还有些遗产可资借鉴。许多制谜家的名字、作品和事迹, 就是靠这类著作而得以传递下来的。如《武林旧事·诸色伎艺人》所记那些制谜家和猜谜家: 胡六郎、魏大林、张振、周月岩、蛮明和尚、东吴秀才、陈赟、张月斋、捷机和尚、魏智海、小胡六、马定斋、王心斋。如《西湖游览志余·委巷丛谈》所记之杨景言: "(明代) 永乐初, 钱塘杨景言以善谜名。" 如被称为清末民初 "谜学大家" 的张起南的《橐园春灯话》对谜学学理的贡献, 等等, 不一而足。

近20年来, 国家改革开放, 思想空前活跃, 为灯谜的发展提供了适宜的土壤, 是百年来灯谜发展的最好时期。这一时期, 不仅谜家辈出, 成绩卓著者遍于海内外, 灯谜社团如雨后春笋, 灯谜理论也得到了空前的发展。灯谜界既接受和发扬传统, 又扬弃那些陈旧的失去魅力的陈规旧制, 特别是旧体格规范中某些业已丧失生命力的东西。如今的情况是, 沿袭四书五经之势已去, 开掘创新之风渐开, 不仅内容大异于传统, 形式的革新也多出奇葩, 大批才华横溢的中青年谜家在谜坛上展露风采。灯谜虽为中华民间文艺的一脉, 但它所取得的成就, 却闪现着耀眼的光彩, 为中华文化的整合做出了自己的贡献。

在21世纪开始的时候, 中州谜家刘二安先生主编《中国当代灯谜艺术家大辞典》, 广泛收罗此前百年来的著名中华谜家于一册, 对过去世纪的谜坛作一历史总结, 无疑是一件功垂后世的好事。刘先生命我为此大书撰序,我感到诚惶诚恐,虽在民间文艺领域里躬耕50年,却对灯谜这一专项缺乏深入研究。为表示对此举的支持,写下上文,权作序言,不当之处,欢迎方家不吝指谬。

2002年3月16日于北京

本文系为刘二安编《中国当代灯谜艺术家大辞典》(中州古籍出版社,2002年4月)写的序言。

后 记

从1957年9月踏入民间文学—民俗研究领域以来，至今已整整60年了。尽管其间多次"转身"，做过文学编辑和评论，记者和翻译，党政领导工作，但从1990年起，成了"边缘人"，回到书斋，心无旁骛地投入到民间文学—民俗学的研究中。粗算起来，一生陆续发表了1500多篇文章，出版了二三十种专著、文集和百余种编选编著。如今已经到了耄耋之年，编选了这本《民间文艺学的诗学传统》作为我的自选集代表作之一。在郝苏民教授的关照下，作为他所主持和领导的国家民委人文社科重点研究基地西北民族大学西北民族非遗保护研究基地特聘研究员和学术委员会委员，我的这本自选集列入"研究基地"主编的"西部民间文化与口头传统精选系列"，幸哉斯然。感谢责任编辑杨婷、张玥同志为本书的编辑出版所付出的精力和心血。在拙著即将付梓的时候，借此机会表达我的衷心的谢意。

作者

2017年12月30日

图书在版编目(CIP)数据

民间文艺学的诗学传统 ／ 郝苏民主编；刘锡诚著.

—— 上海：上海文化出版社，2018.7

（西部民间文化与口头传统精选系列）

ISBN 978-7-5535-1273-0

Ⅰ．①民… Ⅱ．①郝… ②刘… Ⅲ．①民间文学－文

艺学－文学研究－中国－文集 Ⅳ．①I207.7-53

中国版本图书馆CIP数据核字(2018)第140899号

责任编辑　杨　婷　张　玥
特邀审读　王瑞祥
装帧设计　周艳梅
图文制作　费红莲
督　　印　张　凯

民间文艺学的诗学传统

郝苏民　主编　　刘锡诚　著

出　　版　上海文化出版社
出　　品　上海故事会文化传媒有限公司
　　　　　（200020 上海市绍兴路74号　www.storychina.cn）
发　　行　上海文艺出版社发行中心
　　　　　（上海市绍兴路50号）
印　　刷　上海中华印刷有限公司
开　　本　720×1000　1/16　　印张　34.75
版　　次　2018年7月第1版　　印次　2018年7月第1次印刷
书　　号　ISBN 978-7-5535-1273-0/I.473
定　　价　108.00元